Der Winter ist gerade vorbei, als der Schuldirektor den jungen Lehrer Böddi Steingrímsson vor die Tür setzt: Beim Wandertag hat sich seine halbe Klasse unterkühlt und ein Mädchen ein Bein gebrochen. Böddi ist sich jedoch keiner Schuld bewusst: »*Fucking bullshit!* Als wenn es den Schülern nicht gut täte, das Leben einmal so kennenzulernen, wie es früher war!« Der Mittdreißiger, der nach einem zehnjährigen Philosophiestudium in Berlin in das kleine Kaff im Norden Islands zurückgekehrt ist und nun wieder bei seiner fernsehverblödeten Mutter wohnt, ist weder Asket noch Masochist: Er hat es sich nur bequem gemacht in der Rolle des ewig Unbequemen. Schlechter kann es für ihn allerdings nicht laufen. Nach seinem Rausschmiss erfährt er, dass er der Tochter des Rektors ein Kind gemacht hat …
»Das hat diebischen Unterhaltungswert. Die Dialoge sind witzig, die Pointen sitzen, die Dramaturgie zwingt den Helden sachgerecht in die Knie.« (Ulrich Seidler in der ›Berliner Zeitung‹)

Hallgrímur Helgason, 1959 in Reykjavík geboren, ist einer der meistgelesenen Autoren Islands. Nach dem Studium der Malerei in Reykjavík, München, Paris und New York arbeitet er seit 1982 als Autor und bildender Künstler in seiner Heimatstadt. Den internationalen Durchbruch brachte ihm ›101 Reykjavík‹ (dtv 21258), der kurze Zeit später verfilmt wurde, wie auch zuletzt ›Rokland‹.

Hallgrímur Helgason

Rokland

Roman

Aus dem Isländischen von
Karl-Ludwig Wetzig

Deutscher Taschenbuch Verlag

Von Hallgrímur Helgason
sind im Deutschen Taschenbuch Verlag erschienen:
101 Reykjavík (21258)
Zehn Tipps, das Morden zu beenden und
mit dem Abwasch zu beginnen (21318)

Ausführliche Informationen über
unsere Autoren und Bücher
finden Sie auf unserer Website
www.dtv.de

MIX
Papier aus verantwortungsvollen Quellen
FSC® C019821

Ungekürzte Ausgabe 2012
Deutscher Taschenbuch Verlag GmbH & Co. KG,
München

Titel der isländischen Originalausgabe:
›Rokland‹
(Edda Publishing, Reykjavík 2005)

Umschlagkonzept: Balk & Brumshagen
Umschlaggestaltung: Lisa Helm unter Verwendung
eines Fotos von gettyimages/Stone
Satz: Dörlemann Satz, Lemförde
Druck und Bindung: Druckerei C. H. Beck, Nördlingen
Gedruckt auf säurefreiem, chlorfrei gebleichtem Papier
Printed in Germany · ISBN 978-3-423-21348-6

»Je höher wir streben, desto kleiner erscheinen wir denjenigen, die nicht fliegen können.«

Friedrich Nietzsche (1844–1900)

1

Arschkriecher

»Verdammte Idioten!« schimpfte Böddi vor sich hin, als er auf den Parkplatz der Gesamtschule hinaustrat. »Verfluchte Arschkriecher allesamt!«

Die Schulkonferenz war in seinem Fall zu einem Urteil gekommen: Böðvar H. Steingrímsson hatte seinen letzten Unterrichtstag an der *Fjölbrautaskóli Norðurland Vestra (FNV)* abgehalten.

Ein windiger und kalter Frühlingstag lag über dem Skagafjörður. Der bedeckte Himmel wirkte wie über der Erde festgefroren, doch der Fjord unter ihm war aufgewühlt. Zwei Inseln schwammen darauf: Drangey nahe dem Land und Málmey in der Ferne. Die letztere war flach und langgestreckt, die erstere ein gedrungener, steiler Felsblock, wie das Standbild eines starken Mannes in den andrängenden Fluten unbedeutender Wellen.

Böddi verließ vorbei an glänzenden Geländewagen und Kleinjeeps das Schulgelände wie ein Wolf ohne Führerschein und stapfte den Abhang hinab zum Ort. Die Hausdächer waren in kräftigen Farben bunt angestrichen. »Die Farblosen bemalen sich und ihre Häuser«, hatte er einmal auf seiner Blog-Seite über seine Mitbürger geschrieben.

Der Ort war leicht zu überblicken: eine dichtgedrängte Ansammlung zweigeschossiger Häuser zwischen Berg und Brandung. Auf der Karte bildete sie ein spitzwinkliges Dreieck: Der Strandvegur führte am Ufer entlang, die Aðalgata dahinter wieder zurück; ab der Ortsmitte trug sie den Namen Skagfirðingabraut. Wo sich Strandvegur und Aðalgata an der nördlichen Spitze des Dreiecks trafen, stand das älteste Haus. Von ihm ausgehend wurden die Gebäude immer jünger und die Dächer immer flacher. So ließ sich auch an diesem Ort die Verlaufskurve der Architekturgeschichte des zwanzigsten Jahrhunderts ablesen: Vom Steilgiebel zum Flachdach.

Der Hafen lag nördlich der eigentlichen Bebauung: Eine bilderbuchmäßige Mole ragte in die kabbelige See wie ein ausgestreckter Arm und bildete einen schützenden Winkel für Schiffe und Boote und eine ruhigere Wasserfläche in den Fenstern der Ortseinwohner. Rund um den Hafen war die Kleinindustrie angesiedelt: eine Fischfabrik, eine Krabbenkocherei, ein Schlachthaus und eine Fabrik für Steinwolle, die sämtlich der Konsumgenossenschaft gehörten.

Der steile Berghang hinter dem Ort war nicht besonders hoch und wurde Nafir genannt, oberhalb lagen die Móar, eine brettflache Ebene, die sich bis zu den Bergen erstreckte. Von Nafir aus hatte man einen großartigen Ausblick über den Fjord, den Ort und die gesamte Gegend, doch aus irgendeinem Grund war dort nie gebaut worden. Lediglich ein paar Stallungen für Pferde und der Friedhof befanden sich dort oben, letzterer wunderschön am Rand des Abhangs gelegen, so daß sich die Friedhofspforte zum Ort hin öffnete. Die beste Baulage der Stadt hatten die Skagfirðinger für die reserviert, denen sie den größten Respekt zollten: den Toten und den Pferden.

Sauðárkrókur hatte reichlich mehr als zweitausend Einwohner, doch wie in Island üblich, ließ sich selten einer von ihnen vor der Tür blicken. In diesen kleinen Orten herrschte ewig Sonntagmorgen. Immerhin rollten ein paar Autos in nicht nachzuvollziehenden Anliegen langsam durch die Straßen. Sie stießen hinten weiße Abgaswolken aus, die der Wind unablässig an sich riß.

Böddi schnaubte wütend über den Ort, dieses regionale Einkaufszentrum mit kalten Mauern, das hier in seiner ungeschützten Fjordecke am nördlichen Atlantik kauerte, er räusperte sich gründlich und ließ seinen Ärger im Hals aufsteigen.

»Verdammte Scheißarschkriecher!«

Albert, der Rektor der Schule, hatte ihm am Ende der Konferenz die Entscheidung in seinem Büro bekanntgegeben.

»Es tut mir leid, Böðvar, aber es geht nun mal nicht anders.«

Das erste, was Böddi einfiel, war, dem Rektor die kleine Fahnenstange mit dem Wimpel von Arsenal London (die auf dem Schreibtisch stand) in den Arsch zu schieben. Zu Zeiten, da Böddi das Gymnasium in Akureyri besucht hatte, hing noch ein Relief des Nationaldichters Jónas Hallgrímsson im Rektorenzimmer. Mittlerweile hatte die *Premier League* auch die höchsten Amtsstuben erobert. Seine Schüler wußten alles über Alex Ferguson, nichts über Goethe. Einer dieser Hornochsen hatte geraten, es könne der Name einer deutschen Mischbatterie sein. Selbstverständlich wurde im nächsten Herbst ein freiwilliger Kurs über den englischen Fußball angeboten, nachdem man nun den »letzten Hüter des Humanismus« vor die Tür der Turnhalle gesetzt hatte, zu der das isländische Bildungswesen inzwischen mutiert war.

»Und warum? Mit welchem Grund werde ich gefeuert?« hatte Böddi wütend gefragt. Der Rektor hatte ihn mit erstaunter Miene angesehen. Wie konnte ein so dürrer Mensch nur in so kurzer Zeit derart rot anlaufen?

»Du weißt es doch selber, Böðvar«, hatte er mit seiner allbekannten Ruhe zurückgegeben. Der Rektor war stets ausgewogen und bedacht, ein Mensch, der gut auf sein Eigentum achtgab, auf seine Kinder und seine Wohlstandsplauze.

Und er hatte vollkommen recht, Böddi wußte genau, worum es ging. Man setzte ihn vor die Tür wegen seiner vorausgegangenen Abmahnungen und wegen des Ausflugs letzte Woche. Ein Mädchen hatte sich dabei ein Bein gebrochen.

»Wegen dieser Hrafnhildur? Ich meine, das war doch bloß ein Unfall«, sagte Böddi noch immer knallrot.

»Nicht nur ihretwegen. Man muß es doch einmal sagen, wie es ist: die Schüler wurden von dir außergewöhnlichen Härten ausgesetzt. Außer Hrafnhildur sind noch immer zwei von ihnen bettlägerig krank«, sagte Albert ungewöhnlich scharf und doch mit dieser seidenweichen Stimme, die ihm mehr als alles andere eine der höchsten Beamtenstellen des ganzen Landesviertels eingetragen hatte.

Außergewöhnlicher Härte ausgesetzt. Diese Behördensprache machte Böddi nur noch wütender. Er fluchte auf englisch, was er sonst höchstens tat, wenn ihm der Zorn den Verstand vernebelte.

»Fucking bullshit! Als wenn es den Schülern nicht gut täte, das Leben einmal so kennenzulernen, wie es früher war. Und noch immer *ist*. Wenn man nur endlich einmal aus dieser Fernheizungshölle ausbricht, zu der sich unsere Gesellschaft entwikkelt hat«, brach es aus Böddi heraus. Seine Worte flitschten wie Steinchen über den windstillen Schreibtisch des Rektors, ehe sie in dessen spärlich behaartem Schädel einschlugen. Man hörte fast das Platschen, mit dem sich die Schimpfkanonade in die Seelentiefen des stillen Beamten ergoß.

Albert atmete tief durch und schloß kurz die Augen, doch er sagte nichts.

»Ein einziges verdammtes Wochenende ohne Fernsehen und Computerspiele. Fuck! Als wenn das den Kindern nicht mal ganz gut bekommen würde!«

»Böðvar, ich muß dich wohl daran erinnern, daß du dich mit ihnen zwei geschlagene Tage und Nächte in einer Höhle aufgehalten hast. Oben im Hochland. Und das bei dem Wetter!«

»Na, und wenn schon. Wir haben in der Grettis saga übernachtet.«

»In der ... Grettis saga?«

»Ja. In der Höhle, in der der starke Grettir seinerzeit lebte, damit ...«

»Gut, gut, Böðvar. Aber die Schüler waren auf einen so strapaziösen Ausflug nun einmal nicht vorbereitet. Jedenfalls viele von ihnen nicht.«

»Sicher gibt es immer die eine oder andere Memme, aber meiner Meinung nach war es ein total gelungener Klassenausflug. Die Kinder werden ihn niemals vergessen.«

»Nein, ganz gewiß nicht. Und wir anderen auch nicht. Jedenfalls nicht, ehe wir diese Rechnung hier beglichen haben.«

Mit einem Langmut beweisenden Ausdruck um den Mund hob der Rektor ein Blatt in die Höhe, das in seiner Hand mindestens zwei Kilo zu wiegen schien.

Böddi kam für einen Moment aus dem Konzept.

»Rechnung? Was für eine Rechnung?«

»Von der Küstenwache.«

Albert setzte seine Lesebrille auf und las die Gesamtsumme in der untersten Zeile: »Zwei Millionen dreihundertsiebenundsechzigtausend Kronen.«

»Wie bitte? Soll etwa die Schule dafür aufkommen?« fragte Böddi entrüstet.

»Ja. Wir müssen schließlich die Verantwortung für unsere Taten übernehmen, nicht wahr, Böðvar?« fragte der vielgeprüfte Schulleiter, der noch immer einen Kurs in Chemie unterrichtete.

»Aber zwei Millionen! Waren etwa die *Stuðmenn* an Bord? Sie haben doch nicht den ganzen Tag dafür gebraucht. Höchstens zwei Minuten.«

»Ein Hubschrauber ist nicht gerade billig.«

»Wieso? Ich dachte, dafür würde die Versicherung aufkommen. Oder ihr Vater, der Filialleiter.«

»Die Schule übernimmt das.« Der Rektor räusperte sich. »Darum, ich bedaure, aber der Beschluß steht fest, Böðvar. Leb wohl«, sagte er und erhob sich.

Böddi tat das gleiche, und so standen sie sich nun gegenüber, jeder auf seiner Seite des Schreibtischs, zwei Antipoden der Gesellschaft, der eine blaß und dick im hellgrauen Schurwollsakko, der Bequemlichkeitsmensch in beigem Hemd mit hellblauer Krawatte und Arsenal-Anstecker am Revers, der andere dunkelrot angelaufen und mager in einer veralteten schwarzen Revoluzzer-Jacke über einem dunkelblauen Sportblouson mit Adidas-Schriftzug, obwohl er furchtbar wenig mit Sport am Hut hatte. Aus dem offenstehenden Halsausschnitt leuchtete ein gelbes T-Shirt.

»Ich kann das übernehmen ... versuchen, es zurückzuzahlen, wenn es vor allem darum gehen sollte«, erklärte Böddi und merkte selbst, wie wenig überzeugend er klang.

»Tut mir leid, Böðvar. Die Sache ist entschieden. Auf Wiedersehen«, sagte der Schulleiter und streckte die Hand vor.

»Aber das ist nicht fair. Ich meine, was soll ich denn machen? Das ist doch die einzige beschissene Stelle, auf der ich hier arbeiten kann. Soll ich etwa in die Stadt ziehen? Ist es das, was du willst? Daß ich mich in die Hauptstadt verpisse?!«

»Du gehst immer ein bißchen zu weit, Böðvar. Darüber solltest du einmal nachdenken!«

Böddi blieb am Hang unterhalb der Schule stehen, setzte sich in das noch nicht grüne Gras und drehte sich eine Zigarette. Er brauchte drei Streichhölzer, ehe er sie in Brand stecken konnte. Der Luftzug wehte wie immer hier heftig aus den Klüften, und der Rauch flog ihm aus dem Mund über den Ort. Schwärme kleiner Vögel flatterten in abrupten Wendungen über den eiskalten Himmel, als wäre das Leben ein einziger Spaß. Böddi fluchte ein paarmal kräftig auf den Rektor und dann noch einmal auf die Gesamtkonferenz. Was würde er tun, wenn er beim nächsten Mal Helga Sjöfn unten im Einkaufsladen begegnen würde? Ja, er würde ihr die Jogginghose über den dicken Hintern ziehen, ihre glückselige Visage in einen der Einkaufswagen vor der Fleischtheke pressen und laut durch den ganzen Laden rufen: »Nummer 67, bitte sehr!« Was bildete sich diese fette Kuh eigentlich ein? Sie gab doch nichts anderes als Reitunterricht! Mit einem Examen der Pferdewirtschaftsschule in Hólar. O je! Fünfhundert Jahre zu spät. Hatte in Hólar reiten gelernt und danach zwei Fohlen geworfen, jedes von einem anderen Hengst. Was glaubte sie eigentlich, wer sie war, ihm kündigen zu können, einem Mann mit Bachelor-Abschluß in Philosophie (der Mutter aller Wissenschaften) und außerdem drei Fremdsprachen im Repertoire?

Böddi ließ die Augen wie zwei Vögel mit Panoramakameras von den Dächern der Ortschaft über die Landzunge mit den Seen und Teichen schweifen. Der Skagafjörður war ein breiter Fjord, und von ihm aus erstreckte sich ein Tal ins Land hinein, das eigentlich viel zu breit war, um noch Tal genannt zu werden. Einer der fruchtbarsten Landstriche der ganzen Insel. Er ließ sich mit einer riesigen Sportarena vergleichen. An den Rändern stiegen Berge auf wie Zuschauertribünen, blau durch die Entfernung, die beträchtliche Weite dieser offenen Ebene.

Das Spielfeld stand nach Norden hin offen, zum Fjord und zum offenen Meer, das Südende dagegen wies auf das Hochland, vorbei am Mælifellshnjúkur, einem hohen kegelförmigen Berg, der den Südwesten des Spielfelds überragte und überwachte wie ein Ordner. Unten im Gras hockten weit verstreut die einzelnen Bauernhöfe, und ein Fluß verströmte sich je nach den Gegebenheiten breit im Gelände. Ganz im nordwestlichen Zipfel des Spielfelds kauerte schließlich der Ort, der seinen Namen wohlverdient trug: Krókur, Winkel. Richtete man eine Kamera darauf, würden die Einwohner aufspringen und winken.

Böddi zog eine Grimasse und fuhr noch einmal den Spielplatz seines Lebens nach: die um eine Eckfahne gescharten Häuser und die menschenleere Tribüne gegenüber; diese schön blauen Berge mit ihren glatten Hängen. Diese »breitschultrigen Bergrücken«, wie sie ein Dichter mal genannt hatte. Er dagegen betrachtete sie jetzt als Verräter. Waren sie nicht länger seine Freunde? Oftmals hatte er das Gefühl gehabt, sie seien die einzigen hier, die ihn verstünden. In seinen Nöten suchte er sie auf. Wahrscheinlich weil Dichter von ihnen gesungen hatten. In diesen blauen Bergen war ihr Gruß an ihn verborgen. Die Schriftsteller waren in sie hinein gestorben. Wenn er zu ihnen sprach, unterhielt er sich mit Gleichgesinnten. Wie unglücklich, daß die Geschichte die großen Dichter derart über die Jahrhunderte verteilte, dachte Böddi. In die Zeit gerammt wie Telefonmasten, mit nur einem schwachen Draht zwischen sich, anstatt in ein und demselben Beet zu blühen.

Der Skagafjörður war in erster Linie berühmt für seine drei kulturellen Interessen: Wein, Pferd und Gesang. Das paßte gut zusammen. Selten stieg man aufs Pferd ohne einen Flachmann in der Tasche, und jeder Schluck wurde von einem Lied begleitet. Den Schnaps nannte man hier auch »Gesangsöl«. In der Vorstellung ihrer Landsleute waren die Skagfirðinger Besoffene zu Pferd, die jede halbe Stunde »Unter blauem Himmel« grölten. Etliche der besten Sänger Islands hatten ihre Stimme erstmals zwischen diesen Bergen ertönen lassen, und der Männerchor war im ganzen Land bekannt.

Der Fjord war jedoch ebenso berühmt für seine Dichtkunst. Alle hundert Jahre hatte die Gegend einen großen Schriftsteller hervorgebracht. In dieser Hinsicht schienen die gleichen Gesetze zu walten wie bei den aktivsten Vulkanen der Insel. Inzwischen waren siebzig Jahre vergangen, seit die Göttin der Dichtkunst das letzte Mal gekreißt hatte. Ein einziges Mal war Böddi Hannes Pétursson begegnet, der die heimatlichen Gefilde vor langer, langer Zeit gegen einen steinernen Alterssitz auf Álftanes nahe Bessastaðir eingetauscht hatte, als wäre er der heimliche Präsident der isländischen Literatur, was er in gewisser Weise auch tatsächlich war. Der Dichter kam so gut wie nie in den Norden zurück, außer um ab und zu in seinem Sommerhaus draußen am Fjord etwas Ruhe und Frieden zu finden, und dann war er nicht einmal dazu zu bewegen, Blumen und Bronzekitsch entgegenzunehmen, den ihm der Bürgermeister so gern überreicht hätte. Zu der Zeit veröffentlichte er fast nichts mehr und war beinah aus dem Bewußtsein der Öffentlichkeit verschwunden, als wolle der Dichter seinen Tod noch bei lebendigem Leib genießen. Hannes hatte Böddi daher mit einem freundlichen Gruß überrascht, nachdem dieser ihm Kopien der Schulaufsätze seiner Klasse über den letzten großen Dichter der Gegend übersandt hatte, der allerdings inzwischen von deren Schweigen gequält wurde. Seit Jahrzehnten waren ihre Ströme unbesungen ins Meer geflossen, und seit langem hatte sich niemand mehr mit einem Gedicht an ihre Berge gewandt. Der Skagafjörður war eine Schönheitskönigin in festen Händen.

Sicher gab es hier jede Menge Stegreifdichter, fast auf jedem Hof einen. (In jedem Jahr gingen an die sechshundert Vorschläge ein, wie man den Anfang der Strophe, die das Organisationskomitee der Kulturwoche *Sæluvika* vorgab, zu Ende reimen könnte.) Und in einem Keller im südlichen Ortsteil Tún saß ein Altersgenosse Böddis und schrieb die Lyrik einer neuen Zeit, die allerdings wenig nach seinem Geschmack war. Er ging diesem stillen Poeten aus dem Weg und vermied es, die Buchhandlung zu betreten, wenn er dessen kahlrasierten Schädel im Schaufenster erblickte. Die beiden Menschen mit dem größten Interesse an Dichtung in diesem Ort wechselten kein Wort miteinander. Er war zu klein, um zwei Missionaren Raum zu bieten. In der Schule hatte Böddi seinen Schülern untersagt, Aufsätze über die erste Gedichtsammlung des Ortspoeten zu schreiben, *Iður til skemmtunar*, was entweder »Euch zu Gefallen« oder »Eingeweide zum Zeitvertreib« bedeuten konnte. Trotz seines wütenden »Fuck« war Böddi ansonsten nämlich keineswegs auf der Höhe der Zeit und akzeptierte keine Lyrik, die sich nicht auf Geschichte und Tradition besann, die nicht in »das Licht auf den Höhen« blickte, sondern sich »den unmarkierten Trampelpfad des Geistes« hinaufzutasten suchte. Mit den Zeitgenossen gab es keine Gemeinschaft. Einsamkeit war das Hauptmerkmal des Böðvar H.

»Seit mehr als einem halben Jahrhundert sind so viele schlechte Gedichte zusammengekupfert worden, daß das poetische Empfinden unserer Landsleute seit langem ertaubt ist. Ich habe kein Interesse an der lyrischen Produktion meiner Altersgenossen. Ihre Eingeweide bereiten mir kein Vergnügen. Zum größten Teil sind sie autistische Flachköpfe, die sich gegenseitig Gedichte über ihre Befindlichkeiten vor der Kaffeetasse schikken, und die ist meist leer. Ihr Ring aus Bergen türmt sich in ihrem Innern und ist kaffeebraun. Ich bin mehr für den blauen.«

Früh hatte er diesen blauen Ring lieben gelernt, später hatte er ihn gehaßt und war folgerichtig aus ihm herausgetreten. Doch außerhalb konnte er keine Wurzeln schlagen. Dazu war der Ring zu blau, zu schön, zu stark: Am Ende einer zehnjährigen Odyssee durch Lehr- und Leerräume im Ausland war Böddi nach Hause zurückgekehrt. Natürlich war es ein Ding der Unmöglichkeit, aber immer noch besser als die seelische Kälte des Exils, die der Aufenthalt in deutschen Großstädten mit sich brachte. Der Isländer ist nirgends zu Hause. Am wohlsten fühlt er sich auf dem Internationalen Flughafen in Keflavík. Der Duty-free-Shop ist sein Heimatland.

Böddi schnippte die Zigarette weg. Die Asche fiel ab, ehe sie mit ihrem winzigen rotglühenden Auge ins wurzelnasse Vorjahresgras schoß.

»Verdammte Scheißarschkriecher!«

Fluchend stand er auf, versuchte den Kälteschauer abzuschütteln und trabte den Hang hinab. Er erreichte den Ort wie ein unwillkommener Prophet. Seinen Pferdeschwanz hatte er zu einem Zopf geflochten, der ihm etwas steif vom Kopf abstand und eher wie ein Kuhschwanz als wie der Schweif eines Pferdes auf dem Rücken baumelte. Er zog die Ärmel seiner Adidas-Jacke über die Finger. Verdammt, was ließ sich der Frühling dieses Jahr beschissen an.

2

Böddi

Böddi entschloß sich, ins Hotel zu gehen. Seinen Rausschmiß zu feiern, indem er sich darauf einen genehmigte. Er räusperte sich, als er durch die Eingangstür trat. Rósi hatte Dienst. Keli war nicht zu sehen. Sicher war er draußen im Land unterwegs, um sich eine Stute zu kaufen, oder er lag volltrunken und im Koma auf einem der Zimmer. Böddi bestellte ein großes Bier und trug es zum Fenster. Dort ließ er sich nieder, nahm einen tiefen Zug und starrte auf den aufgewühlten Fjord hinaus. Zwei abgerissene Möwen torkelten über den Wellenbrechern im Wind. Es war ein erbärmlicher Ort, dachte Böddi. (Diesen Satz erlaubte sich jeder Isländer einmal wöchentlich über seinen Wohnort als Gegengewicht zu seiner nahezu unerklärlichen Liebe zu diesem windgepeitschten Land.) Hier saß er wie der einzige zivilisierte Mensch in der gesamten Ortschaft, der einzige, der an einem öffentlichen Ort vor einem gezapften Bier saß. Dabei war Freitag. Viertel nach fünf. In den Lautsprechern säuselten Männerstimmen. Im Radio herrschte stets Süd-Südwest. Keli stellte immer den gleichen Sender ein, wollte nie den Musikexpreß auf Radio *Bylgjan* verpassen, der ihm den lieben langen Tag durch den Kopf ratterte, zum einen Ohr hinein, zum anderen hinaus. Was für ein Hohlkopf! Dabei war er sonst ein netter Kerl. Aber ein untauglicher Wirt. Rósi mußte ihn andauernd halbe Tage lang vertreten. Obwohl sie nicht mehr als »guten Tag« und »guten Abend« verstand. Böddi warf einen Blick zu ihrem hübschen dunklen und feingeschnittenen Gesicht hinüber, diesem asiatischen Märchen im Halbdunkel hinter dem Tresen. Nicht unhübsch. Sirikit Rós. Zu lebenslangem Sex mit Siggi Pé verurteilt. Und trotzdem immer so strahlend zufrieden mit dem Leben.

Böddi nahm seinen Handarbeitsbeutel und drehte sich eine.

Was war dagegen mit einem solchen Mann anzufangen? Einem dünnen, vertrockneten und verspannten Kettenraucher mit schmalem Gesicht und langem Zopf, der da hoch oben im Norden allein am Meer saß und Bier schlürfte. Vor achtunddreißig Jahren war er von ehrlichen und anständigen Leuten zusammengemixt worden, einfachen Menschen vom Lande, die der Ort zusammengeführt hatte, woraus überraschenderweise ein ziemlich komplizierter Junge entstanden war: zu intelligent für Sauðárkrókur, zu wütend für Reykjavík, zu viel Heimweh für Berlin.

Böddi war das rebellische Talent, der schüchterne Rufer in der Wüste, der helle Kopf, der sich im Dunkeln am wohlsten fühlte. Er war einer dieser unrasierten Typen, auf die man hin und wieder in schummrigen Kneipen stößt, wo man sich dann mit ihnen über weltbewegende Fragen unterhält. Und alles, was so einer sagt, ist derart treffend und korrekt und vor allem so klar und gut formuliert ausgedrückt, daß man sich wundert, warum dieser Mensch nicht Hochschulrektor oder Ministerpräsident ist. Aber sobald man über die Straße ist und sich diesen Menschen aus der Distanz besieht, wird jedem klar, daß er zu den Enttäuschten und Frustrierten gehört. Völlig unabhängig von seiner Art, seinem Aussehen und seinem Verstand hat das Leben ihn in diese Kategorie verbannt, für ewig und drei Tage ist er mit Bitterkeit gebrandmarkt, ein Eckensteher, ein Außenseiter. In dichter besiedelten Ländern hätte Böddi natürlich erstklassige Anlagen zu einem raffinierten Serienmörder mitgebracht, hierzulande aber hatte Mord kaum Tradition. Ersatzweise knipste er Zigaretten das Lebenslicht aus. Jeden Tag drehte er eine ganze Wäscheleine aus Tabak und Blättchen und hängte seine unfeinen Gedanken daran auf. Die einzige Chance für ihn, zu arbeiten, befand sich in zwanzig Metern Höhe über den flachen Dächern dieser behäbig-selbstzufriedenen Ortschaft im zweiten Stock der Gesamtschule und bestand darin, wenigstens zu versuchen, ihre begabtesten Köpfe auf dieses Niveau zu hieven.

Aber was, zum Teufel, sollte er von nun an tun?

Ja, er könnte nachher, während im Pay-TV das Spiel des Abends lief, zu Albert nach Hause gehen, die Räder von dessen Arsenal-Jeep abmontieren und sie fein säuberlich auf den Schornstein seines blitzneuen Einfamilienhauses oben in Hverfi stapeln. Yes.

Böðvar Halldór Steingrímsson war Steinbock. 7. Januar 1966. Kindheit in *Rokland*, einem spitzgiebligen Haus im ältesten Ortsteil. Konfirmation bei Schneesturm, ein Sommer bei *Samlag* und sieben beim Elektrizitätswerk. Sein Bildungsweg führte durchs Öxnadal: Abiturient aus Akureyri in dem Jahr, in dem Island zum ersten Mal am Grand Prix d'Eurovision teilnahm. Dann zwei Winter in einer Mansarde in der Hauptstadt und zwei in der »Schwiegermutterstraße 43«. Abschluß in Philosophie und Abschuß durch Brynhildur im Frühjahr 91. Trotzdem glücklich, die Eisinsel verlassen zu können und sich vor ein sommerwarmes Bier in einem deutschen Biergarten zu setzen: *Die Münchener Freiheit!* Freiheit, die im Knast endete, festgenommen nach einer durchzechten Nacht, weil er auf einem Schild in einem U-Bahn-Waggon einen einzigen Buchstaben hinzugemalt hatte: Aus »Bitte nicht an die Türen lehnen« wurde »Bitte nicht an die Türken lehnen«. In Bayern fand man das gar nicht komisch, und Böddi zog nach Berlin, wo er die nächsten zehn Jahre damit zubrachte, in seiner Vorstellung Deutschland mit Island zu vereinigen. Es gelang ihm kurzzeitig in zwei flüchtigen Beziehungen zu weiblichen Islandfans aus Niedersachsen und Mecklenburg-Vorpommern, doch dann ging es abwärts mit ihm. Sein letztes Jahr und sein gesamtes Geld brachte Böddi zwischen Bars und Brüsten durch, in den angesagtesten Anmachschuppen der deutschen Hauptstadt, zwischen frisch befreiten Schenkeln aus dem Osten: Miß Estland, Lettland, Litauen saugten ihm buchstäblich den letzten Rest aus den Knochen, und als er nach seinem dritten Filmriß in der *Pharao Bar* erwachte, standen ihm auf einmal heimatliche Gefilde vor Augen: Der einzig richtige und wahre Fjord breitete sich in dem abgedunkelten Saal aus, und der ihm ansonsten fern stehende Hannes Pétursson beugte sich zu ihm herab und flüsterte ihm ins Ohr:

»Blau sind deine Täler, oh mein Heimatland im Norden.«

Im Sommer 2002 tauchte Böddi zu Hause auf, den Ring des Nibelungen im Ohr, einen geflochtenen Zopf auf dem Rücken und tabaksbraune Zähne, den Kopf voll deutscher Nacht. Ein kaputter Typ? Vielleicht nicht ganz, eher ein Rekonvaleszent. Bereit zu einem Neuanfang, zu einem neuen Leben.

Das alte Haus stand noch immer: *Rokland*, Sturmland. Ein Haus aus Stein, das sein Vater Steingrímur zu Beginn der Beatles-Ära erworben hatte. Das Wellblechdach saß wie ein Damenhut über zwei Stockwerken und einem ausgebauten Spitzgiebel. Die Schmalseiten zeigten nach Süden und nach Norden. Das Haus stand solide auf der westlichen Straßenseite mit einem großen, nicht eingezäunten Garten auf der Rückseite. Ein Mensch mit langen Armen hätte aus dem Küchenfenster im mittleren Stockwerk den Mast der Straßenlaterne erreichen können. Von dort aus überblickte man auch den Fjord. Das Haus war überaus solide und schmucklos gebaut, doch saßen zwei rautenförmige Fensterchen links und rechts der eigentlichen Fenster im Dachgeschoß – eine siebzig Jahre alte Spielerei der Maurer und Zimmerleute. Ursprünglich war in jeder Etage eine abgeschlossene Wohnung eingerichtet gewesen, oder sogar mehrere. Im Nordende führte die Treppe ins Zwischengeschoß, der Hauseingang aber befand sich auf der Straßenseite und ging drei Stufen nach unten. Die Keller lagen hier nicht tief, weil sie in jedem Jahr voll Wasser liefen, ehe die Straße am Ufer entlang ausgebaut und ihr noch ein Damm mit Wellenbrechern vorgelagert wurde. Dieser Damm schützte vor hoch gehender Brandung, aber eben weil er so wuchtig gebaut war, schnitt er auch die Verbindung des Orts mit dem Meer ab. Es war, als hätte man ihm einen Sicherheitshelm übergestülpt. Die Bedrohung war weg, aber die Atmosphäre auch.

Rokland stand am Frúarstígur, einer Straße, die ursprünglich als Promenade in südlicher Richtung aus dem Ort führte und auf Veranlassung der vornehmsten Frau von Krókur angelegt worden war. Ein tüchtiger Mann hatte das Haus 1933 für sich und seine Familie erbaut und nach dem Erbhof seiner Vorfahren benannt. Die meisten Häuser im alten Ortskern trugen solche Namen, und in den letzten Jahren waren sie zusammen mit dem Baujahr außen an den Hauswänden angebracht worden: *Von 1930, París 1933, Akur 1932.* Böðvars Zuhause trug auf einer verwitterten Holztafel den Namen *Árland 1933*, obgleich es schon seit vor dem Krieg nie anders als *Rokland* genannt wurde, weil in einem Orkan einmal sein gesamtes Dach weggeflogen war. Böddi und sein jüngerer Bruder Viðar hatten der Mutter Vorhaltungen wegen ihres Versuchs gemacht, den Namen *Árland* künstlich hochzuhalten. Sie hingegen hatte nie akzeptiert, in *Rokland* zu leben. Draußen war es zugig genug, da mußte man den Wind nicht auch noch innerhalb der eigenen vier Wände willkommen heißen. Die beiden Jungen waren dagegen stolz auf den inoffiziellen Namen. Er klang auch nach gut siebzig Jahren immer noch ziemlich *tough*. Besonders Böddi hatte sich richtig in ihn verliebt und verwendete ihn durchweg in seinen Briefen aus Deutschland: »Komme wahrscheinlich Anfang Juni nach Rokland.« Und selbstverständlich benutzte er ihn auch als Namen für seine Blog-Seite. Eine solche Doppelgleisigkeit bei den Hausbezeichnungen war in Krókur nicht unbekannt, und Böddi bedauerte es, seine Mutter in den Fußspuren von Leuten wandeln zu sehen, die eine Pension *Mikligarður* in einem Haus betrieben, das wegen der politischen Einstellung seiner Erbauer seit seiner Fertigstellung 1931 nie anders als *Rússland* genannt worden war.

Wie die meisten alten Ortskerne in den Landkommunen lag der alte Kern von Krókur mittlerweile eher am Rand des Gemeinwesens. Weniges erinnerte hier an die Gegenwart, und doch war das Viertel auch nicht in einer positiven Bedeutung altmodisch. Dazu waren die Häuser zu heruntergekommen, abweisend und fast häßlich. Die meisten waren schon mit Mängeln erbaut worden. In ihnen wohnten nur noch die Zuspätgekommenen und Verlierer, Menschen, die ihre besten Jahre längst hinter sich hatten, ehe der große Konjunkturaufschwung hereinbrach, Einzelgänger und verschrobene Käuze, stubenhockerische ältere Paare und die eine oder andere alleinerziehende Mutter, die mit offenem Vliespulli im Türspalt der Waschküche stand und Tabakrauch in den Hinterhof paffte. Ebenso einige Seemannswitwen wie Dóra, Böðvars Mutter. Weiter die Straße entlang lebte auch ein geschiedener Sohn wieder bei seiner Mutter und parkte seinen aufgemotzten Anabolikajeep vor dem Häuschen, das kaum höher war als der Bolide. »Normale Familien« gab es hier wenige. Wie eine von weit draußen heranrollende Woge hatte das Aufschwungjahrzehnt unter Davíð Oddson solche Familien aus dem alten Ort in die Neubauviertel mit Straßennamen auf »-tún« und »-hlíð«, Wiese und Hang, hinaufgespült, wo die neuen, besseren Zeiten auf spiegelblankem Parkett stolzierten und die Bewohner aktive Teilhaber am Aktienparadies Island darstellten. Wo jeder glücklich in seinem eigenen Heimkino eindöste und die Gartenpflanzen sich in ständigem Konkurrenzkampf mit ihren Artgenossen bei den Nachbarn befanden. Unterhalb, im alten Teil, befand sich niemand, weder im Garten noch bei Instandhaltungs- oder Aufräumarbeiten. Das einzige, was hier stand, waren die Häuser. Mit rostigen Verlaufsspuren auf den kahlfleckigen Wänden, windschiefen Gartenzäunen und einem alten roten Subaru hinter dem Haus. Im Hof neben *Rokland* stand das ganze Jahr über ein Motorschlitten. Die Zeit hatte diesen Teil des Ortes aufgegeben, und seine Einwohner hatten es damit quittiert, daß sie ihrerseits die Spuren der Zeit an ihren Häusern nicht mehr beseitigten. Die kleine Fjordsiedlung stand außerhalb sämtlicher Wirtschaftsberichte und Konjunkturprognosen. Allen war das vollkommen gleichgültig, und niemand rechnete damit, daß sich hier jemals etwas ereignen würde. Daher lag eine recht entspannte Atmosphäre über diesen Häusern, obwohl der eiskalte Seewind, der oft zwischen ihnen hindurchfegte, längst alle Romantik weggeblasen hatte.

Rokland war nicht das häßlichste unter diesen Häusern, aber auch keine Schönheit. Die Farbe haftete größtenteils noch, mit der es der Sohn zuletzt im Sommer 88 gestrichen hatte, ein helles Gelb, das an Soße mit gekochten Fischfrikadellen erinnerte. Hier und da war sie aufgeplatzt und blätterte, wodurch sie an das Alter dessen gemahnte, der sie aufgetragen hatte: Der helle Beginn war inzwischen mit den Kahlschlägen des Lebens übersät.

Böddi zog bei seiner Mutter ins Kellergeschoß und stellte sich zum Essen im oberen Stockwerk ein. Dóra warf drei Kartoffeln mehr in den Topf und versuchte selbst, mit einer noch kleineren Portion vom Schellfisch auszukommen. Es war ihr nicht anzumerken, ob sie sich über die Rückkehr ihres Jungen freute. Sie hatte zu viel Trauriges erlebt, um Freude zeigen zu können. Wenn in den Tiefen ihrer Seele einmal ein Lächeln aufleuchtete, war es unmöglich von den Bleigewichten zu unterscheiden, die das Leben in diese salzigen Tiefen versenkt hatte. Halldóra Gísladóttir war klein und schmal. Neben der hohen Pappel Böddi wirkte sie wie ein krummes Birkenreis mit welken Blättern, das in der Küche arbeitete und im Wohnzimmer rauchte. Ihre knochenbleichen Finger waren so dünn wie Zigaretten. Die gewölbten Fingerkuppen braun wie Filter. Sie filetierte ihre Stunden in der Fischfabrik und nähte sie abends mit der Sharp-Nähmaschine wieder zusammen. Der Faden war aus BBC und Hollywood gesponnen. Sie wusch für Böddi, kochte für Böddi, putzte seinen Keller und ertrug all sein Gerede. Sie beschwerte sich über nichts, und sie drückte sich vor nichts. Sie war die isländische Genügsamkeit in Person.

Ihr Mann Steingrímur war die meiste Zeit auf See gewesen, jetzt ruhte er für immer in der See. Er lag auf dem Grund eines Tiefs vor der Nordküste, in Erinnerungen ebenso groß und geheimnisvoll geworden wie ein Seitentrawler auf dem Meeresgrund. Der kräftige Mann schlechthin. Mit dem unzerstörbaren Namen. Von der Oberfläche des Lebens war er mit einem einzigen Ereignis, einem Wort, zwei Silben im Radio verschwunden: vermißt. Der kräftige Steini war zu einem Stein geworden, oben auf dem Friedhof: Steingrímur Böðvarsson, Seemann, 1933–1971. Aber dort lag er gar nicht. Er lag draußen vor der Nordküste, in der Erinnerung so groß wie ein Wal, der unter ihrem Leben dahintrieb und ab und zu seinen Schlund über die Oberfläche hob. Dóra dachte acht Stunden täglich an ihn, während sie die kalten Grüße zerlegte, die ihr das Förderband aus der Tiefe zutrug. Böddi hatte ihn an den unglaublichsten Orten vor sich gesehen, vor allem in den Fensterscheiben der Berliner U-Bahn. Seine Züge zeichneten sich tief im Innern der Erde ab und waren schon wieder verschwunden, wenn er ihrer gewahr wurde. Ein Wal, der in die Dunkelheit zurücktauchte.

Viele Erinnerungen an seinen Vater besaß er nicht. Doch jetzt bemühte er sich noch einmal, als er am Hotelfenster saß und auf das Meer hinausblickte. Er war fünf Jahre alt gewesen, als sein Vater starb. In Wahrheit beruhten seine Erinnerungen an ihn auf den Erinnerungen anderer. »Er war etwas ganz Besonderes, dein Papa.« »Man hatte immer viel Spaß mit Steini.« »Dein Vater hat mir das Leben gerettet.« Mit solchen Äußerungen hatte Böddi die Schwarzweißfotografie koloriert, die auf dem Nachttisch seiner Mutter stand: Ein dunkelhaariger Held des Alltags im Sonntagsstaat. In den Niederlagen des Lebens suchte Böddi Kraft und Stärke bei diesem unbezwungenen Seemann.

Plötzlich zuckte er zusammen. Aus den Lautsprechern erscholl Werbung:

»Willst du bares Geld sparen? Günstig einkaufen? Dann komm zum Ausverkauf bei Ingvar Helgason! Unglaubliche Sonderangebotspreise für Neu- und Gebrauchtwagen! Das ganze Wochenende geöffnet! Ingvar Helgason, Sævarhöfða 2.«

Schon aus alter Gewohnheit verzog Böddi das Gesicht. Das war ja nicht auszuhalten! Sein Bruder Viddi wieder einmal ein Ausbund an Frohsinn. So verkündete er den Zuhörern lauthals, daß er seine Seele verkauft hatte! Jaulte aus irgendwelchen Tonstudiohöhlen in der Hauptstadt. Den hohlen Ton in der Stimme mit schrillem Geldgeklimper übertönend: »Wie? Man muß sich doch zumindest sein Salz in der Suppe verdienen, oder nicht?!« Na klar. Gerade er, der jeden Mittag auswärts essen ging, der sich jedes Jahr ein neues Auto, neues Parkett und eine neue Frau zulegte, der durch die Stadt pflügte wie ein Heubinder und in jeder Wohnung ein heulendes Bündel zurückließ, Mütter, die das ihre zu tragen hatten.

Sein Bruder Viddi war schon jung in die Hauptstadt geflogen und hatte dort die Schauspielschule besucht, doch inzwischen war es sechs Jahre her, seit er zuletzt auf der Bühne gestanden hatte, in irgend so einem Fast-Food-Häppchen der kahlköpfigsten Ulknudel aus 101. Mittlerweile lebte er von seiner Stimme in der Werbung und in Zeichentrickfilmen, außerdem erschien er regelmäßig in einer Promi-Sendung im Privatfernsehen, wo er Mutter und Bruder seine neueste Wohnung und seine neueste Braut vorführte, von der Böddi steif und fest behauptete, er habe sie ebenso im Baumarkt gekauft wie den ganzen Rest. Die Mädels standen mit dem Gesichtsausdruck einer Waschmaschine dekorativ hinter dem quasselnden Schauspieler und sagten kein Wort, bis er ihnen den Laufpaß gab und sie mit einem Balg auf dem Schoß dem Regenbogenblättchen *Séð og heyrt* ein mitleidheischendes Interview gaben: »Schönheitskönigin wieder zu haben«. Es kam vor, daß Dóra sie anrief, wenn die Kolleginnen in der Fischfabrik sie auf ihr neues Enkelchen auf den Hochglanzseiten aufmerksam machten. Im Arm seiner Mutter hockte es auf einem Sofa, das Dóra aus dem Fernsehen wiedererkannte. Eine von ihnen hatte sie sogar in dem schäbigen Häuschen am Frúarstígur besucht, während ihre Nachfolgerin in der Stadt bei einem Schwimmfest die Anheizerin spielte. Böddi kam herauf, um seinen kleinen Neffen in Augenschein zu nehmen. Leon Tandri fuhrwerkte im Wohnzimmer herum wie ein Elektriker, fasziniert von uralten Steckdosen und sich aufdröselnden Kabeln, während seine Mutter zu jedem Marlboro-Zug der Oma in Krókur ein entsetztes Lächeln aufsetzte.

»Kommt er nach deiner Familie?«

»Ja, meine Mutter behauptet, er käme ganz auf meinen Vater, aber er sieht natürlich auch Viddi sehr ähnlich.«

Böddi saß in einem Schaukelstuhl am Fenster und mischte sich mit zusammengezogenen Brauen in das Gespräch:

»Warum hast du ihn Leonid Andri genannt?« fragte er todernst und beobachtete das fröhliche Lockenköpfchen dabei, wie es sich über das Bücherregal hermachte und einige *Berühmte Isländer* zerfleddern wollte.

»Wie? Was meinst du?« erkundigte sich die Mutter und leckte sich über den trockenen Lippenstift, dann aber sprang sie plötzlich auf: »Leon Tandri! Nein! Nicht das Buch zerreißen! Man darf nichts kaputtmachen!« Sie ging durchs Zimmer, nahm den Kleinen auf den Arm und sagte mit einem entschuldigenden Lachen zu Böddi: »Leon Tandri? Na ja, eigentlich heißt er so nach dem König der Löwen, hahaha. Wir haben die Platte so oft gehört, als wir ... Aber natürlich wollten wir einen isländisch klingenden Namen, nicht Lion oder so. Und Tandri, der Vorschlag stammt von Viddi. Es soll ein altes isländisches Wort sein und ›Funke‹ bedeuten.«

Viddi arbeitete nicht mehr als Schauspieler, dafür hatte er sein Leben in eine Theaterfarce verwandelt. Das ständig erneuerte Parkett war nichts anderes als die Bretter, die die Welt bedeuteten und die er immer wieder aufs neue auslegte. Mit einer neuen Partnerin. Und jede neue Inszenierung verlangte nach einem Interviewer und einer Kamera. Da stand nun die weibliche Hauptbesetzung des letzten Stücks auf ihrer Tournee mit dem kleinen Löwen, während Viddi in Reykjavík schon ein neues Bühnenbild kreierte, diesmal in Þingholt.

Viðar Halldór. Beide trugen sie den Namen ihres ältesten Bruders, der, drei Wochen alt, in seinem Kinderbett gestorben war. Böddi dachte manchmal daran, daß die Mehrzahl seiner drei Namen bereits tot war. Böðvar Halldór Steingrímsson. Ihm folgten zwei Verstorbene. Auch Viddi trug gewissermaßen schon zwei Kreuze. Wie hatte er trotzdem so anders werden können, sein Bruder? Vielleicht, weil er ihren Vater nie gekannt hatte. Er war erst drei Monate nach Steingrímurs Untergang zur Welt gekommen. Wie, um alles in der Welt, konnte er aus vollem Hals »Ingvar Helgason« schreien, als wäre der sein Vater? Oder als läge es in seinem eigenen Interesse, wäre er Teilhaber der Firma. Er verlieh seine Stimme. Hatte eine Hure im Hals. Böddi sah ihn vor sich, quietschfidel in der Cafeteria von *Talsetning ehf.*, nachdem er soeben über sämtliche Heiden des Landes geträllert hatte: »Ich bin eine Nutte!« und bald im Tonstudio verschwinden würde, um seine klassische Schauspielausbildung einem

Teddybär in den Hals zu stopfen. Vor sechs Jahren hatte sich Viðar den fettesten Bissen des Kinderprogramms geschnappt und sich seitdem fast ausschließlich von diesem britischen Teddyfleisch ernährt. So selten, wie sie sich trafen, hatte Böddi manchmal das Gefühl, er würde mit dem echten Winnie Puh sprechen. Was ihm natürlich die Rolle des I-Aah zuwies. Seine eigenen Empfindungen mußte er synchronisieren lassen. Böddi hatte aber keine Lust, in der Farce, zu der das Leben seines Bruders geworden war, eine Rolle zu spielen. Taufte seinen Sohn auf den Namen einer Zeichentrickfigur! Vater sollte sich aus seinem feuchten Grab erheben und nach Süden in die Stadt düsen, zu einem Gespenst in Þingholt werden und seinem Sohn jede Nacht düstere Vorhaltungen machen, mit der Stimme von *Rammstein*.

Die beiden Möwen kreisten wieder über dem Hafen, kämpften gegen den steifen Wind an, gaben es auf und flogen mit ihm die Wellenbrecher entlang. Trotz des Biers machte Böddi immer noch ein finsteres Gesicht. Er starrte weiterhin auf die kleinen Wellenberge draußen und versuchte, so gut er konnte, nicht auf die Musik zu achten, die wie ein elektronischer Hagelschauer auf ihn einprasselte. Das war nicht leicht.

»Okay, so you're a rocket scientist? That don't impress me much. So you got the brains but have you got the touch?«

Er stand auf und floh vor dem Text auf die Toilette. Als er zurückkam, war der amerikanische Hagel noch immer nicht überstanden: *»Now don't get me wrong, yeah I think you're alright. But that won't keep me warm in the middle of the night.«* Irgendwo hatte er unwillentlich einmal ein Video dieses Songs gesehen, den er nun wiederum unwillentlich zu hören bekam, und entschieden gegen seinen Willen stieg ein Bild in ihm auf: Er lag unter einem pechschwarzen Nachthimmel irgendwo in den Südstaaten der USA in einem eiskalten Wohnwagen unter einer Decke, und zwar zusammen mit der nackten Sängerin, und er versuchte, was er nur konnte, ihrem aufreizenden Körper etwas Wärme einzurubbeln.

Sie war verdammt niedlich, obwohl er sich nicht einmal an

ihren Namen erinnerte. Dieses System ist doch echt geistige Notzucht, dachte er und trottete zur Bar. Er bestellte noch ein Bier bei Sirikit Rós. Sie lächelte ihm freundlich zu, hüpfte von ihrem Barhocker und hielt ein Glas unter den Zapfhahn. Die kleine Rose. Dann strahlte sie dermaßen den Fünfhundertkronenschein an, den Böddi ihr hinhielt, daß er fast zurückgelächelt hätte. Doch, er mußte einräumen, daß ihm dieser winzige und noch so förmliche weibliche Umgang ausgesprochen Vergnügen bereitete. Ein Vergnügen, das um so erbärmlicher war, als es nur hervorhob, wie schrecklich unbeweibt er war.

Böddi zog sich mit seinem Bier zurück und stellte auf einmal fest, daß inzwischen weitere Gäste eingetroffen waren. Am dritten Tisch von der Bar aus saßen ein Mann und eine Frau: Árni Valur und eine muskelbepackte Blondine, die Böddi den Rükken zuwandte. Langsam ging er an ihnen vorbei. Árni Valur sah zu ihm auf, ohne zu grüßen, doch mit einem ausdruckslosen Blick, der immerhin zu erkennen gab, daß sie sich kannten. Böddi konnte ihn nicht ausstehen. Eigentlich konnte Böddi nur wenige der Ortseinwohner ausstehen, aber diesen ultrablonden bärtigen Kerl, der sich immer kleidete wie ein ökolinker Internetexperte in einer Talkshow, weiches Tweedjackett und am Hals offenstehendes weißes Hemd (dabei war er lediglich Anstreicher), fand er besonders unausstehlich.

»Hi«, sagte die Blondine.

Böddi wandte sich zu ihr um und sah, daß es Dagga Alberts war, also Dagbjört, die Tochter seines Rektors Albert. Weißblonde Mähne, breite muskulöse Schultern, zwei kochtopfgroße Brüste. Und eine Zigarette Marke Salem. Böddi zögerte einen Moment und überlegte, ob er der Platinblonden nicht einfach mit einem Gruß an den Herrn Vater das Bier über den Kopf schütten sollte, doch ehe er sich noch entschieden hatte, erwiderte er: »Ja, grüß dich!«

»Was gibt's Neues?«

»Neues?« Sollte er ihr nicht einfach sagen, was los war? Daß ihr werter Vater vor einer halben Stunde sein neues Leben zerstört hatte. Weiter kam er nicht bei diesem Gedanken. Die sonnengebräunte und so gesunde, aufgefönte Visage von Árni Valur grinste ihm dermaßen entgegen, daß Böddi auf den Gedanken kam, lieber ihm das Bier ins Gesicht zu schütten.

»Ach, nichts.«

Dagga nickte mit dem Kopf in Richtung von Böddis Glas und sagte: »Ist bei dir schon Wochenende? Bist du allein hier? Willst du dich nicht zu uns hocken?«

Nur Frauen brachten es fertig, drei Fragen auf einmal zu stellen. Und nicht einmal die Antwort abzuwarten, ehe sie die vierte abfeuerten: »Hör mal, ich habe von eurem Ausflug gehört. War das wirklich so heftig?«

»Ach was, die Kinder sind nur nichts mehr gewohnt, heutzutage.«

»Ah ja. Ich fand es jedenfalls richtig klasse von dir, der Miß Nordland ein Bein zu brechen. Da kriegen wir vielleicht eine Miß Island in Gips, ha ha.«

Dagbjört drückte ihre Zigarette in dem großen seegrünen Aschenbecher aus, sichtlich amüsiert über ihren eigenen Witz. Árni Valur schnaubte lachend durch die Nase. Zwischen ihnen standen zwei Gläser Weißwein. Gott, waren das Landeier! Zwei isländische Bauerntrampel süffelten am hellichten Tag Billigstwein aus dem Container und bildeten sich ein, dieses kalte Loch (das tatsächlich den hochtrabenden Namen *Villa Nova* trug) wäre das *Kaffi París* in Reykjavík. Der Anstreicher und seine bedingungslose Anhängerin. Böddi ging einen Schritt weiter, doch Dagbjört wiederholte noch einmal: »Magst du dich nicht zu uns setzen?«

»Nee, laß mal! Ich hab meine Zigaretten drüben auf dem Tisch«, gab Böddi zurück und nickte zum hinteren Ende des Saals, der erst später angebaut worden war, ein zehn Jahre alter Glaspavillon.

»Na und? Sind die etwa unterhaltsamer als wir?«

»Ja«, sagte Böddi düster, ohne sich umzublicken, und ging mit seinem Bier weiter zu seinem Tisch. Der selbstgenügsame Wolf.

Als er sich setzte und einen ersten Schluck nahm, hörte er sie durch die Zwischenwand lachen. Ja, lacht ihr nur! Durch das Fenster sah Island kalt und leer aus. Vielleicht sollte man heute abend über den Fjord wandeln, war ein Satz, der Böddi urplötzlich in den Sinn kam. Das Pack hinter der Wand stieß eine neuerliche Lachsalve aus. Der Prophet suchte die Gnade des Radios. Aus den schwarzen Lautzerstäubern an der Decke regnete es laut herab: *»And can you feel the love tonight, how it's laid to rest? It's enough to make kings and vagabonds, believe the very best.«*

Zum Glück wußte er nicht, daß es sich um das Finale aus dem König der Löwen handelte.

3

Rocket Man

Gegen neun wankte Böddi heimwärts, durchnäßt von Bier und Regen. Er ging gleich nach oben und aufs Klo. Seine Mutter hockte vor einem Disney-Film in der öffentlich-rechtlichen Flimmerkiste, stand aber sogleich wortlos auf, als sie den Sohn hörte, und verschwand in der Küche. Böddi hörte, wie sie mit Tellern und Töpfen klapperte, als er am Wohnzimmertisch Platz nahm und die Untertitel auf dem Bildschirm las:

»Man darf im Haus keine Puzzle-Stücke verschlucken. Und im Bett nicht hopsen.«

Ein kleiner Affe in einem NASA-Overall hopste ohne Unterlaß in einem Hotelbett irgendwo in den USA. Sein Zimmergenosse, ein lächerliches Männchen um die dreißig, hatte die entsprechenden Sätze geäußert.

Dóra kam ins Zimmer und setzte ihrem Sohn einen dampfenden Teller vor: Frikadellen in brauner Soße, Kartoffeln und Salat. Dazu stellte die alte Frau einen Topf mit Beerenmus und Besteck auf den Tisch. Während sie noch einmal verschwand, machte sich Böddi über das Essen her. Die Frikadellen schmeckten wie immer nach Konsumladen. Sein Verstand verfluchte jeden Bissen, den sein Magen begrüßte. Er dachte an das Lamm, das ihm sein Großvater Gísli zur 1100-Jahr-Feier der Entdekkung Islands im Frühjahr 1974 geschenkt hatte. Es war schon im Herbst davor in die Genossenschaft »eingezahlt« worden, und damit besaß er einen Anteil an dem Verein, dem er selbst längst mit Haut und Haar gehörte. Seine Kindheit wurde gesponsort von *KS* und *SÍS*, der Genossenschaft *Kaupfélag Skagfirðinga* und deren Dachverband *Samband íslenskra samvinnufélaga*. Er lief in Schuhen der Schuhfabrik des SÍS, in Wollhosen der Strickfabrik des SÍS, aß Kekse aus der Keksfabrik des SÍS von Tellern von *Brugsen* und *Co-op*, den skandinavischen

Schwestervereinigungen. Seine Schlafanzüge kamen vom Verband der britischen Konsumgenossenschaften. Seine Träume aus deren internationalem Zusammenschluß.

Aus irgendwelchen Gründen war die Genossenschaft des Skagafjörður die einzige, die den Zusammenbruch des SÍS im Jahr 1990 überlebte und weiterhin den gesamten Ort vom Hafen bis zu den Pferden in ihrem Besitz hatte. Die Hauptstraße von Krókur lief vom alten Genossenschaftshaus, erbaut 1904, zum neuen von 1983. Die Geschichte des Orts war die Geschichte des Genossenschaftsvereins. Sein Vorsitzender, ein Mann mit buschigen Augenbrauen und einem Fuchsgesicht (das in Wahrheit Böddis Gesicht nicht unähnlich sah), war der eigentliche Bürgermeister und dementsprechend umstritten.

Das kleine Lämmchen lag nun seit dreißig Jahren im Kaupfélag. Es war immer wieder vergessen worden, Waren in seinem Gegenwert zu entnehmen. Als Böddi zuletzt danach gefragt hatte, wurden in den Büchern der Genossenschaft noch immer zwei Haare aus der Wolle geführt. Den Rest hatte inzwischen irgendwer anders verzehrt.

Seine Mutter erschien wieder im Türrahmen und stellte ihm ein Glas Wasser hin. Für einen kurzen Augenblick ähnelte sie einem zwölfjährigen Jungen mit strubbeligen Haaren. Dann ließ sie sich wieder in ihren Sessel fallen und schaute weiter den Film.

Der Mann und der Affe waren in ihrem Hotelzimmer eingeschlafen, Seite an Seite in einem Doppelbett. Vor dem Fenster blitzte und donnerte es.

Böddi aß wortlos und mit einer starken Bierfahne, dabei beobachtete er seine Mutter, dieses farblose Profil. Von der Seite war ihre Brille kaum zu sehen. Ein glänzendes dunkles Auge bildete das einzige Lebenszeichen in dieser gipsweißen Totenmaske. Wie ein blankes Mauseschnäuzchen in einer Schneewehe. Womöglich hatte er ein schlechtes Gewissen, weil er betrunken zum Essen kam, betrunken und zu spät. Oder er machte sich an diesem Freitagabend tatsächlich Gedanken, wie es seiner Mutter gehen mochte. Jedenfalls fragte er nach einigen Bissen: »Was guckst du da?«

»Ach, irgendeinen Blödsinn.«

»Wie heißt denn der Film?«

»Keine Ahnung.«

Sie schwiegen für eine Weile. Böddi verdrückte die Fleischklopse. Auf dem Bildschirm wurde es laut. Jetzt trug das alberne Kerlchen einen Astronautenanzug, war betrunken und tanzte im Zimmer herum, umgeben von lachenden Menschen.

»Was ist denn da los?« fragte Böddi schließlich ohne jedes Interesse.

»Er fliegt zum Mars.«

»Der da?«

»Nein, der andere.«

»Der Besoffene?«

»Ja. Aber sie sind ja noch nicht losgeflogen.«

Die Stimme seiner Mutter klang rauchig und heiser und paßte nicht ganz zu ihrem dreißig Kilo leichten Leichnam. Es hörte sich an, als würde ihr der Marlboro-Mann seine Stimme leihen.

»Ist das ein Kinderfilm?« fragte Böddi.

»Ja, ich glaube schon. Kommen nicht immer welche Freitagabends?«

Böddi hatte keine Ahnung. Mit der Programmvorschau, diesem Wegweiser durch das Leben in *Island heute*, kannte er sich nicht gut genug aus. Zehn fernsehlose Jahre auf dem Kontinent hatten ihn dieses geistigen Heroins entwöhnt. Es tat ihm weh zu sehen, wie sehr seine Mutter dieser Droge verfallen war. Sie war geistig am Ende. Hatte an nichts mehr Interesse. Erzählte keine Geschichten, besaß keine Freundinnen. Wollte am liebsten nirgends hingehen. Nicht einmal zur Kirche. Sie hatte sich dem Bösen verschrieben. Sie war nicht einmal dazu zu bewegen gewesen, aus dem Auto zu steigen, als Böddis Schwester Skulda sie einmal hinaus nach Skagi chauffiert hatte, um den alten Hof von Großvater und Großmutter zu besichtigen. Dóra hatte lediglich durch die Scheibe in den Nieselregen gestarrt und die Augen zusammengekniffen, bis sie den Ort ihrer Kindheit erkennen konnte, einen halb verfallenen Hof unten am Wasser, der unweigerlich an das Skelett eines Krüppels erinnerte.

»Ach Gott, ist das jämmerlich.«

Mutter und Tochter mußten eine halbe Stunde in dem netten kleinen Frauenauto warten, während ein unermüdlicher Böddi in den Gebäudetrümmern wühlte und herumschnupperte wie ein Hund. Er kam mit einem zerbeulten Kessel aus Eisenblech zurück, der noch am ehesten an eine rostige Handtasche erinnerte.

»Guck mal, Mama, der alte Kessel von Großmutter.«

Dóra schüttelte den Kopf, murmelte: »Alberner Krempel!« und kurbelte die Scheibe hoch, während Skulda die auf ihrer Seite rasch herunterkurbelte und rief: »Böddi, nicht in den Kofferraum damit! Stell ihn lieber zwischen deine Füße auf den Boden.«

Auf dem Rückweg war die alte Frau ganz unausstehlich geworden. Sie zitterte am ganzen Leib, weil sie ihre Lieblingssendung verpaßte: *Oprah.* Fernsehsüchtig. Aber Böddi konnte nichts dagegen sagen. Er durfte sich nicht beklagen. Jeden Abend opferte sie zwanzig Minuten ihrer Sucht, um ihn zu bekochen. Er mußte sich einfach damit abfinden: Seine Mutter war eine völlig ausgepowerte Frau mit dem Kopf voller Hollywoodmist, die jeden Abend drei Morde aufklärte, während er in seinem Keller mit den Rätseln des Lebens rang. Und jetzt flog sie also zum Mars. Böddi beobachtete sie eine ganze Weile, wie sie sich beim Start der Rakete in ihren Sessel drückte (die graue Zuckerwatte auf ihrem Kopf zitterte leicht), ehe er verkündete: »Ich unterrichte nicht mehr.«

»So?« machte Dóra, ohne den Blick vom Bildschirm zu lassen.

»Ja. Ich habe aufgehört.«

Der Fernseher strahlte zuckende Lichtblitze aus. Die Rakete verließ Cape Canaveral mit entsprechendem Getöse. Das lächerliche Kerlchen nieste und das Visier seines Raumfahrerhelms bezog sich von innen mit Auswurf. Böddi betrachtete seine Mutter. Sollte sie nicht eher Bücher wie *Epochen, die kamen und gingen* lesen, als sich diesen Rotz anzugucken, der obendrein noch für Kinder gedacht war? Epochen kamen und wurden zu Kindern. Endlich verließ die Alte die Atmosphäre und flog durch die Schwerelosigkeit, Ruhe und Windstille. Sie drehte den Kopf, blickte ihrem Sohn ins Auge und fragte: »Was du nicht sagst. Haben die Prüfungen angefangen?«

»Nein«, sagte Böddi.

Es wurde wieder laut im Apparat, und die alte Frau wandte sich ihrem Raketenmännchen zu. Böddi wartete einen Moment, wie ein Moderator, der auf weitere Fragen aus dem Saal wartet. Dann nahm er Teller und Glas und trug sie in die Küche. Im Fenster sah man einen bläulich kühlen Frühlingshimmel. Das intensive Blau der Berge war in einem abendlichen Schauer ausgeblutet, wie ein buntes Hemd die ganze Wäsche färbt. Selbst die weißen Laken im Nachbargarten leuchteten in diesem Licht hellblau. Der Wind hatte nachgelassen. Die nasse Wäsche bewegte sich kaum mehr an der Leine, und die Bäume schienen zu schlafen.

Am besten weitersaufen, dachte Böddi. Aber nein, nein. Das hier war nur eine Essenspause gewesen. Bloß nicht nachlassen! Jetzt, da er sich doch endlich an seine Schülerinnen ranmachen durfte und eine dieser tief dekolletierten Vollbusigen in seinen Keller abschleppen konnte. Hanna zum Beispiel. Die fuhr doch auf ihn ab, wenn er sich nicht täuschte. Oder Alma Dís. Sie hatte ihn in der Höhle oben gebeten, ihr mit dem Reißverschluß an ihrem Schlafsack zu helfen. Ja, wollen doch mal sehen, ob nicht eine am Pferdeschwanz anbeißt!

Er trat wieder an den Türspalt, um seiner Mutter tschüs zu sagen, entdeckte dann aber noch den Topf mit Beerenmus auf dem Tisch. Er zögerte kurz, beschloß dann jedoch, keine Lust zu haben, ihn abzuräumen, und rief statt dessen:

»*Bless,* Mama. Danke für's Essen.«

Die zerzauste Pusteblume über der Sessellehne rührte sich nicht.

»Ist gut, Junge. Dein Bruder hat übrigens angerufen.«

»Ach?«

Böddi stolperte in das Filmchen auf der Mattscheibe wie in eine Pfütze. Im Raumschiff wurde gerade gegessen. Die Mahlzeit kam aus Zahnpastatuben. Der alberne Kerl ergriff die falsche und drückte sich etwas in den Mund, das mit »Laxative« gekennzeichnet war. Der Durchfall setzte auf der Stelle ein. Böddi verdrehte die Augen ob der maßlos übertriebenen Darmgeräusche. Solche albernen Späße verätzten ihm die Seele wie Arsen. Er schlug die Augen nieder.

»Ja, er hat vorhin angerufen«, sagte die alte Frau, ohne sich zu regen. Ihre Stimme stieg aus dem moosbraunen, mit Spitzendeckchen verzierten Ohrensessel auf wie aus dem Jenseits. Alles, was von ihr zu sehen war, waren ihre grauen Fusseln, die über die Rückenlehne ragten wie eine windzerzauste Wolke über einem Berggrat, und die runisch verrunzelten Finger ihrer linken Hand auf der Lehne. Die Helligkeit des Bildschirms reflektierte darauf wie auf alten Küchengerätschaften.

»Und? Ist er am Wochenende wieder in irgendeiner Show zu bewundern?« fragte Böddi, den Blick noch immer auf den Teppichboden geheftet.

»Nein. Das glaube ich nicht. Er wollte mit dir sprechen.«

»So?«

»Ja. Er sagte, er würde einen Spielfilm drehen, und wollte, daß du dabei mitmachst.«

Das Wort »Spielfilm« sprach sie aus, als hätte sie noch nie von derartigem gehört.

»Wie? Einen Spielfilm?« wunderte sich der Sohn am Türrahmen.

»Ja.«

»Worüber denn? Was für einen Film?«

»Wenn ich recht verstanden habe, soll es um das Leben hier gehen.«

»Aha. Ich wußte gar nicht, daß es hier so etwas wie Leben gibt.«

»Was?«

»Soll es nicht vielleicht doch eher ein Dokumentarfilm werden?«

»Nein, ich meine, er hätte von so einem Samstagabendfilm gesprochen.«

Böddi sah zu, wie seine Mutter ihr Dope aus dem Bildschirm saugte. Eine Sechzigjährige auf dem Flug zum Mars. Mit freundlicher Unterstützung von Disney und Erstem Programm. Sie saß in ihrem Fernsehsessel wie ein Space-ship-Commander und steuerte ihr Raumschiff mit der Fernbedienung in der Rechten durch Sternennebel und Asteroidenschauer. Böddi sah sie in der Unendlichkeit verschwinden.

4

Der Schrecken des Ortes

Er entschloß sich, bei Óli vorbeizuschauen. Es war ein schizophrener Laden: Die Woche über servierte er Pizza, doch an den Wochenenden verwandelte er sich in einen völlig ausgeflippten Ballsaal. Dem typischen Isländer darin nicht einmal unähnlich. Böddi traf genau in der Phase des Umschlagens ein: In einer Ecke saßen noch ein paar breitschultrige Blondinen und besprayten und bepuderten sich mit Cola und Weizenmehl. Sie waren genau von der Sorte, die er »Große Braune« nannte: das ganze Jahr über hellblond und dunkel gebräunt. Im hinteren Teil des Saals baute Teitur Eyjólfs gerade seine Anlage auf, und an der Bar zogen sich ein paar Bauern die Hosen hoch. Eine Frau in schwarz-gelbem Skioverall verließ mit einer Pizza in einer Schachtel das Restaurant. Noch waren nicht viele Gäste eingetroffen, doch da hier die einzige Party im ganzen Bezirk stattfand, würden sich hier am Ende alle zwischen Rap und Reimvers treffen, also jede Altersgruppe, jedes Outfit und jede Art von Einstellung, von den »Großen Braunen« bis Böddi.

Hier amüsierten sich alle: Die versammelte Schönheit der Kleinstadt.

Isländer gingen erst spät aus. Dafür gab es einen simplen Grund: Wenn man sich in einer Bar vollaufen lassen wollte, kostete das einen halben Wochenlohn. Da war es billiger, schon zu Hause vorzuheizen. Alkohol und Benzin waren die beiden letzten Warengruppen, deren Preis die Regierung noch festlegte. Höchstwahrscheinlich wollten die zunehmend an Bedeutung verlierenden Politiker damit noch einmal auf sich aufmerksam machen.

Böddi war ein bißchen mulmig vor diesem Abend. Er kannte hier niemanden. Die braunen Stuten waren im gleichen Moment verstummt, in dem er das Lokal betreten hatte. Und sie hatten ihn angestarrt. Den Schrecken des Orts. Er tappte zur Bar hinüber. Ein Bauer mit roten Apfelbäckchen und wuchernder Perücke gab eine Geschichte zum besten, und zwei nach Bauarbeitern aussehende Typen hörten ihm zu. Málmey und Drangey hatten Dienst und standen mit mißmutigen Gesichtern hinter der Theke, zwei Inseln im Biermeer. Die erstere war groß und geschmeidig, die andere breit und behäbig. Böddi kam bei ihr an die Reihe und bestellte ein großes Bier. Das nahm sie eher ungnädig auf und machte ein Gesicht, als hätte er sie persönlich beleidigt, doch als er ihr den Fünfhundertkronenschein reichte, blickte sie versöhnlicher.

Aus den Lautsprechern dröhnte hysterisch lauter Teenie-Pop. Das war aus dieser Gesellschaft geworden: Die Leute unterhielten sich nur noch dort, wo es zu laut dazu war. Böddi beobachtete den Bauern, wie er seine Anekdoten durch den Lärm brüllte. *»Sweat drippin' over my body. Dancin' gettin' just a little naughty«*, stöhnte eine kreischende Minderjährige, die dafür berühmt war, nur mit einem String-Tanga bekleidet aufzutreten, am ganzen Körper mit Euterfett eingeschmiert und den Nabel beschlagen. Unter ihrem Gekreisch erinnerte das Gesicht des Bauern auf erschreckende Weise an einen alten Indianerhäuptling. Böddi kannte ihn. Heiðmar von Ofsastaðir. Ein manchmal etwas zu ausgelassener Pferdenarr. Und obendrein mit dieser lächerlichen Perücke, einer Kopfbedeckung, die in der Gegend leider noch weit verbreitet war.

Auf einmal zog Böddi ein feiner Schmerz durch den Schädel. Das Fiepen eines Handys. Die Software des Bezopften war derart sensibel, daß er jedes Handyklingeln mitbekam. Aus diesem Grund konnte er selbst keins haben. Er verzog das Gesicht unter dem unangenehmen Gefühl, doch Heiðmar zückte mitten in seinem Bericht das Mobiltelefon und ging etwas beiseite, wobei er laut die Namen von Hengsten in das Gerät brüllte. Das dichte glatte Haar seiner Perücke wurde bei jedem Wort erschüttert. *»Sweatin' til my clothes come off«*, stöhnte die genagelte Euterschönheit von der Saaldecke herab.

Die Bauarbeiter unterhielten sich, und Böddi stand etwas

exponiert an der Theke, als eine der weißmähnigen Stuten angetöltet kam, um zwei Baileys zu bestellen. Zwei geschlagene Minuten lang stand sie neben ihm, von den Schultern bis zur Sohle in Schwarz, mit leuchtend hellem Haar und Gloss auf den Lippen. Eine Weißbraune. Mit den Augen haute er ihr eine runter. Sie zuckte nicht einmal. Böðvar Halldór verachtete solche Frauen. Vermutlich aufgrund der Tatsache, daß sie ihn niemals beachteten. Sie standen da, als gehörten sie nicht der gleichen Nationalität an und hätten nichts weiter gemein, als daß sie beide Lungenatmer waren. Während der zwei peinlichen Minuten, die zwischen ihnen verstrichen, würdigte sie ihn nicht eines Blicks. Steifgefroren hielt sie exakt fünfzig Zentimeter Abstand von ihm und las den kritischen Zustand an Drangeys Brauen ab.

Die meisten dieser braunen Stuten arbeiteten in Friseurgeschäften. Für sie war Krókur berühmt. Es gab in diesem kleinen Nest nicht weniger als ein Dutzend Frisiersalons. Damit sie sich halten konnten, mußte jeder weibliche Einwohner zweimal wöchentlich zum Färben und Spülen erscheinen. Daher hatten die Frauen von Krókur ruinierte Haare und die Männer eine Perücke. So behauptete jedenfalls Böddi, der Mann mit den Geheimratsecken und dem geflochtenen Zopf, einer Frisur, die so manch einer schon auf die Tagungsordnung des Gemeinderats setzen wollte.

Die Antwort darauf hatte Böddi auf seiner Blog-Seite gegeben:

»Diese Mädchen können einem nur leid tun, weil sie an nichts anderes als an ihr Aussehen denken. Eben weil sie so schrecklich aussehen. Den ganzen Winter über haben sie mit ihren feisten Keulen auf den Gasgrills im Sonnenstudio *Tindasól* gelegen und sich von Elsa Lind ab und zu wenden lassen, bis sie beiderseits schön knusprig waren. Trotzdem wollen sie unbedingt noch ihr Make-up zum Einsatz bringen. Mit ihren braunen Hälsen und schneeweißen Gesichtern ähneln sie dann japanischen Kabuki-Schauspielern. Und wenn dann noch Lippenstift obendrauf kommt, sind die Clowns fertig. Traurige Clowns: Die

Schminke ist nämlich meist so dick aufgetragen, daß sie rechts und links der Mundwinkel abplatzt, wenn sie zu oft lächeln. Darum lächeln sie nie zu oft. Da ihre Augenbrauen vom vielen Zupfen so gut wie ausgerottet sind, ziehen sie sie mit einer Art Bleistift nach, wie ihn auch Mutter benutzt (allerdings ist es bei ihr sogar ein alter, fast eingetrockneter Filzstift), jedenfalls sehen diese jungen Knospenbrüste auf diese Weise bald aus wie mittelalte verbrauchte Tussen. Dann flippen sie vollends aus und wollen sich wieder verjüngen, indem sie sich rosafarbenen Zuckerguß auf die Lippen pinseln, der dermaßen abartig stinkt, daß man ihn noch zwei Sitzreihen weiter riecht, und sie zum Küssen etwa so verführerisch macht wie ein Klecks Glasur einen Hefekloß. Um all das herum wallt das Haar, dieses ausgelaugte Stroh, das nach all den chemischen Versuchen und Prozeduren, denen es ausgesetzt wurde, nur noch wie hochgiftige Glasfaserwolle für den Sondermüll aussieht. Darunter ruhen die süßen kleinen Brüstchen auf Salzwasserbetten von WaterBra. Diesen ganzen Kladderadatsch packen sie auf zehn Zentimeter hohe Plateausohlen und glauben, daß sich sämtliche Männer um dieses Ausstellungspodest drängen müßten. Nein, tut mir leid, liebe Freundinnen. Ihr seid Opfer eines faschistischen Äußerlichkeitskults, krank vom Schönheitsmittelchenmißbrauch. Häßlich vor Schönheit.«

Womöglich hatte die mißratene Schnitte an seiner Seite diese Epistel gelesen, obwohl er sie unter dem Titel »Unterkühlte Grüße« auf der Seite von *Skagafjörður.com* veröffentlicht hatte. Andererseits hatte Böddi so seine Zweifel. Die Großen Braunen waren nicht gerade Leseratten. Nach dem Augenausdruck von der hier zu urteilen, hatte sie allerhöchstens eine Gedichtsammlung von Oscar de la Renta zu Hause stehen.

Dennoch litt er richtiggehend unter der beleidigenden Gleichgültigkeit, mit der ihn die junge Frau ignorierte, und er verließ die Theke. Der Bauer von Ofsastaðir hatte sein Telefongespräch in der Lobby beendet und stellte den Mann mit dem Pferdeschwanz in der Saalmitte, streckte ihm seine Pranke entgegen, die einer kleinen Schaufel glich.

»Moment mal, ist das nicht unser Böddi? Böddi Steingríms? Was gibt's denn bei dir Neues?«

»Och, nichts weiter ...«

»Wart mal, du bist doch Lehrer, nicht wahr? Moment, Moment, na klar! Du hast doch mit den Kleinen am Wochenende diese Tour unternommen. Na, ihr seid ja schön im Schlamassel gelandet, Mann!«

Böddi hörte nicht alles, denn er hatte den Blick auf die Brust des Mannes geheftet und las wie die isländischen Untertitel zu einem amerikanischen Film die Aufschrift, die unter dem offenstehenden verknitterten Blouson sichtbar wurde, rote Lettern auf einem verwaschen blauen T-Shirt: BOSTON RED SOX. Dann sah er dem frohgelaunten Pferdemann wieder ins Gesicht und sagte:

»Ja oder besser nein. Alles nur böswillige Gerüchte, was da durch die Presse ging. Bei uns war alles in Ordnung, die ganze Zeit über. Es gab nur diesen einen winzigen Unfall, als Hrafnhildur an der Geröllhalde abrutschte. Sonst nichts.«

Die Härte und Bestimmtheit in Böddis Stimme traf den Bauern unvorbereitet, und er floh fast vor ihm zu seinen Kumpanen an der Bar. Böddi war so jemand; die Menschen scheuten vor ihm zurück. Er ging weiter in den Tanzsaal und setzte sich allein an einen Tisch. Teitur war oben auf der Bühne, kroch auf allen vieren unter etwas herum, das einem Keyboard ähnelte. Sonst befand sich niemand im Saal. An der Wand über der Bühne hing ein pompöses Schild mit dem Wappen des Lions-Clubs.

Vielleicht wäre ich heute abend besser nicht ausgegangen, dachte Böddi und trank sein Bier. Das ganze Kaff hat den Kopf voll von dem Quatsch, diesem »Skandal«, diesem »Zwanzig Schüler der *Fjölbrautaskóli Norðurland Vestra* gerieten gestern am Rjúpnafell auf dem Kjölur in Gefahr, als ...« – als sie sich einmal für fünf Stunden außerhalb der Reichweite ihrer Handy-Netze bewegen sollten! Island war mittlerweile genauso ein Kuschelnest für feige Memmen geworden wie die übrigen Länder Europas. Das Leben war in Mindestanforderungen und Regulierungen eingesperrt worden. Niemand ging mehr das geringste Risiko ein.

Ja, vielleicht wäre er heute besser nicht ausgegangen. Besser, die Aufregung erst einmal abflauen zu lassen wie Grettir in seiner Höhle. Aber er konnte sich einfach nicht damit abfinden, nach Hause in seinen Keller zu gehen und dort der rotgestrichenen Wand und der Tatsache ins Auge zu sehen, daß ihn an diesem Ort nichts weiter erwartete als die Alternative zwischen Arbeitslosengeld und Gartenarbeit in den öffentlichen Anlagen. Vielleicht könnte er Sammi anrufen – es war doch einfach zu blöd, hier allein zu hocken –, aber morgen war ein Spiel, und am Vorabend ging Sammi nie aus. Er wollte nicht mit einem Kater auf die Tribüne. So war Sammi. Böddis Blick fiel auf einen flimmernden Fernseher hoch oben in einer Ecke des Saals. Soweit er erkennen konnte, lief schon wieder eins dieser Disney-Filmchen. Unglaublich, wie weit sich Hollywood inzwischen verbreitet hatte. Selbst bis hierher, in diesen Tanzsaal *chez Óli*. Na gut, da war er wenigstens nicht ganz allein, sondern bei seiner Mutter. Im Geiste.

Draußen wurde es dunkel, und die Jugend von Krókur rollte langsam in durstigen Sportwagen vorbei. Jungen mit festgeleimtem Grinsen im Gesicht und kaugummikauende pubertierende Mädchen, die ihre Haare zurückwarfen. Wie traurig, die Jugend von heute die gleichen Rituale vollziehen zu sehen wie vorangegangene Generationen. Selbst seine Mutter hatte einmal auf dem Rücksitz gekreischt. Diese ewig gleiche Runde kehrte ebenso unvermeidlich wieder wie der Schuljahrsanfang. Die Jugendlichen fuhren die Aðalgata rauf und runter, und wenn sich zwei Autos begegneten, trafen sich auch Blicke. Rendezvous auf Rädern. Böðvar Halldór hatte an diesem Blödsinn nie teilgenommen. Er verbrachte die Abende seiner Jugend damit, zu Hause Nietzsche und Marcuse zu lesen. Hatte die vergilbten Seiten umgeschlagen wie die Schwingen toter Schwäne. Es war ein Studium, das ihm helfen sollte, die Flügel zu bauen, die ihn aus diesem Kaff forttrugen in eine andere, bessere Welt. Jetzt aber war er zurück. Doch mit dem Trauerzug seiner Kindertage konnte er immer noch nichts anfangen. Da war ja der Film mit den Affen besser.

Böddi ließ sich mit dem roten Faden der Geschichte geißeln, bis sich eine sturzbetrunkene rundliche Frau, von der er lediglich wußte, daß sie sich zu den Stützen dieser kleinen Gesellschaft zählte, wie ein Gespenst an seinem Tisch aufbaute und ihm heftig die Leviten zu lesen begann. Seit er von der Klassenfahrt zurück sei, liege ihr Sohn mit Lungenentzündung zu Bett.

»Ich will bloß, daß du weißt, daß du dich schämen solltest!«

In Wahrheit bereitete es Böddi ein diebisches Vergnügen. Ihre Ausfälligkeiten waren jedenfalls unterhaltsamer als der Durchfall auf dem Bildschirm.

»Das Geheimnis, um die größte Fruchtbarkeit und den größten Genuß vom Dasein einzuernten, heißt: gefährlich leben! Nietzsche.«

»Hä?« machte die Frau, ganz benommen von Alkohol und Aufregung.

»Das Geheimnis, um die größte Fruchtbarkeit und den größten Genuß vom Dasein einzuernten, heißt: gefährlich leben! Nietzsche.«

Die Stütze der Gesellschaft glotzte Böddi eine Weile an, als wäre sie gerade erst benommen aus dem Schlaf erwacht, doch dann überkam sie der hochprozentige Geist:

»Ich dachte, Genuß ... der größte Genuß vom Dasein wäre, zu Hause bei Muttern zu wohnen. Was gibt es denn übrigens Neues von ihr?«

So endeten alle Dispute in Island: Was gibt es Neues von deiner Mama? Wo jeder jeden kannte, mußten alle alles voneinander wissen. Böddi schaute zum Fernseher hinüber. Seine Mutter war heil auf dem Mars gelandet.

Glücklicherweise vertiefte sich auch die angetrunkene Frau in den Astronautenquatsch, und Böddi konnte sich wieder seinem Bier widmen und sexuellen Phantasien mit zwei seiner attraktivsten Schülerinnen.

Teitur begann kurz vor Mitternacht zu spielen, und zwei Stücke später brach die Flut herein. Sieben private Anwärmpartys platzten alle auf einmal herein, als hätte sie der Seenotrettungsdienst alarmiert. Für kurze Zeit hallten die stillen Straßen der Ortschaft von Geschrei und Gelächter wider, bis draußen aufs neue alles still wurde. Da waren alle bei Óli versammelt. Der Bauer von Reiðará brauchte ein paar Musikstücke, ehe er die ersten auf die Tanzfläche locken konnte. Der Mann mit der Teddyfrisur aus den Fünfzigern, der ansonsten Placido Domingo verblüffend ähnlich sah, war nur ein Ein-Mann-Orchester mit einem Instrument in jedem Finger und einer Trommel in jedem Zeh; doch wenn man ihm den Rücken zuwandte, hatte man den Eindruck, eine fünfköpfige Band stünde auf der Bühne. Der »Teufelskrachschläger« konnte jedes beliebige Lied spielen (3000 Titel hatte er auf seiner Festplatte gespeichert) und war doch weit davon entfernt, nur ein schlichter Imitator zu sein. Aus Teitur Eyjólfssons Mund klangen die Stones und Robbie Williams ebenso echt wie Ragnheiður Gröndal oder Norah Jones.

Der Prophet hielt die Stellung und ließ Beschimpfungen genauso über sich ergehen wie Fragen von der Art, warum, zum Teufel, er sich die Zigaretten selbst zusammenknetete und warum er sich, verdammt noch mal, nicht endlich diesen albernen Zopf abschnitt.

»Weil es so gut tut, genau das zu tun, was Idioten ablehnen.«

Böddi berauschte sich an seiner eigenen Erregung. Er war voller Widerspruchsgeist. Voll Zorn. Voller Haß auf alles und alle Anwesenden. Er erhob sich und ging zur Toilette. Es war ein dornenreicher Weg. Die Weißbraune, die ihn zuvor mit ihrer distanzierten Nähe beleidigt hatte, hatte nun, nach fünf Zügen an die Bar, endlich die Sprache gefunden und fiel über ihn her:

»Was glaubst du eigentlich, was du bist, he?«

»Mehr als du jedenfalls.«

»So, so? Du bildest dir also ein, du wärst mehr als ich. Und warum, wenn man fragen darf? Weil du diesen Schwanz hast und ich nicht?«

»Wie? Hast du keinen Schwanz? Ich dachte, alle Stuten hätten einen«, höhnte er und bahnte sich mit verzerrtem Gesicht und auf sich selbst und das Leben fluchend einen Weg durch die tobende Menge. Auf dem Gang zu den Toiletten lief er wieder dem aufgekratzten Bauern mit der Perücke in die Arme, der ihn aufforderte, mit seinen Schülern lieber zu ihm zu kommen, anstatt mit ihnen noch im Spätwinter oben im Hochland herumzukraxeln. Er würde mit ihnen einen schönen Reitausflug machen. Dazu nötigte er Böddi seine Visitenkarte auf:

Icy Rider, Horse Rental, Ofsastadir, 560 Varmahlid

Marketingdenken hatte längst jedes Tal erobert.

Eine der Toiletten war besetzt. Ehe Böddi die Tür zur zweiten öffnen konnte, kam ein angeheitertes Pärchen aus der ersten: Dagga und Árni Valur. Der Anstreicher blickte nicht mehr ganz so triumphierend aus der Wäsche wie vorhin. Die Röte seiner Wangen war ihm in die Augen gestiegen. Dagbjört sagte fröhlich »Hi!« und wollte unbedingt, daß Böddi mit ihnen an die Bar kam. Er sagte, er wäre gerade auf dem Weg zum Klo. Da wollte sie ihn begleiten. Böddi meinte, er würde lieber allein pinkeln. Daraufhin drückte sie ihn gegen die Wand und sah ihm aus nächster Nähe in die Augen.

»Ich habe gehört, du wärst heute gefeuert worden.«

Böðvar nahm ihre Körperwärme und ihren Geruch wahr. Dieser kräftige Busen verströmte weibliche Wärme. Eine Mischung aus Salem und Givenchy. Trotz ihrer Rod-Stewart-Frisur und der Kugelstoßerschultern mußte er einräumen, daß diese Frau, die 35, aber genauso auch 45 Jahre alt sein konnte, einen gewissen sexuellen Reiz ausstrahlte. Vielleicht lag es an ihren Brüsten. Dagga besaß das, was Sammi »Lesegerätstitten« nannte: Wenn man eine Kreditkarte zwischen sie schob, blieb die Karte zwischen ihnen stecken.

»Ja, dein Alter hat heute zugeschlagen. Er hat mich rausgeworfen.«

»Und? Bist du nicht stinksauer auf ihn?«

»Und ob! Hast du keine Schlüssel zu seinem Haus?«

»Nein. Wieso?«

»Ach, nur so. Würde Spaß machen, den Alten im Schlaf zu ermorden oder etwas in der Art.«

»He, Böddi! So was darfst du über ihn nicht sagen ... Ich meine, er ist immerhin mein Vater!«

Dagga trug einen langen weißen Strickpullover zu ihrem Vokuhila-Schnitt und hatte rosa Lippenstift aufgelegt. Sie erfüllte alle formalen Voraussetzungen, zu den Großen Braunen gezählt zu werden, doch ihr kräftiger Körperbau und ihre unumwundene Art zu reden hoben sie über diese Sorte hinaus. Böddi bemerkte, daß Árni Valur auf dem Gang wartete, das Treiben im Saal in seinem Rücken.

»Okay, laß mich jetzt mal auf's Klo«, sagte er ärgerlich.

»Aber sag mal, was hat er denn zu dir gesagt?«

»Er sagte bloß: Vorwärts Arsenal! und daß Hertha BSC ein Scheißverein sei, Jolli hätte niemals zu ihm wechseln dürfen. Der englische Fußball wäre das Maß aller Dinge und so weiter, bla, bla, bla.«

»Nein, im Ernst, Böddi. Sag mal, war er richtig wütend?«

»Ich glaube, eher läßt sich meine Mutter zur nächsten Wahl aufstellen, als daß sich dein Vater mal richtig aufregt.«

»Er ist also ganz ruhig geblieben?«

»Er konnte sich beherrschen, solange wir nur geschmust haben. Im Bett wurde er dann ein bißchen wilder.«

»Mann, Böddi, ich bitte dich!« stöhnte Dagga und blickte von Böddi auf ihren Malermeister.

»Jetzt laß mich endlich pinkeln, Mensch!« sagte Böddi wütend, riß sich los und verschwand auf dem Klo.

Im Saal verkündete Teitur von Reiðará *The Final Countdown.*

5

Fuchs und Eisbär

In Island geht die Sonne nie an zwei aufeinanderfolgenden Tagen zur gleichen Zeit auf. Und auch nie am gleichen Ort. Jeden Tag erscheint sie an einem anderen Punkt des Sonnenumlaufs und des Horizonts. In Wirklichkeit weiß niemand, wann und wo mit ihr zu rechnen ist. Das ist eine geheime Tatsache im Leben jedes Isländers. Das Leben unter der Sonne richtet sich aber mehr nach ihr, als wir ahnen, und von daher empfindet der Isländer immer wieder einmal das Bedürfnis, zu unpassender Zeit an seltsamen Orten aufzuwachen. Aus den gleichen Gründen haben sich die Isländer lange geweigert, wie die meisten anderen zivilisierten Völker eine »Sommerzeit« einzuführen. Sie sehen keinen Sinn darin, für den Sommer eine spezielle Zeit einzuführen, da sie doch in Wirklichkeit jeden Morgen eine neue Zeit haben.

Im Land der unvorhersehbaren Ereignisse ist die Sonne eines der größten.

An jenem Tag Mitte April im Norden Islands ging sie um sechs Uhr auf. Sie brauchte allerdings eine halbe Stunde, um die Berge im Osten zu übersteigen. Um diese Zeit ging die Party allmählich zu Ende. Böddi kam auf einem modernen und ziemlich unbequemen Kissensofa wieder zu sich und brauchte eine Weile, um sich zu orientieren. Nach alter Gewohnheit begann er mit dem Land. Jawohl, er befand sich in Island, wahrscheinlich in Krókur … ja, da saß Dagga, wie immer wie ein Seebär aussehend: In ihrem weißen Pullover hockte sie mit gespreizten Beinen wie ein Kerl auf dem Rand des Sofas, drückte eine Zigarette aus und unterhielt sich mit einem Mann mit nacktem Oberkörper. Höchstwahrscheinlich war es Morgen. Entweder ein Morgen im Mai oder ein Septemberabend. Er konnte nicht in den Garten sehen. Der Raum war gut möbliert und mit Geräten ausgestattet: Ein wohlsituiertes Heim des isländischen Durchschnittsehepaars. Auf einem übergroßen Bildschirm lief ein Videoclip ohne Musik. Es war die Sendung »Einblicke-Ausblicke« zu Gast bei einem muskelbepackten Schwarzen mit Goldzähnen. Stolz präsentierte er den Zuschauern sein neues Haus mit Swimmingpool, Wagenpark und 187 Frauen. Berühmtheit, die sich beweisen muß, ist keine Berühmtheit, war ein Gedanke, der in Böddis noch umnebeltem Kopf entstand. All diese frischgebackenen Promis haben es gemeinsam, daß sie niemand kennt. Na ja, gut. Die ersten Sätze eines Katers konnten zuweilen verdammt hellsichtig sein.

Die Morgenluft war ebenso kühl wie der Gesang der Vögel. Der Himmel war klar, wie so oft über Menschen, die Tag und Nacht und alles dazwischen durchgemacht haben. Nur ein paar sonnenbemähnte Wölkchen tölteten langsam ihre himmlische Bahn über der Gegend wie die Zugpferde ihrer Majestät. Bald würde sie über die Bergketten heraufziehen.

Böddi torkelte mit Dagga nach draußen, in Begleitung einer ebenfalls nicht gerade ausgeschlafen wirkenden Freundin, die bald mit Pullover und Mantel über dem Arm die Straße entlang verschwand. Aus irgendeinem Grund hatte er offenbar die Nacht in Gegenwart dieses massiven Weibsstücks Dagbjört Albertsdóttir verbracht. Auf der die ganze Nacht dauernden Party hatte sie fast so etwas wie seinen Bodyguard abgegeben. So war es ihr mit Unterstützung einiger Assistenten gelungen, den Bruder der Schönheitskönigin mit dem Beinbruch vor die Tür zu setzen. Er war gegen vier aufgetaucht und hatte diesem »Fucking Verrückten« Krankenhaus bis zum Sommer angedroht. Draußen vor der Tür hatte sich das Amphetamin in den Adern von Bjutibruder ausgetobt, indem er einen nahezu ausgewachsenen Baum mit den Wurzeln ausriß und ihn auf dem Parkplatz auf einen Jeep knallte. Das Dach war noch mit Erde überschüttet, der Baum lag jedoch hinter dem Wagen auf der Straße und erinnerte Böddi in erster Linie an sich selbst. Er trat schwach dagegen, ehe Dagga angestürmt kam, ihn unterhakte und bat, sie hinaus zur Reithalle zu begleiten, wo ihr Wagen parkte.

Die Halle stand ein wenig außerhalb der Bebauung auf einer nicht sonderlich schönen Brutkolonie für Steine an der Landstraße, die am breiten Fjordende entlang nach Osten führte. Sie gingen durch den Ort. Die Einwohner lagen noch in tiefem Schlaf. Nur im Altenheim (mit dem Krankenhaus in einem Komplex, einem hellgestrichenen Betonklotz südlich der Schule, untergebracht) waren schon ein paar vorzeitliche Seelen auf den Beinen. Eine von ihnen stand in einem dicken Bademantel auf dem Balkon und starrte zum Himmel auf.

»Wo ist denn Árni Valur geblieben? Ist er nicht mit auf die Party gekommen?«

»Nein. Ich weiß es nicht. Er hat sich plötzlich in Luft aufgelöst.«

Genauso wie das Hasch in seiner Birne. Dagbjört erinnerte Böddi daran, wie fertig der Anstreicher in Wirklichkeit war. Zwar verbreitete er äußerlich stets eitel Sonnenschein, in seinem Inneren aber herrschte schwärzester Nebel. Böddi betrachtete die Häuser entlang der Straße. Die meisten waren in grellen Farben gestrichen. Árni Valur hatte den Ort rot, rosa und blaugrün angepinselt. Es gab sogar ein Haus in Lila. Das tägliche Pfeifchen hatte das Farbempfinden des Malermeisters so betäubt, daß er den Ort peu à peu in einen Kinderspielplatz verwandelt hatte. Indem er an diesen knallbunten Fassaden entlangging, wurde Böddi zu einer Zeichentrickfigur für Kinder. Und diese Verwandlung hatte stattfinden können, ohne daß sich ein einziger Mensch beschwerte.

In Böddis Kopf nahm der Brief Gestalt an, den er später in seinem rotgestrichenen Kellerraum mitten im Ort ausformulieren und ins Internet schmuggeln wollte wie ein etwas ländlicher Terrorist:

»Die Isländer sind fette Fische im Zuchtbecken einer Aquakultur. Sie lassen ihre Behausungen von *acid heads* mit deren Säure bestreichen. Sie lassen sich von staatlich gemästeten Holzköpfen für jeden vermaledeiten Tropfen Alkohol um Hundert Kronen erleichtern (als ob an jeder Theke eine Verbrauchsuhr angebracht wäre), und sie lassen sich von einer dreiköpfigen Hydra für jeden Liter Benzin, den der Tank schluckt, fast den Arm abbeißen. Sie lassen sich von kohlköpfigen Regisseuren jeden Abend und an den Wochenenden mit vorgekautem Blutpudding vollstopfen, und sie lassen sich von Stecknadelköpfen den lieben langen Tag durch das staatsbetriebene zweite Rundfunkprogramm Durchfall auslösende Rockscheiße eintrichtern. Und um allem die Krone aufzusetzen, lassen sie Kaufi Kaufsson, das schwarze Schaf der Konsumgenossenschaft, ihre Rente bei der Fortschrittspartei anlegen. Diesen ganzen Saftladen regiert ein überhebliches Janusgesicht mit blauen Händen, grünem Blut und schwarzer Zunge. Die Leute ertragen ihn nun schon so lange über sich, daß sie bei jedem Windzug aus der Hauptstadt den Müffelgeruch aus seiner Hodengegend riechen.

Aber nein, nein, nein. Sobald einmal ein denkender Kopf auf den Gedanken verfällt, mit einigen Schülern einen Ausflug ins isländische Hochland zu unternehmen, steht alles kopf. Und das schon allein deshalb, weil an diesem denkenden Kopf ein Zopf hängt. Und weil er buchstäblich ›zu weit geht‹. Weil er die geltende Norm von Norma Mustermann überschreitet.

Auch du, der du dies liest, bist ein fetter Lachs im Zuchtbekken der Aquakultur. Vielleicht versuchst du sogar, gegen den Strom zu schwimmen, aber trotzdem bist du genauso fett wie die übrigen und wirst wie sie im Herbst geschlachtet. Nur außerhalb der Absperrungen ist eine nennenswerte Form von Denken möglich.«

Böddi hatte seinen Aufruf im Kopf fast vollendet und wandte sich an Dagga: »Seid ihr eigentlich zusammen?«

»Wie? Wer?« fragte sie zurück.

»Du und Árni Valur.«

»Ha, ha, du machst Witze.«

»Aber man sieht euch doch andauernd ...«

»Er ist bloß ein Freund«, sagte Dagga und klang wie eine Person aus einem amerikanischen Film. »Doch auch seinen Freund nenne ich meinen Freund«, setzte sie mit einem noch immer angetrunkenen Raucherlachen hinzu, das durch die Straße echote und dann in heftigen Husten überging.

Böddi grinste ein peinlich berührtes Lächeln, das mehr einer Grimasse glich. Er entblößte seine langen Schneidezähne, indem er die Oberlippe zur Nase hochzog.

»Wieso? Warum machst du das?«

»Ach, weißt du, keinem steht er aus Freundschaft, wie ein Dichter einmal sagte. Im übrigen glaube ich, daß er auch Árni Valur nicht steht. Punkt. Ganz gleich in welcher Richtung.«

Sie lachte in sich hinein und schoß ein Steinchen über den Asphalt.

»Welcher Dichter?« fragte Böddi.

»Welcher Dichter? Na, unser Rockpoet Sverrir Stormsker natürlich, Mann!«

Na klar. Sie gingen gerade an einem blauen Wohnblock und an der Molkerei vorüber und hatten damit die Ortschaft größtenteils hinter sich gelassen. Die Reithalle kam in Sicht, neu, aber nicht gerade ein imposanter Anblick. In der Baukunst der Gegenwart zählte der Inhalt. Im ganzen Land entstanden Einkaufszentren, Ballsport- und Benzinpaläste, die großartig die Landschaft verschandelten, weil sie völlig dilettantisch gebaut waren. Das vergaß man aber, wenn man sie erst einmal betreten hatte. Schließlich war »ein Dach über dem Kopf« zu haben noch immer das oberste Kriterium isländischer Architektur. Die Reithalle glich einem überdimensionierten Zelt aus Holz, Stahl und Beton. Die Sonne knallte auf ihr billiges Dach und auf die auf dem Parkplatz abgestellten Autos, als würde sie zum ersten Mal auf diese Blechkisten scheinen, und als hätte man sie erst in der vergangenen Nacht zusammengeschraubt. In der Ferne blinkten stille Teiche und ruhige Seen.

Alles, was die Sonn' erblickt,
sieht sie auch verderben.
Die Zeit, die hier vertickt,
wird die Leere erben.

In seinen schlechten Zeiten in der Fremde hatte Böddi solche Vierzeiler geschmiedet, wenn er seine Bedürfnisse in den Griff bekommen mußte, besonders die beiden quälendsten: die Philosophie und das Heimweh. Dieser hier fiel ihm wieder ein, als er plötzlich feststellte, daß sich die Landschaft – dieses Ensemble aus blauen Bergen an einem heiteren Morgen, stillen Ufern und unbewegten Halmen – seit dem Tag, als das Aufgebot gegen Grettir ausfuhr, kein bißchen verändert hatte, seit jenem Tag, als hier Männer zusammengekommen waren, um ihr Vorgehen abzusprechen, ehe sie die Ruder auslegten. Dann fuhren sie hinüber nach Drangey. Der Sagaheld lebte dort seit drei Wintern in der Verbannung. Viele waren schon gegen ihn gezogen, hatten mit Übermacht die Felsen erklettert, aber nichts ausrichten können. Nicht vor jenem freundlichen Morgen, an dem es einigen endlich eingefallen war, eine Frau mitzunehmen. Eine verfluchte Hexe. Die Grettir in ein Gespräch verwickelte. Das letzte Wort hatte das hinterhältige Weib behalten. Wahre Männer wurden nur von Frauen zu Fall gebracht.

Sie erreichten den Parkplatz an der Reithalle, der noch nicht asphaltiert, uneben und mit grobem Schotter bedeckt war. Aus verschiedenen Anlässen waren hier etwa zehn Autos weit verstreut abgestellt worden.

»Welcher ist es denn?« fragte Böddi.

Dagbjört hielt ihn zurück und forderte ihn auf, zu raten. Ein verschwörerischer Ton schwang in ihrer Stimme mit.

»Ich weiß es nicht. Der da?« fragte Böddi und zeigte auf einen grünlichen Corolla, der von allen am weitesten entfernt stand.

»Wie kommst du denn ausgerechnet auf den?«

»Einfach so. Du bist nicht der Typ für einen Jeep.«

Sie lachte schwach und zog eine Zigarette aus einem Päckchen. Salem lights.

»Hast du Feuer?«

Böddi kramte ein Feuerzeug mit dem Aufdruck *Pharao Bar Berlin* aus seiner rechten Hosentasche und ließ es aufflammen. Die Weißhaarige trat näher, und ehe die Zigarette knisternd aufglühte, spürte Böddi plötzlich Daggas Hand auf seinem Hinterteil. Er zuckte zusammen und ließ ungewollt die

Flamme verlöschen. Dagbjört lachte unterdrückt hinter ihren zusammengekniffenen Lippen, nahm die Hand weg und rückte die Zigarette besser im Mund zurecht. Dann wartete sie erneut auf Feuer. Böddi drehte mit etwas zittriger Hand das Zündrädchen. Und fühlte wieder die Hand auf seinem Hintern. Was dachte sie sich eigentlich? War sie darauf die ganze Zeit ausgewesen? Sollte er sich nun für die Lebensrettung erkenntlich zeigen? Die Flamme fraß sich in den Tabak. Dagbjört zog den Rauch ein und sah dann mit einem Augenaufschlag den Bezopften an, zog ihn an sich. Im gleichen Moment, in dem sie ihm mentholgesättigten Rauch ins Gesicht blies, fühlte er, wie sich ihre Brüste und ihr Bauch an ihn preßten. Sie war einen Kopf kleiner als er, nahm einen weiteren Zug und sagte:

»Küß mich!«

Damit hatte er nicht gerechnet. Obwohl er in der Nacht auf dem Gang zu den Toiletten ihre sexuelle Ausstrahlung gespürt hatte, hatte er sich ihren Körper noch nicht nackt vorgestellt. Er zögerte. Sie nutzte die Gelegenheit und schob ihre Hand unter seinen Mantel, die Sportjacke und das T-Shirt auf seinen nackten Rücken und von da weiter abwärts, so tief sie durch den enggeschnallten Gürtel kam. Es schien ihr unglaublich leicht zu fallen, und Böddi überraschte sich selbst damit, daß er den Kopf vorbeugte. Sie küßten sich. Sie küßten sich gierig. Zwei Nachteulen am frühen Morgen, zwei alkoholvergiftete Köpfe mitten auf einem Parkplatz. Ihre Schatten verschmolzen.

Vier Jahre war es her, seit Böðvar Halldór das letzte Mal eine Frau geküßt hatte. Sicher hatte er in der Zwischenzeit ein paarmal eine Frau bestiegen, aber die Sklavinnen der käuflichen Liebe waren kein bißchen anders als die Huren vergangener Zeiten: Sie verkauften nicht den Zugang zu ihren Mündern. Und auch wenn Dagbjört nicht gerade zu den bevorzugten Objekten von Böddis feuchten Träumen gehörte, war eine Frau doch immer eine Frau. Ein Mund ein Mund. Eine Zunge eine Zunge. Und die hier arbeitete sehr ordentlich. Während er sich an ihrer Weichheit und Nässe berauschte, fummelte er nach den unteren Regionen der Frau. Er konnte nichts dagegen machen, doch plötzlich sah er den breiten Rumpf eines Schafs vor sich. Dagbjörts Fleisch fühlte sich üppig und kräftig an, zugleich aber auch ziemlich hart. Ihre Brüste steif wie ein gefüllter Presskopf oder Schwartenmagen. Sie waren ein sehr unterschiedliches Paar, sie die Walküre und er die hagere Bohnenstange. Aber trotz ihres tierischen Wuchses und des Mentholatems befiel Böddi nicht der Anflug eines Zweifels, im Gegenteil, er küßte nur noch heftiger drauflos. Zu seiner langjährigen Enthaltsamkeit addierte sich noch der Umstand, daß Dagga die Tochter des Rektors war. Er fand die Vorstellung sehr anregend, in den Leib der Tochter dessen abzufeuern, der ihn gefeuert hatte.

»Komm!« sagte sie, nahm ihn bei der Hand und führte ihn an den Autos vorbei zum Ende der Halle.

Böddi folgte ihr wie ein kleiner Junge seiner Mutter. *Na, toll,* dachte er in seinem guten alten Deutsch. Offenbar wollte sie mit ihm in die Reithalle. Endlich würde das edle Gebäude seinen Namen mit Recht tragen.

Durch die Tür auf der Giebelseite traten sie ein; eine prächtige Reitbahn, hundert Meter lang und mit Torf bestreut, lag hell vor ihnen im Morgenlicht, das durch die transparenten Elemente der Dachbedeckung fiel. An der rechten Seite erstreckten sich Reihen mit Zuschauersitzen. Das Gebäude war angenehm still und leer. Dagga konnte sich ebensowenig eines Lachens erwehren wie Böddi. Sie küßten sich wieder. Das Ganze war irgendwie herrlich verrückt. Aus einer Ecke ertönte ein Wiehern. Sie gingen darauf zu und fanden zwei Pferde in einer Box am hinteren Ende der Bahn. Vier glänzende nachtschwarze Augen blickten ihnen aus der schummrigen Ecke entgegen.

»Nein, laß uns woanders hingehen. Ich bring's nicht, wenn Pferde dabei zusehen«, sagte Dagbjört.

»Ach. Warum nicht? Meinst du, sie werden eifersüchtig?« grinste Böddi.

»Ja. Sie hätten's bestimmt lieber, daß ich *sie* reite und nicht dich«, antwortete sie lachend.

Sie hatte Humor. Sie war sogar verdammt witzig, dachte Böddi. Sie kamen wieder ins Freie, und Dagbjört ging auf den grünlichen Corolla zu, der mit dem Heck zu dem kleinen Flugfeld jenseits eines sonnenglitzernden Teiches stand. Bei dem winzigen Flughafengebäude hing ein orangefarbener Windsack schlaff an einer Stange und erinnerte unweigerlich an ein gebrauchtes Kondom. Es war wirklich ein schöner Morgen. Sie öffnete den Wagenschlag und setzte sich ans Steuer, doch sobald Böddi den Wagen erreicht hatte, kletterte sie wieder heraus, packte ihn und führte ihn hinter den Wagen, wo sie mit der Linken die Heckklappe öffnete, ohne ihre Rechte von Böddis bestem Stück zu lassen. Die Klappe erigierte von allein in aufrechte Position. Was denn, sollten sie es sich jetzt etwa zu zweit im engen Kofferraum gemütlich machen? dachte Böddi, ohne laut zu fragen. Sie fuhr ihm mit der Zunge in den Hals und ließ ihre Hände über seinen Hosenschlitz gleiten, bis sie von seiner vollständigen Erhebung überzeugt war. Dann öffnete sie seinen Gürtel, ließ auch selbst die Hülle fallen und drehte sich um, beugte sich vor und stützte sich an den Flanken des Kofferraums ab. Eine Frau, die gleich zur Sache kam. Die geradlinige Isländerin. Böddi hob den langen hellen Pullover. Ein breiter, geröteter und etwas flacher Frauenhintern leuchtete ihm entgegen. Er strich mit der Linken über die Backen, während er sich mit der anderen Hand die Hose herabzog. Sie griff nach seinem kleinen Böddi und zeigte ihm den Weg. Wie herrlich sich diese feuchte Wärme anfühlte! Wie lange hatte er das nicht mehr ungeschützt genossen.

Dagbjört führte sich auf, als würde sie sich jeden Tag am Kofferraum ihres Autos vögeln lassen. Die Klappe verdeckte ihnen den Blick auf den Ort und dem Ort die Aussicht auf sie. Wahrscheinlich war es von ihr schon im voraus so berechnet worden, dachte Böddi, der ansonsten nicht viel dachte, sondern sich voll und ganz darauf konzentrierte, sein Glied im Schoß dieser Frau vor und zurück zu bewegen, die er eigentlich kaum kannte. Er spürte die morgendliche Kühle an seinem Allerwertesten und sah einen Schatten auf der Heckklappe sich ebenso hin- und herbewegen wie das ganze Auto. Böddi kehrte der Sonne und dem Ort sein Hinterteil zu. Sicherheitshalber blickte er sich um.

Kein Mensch zu sehen. Der nächste Hof hieß *Sjávarborg*. Mit einem guten Feldstecher hätte man von dort natürlich beobachten können, was hier im Gange war. Der Bauer war ein bekannter Lokalhistoriker und hatte etliche Bücher über die Geschichte des Bezirks verfaßt. Lieber Kristmundur, schau genau hin, und füg es deiner *Geschichte von Sauðárkrókur* als Anhang bei, dachte Böddi und erhöhte den Takt.

»Morgenstund bringt Sperma im Spund«, hörte er die Frau in den Kofferraum lachen. Stammte das auch von Stormsker? Die derbe Zote heizte dem Zopfmann richtig ein, und er verschärfte noch einmal das Tempo. Die Heckklappe begann zu wippen und klappte Dagbjört schließlich auf den Kopf. Zweimal.

»He!« rief sie laut.

Er verlangsamte. Sie begann zu stöhnen.

Aus weiter Ferne wurde Flugzeuglärm vernehmlich. Böddi drehte sich erneut um und traute seinen Augen kaum: eine Fokker 50 kam im Landeanflug schon tief über der Landschaft auf das Flugfeld zugeschwebt. Wie konnte das sein? Laut Flugplan wurde der Ort nur dienstags und freitags angeflogen. Dagbjört fühlte, daß ihn die Konzentration verließ, und blickte über die Schulter zurück.

»Was ist? Bist du schon fertig?«

»Nein, nein … da kommt 'n Flugzeug.«

»Wo?« fragte sie und spähte umher.

»Hinter uns. Fokker.«

»Fokker?!«

»Ja.«

»Wieso *fuck her*?«

»Ich weiß nicht. Die Basketballmannschaft vielleicht. Ist nicht heute ein Spiel?«

Während dieser Konversation hielten sie den Rhythmus. Die Fokker kam näher. Böddi fand das alles auf einmal höchst peinlich. Ihm fiel wieder ein, daß nach Auskunft von Sammi am Nachmittag die heimischen *Stólar* gegen die *Haukar* aus Hafnafjörður spielen sollten. Warum, zum Teufel, mußten sie aber schon in aller Herrgottsfrühe angeflogen kommen, diese verdammten Haukar?!

»Fucking motherfucker«, murmelte die mundflinke Madam in den Laderaum.

Böddi schaute sich noch einmal um. Das war jetzt nicht mehr komisch, obwohl es eigentlich erst anfing, verdammt komisch zu sein. Die Maschine kam rasch auf das Ende der Rollbahn eingeschwebt. Es war zwar nicht davon auszugehen, daß die Passagiere sie sehen konnten, dafür war der Anflugwinkel zu spitz, todsicher aber saßen die Piloten im Cockpit jetzt in der ersten Reihe.

»Hör mal, sollten wir nicht …«

»Tu einfach so, als würden wir was im Kofferraum suchen«, befahl Dagga ein wenig spitz.

»Etwas suchen?«

»Ja. Bück dich! Als würdest du mir helfen.«

»Oh. Okay.«

Der kleine Junge tat, was Mutti von ihm verlangte. Das Flugzeug war gelandet und rollte die Piste entlang. Zwanzig Basketballspielern aus dem Süden bot sich ein interessanter Anblick: Es sah aus, als hätte ein abgemagerter Fuchs hinter einem PKW auf dem Parkplatz bei der Reithalle eine fette Beute angesprungen. Seine geflochtene Rute wippte kräftig, während er auf etwas einrammelte, das am ehesten wie ein Eisbär aussah.

6

Fräulein Nachtweih

Böddi lag zu Hause auf seinem Kellerbett und dachte nach. Sein Leben war eine leere Wand. Wie die, die er gerade anstarrte. Eine kahle rote Wand. Was, zum Donnerwetter, sollte er am kommenden Montag tun? Sollte er nicht einfach in der Schule aufkreuzen, als wenn nichts gewesen wäre? Mit einer Pistole bewaffnet: »Und ich arbeite doch hier!« Wer sollte den Schülern denn sonst den Stoff beibringen? Wer sollte ihn ersetzen? Natürlich niemand. Draußen vor dem Fenster herrschte heller Samstag. Kinder waren zu hören. Böddi war in seinen Kleidern eingeschlafen und aufgewacht. Der Kater hielt sich in Grenzen. Das unerwartete Vergnügen nach durchzechter Nacht hatte sich positiv ausgewirkt. Ein Besäufnis, das mit einer schnellen Nummer endete, hellte die Katerstimmung mit etwas Besonderem auf.

Böðvar grinste leicht vor sich hin und griff nach seinen Rauchutensilien.

Das Kellerloch war eine echte Junggesellenbude. Das ehemals geräumige Zimmer war für jemand anderen als seinen Bewohner kaum noch begehbar. Nur er kannte die überwucherten Pfade von der Schwelle zum Computer und von dort zum Bett, vorbei an einem Karton mit fettarmer Milch und einem geöffneten Senfglas, durch einen Haufen von Kleidern und Essensresten, teils aufgeschlagenen Büchern, vier vollen Aschenbechern, fünfzehn leeren Cola-Plastikflaschen, Teilen einer Stereoanlage und einer Werkausgabe von Thomas Mann, die noch unausgepackt in zwei Kartons in der Ecke stand. Über dem wüsten Durcheinander lagen Ruhe und Frieden. Wie die Stille über einem Vulkan nach dem Ausbruch. Tabakschwaden zogen wie Nebelbänke um Bücherberge und Kleiderhaufen. Darüber erhob sich bis zur halben Höhe der Wand die Plattensammlung, alles krumm und schief übereinandergeschichtet wie vielfach verdrehter Säulenbasalt mit grauem Schnee: Zwar sammelte Böddi seit langem keine Platten mehr, dafür sammelten sie ihrerseits Staub an. Auf dem Nachttisch, einem alten Bierkasten, lag ein Stapel Bücher: Hölderlin, Kierkegaard, Camus, Michael Moore. Rund um den Laptop auf dem Tisch befand sich ein Sammelsurium von leeren Weinflaschen, Bierdosen, Wein- und Biergläsern, acht verschiedenfarbigen Kaffeebechern (manche noch halbvoll mit einer grünlichen Rahmhaut), drei weiteren Aschenbechern, diversen Gedichtanthologien, einer neueren Biographie von Stephan G., ein gesprungener Porzellankopf von Nietzsche, eine kleine Gipsbüste von Wagner (mit einem schwarzen Streifen Asche auf der Stirn) nebst CD-ROMs, Computerhandbüchern und zwei veralteten Modems. Unter dem Tisch ein wirrer Haufen alter Disketten, um den sich ein hoffnungslos verhedderter Kabelwust schlängelte. Aus dem schwarzen Dickicht glänzte ein funkelnagelneuer DSL-Anschluß sowie eine Originalausgabe von *Früchte des Zorns* mit kräftig angestoßenen Kanten und Eselsohren.

Jeder Quadratzentimeter war genutzt. Die einzig leere Fläche war das Bett (wenn Böddi nicht drin lag) und der Bildschirm (wenn Böddi nicht im Internet surfte).

Diese Verwahrlosung, die das Unbeweibtsein beim Mann auslöst, ist schon bemerkenswert. Aber womöglich war sie von der Natur so eingerichtet. Nach und nach sammelt der Mann in seiner Behausung so viel Müll, daß er nicht mehr ein noch aus kann und hinaus muß, um sich endlich eine Frau zu besorgen.

Den Punkt hatte Böddi schon lange auf seiner Agenda. Seit geraumer Zeit suchte er nach einer Frau. In dieser Hinsicht hatte er allerdings einen ganz anderen Geschmack als bei der Inneneinrichtung. Die hypersensible Lára María Nachtweih wäre schlichtweg in Ohnmacht gefallen, wenn er sie einmal in diese häßliche Matratzengruft geführt hätte. Doch niemand kann wissen, wo die Liebe hinfällt. Seit zwei Jahren schon war Böddi rettungslos in dieses wie Porzellan zerbrechlich schöne Mädchen mit dem langen, unberührten Jungfrauenhaar verliebt. Im übrigen waren die meisten, die sie zu Gesicht bekamen, gleich hin und weg, aber daß sich ausgerechnet der notorische Quertreiber mit der ungewaschenen Wäsche im Kopf, der Schrecken des Ortes in dieses vornehm blasse Mädchen vergaffen könnte, das war wahrlich niemandem in den Sinn gekommen. Böddi hielt seine Liebe geheim.

Sie hatte ihn vom ersten Blick an bezaubert. Sie hatte in einem kleinen Verschlag im Gemeindesaal hinter einer Glasscheibe gesessen und Eintrittskarten für eine Theatervorstellung verkauft. Das namenlose Mädchen: Bevor sein Gesicht einen Namen erhält, scheint es kraft seiner Schönheit aus einer anderen Welt zu stammen, in der Hitze des Augenblicks mag der in Bann Geschlagene kaum glauben, daß es ein solches Wesen wirklich gibt. Dann hört er ihren Namen, und dieses Antlitz erhält einen menschlichen Zug, die Himmelsgöttin steigt zur Erde herab. Liebe auf den ersten Blick ist immer namenlos.

Böddi lag dieser Schöpfung ohne Titel zu Füßen. Dieses intelligente Gesicht, das aus den weichsten Materialien dieser Erde geformt war, das haute ihn aus den Pantinen. Diese marmorweißen Wangen, die gerade griechische Nase, dieser kleine Mund mit Lippen wie Rosenblätter. Er fühlte einen unbezähmbaren Drang, umgehend wieder auf die Straße hinauszustürzen und sich dort in Edvard Munchs *Der Schrei* wiederzufinden. Über den oberen Teil des Näschens und dessen Umgebung hatte der dreimal verfluchte Gott ein paar Sommersprossen gestreut, so rein und schön, daß man glauben mochte, sie weghauchen zu können. Woher kam dieses Mädchen? Dieses weiße Bildnis unter Großen Braunen. Sie glich einer Statue von Canova. Sie war Psyche. Die ihn in Eros verzauberte. Während der Vorstellung spürte er unter seinem Mantel Flügel wachsen und konnte sich mit dem Rücken nicht anlehnen. Er fühlte, es würde ihr Wachstum hemmen. Durch einen einzigen Blick hatte sich Böðvar verwandelt und saß über zwei Stunden lang völlig benommen im Dunkel, ohne von dem, was auf der Bühne vorging, das geringste zu sehen oder zu hören. Mit pochendem Herzen ging er in der Pause nach draußen und sah sie in dem kleinen »Shop« hinter drei zusammengeschobenen Schultischen stehen und albernen Krimskrams in kreischbunten Tüten verkaufen. Ihn ekelte, daß sie das Wechselgeld aus den Händen der Kunden annehmen mußte. Wie himmelhoch war sie über diesen Anlaß und diesen Ort erhaben! Sie war eine Göttin am Himmel. Er würde eine lange Leiter brauchen. Eine Himmelsleiter aus Zeit und Worten.

Böðvar fand schnell heraus, daß diese Schönheit jeden Tag die Stufen zu ihm heraufstieg. Und dort die Post in den Kasten legte. Er war selten zu Hause, wenn das geschlechtslose Schattenwesen im rot-gelben Anorak mit der Kapuze bis über die Nase und der Posttasche über der Schulter in den Frúarstígur kam, doch einmal begegnete er ihr in der Aðalgata und erkannte sofort die Sommersprossen wieder, die im Schatten der Kapuze glühten. Sie stellte die Post zu. War das das Richtige für *sie*? Ungesunden Kram zu verhökern und geistlose Rechnungen auszutragen? Sollte sie nicht eher in einem eiskühlen Palast wohnen, der ihr zu Ehren aus Ebenholz und Einhornelfenbein im Fels von Málmey erbaut worden war, und dort an einem mindestens knöchellangen Sommerabend in einem enganliegenden Kleid aus scharlachrotem Vliesstoff sitzen und Maupassant lesen?

Kurze Zeit später hatte Böddi herausgefunden, daß die Schönheit Lára María hieß und den Nachnamen Nachtweih trug. Konnte das wahr sein? War sie es wirklich? Das kleine Püppchen aus dem Kristjáns-Hús, das auf jedem Ortsfest Ballett getanzt hatte? Während er zehn Jahre in den Kneipen Deutschlands verbüßte, hatte sie sich aus einem Kind in eine Göttin verwandelt. Die Tochter von Jóhanna Kaufmann und einem deutschen Molkereifachmann namens Rainer, der aber von seinen Kollegen in der Molkerei immer nur Reynir Betur genannt wurde, was nichts anderes hieß als: Versucht, sich zu bessern, weil er sich nicht ins Betriebsklima einfügte und die Mittagspause lieber in der Cafeteria verbrachte, als mit den anderen im Kühlhaus Pornofilme zu gucken. Der Molkereiexperte aus Mainz war schon sehr früh gestorben, und Lára María und ihre lebensmüde Mutter wohnten nun mit einer struppigen Katze allein im Familienschloß, dem einzigen Haus, das oben auf Nafir stand. Ihre zum Teil deutsche Abstammung steigerte seine Verliebtheit ins Unermeßliche. Das Mädchen hatte Wurzeln im Rheingau! Seit er das wußte, starrte Böddi zum Kristjáns-Hús hinauf wie der Rheinschiffer auf den berühmten Felsen, um einen Blick auf seine Angebetete zu erhaschen. *Die schönste Jungfrau sitzet / Dort oben wunderbar.* Lára wurde zu seiner Loreley. Dem tat es keineswegs Abbruch, daß die junge Frau nicht nur als Briefträgerin arbeitete, sondern auch in der Buchhandlung. So kam er bald dahinter, daß sie nicht nur etwas fürs Auge, sondern ebenso etwas für die Ohren war: Man konnte sich mit ihr unterhalten. Böddi wurde zu einem fast täglichen Besucher in der *Bókabúð Brynjars*. Zwei Jahre waren inzwischen seit ihrer ersten Begegnung dort vergangen.

»Hallo.«

»Hi.«

»Ähm ... Führt ihr hier die Schriftenreihe der Literaturgesellschaft?«

»Nein, welche Titel sollten das sein?«

»Es ist eine ganze Reihe. Sie heißt *Übersetzungen.*«

Er sah ihr tief in die Augen. Was ging in ihrem Kopf vor? Warum stürzte sie nicht in der Nacht aus ihrem morschen Mutterhaus in seine Arme? Hatte sie überhaupt ein Liebesleben?

»Nein, die haben wir nicht bekommen. Bist du eher an einem speziellen Titel aus der Reihe interessiert, oder denkst du mehr an die Reihe in ihrer Gesamtheit?«

Manche hätten Lára María als ein bißchen seltsam bezeichnet, bei Böddi aber hieß das: Sie spricht eine so schöne Sprache.

»Nein, es geht um ein Buch von Derrida, dem französischen Philosophen, über Nietzsche.«

Böddi schaute ihr gespannt ins Auge. Würde seine Herzdame den Namen des Mannes kennen, der seinem Herzen am nächsten stand?

»Ja, ich habe hier einen Vermerk im Internet. Ein Dr. Guðný Elísson ist der Herausgeber, richtig?« fragte sie und hob, erfüllt von ihrer Sachkenntnis, die Brauen.

»Doch, ich glaube schon.«

»Was der in die Hände nimmt, ist immer sehr sorgfältig gemacht. Die Reihe ist bestimmt sehr interessant.«

Das schöne Mädchen konnte urplötzlich richtig gesprächig sein. Böddi konnte nicht anders, als es auf sich zu beziehen.

»Ja, er ist ein kluger Mann. Schreibt aber im *Morgunblaðið*.«

»Äh ... ja. In der Literaturbeilage. Eine Kolumne mit Namen *Konversationen*, meine ich mich zu erinnern. Oft sehr lehrreiche und zugleich unterhaltsame Artikel. Aber hat er damit nicht aufgehört?«

»Ich weiß es nicht. Ich schaue nie ins *Moggin*.«

Böddi war kein Mann, der Kompromisse einging. Nicht einmal zugunsten der Liebe.

»Ach?« machte sie.

»Nein. Ich darf dieses Blättchen nicht lesen.«

»So? Und wer verbietet das?«

»Der Arzt.«

Böddi war diese Art von Gesprächen im Lauf der Zeit herzlich leid geworden. Ja, er mußte der Tatsache ins Auge sehen, daß er dieser ganzen Liebe überdrüssig geworden war. Ganze zwei Jahre lang hatte er diese Göttin mit dem schönen Haar angestarrt, sich mit dieser ranken Schlinge seines Lebens in Konversation geübt und ihr jedesmal ein Lächeln geschenkt, wenn er das Geschäft betrat und sie in ihrer weich geschwungenen Linie über die Ladentheke gebeugt, von Schreibwaren und Radiergummis umgeben, dastand wie die Venus von Stylo. Immer war sie gleich zuvorkommend ihm gegenüber, ohne jedoch ein einziges Mal so etwas wie Gefühle in diese Höflichkeit zu legen. Manchmal hatte auch sie ihn freundlich angelächelt, doch niemals über jenes Maß an Wohlwollen hinaus, das Verkäuferinnen im Tarifvertrag vorgeschrieben wird.

Gleichwohl galten ihm diese Augenblicke als willkommene Auszeit, einmal nicht an sie zu denken. Seit zwei Jahren dachte er täglich acht Stunden an sie, an Wochenenden wie Werktagen. Zeitweilig hatte er sich in seinen Gedanken so intensiv mit ihr beschäftigt, daß er beim nächsten Wiedersehen nicht sicher zu sagen vermochte, ob sie Wirklichkeit oder Einbildung war. Es konnte ihm sogar passieren, daß er ihr Gesicht an anderen Frauen sah.

Lára María war 1979 geboren. Ihr Altersunterschied betrug mithin dreizehn Jahre. Nach und nach kondensierte diese Zeit in Böddi zur Vorstellung eines dreizehnjährigen Jungen, der um 1966 zur Welt kam, überraschend Mitte 1979 verstarb und auf diese Weise ewig dreizehn Jahre alt blieb. Dieser Junge symbolisierte die Zeit, die Böddi auf die Liebe hatte warten müssen, und stellte so eine Art Spätgeborenen für ihn und Lára María dar. Er war ein aufgewecktes blondes Kerlchen, stets sorgfältig gekämmt und sauber gekleidet. Seiner Zeit gemäß trat er immer mit Schleife auf. Manchmal sprach Böddi mit ihm über seine Herzensangelegenheiten, und trotz seines geringen Alters erwies sich der Junge als ausgezeichneter Seelsorger. Vielleicht gab ihm Böddi daher den Namen Pétur. »Sie hat sich heute im Laden eine ganze Stunde mit mir unterhalten. Was meinst du, soll ich morgen wieder hingehen?« Einmal war ihm in der Buchhandlung sogar sein Name entschlüpft: »Pastor Pétur empfiehlt das hier«, hatte er mit dem Blick auf eine englische Taschenbuchausgabe von *Lolita* gesagt, die aus einem unerfindlichen Grund seit Jahren im Regal stand. Böddi hatte es als Scherz gemeint, aber natürlich hatte sie ihn nicht verstehen können, und ebensowenig konnte er ihr erklären, was dahinterstand. Sie hatte den Zopfträger bloß verständnislos angegafft, vollkommen unempfänglich für seine Blicke und seine Nervosität. Eine nett lächelnde junge Frau in der Blüte ihrer Jahre und offenbar doch ohne jegliche Liebe. Böddi hatte nie gehört, daß einmal jemand neben diesen Wangen aufgewacht wäre. Kein anderer Mann schien im Spiel zu sein. Sie war und blieb ihm ein Rätsel. Und er war es von Herzen müde, es lösen zu wollen. Er hatte begonnen, die Sache schleifen zu lassen.

»Der Arzt? Bist du ... in Behandlung?« fragte sie.

»Ja, ich bin ein sehr kranker Mensch. Ich mußte Medikamente nehmen, bin jetzt aber stabil. Wenn ich es schaffe, mich vom *Morgunblaðið* fernzuhalten.«

Sein entschlossener Tonfall und die gerunzelten Brauen machten sie unsicher.

»So? Das ist ... Aber was das Buch angeht, wir können es für dich bestellen, wenn du möchtest.«

»Gut. Das wäre ausgezeichnet.«

»Schön. Auf welchen Namen, bitte?«

»Auf meinen«, sagte Böddi, plötzlich eingeschnappt, und blickte streng auf das Mädchen hinab, das sich mit einem Stift in der Hand über die Theke beugte.

Sie blickte auf und zögerte.

»Und der war ... Böðvar, nicht wahr?«

Er wurde noch wütender. Was sollte das? War er nicht Stammkunde hier? Ging er hier nicht seit zwei Jahren mindestens zweimal pro Woche ein und aus? Brachte sie ihm nicht jeden Tag die Post? Wollte sie im Ernst so tun, als wüßte sie nicht, wie er hieß?!

»Stimmt. Böðvar H. Steingrímsson. Adresse ist nicht nötig. Ich komme es abholen.«

»Echt? Äh, selbstverständlich. Es dürfte ... so in gut einer Woche da sein.«

Böddi war vor Zorn fast knallrot angelaufen, als er mit strenger Miene vorschlug: »Hast du Lust auf einen Spaziergang heute abend? Wir könnten nach Strand runterlaufen und rüber nach Nes. Es klart auf. Wir bekommen klaren Himmel. Sternenklar. Ich könnte dir aus den *Nachtwachen* vorlesen.«

»Heute abend? Das ist schlecht. Ich habe mir ein Video reservieren lassen«, gab sie zurück, als wäre sie die Gewissenhaftigkeit in Person.

Er hatte die Schnauze voll. Mehrmals lud er sie jeden Monat zu einer schönen abendlichen Veranstaltung ein, und jedesmal stellte er ein neues und anregendes Programm zusammen. Er hatte sie zum Essen im *Kaffi Krókur* und bei Óli eingeladen, ins Hotel und ins *Bláfell*, zu Spaziergängen auf allen erdenklichen Wegen (und Abwegen), auf den Spuren von Sagen, Romanen und Gedichten, zu Bootstouren hinaus nach Drangey und Kolkuós, zum Angeln und zum Wale Gucken, zu Bergwanderungen und Ausritten. Und sie hatte versucht, bei ihren Ausreden den gleichen Einfallsreichtum an den Tag zu legen, obwohl der Inhalt stets der gleiche blieb: Ohne seine Offerte schlecht aufzunehmen, erklärte sie doch immer wieder, ausgerechnet am betreffenden Abend das Haus nicht verlassen zu können. Manchmal war ihre Mutter der Grund: entweder war sie krank oder hatte Geburtstag. Ihre Mutter schien mehrmals im Jahr Geburtstag zu feiern. Möglicherweise trieb ihre Schwermut die Witwe dazu, noch vor Jahresende achtzig werden zu wollen, damit sie gleich im nächsten Sommer aus Altersschwäche abkratzen und sich mit ihrem Mann im deutschsprachigen Himmelreich vereinen konnte. Es kam auch vor, daß Lára María ihrer Großmutter im Altersheim Gesellschaft leisten mußte. Die meisten Entschuldigungen hingen allerdings mit Videos zusammen. Entweder hatte sie »einen Film bestellt« oder hatte »einen Film geliehen bekommen«, es war ein »Videowochenende« angesagt oder sie mußte zu Hause bleiben, weil im Fernsehen ein deutscher Spielfilm kam oder weil sie etwas im Zweiten Programm aufnehmen wollten. »Mama kann mit dem Recorder nicht umgehen, und ich habe keine leere Kassette mehr und muß den Film auf zwei verschiedene aufnehmen. Darum kann ich heute abend leider nicht weg.« Lára María war tiefer abgesackt als seine Mutter. Ihre Abhängigkeit hatte einen höheren Grad erreicht. Sie schaute nicht bloß in die Glotze, sondern benutzte obendrein noch einen Videorecorder. Es war der gleiche Unterschied wie zwischen Pillen einwerfen und an der Nadel hängen.

Doch Böddi wollte sie retten. Er wollte sie ins Leben zurückführen. Er wollte sie vor dem allmählichen Sesseltod bewahren. Er wollte nachts mit ihr zum Leuchtturm hinausgehen und ihr Gedichte pflücken, wie andere Blumen pflückten, fast lautlos. Schöner konnte das Leben nicht sein, als unter einem sommernachtshellen Himmel über die schönsten Sommersprossen der Welt zu streicheln und leise wie die Wellen am Strand in ihr weiches, weiches Ohr zu flüstern: »Gefangen haben meine Glücksgedanken die Sanftheit der Umarmung, / Sommernächte, / Gottes Töchter, / traumverwunschen.«

Doch anstatt unter Küssen draußen auf der Landzunge von Hegranes zu liegen und sich die schönsten Verse auf der Zunge zergehen zu lassen, die je auf isländisch gedichtet wurden, lag sie zu Hause auf einem durchgeschwitzten Sofa und schluckte die Druckfehler der Untertitelungssklaven des Öffentlich-Rechtlichen. Weißlettrige Zeilen auf dunklem Hintergrund, die von Literatur ebensoweit entfernt waren wie dieses Kaff hier von den Rocky Mountains.

Böddi hatte sich einmal im hinteren Teil der Buchhandlung aufgehalten und ein Gespräch Lára Marías mit einer dicken Kundin über die Ladentheke belauscht. Sie hatten sich über Filme unterhalten, und Böddi mußte zu seinem großen Erschrecken feststellen, daß seine Liebe heftig von der Sternenkrankheit befallen war. Über Filmstars wußte sie alles.

»Ich glaube, sie hat es jetzt auch nicht leicht. Es war natürlich ein Fehler von ihr, sich während der Dreharbeiten zu *Lebenszeichen* mit Russell Crowe einzulassen. Damit mußte sie doch ihren Dennis verlieren. Und Crowe wollte anschließend nichts mehr mit ihr zu tun haben. So hat sie in einer Woche zwei Männer verloren. Und im November wird sie zweiundvierzig.«

»Ach, tatsächlich! Hat sie im November Geburtstag?«

»Ja. Am neunzehnten.«

Das war ein Schock für Böddi. Das Mädchen wußte einfach alles über irgendwelche Hollywoodflittchen, die nicht nur ihre Namen, sondern auch gleich ihre Lippen ausgewechselt hatten, und sich von jedem geilen Bock bumsen ließen, wenn er nur noch prominenter war als der vorige. Zwischendrin keiften sie das Personal in Geschäften an und schmissen Manuskripte in Swimmingpools. Das ramponierte das Bild der zarten und reinen Liebe, die mit Büchern arbeitete und sich mit ihm über alles zwischen Grettis saga und Gyrðir unterhalten konnte. Später kam er dahinter, daß Lára María täglicher Gast in der Videothek war und im Schnitt zwei Filme pro Abend entlieh.

Sie befand sich in der Gewalt des Bösen.

Sie lebte in einer toten Welt.

Und eigentlich hätte sie für ihn tot sein müssen. Aber noch glomm die Liebe schwach: Obwohl die Chancen für eine Hochzeit zwischen Steingrímsson und Nachtweih lächerlich gering standen, hatte sie ihm, wie gesagt, noch nie einen definitiven Korb gegeben. »Ich muß nur ausgerechnet heute abend leider zu Hause bleiben.« Wahrscheinlich hielt sie ihn sich nur warm, wie wenn er das letzte Flämmchen in ihrer ansonsten kalten Welt war; die letzte Lebenshoffnung im Schattenreich des großen Hauses oberhalb von Kristjáns Spalte, das in Wahrheit bloß das Mausoleum ihres Vaters darstellte, in dem den ganzen Abend der Bildschirm brannte wie ein Krematoriumsofen und ihre todessüchtige Mutter murmelnd und ihr Altern beschleunigend durch die Räume geisterte.

Ja. Vielleicht hatte er noch eine Chance.

Jedenfalls schlug ihm ein wenig das Gewissen, wie er da jetzt an einem Aprilsamstag dösend und rauchend auf dem Bett lag und seine leere rote Wand anstarrte. Leichte Gewissensbisse, weil er seine Liebe wegen eines unbedeutenden Quickies verraten hatte, den man mit Fug und Recht vor dem Abendessen wieder vergessen konnte, an dem man aber sicher noch den Rest der Woche zu knabbern hatte. Zwei unterschiedlichere Menschen als Lára María und Dagga Alberts konnte man sich nicht vorstellen. Sie waren so verschieden wie Sex und Sinnlichkeit.

Dagga hatte ein bißchen gestöhnt, als es ihm gekommen war, kurz nachdem das Flugzeug landete und die Basketballspieler im Abfertigungsgebäude verschwunden waren. Er zog ihn etwas ruppig zurück und sagte im Spaß:

»So, und jetzt bist du schwanger.«

»Was?« fragte sie, drehte sich um und zog ihr Höschen hoch.

»Jetzt bist du schwanger«, wiederholte er mit einem seltsam strengen Tonfall.

»Ha, ha«, lachte sie und meinte dann mit Salem-Aussprache: »Das wär cool, Mann.«

»Wie?« war es nun an ihm, sich zu wundern und sich nach der schwarzen Jeans zu bücken.

»Schwanger zu werden. Das wäre toll. Ich hab immer davon geträumt, alleinerziehende Mutter zu werden.«

»Hm, warum sagst du das?«

»Wieso nicht? Wär das nicht Spitze? Beim Einkaufen immer jemanden am Rockzipfel hängen zu haben und die Karre voller Schnuller und Babymilch. Dann hätte man doch endlich einen Wert im Leben.«

»War es etwa das, worauf du aus warst? Hast du es drauf angelegt, schwanger zu werden?« fragte er entsetzt.

»Na klar, Mann. Warum sollte man sich sonst auf so was einlassen?«

Er sah sie an, als wäre sie irre. Sie blickte zurück und lachte. Beide knöpften sich die Hosen zu.

»Du redest Scheiß«, sagte er voller Anspannung.

»Sicher. Du bist weiß wie ein Laken«, gab sie zurück und klappte den Kofferraumdeckel zu. »Nach Hause bringen?«

»Was? Nein. Nein, nein. Ich laufe lieber.«

»Okay. Tschüs und schönen Dank auch für die Nummer«, sagte Dagbjört und klemmte sich eilig hinters Steuer wie ein Trucker, der Zeit aufholen muß. Die typische Isländerin eben. Dann düste sie los.

Er blieb auf dem in Morgenlicht badenden Platz zurück und zündete sich eine Zigarette an. Er folgte dem gelbgrünen Toyota, wie er in den Ort eintauchte und dann vor der Molkerei wieder sichtbar wurde und den Hang hinauffuhr, vorbei an der lachsroten Schule und hinauf ins Hverfi. Ach ja, die liebe Kleine. Fuhr sie heim zu Papi? Wohnte sie, die bald Vierzigjährige, etwa noch bei den Eltern? Dachte er, der ewig hungrige Kellersohn. Böddi empfand einen leichten Kick bei dem Gedanken, daß jetzt ein kleiner Gruß von ihm ins Haus des Rektors getragen wurde. Ein nicht einmal kalter Gruß, sondern im Gegenteil ein warmer, ein geradezu körperwarmer.

Er setzte sich in Bewegung. Die See war glatt wie Wein im Glas. Die sonnenbeschienene Insel Drangey spiegelte sich auf der polierten Fläche, ein goldheller Felsen in einer silbrig feuchten Bläue. Was für ein herrlicher Tag! Zu schade, um ihn im Bett zu verpennen. Böddi hatte fast den Strandvegur erreicht, als ein eleganter Reisebus auf dem Weg in den Ort fast geräuschlos an ihm vorbeirollte. Zwanzig Basketballspieler winkten ihm zu und grinsten über alle Backen. Manche reckten die Daumen in die Höhe und schienen zu pfeifen.

7

Es war einmal ein Albert

»Es war einmal ein Albert. Dieser Albert war ein fetter Kerl. Er hatte eine fette Frau, und sie lebten in einem fetten Haus in Fettwinkel. Die Bäume in ihrem Garten waren allerdings sehr dünn. Das gefiel Frau Albert nicht. Sie wollte alles um sich herum schön dick und fett haben und goß die Bäume darum jeden Abend mit Coca-Cola. Dicker wurden sie auch davon nicht.

Albert und Frau Albert hatten sechs Kinder. Alle waren sie alt und fett. Einige von ihnen hatten selbst Kinder. Die waren jung und fett. Eins von ihnen war so fett, daß es nie aus seiner Mutter herausgekommen war. Deswegen war sie von allen die Fetteste in der Familie. Das fette Kind lebte in ihr und setzte immer noch mehr Fett an. Sie fütterten es durch die Muschi seiner Mutti. Es war wahnsinnig schwer, sie dazu weit genug zu spreizen, weil ihre Schenkel so fett waren. Aber irgendwie schafften sie es immer wieder, denn sonst brüllte das Kind den ganzen Abend über aus der Futterspalte.

Jeden Morgen fuhr Albert zur Arbeit. In seinem dicken, fetten Jeep. Seine Reifen waren so fett, daß sie beim Fahren aneinanderscheuerten. Und die Sitze waren so üppig, daß Albert Mühe hatte, einzusteigen. Aber es fühlte sich immer richtig geil und fett an, wenn er in seinem Jeep saß. Albert rollte hinab zur Schule. Dazu brauchte er anderthalb Minuten. Ebensolange brauchte er fürs Aussteigen.

Albert war Lehrer in der Gesamtstulle Westliches Nordland. Sämtliche Schüler der Stulle waren übergewichtig, manche so fett, daß sie nicht mehr nach Hause kamen und in der Schule auch übernachteten. Andere waren übers Wochenende so aufgegangen, daß sie daheim nicht mehr aus der Tür kamen. Sie hatten einen solchen Leibesumfang, daß sie ihre Bücher nicht mehr nah genug vor ihr Gesicht halten konnten. Sie mußten sie weit von sich weghalten und Lesebrillen benutzen. Das nannte man auch Fernunterricht.

Albert hatte den fettesten Arsch der ganzen Gesamtstulle. Darum bekam er auch in der Schule den fettesten Brocken. Der machte ihn noch fetter. Er kam nicht mehr aus seinem Stuhl und hatte daher das Unterrichten eingestellt. Bis zum Mittag fastete er. Dann konnte er endlich wieder aufstehen. Und ging zum Mittagessen. Wenn er zurückkam, war er so dick geworden, daß ihm Helga Sjöfn manchmal dabei behilflich sein mußte, sich wieder in seinen Stuhl zu quetschen. Es kam vor, daß sie dabei auf ihn fiel. Dann schwoll sein Gesicht an.

Abends kam Albert immer kugelrund von der Arbeit nach Hause. Dann legte er sich am liebsten in seinen Schaukelstuhl und ließ sich von seiner Frau die Zehen fetten. Anschließend machte er ein Nickerchen, während seine Frau das Essen fett machte. Sie troff von Fett, wenn sie die Mahlzeit auftrug, weil das Essen selbst so fett und außerdem das ganze Haus fettig war.

Nach dem Essen riefen zuweilen ihre fetten Kinder an und erzählten ihnen die fettesten Neuigkeiten von den Enkelkindern. Frau Albert lauschte am Hörer und lachte, während Albert sich im Fernsehen Fettball ansah. Er schaute jeden Abend Fettball. Albert war ein Fan von Farsenal.

Nach der Fettballübertragung sahen sich Albert und Frau meist noch einen Speckfilm an. Alberts liebster Speckfilm war *Fatman*. Fatman war tagsüber ein ordentlicher Journalist, aber nachts verwandelte er sich in einen durchgeknallten Fettsüchtigen, der durch die Stadt walzte und alles fraß, was ihm unter die Finger kam. Seine Lieblingsspeise waren mitesserübersäte Fettklöße. Albert hatte auch die Fortsetzungen gesehen: *Fatman large* und *Fatman extra large*.

Nach dem Speckfilm ging Albert zu Bett. Frau Albert ebenfalls. Allerdings schliefen sie getrennt. Sie waren nämlich so fett, daß sie keinesfalls in ein Schlafzimmer paßten. In jedem Schlafzimmer stand ein Ehebett. Sie schliefen schon seit langem nicht mehr miteinander. Alberts Schwänzchen war so fett geworden, daß es nicht mehr auf die Beine kam. Immerhin richtete es sich manchmal noch auf alle viere auf, wenn Helga Sjöfn ein bißchen darauf herumhopste. Sie war eine geübte Reiterin und hatte noch jeden Klepper auf Trab gebracht. Frau Albert wußte nichts davon. Sie konnte es auch gar nicht mitbekommen, weil sie nie das Haus verließ, außer um die Bäume mit Coke zu gießen.

Albert schlief immer auf dem Rücken. Er hätte tierisch geschnarcht, wenn die Schnarcher nur aus ihm herausgekommen wären. Aber sein Hals war so fett, daß sie nicht hindurchkamen. Ab und zu schnarchte Albert aus dem Hintern, aber nachdem er in der Schule den fettesten Brocken bekommen hatte, war sein Arsch so feist geworden, daß er mit ihm nicht einmal mehr furzen, rülpsen oder schnarchen konnte. Die Schnarcher reicherten sich in Albert an. Bei seinem Tod würde es einen großen Knall geben.

BHS«

8

Rokland

»Bist du wahnsinnig geworden???!!!« brüllte eine Frauenstimme aus dem Hörer. »Wie bist du eigentlich drauf, he??!!«

Böddi räusperte sich leicht und sah zu seiner fernsehenden Mutter hinüber. Es war Montagabend und das Programm dementsprechend. Er stand im Vorraum mit einem flachen weißen Telefon am Ohr, einem alten Apparat mit Schnur. Die Alte hatte ihren Jungen ans Telefon geholt. Irgendeine Frau wollte ihn sprechen. Böddi schwante gleich, um wen es sich handeln könnte. Es war Dagga.

»Was meinst du?« fragte er.

»Was ich meine? Hast du völlig den Verstand verloren? Würdest du das bitte von deiner Seite entfernen!! Und zwar augenblicklich.«

»Was denn? Was soll ich von meiner Seite nehmen?«

»Was soll ich von meiner Seite nehmen?« äffte sie ihn nach. »Du weißt ganz genau, wovon ich rede. Das bleibt nicht da stehen! So was kannst du über uns, über meine Familie nicht schreiben! Erst recht nicht, wo du gerade erst mit mir gepennt hast! Das ist widerlich.«

»Was?! Ich hab's doch gerade erst reingestellt.«

»Na und? Das ändert wohl alles, oder was? Böddi, du weißt wohl selbst, daß das vollkommen unmöglich ist. Such dir einen anderen Weg, dich an Vater zu rächen!«

»Es ist doch bloß ein Witz.«

»O nein, Böddi, das ist kein Scherz. Ein Witz ist komisch, aber *das da* ist überhaupt nicht komisch. Das ist einfach nur eine widerwärtige Gemeinheit und sonst gar nichts.«

»Ich dachte, das guckt sich sowieso keiner an.«

»Böddi, du bist einfach zum Heulen. Warum hast du überhaupt diese beschissene Blog-Seite, wenn du meinst, daß sie keiner liest? Was im Netz steht, steht im Netz. Du kannst nie wissen, wo es landet oder wer es liest. Es könnte am Ende sogar in der Zeitung landen.«

»Wieso hast du es denn überhaupt gelesen?«

»Bloß so. Ich meine, wir hatten doch ein nettes Wochenende zusammen, und ich dachte, du würdest vielleicht darüber etwas schreiben. Und dann das da! Ekelhaft!!«

»Ist es nicht einfach nur eine treffende Beschreibung?«

»Eine treffende Beschreibung! Böddi, wie blöd bist du eigentlich? Wir reden hier über meine Familie. Mag sein, daß Papa mit dem Wagen zur Arbeit fährt, okay, das ist vielleicht ein bißchen idiotisch, aber Mama ... Sie hat Rheuma und ist bei weitem nicht so dick. Nur damit du's weißt.«

In die Stimme der kraftstrotzenden Frau hatte sich fast so etwas wie ein verletzt-wehleidiger Ton eingeschlichen.

»Du darfst es nicht so wörtlich nehmen. Es ist vor allem metaphorisch gemeint«, sagte Böddi.

»Me-ta-pho-risch. *My ass!* Was soll das denn bedeuten?«

»Es ist so etwas wie ein Bild, ein Gleichnis. Eine Metapher ist, wenn man Worte anders als in ihrer ursprünglichen Bedeutung verwendet. Ein Tischbein zum Beispiel«, erklärte Böddi wieder in der Rolle des Gymnasiallehrers, der er einmal gewesen war.

»So? Und was bedeutet dann ›fett‹ in deinem Geschreibsel? Welche übertragene Bedeutung hat es da?« fragte Dagbjört aggressiv.

»Das steht für Interpretationen offen.«

»Offen für Interpretation?! *How pathetic can you be*?«

»Hä?«

»Würdest du es mir zuliebe bitte entfernen, Böddi?«

»Von meiner Seite?«

»Ja.«

Böddi zögerte. Auf dem Bildschirm knallten zwei elegante Herren einen Kellner über den Haufen, der ihnen mit der unbezahlten Rechnung vor die Tür nachgelaufen war. Seine Mutter saß regungslos in ihrem Sessel, wie eine etwas gerupfte und ausgestopfte Gans. Und einer Pistolenkugel im Hirn. Endlich sagte Böddi entschlossen: »Nein.«

»Nein? Was soll das heißen?«

»Nichts. Es bleibt einfach alles beim alten. So, wie es ist.«

»Was ist eigentlich mit dir los? Würdest du diesen Mist bitte von deiner Seite nehmen!«

»Hör mal, was ist denn mit *dir* los? Du versuchst, auf meine Blog-Seite Zensur auszuüben. Bin ich etwa kein freier Mensch in einem freien Land und ... einem freien Netz?«

Böddi sah, wie seine Mutter den Kopf etwas wandte, wie Leute, die vom Bildschirm wegsehen, um mitzukriegen, ob die Kinder schreien oder die Erde bebt. Dagga im Hörer wechselte die Taktik. Sie deckte Asche über ihren Zorn und bat um Gnade:

»Böddi, *please*. Ich bitte dich. Das kannst du uns doch nicht antun. Meine Schwester Fjóla ... Du hast ja keine Ahnung ...«

Sie war nah am Weinen. »Ich meine, als wenn es für sie nicht schon schwer genug wäre ...«

Böddi sah dem Mafia-Boß auf dem Bildschirm ins Auge.

»Ich bedaure, Dagga. Aber ich kann es nicht ändern. Ich bin nicht käuflich. Weder für Geld noch für Tränen.«

Noch einmal änderte die Frau ihre Taktik:

»Okay. Dann schreibe ich vielleicht einen kurzen Bericht darüber, wie es ist, mit dir zu schlafen, und schicke ihn an *Skagafjörður dot com.*«

»Wie bitte?«

»Na ja, ich könnte ja mal ein paar Details aufzählen, wie du dich so anstellst.«

Böddi wurde blaß.

»Das ist 'n Witz?«

»Nein, ich mache keine Scherze. Ich habe nichts mehr zu verlieren. Ich kann dich aus dem Ort schreiben bis hinaus zu den nördlichsten Fanggründen im Eismeer, wenn du es drauf anlegst. Du hast mich schließlich hinten auf den Kofferraum geworfen und vergewaltigt. Stimmt's nicht? Ich habe eine ganze Basketballmannschaft als Zeugen.«

Diese Frau mit der Salem-Stimme war ein Alptraum. Was,

um Himmels willen, sollte er dazu sagen? Was konnte er darauf antworten?

»Du … du bist …«

»Ja, ich verstehe mich auch auf solche Spielchen, Böddi«, antwortete sie und hörte sich schon wieder wie ein Hollywood-Film an. »Du hast es selbst in der Hand.«

»Ich … ich werde drüber nachdenken.«

»Darüber nachdenken?«

»Ja, ich werde es mir überlegen.«

»*You better.* Sonst weißt du, was passiert.«

Böddi legte auf und gaffte eine Weile gedankenlos den Fernseher an. Wie ein dösendes Pferd. Seine Mutter blickte wieder zur Seite und fragte: »Hast du nicht gesagt, du wärst kein Lehrer mehr?«

»Stimmt, ich habe gekündigt.«

»Ja, und? Können sie dich nicht in Ruhe lassen?«

Sie wartete eine Weile auf Antwort, doch es kam keine. Böddi war in seinen Keller zurückgegangen. Dóra wandte sich wieder dem Gerät zu, dessen Bilderflut ununterbrochen weiterrauschte. Der Sohn legte sich unten aufs Bett, wo er, abgesehen von regelmäßigen Besuchen im Internet, den gesamten Montag verbracht hatte. Kurz nach Mitternacht erhob er sich aus brütenden Gedanken, balancierte zum Computer und änderte den Text. »Es war einmal ein Albert« wurde zu »Plebbi und Plebba waren ein Paar.« Aus der »Gemeinschaftsstulle« wurde »die Fettkocherei«, und Helga Sjöfn verwandelte sich in »Heißer Steven«. Enttäuscht starrte er den Bildschirm und das Ergebnis an: Seine kleine Satire war im Eimer. Er hatte sie ruiniert. Indem er vor einer Blondine mit roter Ritze einknickte. Er hatte sich für Sex verkauft. Er war zur Hure geworden. Jämmerlich.

Gut zwei Jahre lang hatte Böddi diese Blog-Seite mit der Adresse *rokland.blogspot.com* unterhalten. Viele seiner Schüler waren eifrige Blogger und hatten ihren Lehrer immer wieder ermuntert. Ein Mann mit derart radikalen Ansichten konnte sich in dieser gerade erst im Entstehen begriffenen neuen Welt noch richtig austoben. »Das World Wide Web ist die Untertitelung unseres Lebens«, hatte BHS in seinem ersten Beitrag geschrieben.

Das Internet war wirklich eine feine Sache. Anstatt still in sich hineinzufluchen, konnte er nun in aller Stille losbrüllen. Hörte jemand was? Schwer zu sagen. Böddi hatte kein Zählwerk auf seiner Seite installiert. Tatsache aber war, daß diese kleine Gemeinschaft jedesmal, wenn er »zu weit gegangen« war, reagiert hatte. Jemand schien seine Äußerungen also zu überwachen. Jemand hinter Vorhängen und Jalousien. Seine Auslassungen über die Großen Braunen waren, wie erwähnt, auf der Homepage der Gemeinde gelandet und hatten einen Skandal ausgelöst. Seine Schmähschrift »Sitzt dick zu Pferde«, eine bösartige und kaum kaschierte Attacke auf die reizende Helga Sjöfn Harðardóttir, war dem Schulausschuß vorgelegt worden und hatte für den Literatur- und Deutschlehrer mit einer Abmahnung geendet. Und seine wütende Epistel über das zimperliche Verhalten seiner Schüler beim Klassenausflug auf den Kjölur hatte letztlich den Ausschlag für seine Verweisung von der Schule gegeben. Insofern waren seine Beiträge im Netz durchaus nicht wirkungslos geblieben.

Zu Böddis Ehre sollte erwähnt werden, daß seine Blog-Seite sogar informell im Gemeinderat zur Sprache gekommen war. Die Vertreterin der bäuerlichen Fortschrittspartei, eine Dame mit weißer Bluse und dunkelblauer Strickjacke und einem Kreuz um den Hals, stellte den Antrag, die Seite mit Polizeigewalt schließen zu lassen, da von ihr »negative Energie« ausginge und sie den Ort »in Unruhe versetze«. Der Gemeinderatsvorsitzende, ein jüngerer Mann mit Brille und Diastema, der aussah, als könnte er sich für Heavy Metal interessieren, war indessen klug genug, die Debatte zu beenden. Ein solches Verbot würde sofort in der Presse landen und den ganzen Fjord lächerlich machen.

Rokland war also doch ein wirkungsvolleres Medium, als seinem Initiator bewußt war.

Die Seite war so schlicht wie möglich gehalten. Keine Bilder, kein »Gästebuch«, keine »Links« oder »Freunde«. Böddi führte auch kein Tagebuch mit dem üblichen Blog-Gelaber, sondern verfaßte jeweils besondere Beiträge. Kurze, scharfe Artikel. Etwa alle ein bis zwei Wochen erschien eine neue Epistel, und über die Frames konnte man die älteren Beiträge von BHS einsehen. Dort fand sich auch eine Liste mit Literaturempfehlungen unter der Überschrift »Lies oder stirb«, und ganz unten standen die Todesurteile, mit denen er diesen oder jenen »hingerichtet« hatte, von Billy Idol (»Masturbation des Volkes«) bis Eminem (»Eine Epoche bekommt Rilke zum Dichter; eine andere Eminem«). Ganz oben standen zwei Prädikate, die die Seite zu verteilen hatte: »Bist du Held oder Hure?« Darunter folgte ein Zitat des Meisters:

›Das Individuum mußte immer darum kämpfen, nicht von der Horde überwältigt zu werden. Wer es versucht, wird sehr oft einsam sein und manchmal voller Furcht. Doch kein Preis ist zu hoch für das Privileg, sich selbst zu gehören.

Friedrich Nietzsche‹

In seinem Bunker im Nordland saß ein magerer Zopfträger an der Tastatur und mähte jedes Thema nieder, das die öffentliche Meinung über die Berge ausstrahlte. Lehrerstreik: »Das Gehalt der Lehrer ist nicht von dieser Welt.« Abtreibungsstreit: »Du reitest nicht zurück.« Elfter September: »Kein Wunder, daß die Zwillingstürme fielen, als der Vater von Zwillingen, George Double-u Bush, als Präsident amtierte.« Irakkrieg: »Wir sind das einzige Volk der Geschichte, das einen Krieg vom geheizten Whirlpool aus erklärte.« Zur Opposition: »Politische Scheibenpinkler, die uns die Schlaglochpiste, die vor uns liegt, besser sehen lassen, aber am Straßenzustand nichts ändern können.« Staudammbau im Hochland: »Ein Satz aus dem *Zarathustra* hätte gereicht, diese Gletscherrinnsale zu dämmen.« Aktienmarkt: »Der Wert der Papiere von Stephan G. sinkt nie.«

Böddi brachte auch einige komplizierte Dinge auf den Punkt, die den Leuten lange den Durchblick verwehrt hatten. Werbeanzeigen: »Aknepickel im Gesicht des Tages.« Dudelfunk: »Migräne in den Köpfen der Nation.« Coca-Cola: »Treibstoff für Isländer. Bald wird jede Tankstelle mit einem Coke-Tank ausgerüstet, von dem für die Prols Trinkschläuche direkt in die Autos geführt werden können.«

Eine ganze Zeitlang hatten Journalisten der Hauptstadtblätter sich ein Vergnügen daraus gemacht, leere Spalten unter der Rubrik »Die Spottdrossel aus Sauðárkrókur« oder »Der Rokländer« mit Zitaten von Böddis Seite zu füllen:

»Ministerpräsident Davíð Oddson ist eine umgekehrte Massenvergewaltigung. Jeden Tag vergewaltigt er das ganze Volk. Seine unangemessenen Äußerungen sind unerwünschte Spermatozoen in unseren Köpfen. Sie entfalten ein Eigenleben, das wir keinesfalls zur Welt bringen wollen.«

Böddi hatte allerdings keinerlei Interesse an seinem Stechmückenruhm in der Hauptstadt. Er ließ sich so gut wie nie zu dem schmuddeligen Zeitvertreib herab, isländische Tageszeitungen zu lesen. (»Ich habe keine Lesehandschuhe.«) Und er besaß auch keine Freunde, die das für ihn übernahmen. Sammi las lediglich die Sportgazette und *Eiðfaxi,* die Zeitschrift für den Pferdefreund. Außerdem hörte unser Prophet so gut wie nie Radio. Für ihn waren alle Sender gleich, summend vor sich hin kochende Betonbehälter, bemannt mit hohlen Schimmelpilzköpfen und Laberbacken, in denen vermeintlich »angesehene« Politiker aufkreuzten, um ihr Lieblingslied von den Beatles abdudeln zu lassen, oder in denen die bekanntesten Saufbrüder der Metropole eine Stunde Sendezeit erhielten, um im *Spiegel der Stars* ihr Ego aufzupolieren. Mit Fug und Recht ließ sich behaupten, Böddi lebe in Isolation, aber er war ein eigenständiger Mensch. Er betete nichts Vorgekautes nach. Er stand außerhalb der Welt. Und sein Image interessierte ihn herzlich wenig. Böddi war ein Mensch, der auf seinem Abendspaziergang zufällig an einem ausverkauften Fußballstadion vorbeikommt und zu seiner grenzenlosen Überraschung auf einmal den Jubel aus 90000 Kehlen hört. Ohne stehenzubleiben, guckt er zum Himmel auf, als habe er den Ruf eines Vögelchens gehört, und räuspert sich einmal. Das war ihm tatsächlich einmal passiert, auf einer angenehmen Abendpromenade durch Madrid.

Ohne den Blick vom Bildschirm zu nehmen, griff er nach

seinen Rauchutensilien und lehnte sich dann auf seinem knakkenden Stuhl zurück. Mit überkreuzten Beinen drehte er sich eine extradünne Zigarette. Von draußen waren Frühlingsgeräusche zu vernehmen. Die bläuliche Frühjahrsnacht war erfüllt von leisem Brandungsrauschen, das wie Chorgesang von Regenwürmern klang. Vom Hafen drang das Klopfen von Maschinen herüber. Obwohl es bald zwei Uhr in der Nacht war, arbeitete da noch jemand. »Erschöpfung durch Arbeit ist die legitimste Droge Islands.« Es gab weniges, über das sich BHS nicht geäußert hatte. Er hatte ein Netz über diesen mittelgroßen Ort ausgeworfen und sie darin mit ihrem Denken gefangen, die kleinen Alltagsfliegen. Die Arschkriecher ohne Rückgrat. Eigentlich hätte ihn der Gemeindevorstand in seiner Gehaltsliste führen müssen dafür, daß er geistig Wache stand und die Plebs in Schach hielt.

Dachte Böddi.

Er rauchte bedächtig und lauschte in die Nacht. Durch die nächtlichen Geräusche ließ sich mit ein wenig Anstrengung monotone Musik aus einem dieser Rocksender vernehmen. »Popmusik, das sind die geistigen Abgase, die aus jeder Ritze und jedem Winkel der Gesellschaft aufsteigen. Unbegreiflich, daß *Bylgjan* nicht auch in den Lesesaal der Bibliotheken übertragen wird.«

Böddi starrte auf den Schirm: sein Fenster in die Welt. Google Google. Und ganze Völker schossen vorüber. Das Internet war ein so unwiderstehliches Phänomen, daß ihn noch immer Schauer überliefen, wenn er dessen Wesen überdachte. Niemand in der Welt war mehr allein. Jederzeit konnte man jemanden erreichen oder etwas finden. Er rief die Startseite von Google auf. Nach kurzem Zögern tippte er ein: Dagbjört Albertsdóttir. Das Suchergebnis brachte einen Treffer. Irgendein Svenni hatte sich im März 2002 auf seiner Blog-Seite über sie geäußert.

»Die Tittenqueen Dagbjört Albertsdóttir war natürlich auf der Bühne erschienen und zauderte nicht, sondern heizte uns Jungs mächtig ein.« Böddi begriff nicht ganz, was der Satz eigentlich besagen sollte: einheizen? Jedenfalls hatte diese »Tittenqueen« auf jener Party, die vermutlich in Hólar stattfand, ordentlich für Stimmung gesorgt.

Böddi ließ ein paar Minuten verstreichen und rauchte. Dann tippte er wieder einmal den Namen »Helga Sven« ein. Wieder brachte die Suche 64200 Treffer. Er klickte Nummer 5 an und vertiefte sich in dreißig Nacktbilder des deutschen Pornomodels, das längst in Rente gegangen war und nun sicher irgendwo im Tal von L.A. am Rand eines Pools lag und dabei zusah, wie ihr das Geld unten rausfloß. Es waren Pics einer »mature woman«. 1984 mußte sie schon zwischen vierzig und fünfzig gewesen sein. Die Bilder hatten jenen typischen Eighties-Look. Böddi war vor Jahren in einem Beate-Uhse-Laden über diesen deutschen Atombusen gestolpert. Die ultrablonde Helga wohnte nun seit bald zehn Jahren in einem Hinterstübchen seiner Phantasie. Sie war eine eindrucksvolle Erscheinung. So etwas wie eine Mischung aus norwegischer Botschaftergattin und Münchner Bankiers-Edelhure, die meist in Pelzen und teuren Dessous posierte, nur für Schlüpfer schien sie nicht viel übrig zu haben. Sie war die Porno*mama*, der Böddi in seinen Studienjahren zu Füßen gelegen hatte, und noch immer konnte er ihr zu Ehren sein Blut zusammenströmen lassen. Es war diese unwiderstehliche Mischung aus Bürgerlichkeit und Schmuddel, die ihn gefangennahm und seine Hosen auf die Knöchel rutschen ließ. Zwanzig Jahre alte Blitzlichter flammten, als wären sie erst gestern geschossen worden. Wenn diese feine Dame – sie erinnerte ihn an die preußischen Frauen aus der Oberschicht, die er zuweilen auf dem Ku'damm oder Unter den Linden gesehen hatte und die ihn, den Typen vom Rand der Welt, so eigenartig sexuell erregten – wenn sie also den nackten Popo derart in die Kamera reckte, daß man das helle Haar zwischen den Schenkeln schimmern sah, dann sprach in ihm Zarathustra. Er stierte gierig auf den nackten Schirm und verwandelte sich in einen Hamster, der emsig die Hand fliegen ließ. Der rötlich-blasse Hintern von Dagga Alberts tauchte wieder und wieder vor ihm auf und stellte ihm die üppig-prachtvolle Erscheinung der deutschen Helga vor Augen. Er schloß sie, dachte an einen grünen Toyota und kam kurz darauf. Dann blickte er auf seine Nietzsche-Sprüche an der Wand.

»Man hält das Weib für tief – warum? weil man nie bei ihm auf den Grund kommt. Das Weib ist noch nicht einmal flach.«

Vielleicht war es das, was Nietzsche an Frauen nicht ertrug: Diese Macht, die sie über den Mann ausübten, ihre Blitzattacken auf den hochgestimmten Geist, die ihn entwaffneten und ihm statt dessen die fleischige Waffe in die Hand drückten. Wenn ein Teil hart wird, erweicht das Ganze, dachte Böddi, während er das Klopapier wegwarf und sich die Hose hochzog. Dabei verfluchte er sich und das Internet, diesen schnellen und willfährigen Diener des Schmuddeligen. Diesen hechelnden Schweinehund, dem ewig die geil lechzende Zunge aus dem Hals hing. Diesem Ekel.

Er stand auf und räusperte sich. Es war ein besonderes Räuspern, viel tiefer als das übliche. Er hatte es sich nach seinen Besuchen in den Striptease-Bars der Städte auf dem Kontinent zugelegt. Zu seinen schweren Schritten in den engen und dunklen Gassen. Es war mehr ein gequältes Stöhnen, das den Abscheu des Mannes vor seiner Natur zum Ausdruck brachte.

9

Mama

Es war weit nach drei in der Nacht, und ganz Sauðárkrókur schlief. Es war lange her, seit Böddi das letzte Mal so spät noch wach gewesen war. Er war zwar eigentlich jemand, der spät zu Bett ging, aber seine Unterrichtsverpflichtungen hatten ihn doch meist auf der hellen Seite des Daseins gehalten. Nach und nach löste sich seine Grimasse, und er stand gedankenverloren da, als wäre er von der vorangegangenen Verschleuderung erschöpft. Mit leeren Augen starrte er in die blaue Nacht wie ein Tier aus seiner Höhle. Ein Tier, das ein anderes umgebracht hat und nicht mehr weiß, zu welchem Zweck. Er fühlte sich hungrig und ging nach oben. Durch die Glasscheibe in der Haustür sah er das Meer. Es lag eine ruhige, geradezu lyrische Stimmung über dem Fjord. Auf der anderen Seite glommen die Lichter von Hofsós in den Himmel wie Kerzenlichter.

Aus dem abgedunkelten Wohnzimmer drang leise Popmusik. Der Fernseher lief noch immer. Mutter hatte vergessen, ihn auszuschalten. Über den Bildschirm flimmerten die Zeilen von Quizfragen. Nächtlicher Zeitvertreib für Schlaflose. »Für welches Formel-1-Team fährt Fisichella? a) Renault b) Ferrari c) Williams-BMW«. – Halbwissen für die Massen, dachte Böddi und hielt Ausschau nach der Fernbedienung.

Er zuckte zusammen, als er sah, daß seine Mutter noch immer in ihrem Sessel saß. Im ersten Moment dachte er, sie wäre gestorben, doch im mattblauen Schimmer der Bildröhre stellte er bald fest, daß sich ihre Brust beim Atmen hob und senkte. *»I said blue moon of Kentucky keep on shinin'«*, sang ein unbekannter Interpret zu dem Fragespielchen auf der Mattscheibe. Böddi wandte sich ab und wollte ausschalten, fand aber weder den Knopf noch die Fernbedienung. Er schaute wieder zu seiner Mutter hinüber. Sie schlief mit weit offenstehendem Mund, die starke Brille war ihr auf die Nasenspitze gerutscht. Eine völlig kaputte Frau. Ihr Kopf schien direkt aus dem Bauch zu wachsen, ragte lose in die Luft und gab einen merkwürdigen Anblick ab. Irgendwie glich sie einem Haushaltsgegenstand, einem ungewöhnlichen Kessel mit langer Tülle, die leise Geräusche von sich gab.

Der Sohn wußte nicht recht, was er tun sollte. Er war es nicht gewohnt, sich um Menschen zu kümmern. Er ließ sich mit einer Backe auf einer Ecke des Sofatischs nieder, stemmte die Ellbogen auf die Knie und betrachtete seine Mutter eingehend. Sie wirkte wie im Sessel festgewachsen. Wie ein Baum, der um Wände und Dach eines Hauses wächst, ein Baum mit runzlig grauer Borke. Zehn Jahre früher hätte man dieses Gesicht häßlich genannt: das Kinn zu lang und die Stirn zu gewölbt, jetzt paßte alles zum Alter. Ein ältliches altes Weib. Dem linken Auge fehlten die Wimpern und ein Teil des Lids: eine Brandwunde aus der Kindheit. Auf dem rechten Handrücken verlief eine frisch verheilte Narbe. Und der Rücken war krumm wie ein Nagel. Ihr ganzes Leben lang war sie zwischen Haus und Arbeit hin- und zurückgestapft, hatte sich gegen den Sturm gebückt und unter die Chefs geduckt, zwischen den Mahlzeiten den Rücken krumm gemacht und sich tiefer über die Töpfe gebeugt, dann vor dem Fernseher gehockt und war schließlich ins Bett gekrochen. Diese krumme Frau war das Scharnier zwischen Tag und Dunkel, ein Scharnier, das nun kreischend rostig geworden war.

Böddi hatte das Aussehen seiner Mutter nie bewußt wahrgenommen. Genaugenommen wußte er gar nicht, wie sie aussah. Sie war seine Mutter, und diese Tatsache war größer als jedes Kinn oder jede Nase. Aber da lag sie in diesem bläulichen Licht mehr als sie in ihrem Sessel saß, als hätte sie sich davongemacht und nur die körperliche Hülle zurückgelassen. War nur noch etwas Äußerliches. Wie eine Leiche.

»I said blue moon of Kentucky keep on shinin'. Shine on the one that's gone and left me blue.«

Eine Unmöglichkeit, sich vorzustellen, daß sein Leben in den

Eingeweiden dieser Frau seinen Ursprung hatte. Sie schien einer Geburt so fernzustehen wie die Reithalle einer Operninszenierung. Böddi beugte sich zu seiner Mutter und berührte ihren Handrücken. Er fühlte sich hart und kühl an und doch lebendig wie alles Lebendige, eine Berührung wie bei erkaltendem Kerzenwachs: Es war zu spüren, daß unter der erstarrenden Oberfläche noch warme Flüssigkeit schwappte.

Die Frau regte sich nicht. Böddi stand auf und beugte sich über sie: »Ma…«

Er hielt ein. Mit der Nase über dem Schoß seiner Mutter roch er einen altvertrauten Geruch. Mutterduft. Er roch nach Rauch und nach Fisch und doch keineswegs nach Räucherfisch, denn sie selbst kombinierte beides zu einem ganz eigenen Geruch, dem unverwechselbaren Duft nach Dóra. Es mußte Jahre her sein, seit Böddi seiner Mutter zuletzt so nahe gekommen war; er hatte diesen Duft seit Jahrzehnten nicht gerochen. Ein Streifen Film lief vor seinen Augen ab: Sein Vater lag auf dem Kiesvorplatz vor dem Haus unter dem Moskwitsch, und er hörte seine Mutter um die Hausecke rufen: »Jungs!« Er lief mit einem anderen Jungen in blauem Pullover zu ihr, bekam einen Zipfel ihres Kopftuchs ins Gesicht, ihre Kittelschürze flatterte im Wind. Das Licht hart, die Luft kalt. Seewind. Harte Stöcke in den Händen.

Dann Dunkel. Der Streifen zu Ende. Schrecklich.

Geruch ist eine Luftart, die Bilder entwickelt. Wenn sie mit einer Nase in Berührung kommt.

Papa mit dem Oberkörper unter dem Moskwitsch. In seinen Erinnerungen befand sich sein Vater immer in der Waagerechten. Woher dieser Zustand auch kommen mochte. Entweder lag er unter dem Wagen, im Bett oder flach. Jetzt lag er im Meer. Sein Vater umlagerte ihn wie der Horizont, fern und unsichtbar, aber doch eindeutig und unüberschreitbar.

Böddi berührte sein Mutter leicht an der Schulter und sagte vernehmlich: »Mama.«

Sie erwachte und fragte unmittelbar: »Was haben sie mit der Leiche gemacht?«

»Wie?«

»Was sie mit der Leiche getan haben?«

»Das Programm ist zu Ende, Mutter. Es ist bald drei Uhr.«

»Was? Ach je.«

Er half ihr aus dem Sessel. Als sie sich aufrichtete, gab sie einen schmerzvollen Laut von sich, der unweigerlich an das Geräusch erinnerte, mit dem man einen Nagel aus Holz zieht.

»Puh. Dann sollte man wohl langsam ins Bett gehen.«

Sie ließ sich von ihm stützen. Böddi hielt sich so kurz wie möglich im Schlafzimmer auf. Auf der Küchenanrichte fand er einen Apfel, nahm ihn mit nach unten und biß hinein, während er seine Mails abrief. Fünf neue Mitteilungen prangten fett gedruckt ganz oben. Drei verlockende Angebote strunzgeiler amerikanischer Teenager, ein freundlicher Hinweis, daß die Pillen zur Penisvergrößerung wieder lieferbar seien, und eine Mail von Dagga, abgeschickt vor zwanzig Minuten:

»Hi, Böddi! Danke, daß du den Text geändert hast. I O U l. Vielleicht sehen wir uns beim Rambazamba. Grüße Dagga :-)«

Ob sie lau waren oder von Herzen kamen, war ihnen nicht anzusehen. Frauen.

10

Abendessen im Verein der Unbeweibten

»Die Frage des Stils – dies bedeutet immer das Prüfen, das Abwägen eines spitzen Gegenstands. Zuweilen einer Feder. Doch ebensogut eines Stiletts, sogar eines Dolches. Mit ihnen kann man gewiß grausam angreifen, worauf sich die Philosophie unter dem Namen Materie oder Matrix beruft, um dort ein Mal einzudrücken, eine Spur oder eine Form zu hinterlassen, aber auch um eine drohende Kraft zurückzudrängen, sie auf Distanz zu halten, sie zurückzustoßen, sich vor ihr zu bewahren – sich krümmend hinter Schleier und Segel (voiles) oder abkrümmend, auf der Flucht.«

Böddi gab sich geschlagen. Er verstand es nicht. Er überflog den Abschnitt noch einmal, ließ die Augen von einem großen Wort zum nächsten hüpfen. Aber es half alles nichts. Dieser Text war eine Nummer zu hoch für ihn.

»Lassen wir die Flügeldecke schwirren zwischen maskulin und feminin. Unsere Sprache sichert uns diesen Genuß zu, vorausgesetzt, wir verzichten auf die Artikulation. Was ›voiles‹ betrifft, so sind wir auf der richtigen Spur: Nietzsche hat sich ihrer in allen Geschlechtern bedient.«

Ja, leck mich! Das war wie Autofahren im Nebel. Die Wörter tauchten auf wie Markierungspfähle. Jedes einzelne von ihnen begriff er, aber er konnte einfach nicht sehen, wohin sie ihn führen sollten. Er las weiter – dachte dabei an Lára María und ihre Mutter –, gab aber nach drei Seiten auf. Zum dritten Mal. Dreimal hatte er jetzt versucht, in diesen Aufsatz hineinzukommen. Er hatte die Woche auf sinnvolle Weise zu nutzen gedacht, nachdem er nun einmal die Zeit dazu hatte. Indem er Derridas Studien über Nietzsche studierte. Endlich war das Buch, das er bei Lára María bestellt hatte, eingetroffen. *Sporen. Die Stile Nietzsches.*

Seine Niederlage verunsicherte ihn. Er war es nicht gewohnt, einer Anforderung an den Verstand zu unterliegen. Er war doch

»Was denn, was denn, seid ihr ein bißchen dumm im Kopf? Los, setz dich hier zu den Brüdern. Nachher ist noch Party, eine Band aus Sigló und alles voller Weiber. Keine Gnade!«

Während er noch redete, zog er Böddi mit in den vorderen Saal, der zum Meer hin lag, plazierte ihn an einen langen Tisch und war schon wieder verschwunden, ganz der fröhliche Wirt. Der Tisch ragte vom Fenster in rechtem Winkel in den Raum. An ihm saßen zwei schlanke, schwarzhaarige Männer in Islandpullovern, mit ungeschnittenen Haaren und schlechten Zähnen. Der eine war knapp über, der andere knapp unter fünfzig Jahre alt, und sie grinsten Böddi scheu und abstoßend an. Offenbar Bauern. Böddi kannte sie nicht. Er nickte ihnen zu, räusperte sich und langte in die Jackentasche nach seinem Tabak. Die Brüder grinsten weiter und sagten keinen Ton. Sie ähnelten erschreckend asiatischen Gastarbeitern.

Ein untersetzter Mann mit flammend roten Wangen kam mit zwei dampfenden Suppentellern angesaust und setzte sie auf dem Tisch ab. Ihm fehlten zwei Finger. Böddi kannte ihn. Das war Manni Volgu, eigentlich Hermann Jónasson Olguson. Man nannte ihn auch Hemmi Hausaufrichter, denn er war der Mann, den man rief, wenn im Sturm eine Scheune Schlagseite bekam oder ein Stall über den Kühen zusammenbrach. In den Ruhezeiten zwischen den Stürmen lag er meist in einem Schuppen draußen am Hafen und guckte sich Krimis an oder jobbte für Keli und das Hotel. Ein prima Kerl bis zum fünften Glas, danach ein Tier.

»Sag mal ... bringst du mir ein Großes?« fragte Böddi und sah zu Manni auf, der den Zopfträger kaum überragte, obwohl er stand und dieser saß. Seine Backen waren wie mit Sonnenröte gestempelt, und er hatte eine Hühnerbrust. Auch einen Hals besaß er nicht, dafür aber eine Stimme, die gut ins Radio gepaßt hätte.

»Willst du nicht mit uns essen? Keli hat so was gesagt. Magst du dann nicht lieber Rotwein mit uns trinken?«

Es war immer das gleiche in diesem Hotel. Man wußte nie, wo man stand oder saß. Der Betrieb wurde ziemlich undurchsichtig geführt. So war beispielsweise nie ganz klar, ob dieser kleine Mann gerade für Keli arbeitete oder nicht. Und unmöglich konnte man wissen, ob er einem jetzt den Rotwein bloß empfahl oder ob es sich um eine Einladung handelte. Ebensowenig ließ sich vorhersehen, ob Keli ihn nicht im nachhinein für das Essen abkassieren würde, zu dem er soeben eingeladen worden war. Offerierte er ihm ein Gericht oder spendierte er ihm eins? Manchmal verbrachte Böddi hier ganze Abende für lau, manchmal präsentierte man ihm aber auch schwindelnd hohe Rechnungen, ehe man ihn vor die Tür setzte. Denn wenn man einmal selbst bezahlen mußte, fiel die Rechnung immer viel höher aus als erwartet, weil man sich der süßen Täuschung hingegeben hatte, es ginge alles auf Kosten des Hauses, und man dementsprechend großzügig hingelangt hatte. Es war ein absolut unberechenbares Lokal. Und Keli war ein unberechenbarer Mensch. Am Ende aber rechnete er einem immer sehr genau vor, was man ihm schuldete. Wahrscheinlich glich sich alles irgendwie aus. Die Leute bezahlten für die kostenlosen Abende an den anderen mit. Seine Buchhaltung bewahrte Keli in einem Schuhkarton unter dem Bett in Zimmer 16 auf, das sein Zuhause war, seit er vor einem Jahrzehnt auf Anregung des damaligen Bürgermeisters die Leitung des Hotels übernommen hatte.

Die *Villa Nova* war 1903, als ein dänischer Kaufmann sie in der Aðalgata 1 erbauen ließ, das prächtigste Haus des Landes gewesen, ein imposanter zweigeschossiger Holzbau auf steinernem Fundament und mit einem kunstvoll gezimmerten Vorbau, dem damaligen Wintergarten seiner Zeit, mit vielen bunten Scheiben in großen, unterteilten Fenstern. Aber seitdem hatte er so manchen Schlaf gesehen. Zeitweilig hatte er als Hotel gedient, dann als Pensionat und schließlich als Seemannsheim. Danach hatte es so ausgesehen, als sollte er für einen neuen Laden der Konsumgenossenschaft abgerissen werden, aber einigen vernünftigen Menschen war es gelungen, das Haus zu bewahren. Man hatte die betagte Villa renoviert, doch dabei hatte sie einiges von ihrem Charme verloren, wie es zu gehen pflegt, wenn man alte Damen liftet. Ein Hasardeur aus der Stadt, den man gerade aus einer hohen Position gefeuert hatte, kaufte das Haus schließlich auf. Er ließ es abreißen und auf der anderen Seite der Straße auf einem aufgeschütteten Grundstück direkt am Ufer wiedererrichten. Er bekam die Erlaubnis, noch ein Stockwerk draufzusetzen und an der Seeseite einen Glaspavillon anzubauen. Auf diese Weise installierte er den alten Holzpalast wieder genauso nahe am Wasser, wie er ursprünglich einmal gestanden hatte. Dadurch erwachte das Haus zum Leben. Es füllte sich mit Gästen und verlor nach und nach seine künstliche Fassade. Nach zehn Jahren in Kelis Obhut besaß es wieder seinen früheren »verlebten« Charakter. Das Hotel *Villa Nova* war ein Haus, das einen schon beim Betreten in gute Laune versetzte.

»Rotwein? Ich weiß nicht. Gibt es nicht abgesengte und gekochte Schafsköpfe?« fragte Böddi unschlüssig hinsichtlich des Essens und des ganzen Abends überhaupt.

»Ja, die Brüder hier haben vierundzwanzig Schädel angeschleppt«, gab Manni mit seiner klaren Stimme Auskunft und nickte in Richtung der schwarzhaarigen Grinser, die abwechselnd ihn und die Suppe ansahen wie höfliche Chinesen.

»Trinkt man zu *svið* Rotwein?« fragte Böddi, als würde er sich an Gott wenden, und zündete sich eine verunstaltete Zigarette an. »Nee, ich glaube, ich nehme lieber ein Bier.«

»Was ist mit Beggi? Ist er noch nicht da?« kam es von Keli, der gerade aus dem hinteren Raum auf sie zugewalzt kam. »Ach, da ist er ja.« Der Herr Hoteldirektor machte auf dem Absatz kehrt und marschierte zur Eingangstür, wo sich ein Mann unter vernehmlichem Ächzen aus einem Thermooverall mit der Aufschrift *Jarðborir hf. Erdbohrungen* pellte.

»Hast du deine Keimdrüsen wiedergefunden, Beggi?« erkundigte sich der fröhliche Wirt mit einem spöttischen Grinsen auf den Lippen. Keli war in allerbester Stimmung, dabei aber stocknüchtern.

»Wie bitte?« fragte der Mann zurück und betrat den Speisesaal. Er war vom Wetter draußen gezeichnet, seine Wangen glühten, und das Haar klebte ihm von der Mütze am Kopf. Die

Nase war weiß wie ein Knochen und kerzengerade. Auf den Gläsern der schwarzmelierten Brille glänzten Regentropfen.

Keli wandte sich wieder der Gruppe zu und sagte über Beggis Schulter hinweg, der gerade auf übergroßen Socken mit hängenden Spitzen zum Tisch schlurfte: »Unser Beggi hat nämlich ein Ei verloren. Lára María hat es gefunden und in den Postsack gesteckt. Dann hat sie es mit nach Hause genommen und wollte ihrem lieben Mütterchen daraus ein Mahl bereiten. Glaubte, es wäre ein Pilz.«

Die Männer brachen in Gelächter aus, nur Beggi nicht, der viel zu erledigt schien, um sich mit ihnen zu amüsieren oder sich aufzuregen. Er verzog bloß das Gesicht zu einem Grinsen und setzte sich, den Brüdern gegenüber, neben Böddi.

»Ja ja.«

Auch Böddi lächelte, aber es war ihm auch unangenehm, Lára María in diesem Zusammenhang erwähnt zu hören. Seine Heilige war also in die sumpffeuchten Träume dieser Ferkel geraten. Aber was konnte man auch dagegen tun? Kaum ging jemand aus dem Haus, landete er auch schon im Internet. Jeder durfte von jedem denken, was er wollte, und dagegen half kein Urheberrecht. Jedenfalls noch nicht.

»Böddi, kennst du etwa die Baklands-Brüder nicht?« fragte Keli und machte ihn mit den beiden schwarzhaarigen Männern bekannt. »Böddi ist der intelligenteste Mensch in Krókur. Er ist so schlau, daß ihm die Haare gleich geflochten aus der Birne wachsen.«

Der Wirt zog freundschaftlich an Böddis Zopf. Die Männer lachten ein wenig, und Manni Volgu kam mit einem weiteren Teller Suppe, einem großen Bier und zwei Flaschen spanischem Rotwein.

»Die beiden kommen von Bakland im Bakdal auf der anderen Seite des Tindarstóll.« Keli warf den Kopf mit einem andeutenden Nicken rückwärts in Richtung des Berges, der 995 Meter hoch hinter dem Fjord aufragte. »Aber keiner weiß, wo der Hof wirklich steht. Sie haben ihn aus den Karten entfernen lassen. Fünfzehn Jahre haben sie gebraucht, bis sie ihn beim Landesvermessungsamt löschen lassen konnten. Sie wollten ihre Ruhe. Keine Gnade! Aber am Ende haben sie es doch geschafft«, erklärte der Hotelleiter und lachte in zwei trockenen Stößen, die eher wie unterdrücktes Husten klangen. Wie es bei Witzbolden oft vorkommt, schien er selbst nicht anständig lachen zu können. Die Brüder lächelten still und löffelten ihre Suppe. Keli bereitete es offensichtlich großes Vergnügen, Anekdoten von diesen putzigen Hinterwäldlern zum besten zu geben, dabei waren sie bei weitem nicht so skurril wie er selbst. Hier wurden dem neugierigen Reisenden die Tiere des Waldes vom König der Tiere selbst vorgestellt.

»Einmal im Jahr kommen sie hier vorbei und kochen für mich *svið*, aber zwischendrin vergessen sie es immer wieder, weil bei ihnen da oben ein Jahr immer zwei Jahre dauert.«

Alle hatten jetzt Platz genommen. Keli präsidierte am Kopfende, Manni und Böddi je zu einer Seite. Die Brüder saßen neben Manni, der Bohrmensch Beggi neben Böddi. Der Wirt wandte sich in erster Linie an den Mann mit dem Zopf. Die anderen schienen seine Geschichten schon zu kennen. Der Prophet griente sein maskenhaftes Lachen zwischen der Suppe und dem Bier.

»Auch sonst haben sie es nicht besonders eilig. Einmal haben sie eine Benachrichtigung von der Post bekommen. Sie haben sie zwei Jahre liegen gelassen. Haben sich die ganze Zeit den Kopf zerbrochen, was das wohl sein könnte. Dann haben sie endlich den Umschlag geöffnet, und es kam heraus, daß es sich um eine Fleischsäge handelte, auf die sie seit langem warteten. Sie hatten in der Zwischenzeit sogar schon angerufen und sich beschwert, daß die Säge nicht geliefert wurde. Kurz darauf kam eine zweite Benachrichtigung. Das war die zweite Fleischsäge, die man ihnen auf ihre Beschwerde hin geschickt hatte. Jetzt haben sie also zwei von den Dingern! Eine pro Mann. Keine Gnade! Und sie haben nichts anderes mehr zu tun, als ihre Hämmel in Stücke zu sägen. Zum Glück für uns. Stammen die Köpfe hier nicht von dem Bock, den ihr mitgebracht habt?« fragte Keli abschließend fast ein bißchen überschwenglich.

»Nicht alle vom gleichen Bock«, verbesserte einer der Brüder leise. Es war der ältere, der ein paar Haare grauer war als der andere. Die Männer lachten: »Nicht vom gleichen Bock, hahaha!«

»He, Sigurkarl, geh mal in die Küche und sieh nach, ob er auch alles richtig macht da!« kommandierte Keli plötzlich ernst. Es war klar, wer hier an diesem Abend Witze machen durfte.

Der ältere Bruder erhob sich und verschwand in der Küche.

Böddi hatte seinen Spaß, obwohl er sich nicht so einen abgeierte wie die übrigen. Meist lachte er mit Verzögerung und einer Leidensmiene schnaubend durch die Nase, als bereute er es, einzugestehen, daß jemand oder etwas komisch war. Der Prophet nahm nichts auf die leichte Schulter. Er war im Grundton elegisch gestimmt. Böddi war der Mann, der Mahlers vierte Sinfonie einmal als »zu komisch« kritisiert hatte. Jetzt aber stand er im Begriff, sich langsam von seiner Niederlage gegen den »größten Denker unserer Zeit« zu erholen. Unerwartet war er hier in einer netten Männerrunde gelandet und nahm an einem interessanten Essen im Verein der Unbeweibten teil. Ein schönes Diner: Geschlossene Gesellschaft bei offenen Türen, wie so oft bei Keli. Trotzdem platzte niemand unangemeldet herein, alle anderen saßen brav zu Hause zu Tisch, und auch aus den Zimmern oben kam niemand, bis ein älterer Herr im Speisesaal erschien, in einem abgetragenen Anzug und mit einer Krawatte, die sie fast waagerecht grüßte: Der Kulturstrick breitete seine Streifen über eine bilderbuchmäßige Wampe, die sich schräg an Böddis Zopf vorbeizwängte und sich hinter Beggi auf den letzten Platz gleich am Fenster einkeilte. Draußen brach die Dunkelheit herein. Die Laternen auf der Hafenmole traten deutlich aus der Resthelle des Abends. Am äußersten Punkt lag ein unansehnliches langes Frachtschiff unter dänischer Flagge, die in der Abendbrise um den Maststock wehte. Es war immer noch ein unbehaglicher Anblick, den *Danebrog* im isländischen Wind flattern zu sehen. Die Isländer erinnerte es an die traurige Tatsache, daß sie jahrhundertelang alles dieser Winznation zu verdanken hatten, und für die Dänen weckte es unangenehme

Reminiszenzen an den ganzen Ärger, den es mit sich gebracht hatte, koloniale Bestrebungen so weit nach Norden auszudehnen. Dem rotweißen Tuch stand es besser, reglos vom Schloßdach einer Nation zu hängen, die ebenso leblos war wie das dortige Wetter.

»Nein, wen haben wir denn da? Hjörtur. Willkommen! Du hast bisher nur die Suppe verpaßt. Böddi, darf ich vorstellen, Herr Gígja. Von den Westmännerinseln wie ich. Er hat mich damals in der Dessous-Branche untergebracht.«

Der Mann quetschte sich in die Ecke und stöhnte gepreßt: »Guten Abend.«

»Später wurde er Landvermesser, heute ist er nur noch Esser«, verkündete Keli und lachte.

Der Mann hob das Kinn, als könne er damit seine frühere Würde zurückerlangen, hatte aber längst mit den Augen zu essen begonnen. Das Wortspiel des Hoteliers erinnerte Böddi an eine andere Essenszeit. Eigentlich sollte er seiner Mutter Bescheid sagen. Er fragte, ob er telefonieren dürfe, und Keli führte ihn in die Küche. Sævar der Koch stand am Herd und fischte schwarze Schädel aus einem großen Kessel. Die Luft war warm, feucht und stickig. Der eine der Baklands-Brüder überwachte das Ganze aus einiger Entfernung und grinste genau wie vorher. Keli zeigte Böddi ein Wandtelefon neben der Tür und trat zu den Männern am Herd. Böddi blickte abwechselnd zum Telefon und in die Küche. Schließlich nahm er zögernd den Hörer ab und wählte. Nachdem es sechsmal geklingelt hatte, fiel ihm wieder ein, wie er einmal mit seiner Mutter zusammen irgendwelchen englischen Inspektoren-Quatsch geguckt hatte und plötzlich das Telefon klingelte. Er hatte gefragt, ob er rangehen solle.

»Nein, nein, das ist der Mörder«, hatte die alte Frau geantwortet. »Sie sollte besser nicht rangehen.«

Böddi sah das alte Telefon von zu Hause in einem leeren Motelzimmer irgendwo in Arkansas klingeln. Draußen goß es in Strömen. Schließlich legte er auf und trottete gedankenverloren an seinen Platz zurück. Keli kam ihm mit einer Schüssel in den

Händen nach und rief auf norwegisch: »*Nu kommer de* bald, die isländischen Schafsköpfe!«

Er stellte ein dampfendes Rübenpüree auf den Tisch. Böddi nahm einen tiefen Schluck, und der Brillenträger neben ihm wurde mit seiner Suppe fertig. Dann kamen die abgeflämmten und gekochten Schafsschädel. Sævar trug die Servierplatte in Schulterhöhe, als lägen Menschenköpfe darauf. Der Bruder von Bakland folgte ihm und nahm schweigend seinen Platz ein. Sævar gehörte zu den Menschen, die nie dick werden, mager, mit langen Gliedmaßen, die Arme mit Muskelsträngen, Adern und Tätowierungen verziert. Der Ausdruck seiner Augen war düster und messerscharf. Es hätte keinen überrascht, wenn er nach dem Abwasch mit der Ankündigung gegangen wäre, er müsse noch kurz jemandem den Hals durchschneiden.

»Das ist nur die erste Portion, vierzehn Stück«, sagte er betont laut und stellte die Platte auf den Tisch, als wären die armen Schöpse seine eigenen Opferlämmer. Dann verschwand er wieder in der Küche.

»Na, dann laßt uns anstoßen! Keine Gnade! Prost den edlen Spendern und ein Wohl auf Böddi. Er ist vor kurzem geflogen. Von der Schule. Weil er einer Schülerin zu sehr zugesetzt hat. Er hat sich so über sie hergemacht, daß sie sich dabei ein Bein brach.«

Alle lachten und stießen an. Irgendwie tat dem Mann mit dem Zopf diese hemdsärmelige Witzelei gut. So hörte sich die Geschichte besser an. Er trank sein Glas zur Hälfte leer, nahm sich von dem gelben Püree und einen schwarzen Schädel.

»Ha, so was hat man ja nicht mehr bekommen, seit die alte Ziege gestorben ist«, meinte Keli und bat Beggi, ihm noch einen halben Kopf zu reichen.

»Ja, jetzt geht's wieder aufwärts. Was hast du eigentlich in deinem Glas?« fragte der Mann ohne Hals mit Stentorstimme.

»Cola. Einfach nur Cola heute abend. Keine Gnade. Ich muß mich für die Damenwelt fit halten. Das Viagra habe ich in der Tasche. Ich schlucke das Zeug nicht, habe aber immer etwas bei mir. Das reicht schon. Damit geht's besser.«

der Genieblitz im unterbelichteten Fjord, der Hirte unter lauter Schafsköpfen. Aber nun hatte er seinen Meister gefunden. Und im Süden, in Reykjavík saßen womöglich außer dem Übersetzer noch zehn weitere Intelligenzbestien, die das hier kapierten. Der Gedanke war unerträglich. Böddi beschloß, in die Kneipe zu gehen.

Auf seinem Weg den Frúarstígur entlang warf er einen Blick hinauf nach Nafir, der Wohnstatt der Liebe. Kristjáns-Hús war von einer dichten Baumreihe umstanden, aber das Laub hatte noch nicht ausgeschlagen, und durch das enge Flechtwerk der Äste fiel ein Licht aus einem Fenster wie ein zaghaftes Licht der Hoffnung in den Schlingen und Ranken des Unglücks. Bestimmt kochte sich ihre Mutter irgendein Pillengericht, während die Tochter im Wohnzimmer lag: Loreley guckte Videos.

Er ging zum Hotel. Keli stand an der Tür und schaute hinaus auf die wellengepeitschte Wasserfläche. Eine lange Haartolle flatterte über seiner Stirn.

»Ach, Böddi, das Genie. Hallo! Hast du Hunger? Komm und iß mit uns. Zwanzig gekochte Schafsköpfe und hinterher Eis mit Viagra. Nur keine Gnade!«

Keli war einmal ein stattlicher Mann gewesen, inzwischen aber war der Lack ziemlich ab. Die Plauze hing ihm über den Gürtel, und das Haar zog er aus einem verfilzten Wollknäuel hinter den Ohren auf verschiedenen Wegen über den Schädel. Er hatte einmal gut ausgesehen, und sein Gesicht trug immer noch die überlegene Miene des Partylöwen, der die Damen auf dem Parkett wie unter Deck an- bzw. ausgezogen hatte. Seine Cäsarennase versprach ebenso göttlichen Sex. Hinter einer so gut wie unsichtbaren Brille kniff er stets die Augen zusammen und um seine Lippen spielte unentwegt ein Lächeln, als hätte er dauernd einen Bonbon im Mund. Oder giere nach den Süßigkeiten des Lebens. Keli lief stets in kurzärmeliger weißer Kochbluse herum, die er nie in die Hose steckte und bis auf die mittleren Knöpfe niemals zuknöpfte. In der Regel prangte über dem dritten Knopf von unten ein Klecks Soße. Er war an diesem Freitag blendender Laune und schob Böddi in den Saal.

»Damit geht's besser? Du redest, als hättest du jeden Abend eine im Bett«, sagte Manni und klatschte sich eine Ladung Püree auf den Teller.

Arme und Gabeln langten über den Tisch, geflämmte Schafsköpfe schwebten darüber und landeten auf Tellern. Hjörtur Gígja streckte sein leeres Glas vor, Sigurkarl schenkte ihm mit einer Miene Rotwein ein, als würde er seinen Traktor betanken.

»Ihr wißt doch, wie Manni seine Finger verloren hat, oder?« fragte der Wirt die Runde und drehte sich Hermann zu: »Wie war das noch, hatte die Ziege nicht einen Namen? Oder waren es gleich zwei auf einmal?«

Keli bewegte die Lippen unter seiner Adlernase, als hätte er den vermeintlichen Bonbon jetzt vor den Schneidezähnen, aber Manni kaute düster sein Essen und warf ihm mit flammenden Backen einen Blick zu. Er erwartete das Ende dieser ollen Kamelle, die er schon mehr als einmal über sich ergehen lassen mußte.

»Na ja, es kann halt gefährlich werden, wenn man die Hand bis in die Zwölffingerfarm reinschiebt«, gluckste Keli.

Die Männer lachten und wiederholten: Zwölffingerfarm!

Manni blickte Keli finster an.

»He, Manni, willst du mir nicht wenigstens den kleinen Finger reichen? Ach, laß mal, du hast ja nur so wenige«, legte der Wirt noch einmal nach, und die anderen wieherten. Einige warfen sicherheitshalber einen Blick auf Manni. War Keli jetzt zu weit gegangen? Zu ihrer Erleichterung sahen sie, wie der Achtfingrige plötzlich grinste und seinen Zorn hinunterzuschlucken schien.

»Keli, du kennt doch Væmann, oder? Das ist ...« Auch der Vornehmste am Tisch, Herr Gígja, wollte augenscheinlich eine Anekdote zum besten geben, aber der Hotelchef schnitt ihm das Wort ab: »O ja, Væmann. Der ist unglaublich, der Typ! Den muß man mal erlebt haben!« Keli sprach vor allem Böddi an. »Væmann kommt auch von den Inseln. Er hält den isländischen Rekord im Seitensprung. Eine Ausdauer hat der Kerl! Der schafft es, eine Alte sechzehn Stunden am Stück anzubaggern. Gibt nie auf. Und er nimmt jede. Keine Gnade! Dreißigjährige, Sechzigjährige, Dicke, Dünne, Behinderte ... völlig egal. Kürzlich kam er in einer neuen Bomberjacke in den *Kringlukrá* und hatte mal wieder Glück.«

»Væmann?« fragte Manni.

»Ja. Sag mal, Hjörtur, warum nennt man Biggi Bonnesen noch mal Væmann?« erkundigte sich Keli.

»Weil er Bill Wyman von den Stones so ähnlich sieht.«

»Ach was, kein bißchen sieht er ihm ähnlich. Aber egal, er ist trotzdem Islandmeister im Bockspringen. Keine Gnade! Hat überall seine genetischen Abdrücke hinterlassen. In einem Frühjahr hat er einmal eine Fahrt rund um die Insel gemacht und drei Konfirmationen, zwei Geburtstage und eine Hochzeit besucht. Alles seine Kinder. Der hat Ausdauer. Was anderes scheint man gar nicht zu brauchen. Du mußt nur stur sein. Einmal hat er ein ganzes Wochenende im Auto verbracht und auf eine gewartet. Wie auf der Gänsejagd. Ich könnte das nie. Wenn sie nicht gleich ja sagt, gehe ich zur nächsten. Zeit ist knapp, aber Frauen gibt's ohne Ende, Jungs. Immer genügend Weiber. Darauf trinken wir. Skál!«

Sechs Männer stießen miteinander an. Sechs Männer, denen das Leben im Durchschnitt nicht mehr als eine halbe Frau zugedacht hatte. War der Mann denn das einzige Wesen auf der Erde, das dazu geschaffen war, sein Leben einsam und ohne Liebe zuzubringen, fragte sich Böddi im stillen. Jeder Vogel fand doch seinen Balzpartner, oder etwa nicht? Gab es Einsiedlerfüchse oder lebten Seehunde als Junggesellen? Zählte es nicht zu den Todsünden, dieses Leben zu verlassen, ohne es in jeder Hinsicht kennengelernt zu haben, und sich ohne Partner in die Kiste zu legen? Die beiden Brüder lebten seit dreißig Jahren mit den Bergen zusammen.

»Los, haut rein! Es ist noch genug da. Sævar hat noch eine Menge draußen.«

Keli hob die Schüssel mit dem Rübenpüreee und Böddi nahm sie entgegen. Das war verdammt leckeres Essen! Lange her, seit er das letzte Mal *svið* gegessen hatte. Und außerdem machte es richtig Spaß, mit diesen Kerlen hier zusammenzusitzen. Diese Männergespräche mit anzuhören. Sie waren so urige Typen. Jeder auf seine Weise. Und alle weit außerhalb der Norm. Und es war völlig in Ordnung, wenn die Konversation sich nicht auf dem Niveau des Lehrerzimmers bewegte. Auch wenn sie selten über die Gürtellinie kam, mangelte es ihr keineswegs an Schlagfertigkeit, was immer ein Zeichen von Intelligenz ist. Das Denken war geschliffen klar, und die Formulierungen waren es ebenso. Hier gab man sich nicht mit »Schleiern (*voiles*)« ab, wie Derrida es von Nietzsche behauptete. »Schleier« war sicher ein Schlüsselbegriff in den Schriften des Meisters, aber wie konnte man sich mit ihnen »abgeben«? War der Franzose womöglich nur ein Phrasendrescher? Oder lag es am Übersetzer? Wie auch immer, die Sache ging dem Bezopften noch immer nach, während er da in seinem hellblauen Puma-Sweater unter der verschossenen schwarzen Jacke saß wie Romeo unter lauter Junggesellen.

»Übrigens hat uns Keli zwei Thailänderinnen versprochen«, hörte man den jüngeren der Bakland-Brüder über den Tisch sagen.

»Ja, aber erst, wenn ihr eure Zähne gerichtet habt und beim Friseur wart. Das habe ich euch schon ein paarmal gesagt.«

»Ja, das ...«, setzte der Jüngere an und stopfte sich ein Auge in den Mund.

»Ja, das sieht aus, als ob euch einer von weitem die Zähne in die Klappe geworfen hätte, und zwar rückwärts über die Schulter«, unterbrach ihn der Wirt.

Die Brüder grinsten noch breiter mit all ihren schiefen Zähnen.

»Okay, wann fahren wir nach Thailand?« fragte Manni, ehe er einen tiefen Zug vom Rotwein nahm.

»Sobald ich das Haus im Öldustígur eingerichtet habe.«

An Böddi gewandt, erklärte Keli: »Ich will im Öldustígur ein kleines Bordell einrichten. Mit zehn Thaimädchen. Hier ist nicht genügend Platz dafür. Statt dessen werde ich hier im nächsten Herbst einen Schwulenball abhalten. Es muß schon wieder dunkel werden. Ich will nicht, daß sie hier beobachtet werden, wie sie … He, Böddi, möchtest du nicht den Conférencier spielen? Du hast doch auch so ein schwules Schwänzchen.«

Böddi wollte aufbrausen. Was wollte Keli damit andeuten? Dann aber verhielt er sich wie seine Mutter, er ließ sich von den Annehmlichkeiten des Augenblicks einlullen und stimmte in das Gelächter der anderen ein. Keli schien mit allem durchzukommen. Konnte sagen, was er wollte. Der geborene Witzemacher.

Keli, mit bürgerlichem Namen Þorkell H. Jónsson, stammte von den Vestmannaeyjar, hatte sich aber in seinem Leben überall aufgehalten, bloß nicht dort. Er war als Dessousverkäufer in Siglufjörður, Partyveranstalter im Norðurfjörður und Pizzabäkker in Húsavík tätig gewesen. Die längste Zeit seines Lebens hatte er als Gastwirt in Norwegen verbracht, als Maitre d'hôtel in einem SAS-Hotel und als Küchenchef auf einer Fähre zwischen Oslo und Kopenhagen. Nach eigenem Bekunden war er dreimal Millionär geworden und hatte das Geld ebensooft zielstrebig versoffen. In seiner ganzen Unregelmäßigkeit verfuhr er streng nach Regeln. In seinem Leben war sicher einiges kariert, aber es war kariert wie Stoff: jedes Karo klar abgegrenzt und Teil eines regelmäßigen Musters. Alle drei Wochen stürzte er mit schöner Regelmäßigkeit ab und war dann drei Wochen am Stück blau. Die Leute merkten kaum den Unterschied, denn nüchtern war Keli ebenso unterhaltsam wie andere Leute frühestens nach dem zweiten Glas. Er mußte schon eine Menge intus haben, um unangenehm oder ausfällig zu werden. Aber danach hatte er ebenso ein Bedürfnis wie andere. Der Hotelbesitzer soff also nicht zu seinem Vergnügen. Das Leben war ihm ein Vergnügen, von dem ihm der Schnaps manchmal Urlaub gab. Die Entziehungskuren stellten nur einen zusätzlichen Bonus dar.

»Keli, sag Böddi mal, wie oft du zur Kur mußt«, forderte ihn Manni Volgu mit erwartungsvollem Leuchten in den Augen auf. Und fing schon an zu grienen.

»Seit ich hergekommen bin, war ich jedes Jahr in Behandlung. Bis auf ein Jahr. Da bin ich zwei Jahre lang nicht hingegangen«, verkündete Keli auftrumpfend und blickte spöttisch in die Runde, mümmelte dazu mit den Lippen.

Die Männer lachten herzlich, obwohl sie es alle schon oft gehört hatten. Sie fanden es immer wieder komisch. Es war Kelis berühmtester Spruch, den er immer wieder vom Stapel ließ, meist weil er von jemandem darum gebeten wurde. Er wiederholte und wiederholte ihn wie ein Popsänger, der nicht müde wird, das Publikum mit seinem bekanntesten Song zu unterhalten. Und die Zuschauer hatten ihr Vergnügen an seiner Freude. Wahrscheinlich lachten die Männer gar nicht mehr, weil sie den Spruch noch lustig fanden, sondern aus Freude darüber, in einer so netten Gruppe zusammenzusitzen, gemeinsam zu tafeln und zu trinken. Für eine Weile aus dem gewöhnlichen Leben zu treten, eine Weile, die jedoch das Leben selbst war.

Draußen wuchs die Dunkelheit wie ein kostbares Kraut. Die Möwen hoben sich längst nicht mehr dunkel von einem hellen Himmel ab, sondern hell von einem dunklen. Das Gesicht des jüngeren der Bakland-Brüder – die beinharten Züge mischten sich in das aufgewühlte Meer und die Berge von Höfðaströnd – spiegelte sich ebenso in der Fensterscheibe wie das aufzischende Streichholz, das Böddi an seine Zigarette hielt. Satt und zufrieden lehnte er sich auf seinem Stuhl zurück. Ja, obwohl er sich eigentlich niedergedrückt fühlte durch die schon eine Woche dauernde Arbeitslosigkeit, die aktuelle Niederlage des Tages und obwohl er während des Essens kaum ein Wort gesprochen hatte, war er erfüllt von einem fremden Glücksgefühl. Es war das selige Gefühl, einer Gruppe von Menschen anzugehören, ein Gefühl, das Böddi sonst nicht kannte und das eigentlich erst innerhalb einer Familie entsteht. Sicher lebte er mit seiner Mutter zusammen, aber er behandelte sie wie seine Haushälterin. Seinen Bruder hatte er vor zwei Jahren zum letzten Mal gesehen, und die Kindergeburtstage bei seiner Schwester Skulda gaben ihm etwa so viel wie eine Vernissage in einer Berliner Galerie. Hier hatte Böddi so etwas wie eine Familie gefunden. Eine Familie der Unbeweibten.

»Na gut, jetzt noch das Eis. Keine Gnade! Viagra-Eis. Hjörtur, du mußt vorsichtig sein.« Keli hatte sich erhoben, um in die Küche zu gehen, blieb aber noch einmal stehen und erklärte den Männern: »Er hat einmal vier Pillen auf einmal genommen und ihn erst am Montag wieder runtergekriegt. Er konnte nicht einmal in die Klosettschüssel pissen. Mußte es vom Balkon aus erledigen.«

Blankes Männergelächter brach sich an den Scheiben. Draußen war die Frühlingsnacht schwarz geworden.

11

Old Boys

Die Zeit der großen Gemeindebälle war vorbei. Die Gesellschaft hatte sich verändert. Die Leute wollten lieber zwischen zwei bis drei Partys an einem Abend wählen, und das zwei, drei Abende pro Woche. Die Epoche der kleinen Einheiten war angebrochen.

Die »Bälle« bei Keli fielen dementsprechend aus: veranstaltet in zwei »Sälen«, die kaum größer waren als Wohn- und Eßzimmer in einem Einfamilienhaus. Auch die Stimmung war demnach »fast wie zu Hause«. An einem Ende des vorderen Saals, des Glaspavillons, befand sich ein niedriges Podium, kaum größer als ein öffentliches Behindertenklo, und doch diente es abwechselnd als Orchesterbühne und Tanzparkett. Ein abgekämpfter Kranfahrer und zwei weniger erschöpfte Büroangestellte hingen dort mit ernsten Gesichtern über ihren Instrumenten. Der Gitarrist mußte sich vorsehen, nicht mit dem Gitarrenhals durch die Fensterscheibe zu stoßen. Von Zeit zu Zeit blickte er hinaus, als wollte er nach dem Wetter sehen. Der Bandleader, fast zwei Meter groß, mußte sich unter der niedrigen Decke zum Mikrophon bücken wie ein schüchterner Riese, der zum vierzigsten Geburtstag eine Rede halten will. Er hielt seinen Bass wie einen Badmintonschläger und sang dänische Eurovisionsbeiträge und dazwischen ungesalzene isländische Popsongs. Sie nannten sich die *Old Boys* und kamen aus Siglufjörður.

Bis Mitternacht hatten fünf Personen den Eintritt bezahlt. Sieben Stücke vergingen, ehe das erste Paar das Podium enterte. Eine schon völlig betrunkene Frau um die fünfzig schüttelte sich die ganze Zeit und machte Anstalten, allen ihren Bauch zu zeigen. Ständig lüftete sie ihren Pulli. Ihr Bauch war flach und glatt, nichts daran auszusetzen. Doch ihr Mann unternahm die größten Verrenkungen, den Anwesenden den Anblick zu ersparen. Er tanzte wachsam und drehte dem Saal den Rücken zu. Das Mikrophon schwankte vor dem Mund des Sängers, als die Frau auf dem Podium stampfte.

An der Bar schoben die schwarzen Witwen Wache. Dunkelhaarige Schwestern, die einmal die schärfsten Granaten dieses Landesteils gewesen waren, mittlerweile ihr Pulver aber ziemlich verschossen hatten. Das wenige, das noch übrig war, pinselten sie sich ins Gesicht. Früher konnten sie sich vor Verehrern nicht retten, hatten aber jeden zurückgewiesen, weil sie auf den einen Richtigen warten wollten. Als er tatsächlich erschien, machten sich beide an ihn ran, und keine von ihnen bekam ihn. Seitdem waren sie mit einer ganzen Reihe von Falschen sitzengeblieben. Tatsächlich schuldete sich der größte Teil der Bevölkerungsfluktuation im Bezirk diesen beiden Schwestern. Fünfzehn Männer hatten sich ihretwegen hier niedergelassen, fünf weitere waren aus den gleichen Gründen weggezogen. Zuletzt lag der Grund dafür, daß sie noch immer unverheiratet waren, vielleicht darin, wie ähnlich sie einander waren. Die schwarzen Witwen und ihre Kinder, beredte Andenken an Bettgeschichten vergangener Zeiten, wohnten zusammen, und sie kleideten sich identisch wie Zwillinge, obwohl zwei Jahre Abstand zwischen ihnen lagen. Ihre Kleider und Kostüme sahen sehr vornehm und speziell aus und waren überwiegend selbstgenäht, in den hocharktischen Fischgründen wären sie als Haute couture durchgegangen, hierzulande aber wirkten sie, gelinde gesagt, ein bißchen abgefahren.

Aus einem unerfindlichen Grund schien Böddi der Alkohol an diesem Abend nichts anhaben zu können. Möglicherweise war es die Seligkeit der Schafsköpfe. Jedenfalls war er bei weitem nüchterner als jeder andere Anwesende. Ein grobschlächtiger Mann in einer langen, offenstehenden Windjacke unterhielt sich laut mit dem Tanzpaar, das inzwischen am ersten Tisch Platz genommen hatte und rauchte. Er stampfte mit dem Fuß auf und lachte dröhnend. Eine der beiden Witwen kam rasch herbei und wischte mit einem Lappen über einen Tisch, dessen Platte in Bier schwamm. Eine Gang junger Leute saß daran. Ein moppeliges Mädchen in Vliespulli sang aus vollem Hals mit der Band: »Wir fliegen durch die Luft wie zwei verliebte Flugzeuge.«

Die Brüder waren inzwischen gegangen. Böddi hatte sich interessiert mit ihnen unterhalten. Waren sie nicht die letzten echten Isländer? Keli hatte sogar behauptet, sie besäßen nicht weniger als siebzig Autos. (Der jüngere hatte ihn schnell berichtigt: »Nun ja, in Wahrheit sind es nicht mehr als siebenundsechzig«, und Böddi hatte ein ganzes Tal voller Autowracks vor sich gesehen.) Aber sie lebten außerhalb der Gesellschaft, waren nicht einmal auf den Karten verzeichnet. Sie waren blitzgescheit und zugleich durchtriebene Witzbolde: »Einer unserer Nachbarn hat übersinnliche Anlagen und ist ein solches Medium, daß man manchmal aus ihm eine Ziehharmonika spielen hört, wenn er schläft. Es gibt sogar Leute, die behaupten, sie würden den Musiker wiedererkennen, es sei Geiri auf Núpur. Der war ein hervorragender Quetschkommodenspieler.«

Böddi war zu verblüfft gewesen, um darüber lachen zu können. Er saß bloß da und gaffte die beiden an.

»In dem Winter, in dem die Umspannstation bei uns kaputtging, war es so kalt, daß unsere Decken am Morgen wie gelähmt waren.« Waren die beiden nicht genial? Doch, sie gehörten zu diesen stillen Genies, die am Rand jeder Gesellschaft blühen, dachte Böddi. Menschen, die lautlos zur Welt kommen und sterben wie Bäume, die nie ein Auge erblickt und bei denen sich nie jemand unterstellt. Sie setzen ihr Laub an und werfen es wieder ab. Böðvar schwieg drei Lieder lang und rang mit einem philosophischen Problem, das ihn seit seinen Jahren in Reykjavík verfolgte: Existiert eine Blume, die nie jemand gesehen hat? Gibt es das Buch, das keiner liest? Hat ein Leben, das keiner je zur Kenntnis nahm, einen Wert? Diesmal war seine Antwort ein entschiedenes Nein. Und während er diese beiden Eigenbrötler mit den schiefen Zähnen und in ihren erdbraunen Wollpullovern betrachtete, beschlich ihn der gleiche Gedanke, wie er schon so vielen vor ähnlichen Phänomenen gekommen war, nämlich seinen Bruder Viddi zu bitten, einen Dokumentarfilm über die beiden zu drehen, oder wenigstens einen Magazinbeitrag oder ähnliches. Sie jedenfalls irgendwie sichtbar zu machen. Sie ins Bewußtsein der Nation zu heben. Ihretwegen und unseretwegen. Indem das Leben der Brüder – ein halbes Jahrhundert dunkler Wintermorgende – für kurze Zeit auf den Netzhäuten der Landsleute erschien, würde es endlich Bedeutung erlangen. Und die Allgemeinheit könnte sich glücklich schätzen, derart absonderliche geniale Köpfe in ihren Reihen zu haben. Diese letzte Überlegung bereitete Böddi Kopfschmerzen. Manchmal hatte er aber auch eine Denkweise wie jeder x-beliebige Spießer! Was war schon so besonders daran, fünfzig Jahre lang mit seinem Bruder außerhalb der Gesetze und Straßenkarten in nicht-ehelicher Gemeinschaft zu leben? Waren diese Brüder etwas anderes als zwei feige Individuen, die nicht ein einziges Mal den Mumm aufgebracht hatten, eine Frau aufzufordern? Aus derartiger Feigheit eine Tugend zu machen, war etwas weit Verbreitetes in Island. Isländer empfanden eine respektvolle Scheu gegenüber solchen Eremiten auf dem Lande, weil sie den Kontakt mit anderen verweigerten. In ihrem Innersten wußten sie, daß der Umgang mit ihnen etwas Unbedeutendes war. Die Einsiedler verkehrten mit niemandem, außer mit dem Land. Diese Art von seelischer Gemeinschaft stand höher als alles andere, obwohl sie niemand ausüben durfte.

Böddi saß noch an seinem Platz und wechselte ein Lächeln mit Manni Volgu und Beggi dem Bohrer. Dieser Brillenträger hatte während des Essens nicht ein Wort geäußert, aber nach dem dritten Glas Wodka legte er auf einmal los und gab Stories von sich selbst zum besten: »Damals, als ich noch Preisboxer in Belgien war.« Der große Bohrer, der in vier verschiedenen Bezirken heißes Wasser aufgespürt hatte, der zwei Ortschaften vor dem Verlassenwerden bewahrte und der so manchen Grundbesitzer zum Heißwassermagnaten machte, schien ein vielseitiger Mensch zu sein.

»Ich bin der einzige aus einem nordischen Land, der gegen den einzigen Europäer geboxt hat, der gegen Ali kämpfte. Ich bin innerlich völlig zu Brei geschlagen, Mann. Beide Schlüsselbeine gebrochen, beide Kiefer, der obere sogar zweimal. Guck!

Alles künstlich. Totale Prothese. Außerdem habe ich zwei Rippen gebrochen, dieses Handgelenk hier, und der Finger da ist mir abgebissen worden. Aber ich hatte mehr Glück als er«, sagte Beggi schleppend und nickte zu Manni hin. »Es war ein Arzt in der Halle, Spezialist für Hände. Das Problem war nur, daß ich einfach nicht k.o. ging. Deshalb bin ich übel zugerichtet worden. Und was hast du im Ausland getrieben?«

»Ich? Äh ...« Böddi schaute auf die Hände des Bohrers. Seine Finger waren so dick wie Hammerstiele, die Nägel abgekaut, hatten aber noch Platz für ölverschmierte Trauerränder. Er hätte ihn mit jedem Finger einzeln erwürgen können. Böddi überlegte, zu antworten: Ich war als Profizweifler in Berlin. Der einzige Isländer, der mit Nietzsche rang, ohne in Unterlage zu kommen. Aber das Gespräch brach ab, als plötzlich Dagga mit einem strahlenden Lächeln im Saal erschien.

»Hi!«

Der Bohrer nahm einen Schluck Wodka und beobachtete teilnahmslos, wie Böddi die Platinblonde begrüßte, die mit Árni Valur im Schlepptau an den Tisch trat. Während sie den mit hellen Fliesen ausgelegten Boden überquerten, sahen sie aus wie ein unglückliches Ehepaar.

»Hallo, Dagbjört«, rief Manni Volgu mit seiner Rundfunkstimme. Sie setzte sich ans Ende der Tafel, zwischen Manni und Böddi, ihr Anstreicher blieb einen Moment zögerlich stehen, quetschte sich dann an Manni vorbei und zwängte sich auf einen Stuhl. Der Rotgesichtige warf ihm einen ungnädigen Blick zu. Auf dem Podium sang der riesige Bassist schüchtern: *»She gives me love, love, love, love, crazy love.«*

Böddi aber stand Liebe noch genauso fern wie vorher. Er hatte nicht unbedingt etwas dagegen, daß sich die muskelbepackte Blondine an seinem Tisch niederließ, aber seine Begeisterung hielt sich in Grenzen und glich eher der erwartungsvollen Freude des Freiers, dessen Lieblingshure gerade frei wird. Lára María ließ sich nie in den Gaststätten des Ortes blicken. Es war eigentlich nicht zu glauben, aber dieses strahlend junge Geschöpf war noch nie auf einem Ball oder an einer Bar gesichtet worden. Bestimmt hing sie auch jetzt wieder auf ihrem tiefen Sofa und ließ sich von Mama mit Popcorn füttern, während sie für diesen Pitt auf dem Bildschirm schwärmte. Wie dem auch war, so hatte es auf jeden Fall seine Vorteile. Seine Liebe würde nicht zwischen zwei Schlucken Bier einfach so hier aufkreuzen. Sie gab Böddi Ausgang. Er konnte sich auch nicht vorstellen, daß sie inzwischen von seiner Reittour vor der Reithalle gehört hatte. Sie unterhielt keinerlei Verbindungen zur Basketballwelt. Aber darin irrte er. Die Möglichkeit war durchaus vorhanden, denn der halbe Ort hatte inzwischen von der »Kofferraumnummer« Wind bekommen. Wenn auch die Mannschaft aus dem Süden kam, so wohnte doch der Busfahrer in Varmahlíð und hatte Böddi und Dagga erkannt. Sie hatte sogar schon einen neuen Spitznamen weg: Dagga Kombi.

Der Bohrer bohrte seinen Blick in das feste Fleisch der Frau. Sie trug ein tief ausgeschnittenes weißes Shirt, das so eng saß, daß es ihre Brustwarzen zum Stehen rieb. Die »Lesegerätsbrust« sah darunter jetzt mehr nach zwei aufgepusteten Luftballons aus, deren Knoten nach vorn zeigten. Über dem engen Shirt trug sie eine schwarze Strickjacke. Die Wolle fiel zu beiden Seiten ihrer Brüste nieder wie aufgezogene Vorhänge. Dagbjört wußte ihre Vorzüge ins rechte Licht zu setzen und tat das nicht mit einem Dimmer.

»Na, Jungs, wie geht's, wie steht's? Wo steckt denn Keli? Ist er schon wieder fertig mit der Welt?« fragte sie putzmunter.

»Nein, ich glaube, der ist nur mal auf sein Zimmer gegangen«, antwortete Manni Volgu.

»Na, hoffentlich hat er diesmal das richtige Zimmer erwischt«, meinte Dagga und lachte.

Alle fielen ein, Manni, Beggi und Árni Valur. Nur Böddi war ein einziges Fragezeichen, und sie mußten ihm die Anspielung erläutern: Als Keli einmal wieder eine seiner »Auszeiten« genommen hatte, war er in ein falsches Zimmer getaumelt, Nummer 19. Am Abend war das holländische Paar eingetroffen, das das Zimmer für die Nacht gebucht hatte, hundemüde nach einer Tagestour mit Wal- und Talbesichtigungen. Zu seinem

Entsetzen fand es in seinem Bett einen ausgewachsenen Kerl vor, nackt. Ein feuchtes Handtuch lag auf dem Fußboden. Die Frau rannte sofort nach unten, um sich zu beschweren. Thai-Rósi stand an der Rezeption und verwies sie an den Hotelmanager. Das Problem löste sich, als er aufwachte.

Allmählich trafen mehr und mehr Leute ein, und bald konnte man die Veranstaltung wirklich einen Ball nennen. Zwei wettergerunzelte Kollegen aus Beggis Bohrmannschaft fielen überschwenglich über ihn her. Urplötzlich sah er hundemüde aus und duckte sich schweigend unter ihre lärmende Fröhlichkeit. Hinter der Theke waren die Witwen in Schwung gekommen und bedienten vierhändig. Wenn sich eine nach einer Flasche bückte, nahm die andere inzwischen Bestellungen entgegen. Zwei betrunkene Mädchen lagen sich mitten im Saal in den Armen, und Herr Gígja erschien auf einmal wieder auf der Bildfläche, als hätte er die letzten beiden Stunden in einer Toilettenzelle verpennt, und rollte über den Boden wie ein Netzschwimmer auf einem Schiffsdeck in schwerer See. Ein Netzschwimmer mit Schlips. Er rollte auf die beiden Liebchen zu, die sich in den Armen lagen, und sie schubsten ihn weg. Er rettete sich vor einem Sturz, indem er sich an eine schmale Eisensäule klammerte, die an einer Außenkante des Podiums vom Boden bis zur Decke reichte. Da hing er eine Weile wie ein Schiffbrüchiger in Seenot. Das Podium war jetzt pickepackevoll mit schlenkernden, schwenkenden Armen, und die Band reagierte, indem sie die Ärmel aufkrempelte und ihre schmissigsten Nummern zum besten gab: *»A little bit of Monica in my life. A little bit of Erica by my side.«* Damit machten sie die Lage für sich nur noch bedrohlicher, denn das Gedränge auf dem Podium nahm noch zu, und die Musiker mußten noch weiter in eine Ecke zurückweichen. Der Bassist merkte, wie sein rechter Ellbogen gegen die kalte Fensterscheibe stieß.

Manni Volgu blühte in Daggas Gegenwart regelrecht auf. Er schien die Geschichte mit dem Kombi noch nicht mitbekommen zu haben und schob seinen Stuhl näher an den Tisch, hob seine Hühnerbrust über die Kante und klemmte die Hand, an der die beiden Finger fehlten, darunter. Dann legte sich Rotbäckchen mit seinem ganzen wettergegerbten Charme ins Zeug und begann, die Weißhaarige zuzulabern:

»Der Kerl ist echt klasse. Man hat immer seinen Spaß bei ihm. Wie das eine Mal, als er nach Fljót fuhr, um ein Fohlen zu kaufen und statt dessen mit einem Pizza-Ofen von siebenhundert Kilo zurückkam. Die Geschichte kennst du sicher, Dagga, oder nicht? Das Ding stand hier zwei Winter lang hinter dem Haus, bis er es irgendwem in Blönduós verscherbelte und sich dafür zwei Polinnen zulegte. Ihr wißt doch, der einen von ihnen hat Dóri was in die Röhre geschoben. Dóri Kristjáns. Das Kleine ist jetzt sicher zwei Jahre alt. ›Das hübscheste Fohlen, das ich je gekauft habe‹, sagte Keli, als er sie unten im Supermarkt entdeckt hatte. Das ist schon ein Kerl. Aber manchmal reicht's einem auch mit ihm. Immer verläßt er sich darauf, daß man ihm aus der Patsche hilft. Selbst wenn er das Hotel völlig überbucht und jede Menge Essensreservierungen angenommen hat und er selbst schon den siebten Tag in Folge säuft und mittlerweile unten im Keller mit dem Wäschetrockner brabbelt, baut er immer noch darauf, daß man ihm aus der Scheiße hilft. Auch wenn man selbst gerade auf dem Hof bis über beide Ohren drinsteckt. Das schlimmste daran ist, daß er stets recht behält. Man schafft es irgendwie immer wieder und hilft ihm. Weil er so ein netter Kerl ist. Nur seine Maschine ist ein bißchen überdimensioniert.«

»Was willst du denn damit sagen?« fragte der Hausanstreicher den neben ihm sitzenden Hausaufrichter.

Manni blickte zur Seite, ohne ihn wirklich anzusehen, und sagte ein wenig sparsam: »Weißt du nicht, was passiert, wenn du einen zu großen Motor in ein Boot baust? Du kannst es nicht mehr steuern.«

Die Radiostimme machte sich gut. Böddi fragte sich, warum Manni nicht im Männergesangsverein mitmachte. Bergur stand auf und ging an die Bar.

»Er darf aber auch nicht zu klein sein«, warf Árni Valur honigsüß grinsend ein und guckte in sein Bierglas.

Darauf drehte sich Manni zur Seite und starrte das bärtige Grinsen neben sich drohend an. Dagga warf Böddi, der gerade an seiner Zigarette zog, einen langen verschwörerischen Blick zu.

»Was willst du damit sagen?« fragte Manni sichtlich wütend.

»Nichts. Nur was ich gesagt habe. Wenn der Motor zu klein ist, kommt das Boot nirgendwo hin. Liegt nur im Hafen fest.«

Manni bezog das augenscheinlich auf sich und lief jetzt dunkelrot an. Das Rot seiner Wangen verbreitete sich über das ganze Gesicht. Er zögerte einen Moment, lang genug, daß Dagga durch den Partylärm einen Satz einwerfen konnte: »Aber an Frauen hat es ihm trotzdem nie gemangelt.«

Manni wandte sich ihr mit glücklicher Miene zu und bekräftigte: »Das kann man wohl sagen. Als er auf der Fähre arbeitete, hatte er manches Mal drei gleichzeitig, eine in Kopenhagen, eine in Oslo und eine an Bord. Aber jetzt ist nicht mehr viel mit ihm los. Bringt's anscheinend nur noch mit diesem Viagra. Ich hab das Zeug bei ihm gesehen. Sieht aus wie Vitaminpillen mit einem V obendrauf.«

»Aber sie helfen«, sagte Dagga mit einem unergründlichen Lächeln. Drei Männer spitzten die Ohren wie Hunde. Die Pseudoblonde genoß es, sie hinzuhalten, und wartete ein paar Trommeltakte ab, ehe sie hinzufügte: »Hat man so gehört.«

»So, so. Von wem? Wer hat das behauptet?« fragte Manni bebend vor Neugier.

»Mehr verrate ich nicht«, beschied ihn die Frau und steckte sich eine Zigarette in den Mund.

»Ach, komm, Dagga, wer war's? Sag's *mir* wenigstens. Du kannst es mir ins Ohr flüstern«, meinte Manni und wechselte ein Lächeln mit Dagbjört.

Nachdem sie die Zigarette angezündet hatte, beugte sie sich zu dem Rotbackigen und flüsterte ihm etwas ins Ohr. Das ging Árni Valur sichtlich gegen den Strich, und Böddi offenbar auch, denn er mischte sich auf einmal in die Unterhaltung und sagte laut: »War es Helga Sjöfn?«

Dagga sah ihn mit großen Augen an. Manni beobachtete sie

verunsichert und wandte sich dann an Böddi. Er legte größten Nachdruck in seine Stimme und mischte ein Teelöffelchen Amüsiertheit hinein, als er sagte: »Helga Sjöfn? Wie kommst du denn darauf?«

»Nur so. Sähe ihr ähnlich«, gab Böddi zurück.

»Ach was, das sähe ihr überhaupt nicht ähnlich«, antwortete Manni und lehnte sich lachend zurück. »Es wäre das erste und einzige Mal, daß sie den Slip ausgezogen hätte, seit ...«

»Seit deine Mutter rollig war«, platzte der Anstreicher an seiner Seite heraus.

»Wie bitte?« machte Manni und sah ihn blitzschnell an.

»Seit damals deine Mutter heiß war«, wiederholte Árni Valur.

»Was, zum Teufel, willst du damit sagen?« brauste Manni auf, und seine Wangen glühten wie rotes Wachs von der Flamme, die in seinem Kopf aufgegangen war.

»Sie war doch immer höchstens lauwarm, bis auf das eine Mal, dem du dich verdankst.«

Das war das letzte, was aus diesem Mund kam. Manni Volgu versetzte ihm einen Schwinger direkt aufs Maul. Beide Schneidezähne brachen sofort. Der Hausaufrichter verfügte offenbar über Bärenkräfte. Dann warf er sich mit tierischer Wut auf den Maler und Anstreicher. Vier halbvolle Biergläser fielen um und überschwemmten den Tisch. Böddi fühlte es naß und kalt durch sein Hosenbein, als es von der Kante tropfte. Árni Valur flog rückwärts gegen die Wand, Manni setzte ihm nach und bearbeitete mit der geballten Faust sein Gesicht. Frauen kreischten auf, und der Tanz auf dem Podium geriet ins Stokken. Bergur der Bohrer kam gerade mit einem frischen Glas Bier in den Raum, zog es aber eilends zurück. Dagga schrie: »Manni! Manni! Hör auf damit!« Böddi stand auf, drückte die Zigarette aus und räusperte sich heftig. Die Band war verstummt, und dreißig Mann bildeten einen Halbkreis um die Prügelei, die eigentlich keine war, sondern ein höchst einseitiges Vermöbeln.

»Das sagst du nicht noch einmal, du verdammte Drecksau!«

brüllte Manni in einer kurzen Pause, während der er das Ergebnis seiner Arbeit besah. Noch zwei kräftige Schläge, und er richtete sich auf, keuchend und geifernd wie ein Raubtier, das sein Opfer erlegt, aber noch nicht gefressen hat. Árni Valur befühlte mit einer Hand sein blutiges Gesicht und schien leise zu schluchzen. Manni nahm das als Herausforderung und trat ihm kräftig in den Bauch. Árni hustete schmerzhaft. Dagga schrie wieder auf Manni ein, er solle um Himmels willen aufhören. Manni reizte das nur noch mehr und er begann, Árni ins Gesicht zu treten.

Böddi stieß den Tisch beiseite – ein leeres Bierglas fiel herab und zersplitterte am Boden – und sprang den Angreifer von hinten an. Er schaffte es, ihm den rechten Arm um den Hals zu legen und unter der Kehle zuzudrücken. In diesem Schwitzkasten rang er ihn nieder, weg von der Wand und von Árni Valur. Der Kurzgewachsene landete mit der Stirn auf einer verchromten Querstrebe, die zwei Tischbeine miteinander verband. Wenn Manni vorher schon außer Rand und Band gewesen war, so rastete er jetzt vollständig aus. Unter Böðvars flachem Bauch, mit dem der Schwarzgekleidete auf dem gedrungenen feuerroten Untier lag, drang ein so markdurchdringender Schrei hervor, daß sich alle Anwesenden bis ins hohe Alter daran erinnern sollten. Dann biß er Böddi in die Hand, und das Spiel kippte. Böddi verzog mit einem unterdrückten Aufschrei das Gesicht, und Manni nutzte seine Chance: er versetzte ihm einen heftigen Ellbogencheck gegen die rechte Schläfe. Böddi flog zurück und sank auf die Fliesen, sah die unlackierte Tischplatte auf einmal von unten. Angereicherte Cola tropfte von der Tischkante auf seine Brust. Der bissige Wolf holte gerade zum tödlichen Schlag aus, als eine oft gebissene Hand aus der Menge auftauchte und ihn bei der Kehle packte. Manni hatte nicht den Hauch einer Chance gegen den, der gegen den geboxt hatte, der einmal gegen Muhammad Ali boxte. Beggi dem Bohrer bereitete es keine große Mühe, das wilde Tier vor die Tür zu werfen. Heulend vor Wut verschwand Hermann Jónasson Olguson in der Dunkelheit. Der Bohrer kam zornbebend zurück ins Haus, rückte seine Brille zurecht und hielt nach dem Glas Ausschau, das er eben erst bezahlt hatte.

»Wir müssen den Krankenwagen rufen«, sagte jemand, und der Ruf echote durch den Saal.

Dagbjört, über Árni Valur gebeugt, der mehr tot als lebendig zu sein schien, fuhr herum und befahl dem angetrunkenen Mädchen im Vliespulli, die 112 anzurufen. Es zog die Brusttasche auf und holte ein Handy hervor. Böddi berappelte sich und stellte fest, daß der Sänger der Gruppe neben ihm kniete.

»Kannst du mich sehen?« fragte der ungeschlachte Riese.

Böddi nickte.

»Wie heißt du?« fuhr der Troll unbeirrt fort wie ein routinierter Rettungssanitäter.

»Du weißt es jedenfalls nicht«, schnauzte Böddi wütend und sah zur Wand hinüber. Dagbjört hatte zu weinen begonnen. Sie weinte lautlos und streichelte ihrem Freund die blutüberströmte Wange. Kurze Barthaare lugten steif aus dem blutigen Gemetzel und hoben sich fast weiß von der dunkelroten Haut ab. Árni Valur lag reglos da, und Böddi sah, daß sich seine Augen schlossen.

»Um Himmels willen«, schrie Dagbjört und brüllte den ihr zunächst Stehenden vorwurfsvoll an: *»Ruft doch endlich den Notarzt!«*

»Ist unterwegs«, sagte das Mädchen im Vliespullover.

Dagbjört beugte sich wieder über ihren Freund, den ein ungeübtes Auge für tot hätte halten können.

»Nein, du darfst nicht sterben. Nicht sterben, Árni Valur«, schniefte sie. Der Sänger war nun zu ihr hin gekrabbelt, hielt kniend die Hand des Verletzten und sagte: »Beruhige dich, das Herz schlägt noch.« Dann drehte er sich zu den Zuschauern um und fragte: »Gibt es hier eine Decke?«

Die Köpfe flogen zur Bar herum, wo sich eine der schwarzen Witwen aufmachte, aus einem der Zimmer eine Decke zu holen. Sechs Minuten später stand der Krankenwagen vor dem Hotel. Árni Valurs Kopf, so blaß, daß er im Dunkeln leuchtete, pendelte auf einem Kissen hin und her, während zwei Krankenträger die Bahre im Fahrzeug zu verstauen suchten. Dagga überwachte alles und hielt die Überkleider ihres Freundes im Arm. Einer der beiden Rettungssanitäter half ihr in den Krankenwagen, während sich der andere ans Steuer schwang. Die Menge stand auf dem Bürgersteig und sah dem Wagen nach, der mit still zuckendem Blaulicht die Aðalgata hinab entschwand. Das Blaulicht reflektierte auf den Häuserwänden, echote wie ein Geräusch die Straße entlang. Dann gingen die Leute ins Hotel zurück. Es war fast drei Uhr geworden, und sie waren wie benommen, wußten nicht richtig, wie sie sich verhalten sollten. Der Alkohol war wie aus Respekt vor dem Verletzten vorübergehend verflogen, wallte jetzt aber zurück. Manche marschierten gleich an die Bar. Keli war nach unten gekommen und fragte, was passiert sei. »Was? Manni? O ja, manchmal kann er so sein.« Doch dann gab er der Band Anweisung, wieder zu spielen.

»Ihr seid engagiert bis vier. Keine Gnade.«

Böddi kam mit dem Abdruck von Zähnen auf dem Handrücken und dröhnenden Kopfschmerzen nach dem Ellbogenstoß vom Klo zurück und verfolgte, wie sich die gedrückte Stimmung allmählich hob und die Party wieder in Fahrt kam wie ein altertümliches Tonband, das man angehalten hatte und nun wieder anschaltete. Der Fuseldunst stieg den Leuten wieder zu Kopf, der Geräuschpegel nahm langsam, aber stetig zu, bis die Band wieder einsetzte. Die Musiker waren unsicher gewesen, was sie spielen sollten, bis ihnen die Bauchtänzerin aus dem Hintergrund das Naheliegende zurief. Der Sanitätstroll begann mit nordischem Akzent: *»Empty spaces. What are we living for? Abandoned places. I guess we know the score ...«* Böddi bestellte ein neues Bier (die Schwarzgekleideten lächelten nur, als er bezahlen wollte) und setzte sich mit dem Rücken zum Ball und dem Song zu Beggi dem Bohrer. *»The show must go o-o-on ...«*

Er bedankte sich für die Rettung vor dem Berserker, aber der ehemalige Boxer entschuldigte sich, nicht eher eingegriffen zu haben.

»Ich hatte bloß Schiß, ich könnte ihm das Licht ausblasen. Ich sollte mich nämlich tunlichst nicht in solche Amateurschlägereien einmischen.«

Plötzlich spürte Böddi eine weiche Berührung, die sich um seinen Hals wickelte wie ein Schleier: Die Bauchtänzerin war erschienen, um den Helden zu betören. Sie war noch immer genauso blau wie vorher, aber sie duftete erstaunlich gut.

»Du warst der einzige, der sich getraut hat, ihn abzuhalten. Das war super. Echt toll von dir. Komm, wir tanzen!«

Böddi räusperte sich, schüttelte den Kopf und zog ihn ein. Er zog das Bierglas näher heran und gab damit zu erkennen, daß ihm diese Beschäftigung vorerst reichte. Die Frau seufzte enttäuscht und konnte sich unmöglich damit abfinden, daß ihr der »Held des Abends« einen Korb gab. Also setzte sie sich gezwungenermaßen zu ihm. Sie zupfte an ihm. Böddi wandte müde den Kopf und sah, daß sie schon wieder den Pulli über ihren nackten Bauch hochschob. Was war eigentlich mit ihr los?

Der Prophet nahm gerade einen Schluck, als die Party erneut unterbrochen wurde. Die Mädchen kreischten auf, und die Band kam aus dem Takt. Böddi drehte sich um und erblickte Manni, der in den Saal gestampft kam. Drohend hielt er ein orangerotes Teppichmesser in der Rechten. Seine Stirn trug noch immer den blutigen Abdruck der Chromstrebe. Im Nu leerte sich die Tanzfläche und machte ihm den Weg zu Böddi und Beggi frei. Der Mann vom Bohrtrupp sprang sogleich auf, doch Manni richtete über den Tisch und Böddi hinweg drohend das Messer auf ihn. Es war eins von der ganz breiten Sorte und die Klinge von häufigem Gebrauch matt geworden.

»Du faßt mich nicht an, du gescheiterter Boxer, du!« schrie Manni mit überschlagender Stimme den Mann mit den dicken Brillengläsern an, noch immer völlig außer sich. Der Satz hallte durch den Saal, nachdem die Band ausgesetzt hatte. Die Menge erstarrte vor Schreck.

Manni stand hinter Böddi, der stocksteif auf seinem Platz saß und kaum mit den Augen zu zwinkern wagte. Die Bauchtänzerin saß dem Fenster zugewandt. Bergur stand völlig unbewegt auf der anderen Seite des Tisches. Böddi hörte das aufgeregte mannische Schnaufen hinter sich, wobei er einen Blick auf das Messer warf, das über seinem Kopf ein unsichtbares Muster in die Luft zeichnete wie eine kreisende Fliege. Zu seinem eigenen beträchtlichen Erschrecken überkam ihn plötzlich eine fast übernatürliche Sterbensruhe. Es verlangte ihn geradezu danach, diese haarscharfe Klinge durch seinen Hals schneiden zu fühlen. Hoffentlich würde es sauber abgehen. Und sein Verlangen schien tatsächlich erfüllt zu werden: Böddi spürte, wie Manni mit seiner dreifingrigen Linken seinen Zopf packte, daß es ihm den Kopf in den Nacken riß. Das Messer verschwand aus seinem Blickfeld, aber es war dort irgendwo. Böddi konnte es fast hören, gleich neben seiner rechten Schläfe, so scharf war es.

»Manni!« donnerte plötzlich eine Stimme. »Manni!«

Keli stand in dem hinteren Saal und rief durch ein großes Loch in der Wand, die die beiden Räume voneinander trennte. Es war einmal ein Fenster gewesen, weil die Wand ursprünglich einmal die äußere Hauswand bildete, ehe der Glaspavillon angebaut wurde. Ein Blumentopf füllte den ehemaligen Fensterrahmen, und Blätter und Ranken eines langfingrigen Klettergewächses verbargen halb das Gesicht des Hotelleiters, der sich jenseits der fensterlosen Öffnung im Dunkel des hinteren Saals aufhielt.

»Manni, wirst du dich wohl endlich wie ein Mensch aufführen und schleunigst von hier verschwinden!«

Der untersetzte Hermann äugte zu seinem Chef hinüber.

»Auf der Stelle, sage ich«, wiederholte Keli.

Dann war ein seltsames Geräusch zu hören, ein Ton wie beim Kappen eines Seils, und Manni schnitt Böddi mit dem Teppichmesser den Zopf ab. Mit einem Lachen schwenkte er ihn durch die Luft wie ein Jäger einen Nerzschwanz, von dem er weiß, daß ihm die Behörden dafür 3000 Kronen zahlen. Dann rannte er nach draußen. Böddi tastete in seinen Nacken, um den schrecklichen Verdacht zu bestätigen. Im Saal war das eine oder andere Grinsen zu sehen. Trotz allem war die Situation doch irgendwie komisch. Ein erleichtertes Aufatmen ging durch den Raum. Die Leute waren froh, daß es nicht schlimmer gekommen war. Und einige begrüßten es im stillen, daß der alte Zopf endlich ab war.

12

Dagbjört

Vier Wochen lag Árni Valur im Koma. Dagga begleitete ihn mit seinen Eltern in die Hauptstadt, kam jedoch eine Woche später zurück in den Norden. Sie war selbst nicht ganz auf der Höhe, fühlte sich morgens schlapp und abends müde. Die Sache nahm sie mit, aber man konnte nichts anderes tun, als abzuwarten.

Árni Valurs Mutter, eine freundliche Dame mit weißem Haar um die sechzig, saß halbe Tage lang im Krankenzimmer und las sämtliche Krimis von Arnaldur Indriðason, sah zwischendrin zu ihrem Sohn hinüber und fragte sich, warum ihr das Leben einen solchen Sohn beschert hatte. Seine Geschwister waren auch keine Erfolgsmenschen im strengeren Sinn, aber sie waren doch irgendwie untergekommen und hatten Kinder. Árni Valur hatte nicht mal ein Auto. Er war schon früh mit gewissen Pflanzen in Berührung gekommen und mittlerweile selbst zu einer geworden. Ein vierzigjähriger Säugling, den sie noch bemuttern mußte.

Manni hatte man am Morgen festgenommen. Er hatte sich an Bord des dänischen Lastschiffs geschlichen und wurde unter Deck aufgegriffen, wo er in einer leeren, nach Stahl riechenden Kajüte in einem scheußlichen Sessel hing. Er atmete schwer und heftig und hielt noch immer Böðvars Zopf umklammert.

»Das wurde auch Zeit«, war das einzige, was er sagte, als ihn zwei Polizisten zwischen sich auf Deck und die Gangway hinab zum Streifenwagen eskortierten. Der Morgen war eiskalt; der Himmel weiß wie ein Laken, und vereinzelte Schneekörner flogen durch die Luft wie kleine Flocken von Dämmaterial. Keli erschien auf der Wache, befahl Manni, augenblicklich ein Geständnis abzulegen und sich dann gleich nach seiner Freilassung im Hotel einzufinden. Sie ließen ihn kurz vor dem Abendessen gehen. Keli fragte ihn, ob sein Auto in Ordnung sei. Manni gestand auch das.

»Hier«, sagte Keli und reichte ihm einen Schlüssel an einer groben Kordel. »Der paßt zu meiner Hütte in Siglufjörður. Verkrümel dich dorthin und bleib den Sommer über da! Ich rede mal mit Toni. Er kann dir Arbeit besorgen.«

Árni Valur schlug Ende Mai zum ersten Mal die Augen auf und sprach sein erstes Wort am siebzehnten Juni, dem Nationalfeiertag. Dagbjört fuhr zurück in den Süden und wohnte in einer Wohnung, die Árni Valurs Eltern in der Stadt gemietet hatten. Sie lag im Erdgeschoß eines weißgestrichenen Blocks, der erst vor kurzem in einem ehemaligen Gewerbegebiet errichtet worden war. Die Eltern nutzten die Gelegenheit und flogen für zwei Wochen nach Portugal, um die Speisekarten zu studieren und sich mit Sonnenschutzmitteln zu traktieren. Dagga besuchte ihren Freund täglich, redete zwei Stunden ununterbrochen auf ihn ein wie ein Wasserfall und ging völlig ausgetrocknet und erledigt aus der Klinik nach Hause. Sie hatte zu wenig Appetit, um sich etwas Anständiges zu kochen, und ernährte sich überwiegend von Fast und Finger Food. Jeden Tag machte sie einen Abstecher in die riesengroße Videothek in Lágmúli und nahm eine kleine Plastikkassette mit, die einen ganzen Sommerabend in Reykjavík enthielt. Eines Tages ging sie auch in die Apotheke nebenan und schilderte der jungen Verkäuferin die Symptome ihres Unwohlseins. Die fragte, ob sie schon einen Schwangerschaftstest gemacht hätte. Die 37jährige Frau lachte der 20jährigen ein herzhaftes Zigarettenlachen ins Gesicht, ließ sich dann aber doch herbei, ihr für 850 Kronen einen deutschen Graviditätsmelder mit der Bezeichnung *Yes or No* abzukaufen. Am nächsten Morgen waren auf dem weißen Plastikstreifen zwei rote Striche erschienen. Sie schnippte die erste Zigarette des Tages halbgeraucht ins nächste Blumenbeet, suchte erneut die Apotheke auf und pinkelte am Morgen darauf noch einmal über einen Prüfstreifen. Er machte ihr wieder zwei rote Striche durch die Rechnung. Nachdenklich stand sie am Küchentisch und starrte eine halbleere Salem-Packung an. Es war eine Katastrophe.

In dieser weißen Welt – dem weißen Stäbchen in ihrer Hand, der weißblonden Frau in der weißgestrichenen Küche mit weißem Kühlschrank und der weißen Windschutzmauer vor dem Fenster, die unter einem weißlichen Himmel zum nächsten weißen Block hinüberführte – leuchteten diese beiden senkrechten roten Striche wie die Seher eines Fuchses im Schneesturm. Auf ihrem einsamen Nachhauseweg blickte Dagbjört auf einmal dem Leben ins Auge: Es war aus seinem Bau gekrochen.

Sie trug ein Kind.

Sie fand, das stand ihr nicht. Sie war ein viel zu derbes Schlachtroß, um solch zerbrechliche Feinheiten mit sich herumzutragen, eine Frau vom Lande, der unverdient ein viel zu kostbarer Schatz in den Schoß gefallen war. Eigentlich kam er vor allem ungelegen.

Sie bezweifelte geradezu, das Kind könne von ihr sein. Vielleicht war sie während ihrer Besuchszeiten im Städtischen Krankenhaus irgendwann einmal eingeschlafen, und man hatte sie rasch in die gynäkologische Abteilung gerollt und ihr dort ein befruchtetes Ei eingepflanzt. Ja, genau. Sie war eine Leihmutter, Opfer eines geheimen Komplotts. Wahrscheinlich stammte das Kind von Ólafur Ragnar und seiner Dorrit, dem Staatspräsidentenpaar. Sie selbst würde man auf den Titelseiten von DV demnächst als Präsidentenmutter betiteln, und sie erhielte in einem der Nebengebäude auf dem Amtssitz in Bessastaðir eine Wohnung eingerichtet. Shlomo Olafson würde einmal ein bedeutender Mann werden, ein hellblonder Jude, international renommierter Vortragsreisender und Diamantenhändler, der schließlich einmal Präsident der Vereinigten Staaten werden würde. Die *New York Post* würde ihr den Namen Lady Daylight verleihen, und noch im hohen Alter würde sie Wohltätigkeitsveranstaltungen besuchen wie die in den Schultern noch breitere Barbara Bush, über und über mit Schmuck aus dem Nachlaß der offiziellen Mutter ihres Sohnes behängt.

»Originally from Krokur, Iceland, LD was, in her late thirties, picked out to become a surrogate mother of the only child of Mr. Grimsson,

the reigning King of Iceland, and his Jewish Queen, Dorrit Moussaieff. After raising her son in the remotest wings of Bessi Palace, the traditional home of the Kings of Iceland, she lived in Baghdad for a while after Shlomo married Jedi Bin Laden, the youngest daughter of the late terrorist. The old lady remains a lively presence at the White House and is often seen playing with her surrogate grandchildren Björk and Osama. At the tender age of 84 LD still preserves her Viking spirit; smoking up to four old-style cigarettes a day and gushing down her favorite ›Double Donkey‹ (an Icelandic folk-drink) with dinner every night.«

Dagbjört war das älteste Kind des Schulleiterehepaars Albert und Aðalbjörg, geboren am kürzesten Tag des Jahres 1966. Die Eheleute waren kleinkarierte Pedanten, die zu jedem Abendessen Servietten auflegten. Für beide Zweige der Familie kam es daher überraschend, wie kräftig, robust und burschikos sich die kleine Tochter entwickelte. Stets kam sie mit Schrammen an den Beinen und schmutzigem Gesicht nach Hause. Die entferntesten Verwandten begannen zu munkeln, sie sei vielleicht heimlich an Kindes Statt angenommen worden, aber das traf keineswegs zu. Auf ihrem Konfirmationsbild sah sie aus wie ein Fußballer in seinem ersten Jahr in der obersten Liga. Auf dem offiziellen Foto zum Abitur wie eine frisch examinierte Lesbe. Für einige Monate glaubte sie selbst, sie könne vielleicht homosexuelle Neigungen haben. Die prominentesten Lesbierinnen des Landes richteten in einem alten Haus in der Hauptstadt ein Fest für sie aus, das irgendwo zwischen dem Aufnahmezeremoniell in einem Nonnenkloster und den Saufritualen eines Motorradclubs angesiedelt war. Dieser unbegreifliche Kerl in einem Frauenkörper ging den Eltern schon früh gegen den Strich – sie zerriß sämtliche Röcke und Kleider, »Mama, darf ich nicht lieber Jeans anziehen, bitte!!« –, und sie beeilten sich, der Erstgeborenen eine Schar von vier untadeligen Söhnen folgen zu lassen. Dagbjört wurde nach und nach aus dem Nest gedrängt. Sie wurde zur »verlorenen Tochter«.

Nach Abschluß des Gymnasiums ging sie für eine Ausbildung zur Zahntechnikerin nach Aarhus, schickte ein Jahr später aber eine Weihnachtskarte aus Canberra/Australien, zusammen mit einem Foto, auf dem sie mit einem gewissen John posierte, auf dessen Gestüt vor der Stadt sie angeblich Arbeit gefunden hatte. Im folgenden Frühjahr begab sie sich auf ihren Walkabout und durchquerte das Outback. Nachdem sie den australischen Jón vor einem staubigen Zelteingang stehengelassen hatte, ließen bald noch fünfzehn weitere solcher Buschgewächse traurig die Köpfe hängen und säumten ihren Weg wie eine Palmenallee. Eine gleichgroße Zahl von weiteren Liebhabern hatte sie selbst in eine Trauerweide verwandelt, und bei jeder Oase in der Wüste fand Dagga eine neue Freundin, die sie in ihrem übermächtigen Durst ausschlürfte, ehe sie weiterzog. Die Freundschaft zerrann im Takt der seltener werdenden Postkarten, und dann kam die nächste an die Reihe.

Sie war ein Stück Treibholz in entwurzelter Zeit, jederzeit bereit, ein neues Leben anzufangen und einen neuen Lehrgang, etwas clever Ausbaldowertes, das ihrem Leben endlich einen Sinn geben sollte: Psychologie, Pferdeberitt, Veterinärsassistentin, Kellnerin. Dagbjört gehörte zu jener Gruppe, die für jede Gesellschaft unentbehrlich ist: Menschen, die zu allem bereit sind und jede erdenkliche Arbeit übernehmen können. Zwei Winter auf dem Lande und zwei weitere in einem Skihotel in Norwegen. Spülen an der Laxá und ein Sechswochenjob bei Filmaufnahmen. Kokainparty in Kopenhagen und ein knallharter Fickfilm in Keflavík. Dagbjört war nicht gerade schonend mit sich umgegangen, und bei einem allzu dämlichen Arzt in der Hauptstadt hatte ihre Gebärmutter den Todesstoß erhalten. Zehn Jahre war es inzwischen her, seit Dagga darüber nachgedacht hatte, vielleicht einmal Kinder zu bekommen. Die Liebe aber hatte sie nie eingeholt. Sie hatte ihr kaltes Herz durch die Welt getragen und in zehn verschiedenen Städten versucht, es mit Kerzenschein und Knutschorgien zu wärmen, es aber nicht einmal richtig zum Glühen gebracht. Ihr weißblondes Haar kündete davon, daß ihre Gefühle schockgefroren waren. Sollte jemals jemand ihr Herz erwärmen, würde der Frost darin tauen und das Haar nachdunkeln.

Als Dagbjört dann im Flughafen Keflavík mit einem halben Pfund Cannabis geschnappt wurde, bedeutete das einen Wendepunkt in ihrem Leben. Nach zwei eher gemütlichen Monaten, die sie mit Kartenspielen und Videogucken im Frauengefängnis von Kópavogur verbüßte, zog es sie heim nach Krókur. Man besorgte ihr eine Wohnung, und alle waren bereit, zu vergeben und zu vergessen und so zu tun, als würden sie das Tattoo nicht bemerken, das unter ihrem kurzen Ärmel hervorlugte. Sie bekam einen Job als Bademeisterin und versah ihn neben einem Fernstudium, denn wie es verlorenen Seelen häufig geschieht, landete auch sie in der Reiseleiterschule. Menschen, die sich selbst abhanden kommen, möchten andere führen. Um Ostern war sie mit den Lehrgängen fertig und kaufte sich etwa um die gleiche Zeit eine Wohnung in einem Neubaublock am Ortsrand. Bis zur Fertigstellung zog sie wieder bei den Eltern ein. Böddi und Dagga hatten also einiges gemeinsam; beide waren sie umhergetriebene Seelen, die wieder im Elternhaus gelandet waren. Und nun schienen sie auch noch durch die Bande des Lebens aneinander gebunden zu werden.

Eine Ärztin auf weißen Holzschuhen bestätigte die Schwangerschaft. Der ausgerechnete Termin paßte genau zu ihren Stöhnminuten auf dem Parkplatz vor der Reithalle.

Aber wollte sie es überhaupt bekommen? Konnte sie sich vorstellen, ein Kind von BHS zur Welt zu bringen? Was würde Árni Valur dazu sagen? Er war ihr engster Freund, und Böddi konnte er auf den Tod nicht ausstehen. Umgekehrt genauso. Gleichwohl hatte Böddi wahrscheinlich sein Leben gerettet. Seitdem betrachtete Dagbjört Böðvar in einem neuen Licht. Sie rief ihn von Reykjavík aus an und dankte ihm.

»Und trotzdem, Böddi, du hast dich großer Gefahr ausgesetzt. Er hätte dich genauso umbringen können, wie er es mit Árni Valur getan hätte, wenn du ihn nicht gehindert hättest.«

Der Anstreicher würde sich ganz sicher mit Böddi aussöhnen, wenn er aus dem Koma erwachte und die ganze Geschichte hörte. Die Frage war, was sie selbst wollte. In ihrem Innersten freute sie sich darauf, den Bauch in der Weihnachtszeit vor sich her zu tragen, ihn stolz auf den verschiedenen Familienfeiern zu präsentieren: endlich hatte sie auch einmal etwas vorzuweisen. Natürlich würden sie sich zuerst über sie lustig machen. Ihre perfekten Brüder würden sich gegenseitig ein unterdrücktes Grienen zuwerfen, wenn ihre verlebte und überalterte Schwester auf einmal von Windeln und Babykost zu schwadronieren begänne, Dinge, die sie selbst längst hinter sich hatten, obwohl sie jünger waren, und die sie sowieso zu überwiegenden Teilen ihren blonden Ehefrauen überlassen hatten.

Sie trugen alle vier perfekte Namen, die keinen Anlaß zu Spötteleien boten und von vornherein ein Mindestmaß an Respekt verlangten: Einar, Gunnar, Sigurður und Jón. Irritiert von den Sonderlichkeiten der Erstgeborenen hatte sich das Schulmeisterpaar alle Mühe gegeben, danach nur noch ganz normale Kinder in die Welt zu setzen. Das gelang ihnen auch, bis sie noch einmal ein Mädchen bekamen.

Fjóla, die Jüngste, die noch immer zu Hause wohnte. Sie war nicht ganz gesund und hielt sich meist in ihrem Eckzimmer im Haus auf und las einheimische Illustrierte, wenn sie nicht ihren Job an der Kasse des Einkaufsladens versah. Sie hatte ein hübsches Gesicht, doch der Rest ihres Körpers glich einer Halde aus Rosinenstuten. Es traf ihre Familie völlig unvorbereitet, als sie vor zwei Jahren plötzlich spätabends mit unklaren Symptomen ins Krankenhaus eingeliefert werden mußte und in der Nacht ein kleines Mädchen zur Welt brachte. Es lebte nur bis zum Morgen.

Dagbjört hatte sich oft gefragt, ob ihre Eltern Söhne einfach besser hinbekämen als Töchter.

Ihre Brüder waren Musterbürger, zwei Ingenieure und zwei Programmierer, deren bloße Gegenwart ihre Schwester in den Wahnsinn treiben konnte, wenn sie etwa mit ihren Familien im Schwimmbad aufkreuzten. Wie konnten sie nur so makellos und ohne Fehl und Tadel sein, dachte sie, wenn sie aus ihrer Kabine beobachtete, wie sie mit ihren Kindern im Becken herumplanschten. Man konnte ihnen nicht einmal vorwerfen, üble Machos zu sein. Sie waren gute Väter und nette Kerle. Sollten sie schlechte Ehemänner sein, dann blieb dieser Makel tief in den dunklen Schatten um die Augen ihrer Frauen verborgen. Böddi hätte sie mit dem *Morgunblaðið* verglichen: unbedeutend und unerträglich. Das Schlechte war so sorgfältig unter ihrer freundlichen Oberfläche verborgen, daß es sich dort zu einem dichten Kern zusammenballte, der höchstens bei ausgesucht mieser Behandlung einmal explodieren konnte. Sie waren äußerst umgängliche Teufel, die neuen Kleinbürger, unerschrokkene Männer in großen Geländewagen, wenig welterfahren, aber von sich selbst überzeugt. Prüfend Wein schmatzende Dörfler, die Großstädte eher von Hotels kannten als von ihren historischen Plätzen, die ganze Völker nach dem ersten Eindruck ihrer Flughäfen beurteilten und sich großspurig über unbedeutende Gaststätten äußerten. Selbstgefällig bis zum Abwinken in ihrer Ignoranz. Männer, die sich bei After Shaves auskannten, virtuos auf dem Grill spielten wie auf einem Vibraphon und Autos eher lasen als ein Buch. Durch und durch ehrenwerte Materialisten.

Die größten individuellen Unterschiede der Brüder bestanden darin, daß Jón und Sigurður zu Manchester United hielten, während Einar und Gunnar ihrem Vater folgten und Fans von Arsenal wurden. Vielleicht waren die Erstgenannten darum in die Hauptstadt ausgewandert. Abgesehen von allfälligem Hickhack um Dagbjört (»Wann hat sie denn eigentlich den Kindern zum letzten Mal etwas zu Weihnachten geschenkt?«) lieferte das ein unerschöpflich wiederkehrendes Streitthema: Manchester gegen Arsenal. So gut sie konnten, verteidigten die United-Fans die Elfmeter, die die Schiedsrichter ihrem Verein mit schöner Regelmäßigkeit in den Duellen der beiden Mannschaften zusprachen.

»Aber als Ronaldo geknickt wurde, hätten sie auf jeden Fall einen Elfer bekommen müssen!«

»Gut, aber das ändert nichts daran, daß der, den sie bekamen, keiner war. Ronney hat sich doch bloß fallen gelassen.«

»Und du, Dagga, zu welcher englischen Mannschaft hältst du?«

»Puh, Fußball ist was für Tiere.«

»Was ist los?«

»Ja, für männliche Tiere.«

»So? Wer sagt das?«

»Ein Freund von mir.«

»Árni Valur?«

»Nein, jemand anders.«

»Aha. Und warum sagt er so was? Ist er vielleicht schwul?«

Vier Brüder lachten herzhaft, im Wohnzimmer verteilt, saßen sie tief in dem fettpolstrigen Sofa und dazu passenden Sesseln. Ihre Frauen hockten dagegen mit sorgenvoll gerunzelten Augenbrauen auf der vordersten Kante der ausladenden Ledergarnitur und überwachten ihre Kinder, die durchs Haus hetzten wie Passagiere durch einen Flughafen. Trotz aller Kosmetikartikel sah man diesen Blondchen irgendwie das Muttchen an, und doch sahen sie zugleich aus wie Escort-Damen. Vielleicht weil sie sich so ähnlich sahen und aus einem ganz und gar unfeministischen Pflichtethos jede neben ihrem Mann Platz genommen hatte. Böddi hätte sie als Große Braune abqualifiziert, bis auf Elsa Lind vielleicht, die Frau von Einar, die jedoch ausgerechnet das Sonnenstudio *Tindasól* betrieb. In Böddis Buchhaltung wäre sie als Kuh abgeheftet worden.

Dagga verteidigte ihren »Freund« und zitierte ihn weiter:

»Ganz und gar nicht. Aber ... wenn Männer Fußball gucken, werden sie zum Tier: Stumpfsinnig starren sie schweigend vor sich hin, manchmal stundenlang, bis sie auf einmal ein Gebrüll ausstoßen.«

Das fanden die anderen überhaupt nicht komisch. Das Zitat aus einer von Böddis früheren Schmähschriften kam bei ihnen ganz schlecht an. Zwar grinsten die Begleithostessen verstohlen, doch die Viererbande guckte böse. Sie würden es ganz gewiß nicht begrüßen, wenn ihre Schwester einen kleinen Nietzsche-Ableger in ihr Elternhaus pflanzen sollte. Einen kleinen Meister der Negation, der, ehe das Jahr vorbei wäre, schon auf ihre

Arsenal-Schals kotzen und in ihr Bier pinkeln würde. Einmal war Böddi in Birkihlíð schon zur Sprache gekommen, an einem Sonntag zwischen Live-Übertragung und Lammkeule. Da hatte Einar erfahren, daß sein Vater »Böddi-Blog« eingestellt hatte, und säuerlich bemerkt: »Aber Papa, was glaubst du denn, welcher Schüler vor so einem Respekt haben kann? Ich meine, glaubst du wirklich, die respektieren jemanden, der nicht einmal für seine Zigaretten Geld genug in der Tasche hat, sondern selber drehen muß? Der ist doch nicht normal. Und dann noch dieser bescheuerte Pferdeschwanz!«

Unter der morgenblättrigen Oberfläche der Brüder schlummerte, wie gesagt, ein unerklärlicher und sehr heftiger Haß auf alles mögliche (einen selten dämlichen Sportreporter, einen homosexuellen Popstar und die deutsche Nationalelf) wie eine Sickergrube unter einem wohlgestutzten Rasen. Manchmal stiegen die Miasmen aus dem Entlüftungsrohr. Ihrem Vater dagegen lag jedes Aufbrausen fern. Es war ihm vor Jahren in Form eines Gallensteins herausoperiert worden. Ruhig gab er zurück: »Der Böðvar hat sein Examen. Der kennt sich im Deutschen aus. Er hat mir gesagt, er habe sogar zwei Bücher übersetzt.«

Durch eine altmodische Durchreiche zwischen Wohnzimmer und Küche sah man, wie sich die Frau des Hauses über den Herd beugte.

»So, so. Und wer hat sie herausgegeben? Der Mann ist ein Schwätzer. Der hält nicht einen Winter lang durch. *Mark my words*«, sagte Einar.

»Wie?« fragte Albert, der sich gelassen und mit einem kleinen Siegerlächeln in den Augen in seinem Fernsehsessel zurücklehnte. Seine Mannschaft hatte soeben Blackburn mit 3:1 geschlagen.

»Ich sage dir voraus, daß du ihn schon bald wieder entlassen mußt«, prophezeite ihm sein Sohn.

»Das wird sich zeigen. Erst einmal sollte jeder seine Chance bekommen.«

Zu diesem Zeitpunkt war Dagga in Wanderschuhen und Daunenjacke ins Gespräch geplatzt, hatte frosthaarig und kältegerötet schnaufend die Mütze abgesetzt und eine Weile bei ihren Brüdern und dem Vater gestanden, bis sie endlich grüßte:

»Hi! Scheiße, ist das kalt draußen!«

»Warst du draußen im Freibad? Ist etwa jetzt geöffnet?« fragte ihr Bruder, legte den Kopf in den Nacken und verdrehte die Augen, um seine Tochter auf dem Kopf stehen zu sehen. Sein sechs Jahre alter Sohn stand vor ihm und fixierte seine Tante, als wäre sie ein schlecht verkleideter Weihnachtsmann.

»Nein. Sonntags ist nur bis vier geöffnet. Ich war oben auf Nafir, zu einem kleinen Spaziergang.«

Ihre Mutter trat in die Küchentür und musterte das Aussehen ihrer kräftigen, seit langem erwachsenen Tochter, die sich aber noch immer kleidete, als wäre sie achtzehn: die Jeans viel zu lang und zu weit, dafür aber nach den Erfordernissen der Zeit gerade noch auf den Hüften hängend. Die modischen Outdoor-Schuhe waren schmutzig, der Dreck aber alt und getrocknet. Trotzdem erspähte das mütterliche Auge sogleich acht kleine Staubkörnchen auf dem spiegelblanken Parkett um die Schuhe, und die kleingewachsene Frau in ihrer Schürze mit dem bunten »Olé-Olé«-Aufdruck und einer Packung Soßenbinder in der Hand konnte einen vergrämten Ausdruck nicht vermeiden. Die blonde Hochfrisur saß ihr wie eine Pelzkappe auf dem Kopf, und an ihren Mundwinkeln hatte das Leben heftiger gezogen, als Gott sie ursprünglich einmal geformt hatte. Lippen waren so gut wie keine zu sehen, und der lange waagerechte Strich an ihrer Stelle bog sich an beiden Enden abwärts. Aðalbjörgs Mund erinnerte unweigerlich an einen Briefschlitz. Vielleicht auch, weil er sich höchstens zweimal am Tag öffnete.

»Dagga, magst du nicht im Flur ablegen?« sagte die kleine Frau, und ihrer Stimme war anzuhören, daß sie es schon vor Jahrzehnten aufgegeben hatte, ihre Tochter zu erziehen. Es sprach nur noch die auf Sauberkeit bedachte Hausfrau. Und jetzt wollte die Tochter mit den schmuddeligen Genen eines Böddi auf diesem Parkett ihren Einzug halten. Sie würden wohl nicht gerade erbaut sein. Wahrscheinlich würde ihr Vater es als einen primitiven Racheakt auffassen.

Warum hatte sie mit Böddi schlafen wollen? Sie waren gleichaltrig, und doch war er neu für sie; sie war ja nicht in Krókur, sondern an vier verschiedenen Orten groß geworden. Die Familie hatte den Vater wie ein Orchester den Dirigenten von einem Ort zum andern begleitet, während er sich im Bildungssystem nach oben diente. Der Aushilfslehrer in Skógar wurde Oberlehrer in Fáskrúðsfjörður, Gymnasiallehrer in Laugar und schließlich Rektor in Sauðárkrókur. In dem Herbst, in dem Albert und Aðalbjörg ihre Möbel in das Haus in Birkihlíð trugen, servierte Dagbjört in der dänischen Skindergade. Sie war vielleicht nicht unbedingt begeistert von Böddi, aber sie hatte stets eine Schwäche für Männer, die irgendwie anders waren, Männer, die sich auf ihrem Radarschirm der Wohlanständigkeit abhoben, fern von der gutbürgerlichen Mitte, die sich für Dagga in der zeitlosen Frisur ihrer Mutter manifestierte. In ihrem neuen Leben war sie nur selten mit jemandem ins Bett gehüpft, nachdem sie ihre Strafe für fünfzehn Jahre ungehemmten Herumfickens verbüßt hatte, aber Böddi hatte ihren alten Hang zum Versumpfen wieder zum Leben erweckt. Diese selbstgedrehten Kippen, die tabakgelben Zähne, die Wut im Blick und diese sensiblen, schlanken Hände, die er fast immer in einer Art Abwehrhaltung beschäftigungslos vor der Brust verschränkt hielt – all das erinnerte sie an all ihre Männer, solche, die ihr Gras nicht im Garten anbauten. Vielleicht war es ihr heimlich ein befruchtender Genuß gewesen, gerade die in sich reinzulassen, die ihre Familie verachtete. Indem sie mit denen schlief, die ihre Angehörigen haßten, erreichte sie es, sie im gleichen Maß zu hassen, wie die sie nicht liebten. Aber mit einem hatte sie nicht gerechnet: schwanger zu werden.

Was, um Himmels willen, sollte sie tun?

Sie saß in einer Reykjavíker Wohnung auf einem hoteltauglichen Sofa unter einer leeren weißen Wand und rauchte in die Luft. Die Wohnung sah aus wie eine Ferienwohnung auf dem Lande: ohne jeden persönlichen Charme und vor allem pflegeleicht. Die Möbel spärlich und unauffällig, keine Bilder an den Wänden und nicht ein Staubkorn in den Ecken. Der Fernseher riesig und funkelnagelneu, dafür alle Bücher von vor der Jahrhundertwende. Lebensbeichten vergessener TV-Stars und ein paar Romane von Leuten, die nach einer Scheidung oder einer Kündigung in einem wichtigen Job in Trouble geraten waren und sich dafür mit einem flotten Ritt auf dem Pegasus der Dichtkunst schadlos halten wollten, aber ein wenig Pech mit dem Pferdchen hatten. Die Bändchen mit den schmalen Rücken teilten sich den Platz im Regal mit zwei Kerzenleuchtern, die man nicht zu lange betrachten durfte, um nicht in Depression zu verfallen.

Árni Valurs Mutter hatte sie eindringlich gebeten, doch bitte nur draußen auf dem Bürgersteig zu rauchen, der dieser Erdgeschoßwohnung den Balkon ersetzte, aber momentan hatte Dagbjört das Gefühl, mit vollem Recht auch drinnen rauchen zu dürfen. Wo sie doch nun mal in anderen Umständen war.

Sie legte die Beine auf den Tisch und sah auf einmal furchtbar einsam aus: eine knapp vierzigjährige Frau in weißen Strümpfen, einem Kind im Bauch und einer Fluppe zwischen den Lippen. Allein in Reykjavík. Sie langte nach dem Aschenbecher und stellte ihn sich auf den Schoß, drückte die halbgerauchte Zigarette darin aus. Auch ihr Leben war zur Hälfte vorbei, und in rasender Schnelle halbierte sich auf einmal alles vor ihren Augen. Ihr Freund lag halbtot im Krankenhaus, die Zigarette schmeckte halbwegs schrecklich, weil sie halb und halb das Rauchen aufgegeben hatte, aber immer noch nicht halbwegs sicher war, ob sie das Kind auch wirklich bekommen wollte. Der Film war allerdings ganz zu Ende, und eine Liste von dreihundert Namen lief über den Schirm, all die Menschen nennend, die hart gearbeitet hatten, damit *A Man Apart* Wirklichkeit wurde. Dagga hatte eine Schwäche für Vin Diesel. Sie hatte sich diesen Samstagabend mit zwei Thrillern vertrieben, in denen er mitspielte, und war ein bißchen angeturnt.

Draußen herrschte die hellste Nacht des Jahres, nur leicht beschattet von einer niedrigen Wolkenschicht, die in Grau sehr schön zum gebrochenen Blau der Esja und dem intensiven Grün der Stadtwiesen paßte. Unter diesem Sommergrau schossen brandheiße Taxis durch die Schlagadern der Stadt, und im Zentrum wartete aufgerüschtes Volk darauf, in die abgedunkelten Lokale eingelassen zu werden. Auf den Verkehrsinseln hüpften armlose Stare, und riesige Möwen flogen von den Parkplätzen der Drive-In-Imbißbuden und Einkaufszentren mit einem angeknabberten Hamburger-Brötchen im Schnabel. Damit ließen sie sich auf dem nächsten Laternenpfahl nieder. Es war Samstagnacht in Reykjavík, und aus den Autoradios klang vereinzelt *Moon Shadow* von Cat Stevens. Eigentlich ein schreckliches Lied, aber den Leuten war's egal, sie fügten sich in die launische Plattenwahl im Nachtprogramm des staatlichen Rundfunks, weil sie der Meinung waren, alle anderen würden ebenfalls zuhören. Der Song gab ihnen ein Gefühl der Zusammengehörigkeit, und außerdem hörte er sich irgendwie würdevoller an, weil er gewissermaßen von Staats wegen ausgestrahlt wurde. Das Laub hing in der hellen Sommernacht unbewegt an den Bäumen, die Temperatur betrug zehn Grad.

Das Videoband war zu Ende, der Recorder schaltete sich automatisch ab, und das Fernsehbild erschien wieder. Es lief noch immer das Ratespiel mit dem Ton des Radionachtprogramms unterlegt. Das Zimmer füllte sich plötzlich mit Lärm: *»I'm bein' followed by a moon shadow, moon shadow, moon shadow.«* Die Fernbedienung lag auf dem Sofa. Mit einem Fingerdruck stellte Dagga den Ton ab. Dann saß sie wieder mit dem kleinen Aschenbecher über dem Schoß da, er stand dort wie ein Feigenblatt gleich unterhalb des Schambeins. Oberhalb davon befand sich die Gebärmutter, und darin lag ein acht Wochen alter und acht Zentimeter großer Fötus, ein unbekanntes Wesen, das sie entweder absaufen lassen oder retten konnte. Im Aschenbecher: vier tote Zigaretten. Im Block herrschte tiefes Schweigen. Außer den leisen Rollgeräuschen von Autoreifen auf der Kringlumýrabraut war nichts zu hören. Das Viertel war wie sämtliche Wohnviertel der letzten fünfzig Jahre für Menschen gebaut worden, die sich nach vollkommener Stille sehnten. Vorbild war der Friedhof: Jedes Haus ein Grabstein mit dem Namen des Betreffenden und einem abgegrenzten Beet davor, einem kleinen grünen Fleck, auf dem man Blumen oder sein Auto abstellen durfte. Hier wohnten Menschen, die in Frieden ruhen wollten. Das schien selbst den Vögeln bekannt zu sein. Aber trotz dieser lastenden Stille fühlte sich Dagbjört unruhig. Sie sah aus der »Balkontür« über die Freifläche und das Trottoir auf die dunkelgrüne Hecke, die das Grundstück vom Parkplatz abteilte. Obwohl es vollkommen reglos an den Zweigen hing, konnte das Laub nicht verbergen, daß Samstagnacht war und dementsprechend Stimmung in der Luft lag. An diesem Abend war es ein bißchen schwerer als sonst, allein zu sein.

Dagga nahm die Füße vom Tisch, stellte den Aschenbecher weg und streckte sich nach dem Handy, das etwas weiter entfernt auf der Tischplatte lag. Sie ging die Namen im Telefonverzeichnis auf der Speicherkarte durch und mußte hinter manchen Namen, die so etwas wie Kapitelüberschriften zu Abschnitten ihres Lebens abgaben, erst tief nach den dazugehörigen Gesichtern graben: Elli, Gunna Þrír frakkar, Harri, Jeff Kanada, Palli P.P., Rainer, Sigga Gríms. Sie stoppte bei Inga Pála, der letzten überlebenden Nummer aus ihrer Lesbenperiode, und wählte sie, eine schlanke Frau mit Pagenschnitt, die stets mit schnellen Schritten die Stadt durchmaß, gerade im Rücken und mit einem hübschen Rucksack. Obwohl Dagbjört lange nichts von ihr gehört hatte, war sie der Mensch, den sie hier in der Stadt eigentlich am besten kannte, vielleicht wollte sie aber auch nur vorübergehend wieder lesbisch werden, unbeschwert von Sorgen und einem dicken Bauch. Die mustergültige Lesbe antwortete nach dreimal Klingeln und hatte Dagbjörts Nummer offenbar noch gespeichert. Allerdings ließ sich nicht gleich erkennen, ob sie sich über den Anruf der Raucherstimme freute oder nicht. Inga Pála saß gerade aufgerichtet auf einem Stuhl mit hoher Lehne am Eßtisch eines Steinhauses in der Weststadt und hatte fünf kurzgeschnittene Schwestern um sich versammelt. Das Essen war längst beendet, aber sie saßen gern auf harten Stühlen und hielten sich nun seit zwei Stunden an ihren letzten Tropfen Rotwein fest. Lesben waren auf mancherlei Weise sparsamer als andere Frauen.

»Wir feiern gerade, daß Gunnhildur und ich es heute erfahren haben.«

»Was denn?« fragte Dagga.

»Daß wir schwanger sind.«

»Was?«

»Ja. Sie ist schon im dritten Monat.«

Das paßte. Gunnhildur war in dieser Beziehung das mütterliche Element, mit größeren Brüsten und breiteren Hüften. Inga Pála würde sicher einen ausgezeichneten Vater abgeben, obwohl Dagbjört stark bezweifelte, daß sie eine ganze Fernsehübertragung durchhalten würde. Sie dachte kurz darüber nach, während sie ihre Freundin nach dem Zustandekommen des Babys ausfragte. Deren dänische Freunde, eine Schwulenvereinigung in Kopenhagen, unterhielten eine kleine Samenbank für »Lesbeltern«, wie Inga Pála sich und ihre Partnerin bezeichnete. Alles hatte geklappt wie am Schnürchen. Es war viel besser, solche Projekte im Ausland durchzuführen, das Sperma blieb namenlos, und alles ging viel professioneller vor sich als hier, wo man in Þingholt von einem Haus zum nächsten lief mit einem körperwarmen Schuß in der Kaffeetasse.

»Wir sind für Heiligabend ausgezählt.«

»Wie?«

»Der Tag, an dem Gunnhildur niederkommen soll. Der 24. Dezember. Wenn alles gut geht.«

»Ach so.«

»Aber was gibt es denn bei dir Neues? Bist du allein in der Stadt oder ...?«

Dagbjört zögerte einen Moment und strich sich unwillkürlich über den Bauch. Und ohne etwas Hintergründiges damit zu beabsichtigen, antwortete sie: »Äh, nein. Nein, nein.«

Unmittelbar nach dieser Lüge fühlte sie sich furchtbar einsam.

»Und? *Still on the safe side*?«

»Ja. Ich bin nicht länger mit Frauen zusammen. Trotzdem bin ich in Umständen. Ich auch.«

Es war natürlich ein entscheidender, richtungweisender Satz, den sie da äußerte, obwohl sie es gar nicht so gemeint hatte. »Wow, Mensch, das hört sich ja richtig nach was an«, setzte sie hinzu und stieß ihr Salem-Lachen aus. Inga Pála lachte nicht, sondern hielt sich an das Wesentliche: »Was? Im Ernst? Glückwunsch!«

»Danke«, sagte Dagga. Sie hatte aufgehört zu lachen und wurde sogar ein bißchen rot. Warum, um alles in der Welt, hatte sie das ausgerechnet einer ihr so gut wie unbekannten Bekannten eröffnet? Um nicht weniger bedeutend zu erscheinen? Inga Pála lud sie ein, bei ihnen im Seljavegur vorbeizuschauen, doch Dagbjört fühlte sich nach den schwierigen Fragen im Gefolge der Schwangerschaftsnachrichten (»nein, er weiß noch nichts davon«) ein wenig niedergeschlagen und erklärte, sie habe keine Lust mehr, noch einmal aus dem Haus zu gehen, habe sich aber wirklich gefreut, von ihr zu hören, und wünsche ihr, die Schwangerschaft und alles möge nach Wunsch verlaufen. Dann bestellte sie noch Gunnhildur schöne Grüße.

»Ja, danke, Dagga. Gleichfalls. Laß es dir gut gehen. Vielleicht sehen wir uns auf der Entbindungsstation. Man kann nie wissen.«

»Stimmt. Aber nein, ich will im Norden entbinden.«

Im Norden entbinden. Was erzählte sie da eigentlich alles, ohne nachzudenken? Dann legten sie auf, und Dagga hielt das Handy noch eine Weile in der Hand, ganz erstaunt über sich selbst und ziemlich bedröppelt. Im Norden entbinden? Hatte sie sich etwa entschieden, das Kind zu behalten?

Auf einmal sprang der Videorecorder an und spulte das Band an den Anfang zurück. Ein quietschendes Geräusch begleitete das Zurückspulen des Abends.

Dagga legte das Mobiltelefon weg und griff nach ihrer Salem-Packung und dem Feuerzeug. Sie entnahm eine Zigarette, hielt sie eine Zeitlang in der Hand und schob sie dann in das

Päckchen zurück, das sie auf den Tisch legte. Dann blieb sie mit dem Feuerzeug in der Hand auf dem Sofa sitzen und vertrieb sich die Zeit damit, es an- und auszuknipsen. Die Flamme verlosch. Und flammte wieder auf. Genau so. Als wäre es jedesmal die gleiche Flamme.

13

Die Gesellschaft ist

»Wir sind mit einem Sicherheitsgurt an diese Scheiß-Gesellschaft gefesselt. Werden gezwungen, an ihr teilzunehmen. Gefoltert, mitzumachen. Und diese Gesellschaft schießt mit Wahnsinnstempo in die Zukunft. Wir dürfen nicht einmal stehenbleiben und protestieren. Das einzige, was wir dürfen, ist, auf ein Knöpfchen zu drücken, um eine Decke zu bitten oder ein Bier zu bestellen. Wie diese mittelalten Vogelscheuchen auf dem Flug zu den Kanaren. Zwei Minuten nach dem Abheben klappt uns ein verfluchter Bildschirm vor die Augen, und wir werden damit gequält, uns drei Stunden lang eine bescheuerte amerikanische Sit-Com anzuschauen. Hat etwa jemand darum gebeten? Warum nicht ein Drei-Stunden-Interview mit Peter Handke? Warum wird uns nicht aus der Grettis saga vorgelesen? Warum keine Live-Übertragung aus dem Schlafzimmer des Weißen Hauses? Bush in the Bush.

Auf den Audiokanälen läuft überzuckertes Ohrenschmalz von Time-Warner und Sony gemischt mit Opengedudel von Rossini und Verdi. Wenn Menschen in dreißigtausend Fuß Höhe fliegen, möchten sie nichts Tiefgehendes mehr hören. Wir glauben nämlich, hoch zu fliegen, während wir in Wahrheit noch über den Bodensatz kratzen. Dieses Schaben kreischt in den Ohren. Wir nennen es Musik. Metallica, U2, Eminem. Wir haben längst resigniert und erlauben totenblassen Rindsköpfen, die Begleitmusik unseres Lebens zu liefern, eine Musik, die deutlich erkennen läßt, daß sie in fensterlosen Verliesen aufgenommen wurde. Zwischenzeitlich füttern die Maler der Gegenwart, amerikanische Techniker, unsere Augen mit Glasscherben und Explosionswolken. Vor dem Fenster liegt die Schönheit der Welt, aber wir stopfen uns den Kopf und den Bauch mit Flugzeugfraß voll: rührseligen Eiern aus der Mikrowelle. Die Stewardeß erscheint und bietet uns ein Lächeln zum Nachtisch. Am liebsten möchtest du mit ihr auf die Tragfläche klettern und von dort auf die nächste Wolke springen, um endlich mit einer anderen Gesellschaft zu fliegen. Aber das ist ausgeschlossen. Das gibt es nicht. Man hat nur die Wahl einer einzigen Gesellschaft, der, in der man festsitzt. In der alle REM hören und LOTR gucken.

Scheiße.

Diese Gesellschaft fliegt in die falsche Richtung.

Die Idiotenzahl von Krókur beträgt 2741. In Europa gibt es 2741 Orte mit der gleichen Einwohnerzahl. 2741 mal 2741 macht 7513081. Nicht ein Mensch dieser sieben Millionen ist wichtig für die Weltgeschichte. Jürgen, Jabwas oder Jónina Jóns. Wozu lebt man? Warum macht man das eigentlich? Um sich einen Jeep zu kaufen, okay. Der schwarze Kiddi wird in seinem Jeep beerdigt. Dazu muß man einen Kran und einen Bagger anrücken lassen. Magga heult, wenn sie ihn zum letzten Mal sieht, einen Augenblick, ehe er im Dunkel der Erde verschwindet. ›So, wie er immer war.‹ Am Steuer eingeschlafen.

Die Gesellschaft ist eine schweigende Übereinkunft, gemeinsam die Klappe zu halten. Du bringst deinen Müll raus. Ich bringe meinen Müll raus. Vielleicht sehen wir uns über den Gartenzaun und nicken einander zu. Dann gehen wir jeder wieder ins Haus und hocken uns schweigend vor die Konferenzschaltung der Welt, blitzschnell verbunden durch DSL.

Eine Gesellschaft wird durch die Grenzen ihrer Mitglieder begrenzt. Ihre Ausdehnung errechnet sich aus dem gemeinsamen Flächenmaß ihrer Seelen. Man kommt nicht weiter, als der Nächste erlaubt. ›Entschuldige, aber ich muß unbedingt aufs Klo!‹ Und der Mann neben dir zieht den Bauch ein. Absichtlich streift man ihn mit der Außenkante der Schuhsohle, wenn man über den besoffenen Sack am Boden steigt. Aber. Diejenigen, die sich höhere Ziele setzten (als aufs Klo zu gehen), wurden zu den Großen der Geschichte, den Berühmtheiten früherer Epochen. Die ließen sich ihre Grenze nicht durch die Begrenztheit ihrer Mitbürger stecken. Sie wollten sie höher hinauf heben.

Die Berühmtheiten unserer Zeit sind Labertaschen, Popsternchen und Filmdiven. Und die denken genau andersherum: Anstatt die Menschen abheben zu lassen, wollen sie sie am Boden halten. Jeden auf seiner Scholle, denn so läßt sich die Gans leichter abknallen! Sie halten den Ball flach. In Augenhöhe der Flachköpfe. Sie verdienen an allgemeiner Verblödung. Sterne leuchten nur im Dunkeln.

Was möchtest du lieber sein, ein Star oder ein Heros?

Aber warum spiele ich das Spiel mit? Ich spiele es nicht mit. Ich habe nichts gemein mit einer Bommel-Birta in der Bäckerei, die Celine Dion anbetet, ihr Poster bei sich im Bad aufhängt und unter der Dusche zu ihren Songs trällert. Wenn ich sie mit zu mir nach Hause nähme, wüßte ich nicht einmal, wo ich ihn bei ihr reinstecken sollte. Woher sollte man sich auch bei einer Frau auskennen, die ihr Kind Arna Hall tauft?

Trotzdem.

Die Gesellschaft ist eine Party, die du nicht verlassen kannst. Du bist immer mittendrin. Du hängst fest auf dieser verdammten versoffenen Party, bist der Typ in der Ecke, der sich die Buchrücken im Regal ansieht. Während alle anderen mitten im Wohnzimmer schwofen. Ich kann nicht tanzen, weil in meinem Kopf ein Fest gefeiert wird.

›Möchtest du tanzen?‹

›Nein, danke. Du machst bereits ein Tänzchen mit dem inneren Schweinehund in mir, den ich am meisten verachte.‹

Man muß sich vor den Weibern vorsehen. Mein schimpflichster Körperteil grüßt sie immer mit Deutschem Gruß. Sex ist Hitler. Es fängt immer mit einem Überfall an und endet in einem düsteren Bunker. Wenn sich die weichen Seiten eines Mannes zusammentun, wird sein Fleisch hart. Und wenn sich die Schwächen verhärten, steht Schlimmes zu befürchten. Sex ist Hitler. Alle deine niedrigsten Triebe stehen auf. Du siehst auf sie herab, aber der Führer ist mächtiger und peitscht die Massen auf. Niemand kann aus seinem Körper fliehen. Du mußt die Nazizeit irgendwie überleben und dich danach an den Wiederaufbau machen. Sex ist Hitler.

Die Gesellschaft ist eine Landschaft, mit der man sich abfinden muß. Du formst nicht den Gipfel des Mælihnjúkur um. Allerdings kann man die Perspektive ändern, aus der man ihn betrachtet. Du kannst dich über ihn lustig machen oder du kannst ihn in Versen preisen. Manche haben nicht einmal eine Landschaft, bloß eine Gesellschaft. Ein Freund von mir lebt in Ostdeutschland an der Ostsee. Vor seinem Fenster drehen sich vierzehn Windräder. Sonst nichts. Bloß ein waagerechter grüner Strich, ein Strand dahinter, dann ein blaurechter Streifen und der Himmel. Seine Gipfel sind die Ansagerinnen der ARD. Er besteigt sie in seinen Träumen. Island rettet Island. Wenn es in diesem Fjord nicht die Berge gäbe, die Inseln und die Flüsse, dann könnte man hier nicht leben. Kiddi svarti, Bommel-Birta und Helga Sjöfn sind lediglich vorübergehende Schatten vor Glóðafeykir, Mælifellshnjúkur und Tindastóll. Flüchtige Kurzzeitschatten. Ich nehme sie gar nicht wahr. Ich lebe nicht hier und jetzt. Ich bin kein Teil dieser Gesellschaft. Ich gehöre zu einem anderen Verein. Und der heißt weder Arsenal noch United, und darin spielt man auch nicht ›Mensch ärgere dich nicht‹ und es kreischt keiner ›Bingo!‹, weil jeder darin weiß, daß der einzige Gewinn im Leben eine Zeile von Hölderlin ist, die einem bei ruhiger See abends in einem stillen Boot auf halbem Weg zwischen Drangey und Málmey in den Sinn kommt, während die Möwen den Streicherpart in der Ouvertüre zum Tannhäuser übernehmen und nur die Sonne im Parkett sitzt.

Diese Gesellschaft ist eine beschissene Airline, die in die falsche Richtung fliegt. Ich liege lang ausgestreckt im Frachtraum zwischen Kisten und Koffern, mir ist eiskalt, und ich verdurste, ich knabbere an einem Eiszapfen, der von der Decke abbrach, als die Maschine das letzte Mal in ein Luftloch fiel. Fuck.

BHS«

14

Sammi

»Was läuft denn zwischen dir und Birta Stefáns?«

»Was meinst du?«

»Nichts. Ich habe nur deinen letzten Brief gelesen.«

»Und? Wie fandest du ihn?«

»Irgendwie ... stark. Echt stark. Ich hab zwar nicht alles kapiert, wie du es meinst und so, aber das ist schon okay. Ich frage mich nur ...«

»Was?«

»Böddi. Bommel-Birta?«

»Und?«

»Warum nennst du sie Bommel-Birta?«

»Na ja, warum nicht? Das paßt doch zu ihr.«

»Wieso?«

»Hm, sie ist doch nicht so sonderlich helle, unsere Birta, oder?«

»Weiß nich'. Nein, wahrscheinlich nicht. Aber was hat das damit zu tun?«

»Na ja, sie hat ungefähr so viel Grips in der Birne wie ein Bommel an der Mütze.«

»Und warum mußt du daraus so ein Ding machen?«

»Ich mag nicht lügen, Sammi. Weder vor mir noch vor anderen.«

»Aber ist das denn unbedingt nötig? Ich meine, sie ist doch nur ein kleines Mädchen, ein dreiundzwanzigjähriges Mädchen, und arbeitet in der Bäckerei.«

»Bist du in sie verliebt?«

»Böddi ... sie ist meine Nichte.«

»Und deshalb bist du ihretwegen so empfindlich?«

»Ich ... ich sag's dir doch nur. Du kannst so was nicht tun. Du kannst doch nicht einfach ... über jeden dermaßen herziehen.«

»Was sind die Leute hier nur alle zimperlich! Und ich dachte, du wärst nun ...«

»Nein, weißt du, das geht einfach nicht, Böddi.«

»Bist du jetzt auch so ein Kleingebäckbürger geworden?«

»Böddi, versuch doch wenigstens, meine Situation zu verstehen. Ich besorge dir hier einen Job für die Sommermonate, es sind alles nette Kinder hier, Kinder hier aus Krókur, und da kannst du nicht ... Was ich sagen will, die Eltern reißen sich vielleicht nicht gerade darum, dir ihre Kinder anzuvertrauen, wenn du über sie solche Dinge ... oder womöglich über ihre große Schwester.«

»Was? Hat sich jemand beschwert?«

»Ja. Du machst es mir nicht leicht. Und dir selbst auch nicht. Dabei stehen so viele Einzelheiten in deinen Briefen. Und es geht um einen einzigen Namen. Kannst du den nicht rausnehmen?«

»Wenn man jemandem den kleinen Zeh reicht, ist der ganze Fuß ab.«

Sammi hatte Böðvar für acht Wochen eine Stelle in der »Sommerschule« vermittelt. Als Gruppenleiter beim Arbeitseinsatz für Jugendliche. Ein Traumjob für einen auf Arbeit erpichten Lehrer: Arbeit unter freiem Himmel und Charakterformung. »Los, Kinder, vorwärts! Keine Müdigkeit vorschützen!« Mit hängenden Köpfen in glänzend nassen Kapuzen drückten sie sich an die Stirnwand des Museums, um ein wenig Schutz vor einem Regenschauer zu finden. »Als ich so alt war wie ihr, habe ich jeden Morgen und jeden Abend dreißig Kühe gemolken und zwischendrin einen vollen Arbeitstag geschuftet.«

»Aber es regnet doch so«, maulte das süßeste Mädel der Gruppe, Kamilla Ósk, die Tochter des schwarzen Kiddi. Ihre blonden Locken klebten auf den vor Kälte geröteten Wangen. Die Lippen wirkten so aufgeworfen und wund wie fleischrote Brandblasen, gefüllt mit Gewebeflüssigkeit (Männer gierten danach, sie zu berühren), ihre Augen hatten allerdings noch kaum etwas anderes gesehen als Fernsehen: Sie war die aufreizende Kindfrau.

»Woraus besteht Regen? Aus Wasser. Ist Wasser etwas Negatives? Gefährliches? Unangenehmes? Oder gar Nerviges?« Er war zum Gerätehaus und zurück gegangen und kam jetzt zopflos, barhäuptig und reichlich durchnäßt auf sie zu. In seinen Augen zuckten Blitze, seine Stimme donnergrollte. Er hielt zwei Harken in einer Hand. »Seid ihr Isländer oder Waschlappen? Woraus besteht ihr denn, wenn nicht aus Wasser? Die Menschheit regnet zur Erde und die Tropfen, *wir*, dürfen leben, bis wir trocknen. Ihr solltet eure Verwandten aus der H_2O-Familie lieber willkommen heißen! Wetter ist wie Erde: je härter, um so besser. Oder warum schmecken isländische Kartoffeln sonst so viel besser als ihre südlichen Artgenossen? Weil sie hier so hart kämpfen müssen, um zu wachsen. Die Bedingungen sind schrecklich. Sie *müssen etwas tun, kämpfen!* Und ihr, seid ihr etwa bloß Pommes frites? Die in der Friteuse aufgehen? Schlechtes Wetter ist gut. Das Schlechte macht einen besser. Keiner wird nur vom Angenehmen, Guten gut.«

Das schleuderte er seinen Schutzbefohlenen entgegen, fünf Jungen und drei Mädchen im Konfirmationsalter. Sie standen apathisch da, die Köpfe voller Müll: digitalisierter Gewalt und bodygebuildeter Pornographie, dröhnendem Amphetaminrock und Prominentenklatsch, all diesem Wegwerfmist, den die Teenager aller Zeiten als Schutzmauer zwischen sich und der Welt aufrichten, damit sie ja nichts und niemand auf das vor ihnen liegende Leben vorbereiten kann. Während der Körper in die Länge schießt, dämmert der Geist vor sich hin. So standen sie wie eine Gruppe geistig behinderter Lehrlinge vor ihrem Meister, der soeben Regen in Wasser verwandelt hatte. Die beiden Harken in seiner Hand hielt er wie ein Bischof seinen Krummstab; dadurch sahen sie aus wie zwei mannshohe Kreuze. Den Jugendlichen war nicht anzumerken, ob sie überhaupt ein Wort von dieser merkwürdigen Vorlesung über philosophische Chemie verstanden.

»Das Leben ist naß und nackt. Mit einer blutigen Nachgeburt. Nichts kommt ohne Mühsal.« Böddi blickte freudig zum regensprühenden Himmel auf, als wäre der Heilige Geist über ihn gekommen. »Aber das Leben fällt uns vom Himmel herab in den Schoß. Wir sollten es freudig entgegennehmen, Kinder. Das Leben ist hier und jetzt. Nicht gestern und nicht morgen.«

Er streckte die linke Hand aus und öffnete die Handfläche dem Regen. »Seht nur! Fühlt! Das ist unsere Zeit. Sie fällt uns in die Hände. Ist es nicht wunderbar, die Sekunden fallen zu spüren? Ergreifen wir sie! Machen wir etwas aus ihnen! Hier und jetzt. Aron und Hilmir, hier sind Rechen. Ihr fangt damit an, die anderen arbeiten weiter im Beet.«

Der Gruppenleiter überreichte jedem der beiden Jungen eine Harke. Beide schreckten aus dem gleichen Gedanken auf: Wann würde es wohl möglich sein, Unkraut virtuell im Netz zu jäten? Aron Freyr, ein etwas langsamer Zeitgenosse mit schneeweißer Nase und weihnachtsroten Bäckchen, schaute Böddi an, als wäre der jetzt endgültig von allen guten Geistern verlassen, und fragte, ob sie jetzt etwa echt harken sollten, bei dem Regen.

»Ja. Was habe ich denn gesagt? Harken! Und ihr anderen, marsch, zurück ins Beet!« kommandierte er und wedelte mit ausgebreiteten Armen, als wären die Schüler Schafe.

»Großvater sagt, nasses Heu zu rechen, bringt nichts«, wandte Aron mit einer Stimme ein, die ebenso rotweißgemasert klang, wie sein Gesicht aussah.

Böddi machte kehrt, zögerte einen Moment, trat dann auf den Jungen zu und sagte mit stechendem Blick: »Dein Großvater war nie bei dieser Art von Arbeitseinsatz. Er war bloß ein Bauer. Der sich in seiner eigenen Faulheit wälzen konnte wie ein Hund im Gras. Hat er seinen Hof nicht aufgegeben, als der Regen kam? Ich meine mich an so etwas zu erinnern. Es ist kein Problem, trockenes Heu zusammenzuharken, aber es ist *schwer*, das mit nassem Heu zu tun. Und darum ist es *spannender*. Außerdem wollen wir einmal den Unterschied zwischen Heu, ausgebreitetem Heu und Schwaden betrachten. So etwas wie nasses Heu gibt es gar nicht, denn auch der Schwaden oder das ausgebreitete Heu werden zu Heu, sobald sie trocknen.«

Aron Freyr blickte seinen Gruppenleiter lange an, und in seinen Augen waren zwei Wörter zu lesen: *Fucking* und *Arschloch*.

Die anderen Jugendlichen waren stehengeblieben und verfolgten den Wortwechsel mit ausdruckslos dämlichen Mienen. Böddi wartete, ob Aron protestierte, aber der Junge schluckte seinen Familienstolz – der sich zum ersten Mal in ihm regte – und ließ seine Wut an der Harke aus. Er riß sie unsanft mit sich, während er auf die Rasenfläche stapfte. Hilmir folgte ihm wie ein treues Ehegespons, und die anderen hockten sich vor das regendunkle Beet, das mit ein paar jungen Bäumchen das Grundstück umrandete. Fünfzehn junge isländische Birken bewachten das Pflanzenwachstum, spät reifende Einzelgänger, deren Holz kaum kleinzusägen war aufgrund der Sturheit, die sie durch den Boden getrieben hatte.

Böddi ließ sich neben den jungen Leuten auf alle viere fallen und begann mit beträchtlichem Eifer, den Boden mit einer kleinen Handschaufel zu bearbeiten. Er war kein Gruppenleiter, der seine Schutzbefohlenen vom Auto aus beaufsichtigte und währenddessen telefonierte, obwohl der Tabak natürlich seine Zeit in Anspruch nahm. De facto wäre es für die Gemeinde das billigste gewesen, die Kinder nach Hause zu schicken und ihm allein die Arbeit zu überlassen. Ohne seine Leitungsaufgaben und seine Predigten hätte Böddi allein sicher mehr geschafft als mit diesem Haufen am Hals. Aber darum ging es nicht. Kern der Sache war es, diesen Bildschirmguckern zu zeigen, was es hieß, zu arbeiten und sich an der frischen Luft aufzuhalten. Sie dazu zu bringen, eine Sache einmal länger als drei Sekunden zu betrachten. Böddi war von einem fast mörderischen Eifer für diese Aufgabe beseelt, die ihm sein Freund sehr zum Mißfallen seiner Chefin zugeschanzt hatte, einer attraktiven Frau, die sich mit dem Titel Jugend- und Freizeitbeauftragte schmückte.

Böðvar Halldór strotzte vor Energie. Er genoß es, draußen zu sein und sich von Sonne und Regen durchwalken zu lassen, gegen den Nordwind anzubeißen oder sich vom Südwind anhauchen zu lassen. Nach der Niederlage im Frühjahr hatte er nun wieder etwas, für das sich das Aufstehen lohnte, eine Aufgabe in diesem erbärmlichen Kaff, das sein Heimatort seiner Meinung nach ansonsten war. Auch sein Auftritt im Hotel hatte

Spuren hinterlassen. Es war schön, sich einfach vom Leben mitreißen zu lassen. Vielleicht hatte Dagga recht, und er hatte tatsächlich ein Menschenleben gerettet, obwohl dieses Leben allerdings bis dahin und wohl auch in Zukunft äußerst bedeutungslos war. Und obgleich er anfangs seinem liebgewonnenen Zopf nachgeweint hatte, verspürte er durch dieses Kupieren inzwischen doch eine gewisse Befreiung. Es war, als wären ein paar üble Monate aus seinem Leben entfernt worden. Manni Volgu hatte ihn von etwas befreit, das wesentlich schwerer wog als die dreißig Gramm, die die letzten Jahre auf seinem Rücken gebammelt hatten. Ohne den geflochtenen Zopf fühlte er sich irgendwie unbeschwerter, bewegte sich leichter und dachte kraftvoller. Es ging ihm wie einem Schriftsteller, der die Schere entdeckt: Man muß die mißratenen Kapitel nicht unbedingt in den Roman flechten, man darf sie auch einfach rausschneiden. Glaubte Böddi jedenfalls. Aber vielleicht gab es auch noch eine ganz andere, wichtigere Ursache für die Lebenszuversicht, die ihn in diesem Sommer motivierte. Sie war inzwischen neun Wochen alt und neun Zentimeter groß. Das Leben war langsam, aber sicher auf dem Weg in seinen Kopf wie ein riesengroßer Komet, der seine vorgezeichnete Bahn zog.

Trotz all seiner Bildung und seiner Ambitionen sah Böðvar nicht auf seine Arbeit mit den Jugendlichen herab. Er war eine zu starke Persönlichkeit, um arrogant zu sein. Und obwohl dieser Besessene ihnen eine Menge Geduld abverlangte, mußten die jungen Leute dem Lebensmut, der von ihm ausstrahlte wie Wärme aus der Erde und der jeden ihrer Arbeitstage umgab, heimlich Respekt zollen. Seinem Charakter nach war er doch eher ein Prophet als ein Pädagoge. Und Propheten wirken nicht in geschlossenen Räumen. Der Himmel ist ihr Saal.

Sammi war das genaue Gegenteil von Böddi. Klein und untersetzt, ein rötlicher Typ mit Sommersprossen. Einfach in der positiven Bedeutung des Wortes und vor allem: kooperativ. Ihre Freundschaft war schon etwas Besonderes. Sammi hegte eine Begeisterung für Sport, wie es nur Menschen tun, die nie Sport getrieben haben. Sein Körper war keiner Anstrengung gewachsen, aber sein Geist war von Schüssen und Flanken fasziniert wie andere Menschen von Musik oder Malerei. Seine Unterstützung der *Stólar* (der örtlichen Basketballmannschaft) betrachtete er als Aufgabe seines Lebens. Er lebte für den Verein. Jedes Spiel war für ihn eine Sache auf Leben und Tod. Das Ergebnis beeinflußte sein tägliches Leben. Sammi lebte allein und kinderlos in dem blauen Block gegenüber der Molkerei und verbrachte seine Abende mit Sportsendungen und damit, die Homepage der Basketballabteilung zu aktualisieren. *»Die beiden ersten Punkte in der Intersportliga sind im Sack, und Kári & The Stoolguys sehen rosigen Zeiten entgegen ...«* Liverpool war die zweite Liebe seines Lebens. Seine Begeisterung für die »Roten« war so grenzenlos, daß einige behaupteten, sie habe ihm seine roten Haare eingebracht. »Mensch, Sammi, du hast vielleicht ein Schwein, daß du nicht zu Chelsea hältst!« Vielleicht war es diese Begeisterungsfähigkeit, die ihn mit Böddis Fanatismus verband.

Samúel Ingvarsson und er waren gleich alt. Sie waren alte Nachbarn im Frúarstígur und Seite an Seite mit Schwertern durch die Straßen von Krókur gezogen, hatten Tümpel durchwatet und Gärten überfallen. Der Dicke und der Dünne. Der Lange und der Kurze. In dem Herbst, in dem Böddi aufs Gymnasium verschwand, war Sammi im Schlachthaus untergekommen, doch zur Weihnachtszeit war der Lange wieder aufgetaucht, um dem Kurzen auf einem Ball im Hotel Mælifell ein Mädchen auszuspannen. *Don't You Want Me Baby?* Das jedoch hatte die Achtung vor dem kultivierten Böðvar nur noch gesteigert, und trotz allem steckte diese Hochschätzung auch nach zwanzig Jahren immer noch in diesem roten Schädel. Jene erste Freundin war allerdings auch die letzte geblieben. Seitdem war Samúel nicht mehr mit einer Frau zusammengewesen, wenn man ein paar Freudenmädchen in Liverpool ausnimmt. Sammi war in Krókur überaus beliebt oder sogar geachtet für seine bedingungslose Treue zu den *Stólar*, aber aus irgendwelchen Gründen hatte sich keine Frau mehr in sein Schlafzimmer getraut. Zwei waren immerhin bis an die Schwelle gegangen, dann aber doch im letzten Moment abgesprungen. Vielleicht weil er sein Bett, schwer angeheitert und im Scherz, Anfield Road genannt hatte. Das Ganze war aber kein Scherz mehr, als der umgewühlte Doppelspielplatz im ersten verkaterten Licht des Tages sichtbar wurde: Das Bettlaken war tatsächlich grasgrün und zeigte einen Mittelkreis und zwei Strafräume. In der Liga des Glücks war Sammi lebenslang gesperrt. Niemand fand sich bereit und willig, diesen kurzen, dicken Körper zu lieben. Auf dem Flohmarkt der Liebe blieb er am Ende jedes Tages zurück wie der letzte Ladenhüter. Samúel war mit dem Korb verheiratet und betrog ihn mit dem englischen Fußball.

Als Böddi aus Deutschland heimkehrte, war Sammi der einzige, den sich nicht eine »geschnappt« hatte. Alle anderen hatten nach einem Jahrzehnt heftiger Sauftouren zu Pferd, die so etwas wie den Wehrdienst junger Skagfirðingar darstellten, noch eine Wärmflasche fürs Bett ergattert. Ausgelassene Partyfreuden waren vom Wecker erschlagen worden. Der Mann mit dem Zopf hatte die Zustände in einem seiner ersten Internetbeiträge unter dem Titel »Sklavenhaushalt« beschrieben:

»Ich sehe, wie die besten Männer meiner Generation wie Kater mit Doppelkinn an Kühlkisten vorbei in die Finsternis von Fron und Fressen geschleift werden. Mit fetten kreischenden Kindern an Händen und Füßen gefesselt, trauen sie sich nicht zu mucken, sondern liefern brav den Tagesverdienst an der Kasse ab und beladen ihren Geländewagen mit unnützem Zeug. Dann quetschen sie sich stöhnend ans Steuer, ehe ihre Aufseherinnen sie mit dem lackierten Nagel ihres Zeigefingers (der schärfsten Waffe unserer Zeit) vom Parkplatz auf den nächsten dirigieren. Ihre feministischen Taschenbillardtricks aus dem Effeff beherrschend, füttern sie das immer fetter werdende Meerschweinchen, das in jedem Manne wohnt – es ist das kleine Nagetier, das unablässig an seinem Gewissen nagt –, in kollektivem ›Wir‹ mit als Klagen getarnten Befehlen:

›Siggi, in der Garderobe im Vorbau fehlt noch eine Fußleiste, und wie war das, hast du dir das schon mit den Jacuzzi-Düsen im Whirlpool überlegt? Diese Schranktüren im Badezimmer ertrage ich einfach nicht mehr. Können wir daran nicht etwas ändern?‹

Wie brütende Goldregenpfeifer in pränataler Depression schicken sie das Männchen auf die Suche nach Futter oder nach weicheren Halmen für das Nest – ›vielleicht mal in einer anderen Farbe? Etwas mehr Gold oder in der Richtung‹ –, während sie in Mutterschaftsurlaub oder Samenschutzkurlaub gehen, sich um die Brut kümmern und die Aufzucht der Jungen und schon einmal Pläne für die allmähliche Ermordung ihres Gatten durch die Verplanung von dessen Freizeit und Jahresurlaub für die nächsten zehn Jahre in Angriff nehmen.

Ich sehe die besten Männer meiner Generation in pelzgefütterten Scheideneingängen verschwinden, in gefliestem Genörgel, in lippenstiftgeschminkten Hauseingängen, durch sprechende Glastüren. Unter dem Gedudel seichter Aufzugmusik, die aus schwarzen Lautsprechern kommt wie Parfüm aus dem Zerstäuber, traben sie Hunderte von Regalmetern mit verschiedenen Ausführungen ein und desselben Haushaltsmixers entlang, mit einem Gesichtsausdruck wie ein frisch ausgestopfter Fuchs: Die Augen glänzend vom Hirntod und mit einem ehemals scharfzahnigen Lächeln, das schon vor langer Zeit gefroren und gleichwohl die einzige Erinnerung an ihr früheres Wesen ist, an den Jagdinstinkt des Mannes. Sie hegen und pflegen ihn wie Großvaters Falkenorden, aber innerlich haben sie den Schnabel gewechselt. Der Mann tötet nicht mehr. Er ist kein Raubvogel mehr, sondern ein Strandläufer. Er schwebt und gleitet nicht mehr in großer Höhe über dem Land, sondern hängt unten am Flutsaum herum, auf dünnen Stelzen und mit aufgeblähtem Bauch, pickt mit seinem Schnäbelchen gegen den Computerbildschirm und hofft auf einen Bissen, den die Informationsflut an Land wirft. Ihm fällt nichts mehr ein. Er pickt sich etwas aus dem Netz oder zieht es mit seinem langen Schnabel aus dem Sand und schickt es an Kollegen weiter. Mit dem Rest trippelt er heimwärts und fügt es dem Nest hinzu.

Vor hundert Jahren hat Nietzsche geschrieben: *Gibt man einem Weibe zu, daß es recht habe, so kann es sich nicht versagen, erst noch die Ferse triumphierend auf den Nacken des Unterworfenen zu setzen, – es muß den Sieg auskosten; während Mann gegen Mann sich in solchem Falle gewöhnlich des Rechthabens schämt. Dafür ist der Mann an das Siegen gewöhnt, das Weib erlebt damit eine Ausnahme.*

Ein gutes Jahrhundert später haben sich die Vorzeichen umgedreht. Die Frau gewinnt immer, dafür tritt sie dem Verlierer nicht länger auf die Zehen; sie läßt Küsse auf den Nacken des Besiegten regnen, anstatt ihm den Absatz daraufzusetzen wie früher. Liebe ist der Haftbefehl der Frauen für die Männer. In den Handschellen des Glücks schwanken diese wie Liftgondeln zwischen Chef und Ehefrau, ewig auf der Suche nach einer ruhigen Minute zur Samenentleerung und Selbstbefriedigung im Netz angesichts eines abgewichsten Collegegirls auf einer kalifornischen Sonnenliege mit genetisch manipulierten Brüsten und kahlrasierter Scham. Aber das Sperma, das aus ihnen heraus auf den gallertweichen Bierbauch tropft, ist gestockt: Nach zwanzig Jahren im Hot Pot der Ehe sind die Eier hartgekocht.

Ich sehe die besten Männer meiner Generation langsam an häuslicher Behaglichkeit sterben.

BHS«

15

Dornröschen

Böddi war von anderen Männern gar nicht einmal so verschieden. Nichts wäre ihm lieber gewesen, als sich selbst in die Ketten der Liebe schlagen zu lassen. Die Menschen verachten am meisten, was sie nicht bekommen können.

Zufällig erhielt seine Arbeitsgruppe den Auftrag, ausgerechnet den Garten um Kristjáns-Hús zu mähen und in Ordnung zu bringen, das Haus der Heißgeliebten. Es kam vor, daß die Schule, die den Schülerinnen und Schülern während der langen Sommerferien als sogenannte »Arbeitsschule« Jobs bot, auch Aufträge von Privatleuten annahm, von älteren Mitbürgern oder von Leuten, die es nicht schafften oder keine Lust hatten, sich um ihren Garten zu kümmern.

Lára Marías Mutter kam in einem dicken weinroten Frotteebademantel und mit einer altmodischen Damenbrille an die Tür. Böddi hatte sie in den zurückliegenden Jahren zwar hin und wieder einmal gesehen, nie aber in der Rolle als Mutter der Geliebten. Sie verließ kaum einmal das Haus.

Sie hieß Jóhanna, war etwa fünfzig Jahre alt, aus Krókur gebürtig und hatte unfrisiertes dunkles Haar, das unweigerlich an eine Perücke denken ließ. Im Sommer 78 reiste sie nach Deutschland, um dort auf einem Pferdehof zu arbeiten. Zurück kam sie mit dem Molkereifachmann Rainer am Arm, einem unauffälligen Mann, der vor dem Hintergrund isländischer Berge noch blasser wirkte. Wie es bei Isländerinnen, die in ihrer Heimat mit ausländischen Männern zusammenleben, häufiger vorkommt, fiel auch Jóhanna bald in tiefe Depressionen. Das Phänomen ließ sich schwer erklären. Es war in etwa so, als hätte sie sich ein neues Haushaltsgerät mitgebracht und dann feststellen müssen, daß sein Stecker nicht in die hiesigen Steckdosen paßte. Westdeutsche Roboter waren nicht für die ewig wechselnden Verhältnisse in Island programmiert, in denen man sich auf nichts verlassen konnte als auf die Unbeständigkeit des Wetters, in einem Land obendrein, in dem kaum jemals etwas ernsthaft geäußert wurde und in dem selbst die Wiesenhöcker noch voller Spott zu stecken schienen. Die Menschen hier lachten selbst auf Beerdigungen, wenn satirische Vierzeiler auf den Verstorbenen zum besten gegeben wurden. In dieser Hinsicht erwiesen sich die Isländer als grundverschieden von ihren Nachbarn, den Norwegern, Dänen und Schweden, mit denen der Deutsche zuvor einige Bekanntschaft gemacht hatte. Sie konnten vielleicht über die Stränge schlagen, wenn sie zuviel getrunken hatten, das nüchterne Leben selbst aber war ihnen voller Ernst. Wahrscheinlich war es der Einschlag irischen Jungfrauenbluts, mit dem die ersten Isländer ihr Sippenerbe aufgefrischt hatten, das den Humor zum Grundton des Daseins in Island machte.

Rainer Nachtweih gewöhnte sich nie an dieses Leben in einer Kleinstadt des Nordens. Immerhin lernte er schnell die Sprache, doch nie die Art der Einheimischen, mit ihr umzugehen. Sie hielten sie offenbar für zu bedeutend, um sie mit Kleinigkeiten wie Tatsachen oder der Wahrheit zu belasten. Isländer schienen einfach nicht hinzuhören, wenn man ihnen Berichte vorlas oder Zahlen auf den Tisch legte. Erst wenn »ein leichterer Ton angeschlagen« wurde, sperrten sie die Ohren auf. Die verbreitete Unsitte, das Abendessen zum lauten Plärren der Nachrichten einzunehmen, kam dem Deutschen spanisch vor. Das war wie eine Andacht: Abend für Abend predigte ein Radiobischof Neuigkeiten herunter wie lateinische Litaneien. Die Leute hörten zu, kauten und verstanden nicht die Bohne. Dieses merkwürdige Volk wählte sich Politiker, die ihm das Wort im Mund herumdrehten, Leute, die eben ein Talent dafür hatten, »leichtere Töne anzuschlagen«. Isländer benutzten ihre Sprache nicht, um etwas mitzuteilen, sondern um etwas zu erzählen. Selbst die einfachsten Fragen wurden mit einer albernen Bemerkung beantwortet. Einmal hatte sich der Molkereispezialist aus Mainz auf einer Stallinspektion in einem anderen Teil des Fjords verfahren, aber einen Bauern getroffen und ihn nach dem Weg gefragt. Der Kerl zeigte in die Richtung des gesuchten Hofs und bemerkte dazu, er läge da hinter dem Höhenrücken, »wenn er sich nicht letzte Nacht aus dem Staub gemacht hat.«

Rainer oder Reynir war es aus seiner Heimat gewöhnt, daß Menschen miteinander sprachen, um sich etwas mitzuteilen, und daß jedes Wort seine feste Bedeutung besaß. Jedes Gespräch war wie ein Schachspiel, in dem man einen Zug ausführte, um ein bestimmtes Ziel zu erreichen. Die Unterhaltungen der Isländer schienen ihm hingegen einen gänzlich anderen Charakter zu haben. Wenn es sich nicht um Geschichten um des Erzählens willen handelte, artete das Ganze bald in freies Fabulieren aus. Die Leute trieben sich gegenseitig in eine Art komisches Koma. Unweigerlich setzte schon nach wenigen Sätzen ein allgemeines Gekicher ein. Mit immer kürzeren Bemerkungen und Einwürfen wurde das Gelächter gesteigert, bis alle Anwesenden den Orlachmus erreichten, sich aufkreischend zurückwarfen und dergleichen Symptome mehr erkennen ließen. Zu dem Zeitpunkt hatte Reynir längst den Anschluß verpaßt und war nach Hause gefahren. Er war keineswegs humorlos, doch auf den isländischen Witz verstand er sich sein Lebtag nicht. »Was kommen die Leute heute wieder spät!« bekam er von einem Kollegen zu hören, als er zwanzig Minuten zu früh zur Arbeit erschien. »Beim nächsten Mal geht's bitte auch reiner.« Und schon wieder Gelächter. Außerdem blieb ihm die isländische Neigung zu Übertreibungen ein Buch mit sieben Siegeln. »In der Bank habe ich wieder zehn Stunden warten müssen«, stöhnte Jóhanna, als sie die Tür aufschloß, und erntete große deutsche Augen im Wohnzimmer. »Wieso? Die Bank ist doch gar nicht so lange geöffnet.« Er kapierte es nie. Er verstand nie, wie dieses Land funktionierte, in dem Menschen mit einer Gänsehaut in der Sonne saßen und bei Schnee ins Freibad gingen. Das Unbehagen, das seine Ansiedlung in diesem schlimmen Land nach sich zog, reicherte sich langsam in ihm an wie eine seelische Staubflocke, die sich allmählich verdichtete und zu einer Geschwulst wurde. Mit 43 starb er an Krebs.

Jóhanna betrachtete Rainer als den Mißgriff ihres Lebens. Warum, um alles in der Welt, hatte sie bis nach Deutschland reisen müssen, um zu lernen, wie man ein Islandpferd ritt? Sie, die an seiner heiligsten Stätte geboren war. Die Frucht dieser Reittour war ein Mädchen, das wirklich wunderschön war und gute Anlagen besaß, aber auch den Wuchs eines jungen Fohlens: lange, staksige Beine und eine wallende Mähne. Außerdem besaß sie die ganze Begriffsstutzigkeit ihres Vaters und obendrein die Entschlußlosigkeit der Mutter: Obwohl ihre Liebe zu ihrem landfremden Ehemann bald erloschen war, hatte Jóhanna es nie über sich gebracht, ihn vor die Tür zu setzen. Er tat ihr leid. Für sie hatte er die bessere Hälfte Deutschlands geopfert – das liebliche Rheintal. Da konnte sie ihm doch nicht einfach den Stuhl in den Schneesturm stellen. Folglich ertrug sie ihn die zwanzig Jahre ebenso wie seinen schrecklichen Akzent, der ihr am Ende genauso auf die Nerven ging wie seine häßliche Visage. Die meisten schrieben ihren selbstauferlegten Hausarrest ebenso wie ihre Depressionen einer ungewöhnlich tiefen Trauer der Witwe zu, die Wahrheit aber war, daß Jóhanna nicht ihren Mann betrauerte, sondern zum einen die Tatsache, daß sie ihr halbes Leben unglücklich und ohne Liebe vergeudet hatte, und zum andern den Umstand, daß ihre inzwischen selbst heiratsfähige Tochter in moralischen Fragen einen solchen Rigorismus an den Tag legte, daß ihre Mutter genau wußte, einen zweiten Mann an ihrer Seite würde die Tochter niemals akzeptieren. Jóhanna war immer noch eine sehr ansehnliche Frau. Hätte sie sich einmal die Haare gemacht und eine andere Brille aufgesetzt, dann hätte sie garantiert in jeder Bar frei Trinken gehabt. Obwohl sie nicht groß war, gebot ihr Körper über gewisse Größen, er steckte voller aufregender Kurven und Wölbungen. Zwischen ihren Hüften lagerte so viel brennbares Material, das im Lauf der Jahre knastertrocken geworden war, daß ein Funke genügt hätte, alles in lodernde Flammen zu stecken.

Und ehrlich gesagt, war lodernd heißer Sex das erste, das Böddi in den Sinn kam, als ihm Jóhanna Kristjánsdóttir Nachtweih auf den Stufen des weißen Hauses oben auf Nafir entgegentrat, *seine Schwiegermutter in spe.* Böddi war völlig überrumpelt, wie sehr sie ihn sofort an deutsche Pornomuttis und andere *mature women* erinnerte, die er aus dem Internet kannte. Das war um so schlimmer, als man beim Anblick der Frau eigentlich in erster Linie eher an ein Krankenhausbett als an irgendein anderes Bett hätte denken müssen. Der Morgenrock war heftig angestaubt und ihr Blick komplett umnebelt. Die Frau stand ganz offensichtlich unter Tabletteneinfluß.

Das Haus war stattlich und grundsolide und erhob sich zweigeschossig und wohlproportioniert, es sah gut aus. Es stand, wie gesagt, an bester Stelle am Rand der Anhöhe über dem ältesten Ortskern. Das einzige Haus auf Nafir. Kristján, Lára Marías Großvater, nach dem das Haus benannt war, hatte für eine Wahlperiode im Gemeinderat gesessen und sich die Baugenehmigung für dieses prächtige Grundstück zugeschanzt. Er baute sein Haus im gleichen Stil wie sein Geschäft und tat das zum bestmöglichen Zeitpunkt, kurz nach dem Krieg, als viel Geld in Umlauf kam und ehe der gute Geschmack ausstarb. Von Hetze war an dem Haus nichts zu sehen, Sorgfalt lugte aus jedem Fensterrahmen, von denen die meisten jedoch inzwischen morsch waren. Das Dach war blau gestrichen, die Wände weiß, doch hatten sie überall Moos, Algen- und Schimmelflekken angesetzt. Ein Netz von deutlich sichtbaren Rissen im Beton, die im Fundament ihren Ausgang nahmen, zog sich wie dürres Astwerk über die fast fensterlose Südwand. Man konnte dieses Haus nicht ohne den Eindruck betrachten, es wäre im Lauf der letzten fünfzig Jahre einen halben Meter tief in die Erde von Nafir eingesunken. Der Garten war riesengroß, das Gras üppig und grün vom Regen. Drumherum zog sich eine altersschiefe Hecke, nicht unbedingt schön anzusehen in ihrem Wildwuchs.

Trotz der Stattlichkeit des Hauses, seiner Lage und des großen Gartens, vermittelte es ein Gefühl tiefen Unglücks. Nichtsdestoweniger nahm es seit nunmehr zwei Jahren einen prominenten Platz in Böðvars Denken ein. Jeder Spaziergang, den er unternahm, führte ihn an diesem Haus vorüber, das vier Monate im Jahr hinter dichtem Laubwerk verborgen lag und das er bisher nur in seinen Träumen betreten hatte. Dort wohnte sie. Die heilige Jungfrau.

Und jetzt war er völlig irritiert. Böddi hörte nicht, was die Frau vor ihm sagte. Sobald er endlich ihre aufreizenden Nacktaufnahmen vor seinem inneren Auge beiseite schieben konnte, begann er über den Kopf seiner zukünftigen Schwiegermama hinweg ins Innere des Heiligtums zu spähen. War *sie* zu Hause? War die Liebe anwesend? Das also war der Eingangsbereich. Ein altes beigefarbenes Telefon lag wie eine Katze auf einem abgegriffenen Telefonbuch. War das etwa ein Konfirmationsfoto von *ihr*, das da im Flur an der Wand hing? Böddi versetzte es einen leichten Stich in die Brust. Unwillkürlich stützte er sich mit der Linken an der Hauswand ab und fühlte deren feuchte Kühle. Der Ritter berührte die Burgmauer mit seiner Lanze. Innerhalb dieser Mauern schlief sein Dornröschen seit fünfundzwanzig Jahren.

Die Frau verstummte, Böddi kam unvermittelt zu sich und verwandelte sich in einen Offizier, der Befehle seines streng dreinblickenden Kommandeurs entgegennahm. Seine Einheit stand hinter ihm angetreten unten auf dem Bürgersteig, bewaffnet mit zwei Motorsensen, fünf Harken und einem Rasenmäher.

»Rasen mähen, Kanten stutzen, Beete von Unkraut befreien und diesen Baum dort auslichten? Wird gemacht.«

Jóhanna sah diesen Einsatzleiter an, als wäre er ein klein bißchen plemplem. Schon schoß er die Stufen hinab. Nur einen Augenblick später (sie war gerade dabei, die Tür zu schließen) stand er wie ein Zeichentrickmännchen wieder oben auf dem Absatz und stieß hastig hervor: »Könnte ... es könnte sein, daß wir heute nicht ganz fertig werden. Möglicherweise müssen wir morgen wiederkommen. Aber wir werden heute so lange arbeiten, wie wir können.«

Die Frau mit dem Perückenhaar und der Brille nickte und schloß die Tür. Die Jugendlichen betrachteten ihren Anführer mit einer Mischung aus Furcht und Verärgerung. Was verzapfte der denn für einen Mist? Sie hatten noch nie länger gearbeitet als bis vier. Länger durften sie gar nicht. Den ganzen Tag war er schon komisch gewesen, noch angespannter als sonst.

Böddi wich ihnen nicht von der Seite und warf andauernd besorgte Blicke auf das Haus, als fürchtete er, das Surren der Sensen könnte ein Fenster zerbrechen. Er verkniff sich sogar für den Rest des Tages das Rauchen. Im Garten der Liebe tritt man keine Glut aus, redete er sich selbst zu, als ihn der Schmacht auf eine Zigarette zu quälen begann. Und nachdem die Schüler abgezogen waren, hielt er sich noch eine halbe Stunde am Fuß der Treppe beschäftigt, indem er die Werkzeuge reinigte. Ohne Erfolg. Sie kam nicht aus dem Haus oder nach Hause. Schlief sie etwa noch?

Am nächsten Tag stand er mit seiner Truppe Punkt neun auf der Matte. Es war ein kalter Julitag mit Schauerwetter. Ganz schlecht für den Einsatzleiter, der am Vorabend noch einen Einfall gehabt hatte, eine Idee, mit der er ins Haus gelangen konnte.

»Pardon, aber habt ihr einen Gartenschlauch?«

Er mußte laut sprechen. Die Jungen, Aron und Hilmir, hatten hinter dem Haus mit dem Mähen begonnen. Jóhanna erschien im gleichen weinroten Bademantel an der Tür und schien sogar in ihm geschlafen zu haben: Der Knoten im Gürtel saß exakt an der gleichen Stelle wie am Vortag.

»Einen Schlauch? Wozu?«

»Ich dachte … das Beet da unten müßte mal gründlich gewässert werden.«

»Bei Regen?«

Jóhanna blickte zum bedeckten Himmel auf, der voller Regen hing, aber noch fielen nicht mehr als ein paar vereinzelte Tropfen. Früher hatte sich einmal der gesamte Ort zu Füßen der Treppe ausgebreitet, doch wegen der Baumreihe, die den Garten umschloß, sah man inzwischen nur noch den äußersten Zipfel des Hafens. Auch die Berge auf der anderen Seite des Fjords waren nicht zu sehen: Die nördliche Brise trieb tiefhängende graue Wolken in die Bucht.

»Äh, vorhin hat es ein bißchen geregnet, aber ich glaube, es war nicht genug. Und, äh … wir brauchen auch Wasser, um die Motorsensen abzuspülen.«

Dagegen konnte der Burgwächter nichts einwenden. Der Ritter hatte sich Zugang verschafft. Jetzt galt es, Dornröschen zu wecken. Und er hatte Glück. Die Hintertüren waren mit dem Rahmen zusammengerostet, und so mußte Böddi durch den Haupteingang hinab in die Waschküche. Obwohl er nicht sonderlich empfindlich gegen verbrauchte Luft war, schlugen ihm die Stille, der Mief und die Drogendünste doch heftig entgegen, sobald er über die Schwelle trat. Im oberen Stockwerk lagen Flur, Küche und Wohnzimmer. Er versuchte, den Gang so langsam wie möglich entlangzugehen und sich alles einzuprägen, was er sah, die gelblichbraunen Kacheln über dem dunkelbraunen Herd, die lächelnde frisch konfirmierte Lára María aus dem Jahr 93 und die vier kniehohen Stapel frischer Kassettenhüllen auf dem Wohnzimmerfußboden, die in einigem Widerspruch zum Alter des Fernsehgeräts standen. Vorsichtig stieg er die Treppe hinab. Unten öffnete sich wieder ein mit Teppichboden ausgelegter Gang. Zur Rechten eine offenstehende Tür: das eheliche Schlafzimmer der Witwe. Die andere Hälfte des Raums war mit Büchern übersät, dicken Schinken ohne Schutzumschlag, die aufgeschlagen oder geschlossen herumlagen. Auf dem Nachttisch in einer Ecke ein dickes gelbes Wörterbuch: *Der große Duden*. Daneben das Foto eines schmalgesichtigen, hoch aufgeschossenen Mannes, eine helle, blonde Erscheinung mit eleganter Brille und Geheimratsecken. Ein tagheller Mann von der Nacht gezeichnet, der verstorbene Vater. Genau wie bei Mutter im Fúarstígur.

Irgendwo lief Wasser. Stand sie unter der Dusche? Sie stand unter der Dusche. Böddi schlich an der Badezimmertür vorbei wie ein perverser Einbrecher auf Socken – seine Ohren stellten sich auf wie bei einem Hund –, und dann erstarrte er mitten in der Bewegung: Gegenüber der Badezimmertür sah man in *ihr Zimmer*. Böðvar wurde schwarz vor Augen. Das Zimmer war fast genauso unordentlich wie sein eigenes, das Bett ein einziger Haufen zerwühlter Decken, der Fußboden mit Wäschestücken übersät, Slips, Nachthemden, halbgeleerten Chipstüten, leeren Colaflaschen, geöffneten Videohüllen, und was das schlimmste war: Die Wände waren von oben bis unten mit Videokassetten bedeckt, vor lauter Titeln in unterschiedlichsten Schriftzügen – und alle auf amerikanisch – waren sie gar nicht mehr zu sehen. *Sleepless in Seattle, Love Actually, My Best Friend's Wedding, Everyone Says I Love You, The Wedding Planner, Something to Talk About, While You Were Sleeping, Prelude to a Kiss, Muriel's Wedding, Sleeping With the Enemy, Four Weddings and a Funeral.* Tausend vergeudete Abende! Die meisten Titel kündeten von Liebe, Schlaf und Heiraten. Der Anblick hatte etwas Schockierendes. Vor allem wenn man bedachte, daß Lára María so gut wie keine Freundinnen besaß und man sie noch nie mit einem Jungen tanzen gesehen hatte. Der starkknochige Böðvar brach beinah zusammen. Gänzlich unerwartet war ihm ein Einblick in die Gedankenwelt der Göttin vergönnt worden, die diesen Ort erst bewohnbar machte, die seinem leeren Leben einen Inhalt gab, die jedes Blatt vergoldete, das auf dem Weg den Hang hinab in den Ort ihre Wange streifte, und die jeden Windstoß mit so süßer Schwere erfüllte, daß er einschlief.

Doch das Schwanenkind wies dunkle Flecken auf.

Der große Visionär erbleichte bei diesem Blick in die Phantasiewelt des Mädchens, das er vergötterte. War das wirklich die Wohnung seiner Angebeteten? Der, die ihm erzählt hatte, *Das wandelnde Eichhörnchen* sei ihr Lieblingsbuch, sein Autor Gyrðir Elíasson selbst ein »wandelndes Genie« und *Madame Bovary* der beste Roman aller Zeiten, weil sein Autor »kalt war wie Gott«? Vielleicht hatte sie es nur irgendwo gelesen, aber das änderte nichts daran, daß Böddi beinah in Ohnmacht gefallen wäre, als sie ihm das an einem stürmischen Regentag im letzten Winter in der zweiundzwanzigsten Minute eines Gesprächs im Eingang des Museumsgebäudes eröffnet hatte. Als sich die Göttliche verabschiedete – mit zwei Büchern unter dem Arm: *Schiffbruch mit Tiger* und *Sputnik Sweetheart,* trendigen Titeln aus dem Ausland, die Böðvar zwar nicht sonderlich hoch einschätzte, doch ihr gab er eine Eins für die Lektüre –, da hätte er am liebsten in den kohlrabenschwarzen Dezemberhimmel gebrüllt: ICH LIEBE DICH! Und jetzt stand er hier, vor der sperrangelweit offenen Tür ihres Zimmers, und brachte die beiden einfach nicht zusammen: die Videodauerberieselte und den Bücherwurm. Sein Blick saugte sich an zwei Kartoffelchips fest, die auf einem freien Fleck am Boden gleich neben einer getragenen Unterhose lagen. Der Slip war von innen nach außen gewendet und wies im Schritt einen dunkelbraunen Blutfleck auf. Außen hui, innen pfui. Böðvars Schock war eine Herzattacke von der Art, wie sie jeden Ritter auf dem Weg zu seiner minniglichen Frau befällt, wenn er entdeckt, daß auch Dornröschen die Unterhöschen wechseln muß. Und heimlich Coca-Cola trinkt.

Durch das Fenster sah er Kamilla Ósk auf dem Rasen den Schnitt von gestern zusammenrechen. Sie trug Fingerhandschuhe. Ihr Kopf war im Ausschnitt des Kellerfensters nicht zu sehen, doch Böddi kannte den Hintern.

Plötzlich verstummte die Dusche. Böðvar Halldór kam zur Besinnung und floh den Gang entlang, der in die Waschküche am Nordende führte. Der Fußboden war kotzgelb und glänzte. Auf der Leine hing Wäsche ihrer Majestät und der Königinmutter. Er musterte eine langbeinige Jeans. Und faßte sie an. Sie war steif wie ein Brett; die Hülle um den Traum des Lebens. Böddi streichelte mit der Rechten über die Diesel-Jeans, vorsichtig wie früher die Armen, die sich nie frisches Obst leisten konnten und darum mit den Schalen vorliebnehmen mußten. War er etwa ein solcher Mensch? Konnte es wahr sein, daß er ein solches Subjekt war? Jemand, der sich nie am *Kern des Lebens* erfreuen durfte? War und blieb er auf ewig eine Randfigur, dazu verdammt, alles nur vom Seitenaus zu betrachten? Ein Provinzler, der in der Stadt nicht zurechtkam, ein zur Gartenarbeit verurteilter Intellektueller, ein Genie auf der Suche nach dem Gartenschlauch, ein Romantiker, der nie die wahre Liebe kennenlernen sollte? Ein Schöngeist, der sich mit Huren einlassen mußte? Und seinen Lebensdurst mit schalem Bier stillte? Was für eine erbärmliche Rolle im Leben, dachte Böðvar, während er die trocken raschelnden Hosenbeine hinabstrich, und setzte dann in Gedanken noch einen kleinen, traurigen Nachsatz hinzu: Was, wenn er Lára María überschätzte? Vielleicht gehörte auch sie zu den braunen Stuten. Eine chipskauende Bildschirmdumpfbacke in einem versauten Bett. Er fühlte sich, als hätte er einen Aortenverschluß, stand noch immer unter Schock. Seine Liebe war vom Sockel gestürzt. Tief im schwarzen Wald seiner Seele lag sein Idol in Todesbanden.

In der Ecke hinter einer überdimensionierten Waschmaschine fand er einen alten Gartenschlauch. In einem Grün, das es auf den Farbmustertabellen nicht mehr gab, und steif geworden vor Bewegungslosigkeit wie eine Rolle Draht. Nach einigem Gezerre schaffte er es, ihn auszurollen, das eine Ende an einem rostigen Wasserhahn zu befestigen und das andere aus dem Fenster zu schieben. Draußen stand Aron mit der sirrenden Sense. Ja, die Kinder machten ihre Sache gut: Das Heer hatte die Burg umstellt und hielt sie in Schach, während der Anführer ins Innere vordrang. Der Junge entdeckte Böddi, dessen Gesicht sich hinter dem angelaufenen Kellerfenster abzeichnete. Sein Ausdruck zeigte einen Menschen, der vor fünfzehn Sekunden das höchste Gut seines Herzens verloren hatte: einen wachsbleichen Witwer der Liebe. Auch das Weiß seiner Augäpfel glänzend wie flüssiges Wachs um einen gerade erloschenen schwarzen und noch rauchenden Docht. Böddi hatte dagegen das Gefühl, Aron würde ihn ansehen wie ein Schiedsrichter einen gefallenen Spieler, unmittelbar bevor er ihm die rote Karte zeigt. Er wandte sich um, drehte den schwergängigen Hahn auf und wartete, bis er sah, daß Wasser aus dem anderen Ende des Schlauchs lief, dann machte er sich auf den Rückzug. Es war ein Fehler gewesen. Ein verdammter, beschissener, elender Fehler. Oder etwa nicht? Er bereute es bitter, in dieses Haus eingebrochen zu sein wie ein Feuerwehrmann, der Leben retten will. Sie war offenbar nicht zu retten. Sie … stand auf einmal vor ihm im Flur. Dampfend feucht und heiß, nackt, nur in ein weißes Handtuch mit blaßrosa Muster gewickelt. Ihre Augen traten vor, und sie fand keine Worte. Nur die hübschen Sommersprossen ließen sich nichts anmerken. Böddi gefror ein weiteres Mal mitten in der Bewegung. Doch es war diesmal eine andere Art des Gefrierens: voll unterkühlter Hitze.

»Hi.«

»Hi.«

Die beiden bescheuerten Silben waren weit davon entfernt, der Situation angemessen zu sein. Höchstens draußen unter freiem Himmel hätten sie sich halbwegs natürlich angehört. Die zweite, von ihr geäußert, klang sehr sparsam. Dann fuhr sie fort:

»Was … was hast du eigentlich hier zu suchen?«

»Ähm … ich sprenge den Garten.«

Er mußte sich zusammenreißen, um seine Augen, zwei geifernde Hunde, an der Leine zu halten und sie nicht auf ihren Leib loszulassen.

Sie hörte sich richtiggehend erbost an:

»Den Garten sprengen? Warum willst *du unseren* Garten wässern?«

»Weil … nun ja, ich bin mit einer Gruppe Jugendlicher von der Sommerarbeit hier …«

»So. Und? Was hast du dann hier drinnen verloren? Warum bist du nicht *draußen*?«

Ihr Zorn übte auf Böddi eine lähmende Wirkung aus. Er begann zu stammeln wie ein unbeholfener Teenager.

»Weil … wegen …« Er nickte mit dem Kopf und zeigte mit der Hand hinter sich. »Schlauch anschließen … in der Wasch … küche.«

»So, so, du kommst also einfach ins Haus und latschst – mir nichts, dir nichts – in die Waschküche, ohne jemandem Bescheid zu sagen. Und das um neun Uhr in der Frühe!«

»Ich … habe aber doch … mit deiner Mutter geredet.«

»Oh, Scheiße!« brüllte Lára María auf, stürzte in ihr Zimmer und knallte die Tür hinter sich zu. Böddi ließ die Hunde los. Die wesentlichen Dinge konnten sie gerade noch aufschnappen: das noch feuchte Haar, Schultern, Arme und die Rückseite der Schenkel, ehe sie vor der Tür ein Geheul anstimmten und an der Klinke und der Schwelle schnüffelten.

So stand er eine Weile reglos im Flur. Trotz ihrer Unfreundlichkeit war sie in seiner Vorstellung wieder aufs Podest gehoben worden. Eine neue Art der Verliebtheit war in ihm wach geworden. Vorher hatte er Lára María nie als sexuelles Wesen wahrgenommen. Niemals hatte er sie in irgendeiner Weise mit Sexualität in Verbindung gebracht. Seine Liebe zu ihr war ätherischer Natur. Hier war er ihr in einem Keller begegnet. Bis dahin hatte er sie aus der Ferne verehrt, ihre Schönheit bewundert ohne die mindeste Gier, wie man eine Marmorstatue schön fand. Canova. Und urplötzlich war die Statue zum Leben erwacht, zu einem lebendigen Wesen aus Fleisch und Blut geworden, warm und weich und feucht und voll erregenden Temperaments! In dem Moment, in dem sie die Tür zuschlug, hörte Böddi in seinem Innern einen ängstlichen Schrei: NEIN! Er durfte sie nicht verlieren! Seine Liebe glitt ihm aus den Händen. Sein Leben! Der Schrei hallte einige Sekunden in ihm wider, bis ihn das Echo an ihre Tür trieb. Er wußte nichts mehr von sich, ehe er dreimal mit der Rechten an ihre Tür gepocht und dann die Hand in die rechte Gesäßtasche gesteckt hatte, um ein zusammengefaltetes Blatt Papier daraus hervorzuziehen.

»Was willst du?« fragte das Mädchen wütend durch die Tür.

»Ich … möchte dir … etwas geben. Eine Kleinigkeit.«

»Darf man sich wohl noch in Ruhe anziehen?!«

Der Ritter weicht vor dem Zorn der Rose. Die geifernden Hunde in seinen Augen wurden zu mutterlosen Welpen. Er stopfte das Blatt in die Tasche zurück und trottete gebeugt die Treppe hinauf. Jóhanna stand am Wohnzimmerfenster und schaute in den Garten hinaus. Sie wandte ihm den Rücken zu und fragte:

»Hat's geklappt?«

»Wie? Ja.« Er brauchte eine Weile, bis er sie richtig sah. »Ja, ja.«

Die Frau drehte sich um und kam langsam über den hellgrauen, abgenutzten Teppichboden auf ihn zu. Ihre Füße steckten ohne Strümpfe in ein paar Schläppchen mit erhöhtem Absatz. Böddi zählte zehn Zehen aus dem Skagafjörður, die sich die letzten sieben Jahre nur im Haus aufgehalten hatten. Ein heftiger Kuß schoß Böddi plötzlich durch den Sinn. Was war denn das? Auf einmal befand er sich mitten in einer wilden Knutscherei mit dieser morgenrockigen Witwe. Einer Fünfzigjährigen mit Perückenhaar und tablettenumnebeltem Blick. Er fühlte, wie ihre lebensschweren Brüste seine Hände ausfüllten. Was ging hier vor? Er verstand gar nichts mehr. Ja, das Leben konnte manchmal höchst seltsam sein. Böðvar versuchte sich dennoch wie ein Mann zu benehmen und wartete, bis die Frau aus dem Wohnzimmer zu ihm kam.

»Hast du's gefunden?«

»Was? Lára María?«

»Eigentlich meinte ich den Schlauch.«

»Ach so. Ja. Ja ja, hab ich gefunden ... Scheint zu funktionieren.«

Jóhanna betrachtete ihn eine Weile. In ihrem Mundwinkel war ein kleines Lächeln zu sehen. Lag sie vielleicht in Gedanken schon unter ihm? Schließlich sagte sie:

»Na, dann ist es ja gut.«

Machte sie sich über ihn lustig? Er scheute vor dem Gedanken ebenso wie vor ihrem Gesicht, sein Blick floh zu einer dunklen Glasvitrine zwischen den Türen im Flur und flatterte dort vor schwarzen Buchrücken auf und ab wie ein Vogel vor einer Felswand. In Goldprägung auf dunklen Ledereinbänden entzifferte er Namen wie: Goethe, Schiller, Heine, Hölderlin.

»Kannst du Deutsch lesen?« fragte er fassungslos.

Er war vollkommen durcheinander. Gänzlich neue Erkenntnisse waren im Minutentakt auf ihn eingeprasselt, daß ihm die Luft wegblieb. Urplötzlich hatte er Zugang zu dem Tempel bekommen, der über ihm und dem Ort thronte und um den er nun seit zwei Jahren herumschlich. Damit nicht genug, war ihm auch noch ein Einblick in das Innerste des Heiligtums zuteil geworden, und selbst damit noch nicht genug, auf ein Teil der heiligen Innenschenkel. Über all das hinaus hatte ihn das Unglück ereilt, die Mutter der Heiligen mit begehrlichen Blicken zu betrachten. Unwillkürlich streckte der Prophet die Hand nach dem schönen alten Bücherschrank aus, um sich und sein Problem daran abzustützen.

»Deutsch? Ja, hin und wieder. Mein Mann war Deutscher«, erklärte die Frau. Und lächelte.

»Und du magst Gedichte? Deutsche Lyrik?«

Sie warf einen Blick in die Vitrine.

»Nun ja, die habe ich seit langem nicht mehr geöffnet. Rainer blätterte manchmal darin herum. Vielleicht hatte er Heimweh. Aber doch, es kommt schon vor, daß ich mal ein bißchen Heine lese.«

»Dürfte ich vielleicht ...« Böddi zögerte einen Augenblick, doch dann ging er das Risiko ein und zog sein Blatt aus der Hosentasche. Er wedelte damit der Frau vor dem Gesicht wie mit einer Empfehlung. »Darf ich dir das vielleicht ... Ich würde dir gern diese Übersetzung zeigen, die ich Anfang des Sommers gemacht habe. Hölderlin, Hälfte des Lebens.«

Sie nahm das Gedicht entgegen.

»Hm, ich weiß nicht, ob ich ...« Jóhanna lachte zurückhaltend, während sie das Blatt auseinanderfaltete. Dann ließ sie den Blick über die Zeilen wandern, die etwas übertrieben gestochen mit schwarzer Tinte geschrieben waren.

Böðvar beobachtete sie beim Lesen und bereute seinen Entschluß auf einmal sehr. Was hatte er da eigentlich getan? Für SIE war das Gedicht doch gar nicht bestimmt gewesen. Gestreßt sagte er viel zu laut: »Das ist eines der berühmtesten Gedichte, die je auf deutsch geschrieben wurden. Jedenfalls das allerschönste ... finde ich. Die Übersetzung hat mich drei Wochen ...«

Er brach ab, als er sah, wie sich auf den Lippen der Frau, die noch immer auf die Verse blickte, ein bezauberndes Lächeln bildete. Die Linie zwischen Ober- und Unterlippe kräuselte sich haarfein und fast unsichtbar und erinnerte an die Wellenlinie eines großen Flusses, der einen halben Tag als Wildwasser um Felsbrocken und Bäume wirbelt, sich dann aber aus dem Klammergriff der Schluchten und Stromschnellen befreit und sich endlich in einem ruhigeren Bett ausbreiten kann und mit Wohlbehagen über tiefe Kolke hinwegströmt.

»… gekostet«, endete Böddi mit leicht bedauerndem Tonfall.

»Das ist schön«, sagte die Frau und sah endlich auf.

Böddi war in seinem Leben nicht oft gelobt worden und leuchtete auf.

»Danke.«

Jóhanna faltete das Papier zusammen und reichte es ihm zurück.

»Nein, es gehört dir. Es ist für dich.«

»So?« machte sie und ließ das Blatt sinken. Böddi sah zu, wie das Papier über ihren Busen herabglitt. Unter dem dicken Frotteestoff zeichnete sich seine Form nur undeutlich ab. Ein seidenglänzender hellrosa Unterrock bedeckte den Ausschnitt. Nur der Ansatz der linken Brust war soeben zu sehen, der letzte Ausläufer der weichen Linie, die vom Busen dort auslief. Böddi überkam auf einmal das Verlangen, sein Ohr an diesen Spalt zu legen und jedes Wort aufzulecken, das je dort hineingefallen war.

»Danke schön«, sagte sie und lächelte den Leiter der Gartenarbeitstruppe an. Dann setzte sie, ihr kurzes Zusammensein abschließend, hinzu: »Ich werde es weitergeben.« Und lächelte freundlich.

Er begriff gar nicht, was sie da gesagt hatte, ehe er wieder im Garten stand und mit dem Schlauch das regennasse Beet goß. Dichter Nieselregen aus Norden hatte eingesetzt, und Böddi setzte die Kapuze auf.

So stand er eine ganze Weile. Ein erwachsener Mann, der im Regen ein Beet sprengte. Die Jugendlichen hatten die Arbeit eingestellt und hockten im Schutz der südlichen Hauswand auf dem Boden. Ihr Einsatzleiter hatte überhaupt nicht auf sie geachtet, als er aus dem Haus gekommen war. Jetzt stand er einsam und allein in seiner eigenen Welt und wandte ihnen den Rücken zu.

»Sieht aus, als wär er am Pissen«, meinte Aron Freyr, der als einziger der Gruppe stand, und die Jungen lachten. Die Mädchen ließen die Blicke erst in den Garten hinaus wandern, dann zurück zu dem albernen Jungen; dann zogen sie ihre blassen

Kaugummis lang aus dem Mund. Aus dem Haus war erregtes Schimpfen zu hören, gedämpft durch die dicken Nachkriegsmauern. Jóhanna stand seelenruhig am Küchenfenster und sah dem Mann im untersten Teil des Gartens zu, der durch einen grünen Schlauch mit dem Haus verbunden war. Böddi stand lange reglos da und sah zu, wie das Wasser, Wasser aus dem Allerheiligsten, aus seiner Hand spritzte und zu Boden fiel. Der Ritter mit der gebogenen Lanze. Und je länger sich die Kühle aus dem Schlauch auf seine geschlossene Hand übertrug, bekam er das sichere Gefühl, die erste Hälfte seines Lebens hinter sich zu haben.

Friedrich Hölderlin
Hälfte des Lebens

Mit gelben Birnen hänget
Und voll mit wilden Rosen
Das Land in den See,
Ihr holden Schwäne,
Und trunken von Küssen
Tunkt ihr das Haupt
Ins heilignüchterne Naß.

Weh mir, wo nehm ich, wenn
Es Winter ist, die Blumen, und wo
Den Sonnenschein,
Und Schatten der Erde?
Die Mauern stehn
Sprachlos und kalt, im Winde
Klirren die Fahnen.

16

Fuchswelpe Bärenjunges

Dagbjört saß bei Dóra in der Stube, als Böddi heimkam und sich in seinen Keller und ins Internet verdrückte. Er hörte, wie seine Mutter die Treppe hinabrief, und ging kurze Zeit später in seiner Arbeitskleidung nach oben: regennassen Jeans. Die alte Frau saß am Eßtisch, stützte einen Ellbogen auf die Platte und hatte ihren Stuhl so gedreht, daß er auf die Besucherin in einem unbequemen Sessel neben dem Fernseher wies. Das Gerät rumpelte zwischen ihnen wie eine Waschmaschine voll amerikanischer Seifenlauge. Dagga hatte auf dem Boden die Füße aufeinandergestellt. Ihre weißen Socken verschmolzen miteinander und bildeten eine Form, die an einen Fischschwanz erinnerte.

»Oh, hallo«, machte Böddi, sobald er die Weißhaarige in der Ecke gegenüber der Tür entdeckte. Was, der Geier, wollte die denn hier? War sie als Bademeisterin hier aufgelaufen, um der Alten das Schwimmen beizubringen? Über den großen Fluß? Oder war sie, der Bote und Begleiter Dagbjört, gekommen, um ihr ein paar Tips für gute Friseurläden im Jenseits zu geben?

»Hi.«

Die Raucherstimme. Das Weißweinlächeln. Die kreuzfidele Kugelstoßerin. Sie schien etwas zugenommen zu haben. Er hatte sie seit Mai nicht mehr gesehen.

Dóra drehte sich um und musterte träge ihren Sohn auf der anderen Seite der Tischplatte. Mit leicht nordländischem Einschlag fragte sie: »Wo hast du gesteckt?«

»Na, wo schon? Auf der Arbeit natürlich.«

Seine Mutter hatte es immer noch nicht richtig gespeichert, daß er seit mittlerweile sechs Wochen wieder voll arbeitete, an der frischen Luft und für die Gemeinde. Das ärgerte ihn. Vor allem in diesem Augenblick. Die erfahrene Dagbjört kam ihm zu Hilfe:

»Richtig, du arbeitest ja mit den Jugendlichen. Machst deine Sache richtig gut, hört man.«

»Ach ja?« fragte er über das halblaute Gemurmel seiner Mutter, die, an zwei leere Häkelnadeln auf dem Tisch gewandt, sagte: »Ach ja, was frage ich denn auch immer wieder?«

»Ja, genau, Brimar ist doch bei dir, der Sohn von meinem Bruder Einsi. Er meint, du wärst der beste Gruppenführer in der ganzen Sommerschule.«

»So? Sagt er das?«

»Ja, weil du so viel rauchst.«

Salem-Gelächter füllte die Stube. Dóra verstand den Witz nicht und achtete auch gerade wieder auf das, was im Fernsehen vor sich ging.

Als Dagbjört aufhörte zu lachen und still wurde, wandte sich die alte Frau mit einem Ton der Entrüstung an ihren Sohn:

»Rauchst du etwa, Böðvar?«

Dagbjört verlor fast die Fassung und war nahe daran, in eine neue Lachsalve auszubrechen, verbiß sie sich aber mit hochrotem Gesicht und gab sie in kleinen unterdrückten Hustern durch die geschlossenen Lippen von sich. Böðvar kochte in seinen bis zu den Oberschenkeln vom Regen durchnäßten Arbeitshosen.

»So, so, das behauptet er also, der Brimar Sær.«

Böddi sprach den Namen des Jungen, den er für dümmer hielt, als die Polizei erlaubte, mit einer gehörigen Portion Verachtung aus. In der Tat war er nicht gerade der Gescheiteste, klein, pummelig, mit roten Wangen und kreisrunder Brille sowie verstandesmäßiger Minimalausstattung. Das letztere versuchte er zu überspielen, indem er ständig große Töne spuckte. Einmal hatte sich der Gruppenleiter überlegt, ob er ihn nicht kurzerhand mit der Heckenschere einen Kopf kürzer machen sollte.

Und dieses kleine Bürschchen war also mit Dagga verwandt. Böddi hätte es natürlich wissen müssen. Aber sein Großstadtaufenthalt hatte ihm den Kleinstädter ausgetrieben. Ansonsten wußte hier doch jeder, wer mit wem verwandt war. Selbst den

Folgen eines Seitensprungs konnten die Einwohner den jeweils richtigen Vater zuordnen, obwohl sie darüber nie ein Wort verloren, außer wenn sie zu lange in einem parkenden Auto beieinander saßen oder sturzbetrunken irgendwo auf einer Party beim Händewaschen auf der Toilette Neuigkeiten austauschten.

»Ach was, nein, ich glaube, er hat nur Spaß gemacht«, besänftigte Dagbjört.

»Wahrscheinlich, es ist ja auch das einzige, was er kann.«

»Was sagst du da?«

Schon lagen sie sich in den Haaren. Wie ein Ehepaar. Dabei war sie erst in der zwölften Woche. Und hatte ihm noch nicht einmal davon erzählt. Das tat sie erst, als sie bei ihr im Auto saßen, demselben gelbgrünen Toyota, der damals auf dem Parkplatz geschaukelt hatte. Das paßte doch.

»Schwanger? Aber genau darüber haben wir doch gesprochen. Ich weiß noch, daß ich dich hinterher gefragt habe; aber du hast bloß gelacht und behauptet, es wäre ausgeschlossen, daß du schwanger werden könntest.«

»Ich kann mich nicht entsinnen, daß ich das gesagt hätte. Du hast doch davon angefangen, indem du darüber deine Witze gerissen hast. ›So, jetzt bist du schwanger‹, hast du gleich im Anschluß gesagt, nachdem wir fertig waren.«

»Das war doch nur Blödsinn.«

»Tja, jetzt ist daraus jedenfalls Ernst geworden.«

Sie schwiegen eine Weile, bis er fragte: »Und du willst es bekommen?«

»Ja.«

Jeder von ihnen saß auf seinem Vordersitz im Wagen, der mit laufendem Motor am Ende des Hafendamms parkte. Die Zufahrt zum äußersten Ende war verboten, aber Dagga folgte einer LKW-Spur neben dem Sperrzaun und kam so zur Landspitze, die dem salzig-grauen Nordwind ausgesetzt war. Aus irgendeinem Grund gehen die Menschen ans Meer, wenn etwas Wichtiges ansteht. Es tut gut, den Problemen an Land den Rükken zuzukehren und mit der See zu reden. Das Meer macht große Probleme kleiner. Böddi schwieg und starrte durch die Windschutzscheibe. Der Regen fiel noch immer mit Unterbrechungen, und Dagga schaltete die Scheibenwischer nach Bedarf ein oder aus. Weißgischtende Wogen rollten ohne Unterlaß auf sie zu, und Regenschleier hatten die beiden Inseln verschluckt, nur der Fuß der Felsnadel, nach der Drangey benannt war, war ein kleines Stück südlich der Insel zu sehen.

Ein paar Möwen stürzten sich spielerisch in die Wellen und berührten mit ihren Flügelenden das Wasser immer um Haaresbreite nicht. Ihr Gefühl für die Brandung war so exakt, daß die Flügelspitzen die schwellenden Wogenberge fast zu ritzen schienen. Und jedesmal, wenn sich eine Woge auf Haaresbreite an sie heranhob, schien das Meer für einen Sekundenbruchteil zu gefrieren; die glitzernde Woge war wie in Stein gehauen. Für diese Vögel war die See nichts Bedrohliches. Böðvar, der mit starrem Blick das Spiel der Möwen verfolgte, fühlte sich, als wäre seine weißschäumende Seele von der Frau gebannt worden.

Hatte er ihr also ein Kind gemacht. Der Fuchs die Eisbärin befruchtet. Das Ergebnis müßte nach ihnen beiden eigentlich Fuchswelpe Bärenjunges heißen: *Yrðlingur Húnn.* Aus irgendeinem Grund war Böddi von Anfang an überzeugt, es würde ein Junge werden. Yrðlingur Húnn Böðvarson. Um Himmels willen, das gäbe ein schön trauriges Exemplar! Der Prophet stierte in die dunkle Wand über dem Fjord, und es gab ihm einen Stich in den Magen, als er im stillen wiederholte: Böðvarsson. Sein Sohn würde eine unansehnliche arme Socke werden, käme mit der Anlage zu einem geflochtenen Zopf und dem Bierbauch-Gen aus dem Birkihlíð zur Welt. Ein gebeutelter und verbeulter Revoluzzer mit dem Anarchisten-A und dem Arsenal-Anstekker in schöner Eintracht nebeneinander am Revers. *Mein Gott!* Oder besser: Gemein, Gott! Böddi fischte erst einmal in der Innentasche seiner schwarzen Joppe und zog den Tabaksbeutel hervor. Dagga sah zu, wie er sich eine drehte, und blickte dann einer schwächelnden Möwe nach, die mit den Flügeln gegen den Nordwind anschlug. Ein japanischer Heizkörper hatte die größte Nässe aus Böddis Jeans vertrieben, und er fühlte sich etwas sicherer, sobald er die Flamme an die Zigarette hielt. Das Feuerzeug entzündete in ihm auch eine Frage: »Hast du aufgehört zu rauchen?«

Er sagte es ohne Vorwurf.

»Ja, es ist mir verdammt schwer gefallen, aber ich habe aufgehört.«

Er kurbelte die Scheibe runter und versuchte, weitestgehend aus dem Seitenfenster zu rauchen. *Scheiße,* schon machte er Konzessionen an die »Familie«. Das feuchte Sommerwetter drang in den Wagen und ebenso das Brummen von LKW-Kränen. Dann hatte der Kerl seine Zigarette aufgeraucht, schnippte die Kippe aus dem Fenster, kurbelte es hoch, reichte der Frau die Hand, sagte dazu grob: »Meinen herzlichen Glückwunsch«, und war schon aus dem Auto. Dagbjört sah über die Schulter den schlanken Mann mit den Händen in den Taschen davongehen. Zwei Seeleute in Islandpullovern und reflektierenden Gummihosen, die bei den aufgestapelten Fischkisten zwischen Boot und Laster standen, unterbrachen ihr Gespräch und schauten ihm nach, als er grußlos an ihnen vorüberging.

Dagga wartete noch eine ganze Weile im Wagen und starrte in die anrollende Brandung.

Es ist egal, wie sehr sich ein Mann auch Nachkommen wünscht, jeder Mann nimmt es übel auf, wenn er von seiner Vaterschaft durch das Gerede anderer erfährt. Das liegt an dem idiotischen Stolz, der dem kahlköpfigen Geschlecht noch immer nachschleicht wie ein Geist aus den Höhlen der Urzeit. Es verletzt ihn, die Neuigkeit nicht als erster erfahren zu haben. Die Frau läuft seit Wochen mit ihr im Bauch herum (und hat sich längst von dem Schock der roten Striche erholt), sie konnte sie verdauen und alles durchdenken, hat schon Zeit gehabt, sich auf die Veränderung einzustellen, hat alles mit Mutter, Schwester und Freundinnen durchgekaut, und in der Folge davon »ihre Entscheidung getroffen«. Dem werdenden Vater wird sie dann nur noch verkündet. Er reagiert darauf unangemessen. Schließlich hat frau über seinen Samen verfügt. Fremde Frauen haben darüber konferiert und beratschlagt. Die Zelle ausgesucht, die zur Vermehrung vorgesehen ist. »Warum, zum Teufel, hat mir keiner was gesagt?« ist die Frage, die der Mann nicht ausspricht, die aber hinter jeder seiner Äußerungen steht. Er braucht Zeit, bis er den Winzling verdaut hat. Ungefähr zwanzig Jahre. Dann aber findet er sich glücklich und zufrieden mit den Tatsachen des Lebens ab und erscheint als erster und voller Stolz zur Abiturfeier, neuerdings mit Digitalkamera ausgerüstet, mit der er seine Familie aufnimmt, in hervorragender Auflösung. Es ist alles nur eine Frage der Zeit. Die Kindsmütter sämtlicher Epochen blicken die armen Kerle mit großen Kulleraugen an: »Wie, paßt dir etwa irgendwas nicht?« »Nein, nein, überhaupt nicht«, lügen sie und greifen nach dem großen Bier, das auf einmal viel zu klein ist. Die meisten Frauen aber würden sich umgucken, wenn auf einmal ein abgelegter Beischläfer anriefe, um ihnen mitzuteilen, daß der Witz, den sie vor neun Monaten in seinem Bett gerissen hätten, nun Wirklichkeit aus Fleisch und Blut geworden wäre, mit der sie sich in den nächsten zwanzig Jahren an jedem zweiten Wochenende ernsthafter beschäftigen dürften.

Im stillen fluchte Böddi den ganzen Weg in den Ort vor sich hin. Ohne Zopf und ohne Selbst. Man hatte ihm sein Einzelgängergefühl genommen. Er war nicht länger ein unverwechselbares Individuum. Oben in Hverfi war ein Ableger von ihm eingepflanzt worden. Der in den kommenden Jahrzehnten sein Leben bestimmen würde. Bis er irgendwann eilends nach Hause mußte, um sich für die Hochzeit seines Sohnes auszustaffieren. Was für ein Streß! Er besaß doch nicht einmal einen vernünftigen Anzug. Albert und Frau würden sich entsetzlich aufregen, wenn er keinen Schlips umbinden würde. Sie würden als erste vor der Kirche aufkreuzen, um sich in Blicken mit der Schwiegerfamilie zu messen. Aber ... vielleicht bewahrte Mutter noch ein paar alte Krawatten von Vater auf. Böddi sah das jahrzehntelange Programm vor sich, das das Leben für ihn zurechtgebastelt hatte. Jahrelanges Theater.

Am Hotel kam er nicht vorbei, ohne hereinzuschauen. Bestellte bei Sirikit Rós ein Großes und bestieg den Musikexpreß; einen Platz fand er im menschenleeren Raucherabteil. In den Lautsprechern faselten zwei redselige Alleswisser über das große Tohuwabohu, das bevorstand: Der Bankfeiertag lauerte wie ein Gletscherlauf hinter den sieben Bergen. Island war eine Unisono-Gesellschaft. Monokultur. Wenn Davíð nieste, hatte das ganze Land Schnupfen. Wenn für kranke Kinder gesammelt wurde, spendete mindestens jeder Zweite. Und am Bankfeiertag mußte einfach jeder abstürzen. Das gehörte sich so. Die Frage war nur, wo. Es war keine kleine Herausforderung, in diesem System der Massenmanipulation auf niedrigstem Niveau, in dem bierseliges Popgedudel die Einheitskultur darstellte und sich ein Liebhaber klassischer Musik etwa ebenso heraushob wie ein katholischer Priester, ein autonomes Individuum sein zu wollen.

Keli steckte seine Adlernase zur Tür herein und brachte einen Karton Weißwein. Er verschwand damit im Vorratsraum der Bar und kehrte kurz darauf zurück.

»Hallo, Böddi! Schlecht drauf heute? Du bekommst doch nicht etwa Zwillinge? Væmann konnte das gut. Andauernd riefen irgendwelche Schnallen an und sagten, er hätte bei ihnen wieder eins angesetzt. Und dauernd stiegen die Alimente. Ich fragte ihn einmal danach, und er gab zurück: ›Das schlimmste sind diese Scheiß-Zwillinge.‹ Ha, ha, ha. Keine Gnade. Am schlimmsten sind die Scheiß-Zwillinge.«

Keli beendete die Geschichte ebensoschnell, wie er sie begonnen hatte, ging auf den Lippen kauend zum Fenster und guckte durch die mit Regentropfen besetzte Scheibe.

»Mistwetter heute. Warst du mit den Kindern draußen?«

Böddi blickte zum Herrscherprofil des Hotelmanagers hinüber und antwortete: »Ja, wir waren oben bei Kristjáns Haus.«

»Ach, in einem privaten Garten? *Privat-have*?«

»Ja, bei der Nachtweih. Jóhanna.«

»So, bei der Königin der Nacht? Nette Frau. Nur leider tablettenabhängig. Trotzdem verdammt niedlich. Schade nur, daß bei ihr keiner rankommt. Die Tochter paßt auf wie ein Schießhund. Keine Gnade.«

Böddi ließ es gleichgültig, Lára María erwähnt zu hören. Der Tag, der mit einem Blitzeinbruch ins Heiligtum so großartig begonnen hatte, war am Ende und alles war den Bach hinabgegangen. Er hatte der falschen Frau ein Gedicht verehrt und einer anderen ein Kind und sich dafür den Ärger der einen, richtigen zugezogen. Ein Fehlschuß nach dem anderen. Seine Pfeile erreichten nicht mehr, als daß sie von dem Herz, auf das er zielte, abprallten. Wahrscheinlich weil es aus verchromtem Stahl war. Gegen den Lauf des Lebens sollte man nicht ankämpfen und nicht das Schicksal beschreien. Jedem Menschen war ein anderes Herz bestimmt, man mußte nur nach dem Klopfen gehen, genau hinhören und seinem Takt folgen. Doch manche Menschen hören vor lauter eigenem Grübeln nichts. Der Abstand zwischen der Welt in Böddis Kopf und der Welt draußen war beträchtlich größer als die Dicke einer Schädelwand.

»Wie schmeckt dir das Bier? Ist das nicht lecker?« fragte Keli, die Hände in die Hüften gestemmt. Böddi schaute auf den currygelben Fleck auf seinem Hemd, ehe er aufsah und meinte: »Doch, doch.«

»Wir probieren gerade neue Sorten aus. Die hier kommt von den Färöern. Die Dänen haben es mitgebracht«, erläuterte der Hotelchef und nickte zu dem Lastschiff hinüber, das noch immer an der äußersten Kante vertäut lag wie ein Dauergast im Hafen. »Ich habe es im Tausch gegen einen alten Sattel bekommen, den ich sowieso nie benützt habe.« Keli hüstelte. »Aber man kann es trinken, oder?«

»Doch, doch«, stimmte Böddi zu und fand sich gedrängt, einen Schluck zu nehmen.

»Vielleicht reicht es bis zum Feiertag.«

Damit war er wieder verschwunden. In die Küche. Böddi blieb an seinem Tisch am Fenster sitzen und beobachtete einen grünlichen Corolla, der die Mole entlangrollte. Sie schleicht sich wieder in den Ort, wie ein scheues Tier, das sich mit einem Geheimnis im Bauch wieder zur Herde gesellt. Er spürte fast, wie Dagga zum Hotel herüberblickte, während sie oberhalb daran vorbeifuhr. Denk mal an! Dagbjört Albertsdóttir. Bardame und

Drogenkurier. Durch eine langsam wachsende Nabelschnur war er nun auf ewig mit dieser Frau verkabelt. Noch war es ein unterirdischer Kabelstrang, aber schon in wenigen Wochen würde er jedes Haus im Ort erreicht haben. Darauf kam ihm unvermittelt der Gedanke, ob die weibliche Scheide wohl noch nie zum Kokainschmuggel benutzt worden war. So an die zwanzig alte Mark oder halbe Pfunde sollte sie wohl fassen können. Wieviel Kilo wären das?

Dagbjört bummelte langsam nach Hverfi hinauf und fuhr so langsam sie konnte. Man durfte der Fahrweise des Wagens gern ansehen, daß seine Fahrerin in Gedanken war. Seit einigen Nächten schlief sie nun in ihrer neuen Wohnung, die zwar noch Drangey und Málmey im Fensterrahmen als einzigen Bilderschmuck aufwiesen, doch Mama wollte, daß sie zum Abendessen nach Hause käme. Wie üblich würden sich die beiden Schwestern gegenübersitzen wie zwei mißratene Nachkommen, zwei bestellte und nicht abgeholte gestopfte Zuchtgänse, während ihr Vater schweigend dem Verlesen der Nachrichten lauschte und ihre Mutter unter ihrem lastenden Schweigen den Mund hielt. Sobald die Nachrichten im Radio zu Ende waren, würde Albert seinen gesättigten Leib nebst zugehörigem Oberlippenbart ins Wohnzimmer zu den Fernsehnachrichten überführen und ihre Mutter würde sich in die Küche begeben, wo sie den Schwestern Neuigkeiten von den Brüdern auftischen würde. »Sie fliegen in der Woche nach dem Bankfeiertag. Zwei Wochen Kreta. Brimar Sær bleibt zu Hause.«

»Und wann darf ich mal ins Ausland verreisen, Mama?« würde Fjóla in ihrer seligen Einfältigkeit fragen.

»Du bist doch erst letztes Jahr mit uns verreist«, würde ihre Mutter zur Antwort geben.

Dagbjört mußte auf einmal an die dunklen Härchen im Oberlippenbereich ihrer Schwester denken, die ihr zusammen mit den roten Apfelbäckchen so ein ländlich-zurückgebliebenes Aussehen verliehen. Lag ein Fluch auf ihnen? Würde sie, Dagbjört, womöglich ein geistig behindertes Kind bekommen? Wann sollte sie ihren Eltern die frohe Botschaft verkünden?

Eigentlich hatte sie kein Problem damit, ihnen von ihrer Schwangerschaft zu erzählen. Sie würden sich bestimmt freuen. Selbst wenn sie auf ewig und drei Tage alleinerziehende Mutter bleiben sollte. Ganz anders lag die Sache mit der Vaterschaft. Wenn sie den Vater bekanntgab, war bestimmt der Teufel los. »Böðvar heißt er … Du kennst ihn, Papi, er hat mal bei dir unterrichtet … Es ist Böddi.« Wie ein Computer suchte ihr Unterbewußtsein den ganzen Tag über nach der Formulierung, die noch am besten ankommen würde. Natürlich war es ein harter Brocken, den sie ihnen da zu schlucken gab. Sie hatte selbst noch genug daran zu kauen. Böddi hatte sie am Vortag in seinen Kellerraum geführt, als sie ihn in Dóras Wohnzimmer um eine Unterredung unter vier Augen bat. Er hatte es nur sehr reserviert und zögerlich getan, aber es war das einzige, was er ihr zu bieten hatte: seine Junggesellenhöhle. Die Frau mit den Kugelstoßerschultern bekam einen leichten Nervenzusammenbruch, als sie in das Seeleninnere des werdenden Wochenendpapis blickte, und machte auf der Schwelle kehrt. Ihrem forschen Auftreten und ewigen Befürchtungen der Mutter zum Trotz war Dagga nämlich keineswegs schlampig. Niemals zog sie zwei Tage nacheinander das gleiche T-Shirt an, sie faltete ihre Sachen stets peinlich sorgsam zusammen und zog jedesmal die Schuhe aus, wenn sie vom Rauchen auf dem Balkon wieder die Wohnung betrat. Auf dem Weg von Böddis Bunker die Treppe hinauf gelobte sie sich, daß er das Kind nie anders als unter Aufsicht seiner Mutter bekommen würde, und zwar nur im oberen Stock, wo die Aschenbecher regelmäßig geleert wurden und der Schimmel nicht überhand nahm.

Dagbjört bog in die Einfahrt und fuhr hinauf zum Haus, diesem auf bescheiden getrimmten Einfamilienbungalow mit seinen üblichen Betonkanten und der pflichtgemäßen Hecke, ein Dreihundert-Quadratmeter-Bunker, der von der Straße her kaum zu sehen war. Der Geländewagen ihres Vaters stand vor der Doppelgarage wie ein hochglanzpolierter Beleg für regelmäßige monatliche Einkünfte und wies mit dem Heck zur Straße: UV 655. Sie parkte ihren grünen Toyota dahinter und wurde plötzlich von zentnerschwerem Überdruß erfüllt: Ohne Vorwarnung empfand sie von einem Moment auf den anderen den Geruch großer Enttäuschungen im Leben. Es kam ihr so vor, als käme der Gestank aus dem Auspuff von Vaters Jeep.

Als junges Mädchen hatte Dagbjört ihre Abenteuer und Träume gehabt und in der großen weiten Welt etwas erreichen wollen. Was, blieb reichlich nebulös, doch alles kreiste um ein Bild, das ihr manchmal vor Augen stand: Braungebrannt und weißblond saß sie mit einem Glas in der Hand auf einer Veranda irgendwo in der Fremde unter einem weiten Sonnenuntergangshimmel. Sie war von Menschen umgeben, die über etwas lachten, das sie zum besten gab, und die voller Bewunderung zu ihr aufsahen, denn ihr gehörte das alles, die Veranda und die Bar. Ihr und Robert. Oder Roger. Oder vielleicht auch Rudi. Und jetzt empfand sie auf einmal, wie meilenweit sie von diesem Traum entfernt war, wie sie hier in ihrem schäbigen grünen Wrack an einem grauen Juliwerktag in ihrem nördlichen Heimatland auf dem Grundstück ihrer Eltern hockte. Es fühlte sich an, als hätte sie ihr Zuhause nie verlassen, niemals irgend etwas unternommen. Und von jetzt ab würde sie bis an ihr Lebensende an dieses graugrüne Laub und die seelenlosen Standardbäume und diesen Schluffi Böðvar gefesselt bleiben. Eine werdende Mutter wird auch wieder zur Tochter. Und eine alleinerziehende Mutter kommt ohne Unterstützung ihrer Familie nicht zurecht. Der Lebensüberdruß überwältigte sie wie eine Betäubung, und sie mußte eine Weile verstreichen lassen, ehe sie die Autotür öffnen konnte. Wer unzufrieden das Elternhaus verläßt, kehrt auch unzufrieden heim.

Böddi saß um diese Zeit unten im Hotel und dachte warm an Nietzsche und kalt von den Frauen. Zarathustra flüsterte ihm aus dem Bierglas zu:

»Alles am Weibe ist ein Rätsel, und alles am Weibe hat eine Lösung: sie heißt Schwangerschaft.«

Konnte es sein, daß die grenzenlose Frauenverachtung des alten Knackers, des Größenwahnsinnigen mit dem Schuhbürstenschnauzbart, neuerdings in Böddis Hirn auf Empfänglichkeit traf und ihm nach hundertzwanzig Jahren noch etwas zu sagen hatte? Nein, zum Donnerwetter! Aber trotzdem fühlte er sich ein wenig wie ein mißbrauchtes Zeugungsorgan.

Keli kam wieder nach vorn und wiederholte, nachdem er ihn einen Augenblick gemustert hatte, seine Frage nach den Zwillingen. Böddi antwortete mit einer Gegenfrage, indem er sich bei dem erfahrenen Wirt danach erkundigte, wieviel Kilo zwanzig alte Mark seien.

»Zwanzig Mark? Das sind ... fünf Kilo, glaube ich. Ja, geteilt durch vier. Wie, so schwer sind die, die Zwillinge? Könnte sein, daß sie dich zu einer Sonderzulage bei den Alimenten verknakken«, rief Keli recht laut, weil er inzwischen schon wieder bei der Tür angekommen war, als er den Satz beendete. Das letzte Wort klang so angestrengt, als wenn er im Vorbau eine schwere Last anheben müßte, während er es hervorpreßte.

Dann tauchte er wieder auf und wälzte ein aluminiummattes Bierfaß vor sich her auf den fliesenbelegten Boden des hinteren Saals. Böddi sah das Faß mit einem ominös metallischen Kreischen hinter der Zwischenwand verschwinden, das in ihm den Gedanken auslöste, die Eisbärin könne tatsächlich Zwillinge bekommen. Es wäre nicht das erste Mal, daß Keli mit einer Prophezeiung recht behalten würde. Böddi sah aus dem Fenster in das Grau der Wellen und erblickte einen doppelten Alptraum und dreifache Unterhaltszahlungen. Angesichts dessen entschloß er sich, Dagga bei ihrer nächsten Begegnung vorzuschlagen, daß sie rasch noch einmal eine Tour als Drogenkurier unternehmen solle. Schwangere Frauen galten dem Zoll ebenso als heilige Kühe wie anderen Institutionen. Man würde ihr den Rauschgiftspürhund vom Schritt fernhalten. Die Zwillinge konnten für die kurze Tragezeit gut mal zwei Kilo festhalten, den Gewinn könnten sie sich nachher teilen: Er würde für die ersten Jahre den Unterhalt sichern. Er verzog das Gesicht über diesen Einfall, drückte die Zigarette aus und trabte zur Theke, um sich ein weiteres Bier zu holen. Dahinter stand die thailändische Rose, bis zu den Schultern hinter dem Tresen verschwunden, weshalb ihr Gesicht im Augenblick auch wie die

Miniaturausgabe eines erleuchteten fernöstlichen Tempels darauf zu ruhen schien. Ihr Lächeln leuchtete wie der Schmuck über dem Tempelportal, und ihre Augen waren die Fensteröffnungen im Obergeschoß. Es ließ sich nicht leugnen, die Asiaten lächelten häufiger als andere Menschen. Wahrscheinlich lag es am Zeitunterschied. Sie sahen zu, wie wir mit dem Tag rangen, der für sie längst zu Ende gegangen war. Böddi trug sein Bier zurück zum Tisch und setzte sich unter die gellende Stimme seines Bruders:

»Komm zur nächsten Shell-Tankstelle, und hol dir die Scheibenwischer von Bosch! Wir verschenken dazu gratis eine Füllung mit Wischerflüssigkeit. Shell, immer bei dir, auf all deinen Wegen.«

Sollte er Viddi einmal anrufen und um Rat fragen? Der hatte Übung darin, Frauen einen Braten in die Röhre zu schieben und den Rest in Raten abzustottern. Ansonsten war er ganz anders als Shell. Nach letzten Hochrechnungen hatte er in der Stadt inzwischen drei Kinder mit drei verschiedenen Frauen und war gerade dabei, einer vierten die Bruthöhle auszupolstern. Harpa Glóð hieß sie dem Vernehmen nach und moderierte eine Kindersendung auf einem Kanal, der an den Wohnorten Erwachsener nicht zu empfangen war. Aus welchem Grund auch immer hatte es Viðar nie an Frauen gemangelt. Sein Aussehen sprach für ihn und ebenso die Einblicke, die er anderen vergönnte: Bald würden seine Mutter und seine Schwester die Neue in Augenschein nehmen können, sobald die Wohnung fertig eingerichtet war und die ganze Pracht im Fernsehen vorgestellt wurde. Dann nähme die Schwangerschaft ihren Lauf, endete mit der wie üblich glücklich verlaufenden Geburt, und Weihnachten käme die erste Ansichtskarte mit der neuen Familie. Doch kurz nach dem Jahreswechsel würde Viðar von Unruhe befallen werden, im Frühling hätte er eine Neue an der Hand, gemeinsam würden sie eine neue Wohnung suchen, und im Herbst wäre sie in Umständen. Wie leicht es ihm fiel, anderen das Leben schwerzumachen! Wie verschieden sie waren! Hier hockte er, Böðvar, der Ältere, mit bierdumpfen Gewissensbissen darüber, daß er ein neues Leben in einem Menschen entzündet hatte, der ihn ansonsten nicht das geringste anging, während sein kleiner Bruder blindlings durch die Hauptstadt pflügte und in sämtlichen Furchen heulender Frauen kleine Babys zurückließ und dabei so tat, als nähme er sie gar nicht wahr. Immer bester Laune.

»Tolle Rabatte bei Neu- und Gebrauchtwagen! Das ganze Wochenende geöffnet!« Aber Liebe kannte er nicht. Die wahre Liebe hatte er sicher nie kennengelernt. Bestimmt hatte er nie so geliebt, wie Böddi seine verflixte schöne Helena oben auf Nafir liebte. Seiner Lára María war Viddi nie begegnet. Bloß irgendwelchen Sonnenscheinchen und einer schnell verglühenden Glóð, die allesamt ebensoschnell erkalteten, wie Kinder wuchsen.

Böddi blieb weiterhin allein am Fenster sitzen, und das Bier ertränkte die tagesmüde Gaststätte in der Liebe zu seinem Dornröschen, das trotz des kommenden Tagesanbruchs noch immer in seinem Schloß schlief. Dem Ritter war es gelungen, sich durch die Dornenhecke zu kämpfen, aber jetzt stand er ratlos vor der Mauer aus Videokassetten.

Gegen neun, um die Zeit, zu der sich anorakraschelnde Touristen in das Hotel zu verirren begannen, machte er sich auf den Heimweg, traurig und betrunken. Der Fuchs schlich mit leerem Maul zu seinem Bau.

17

Die Stunde Grettirs

»Grettir schwamm in den Fjord hinein und hatte die Strömung mit sich, ansonsten war alles still. Er schwamm mit kräftigen Zügen und erreichte Reykjanes nach Sonnenuntergang. Er ging zum Hof Reykir und legte sich dort in die heiße Quelle, weil ihm etwas kühl geworden war. Er tummelte sich lange in dem warmen Wasser und ging dann zum Haus …«

Böddi saß auf dem Reiseleitersitz und las mit einiger Emphase aus dem schwarzen Taschenbuch laut in das Mikrophon, das er in der anderen Hand hielt. Der blauweiße kastenförmige Bus rollte die Schotterstraße an den Reykjaströnd entlang. Die Kinder staunten aus dem Fenster auf den himmelblauen Fjord, den eine frische Seebrise an einigen Stellen mit weißen Riffeln überzog. Grettirs Großtat, von Drangey aus an Land zu schwimmen, war in der Gegend noch immer die größte Leistung aller Zeiten. Der stärkste Mann der Geschichte schwimmt quer durch den Skagafjörður, um sich Feuer zu holen. Mit versteinerten Mienen kauten die Mädchen ihre Kaugummis. Ihrer Meinung nach war Grettir vor allem der süchtigste Raucher der Weltgeschichte. Ihr Gruppenleiter hatte sich umgedreht und kniete jetzt auf seinem Sitz. In dieser Stellung verlas er seinen Text wie ein Pastor von der Kanzel und wankte nicht trotz der permanenten Schaukelei des Busses auf der unbefestigten Straße.

Grettir Ásmundarson (994–1031) stammte zwar nicht aus dem Skagafjörður, war aber gleichwohl der berühmteste Mensch, der je seinen Fuß hineingesetzt hatte. Auf andere Weise war dieser Stärkste Mann der Welt des Jahres 1014 nicht mit der Gegend verbunden; er war lediglich eines Tages unerwartet und ungebeten hier aufgetaucht wie ein Meteor. Es waren nicht alle Einwohner stolz darauf, daß ihr Fjord vor allem für den Aufenthalt und den Tod dieses unglücklichen Geächteten berühmt war. Selbst tausend Jahre nach den Ereignissen wünschte so mancher brave Skagfirðingur, Grettirs Name wäre nie in Verbindung mit seiner Heimatgegend geraten, und bedauerte die schimpfliche Heerfahrt seiner Vorfahren gegen den Kraftprotz. Aber unbestreitbar war Grettir in der Gegend allgegenwärtig. Sein Name war ein unsichtbarer Berg, der die flachen Orte überragte.

Grettir war berühmt für seine Körperkräfte und seine flinke Zunge, die typisch isländische Mischung, die nicht nur für die meisten tödlich war, die ihm über den Weg liefen, sondern ebenso für ihn selbst. Er war ein Mann in einer Gemeinschaft von Mäusen. Natürlich mußte er ihnen auf die Zehen treten. Und sobald er einmal scharf wurde, rollten Köpfe. Seine Laufbahn als Totschläger begann Grettir in frühen Jahren, kassierte in der Pubertät seine erste Ächtung und mußte mit kaum zwanzig in die Verbannung gehen. Sein Leben war ein einziger Vorläufer der Krimiserie *Auf der Flucht*, in der pro Folge mindestens sechs Mann starben. Endlich wieder zu Hause, verschlug es Grettir zum Schluß nach Drangey, und dort hing er mit seinem Bruder und einem Sklaven drei Sommer und drei Winter herum, kochte Eier und grillte Lammkeule, denn die Insel galt damals zurecht als die »Futterkiste des Skagafjörður«. Drei Jahre lang versuchten Bauern aus dem Fjord, diese gewalttätige Landplage auszuräuchern, aber sie schafften es erst mit Hilfe einer Hexe. Sie vollbrachte mit Worten das, was andere nicht mit Schwertern vermochten. Aus einem offenen und schwankenden Boot schaffte sie es, dem Muskelprotz oben auf der Klippe sein Selbstbewußtsein auszureden. Grettir zahlte es ihr heim, indem er einen Stein nach ihr warf, der ihr das Bein zerschmetterte. Doch die Untat fiel auf ihn zurück. Kurze Zeit später hinkte die Alte den Strand entlang und fand einen Wurzelstubben, verdreht und verwachsen, angesengt und abgeschliffen. In den ritzte sie Runen, färbte sie mit ihrem Blut, spuckte auf das Ganze ein paar Zaubersprüche, während sie rückwärts und gegen den Sonnenlauf um den Stamm humpelte, und ließ das Ding zu Wasser. Es steuerte nach dem Willen der Hexe nach Drangey. Der Knecht

Glaumur schleppte es als Feuerholz auf die Klippe. Als Grettir es zu Scheiten verarbeiten wollte, rutschte seine Axt an dem Stamm ab und traf ihn am Knie. Diese Wunde brachte Grettir zu Fall. Þorbjörn Öngull erschlug ihn anschließend auf seinem Lager. Der Held war bettlägerig geworden.

Nach dem Kampf machte die Geschichte von Grettir dem Starken ein paarmal die Runde um die Insel, und dreihundert Jahre später war der kernige Plot so zugeschliffen, daß man ihn als Saga zu Pergament bringen konnte. Der Autor blieb anonym, er verstand sich als demütiger Aufschreiber einer Saga, die die Wirklichkeit geschrieben und das einfache Volk feingeschliffen hatte. Neueste Theorien der Philologen behaupteten zwar, die Isländersagas seien nichts als fiktionale Romane, doch diese Hypothese verdankte sich vor allem ihrer Opposition gegen vorangegangene Theorien. Neue Namen wollten unbedingt neue Ansichten präsentieren, egal wie abwegig sie auch sein mochten. Wenn es in der ganzen Geschichte überhaupt einen Schriftsteller geben sollte, dann war es Grettir persönlich. Er selbst hatte die spannende Biographie seines Lebens verfaßt, mit dem Schwert auf Menschenhaut. Die Isländersagas waren vor allem Klatschgeschichten und üble Nachrede, in Büchern festgehalten.

Böddi legte das Buch weg, als der coole Busfahrer am verlassenen Hof Reykir vorbei zu Grettirs warmer Quelle *Grettislaug* abbog. Es war Donnerstag vor dem Bankfeiertag am ersten Augustwochenende. Böddi war seine Truppe inzwischen ans Herz gewachsen, und er wollte ihr »mit Stil« eine Freude machen. Den Bus hatte er auf eigene Kosten angemietet. »Und alle bringen Schwimmzeug mit!« Er war ganz in seinem Element.

Das Schwimmbecken war vor zehn Jahren eingefaßt worden. Vielleicht war es nicht mehr das Wasser, in dem sich Grettir aufgewärmt hatte, aber es war jedenfalls der Originalschauplatz. An einem Uferstreifen aus grobem Geröll war aus Steinen ein kreisförmiges Becken angelegt worden, dessen Wasser permanent Dampfwolken in die kühle Polarluft aufsteigen ließ wie ein ständig paffendes Räuchermännchen. Der Durchmesser des

Beckens faßte einen der Länge nach ausgestreckten Erwachsenen und noch etwas mehr. Auf der Nordseite schützte eine aufgeschichtete Natursteinmauer vor dem Wind von See her, und hundert Meter weiter südlich parkte man bei zwei Torfhäuschen mit Bürstengiebel. Die Jugendlichen verschwanden nach Geschlechtern getrennt darin und kamen mit hochgezogenen Schultern in Bikinis und Badehosen wieder zum Vorschein. Barfuß staksten sie unter »au« und »ai« über den Kies zum Becken.

Böddi wartete schon an Ort und Stelle. Sein Körper war kalkweiß, aber er hatte nicht ein Gramm Fett zuviel am Leib. Er war ein einziges Bündel aus Muskeln und Sehnen, dabei aber nicht kräftig gebaut. Sobald die Mädchen im warmen Wasser hockten, musterten sie ihren Gruppenleiter eingehend. Er stand in eher altmodischer dunkelblauer Badehose hinter dem Becken und der Schutzmauer und bildete mit seinem Körper und den aufgereckten Armen ein großes Y wie ein Erlöster oder wie der Erlöser selbst.

»Ahhh«, stöhnte er in direkter Blicklinie mit Drangey, als schösse ihm die Kraft von Grettirs Großtat direkt in die Adern. Die Insel lag nicht allzuweit vom Land, ein zweihundert Meter hoher Tuffelsen von der Form eines langgestreckten Stiers aus zerklüftetem Gestein. Kurz davor ragte die Felsnadel Kerling aus dem Wasser wie ein Stierschädel mit erhobenem Maul. Teile des Tuffsteins schimmerten in der Sonne fast weiß, was den Felsen ein nahezu südliches Aussehen verlieh. Auf den ersten Blick sah es so aus, als wäre es keine große Sache, dorthin zu schwimmen. Rechts von Drangey lag Málmey, dunkelblau und langgestreckt mit weichen Umrissen wie eine Ruheliege, dem Land so nah, daß es mehr wie eine Landzunge als wie eine Insel aussah. Zwischen den beiden Eilanden ging der Blick hinaus auf die offene See: ein leicht gekräuselter Horizont, darüber der eiskalt starrende Norden unter klarem Himmel wie eine offenstehende Haustür, von der die Isländer seit tausend Jahren träumten, sie endlich einmal zumachen zu können.

Böddi stöhnte noch ein paarmal und wandte sich dann ab.

Über die großen Steine balancierte er zum Becken, den Rumpf steif wie ein gefrorenes Tau und von einer Gänsehaut überzogen. Kamilla Ósk musterte ihn von oben bis unten und schien überrascht, daß der frühere Zopfträger nicht *ein* Tattoo hatte. Es hätte keinen von ihnen überrascht, auf seinem Rücken den »Mönch am Meer« von Caspar David Friedrich zu entdecken.

»Ah, das tut gut. Hach, ist das schön«, seufzte er, als ihm das warme Wasser über die Schultern stieg. Die Jugendlichen schwiegen mit dem Wind, der in ihren trockenen Haaren zauste und winzige Wellen aufs Wasser zauberte. Über ihnen war noch ganz blaß im Tageslicht die halbe Scheibe des Mondes zu sehen wie ein durchtränkter Zwieback in einer himmelblauen Suppe. Eine grünlich-schleimige Algenschicht überzog den Grund des Beckens, und zwischen den Steinplatten stiegen schwache Strömungen von heißem Wasser auf, an denen man sich die Zehen verbrühen konnte. Kleine Luftbläschen perlten in ihnen wie in Champagner. Durch einen erdgeschichtlichen Zufall sprudelte an diesem Fjordufer kochendheißes Wasser aus dem Inneren der Erde und vereinigte sich mit dem kalten Schweiß, der von den Bergen lief. Daraus wurde dieses Bilderbuchschwimmbad. Melkorka, ein schlankes Mädchen mit Erwachsenenaugen und so blaß, daß die Jungen sie Mallorca riefen, stellte fest, daß der Bus verschwunden war. Sie drehte ihren Schwanenhals in Böddis Richtung und fragte, ob das seine Ordnung hätte. Der Gruppenleiter bejahte. Da lief ein Schauder durch das warme Becken.

»Ja, und? Sollen wir etwa den ganzen Tag hier bleiben?«

»Nein, nein, er ist bloß mal eben weg. Sein Bruder wohnt hier in der Nähe.«

Für eine Weile waren sie also seine Gefangenen. Er rezitierte eine Strophe aus der Grettis saga und gab die notwendigen Erklärungen. Die alte Skaldensprache war ihnen ebenso begreiflich wie das Gestein rund um dieses primitive Naturschwimmbecken, aus dem neun noch nicht abgeschlagene Köpfe guckten. Was kann man doch auf der eigenen Erde für ein Alien sein, dachte Böddi, während er die Jugendlichen ansah. Nahm man dem Menschen all seine Werkzeuge und Geräte und setzte ihn mitten in der Natur aus, fern von allen Handläufen und Kacheln, dann gab es nicht die mindeste Ähnlichkeit zwischen ihnen zu sehen. Mit einem wellenmähnigen Fjord und kühlblauen Bergen im Hintergrund und von den rohen Ufersteinen umgeben wirkte Kamilla Ósk etwa so »natürlich« wie das Gesicht einer Barbiepuppe. Ihre äußerst rätselhaft funkelnden Augen, dieses technische Wunderwerk des Lebens, und die blutheißen Lippen, dieses weicheste Feuerzeug der Zeit, schienen nicht das mindeste mit diesem von Meerwasser geschliffenen Basalt gemein zu haben. Wie, um alles in der Welt, konnte ein so rauhes Land etwas Derartiges hervorbringen? War der Mensch vielleicht doch nur ein Gast auf Erden? Wie groß war nicht der Abstand zwischen ihm und dem Affen! So viel größer als der zwischen dem Affen und dem Wurm.

So dachte Böddi voll plötzlichen Tiefsinns, während er das Mädchen vor sich betrachtete. Die Jungen zwischen ihnen waren ebenfalls sehr beschäftigt, bloß damit, sie gerade nicht anzusehen und nicht mit Blicken das Wasser zu durchdringen, um ihre Brüste zu sehen, ihre Augen nicht wie Moskitos um ihre Lippen schwirren zu lassen und so zu tun, als wäre sie nicht die Fernsteuerung für ihre Gedanken und ihr Glied. Das Mädchen war in diesem Sommer erblüht wie eine Blume, fleißig gegossen vom andauernden Aufenthalt im Freien und unzähligen Blikken; seine Kurven näherten sich zusehends der Form, die das Leben ihr vergönnen wollte. Und sie war sich der nahezu unbegrenzten Macht bewußt geworden, die körperliche Schönheit verleiht. Sie räkelte sich mit gespielt vorwurfsvollem Blick im Bad, so daß ihre schwellende Brust gerade durch den Wasserspiegel brach, und ihre Beine fächelten dicht unter der Oberfläche. Die Jungs guckten, als hätten sie soeben das schönste Tor der Fußballgeschichte miterlebt und dürften darüber nicht in Jubel ausbrechen. In ihrem Gruppenleiter errang hingegen mühsam der Philosoph die Oberhand über den perversen Fetischisten: Er starrte Kamilla Ósks Füße an, die sich unter Wasser abzeichneten wie eine helle Erzader in dunkelgrüner Tiefe, schneeweiße Wunderwerke in Größe 38, und er wurde erneut vom Staunen darüber überwältigt, wie verschieden der Mensch von der Natur war. Diese schlanken Mädchenbeine schienen den groben Steinen ebenso fern zu stehen wie der Mond dort oben. Auf einmal sah Böddi vor sich, wie der erste Mensch die Erde betrat: ein Kerl mit einem häßlichen Bart wie George Lucas. Dieser Mensch hatte gelblich braune, glänzende Haut, trug einen hellen Lendenschurz und kletterte aus einem unsichtbaren Fahrzeug, tat dann den Schritt hinaus in die Wüste, die das menschliche Leben seitdem war. Ihm folgte die Fernsehmoderatorin Eva María Jónsdóttir mit gekrümmtem Rücken und ihrem langen, glatten Haar.

Mein Denken ist verseucht von den Ausdünstungen der Medien, dachte Böðvar und richtete den Blick nach Westen auf den Berg, der steil über dem Ufer aufragte. Ich muß mein Denken reinigen.

Als er wieder in die Gegenwart zurückkehrte, waren Kamillas Beine aus der Beckenmitte verschwunden, und die Jugendlichen debattierten miteinander.

»Wir fahren auf das Festival ›Eins mit allem, was dazugehört‹. Meine Schwester Linda hat gesagt, letztes Jahr wär es echt krass gewesen da.«

Tanja führte das Wort, ein durchschnittliches Mädchen mit einem ungewöhnlichen Namen und doch die einzige in der Gruppe, die so aussah, als hätte sie schon einige sexuelle Erfahrung: sie gab sich Mühe, ebenso abgewetzt auszusehen wie die Jeans, die sie ständig trug. Zum Beweis trug sie einen winzigen Stempel auf dem unteren Teil ihres Rückens, eine kleine polynesische Echse.

»Und, dürft ihr etwa?« fragte Hilmir, dessen Haut so hell war, daß man nicht unterscheiden konnte, wo sie in seinen dichten blonden Schopf überging.

»Klar ... Oder wir fahren mit Linda und ihrem Lover, auch wenn er eine echte Zecke ist.«

»Ich hab mit meinen Kumpels überlegt, zum Country-Festival nach Skagaströnd zu fahren.«

Das war der Philosoph der Truppe, Hákon Tjörvi, Rotbäckchenstimme im Stimmbruch. Mit krummem Rücken kauerte er im Becken, seine Schulterblätter standen heraus wie ein Paar langsam wachsender Engelsflügel. Ein gewisser hohler Ton war in seinen Worten nicht zu überhören, denn eigentlich war er ein vierzehnjähriges Muttersöhnchen, das noch zur Schule gebracht wurde und auf Open-Air-Festivals sicher nichts zu suchen hatte.

»Bäh, das sieht euch ähnlich! Zum Country-Festival fahren doch bloß Nerds und alte Leute. Bingo und Square dance und sonst gar nix.«

»War ja bloß 'n Joke.«

»Du bist auch gerade 'n Riesenwitzbold, Hákon. Solltest am Wochenende selber auftreten«, sagte Melkorka mit bitterbösem Spott, der an dem kleingeflügelten Klassenprimus allerdings vorbeiging.

»Und ihr, Aron Freyr? Was habt ihr so vor?« fragte überraschend Kamilla, deren Gesicht jetzt wie eine Seerose auf der Teichoberfläche floß. Mit prallen hellroten Lippen sprach sie direkt ins Himmelsblau.

Der lange Schlacks, der seine Brille im Umkleidehäuschen abgelegt hatte, wurde etwas verlegen. Ohne seine gläsernen Schilde sah er ziemlich entwaffnet aus und konnte seinen Stolz nicht verbergen: Der Wunschtraum sämtlicher Jungen erkundigte sich danach, was *er* vorhatte.

»Vielleicht fahren wir auch nach Akureyri.«

Melkorka fand die schwache Stelle in dieser Behauptung schneller als der Teufel und fragte sofort: »Ja, was denn? Dürft ihr nun oder nicht?«

»Doch, klar. Nur nicht über Nacht bleiben. Wir dürfen den ganzen Samstag. Mein Vater holt uns ab.«

Das Ganze hörte sich recht überzeugend an.

»Okay. Krass. Du und Hilmir, oder?«

»Ja, und Brimar. Stimmt's, Brimmi?«

»Logisch fahr ich mit«, kam es von dem kleinen pummeligen Jungen, der ihnen gegenübersaß. Seine winzige Nase gab alles, um eine große und komplett beschlagene Harry-Potter-Brille oben zu behalten. Er zog alle Register, um wie ein Kerl unter echten Männern zu wirken, aber man brachte unmöglich sein unschuldiges Kindergesicht mit Alkoholmißbrauch und wüsten Orgien zusammen.

»Wart mal, sind deine Eltern nicht im Ausland?« erkundigte sich Melkorka.

»Doch, aber ich muß bloß heute abend mit meinem Opa quatschen. Kein Problem.«

Tatsächlich sah der Junge seinem Großvater Albert nicht einmal unähnlich. Ihm fehlten bloß der Schnurrbart und die Schwangerschaftsplauze.

»Samstagabend wird sicher richtig fett. Da kommen *Ámóti sól* und *Í svörtum fötum*«, meinte Tanja.

Da mischte sich Böddi ein und fragte: »Wer ist das denn?«

»*Wer* das ist? Bands! Gruppen«, schnappte das Mädchen und war so fassungslos, daß es fast zornig klang.

»Jetzt sag nicht, du hast noch nie von *Í svörtum fötum* gehört, Böddi«, wunderte sich die vornehm weiße Melkorka mit einem Grinsen.

Von einem Moment auf den anderen war der Gruppenführer seines Ansehens entkleidet und blieb als verschwindende Minderheit am Beckenrand zurück. Doch der Kleinstadtprophet ging in die Offensive: »Was morgen schon wieder verschwunden sein wird, brauche ich gar nicht erst zu kennen. Mein Horizont reicht weiter als bis zum nächsten Wochenende. Ihr seid bloß die Opfer geldgeiler Veranstalter, die euch Sand in die Augen streuen und eure Ohren mit Glasscherben in Zuckerguß verkleistern. Ihr geht ein paar widerlichen Ausbeutern in Akureyri auf den Leim. Laßt euch von ihnen über den Fjord locken, in dem Durcheinander kräftig durchvögeln und am Ende zusammenschlagen und mit blauen Flecken in die Abtreibungsklinik einliefern. Und das alles zu dem wahnwitzigen Getöse dieser Fuckmusik, die die überflüssigste Errungenschaft der westlichen Zivilisation darstellt und de facto das Ende der Musik bedeutet. Wahrscheinlich nennen sich diese Gruppen deswegen alle ›Gegen die Sonne‹, ›Scheißmoral‹ oder ›In schwarzen Klamotten‹. Ihr seid doch auf dem Weg zu einer Beerdigung. Aber *bitte schön*, sage ich.«

Schweigen in Grettirs Bad. Sechzehn Augen blickten ihn an. Acht frisch konfirmierte Gesichter? Wie groß der Abstand von Mensch zu Mensch manchmal sein konnte. Melkorka war allerdings noch nicht ganz am Ende ihres Lateins. Sie tauchte ihr Haar ins Wasser, strich es sich danach hinter die Ohren und fragte dabei: »Magst du nicht einfach mit uns auf das Festival kommen, Böddi? Wir alle brauchen doch so etwas wie einen Aufpasser. Und dir würde es sicher auch guttun. Schließlich hast du ja nicht jedes Wochenende die Chance, jemanden aufzureißen.«

Böddi war noch dabei, diese Frechheit zu verdauen, als Brimar Sær vom anderen Beckenrand herausplatzte: »Von wegen! Er hat meiner Tante ein Kind gemacht.«

»Was?« fragte jemand.

»Ja, meine Tante Dagga ist schwanger, und er ist der Vater.«

Böðvar erhob sich aus dem Wasser und starrte den Jungen mit steif durchgedrücktem Kreuz an. Warme Tropfen liefen seinen Rücken hinab, und wer hinter ihm in seinem Schatten saß, sah Dampf um seine naß anliegenden Haare aufsteigen. Im Sonnenlicht leuchtende Schwaden spielten um seinen dunklen Umriß, als stünde sein Kopf in Flammen. Die Kinder beobachteten ihn gespannt. Diese überraschende Neuigkeit hatte sie offenbar geplättet. Durch die beschlagenen Brillengläser waren Brimar Særs Augen kaum zu erkennen. Böddi aber schluckte seinen Ärger herunter und sagte entgegen früheren Ankündigungen:

»Okay, dann wollen wir uns alle mal ein bißchen abkühlen, und dann dürft ihr zurück in den heißen Pott. Aber erst sollten wir auch einmal etwas tun, wo wir nun schon mal hier sind.«

Mit beträchtlichem Nachdruck brachte der Gruppenleiter seine Truppe auf die Beine, trieb sie aus dem Becken und an der Schutzmauer vorbei zum Strand hinab. Die Mädchen gingen am Schluß, hielten die Arme über der Brust gekreuzt und fingen bald an zu zittern. Es war einer dieser absolut klaren isländischen Sommertage mit einer steifen Brise vom Meer. Acht Grad Lufttemperatur, vier Grad im Wasser. Obwohl die meisten Steine rundgeschliffen waren, lagen sie doch kippelig übereinander, und barfuß lief es sich nicht gerade bequem auf ihnen.

Es war schwer zu sagen, ob es eine spontane Aktion war oder eine von Anfang an geplante Einlage, jedenfalls marschierte der Gruppenführer spornstreichs ins Wasser. Es wurde sofort tief; die kalten blauen Wellen reichten Böddi gleich bis ans Knie und dann zur Hüfte. Und dann stürzte sich die schneeweiße Landratte ins Wasser. Die Jugendlichen standen mit verschieden stark ausgeprägten Gänsehäuten schweigend am Ufer und sahen Böddi nach. Wollte er es Grettir nachtun? Die ganze Strecke bis hinaus nach Drangey? Brimar putzte sich die beschlagene Brille an seinen weit ausbeulenden Hosenbeinen und setzte sie wieder auf. Er schien es schon zu bereuen, was er ausposaunt hatte. So gut es ging, versuchte er sein Bäuchlein einzuziehen, aber es hing trotzdem sichtlich über den Bund der Hose. Böddi entfernte sich mit kräftigen Zügen vom Land. Zwei Möwen wurden auf ihn aufmerksam, wie auf alles, das schwamm. Bald flogen sie große weiße Kreise um den dunkelhaarigen Kopf. Wahrscheinlich blieb es ihnen nicht verborgen, daß diese dünne Muschelschale da unten von einer dicken Schwarte überzogen war.

Plötzlich drehte sich Böddi um und winkte den Jugendlichen zu, während er sich etwa zweihundert Meter vom Land entfernt plätschernd über Wasser hielt und sich pudelwohl zu fühlen schien. Drei der Jungen winkten zurück, und Brimar hob die Hand an die Schläfe wie ein Soldat, der seinem Offizier salutiert. Der Gruppenführer verlegte sich wieder aufs Schwimmen und nahm Kurs zurück zum Ufer, zur sichtlichen Erleichterung der Jugendlichen, die schnatternd jeder auf seinem Stein hockten wie Vögel ohne Federkleid. Tanja ließ drei Worte auf das eiskalte Ufer fallen: »Er ist übergeschnappt.«

Die Jungen hatten begonnen, Steinchen zu werfen, als Böddi sich endlich in Ufernähe aufrichtete. Er erinnerte weniger an

Grettir als vielmehr an Charly Chaplin, wie er da mit festgefrorenem Grinsen im Gesicht und ununterbrochen keuchend aus dem Wasser balanciert kam. Die Eiseskälte ließ seine Haut noch weißer aussehen.

»Ah, Mann, tat das gut! Herrlich!!«

Die Jugendlichen stellten fest, daß sich sein Haar auf dem Scheitel zu lichten begann. Sie sahen zu, wie er ein paarmal kräftig durchschnaufte, ehe er fragte:

»Und? Wer ist der nächste?«

»Was soll das heißen?« fragte Melkorka.

»Es kommen alle dran. Jeder taucht hier mal ein«, verkündete der Gruppenleiter in befehlendem Tonfall.

»Du verarschst uns«, meinte Tanja.

Kamilla Ósk schwieg weiterhin vornehm, wie es sich für eine Schönheitskönigin gehört, und blickte mit den Händen vor der Brust hinaus aufs Meer.

»Verarschen? Kein bißchen. Das hier ist der Ernst des Lebens, Kinder«, keuchte Böddi. »Um die Grettis saga richtig begreifen zu können, müssen wir uns der gleichen Kälte aussetzen wie Grettir. Und ihr glaubt gar nicht, wie herrlich es ist, hinterher ins heiße Wasser zu springen. Los, Jungs, ihr zuerst!«

Er stieß Aron Freyr und Hilmir an. Sie kippten von ihren Steinen und hüpften sofort wieder hinauf wie wasserscheue Katzen.

»Wie? Was soll das denn? Ihr werdet doch nicht kneifen. Wollt ihr euch etwa vor den Mädchen blamieren und zeigen, daß ihr Schiß habt? Was einen nicht umbringt, macht einen nur härter, sagt Nietzsche. Also los, ab mit euch!«

Er schubste Aron Freyr recht kräftig. Der schmale Junge taumelte ins Wasser und wäre beinah der Länge nach hineingefallen. Obwohl es ihm gerade bis zu den Knöcheln reichte, sah man ihm deutlich an, wie die Kälte ihm durch die langen Beine den schmalen Körper hinaufkroch. Hilmir watete freiwillig und ohne große Mühe an seinem Freund vorbei in das wirklich eiskalte Wasser, blieb aber stehen, als es ihm bis zu den Oberschenkeln reichte. Kamilla sah ihnen prüfend zu, als ob das Meer bereits Auskunft über ihre Einkünfte in zwanzig Jahren gäbe. Ob sie bis zu den Knöcheln oder bis zum Schritt in Geld schwimmen würden.

Plötzlich krakeelte der kleine Dicke von seinem trockenen Stein: »He, Aron, traust du dich nicht weiter?«

»Es ist so aaarschkalt«, ächzte der Lange zurück.

»Ich bin schon mal viel weiter drin gewesen«, behauptete Brimar Sær.

»So? Und warum gehst du dann jetzt nicht rein?« fragte Böddi ziemlich streng.

»Ich darf nicht, ich trage eine Brille«, antwortete der kleine Dicke.

»Ach ja, aber du möchtest gern zu *›Hallo Akureyri‹*, was?« schnappte Böddi und war im Ton noch schärfer geworden. »Wenn du zu einem Open-Air-Festival willst, dann mußt du erst einmal beweisen, daß du auch schon erwachsen und ein ganzer Kerl bist.«

An Böðvars Stimme war zu hören, daß er allmählich die Beherrschung und die Kontrolle über seinen Verstand verlor. Die letzten Worte stieß er sehr erregt und wütend hervor, während er über die Steine auf Brimar zubalancierte. Mit zwei einfachen Griffen schnappte er sich den dicklichen Jungen und riß ihn mit sich ins Meer. Brimar wehrte sich, zappelte in Böddis Armen wie ein abgestochenes Ferkel, aber der hatte keine große Mühe, ihn mit sich zu ziehen, bis sie beide im Wasser lagen. Aron und Hilmir standen, jeder in seiner Wassertiefe, wie versteinert und sahen der Angelegenheit zu. Hinter ihnen die übrigen Kinder mit offenem Mund und blankem Entsetzen in den Augen. Die Angstschreie des Jungen verstummten erst, als Böddi ihn untertauchte.

»Was macht der da?« rief Melkorka, und Tanja wiederholte: »Er ist übergeschnappt.« Die beiden Jungen stiegen aus dem Wasser.

Brimar tauchte brüllend auf wie ein wütender Seelöwe und glänzend vor Speck. Er versuchte alles, um sich aus dem Griff seines Peinigers zu winden, aber vergeblich. Böddi tauchte ihn noch einmal unter und zog ihn wieder in die Höhe. Diesmal blieb der Junge stumm, er schien jeglichen Widerstand aufgegeben zu haben. Sein Gruppenleiter hob ihn hoch und schaute ihm ins Gesicht. Dann kam er mit dem Jungen im Arm langsam wieder zurück. Hatte er ihn ertränkt? Langsam schleppten sie sich durchs Wasser. Als es Böddi nur noch bis zu den Knien reichte, erwachte Brimar plötzlich wieder zum Leben, riß sich los und watete planschend und mit dicker Wampe an Land. Böðvar wurde davon augenscheinlich überrumpelt, er schien nicht ganz bei sich zu sein und zögerte, dem Jungen nachzulaufen. Er sah Brimar bloß nach, wie er aus dem Wasser stieg und an den anderen vorbeilief. Sie hörten sein heftiges Schluchzen, als er mit schweren Watschelschritten auf kleinen Füßen über die Steine zum Uferkamm hinaufrannte. Die Demütigung echote durch sein schwabbelndes Fett. Sobald er ihren Blicken entschwunden war, verließen auch Aron und Hilmir das Ufer; die anderen Kinder folgten. Keiner wollte dem Irren in der blauen Badehose in die Augen sehen müssen. Als sie oben auf der Böschung ankamen, sahen sie, daß Brimar schon den halben Weg zum Parkplatz zurückgelegt hatte.

Böddi wankte das Ufer hinauf wie ein Schiffbrüchiger, der jegliches Zutrauen zum festen Land verloren hat. Am Flutsaum hielt er inne und blickte nach Drangey zurück. Vielleicht sollte er besser dort leben. Irgendwo müssen doch auch die ärgsten Fälle eine Zuflucht finden. Sicher war Grettirs Hütte mittlerweile ziemlich ausgekühlt, aber man könnte es sich darin bestimmt wieder gemütlich machen, und man würde ihn dafür wohl kaum zum Abschuß freigeben. Zwei Möwen schossen vor der dunkelblauen Felswand entlang wie zwei sonnenblitzende Dolche.

Böddi ging zu Grettirs Badebecken. Er sah die Jugendlichen über die offene Geröllfläche zum Parkplatz und den Umkleidehäuschen tippeln. Kurz darauf kam Brimar vollständig angezogen aus einer von ihnen und stapfte aufgelöst über den Plan. Er schritt, so schnell es ihm seine modisch hängenden und ausgebeulten Hosen erlaubten, zur Straße hinauf. Jemand rief nach ihm, aber er gab keine Antwort und drehte sich nicht einmal um. Böddi wußte, offen gesagt, nicht, was er tun sollte. Er war mindestens ebenso außer sich wie der Junge. Er fühlte sich gräßlich. Er hatte die Kontrolle verloren. Barfuß ging er zum Becken und ließ seinen kaltweißen Körper in das gedankenheiße Wasser sinken, blieb eine Weile darin liegen und ließ sich aufwärmen.

Die Jugendlichen sammelten sich nach und nach umgezogen vor den Häuschen. Böddi sah, wie Kamilla zu ihm herüberblickte. Brimar Sær hatte den größten Teil der Strecke zu dem alten verlassenen Hof zurückgelegt, und Aron und Hilmir riefen ihm immer noch nach: »Brimmi! Brimmi!« Dann liefen sie ihm, die Handtücher unter die Arme geklemmt, über den abfallenden Hang nach und holten ihn bald ein. Brimar hielt den Blick auf ihre Schuhe gesenkt, während sie ihm beide die gleichen Fragen stellten, bis er seitwärts ausbrach und sich neben der Straße in ein dichtes Grasbüschel warf, weil er ganz offensichtlich für sich allein heulen wollte. Die beiden Jungen standen auf der Straße und blickten abwechselnd zu ihm und auf die Gruppe der übrigen, die langsam näher kam.

Böddi stieg aus dem Becken, sobald er auf einer Kuppe südlich des Hofs den blauweißen Bus auftauchen sah.

18

Ein Prophet auf Landsendi

Böddi verbrachte das verlängerte Wochenende des Bankfeiertags im Internet. Erst am Sonntag verließ er das Haus, um nach Hegranes zu wandern, einer erhöhten Landzunge, die sich wie ein Walbuckel aus dem Ende des Fjords hob, die Zuflüsse in zwei Arme teilte und zwischen ihnen ein Stück weit ins Wasser vorsprang. Böddi marschierte zur äußersten Spitze hinaus, die den schönen Namen Landsendi trug. Er hatte seinen schwarzen Anorak an und spazierte in harmlosem Wetter zwischen Straße und Ufer. Autos fuhren vorbei, vollbesetzt mit Augen. Zwei hupten ihn laut an. Das eine wurde langsamer und ließ eine ganze Weile die Hupe ertönen. Ein betrunkener, bekiffter oder verkaterter junger Mann brüllte aus dem heruntergekurbelten hinteren Seitenfenster:

»Durchgeknallter Idiot, du!«

Dann lautes Gelächter, und der Wagen verschwand mit durchdrehenden Reifen in aufwirbelndem Staub. Böddi hatte ein gewisses Verständnis für die Aktion. Er wußte es selbst: Er war zu weit gegangen. Der kleine Neffe von Dagga war ein Fettmops, aber es war ein Ding der Unmöglichkeit, ihn bei vier salzigen Grad Wassertemperatur fast nackt kielzuholen. Die Harry-Potter-Brille war im Meer verschollen und der Bursche selbst im Krankenhaus gelandet. Böddi hatte auf *Skagafjörður.com* gelesen:

Jugendlicher auf einem Ausflug der Sommerschule in Gefahr geraten

Am gestrigen Donnerstagnachmittag geriet ein Jugendlicher im Meer vor Grettislaug in Lebensgefahr. Der Junge befand sich auf einem Ausflug mit der Sommerschule. Die Fahrt drohte allerdings ein schreckliches Ende zu nehmen, als der Junge um ein Haar bei einem Bad im Meer ertrunken wäre. Sein Gesundheitszustand ist den Umständen ent-

sprechend, doch nach Aussage der Ärzte wird er das Wochenende noch im Krankenhaus verbringen müssen. Der Leiter der Gruppe, der auch den Ausflug leitete, war dabei und soll selbst für das höchst zweifelhafte Bad im Meer verantwortlich sein. Der Leiter der Sommerschule, Samúel Ingvarsson, wollte sich zu den Vorgängen nicht äußern, und auch der Beigeordnete für Jugend- und Freizeitangelegenheiten war am gestrigen Abend nicht zu erreichen.

Das war natürlich maßlos übertriebene Hysterie, oder seit wann sah man denn eine Gänsehaut als Krankheit an? Böddi lief vor dem bläulichen Bildschirm puterrot an, dann sprang er auf und stieß mit dem Fuß zwei leere Pizzaschachteln aus dem Weg, um ein paar Schritte auf und ab gehen zu können. Im oberen Stockwerk grummelte der Fernseher auf englisch wie ein vor sich hin kochender Topf mit Kartoffeln. Ja, gut, vielleicht hatte sich der kleine Brimmi eine Lungenentzündung eingefangen, er hatte schließlich den ganzen Rückweg über gezittert wie ein krankes Ferkel.

Kurz vor Mitternacht auf Sonntag erschien dann ein scharf formulierter Kommentar in der Kummerecke der Gemeindehomepage. Unterzeichnet war er von einem »Herrn Stinksauer«, der seinem Namen alle Ehre machte. Das Pseudonym war allerdings überflüssig, denn jeder im Ort wußte, daß sich dahinter der Redakteur der Seite selbst verbarg, ein ansonsten schweigsamer Mann, der in einem Haus an der Aðalgata ein Fotolabor betrieb. (Vielen war es keineswegs recht, daß ausgerechnet der Mann, der sämtliche Fotos im Ort entwickelte, gleichzeitig die Klatschspalte der Gemeinde betreute.) Im allgemeinen griff sie die winzigen Ärgernisse des Kleinstädters auf: eine bestellte Pizza war zu spät geliefert worden und obendrein fehlte das Preiselbeergelee, die norwegischen Handballschiedsrichter waren wieder einmal parteiisch gewesen oder sein Arsenal-Team hatte völlig unverdient gegen die »Neville-Brüder« verloren. Jetzt aber blies Herr Stinksauer zur Frontalattacke: »*... denn das ist nicht das erste Mal, daß dieser Mann unser Vertrauen mißbraucht. Wir Bürger dieses Ortes sollten darauf pochen, daß diejenigen, die die*

Verantwortung dafür tragen, daß man einen Böddi Steingrímsson noch einmal eine solch riskante Fahrt mit unseren Kindern und Enkelkindern unternehmen ließ – und das ohne jede Aufsicht –, nun auch zur Verantwortung gezogen werden. Das Maß ist übervoll, und wir sollten uns dafür einsetzen, daß man diesen Mann unter Hausarrest stellt.«

Böddi blickte auf sein Päckchen *Drum*. Bald ging ihm der Tabak aus, aber er dachte trotzdem nicht daran, neuen zu besorgen. Er wollte beim besten Willen jetzt keinem von diesen Lynchjustizlern in die Arme laufen. Sammi hatte schon dreimal angerufen, aber Böddi hatte die Rufe seiner Mutter die teppichverkleidete Treppe hinab geflissentlich überhört. Es gab noch mehr Leute, die versucht hatten, ihn zu erreichen.

»Da war eine Frau, aber sie hat sich nicht mit Namen gemeldet«, hatte Dóra Auskunft gegeben, als sie die Lammkeule auftrug. Sonntagsbraten in einem verwohnten Haus. Während die ganze Nation Löcher in die Ozonschicht grillte, aßen Mutter und Sohn im Frúarstígur Weihnachtsessen. Die alte Frau hatte nicht die leiseste Ahnung, was auf dem Ausflug vorgefallen war. Die Nachricht war für das Fernsehen nicht wichtig genug, und ihr einziges anderes Medium, die Kantine der Fischfabrik, war über das bedeutendste Feiertagswochenende des Sommers geschlossen.

»Könnte es Dagga gewesen sein?« erkundigte sich der Sohn.

»Tja?« fragte sich die Mutter. »Sie ist jedenfalls nett, die Dagbjört.«

»Aber sie ist in Umständen.«

»So? Ist sie für so was nicht ein bißchen zu alt?«

»Nein, nein, sie ist gerade mal so alt wie ich.«

»Ach so. Na ja, die Lebensuhr scheint in uns Frauen ein bißchen schneller zu ticken.«

»Hast du denn noch nicht davon gehört, daß sie schwanger ist?«

»Hm, doch, ich glaube schon. In der Fischfabrik haben sie wohl darüber geredet.«

»So, so. Haben sich die Weiber darüber das Maul zerrissen. Und haben sie auch schon gesagt, wer der Vater ist?«

»Ist das nicht dieser Anstreicher, der mit dem Bart, der Sohn von Sjöfn und ... Hafsteinn?«

Böddi fixierte sie für einen Moment, während Stolz in ihm aufwallte. Dabei sah er sich allmählich selbst nicht mehr ähnlich und verwandelte sich in einen stolzen Sohn, der seiner Mutter verkündete: »Nein. Ich bin der Vater.«

»Ach. Na, die Dagga ist schon in Ordnung. Meinst du, sie erlaubt uns, es hin und wieder zu sehen?«

Das sagte sie, ohne mit der Wimper zu zucken, ohne ihren Sohn anzublicken oder ihm zu schnell ins Wort zu fallen. Böddi schaute seine Mutter fast ein wenig verletzt an. Es war unmöglich, dieser Frau noch Überraschungen zu servieren. Wenn er ihr mitgeteilt hätte, die Flut am Abend würde sieben Meter über dem mittleren Hochwasser liegen, dann hätte sie bloß geantwortet:

»Wie gut, daß die Kirche offen ist.«

»Was?« fragte Böddi.

»Das Kind. Ich frage mich, ob wir es ab und zu sehen dürfen.«

»Das will ich wohl hoffen!«

»Du hast Interesse daran?« wunderte sie sich, als hätte sie schon sechshundert Leben auf dieser Erdkugel hinter sich.

Böddi sah ihr verdüstert zu, wie sie Fleisch und Soße in sich hineinstopfte, und sagte fast wütend:

»Ja, natürlich. Es ist schließlich mein erstes Kind.«

»So, so, du willst dir das Kleine also ansehen. Sonst haben Männer ja nicht viel für Kinder übrig. Aber das ist natürlich prima von dir ... Ich dachte schon, du hättest nichts in den Eiern. Möchtest du noch mehr?«

Böddi hatte seine Mutter beäugt wie ein Falke eine Maus. Eine Maus, die ihn beleidigt hatte. Doch dann erinnerte sich der Falke, daß die Maus seine Mutter war, und schluckte seinen Zorn mit Lammfleisch herunter. Mehr war an diesem Abend nicht besprochen worden. Das Fernsehprogramm hatte begonnen. Drei sündhaft teure Hollywoodfilme waren in die Seele der ewigen Fischarbeiterin gesickert wie Abwasser in trockenes Erdreich.

Böddi marschierte am Ufer entlang, er hielt sich abseits der Straße, jenseits strandhaferbestandener Dünen, die ihn vor etwaigen Bemerkungen aus Autofenstern abschirmten. Die See spielte mit dem Land wie ein Mann, der auf dem Sofa liegt und gedankenverloren ein Spielzeug zwischen seinen Fingern dreht. Der Himmel war ein einziges stummes Wolkenfestival, und draußen auf dem Fjord schwammen die Inseln wie zwei Notenbeispiele verschiedener Tonarten. Auf einmal ging es Böddi unwahrscheinlich auf die Nerven, wie unveränderlich sie dalagen. Jeden Morgen bestand die erste Tätigkeit der Skagfirðingar darin, aufs Meer hinauszuschauen, um sich zu vergewissern, daß die beiden Inseln noch da waren. Und jeden Morgen verspürten sie eine Erleichterung, wie sie nur auf ernste Befürchtungen folgen kann. Es tat so gut, einen Blick auf die Ewigkeit zu tun und zu wissen, daß man in ihren Armen ruhte. Und trotzdem wohnte im hintersten Winkel jeder Seele ein kleines Teufelchen, das enttäuscht seufzte, wenn es feststellte, daß sich auch in dieser Nacht wieder nicht das geringste verändert hatte. Alles war wie vorher. Die Felsnadel Kerling vor Drangey war noch immer nicht abgebrochen. Das Panorama um den Fjord und die anschließende Ebene ließ sich ganz ohne Zweifel großartig nennen, aber man konnte das alles auch herzlich satt behandeln. Hier fehlten ein paar Hochhäuser, um einem die Aussicht zu verstellen, um die Augen für eine Weile auf Häßlichem und niedrigen Instinkten ausruhen zu lassen. Böddi malte sich auf seinem Spaziergang aus, den Fjord mit Hochhäusern vollzustellen, die deutsche Werbeleuchtschriften trugen, stählern kühle Wolkenkratzer mit dem leuchtenden Mercedes-Stern auf dem Dach, Straßenbahnkreuzungen, Bierschwemmen, Erotic Shops, Autobahnen und einem riesigen Bahnhof: Frankfurt am Main sähe so viel besser aus, wenn es im Skagafjörður läge! Von hier auf Borgarsand würde man auf das Bankenviertel sehen, das sich über den Holm ausbreiten würde, über die gesamte Breite von Flugumýri bis Varmahlíð. Die höchsten Bankentürme würden über Hegranes aufragen, und man müßte sich anstrengen, um die Schriftzüge oben auf ihren Dächern zu entziffern. *Com-*

merzbank würde sich harmonisch in den Berg Glóðafeykir einfügen. Die hellen Neonbuchstaben würden sich bei Tageslicht gerade passend von seiner bläulichen Färbung abheben.

Krókur sah im Vergleich damit jämmerlich aus. Eine winzige Ansammlung von Hütten, die sich glücklich damit begnügten, sich im Meer zu spiegeln, anstatt sich mit den Bergen zu messen. Ein schmales Band zweigeschossiger Häuschen, die am Fuß des Tindastóll kauerten, einem Berg, der sicher schwerer wog als Frankfurt und Berlin zusammen. Im Spätwinter, wenn die Hänge schneegefleckt waren wie ein Soldat in Tarnkleidung, wurde der Ort so gut wie unsichtbar. Eine kleine Invasionstruppe, die von See her landen wollte, würde ihn an einem solchen Morgen kaum finden. Das einzige, was daraus hervorragte, war der Kirchturm mit Kreuz und Spitze, eine internationale Landebahnmarkierung für den Heiligen Geist, der nach Böddis Überzeugung allerdings den Linienverkehr mit diesem Ort vor langer Zeit eingestellt hatte. Das neueste Machwerk des Ortspoeten trug dementsprechend den Titel *»Kleine Steine«* und enthielt 167 Mikrogedichte.

Böddi saß unter einem anderen Verkehrssignal, einem alten Leuchtturm, der neongelb auf der äußersten Spitze von Landsendi stand und zu seinem Ort hinüberblickte, dem kleinen Nest, das ihm nun doch zuviel wurde. Die Brise trug ihm Zeilen aus einem alten Gedicht zu:

Die Welle rollt wie eh und je
auf den Ufersand,
doch ich besitze irgendwie
gar kein Vaterland.

Ob es einem schlanken Deutschen ebenso ginge wie ihm, wenn er an der Ostseeküste am Mast eines Windrads lehnte und deutlich das Gefühl hätte, in Deutschland nicht zu Hause zu sein? Wahrscheinlich gab es niemanden, der isländischer war als Böddi, und doch konnte er sich in diesem Land nicht wohlfühlen. Noch viel weniger vermochte er sich vorzustellen, auszuwandern und sich noch einmal in Berlin niederzulassen, sich irgendwo auf einer verschimmelten Matratze in einer Kreuzberger Mansarde auszustrecken. Sicher war das Gesprächsniveau dort höher und der Bierpreis niedriger, aber die Deutschen würden ihn niemals verstehen. Er hatte ihnen und sich zehn Jahre dafür Zeit gegeben. Gut, es war mehr oder weniger möglich, sich selbst wie ein Buch in eine andere Sprache zu übersetzen, aber dabei ging zu viel verloren, nicht zuletzt bei jemandem, der in gebundener Sprache verfaßt war wie Böddi. Er besaß irgendwie kein Vaterland mehr. *»Ziehmutter kam nie wirklich / an der Mutter Statt. / Es gab da etwas, das mir fehlte / doch ich weiß nicht, was.«* Stephan G. hatte die Insel mit zwanzig verlassen und sein Leben jenseits des Großen Teichs verbracht; das aber war sein Fazit geworden. Wie er fühlte sich auch Böddi als Gast im eigenen Land. Ein Zugereister im eigenen Ort. Er hatte sich zu sehr an die Hölle gewöhnt, um den Aufenthalt im Himmel genießen zu können; die Erinnerung an diese schöne Zeit aber würde ihm eine Rückkehr in die Hölle zur Hölle machen.

Und jetzt hatte man ihn so gut wie in die Verbannung geschickt, ironischerweise mit dem Wort »Hausarrest«. Diese Dummköpfe konnten nicht einmal das Urteil richtig formulieren. Hier verurteilten Schafe ihren Hirten. Der Prophet wurde vom Hof geblökt. Und stand jetzt am Landsende. Mit dem Blick auf den hohen Norden. Exiliert in der Heimat. Ein Haufen flacher Steine, wie geschaffen, sich ins Meer zu stürzen, wenn man schwach war und nicht schwimmen konnte. Ein schöner Ort zum Sterben. Hinter ihm blinkte der Leuchtturm in das sommerhelle Blau, dem Mann im schwarzen Anorak nicht einmal unähnlich. Böddi war ein Leuchtturm. Zuverlässig stand er Wacht, wankte nicht und ließ das Licht seines Intellekts Vorüberfahrenden zur Warnung blinken, doch in diesen Zeiten neuester Hochtechnologie war er größtenteils überflüssig.

Kerzengerade stand er auf den äußersten Steinen von Landsendi und erinnerte an die Vordergrundfigur in Böcklins *Toteninsel*. Er holte tief Luft und sprach dann, ohne den Mund zu öffnen, zum Fjord: »Vater unser, der du bist im Meer. Geheiligt werde dein Name. Dein Reich komme. Das zu einer anderen Welt gehört. Die Besitztümer der Menschen an Land sind nichts wert in der See. Wer sich in seinem irdischen Leben nur um sein Erdenleben kümmert, soll am Ende nichts anderes erhalten. Er soll vollkommen tot sein und keinen Nachruhm erben. Selig sind die Geistlosen, denn ihrer ist der Leib. Und mit ihm sollen sie vergehen. Denn das Land, das das Meer verneint, ist wie das Leben, das den Tod leugnet. Ohne Nacht wäre der Tag ein bleicher Geselle. Ohne Winter der Sommer eine traurige Magd. Ich wohne in einem Land, in dem ewig Wärme, Licht und Frohsinn herrschen. In dem Kälte, Dunkelheit und Sorge verstoßen wurden. In dem die Bequemlichkeit niemals Leiden sieht, das draußen im Dunkeln kauert, weil sie nur ihr eigenes beleuchtetes Spiegelbild im Fenster sieht. In dem Zentralheizung, Zentralverfettung und Zentralbräunung Tag und Nacht laufen und ihre breiigen Massen in jedes Loch und jede Höhlung der Verbraucher pressen. Wo der Tod niemals an die Tür klopft, weil man ihm in den Krankenhäusern erstklassige Bedingungen bietet. In dem das Leben zu einer einfachen Aufenthaltsgenehmigung geworden ist, die lautlos und ohne Konsequenzen abläuft. In dem sämtliche Unannehmlichkeiten aus dem Ort geschoben und auf der Homepage der Kommunalen Straßenreinigung im Skagafjörður (KSS) gespeichert werden.

Vater unser, der du bist im Meer. Mit einer Schiffsladung verblödeter Leute komme ich zu dir, komme ich untergehend zu dir. Nimm mich auf. Nimm sie auf. Ich mache diese Fahrt für dich. Denn dein ist das Reich und die Kraft und die Herrlichkeit, in Ewigkeit. Amen.«

Danach blickte der Prophet seitwärts zu seinem kleinen Ort hinüber und sah die ungeputzten Fenster eines Neubaublocks, wo sein Sohn heranwuchs. Er war jetzt auf ewig an diesen Ort gekettet. Auf immer und ewig mit einer wiederkäuenden Milchkuh mit hängenden Eutern zusammengeschirrt, die sich in regelmäßigen Abständen träge nach ihm umsehen und ihn anmuhen würde.

19

Fucking Sauðárkrókur

Böddi schlich zurück wie die Sonne ihrem Untergang entgegen. Mit jedem seiner Schritte schien die sommerliche Helligkeit abzunehmen. Ein Regenschauer kam über den Ort und die Pferdeställe, die zwischen Reithalle und Flugplatz standen, herangezogen und war zu Hagelschlag geworden, als er ihn erreichte. Der Zorn der Götter trommelte auf Wellblech und Autodächer ein. Für den Hochsommer war es schon ein außergewöhnlicher Anblick. Böddi streckte die offene Handfläche nach oben. Im Nu schlugen drei Hagelkörner ein. Er zog die Hand zurück, und darin lagen drei Schrotkugeln aus Gottes Donnerbüchse. Der Prophet sah zu, wie der Sommer langsam in seiner Hand schmolz. Drei Monate waren schon wieder im Meer versunken, und Böddi stellte fest, daß am Nordhimmel draußen über dem Fjord bereits ein recht herbstlicher Sonnenuntergang vonstatten ging. Ein Schwarm Gänse strich über den Sand nach Süden ab, und der Mælifellshnúkur bekam weißgraue Wangen. Es wurde Abend um Böddi, und bald würden die Lichter im Ort ans Licht kommen, wie weißliche und gelbliche Blüten im blauen Abendlicht aufblühen. Er entdeckte, daß sich auf der Südseite jedes Steinchens am Ufer ein kleines Schneehäubchen angelagert hatte, als hätte jemand die Schatten hinter ihnen weiß angemalt. Die Brandung unterstrich die Veränderungen und wurde lauter. Die Temperatur war inzwischen unter Null gefallen, und der Nordwind mischte salzige Gischt in den Sprühregen, den er über das Land trieb. Dann war es dunkel und Böddi in einem der kurzen Wintertage gelandet. Er zog den Anorak bis obenhin zu und beschleunigte seine Schritte. Ein verdreckter Kombi schoß auf dem Strandvegur an ihm vorbei und wirbelte einen feinen Schleier vom Asphalt auf. Das Licht der Straßenlaternen spiegelte sich auf der nassen Fahrbahn.

Böddi stellte fest, daß die Giebel der ersten Häuser schon Lichterketten für die Weihnachtszeit trugen.

Rot, gelb, rot, gelb, rot, gelb.

Es herrschte so gut wie kein Verkehr im Ort, und die Häuser lagen in tiefem Schlaf. In jedem Fenster brannten künstliche Kerzenleuchter. Böddi ging den Frúarstígur in nördlicher Richtung entlang und nahm kaum Notiz von dem Sprühregen, der erleuchtet aus den Straßenlaternen fiel, als wären sie Duschköpfe, die auf *Tropical Spray* eingestellt waren. Über den Bergen von Blönduhlíð schimmerte ein schmaler bläulicher Streifen Helligkeit.

Böddi hatte gerade den Schlüssel ins Schlüsselloch gesteckt, als plötzlich Lára María um die Hausecke mit dem Treppenaufgang bog. Sie war so schön wie immer, mit weihnachtlich roten Apfelbäckchen diesmal und in ihren rot-gelben Postanorak gekleidet. Das helle Futter der aufgesetzten Kapuze schmiegte sich wie eine Sahnehaut um ihr Marzipangesicht.

»Was, wird heute Post zugestellt?« fragte Böðvar konsterniert.

»Ja, aber ... ich bin viel zu spät dran. Bless«, grüßte das Mädchen und war schon wieder auf der Straße.

Böddi glotzte ihr wie versteinert nach. Was hatte sie gewollt? Hatte sie mit ihm reden wollen? Warum rannte sie dann gleich wieder davon? Oder hatte sie vergessen, ihnen in der Adventszeit eine Weihnachtskarte zuzustellen und deswegen über die Feiertage nicht schlafen können, sich dann aufgerafft, sie ihnen heute zu bringen, am zweiten Feiertag? Das würde ihr ähnlich sehen! Sie konnte ja nicht einmal seine Einladung zu einem dreigängigen Festmenü bei Óli annehmen, weil sie ihrer Oma versprochen hatte, sich eine dänische Soap Opera im Fernsehen anzusehen. Nicht mit ihr zusammen, sondern bei sich zu Hause! Damit sie sich am darauffolgenden Samstag um halb drei bei ihrem allwöchentlichen Besuch im Altenheim mit Oma darüber unterhalten konnte. Lára María war das Fräulein Gewissenhaftigkeit in Person.

Nein, sicher war sie gekommen, um ihm einen persönlicheren Weihnachtsgruß zu überbringen, ihm das heimlich durch den Briefschlitz zu schieben, was sie ihm endlich, endlich mitteilen wollte. Nach den vielen Monaten und nach all seinen Worten. Nur war er unglücklicherweise schon auf den Beinen gewesen und hatte sie überrascht. Das hatte sie überfordert, und sie war davongelaufen. In einem Anfall rotwangiger Schüchternheit.

Böddi schloß rasch die Tür auf, bückte sich in seinen niedrigen Keller und warf den Anorak ab, dann düste er die Treppe hinauf. Der Briefschlitz befand sich oben, in der offiziellen Haustür. Kein Brief und keine Karte auf der alten braunen Matte. Es war totenstill im Haus, doch in der Küche brannte Licht. Böddi trat enttäuscht ein. Viðar Halldór, sein Bruder, saß am Küchentisch und biß in eine Scheibe Toast, während er sich über eine drei Tage alte Ausgabe des *Fréttablað* beugte.

»Ja, okay, kein Problem«, quetschte er mit vollem Mund hervor.

Böddi begriff kein Wort, ehe er erkannte, daß sein Bruder ein Handy an sein abgewandtes Ohr hielt.

»Okay, bless!« Viðar legte das Telefon auf den Tisch. Ohne aufzublicken, biß er erneut in den Toast und las für einige Sekunden. Dann blickte er flüchtig auf und sagte fröhlich: »Hi!«

»Guten Morgen«, gab Böddi zurück.

»Schon aufgestanden?«

»Ja. Konnte nicht schlafen.«

»Und? Warst schon draußen?«

»Ja. Kleiner Spaziergang.«

Böddi öffnete den Kühlschrank und blickte eine gute Weile hinein, ohne etwas von dessen Inhalt wahrzunehmen. Sein Verstand war zu überfüllt, um noch weitere Informationen verarbeiten zu können. Er klappte die Kühlschranktür wieder zu, damit er seinen Bruder am Tisch sehen konnte, und fragte zögerlich:

»Sag mal ... ist heute schon Post gekommen oder ...?«

»Hä?« machte Viðar und sah seinen älteren Bruder mit aufgerissenen Augen an. Der Schauspieler.

»Ist Post gekommen? Ich habe … ich habe draußen das Mädel getroffen, das die Post austrägt.«

»Post? Nein. Heute ist zweiter Weihnachtstag, Böddi«, sagte Viddi lachend. »Am zweiten Weihnachtstag wird keine Post zugestellt.«

»Ach nein, natürlich nicht«, sagte Böddi und guckte verlegen wieder in den Kühlschrank. Er versuchte, seinen überhitzten Verstand an zwei Eiern zu kühlen, die in dem entsprechenden Halter in der Tür lagen.

»Es ist also nichts gekommen?« vergewisserte er sich und fragte den Kühlschrank, während er eine Packung Milch aus dem obersten Fach nahm.

»Nein«, antwortete sein Bruder und war schon wieder in die Zeitung vertieft.

»Ganz sicher?« Böddi schloß den Kühlschrank und guckte seinen Bruder an, bis der aufblickte, ihm tief in die Augen sah und erklärte: »Ja. Ganz sicher.«

Das ist aber verdammt merkwürdig, dachte Böddi und machte sich Frühstück.

Kleine Tröpfchen bedeckten die Scheibe des Küchenfensters, erleuchtet vom tiefgelben Licht der Laterne vor dem Haus. Zwischen ihnen waren entfernt die Lichter vom Ufer bei den Höfðaströnd zu sehen. An diesem Morgen wirkten sie irgendwie weihnachtlich. Der dunkelhaarige Böddi nahm mit seinem Teller gegenüber seinem aschblonden Bruder Platz. Zu seiner eigenen Verwunderung entdeckte er, daß er sich Cornflakes genommen hatte; das tat er sonst nie. Er verzog das Gesicht über dem Teller. Viðar hatte sich derweil ganz in den Bericht über das Weihnachtskonzert einer bekannten Sängerin in der Hauptstadt vertieft. Böddi erkannte ihr breites Grinsen, obwohl es auf dem Kopf stand. Das Interview war natürlich von vorn bis hinten zusammengelogen, von wegen gemütliche Lektürestunden bei Kerzenschein und weihnachtliche Besuche auf dem Friedhof. Dieser Nase war von weitem anzusehen, daß sie sich lieber über eine Prise Kokain als über ein Buch beugte. Wie, zum Teufel, brachte es Viddi nur über sich, sich dafür zu interessieren, wie abgehalfterte Promis abgehalfterte Weihnachten feierten, fragte sich Böddi und versuchte, im Gesicht seines Bruders zu lesen.

Böðvars Gesicht war geschnitzt wie ein harter, alter und eher unbequemer Lehnstuhl. Viðars Züge zeigten dagegen den gleichen Stuhl frisch aufgepolstert. Sein Gesicht wies eine weiche Füllung auf, die seine Anwesenheit angenehm machte. Menschen fühlten ein heimliches Verlangen, in diese Pausbäckchen zu kneifen. Die beiden Brüder waren wie Vollkornbrot und Baguette. Schwer verdaulich gegen schnell verdaut, mühsam zu kauen wider rasch verputzt. Böðvar zäh und Viðar weich. Böddi war Drangey, Viddi Málmey.

Die Uhr zeigte halb elf. Ihre Mutter tat so, als würde sie in ihrer Heizungszentrale hinter dem Wohnzimmer noch schlafen. Seit dreißig Jahren weckte sie die Fischfabrik jeden Morgen Schlag sechs, sie konnte schon seit langem nicht mehr ausschlafen. Doch weil Weihnachten war, tat sie wenigstens so. In dem nach Süden gehenden Fenster nahm langsam das Tageslicht zu, aus dem rosa Radiowecker auf dem Nachttisch klang leise sinfonische Musik, und der alte gußeiserne Heizkörper unter dem Fenster sorgte dafür, daß die Temperatur im Raum nie unter dreißig Grad sank. Die Frau, die noch in einem Haus aus Rasensoden zur Welt gekommen war, hatte das Frösteln der Kindheit noch immer nicht abgeschüttelt. Die Decke über ihrer Brust hob und senkte sich so regelmäßig, als käme die fast unsichtbare Bewegung von einem Beatmungsgerät im Auftrag der Ewigkeit, denn in einem Zusammenhang mit der geharkten Frisur und dem vor allem an eine Totenmaske erinnernden Gesicht auf dem Kissen schien sie nicht zu stehen.

In der Küche legte Viddi die Zeitung weg und fragte unvermittelt: »Sag mal, Böddi, was hieltest du eigentlich davon, wenn wir beide zusammen mal einen Film drehen würden?«

Er trug sein Haar kurz und in wirren Strähnchen, von denen sich unmöglich sagen ließ, ob sie auf natürliche Weise oder mit viel Mühe zu diesem Durcheinander arrangiert worden waren. Sein Lächeln wirkte ansteckend, und ein Funkeln in seinen Augen warf ein interessantes Licht auf seine Frage. Winnie Puh war ein echter Sonnyboy.

»Einen Film?« fragte Böddi mühevoll aus seinem Kampf mit den Cornflakes.

»Ja, wir zwei. Du und ich. Du schreibst das Drehbuch, und ich kümmere mich um den Rest. Treibe Geld auf und einen Produzenten und so weiter.«

»Und worüber?«

»Ist doch egal. Du suchst dir was aus.«

»Einfach irgendwas?«

»Ja, genau. Zum Beispiel über das Leben hier. Wir könnten einen Film über Krókur machen, der hier spielt. Ich meine, das wäre sicher das erste Mal. Es könnte so ein *Fucking Krókur* werden, von der Art wie dieser schwedische Film, *Fucking Åmål*. Hast du den gesehen?«

»Nein.«

»Das war so ein *low budget*-Teil, mit der Handkamera gedreht, aber echt gut. Nur weil das Drehbuch so geil war.«

»Aha.«

»Man muß doch irgendwas tun. Etwas, das etwas *verändert*. Bevor man selbst zu so einem schlaffen Arsch mit Hängebacken wird und anfängt, mit dem Schwanz Thai zu lernen. Ich habe diesen ganzen Zeichentrick-Scheiß so satt.«

»Deinen Winnie Puh?«

Viðar zuckte ein wenig, als er das von seinem Bruder hörte, und er zögerte, ehe er antwortete: »Ja, was meinst du, was der mir zum Hals raushängt? Mich macht das fertig. Ich träume nachts von Tigger und I-Aah. Ich meine: *How sick is that?*«

Böddi kaute auf seinen Cornflakes. Viddi schaute aus dem Fenster in die Morgendämmerung auf einen zweirädrigen Pferdeanhänger, der auf der offenen Schotterfläche vor dem Haus gegenüber vorgeneigt auf der Deichsel ruhte. Sie schwiegen eine Weile, ehe Viddi den Faden wiederaufnahm: »Wir könnten einen Film über Sammi machen, einen Typen wie Sammi, einen Fan der Stólar, dem nie einer abgeht, außer fünfmal pro Spiel.«

»Du meinst einen Dokumentarfilm?«

»Nein. Bloß mit so seinem jämmerlichen Leben als Vorlage. Jemanden wie Sammi auf die Leinwand bringen, mit Sommersprossen und allem. Wir lassen ihn irgendwie in Schlamassel geraten. Sexueller Mißbrauch von Jugendlichen oder so was. Dir fällt da schon etwas ein. Ist doch auch für dich gut. Kannste ihm was heimzahlen.«

»Ihm etwas heimzahlen?«

»Na klar. Hat er dich nicht letzten Sommer rausgeschmissen? Aus dieser Sommerschule. Du hast doch sowieso nichts mehr zu verlieren.«

»Was willst du damit sagen?«

»Was ich damit sagen will? Böddi, *take a look at yourself!* Was tust du denn schon? Was hast du seit letztem Sommer gemacht?«

»Übersetzt.«

»Übersetzt? Was?«

»Einen deutschen Dichter. Hölderlin.«

»Okay, du hast Gedichte übersetzt und im Buchladen rumgehangen, den Leuten graue Haare wachsen lassen, dich bei Muttern durchgefuttert …«

»Was …«

»Ist es nicht langsam an der Zeit, mal was Ordentliches zu versuchen? Hä?«

Böddi blickte seinen Bruder lange an. Röte stieg ihm ins Gesicht, ehe er heftig antwortete: »O ja, vielleicht sollte ich in den nächsten Baumarkt gehen und mir so ein Besamungsgerät zulegen und mir eine Sendung im Privatfernsehen buchen, wenn ich es in noch einer Wohnung irgendwo eingestöpselt habe, irgendwo in der großen Stadt, und zwischendurch verlese ich in allen Radiogeräten im ganzen verdammten Land Werbespots für die Satans AG.«

Viðar erschrak. Er hatte diese heftige Seite seines Bruders ganz vergessen. Seit drei Jahren hatten sie nicht mehr so miteinander geredet. Seitdem war der satanische Böddi nicht mehr in seiner ganzen Radikalität ausgebrochen, in seiner fanatischen

Denk- und Redeweise, mit der er auf dem besten Weg war, sich im ganzen Ort zum Ausgeschlossenen zu machen, wenn nicht zum Eingeschlossenen: In fünfzig Jahren würde ein anderer Fernsehmacher den »Rokländer« unten in seinem Keller aufspüren. Seine Mutter wäre vor vierzig Jahren gestorben, und er hätte seit der Beerdigung das Haus nicht mehr verlassen. Ein zahnloser alter Knacker mit langem Bart würde auf den Flachbildschirmen der Nation seine Gedichtübersetzungen zum besten geben, die die Übersetzer des Staatsfernsehens nur mit äußerster Mühe in der mitlaufenden Untertitelung verdeutlicht bekämen.

Das silberblaue Handy auf dem Tisch piepte zweimal. Böddi warf einen scharfen Blick darauf. Viddi nahm das Gerät und las die Mitteilung auf dem Display, während er gleichzeitig sagte:

»Böddi, was ist los mit dir? Bist du nicht selber gerade in Umständen? Nervt dich das mit meinem Werbejob irgendwie? Ich meine, du guckst dir doch nicht ernsthaft *Winnie Puh* oder *Einblicke-Ausblicke* an; also, *what's the fuckin' deal*?«

Böddi ließ die Augen nicht von dem Apparat. Für ihn war es eine dreiste Mißachtung, daß sich sein Bruder mit ihm unterhielt und gleichzeitig mit jemand anderem kommunizierte. Jetzt tippte er gerade etwas mit dem Daumen ein. Es war wirklich nicht zum Aushalten.

»Könntest du mir vielleicht bitte noch einmal auf isländisch wiederholen, was du da gerade gesagt hast? Wenn du die Güte hättest.«

»Oh, *come on, man!* Jetzt tu doch nicht so«, stöhnte Viðar, während er auf *Senden* drückte und das Telefon weglegte.

Böddi legte nach: »Glaubst du im Ernst, es sei etwas Besseres, im Fernsehen den Bauchredner für Winnie Puh zu mimen und in der Stadt ein paar Schnitten zu besamen, als hier im Nordland unterhalb des Meeresspiegels zu sitzen und mit Hölderlin zu ringen, dem besten Dichter, der jemals gelebt hat? Sich damit abzumühen, unserer unbedeutenden Sprache ein paar Tropfen Schönheit auszuquetschen? Es könnte sein, daß dein Job ›volkswirtschaftlich mehr Profit abwirft‹, aber das ist mir scheißegal. Das Leben ist eben nicht bloß Salzfisch. Bei Siggi Hall.«

»Salzfisch bei Siggi Hall?«

»Exakt. Oder hast du in deinem letzten Auftritt etwa nicht bei dem Meisterkoch getafelt?«

»Ist ja unglaublich, wie genau du das alles verfolgst. Guckst du jetzt neuerdings Fernsehen?«

»Nein. Das Fernsehen ist ein Medium, das man nicht ansehen muß. Man sieht es trotzdem.«

»Okay, *fair enough*. Du ... du lebst dein Leben und ... Wir sind einfach völlig verschieden. Ich meine, ich könnte nie hier leben, mich zu Hause bei Mutter durchfüttern lassen und im Hotel abhängen und ... He! Keli ... der ist guter Stoff für einen Film, Mann! Hast du darauf schon mal gedacht?«

»Hast du *daran* schon mal gedacht«, berichtigte sein Bruder.

»Was?«

»Es heißt: hast du daran gedacht, nicht: darauf gedacht.«

»Okay, geschenkt. Ihr Oldies redet so. Meine Generation sagt es eben anders.«

»Ach ja? Warum ändert ihr dann das Lied von Megas ›Vertrau auf mich‹ nicht in ›Vertrau auf mir‹?«

»Mann, Böddi, *please!* Darum geht's doch gar nicht.«

Viðar war jetzt richtig genervt. Auf einmal hörten sie aus der Tiefe des Hauses eine schwache, heisere Stimme: »Böddi, Böddi!«

Der Dunkelhaarige stand auf, ging ins Wohnzimmer und warf von dort einen Blick ins Zimmer seiner Mutter. Er verzog ein bißchen das Gesicht vor der Hitze, die ihm entgegenschlug. Die alte Frau lag im Bett und sah ihren Sohn verlegen an: »Könntest du mir mal ein bißchen helfen, mein Junge?«

Auch Viðar war ins Wohnzimmer gekommen und lugte seinem Bruder auf Socken über die Schulter. Böddi trat ans Bett der Mutter und half ihr, sich aufzurichten. Er war ein etwas unbeholfener Altenpfleger, doch Viðar mußte vor Rührung und Respekt schlucken, als er den beiden von der Tür aus zusah. Der ältere Bruder half der Mutter, die mageren Beine über die Bettkante zu heben.

»Ich bin völlig steif«, sagte die alte Frau und schüttelte den Kopf. Das zerwühlte Haar bewegte sich kaum dabei.

»Kommt es vom Rücken?« fragte Böddi ein wenig zu laut.

»Ach, das passiert immer, wenn ich lange nichts zu tun habe. Dann werde ich vollkommen unbeweglich. Aber morgen gibt es bestimmt wieder Arbeit. Zum Glück.«

Böddi half ihr, aufzustehen, und warf seinem Bruder einen Blick zu. Mit ihrer Mutter zwischen sich, diesem kleinen, dünnen Wesen, das einen Kopf kleiner war als sie, erinnerten sie sie an die Wärter einer Drogensüchtigen.

20

Der Verheißene

Am 6. Januar um 20.37 Uhr kam der Sohn zur Welt. Es war am Dreikönigstag, in Island der letzte Tag der ehemals heidnischen Julzeit. Durch die Fenster des Kreißsaals konnte man die Elfenfeuer sehen. Um die Flammen, die senkrecht in die windstille Frostluft stiegen, waren Pferde und Menschen mit vom Feuerschein erleuchteten Gesichtern zu erkennen. Ihr Gesang drang allerdings nicht durch die Scheiben, und die Hebamme, eine schweigsame Frau mit großer Nase und kräftigen Armen, fand während der letzten Phase der Geburt, die sich drei Stunden hinzog, keine Zeit, aus dem Fenster zu sehen.

Dagbjört gebar auf traditionelle Weise: sie preßte den Kleinen mit den dazugehörigen Schmerzen und ohne jede Hilfe durch den Geburtskanal. Es war kein Vater zur Stelle, der ihr die Hand gehalten und ihr beruhigend zugeredet hätte, kein »Freund« mit sanften Augen in der Ecke oder eine Freundin, die Aufnahmen machte, die sie dann per Telefon in alle Welt verschickte. Nicht einmal eine Mutter, die ihre Erfahrung ins Spiel gebracht hätte. Sie brachte es allein und ohne Assistenz hinter sich. Der Junge wog dreizehn alte Mark oder 3250 Gramm, ein brüllendes rotes Bündel mit Armen und Beinen, vielleicht ein wenig kleiner, als man von dieser kräftigen Frau erwartet hätte. An der rechten Kopfseite fand sich ein rotes Mal wie ein Klecks Farbe und in der Form wie Jütland auf den Kopf gestellt. Es reichte unter dem Haaransatz gerade bis auf die Stirn. Das Haar war dunkel, wie häufig bei Neugeborenen, die neun Monate in der Finsternis gelegen haben.

Oma und Opa schauten am nächsten Morgen herein. Als Aðalbjörg den Winzling im Arm ihrer Tochter inspizierte, zuckte ihr Kopf zurück, als sie das Geburtsmal auf seinem Kopf entdeckte, als wäre ein Fleck auf die Familienehre gefallen.

»Hat er sich schon blicken lassen?« erkundigte sie sich zurückhaltend, aber mit feinem Nachdruck auf dem *Er*.

»Ja, gestern abend«, gab Dagbjört Auskunft und war noch gänzlich verheult von überwiegend einsamem Glück; das Leben hatte ihr am Ende doch noch dreizehn Mark purer Liebe beschert.

Die Mutter von Árni Valur erschien am Nachmittag mit einem winzigen, noch ganz neu duftenden Strampelanzug aus Vlies. Ihr Sohn war noch immer in der Hauptstadt, hatte allerdings das Bett inzwischen verlassen können und rollte jetzt in einem Rollstuhl durch die Gänge und Flure des Gesundheitswesens. Er schien sich allmählich auf dem Weg der Besserung zu befinden und konnte sogar schon wieder rauchen.

»Ich habe heute morgen mit Árni Valur telefoniert. Er läßt dich grüßen und gratuliert herzlich zu dem Kleinen. Er ist aber auch süß! Hat er da nicht einen kleinen Engelskuß auf der Stirn?«

»Nein, das ist ein Blutschwamm, eher so etwas wie Engelspisse«, gab Dagbjört mit einem kurzen Lachen zurück, das deutlich weniger nach Salem roch als früher.

Böddi war tatsächlich noch am Vorabend aufgetaucht, zwei Stunden nach der Geburt. Er betrat das weißgeputzte Krankenhaus in seinem oberschenkellangen schwarzen Anorak und mit einem Gesicht, als wäre er auf dem Weg zum Vorsingen in der Oper, mitsamt dem dazugehörenden Herzklopfen in der Brusttasche.

»Hi.«

»Hi.«

»Man hat mich benachrichtigt.«

»Ja.«

»Und … es ist ein Junge?«

»Ja. Herzlichen Glückwunsch! Du hast jetzt einen kleinen Jungen. Jetzt bist du Vater geworden.«

Er hörte die Botschaft heraus, die sich dahinter verbarg: Jetzt steh zu deiner Verantwortung! Ein leichter Schauer überlief ihn. Sie hatten kein Wort mehr miteinander gewechselt, seit er sie vor einem halben Jahr auf dem Hafendamm stehengelassen hatte. Einmal hatte er sie aus der Bäckerei kommen gesehen und ihr dreimal durch eine Windschutzscheibe in die Augen geblickt. Er hatte vor ihrem Bauch ebensolche Angst wie vor einem Kometeneinschlag und war sich darüber hinaus im unklaren, wie Dagbjört eigentlich zu ihm stand. Brimar hatte sich wieder erholt, aber das Verhältnis zum Rest der Familie war noch ungeklärt. Brimars Vater Einar hatte ihm einmal Mitte September auf einer Party in der *Villa Nova* Prügel angedroht. »Du Intelligenzbestie, du!« Keli hatte Böddi durch die Hintertür in Sicherheit bringen müssen. Seitdem war er kaum noch ausgegangen und hatte sich überwiegend zu Hause aufgehalten, nur nach Einbruch der Dunkelheit hatte er noch regelmäßig seine Spaziergänge unternommen, und so war er nicht im Haus gewesen, als ein paar dumme Jungen einen dünnen Plastikbeutel mit Erbrochenem in seinen rauchgesättigten Bunker warfen. Er wurde zusehends in die Ecke gedrängt und hatte bald in seinem eigenen Heimatort keine Bewegungsfreiheit mehr.

Dagbjört aber begrüßte ihn wohlwollend in ihrem hellrosa Morgenrock vom hochgestellten Bett aus und zeigte stolz auf den Stammhalter. Böddi lugte in die Wiege aus durchsichtigem Plastik und betrachtete eingehend sein eigenes Gesicht oder jedenfalls wie es aussah, nachdem es vom Leib dieser kräftigen Frau ausgetragen worden war: eine in Weiß gewickelte, stark verknautschte rote Fratze. Böddi blickte vom Sohn zur Mutter hinüber und räusperte sich heftig. Dagbjört stiegen Tränen in die Augen, doch sie hielt sie zurück. Ihr Haar war zu einem Pferdeschwanz zurückgebunden, und der leicht fleischige Ansatz im Gesicht und am Hals ließ sie noch ein wenig maskuliner aussehen als sonst. Gleichwohl fragte sich Böddi, warum sie sich, um alles in der Welt, zwischenzeitlich die Brüste hatte vergrößern lassen. Ihr Busen hatte fast pornographische Dimensionen angenommen und sprengte bald den rosa Frotteestoff.

»Tja, sieht … gut aus«, stammelte Böddi und wiederholte es noch einmal, um zu unterstreichen, daß er das Kind meinte und nicht ihre Brüste.

»Ja, das kann man wohl sagen. Den haben wir ganz gut hingekriegt«, sagte Dagbjört mit einem kleinen Lachen. »Trotz erschwerter Bedingungen.«

Die frischgebackene Mutter verwandelte sich im Handumdrehen wieder in die thekengeübte Kneipengängerin Dagga. Ein spöttisches Funkeln trat in ihre Augen. Böddi wollte eigentlich nicht darüber lachen, tat es aber trotzdem und wurde rot.

»Ja, die Haukar machten mächtig Druck«, sagte er zu seiner eigenen Überraschung. Auf einmal brabbelte er wie ein glückseliger Papi. War es das, was Kinder in diese Welt brachten? Freude am Leben?

»Trotzdem: Ein Drei-Punkte-Korb«, meinte Dagga und blickte wieder auf ihren Sohn in dem Körbchen neben ihrem Bett. Dann wurde sie ernst. Böddi sah die einzelne Träne, die aus ihrem linken Augenwinkel quoll.

Nicht mit einem Wort erwähnte er das Geburtsmal. Niemand ist makellos. Dagbjört verabschiedete ihn mit einem warmen Lächeln, als würde sie sich über sein Taktgefühl ganz besonders freuen. Und er hatte auch kein Wort darüber verloren, wie wenig fehlte: Er selbst hatte am Tag darauf Geburtstag.

Sein Bruder Viddi hielt sich noch im Ort auf und lud ihn auf ein Bier ins Hotel ein. Das mußte gefeiert werden!

»Ich gehe von der Neugeborenen-Abteilung immer erst mal in die Kneipe.«

Böddi machte eine Ausnahme von seiner Kellerexistenz und trat ein wenig nervös in Kelis Reich. Der Wirt empfing sie mit offenen Armen und holte eine Flasche Champagner aus dem Keller.

»Heute ist Weihnachten. Keine Gnade. Das hier ist echter Champagner. Ich habe eine ganze Kiste von der Behörde für den Luftverkehr bekommen. Sie hatten im Herbst ein Betriebsessen bei mir. Haben einen alten Sattel dafür bekommen. Allerdings war er noch so gut wie neu.«

Keli trug seine dunkle Brille, ein rotes Halstuch und seine Kochschürze, obwohl es bald auf Mitternacht zuging. Böddi peilte den Pegel: Keli war nicht mehr ganz nüchtern. Das wurde auch klar ersichtlich, als er mit drei Gläsern zu ihnen an den Tisch kam und sich zu ihnen setzte. Das Lokal war leer bis auf einen Tisch in der Ecke, an dem zwei dunkelhaarige Kellnerinnen mit ihrem Nach-der-Arbeit-Gläschen und einer Zigarette saßen. Sirikit Rós und Sigga, die ältere der beiden schwarzen Witwen. Sie drehten die Köpfe, als ihr Chef den Korken knallen ließ. Aus ihren Augen ließ sich Mißbilligung lesen. Wenn der Käpt'n säuft, zahlt die Mannschaft die Zeche.

»Und was ist es geworden? Ein Junge? Böddi Böddason? Auf sein Wohl! Und fröhliche Weihnachten. Keine Gnade!«

Sie lachten alle drei und ließen die Gläser klingen. Böddi fragte sich, ob es eigentlich immer der gleiche alte Sattel war, den er hier auf Kelis Rechnung vertrank.

»Die Dagga ist ein prima Mädchen. Ein verteufelt flottes Weib. Ich hatte mal einen Färinger hier, Rögvan, glaube ich, oder Rói. Egal, spielt keine Geige. Er arbeitete auf dem Schwimmbagger, der hier vor Jahren einmal lag, und der hat sich tierisch in die Dagga verknallt, bekam sie gar nicht mehr aus dem Schädel, faselte immer nur von *den lille Dagge*. Und dann hat er sie hier einmal durch sämtliche Betten gevögelt. Keine Gnade. Die haben vielleicht ein Theater veranstaltet. Aber ich habe ihn ordentlich zur Kasse gebeten. Den hab ich für drei Zimmer zahlen lassen: Fick-Zuschlag oder *knulle-tax*. Schließlich hab ich ihm dazu verholfen, daß er bei ihr mal drüber durfte. Ein Prachtmädel. Super! Herzlichen Glückwunsch, Böddi!«

Es war vielleicht nicht unbedingt das, was ein frischgebackener Vater drei Stunden nach der Geburt über die Mutter seines Kindes erfahren wollte, aber Böddi nahm es schweigend zur Kenntnis, grinste etwas gezwungen und schüttelte vor seinem Bruder den Kopf, der ihm seine Anteilnahme bezeigte, indem er die Augenbrauen in die Höhe zog.

»Ich dachte, du würdest nicht mehr trinken«, fragte er etwas herausfordernd.

»Um das Saufen dranzugeben, muß man doch erst mal saufen«, konterte Keli. »Ich bin schon für die Entziehungskur angemeldet. Ab vierten Februar. Drei Wochen Staðarfell. Ich freue mich schon drauf. Für einen wie mich ist das wie Urlaub auf den Kanaren.«

»Bist du etwa süchtig nach Entziehungskuren? Kannst du vielleicht deshalb das Saufen nicht lassen?«

Keli nahm sich ausgiebig Zeit, darüber nachzudenken; dann sagte er: »Das ist wie Furzen. Man glaubt, jeder sei der letzte.«

Die Brüder lachten herzlich, dann fuhr der Wirt fort: »Nein, im Ernst. So ein Entzug ist etwas Wunderbares. Da brennt nie was an. Ich schwöre euch, spätestens nach einer Woche habe ich die erste im Bett. Anfangs führen sie sich auf wie die Heiligen. Meinen, sie sollten gleich von allem kuriert werden. Dann kommt das Wochenende ... Keine Gnade. Aber ich brauche doch einen ernstzunehmenden Grund, um eine Entziehung mitzumachen. Du mußt total verkatert da auflaufen. Sonst schwindelst du ihnen doch etwas vor.«

»Ja, sag mal, hast du denn da nicht einen ganzen Stall voll Kinder?« fragte Viðar nach. Am Eifer in den Augen des Hotelmanagers ließ sich ablesen, daß es ihm ganz und gar nicht ungelegen kam, dem berühmtesten Sohn von Sauðárkrókur Rede und Antwort zu stehen, Winnie Puh höchstpersönlich. Der frischgebackene Vater stand etwas am Rande dieser Feier zu seinen Ehren. Böddi wandte den Kopf und setzte eine grinsende Grimasse in Richtung Rósi auf.

»Das mag wohl so sein. Aber ich habe eine geheime Telefonnummer. Man muß sich schließlich schützen.«

»Eine Geheimnummer?« lachte Viddi. »Aber es weiß doch jeder, daß du hier das Hotel führst.«

»Stimmt, und manchmal ruft auch eine hier an und tut so, als wolle sie ein Zimmer reservieren, aber dann sage ich einfach, das hier sei ein Hotel und kein Aufnahmeasyl. *Ikke noget optagelseshjem!*«

Der Champagner packte Keli mit beiden Händen und zog ihn an den Ohren wie einen jaulenden Schäferhund.

»Jungs, wollt ihr nicht etwas Stärkeres dazu? Und, he, Zigarren! Für jedes neugeborene Kind muß man eine Zigarre rauchen. Das ist Bürgerpflicht. Keine Gnade!«

Der Chef sprang von seinem Stuhl auf und stakste zur Theke, blieb aber plötzlich auf halbem Weg stehen und stierte seine Angestellten an: »Thailand, *make us three Vodka Coke!*«

Die asiatische Schönheit mit einer Haut, von der sämtliche Frauen träumten, und dem strahlendsten Lächeln nördlich des Hochlands preßte die Lippen zusammen, blickte ihre Kollegin an und seufzte mit den Augen. Die Isländerin antwortete an ihrer Stelle: »Willst du nicht erst mal die Gläser austrinken, die du schon im Gebrauch hast?«

»Die ich schon im Gebrauch habe? Was meinst du?«

Die schwarzhaarige Witwe nickte erst zu dem halbvollen Glas auf dem ersten Tisch neben der Theke, dann zu einem anderen auf einem Eckregal, das an drei Ketten von der Decke hing und den Fernseher trug, und sagte dazu: »Eins steht da, ein zweites da hinten am Fernseher, ein drittes in der Küche …«

Wenn Keli sich richtig die Kante gab, gehörte es dazu, daß er überall im Haus halbvolle Gläser stehen ließ. Auf Regalen, Fensterbänken, Küchenfächern, überall deponierte er Gläser, die nach Alkohol in schaler Cola stanken. Die, die ihn kannten, rochen auf sieben Meter Entfernung, daß es mit ihm wieder einmal soweit war. Dabei sollten die noch halbvollen Gläser signalisieren, daß sich Keli vornehm zurückhielt. Indem er von den zehn Gläsern, die überall im Haus herumstanden, nur nippte, soff er ja nicht. Und es war schließlich nicht seine Schuld, daß ihm im Lauf des Tages immer wieder diese zehn Gläser in die Quere kamen. Auf die gleiche Weise trug nicht er selbst die Verantwortung für seine bescheidene Stellung im Leben: auf dem Abstellgleis eines winzigen Hotels in einem toten Winkel ganz im Norden des Landes. Daran waren seine zehn Frauen schuld.

»Was soll der Blödsinn? Darf man in seinem eigenen Hotel nicht mal mehr seine Gäste zu einem anständigen Schluck einladen? So weit kommt's noch! Thailand, *three Vodka Coke, please. No mercy.*«

»Sie heißt nicht Thailand. Ihr Name ist Sirikit.«

»Und ich heiße Fensterkitt. Fröhliche Weihnachten!« krähte der Hotelleiter. Rósi stand auf und geleitete den weißen Mann mit der Kochschürze aus dem angeborenen Gefühl, sich kümmern zu müssen, an die Bar.

»It's not for me. It's for Böddi. He was owning a baby tonight«, hörte man Keli auf dem weiteren Weg in die Küche oder ins Büro versöhnlich sagen. Die Frau leuchtete auf wie eine Lampe mit Dimmer und lächelte Böddi und Viddi fröhlich zu, die am hintersten Tisch saßen und Champagner aus langstieligen Gläsern kippten. Die beiden hingen auf ihren Stühlen und glichen zwei gerupften Raubvögeln einer unbekannten Art. Die Jacken- und Mantelschöße hingen herab wie zerzauste Flügel.

»Ah? New baby? Tonight?« strahlte die Thailänderin über ihr ganzes breites Gesicht.

Böddi räusperte sich extra laut, tippte die Asche von der Zigarette und ließ seinen Bruder für sich antworten: *»Yes! He had a son tonight! It's his first child!«*

Viddi lächelte versonnen. Böddi entdeckte an sich eine gewisse Ähnlichkeit mit Winnie Puh. Genau so mußte sich der Teddybär fühlen, wenn er sich mit der Stimme von Viðar H. Steingrimsson reden hörte. Sein Bruder ließ so gut wie allem, was er von sich gab, ein Ausrufezeichen folgen, etwas, das Böðvar, dessen Leben in Wahrheit ein einziges Ausrufezeichen war, unsäglich auf die Nerven ging.

»Oh, zu Gluck. *I want own baby myself*«, verkündete die Frau lächelnd.

»Yeah? If you need some help about it, then ...«, weiter kam Viðar nicht vor Lachen. Obwohl die Formulierung nicht ganz perfekt war, sprach er sein Englisch mit so viel Hollywood-Akzent, wie es einem entlaufenen Skagfirðingur nur möglich war. Die fernöstliche Rose wurde ganz verlegen und machte sich daran, die Drinks zu mixen.

»Wie schwer war es denn?« fragte ihre Kollegin Sigga in Zigarettenrauch gehüllt aus ihrer Ecke. Die Jahre hatten ihre Wangen unter den hohen Jochbeinen ausgebeult, als hätte sie permanent eitrige Kieferentzündung oder ein Kaugummi in der Backe. In der Regel war sie heftig geschminkt. Man konnte schließlich nie wissen.

»Er wog, warte mal, sieben Pfund, oder? Nein, sechseinhalb, stimmt's?« fragte Viddi seinen Bruder. Der bestätigte, indem er artig mit dem Kopf nickte, während er die Zigarette ausdrückte.

»Ja, sechseinhalb«, rief der Schauspieler der Schwarzhaarigen in der Ecke zu. Auf unerklärliche Weise konnte man es seiner Stimme anhören, daß er einmal in einem ungemachten Bett seine Hände auf sie gelegt hatte. Und als Rósi mit drei Gläsern zu ihnen an den Tisch kam, hörte Böddi seinen Bruder sagen: *»Sirikit, you smile like a movie star. Why don't you join us for a drink? Tell Sigga to come over, too.«*

Die Thaifrau kicherte schüchtern, aber es war ihr deutlich anzumerken, daß die Schmeichelei nicht ihre Wirkung verfehlte. Es war ihr keineswegs unangenehm, dies von dem Mann gesagt zu bekommen, der ab und zu in ihrem und dem Fernseher von Siggi Pé auftrat und dort seine ultrablonden Lebensabschnittsgefährtinnen präsentierte, die zu allem Überfluß auch noch derart schwanger waren, daß man am liebsten gleich an ihrer Stelle die Kinder bekommen hätte. Sirikit ging noch einmal zu ihrer Kollegin hinüber und teilte ihr etwas mit. Als Keli mit drei Havannas in einer angeknitterten durchsichtigen Plastikverpackung zurückkam, schoben sie jedenfalls ihre Stühle an den Tisch der Brüder. Die Isländerin hielt Zigarettenpäckchen, Feuerzeug und Weinglas in der Linken.

»*No no,* das ist eine geschlossene Gesellschaft. Eine reine Männerrunde«, beharrte Keli.

Es wurde ein langer Abend in bester Stimmung, auch wenn der Vater nach wie vor ein wenig außerhalb der Feier zu seinen Ehren blieb. Er konzentrierte sich ganz auf die Zigarre und ließ sich die flirtigen und strahlend lächelnd vorgetragenen Schmeicheleien seines Bruders auf den Wecker fallen. Keli wurde zusehends betrunkener und hatte zum Schluß auf alles nur noch eine Antwort: »Frohe Weihnachten!«

Viðar Halldór beehrte die Anwesenden mit der Geschichte, wie er einmal den Agenten von Matt Damon getroffen und auf eine Schneescootertour auf den Snæfellsjökull mitgenommen hatte.

»Er hing die ganze Zeit am Telefon, quatschte mit Terry Gilliam, ihr wißt, das ist der Typ, der *Brazil* und *Twelve Monkeys* gemacht hat, und Matt spielte gerade in einem neuen Film, den er machte, *Die Brüder Grimm*. Ist noch nicht in die Kinos gekommen, aber ihr wißt schon, es geht um die Typen, die Schneewittchen geschrieben haben, Grimms Märchen und so weiter … Das Problem war, daß Terry wollte, daß Matt sich für die Aufnahmen eine künstliche Nase verpassen ließ, ihr wißt schon, so einen langen Pinocchio-Zinken aus Silikon oder so 'nem Zeug. Ist ja schließlich ein Märchenfilm. Aber Matt war sich nicht sicher. Es könnte vielleicht seiner Karriere schaden, wenn er darin mit so 'ner albernen Pappnase rumlief. Ich meine, er ist natürlich ein Irrsinns-Player und muß an sein Image denken. Aber das war echt geil, ihm zu begegnen. Dem Agenten.«

»Hast du auch mit ihm gesprochen?« fragte Böddi.

»Klar, wir haben jede Menge geredet. Ist 'n richtig feiner Kerl. Außerdem ist es schon cool, diese Welt auch mal kennenzulernen. Ich meine, das ist doch 'ne völlig irre Branche. Cool, mal mitzukriegen, wie es da so zugeht.«

Der Intellektuelle hatte seine Vorlesung über den Unwert der Unterhaltungsbranche längst parat, nicht nur der aus Hollywood, sondern ebensogut der aus Rockland und Popland, von *Sex and the City* bis zur *Sesamstraße*, aber er verkniff sich ihren Vortrag zur Feier des Tages. Er beließ es dabei, nachzufragen:

»Hast du nicht gerade gesagt, er hätte die ganze Zeit telefoniert?«

»Ja, doch, aber …«

»Frohe Weihnachten!« rief Keli fröhlich hinter seiner Sonnenbrille, ehe Viðar die ganze Geschichte für Sirikit Rós noch einmal auf englisch wiederholte. Böddi machte sich im eigenen Zigarrenqualm unsichtbar und schaute aus dem Fenster in den dunklen Dreikönigstag. Eine strubbelige Feuerwerksrakete malte einen Lichtbogen auf die schwarze Fläche. Draußen am Feuer hatten sie offenbar mit dem Knallen begonnen. Die Isländer verabschiedeten die Weihnachtszeit nach heidnischer Sitte.

Urplötzlich wurde die Tür aufgerissen, und ein übergewichtiger Mann steckte seine winzige Nase herein. Es war Jói Hallgríms, der Büroleiter aus der Krabbenfabrik, gut über vierzig, mit Doppelkinn und ausladender Wampe, ein schlicht gestrickter Possenreißer, der auf der Arbeit alle mit üppigen Portionen schmutziger Witze und ansteckenden Gelächters unterhielt. Er trug eine wild zusammengewürfelte Jogging-Montur: schwarze Adidas-Leggings und eine orangefarbene Jacke unbekannter Marke, breit ausgetretene Nike-Schuhe und beide Arme voll mit Videos, kreischgelben Chipstüten und einer Zwei-Liter-Pulle Cola.

»Na, was sagt ihr? Mein Freund heute mit Sonnenbrille? Sigga, kannst du mir mal 'ne Winston Lights rüberlangen?«

Sein Doppelkinn wabbelte kräftig bei seinen Worten, als wäre es der Kropf, aus dem er sie hervorwürgen müsse. Irgendwer hatte ihn mal für schwul erklärt, aber das waren reine Vorurteile. Jói besaß Frau und drei lebhafte Kinder in einem lavaverputzten Eigenheim südlich auf Tún.

»Ich bin völlig durch den Wind. Hatte das hier in der Fabrik vergessen«, erklärte er mit einem Blick auf die Dinge in seinen Armen. »Die anderen sind beim Feuer, und ich habe kein Auto. Glaubst du, du hast Winston Lights? Und vielleicht auch eine Plastiktüte«, fuhr er fort, während er hinter Sigga zur Theke trottete. Auf seinem Rücken stand mit weißen Lettern auf die orangerote Jacke gedruckt: *Überhol mich ruhig. Ich suche nur die zwei Kilo, die ich gestern hier verloren habe*. Ein Witz, der sichtlich schon ein paarmal durch die Waschmaschine gegangen war.

Als Böddi ihn zurückkommen sah, hatte er eine Idee. Der Mann ging mit kurzen Tippelschritten und hielt es offenbar für das beste, nicht in die Richtung des kleinen Saufgelages zu gukken, sondern sich wortlos zu verdrücken. Im Moment sah er noch spießiger aus als sonst, und vielleicht daher sah Böddi plötzlich den Titel vor sich: *Vierundzwanzig Stunden mit Jói Hallgríms*. Dann folgte der Anfang der Dokumentation über diesen moppeligen und mopsfidelen Kerl, den einzig wahren Isländer unserer Tage, der mit einer Plastiktüte voller Videos, Coke, Kartoffelchips und Winston Lights heimwärts dackelte.

Böddi versuchte, seinen Einfall auf dem Heimweg anzubringen, aber sein Bruder war so ausgefüllt von dem das Selbstbewußtsein stärkenden Mumpitz über Keli und sein Hotel, Krókur und Hollywood, daß er gar nicht zum Zug kam. Der Ausbund an Charme war allerdings glatt vor die Wand gelaufen, als Siggi Pé seine Holde abholen kam. Natürlich wußte er, daß die braune Rose Siggi gehörte. Ebensogut wußte er, daß er nicht den Hauch einer Chance hatte, die Braut von Siggi Pé abzuschleppen. Das wäre gleichbedeutend mit einem vorzeitigen Tod gewesen. Aber irgendwie steckte es einfach in Viðar drin (oder hatte er es erst auf der Schauspielschule gelernt?), es bei jeder Frau zu versuchen, die ihm gefiel, und daß er einfach ein *Anrecht* auf jede Frau besaß, auf die er es anlegte. Er blickte der süßen kleinen sonnengebräunten Rósi nach wie ein enttäuschter Hund, als der Geländewagenfreak Sigurður P. sie holen kam. Er nahm sie in seine Pranke und führte sie ab zum Parkplatz, auf dem sein getuntes Ego stand. Für den Schauspieler war auch der Blick kein Trost, den ihm die Schwarze Sigga zuwarf und der ohne Umschweife besagte: Dann nimm doch mich mit nach Hause und nimm mich! Viddi machte ein Gesicht wie ein Mann, der ein Lammsteak bestellt hat und statt dessen ein Suppenhuhn bekommt.

Die Brüder schwankten den Strandvegur entlang. Zwei mächtige Raketen explodierten hoch über ihren Köpfen, ohne daß Viðar seine Lobrede unterbrochen hätte, was für ein großartiger Mensch Keli doch sei. »Champagner, Wodka und Zigarren, und alles auf Kosten des Hauses!« Unten am Strand brannte noch immer der Scheiterhaufen. Sterbende Flammenzungen spiegelten sich im frostgelierenden Wasser, züngelten so schwächlich über die Meeresoberfläche wie das angetrunkene gemeinschaftliche Singen durch die Luft herüberdrang. Die Leute mit Kindern waren offenbar längst nach Hause gegangen.

Böddi war richtiggehend erschöpft. Der Eremit war es nicht mehr gewohnt, einen ganzen Abend unter Menschen zu sein, geschweige denn Menschen anzusehen, die er selber gemacht hatte. Allzu viele Menschen, allzu viele Worte … Ihn verlangte nach seiner Höhle. Aber Viddi mußte natürlich unbedingt im letzten Moment, als Böddi ihm gute Nacht sagte, noch an seinen Geburtstag denken.

»Hey, es ist soweit. Der siebte Januar. Du hast Geburtstag, Bruderherz. Herzlichen Glühstrumpf! *Too bad,* daß sie ihn nicht erst nach Mitternacht bekommen hat.«

Böddi haßte Geburtstage, erst recht seinen eigenen. Es gab doch nichts Bescheuerteres, als es als besonderen Erfolg herauszuposaunen, daß man sich tatsächlich noch ein weiteres Jahr am Leben erhalten hatte. Diese Gag-Zeiten, in denen wir lebten, waren erfüllt von unablässigem In-die-Hände-Klatschen. Andauernd wurde jemandem applaudiert, man klatschte für dieses oder jenes Konfirmationsjubiläum, feierte den Anfang von dem oder jenem, ganz zu schweigen von den Tonnen an Preismüll, die jedes Jahr ausgeschüttet wurden, für die beste unbedeutendste Nebenrolle in einem Film, den kaum jemand im Saal gesehen hatte. Trotzdem klatschten die Leute wie besessen und trampelten, was das Zeug hielt.

Böddi verzog das Gesicht und holte den Tabak heraus. Es blieb ihm nichts anderes übrig, als die nächste Viertelstunde am Fuß der Treppe das Gelaber seines Bruders über längst abgebrannte Geburtstagskerzen, Kuchen und Geschenke über sich ergehen zu lassen. Dann endlich eine Umarmung und zum wiederholten Mal Glückwünsche. *»What a day, man!«* Dann bückte sich Böddi endlich in seinen Keller, und Viðar kroch die Treppe rauf, wankte in die Küche, verschickte ein paar SMS kreuz und quer übers Land, einfach nur, um ein paar Eisen im Feuer zu behalten. Er hatte erst eine Antwort bekommen: »Hallo, Süßer, ich sitze noch mit Lóa im Prikið. Bist du nachher noch wach«, als er seine Mutter aus ihrem Zimmer rufen hörte: »Böddi! Böddi!«

Viddi ging den Rufen nach, das Handy in der rechten Hand, und nannte, so nüchtern er nur konnte, seinen Namen wie bei einer Polizeikontrolle. Seine Mutter lag in dem stickig heißen Halbdunkel und war gegen das Licht der Straßenlaterne, das wie künstliches Mondlicht durchs Fenster fiel und nur das Fußende des Bettes beleuchtete, kaum zu erkennen.

»Ach, bist du es, Viddi? Wie ist es denn ausgegangen?«

»Was?«

Das Handy piepte. Er hielt es hoch und wurde vom Licht im Display ein wenig blau im Gesicht, als er die Nachricht las: »Bist du zu Hause? Ich würde dir unheimlich gern einen blasen. *Eat me Baby.*«

»War er denn nicht im Krankenhaus?«

»Im Krankenhaus? Wer?«

»Na, Bö…« Die alte Frau bekam einen heftigen Hustenanfall. Viddi sah seine Mutter erschrocken an, bis das Handy in seiner Hand wieder piepte. Er konnte nicht anders, ein leichtes Lächeln zog über sein Gesicht, als er die Botschaft las. Derweil beruhigte Dóra ihren Husten und konnte endlich den Satz beenden: »Böddi. Ist er denn nicht heute abend ins Krankenhaus gegangen?«

»Hm, was sagst du?«

»Die Dagga hat doch heute abend ihr Kind bekommen, oder?«

»Wie? Ja, doch. Hat er dir denn etwa noch nichts davon erzählt? *Christ,* Mann! Sie hat einen Jungen bekommen, einen prächtigen Jungen, sechseinhalb Pfund.«

»Wirklich? Ist das wahr? Na, dann ist es ja gut.«

»Ja, es ist wohl alles gut gelaufen. Wir waren anschließend nur noch im Hotel, um das Kind pinkeln zu lassen. Ich dachte, er hätte dir längst … er hätte dich wenigstens angerufen …«

»Ich kann ja morgen mit ihm reden. Gute Nacht.«

»Gute Nacht, Mutter«, sagte Viðar und blieb noch eine Weile am Türrahmen stehen. Sein Handy piepte zum dritten Mal, zweimal zwei kurze Pieptöne mit dem dazugehörigen Schnurren, das zum Vibrationssignal gehörte. Es war das letzte, was die alte Frau in ihrem Leben hörte.

21

In der Kirche von Sauðárkrókur zu Grabe getragen wird …

Dóra wachte am folgenden Tag nicht mehr auf. Böddi erwachte gegen Mittag, bahnte sich mit zerwühltem Haar und den Kopf noch von Alkohol und Zigarrenrauch umnebelt einen Weg die Treppe hinauf. Viddi tauchte wenig später auf. Sie saßen in der Küche zusammen, tranken Kaffee und schwiegen sich an. Herr Strubbel und Herr Zausel: Zwei erwachsene Männer in der Blüte ihres Lebens. Böddi sah sie beide auf einmal von der Tür aus vor sich, wie sie am Küchentisch hockten, mit einem ganzen Fjord zwischen sich: zwei Nullen. Zwei gleich große Nullen. Zwei unbedeutende und nichtswürdige Menschen. Wenn sie heute stürben, würde morgen kein Hahn nach ihnen krähen. Ein paar synchronisierte Kindersendungen und eine Schublade voll nicht zu veröffentlichender Gedichtübersetzungen. Sonst nichts. Schon seit vor dem Jahreswechsel hatte er sich mit dem kurzen Gedicht *Menschenbeifall* abgemüht. Und selbst wenn es jemals veröffentlicht würde, ob dann jemand Interesse hätte, es auch zu lesen? Böddi war kein Marketingstratege, aber gab es überhaupt Bücher, die von niemandem gelesen wurden? *Der Menge gefällt, was auf den Marktplatz taugt …* Wozu gab er sich überhaupt damit ab? Blieb nicht alles unlesbares Geschreibsel? Eine neue Generation war das einzige, was sie anderen Generationen zu geben hatten. Viddi hatte schon einen Haufen Kinder, die wahrscheinlich mit undeutlichen Erinnerungen an die Stimme von Winnie Puh bis zu einem allmählichen und hochbetagten Tod weiterleben würden, und jetzt hatte er auch selbst ein Exemplar in die Welt gesetzt. Vielleicht kamen ihm darum solche Gedanken. Der kleine rote Knirps machte wohl eine gewisse Revision erforderlich. Wozu lebte man? Wozu war man da? Plötzlich fiel ihm seine Blog-Seite wieder ein. Es war lange her, seit er dort zum letzten Mal eine Brandrede eingestellt hatte. Verlor er den Mut? Oder war es nicht sowieso völlig egal, ob er etwas ins Netz stellte? Und wie lange würde es dort stehen? Es war doch klar, daß man eines Tages das Internet schließen würde, sobald es einem Bruder bin Laden gelänge, das Internet zu einem Bombennetz umzufunktionieren, und er damit drohte, von seiner Berghöhle in Afghanistan per DSL-Verbindung jedes einzelne Haus in der westlichen Welt in die Luft zu jagen. Sein Bruder Viddi hatte vollkommen recht: Man mußte etwas tun! Etwas, das irgendwas *veränderte*.

»Ich hatte gestern eine Idee«, sagte Böddi.

»So?« fragte Viddi zurück.

»Wir machen eine Dokumentation. Über Jói Hallgríms.«

»Jói Hallgríms? Wer ist das?«

»Der Typ, der gestern abend noch ins Hotel kam. In den Jogging-Klamotten. Wollte Zigaretten holen.«

»Ach, der *dude*. Fats Domino.«

»Wie?«

»Nichts. Jedenfalls der im Strampelanzug. *I get it.* Warum ausgerechnet der?«

»Hast du eine Videokamera bei dir?«

»Hier? *Yep*, Kamera ist am Mann.«

»Könntest du sie hierlassen?«

»Hierlassen? Du meinst ... Du kannst doch gar nicht ... Kannst du überhaupt mit so was umgehen? Du kannst doch nicht mal Auto fahren.«

»Du bringst es mir bei.«

»Und dann? Willst du mit ihm reden, ihn interviewen ...?«

»Nein, ich denke eher an versteckte Kamera.«

Viðar begann zu lachen. Böddi war auf einmal so anders, so voller Tatendrang, redete von »versteckter Kamera« und hörte sich dabei an wie ein Waldläufer, der auf einem Ressortleitermeeting bei MTV ein völlig neuartiges Konzept für Videoclips vorschlägt. Ihre Mutter lag derweil tot in ihrem Bett. Der Radiowecker spielte ein trauriges Lied von Jose Feliciano. Hörður Torfason, ein bekannter Homosexueller mit einschmeichelnder

Stimme, schilderte auf Kanal Eins die Karriere des blinden Troubadours aus Puerto Rico.

Sie lag noch den ganzen Tag dort.

Die Brüder fanden sie erst am Abend. Böddi kam gegen sieben hungrig die Treppe herauf und registrierte, daß der Fernseher nicht lief. Da stand er auf der dunklen Kommode auf dem Spitzendeckchen, das ein wenig unter ihm hervorlugte, und hatte nie mehr Raum eingenommen: Sein Schweigen und das Fehlen seiner Bilder füllte das Wohnzimmer mit jeder Menge Vorstellungen. Böðvar ging in die Küche und öffnete fahrig den Kühlschrank, schloß ihn aber gleich wieder. Er mußte zugeben, daß ihn der stumme Fernseher beunruhigte. Nach einigen zögerlichen Minuten spähte er vom Wohnzimmer in das warme Schlafzimmer seiner Mutter und erblickte ihren Kopf auf dem Kissen, als hätte sie ihn dort zurückgelassen. Böddi sprach sie an, trat dann näher und sah, was passiert war. Seine Mutter war tot. So unwahrscheinlich es erscheinen mochte, aber er merkte es zuerst an den Härchen in ihrem Gesicht. Es gab keinen Zweifel, daß diese kurzen hellen Härchen um die Ohren und unter der Nase, die ein wenig über die mattrote Oberlippe standen, ihr Wachstum eingestellt hatten. Eine bis dahin unbekannte Schönheit lag über ihren Zügen, als würde es ihr Körper genießen, nicht mehr im Zwangsgriff des Atmens zu sein. Die Augen waren geschlossen, doch auch über ihnen lagen Ruhe und Frieden. Die sturmerprobte Seele war davongeweht.

Böddi war erschüttert und reagierte völlig unmotiviert: Er klopfte seiner Mutter leicht aufs Schädeldach, wie ein Trainer beim Sport einen kleinen Knirps für seinen guten Einsatz belohnt. Vielleicht dankte er ihr für sein Leben. Er erschrak allerdings noch mehr, als er dabei fühlte, wie kalt sie schon geworden war (in den dreißig Grad Umgebungstemperatur fühlte sich ihr Kopf wie ein kühler Stein an). Er taumelte zurück zum Fenster in der Westwand. Da stand er vollkommen reglos und starrte lange in das Winterdunkel, ohne zu fühlen, wie der Heizkörper unter dem Fenster seine Kniescheiben ansengte und ihm der heiße Luftstrom in die Nasenlöcher stieg. Der Blick reichte noch über den Hinterhof zu dem des Nachbarn, zwischen den Häusern war ein Stück der Aðalgata zu sehen. Der silberne Jeep des Buchhändlers walzte mit seinen Reifen über den nassen Asphalt, und die Weihnachtslichterkette am Giebel des Hauses auf der anderen Straßenseite schaukelte im Wind. Oben auf Nafir standen drei schwankende Straßenlaternen, doch das beleuchtete Kreuz an der Kante neben dem Friedhofstor (der größte Weihnachtsschmuck des Ortes) wankte nicht. Böddi sah auf einmal, daß der Blick aus dem Fenster mit dem offenstehenden Oberlicht in gerader Luftlinie zum Friedhof hinauf ging. Er brauchte bloß ein massives Drahtseil zwischen Fensterrahmen und Friedhofspforte anzubringen und hätte seine Mutter auf dem kürzesten Weg am Kirchturm vorbei auf den Friedhof befördern können.

Er wußte nicht, wie lange er so am Fenster gestanden hatte, als er merkte, daß sich sein Bruder im Zimmer befand. Böddi drehte sich um. Viddi sah ihn an, dann die Mutter und brauchte nichts zu fragen. Er hatte in genügend Vorstellungen mitgespielt, um zu wissen, daß hier der Tod eingekehrt war. Er öffnete den Mund, und ein tiefes Stöhnen drang heraus. Dann sagte er keuchend: »Nein!«, sank auf die Knie und nahm die eiskalte Hand seiner Mutter.

»Nein! Wie ist das passiert? Wann ...?«

»Ich weiß nicht. Vielleicht ist sie heute gar nicht mehr aufgestanden.«

Viðar sah zu seinem älteren Bruder auf, der noch immer am Fenster stand und deutlich anders aussah als er: sein scharf geschnittenes Gesicht war zu einer furchterregenden Maske erstarrt. Im Halbdunkel erinnerte er Viðar an den Bösewicht in einem alten deutschen Stummfilm.

»Nein. Wie kommst du darauf?« stöhnte Viðar, wandte sich wieder dem Bett zu und schniefte ein paarmal: »Mama. Mama.«

Böddi blieb reglos stehen und beobachtete das Schniefen seines Bruders vor dem unbewegten Gesicht ihrer Mutter, das nicht mehr vom Leben gequält wurde und jetzt vielleicht so aussah, wie es ursprünglich einmal aussehen sollte: Die alte Frau war jetzt fast schön. Eine Möwe flog mit Geschrei übers Haus, und Böddi blickte auf den Radiowecker, der auf einem kleinen runden, orangeroten Häkeldeckchen auf dem Nachttisch stand. Die Uhr zeigte in roten Ziffern 19.04, doch das Radio war stumm. Irgendwann im Lauf des Tages hatte es aufgegeben, die alte Frau wecken zu wollen. Auf einmal konnte Böddi das Gejammer nicht mehr ertragen und fragte seinen Bruder: »Was sollen wir jetzt tun?«

Viðar guckte wie ein Kind, das eine halbe Stunde vor sich hin heult und immer noch auf einen Bonbon hofft.

»Tun?«

Er zog die Nase hoch.

»Müssen wir nicht einen Arzt rufen?«

»Wozu? Sie ist doch tot.«

»Ja, schon. Aber woher weißt du das?«

»Woher ich das weiß? Ich sehe es doch. Glaubst du etwa, sie lebt noch?«

»Nein. Ich weiß nicht. Man muß doch einen Arzt kommen und den Tod bestätigen lassen. Hast du das noch nie gesehen, im Film?«

»Im Film. Pah! Als ob wir nicht selber sehen könnten, daß die Frau tot ist.«

»Tot?« wiederholte Viddi wie ein trauerndes Weib.

»Ja. Oder glaubst du etwa doch, daß sie noch lebt?«

»Nein, nein. Aber trotzdem ... Vielleicht ... Ich meine ...«

»Warum heulst du?«

»Böddi, *please!* Mama ist gerade gestorben, und du ...«

»Was? Ist sie jetzt doch tot?«

»Jesus fuckin' Christ, man!« fluchte Viddi, sprang auf und ging auf Böddi los. »Was ist los mit dir? Das ist kein verdammter Witz, wenn du das meinst!«

»Nein. Ich seh's.«

Viddi glaubte, Böddi ziele damit auf die Tränen in seinen Augen, und pflaumte ihn an: »Was lachst du dann so blöd?«

»Ich lache nicht.«

Viddi stand jetzt so nah vor seinem Bruder, daß sie fast aneinanderstießen. Böddi mußte die Augen zusammenkneifen vor seinen feucht hervorgestoßenen Worten.

»Kannst du denn nichts ernst nehmen? Bist du denn vollkommen gefühllos?«

Er stieß ihn an.

»Was?« machte Böddi und schubste zurück. Auf einmal hatten sie sich in den Haaren. Der Jüngere versuchte den Älteren aus dem Zimmer zu drängen.

»Raus mit dir! Ich will mit Mama hier allein sein. Raus mit dir, du Eisklumpen!«

Böddi schimpfte zurück, mußte aber weichen. Obwohl sie gleich groß waren, war der Schauspieler gute zehn Kilo schwerer. Es waren genau die zehn Kilo, die die Frauen so gern streichelten und drückten, die zehn Kilo, die dafür sorgten, daß es ihm gut ging im Leben und daß er bei allen wohlgelitten war. Außerdem rannte Viddi andauernd ins Fitneß-Studio. Trotzdem konnte sich Böddi von seinem kleinen Bruder nicht einfach so aus dem Zimmer schieben lassen und wehrte sich, so gut er konnte. Viddi schob ihn ohne große Mühe bis zur Tür, doch da klammerte sich Böddi am Rahmen fest. Viðar packte fester zu. Beide waren schon durch die Wärme im Zimmer in Schweiß ausgebrochen und knallrot angelaufen. Die alte Frau lag derweil grabesstill und totenbleich in ihrem Bett.

»Fuckin' lunatic!« spuckte der Schauspieler dem Philosophen ins Gesicht, der sich noch immer am Türrahmen festhielt. Viddi drängte sich an ihm vorbei ins Wohnzimmer und zog aus Leibeskräften aus dieser Richtung. Böddi mußte loslassen, und beide fielen zu Boden. Viðar landete obenauf, und sie rangen eine Weile stöhnend miteinander wie zwei wilde Liebende. Der Jüngere nahm den Älteren, der puterrot im Gesicht um sich schlug, bald derart in den Schwitzkasten, daß er schließlich aufgeben mußte. Völlig still und ermattet lagen sie beide auf der linken Seite dicht hintereinander wie das Bildnis einer ganz besonderen Umarmung, der brüderlichen. Doch allmählich setzte die Figurengruppe wieder Trauer an wie Grünspan. Leise fing

Viðar an zu weinen und lockerte den Griff um den Hals seines Bruders. Böddi rührte sich nicht und lauschte, wie sein Bruder hinter ihm an seinem rechten Ohr schniefte. Ja, dachte er, was, zum Teufel, taten sie hier eigentlich? Ihre Mutter war gestorben. Sie lag kalt in ihrem Bett, während sie sich hier auf dem Fußboden balgten wie kleine Jungen.

Mutter war tot.

Langsam drang diese Erkenntnis in Böddis Bewußtsein vor. Und langsam bildete sich auch in seinem linken Auge eine zähflüssige Träne und floß am Ende über, das Jochbein hinab, von wo sie auf den knastertrockenen und steinharten Teppich tropfte. Unter größten Anstrengungen war es Viddi also gelungen, der vertrockneten Zitrone, die die Seele seines Bruders darstellte, einen Tropfen abzuquetschen.

Verlegen und ohne einander anzusehen, standen sie auf. Böddi ging noch einmal in Mutters Zimmer und bat sie stumm um Verzeihung, dann setzten sie sich beide mit roten Augen vor den Fernseher, ohne ihn einzuschalten, und atmeten tief durch. Nachdem sie ein paar Minuten geschwiegen hatten, begannen sie, die praktisch notwendigen Dinge durchzusprechen. Sie mußten den Arzt, den Pfarrer und den Anwalt verständigen, das Trio infernal, das das Leben an einen Tisch gesetzt hatte, damit es seine Beziehungen zum Tod regelte, diese völlig überflüssigen, aber ebenso unumgänglichen Berufszweige, die ihre Vertreter noch im hintersten Winkel der Welt unterhielten. Selbst da, wo arbeitsteilige Berufe noch etwas gänzlich Unbekanntes waren, gab es Menschen, die es übernahmen, das Leben entgegenzunehmen, ihm bis zu seinem Grab das Geleit zu geben und die Streitereien zu regeln, die aus diesen beiden Angelegenheiten folgten.

Arzt, Priester, Jurist …

Plötzlich fiel Viddi ihre Schwester Skulda ein. Er sprang aus dem Sessel und rief sie sofort an. Bergþóra Steingrímsdóttir, auch genannt Skulda, lebte mit ihrem Baggerfahrer und ihren beiden »Schwimmringen« in Varmahlíð, einer kleinen Siedlung an einem baumbestandenen Berg in der Mitte des weiten Fjordtals. Am Telefon schwieg sie zwanzig Sekunden, doch zwanzig Minuten später stand sie vor der Tür, eine mädchenhafte Frau, noch drei Jahre von der Vierzig entfernt, rundes Gesicht, runde Brille, runder Körperbau. Schwere Brüste hatten ihr den Rükken gekrümmt, und das Kinn war nur ein kleiner Vorsprung wie der Adamsapfel am Hals, der ansonsten ohne Absatz bis zu den Lippen zu reichen schien. Ihre Haut war schneeweiß und sah ungeheuer weich aus. Man bekam den Eindruck, diese Frau müsse den ganzen Tag lang in heißem Wasser gebadet haben. Sie war einen Kopf kleiner als ihre Brüder. Ihren Spitznamen hatte sie als Heranwachsende erhalten, weil sie stets hungrig gewesen war und für Essen weit mehr als ihr Taschengeld ausgegeben hatte. Sie hatte im halben Ort Schulden, als sie endlich einen dicklichen Mann für sich fand und mit ihm zusammenzog. Gemeinsam hatten sie zwei Kinder bekommen, die bald genauso rundlich wie die Eltern wurden und ihnen ständig zwischen Haus und Auto nachrollten. Böddi nannte sie bloß »die Schwimmringe«. Nach seiner Ansicht war seine Schwester eine Coca-Cola gebende Kuh und ihre Familie weißer Müll, der den lieben langen Tag Kanal 2 hörte, sich Abend für Abend drei Videos reinpfiff, zum Frühstück Schokokugeln fraß, Schmalzkringel zum Mittagessen, und zu sämtlichen Mahlzeiten des Tages Limonadengetränke in sich hineinkippte. Wenn seine Mutter ein geistiger Junkie gewesen war, dann waren seine Schwester und ihre Familie unverhüllte Zuckersüchtige. Beim Weihnachtsessen vor zwei Jahren hatte Böddi mitbekommen, wie sie sich untereinander über Limonade unterhielten wie Kenner über Wein.

»Ich muß sagen, ich finde gut abgelagerte Sprite besser als abgestandene Coke. Aber lauwarme Sprite schmeckt mir überhaupt nicht.«

Bergþóra küßte ihre Brüder schweigend auf die Wange und ging dann ins Zimmer der Verstorbenen. Sie zog sich einen Stuhl heran und setzte sich ans Bett, nahm ihre Hand und bat die beiden Männer, die Tür anzulehnen.

Als sie verweint, aber voller Tatkraft und mit Schweißperlen auf der Stirn wieder herauskam, hatten die beiden den Fernseher eingeschaltet. Die mädchenhafte Frau musterte sie eine Weile, wie sie da so nutzlos herumsaßen, wie nur Männer es können, und wie paralysiert eine amerikanische Serie im Ersten Programm verfolgten, eine dieser Soaps, an denen letzten Endes wahrscheinlich niemand Gefallen findet: weder der Autor noch der Produzent oder die Darsteller, zu allerletzt jedenfalls die Zuschauer und Verbraucher. Der Bedarf an schlechten Fernsehsendungen war jedoch groß (man konnte ja schließlich nicht das ganze Abendprogramm mit anspruchsvollen und intelligenten Themen füllen), und vielleicht war diese spezielle Serie sogar ausdrücklich zu dem Zweck gedreht worden, Trauernden die Totenwache erträglicher zu machen. Böddi empfand jetzt wieder genügend Sympathie für seinen Bruder, daß er sich zusammen mit ihm diesen belaubten Blödsinn voll weißgestrichener Koppelzäune und Frauen mit schief gelegtem Kopf ansehen konnte. Es ließ sich sogar behaupten, damit würden sie ihrer Mutter die letzte Ehre erweisen. »Und wer soll jetzt den Fernseher benutzen?« mochten ihre letzten Worte gewesen sein, dachte sich Böddi. Er beobachtete das Gesicht seines Bruders und wie gebannt er jedes Mundwinkelzucken dieser Zahnweißlinge verfolgte, seiner karamelisiert-braunen Berufskollegen jenseits des Atlantiks. Dabei waren es nicht mehr als drittklassige Darsteller in einer drittklassigen Seifenoper. Ein Provinzdepp zu sein, heißt, vor Mäusen Manschetten zu haben.

Bergþóra tätigte einige Telefonate und fand heraus, daß ihre Mutter an dem Tag nicht zur Arbeit in der Fischfabrik erschienen war.

»Kann das etwas anderes heißen, als daß ihr sie den ganzen Tag hier habt liegen lassen?«

Sie starrten sie an wie zwei gerade aufgewachte Seehunde. Jetzt nahm Skulda die Sache in die Hand und erledigte noch einige Telefonate. Böddi holte seinen Tabak aus dem Keller, aber seine Schwester gab ihm mitten in einem Telefongespräch unmißverständliche Zeichen, er möge bitte draußen vor der Tür rauchen. Also stand er schlotternd vor Kälte draußen auf der

Treppe, saugte den Rauch aus der Glut und stierte zwischen den Häusern auf der anderen Straßenseite hindurch auf zwei ausrangierte Milchlaster am Rand der großen Fläche vor der Autowerkstatt – zwei weiße Tanks voller Dunkelheit –, die ziemlich abgewrackt aussahen.

Der Pastor war eine appetitliche Blondine um die vierzig, die Böddi noch nie gesehen hatte. Allerdings hatte er einmal gehört, wie Keli und ein paar andere Männer im Hotel über ihren »weihevollen Wuchs« gefrotzelt hatten. Sie war beliebt in der Gemeinde und traf in einem weißen Alltagskragen und geschminkt wie eine Ikone ein, das Haar zu einem Knoten geschlungen, der hart wie Holz aussah. Sie gab den Geschwistern die Hand und sah jedem in die Augen. Böddi wurde angesichts einer geweihten Frau etwas nervös, konnte aber nicht den geringsten Vorwurf in ihren Augen lesen oder etwa gar eine Voreingenommenheit gegen ihn. Gleichwohl sollte sie darüber im Bilde sein, daß er der Schandfleck des Orts war. Während die Pfarrerin leise mit Viðar und Bergþóra sprach, versuchte sich Böddi auszumalen, wie es sich wohl anfühlen mochte, ihren nackten Hintern anzufassen.

Es zeigte eine neue Politik der Kirche an, daß sich die Pastorin mehr Zeit dafür nahm, mit den Hinterbliebenen zu reden, als sich der Verstorbenen anzunehmen. Wie ein Großkonzern mit Imageproblemen wollte die Kirche von heute unbedingt den Stempel loswerden, sie wäre nichts anderes als ein Beerdigungsinstitut voller Todessymbole und Folterbilder. Wie andere Unternehmen auch wollte sie neue Märkte erschließen und vor allem den Markt der Lebenden dem der Toten vorziehen, denn mit denen ließen sich noch weitaus mehr Geschäfte abschließen. Krisenhilfe bei den Hinterbliebenen galt in Reihen der Kirche nun als die wichtigere Aufgabe der Pfarrer gegenüber dem seelischen Beistand der Verblichenen. In dieser Hinsicht hatte Böddi durchaus recht: Der Tod war auch nicht mehr das, was er einmal war; er hatte seine Würde ebenso verloren wie seine Popularität.

Der Arzt traf wenig später ein und sagte kaum etwas. Ein unrasierter und ungekämmter Mann um die fünfzig mit schlaffer Gesichtshaut, der wortlos mit seiner altmodischen Ledertasche im Schlafzimmer verschwand und den Tod feststellte, der seiner Schätzung nach vor vierzehn bis sechzehn Stunden eingetreten war. Die Todesursache würde die Obduktion klären.

»No shit«, gab Viðar von sich.

Einen Augenblick verweilten Arzt und Pastor Seite an Seite am Fußende des Bettes, der Vertreter des Geistes und der der Materie. Es sah ganz so aus, als hätten sie die Zuständigkeit vertauscht. Die Pfarrerin tat alles fürs Auge wie eine Kosmetikberaterin aus der Stadt, während der Arzt eine unrasierte Seele war wie ein Prophet, der von weither aus der Wüste kam.

Dóra wurde eine gute Woche später beerdigt. Viddi verlängerte seinen Weihnachtsurlaub noch einmal und brachte die Tage damit zu, SMS zu verschicken oder fernzusehen. Böddi bedachte das DVD-Gerät aus mattiertem Stahl mit einem bösen Seitenblick, das sein Bruder geliehen und auf einem Stuhl neben dem alten Sharp aufgebaut hatte. Der Fernsehhasser war der Ansicht, es grenze hart an Mißachtung der Toten, ihren alten Apparat auf diese Weise zu mißbrauchen. Gezwungenermaßen das öffentlich-rechtliche Fernsehen mit dieser strohdummen Blondine zu betrügen. Zudem ging ihm der Klingelton vom Handy seines Bruders, das sechzehnmal am Tag an sechzehn verschiedenen Stellen im Haus ertönte, entsetzlich auf die Nerven. Es klingelte nicht einfach, sondern gab jedesmal die Anfangstakte von *Eye of the Tiger* von sich, einem alten Rocksong, der das Handy auch zum Radio machte und die Telefonate in halbe Rockarien verwandelte, denn Viddi sprach in abgehackten kurzen Textzeilen und kam nicht selten bis ans hohe C. Anschließend kam er zu Böðvar nach unten und erzählte ihm einen brandneuen Witz, den sein Bruder nicht im mindesten begriff:

»He, wußtest du schon, daß Paris Hilton jetzt was mit Radisson SAS hat?«

Ihre Schwester hatte die notwendigen Dinge in die Wege

geleitet, einen Raum für die Begräbnisfeier bestellt und einen Sarg ausgewählt. Manchmal schien das Leben Frauensache zu sein. Böddi fiel allerdings die Aufgabe zu, die Todesanzeige zu verfassen. Wie ein aufgeregter Pennäler baute er sich danach in der Küche vor dem Radio auf und wartete auf die Verlesung der Trauermeldungen. Es irritierte ihn, daß er den Wunsch verspürte, seinen Bruder vom Fernseher wegzuzerren, wo er sich gerade den dritten Film des Tages ansah, damit er sich die Meldungen mit ihm zusammen anhörte. Zu seiner Irritation trug auch die vorangehende Sendung bei: Ein junger Poet mit kräftiger Stimme, der in seinem Beitrag vor allem den Enddarm seiner Freundin besang. Die neue Dichtergeneration hatte sich also von der Möse zum Anus vorgearbeitet, der nun die einzig offene Möglichkeit bot. Die nächste Generation würde vermutlich aus dem Enddarm tönen, dachte Böddi und drehte nach dem Ende der Sendung das Radio lauter.

»In der Kirche von Sauðárkrókur zu Grabe getragen wird am Sonnabend, dem 15. Januar, Halldóra Sæunnborg Gísladóttir von Húnsnes auf Skagi, wohnhaft Frúarstígur 34, Sauðárkrókur. –

Die Kinder und Enkelkinder.«

Der Text war schlicht, klar und entsprach der Tradition. Es war der erste Text, den Böðvar H. Steingrímsson publizierte. (Trotz allem stellte das Internet in seiner Vorstellung keinen Ort der Öffentlichkeit dar, sondern höchstens den »riesengroßen Misthaufen im Hinterhof anerkannter Medien«.) Der aufgeregte Trottel wurde zum stolzen Trottel, als er den Sprecher diese anspruchslose kleine Elegie vorlesen hörte, die er auf seine Mutter gedichtet hatte. Er hatte sich entschlossen, auch ihren Geburtsort zu nennen, obwohl es seiner Mutter bestimmt wichtiger gewesen wäre, ihre Lieblingssendung im Fernsehen zu erwähnen: *Oprah*. Die einzige Schwierigkeit entstand im Zusammenhang mit den Unterzeichnern. Kaum waren die Trauermeldungen vorüber, rief seine Schwester an und beschwerte sich, daß ihr Mann Sigþór nicht mitgenannt worden war. Böddi redete sich damit heraus, daß sowohl »Kinder, Enkel und Schwiegersohn« als auch »Kinder, Enkel und Ehemann« gleichermaßen beknackt geklungen hätten. Er verschwieg ihr allerdings, wie die Anzeige im ersten Entwurf geendet hatte:

»Kinder, Enkel und Grabungsunternehmer.«

Geschäftsführung und Vorarbeiter der Fischfabrik, sechs kurzhaarige Männer mit eingezogenen Bäuchen, trugen den Sarg an einem windigen, dünn verschneiten Tag aus der Kirche. Ihre Anzüge waren ebenso grau wie der Asphalt, über den durchsichtige Schneeschleier wehten wie haarfeine Miniaturausgaben großer Wirbelstürme.

Böddi sah seine Mutter aus dem Leben hinab ins eiskalte Grab sinken und verlor sich dann wieder und wieder in das Gesicht der Pastorin. Sie sah wirklich süß aus.

Beim Leichenschmaus saßen etwas weniger Teilnehmer als bei der Beerdigung. Viddi meinte, es wäre überflüssig gewesen, dazu eigens einen Saal anzumieten, dieses lackglänzende Spanplattenparadies in der Etage über dem Konsumladen, doch Bergþóra antwortete ihm, indem sie einfach einen Tisch weiter rückte, zu drei blauhaarigen Arbeitskolleginnen aus der Fischfabrik. Außer ihnen hatten sich noch Dóras bereits genannte Vorarbeiter eingefunden, zwei Frauen aus dem Seniorenheim, die ein Abo für sämtliche Beerdigungen in der Kirche von Sauðárkrókur besaßen, ein schweigsames Nachbarehepaar aus dem Frúarstígur und eine entfernte Verwandte aus Siglufjörður, die es fertiggebracht hatte, ihre Tochter samt deren drei zappeligen Kindern mitzubringen. Zu Beginn des Gottesdienstes hatte sich Dagbjört in die Kirche geschmuggelt und mit geschwollenen Augen in einem schwarzen Hosenanzug in der hintersten Reihe Platz genommen, doch zur Beerdigungsfeier war sie nicht gekommen. Sie ließ es dabei bewenden, Böddi ohne Kuß zu umarmen, nachdem der Sarg im Leichenwagen verstaut war, und zu erklären, sie müsse sofort nach Hause, um zu stillen.

Die Tante aus Sigló hatte einen von zwei Nachrufen verfaßt, die im *Morgunblaðið* erschienen, einen kurzen Gruß, der nach Böddis Meinung von Anfang bis Ende erstunken und erlogen war. Seine Mutter war nie »gastfreundlich und angenehm zu besuchen« gewesen. Kein Schwein hatte sie je besucht. Noch weniger hatte sie »den Büchern zugeneigt« oder war sie »eine gute Rednerin« gewesen. Der andere Nachruf stammte von Sigþór: »Als mich die Nachricht vom Fortgang meiner lieben Schwiegermama ereilte, war mir, als würde alles Leben im ganzen Fjord erstarren …«

»Ruhig«, sagte Viddi, als er das über den Cornflakes las. Der Schwager hatte die Beerdigungsfeier früh verlassen müssen. Er hatte übers Wochenende einen Auftrag in Blönduós angenommen.

Bergþóra hatte Böddi bekniet, doch auch einen Nachruf auf ihre Mutter im *Mogginn* zu schreiben, aber Böðvar verachtete zum einen dieses rechte Blatt und zum zweiten noch weitaus mehr den Aufschwung an Beliebtheit, den dieser Nationalsport der Isländer in letzter Zeit genommen hatte. Die Leute schrieben Nachrufe auf die eigenen Eltern und sogar auf ihre Kinder. Dabei handelten sie in der Hauptsache gar nicht von den Verstorbenen, sondern in erster Linie von ihren Verfassern. Die Artikel waren wichtige Bestandteile der persönlichen Katastrophenbewältigung, die heutige Trauerfälle begleitete und die so ungeheuer bezeichnend für unsere vom Egoismus besessene Zeit war. Beim Tod einer Mutter vergruben sich ihre Kinder in der eigenen Betroffenheit, anstatt noch einmal über das Leben nachzudenken, das zu Ende gegangen war. Anstatt die Eltern zu begraben, begannen die Leute in der eigenen Psyche zu graben. Die meisten dieser Nachrufe beschrieben nichts anderes als den Gemütszustand ihrer Verfasser. Biographische Details des Verstorbenen wurden immer an die Person des Autors geknüpft. Da ging es um Geschenke, die er von dem Verblichenen erhalten hatte, um die Unterstützung, die er durch ihn erfuhr, die Waffeln, die er oder sie backen konnte. Der Leser bekam Mitleid mit dem Verfasser: Nie wieder würde er Mutters Pfannkuchen mümmeln!

»Diese Nachrufe in der Zeitung sind nur dazu da, um den Leuten klar zu machen, wie schlecht es einem geht. Den Toten wird darin kein Respekt mehr erwiesen«, sagte Böddi zu seiner Schwester, als sie nach einem kurzen Vorbereitungstreffen für die Beerdigung im Pfarramt wieder draußen in Sigþórs riesigem Geländewagen saßen. Die Wohnung der Pfarrerin hatte übrigens genauso weltlich ausgesehen wie sie selbst. Viðar, der Jüngste, saß schweigend auf dem Rücksitz. Er hatte in aller Heimlichkeit am Tag nach dem Tod ihrer Mutter mit einem Nachruf begonnen, rückte damit aber erst später heraus.

»Warum sagst du so was?« fragte Skulda mit ihrem runden Gesicht, das zur Zeit eine Spur schmaler war als sonst, aber auch eine Spur hochnäsiger, vielleicht weil sie gerade am Steuer dieses Monstertrucks saß, diesem dröhnenden Traum aller Männer.

»Nun ja, ich bin halt der Ansicht, dieses ganze Nachrufunwesen von uns Isländern ist in puren Klatsch ausgeartet. Nichts mehr übrig als Eitelkeiten. Es ist nun mal so, daß Menschen, die in ihrem ganzen Leben nichts erreicht haben, auf einmal bloß deswegen in die Zeitung kommen, weil sie gestorben sind.«

»Wie unsere Mutter?«

»Ja. Ich meine ... Mutter war schwer in Ordnung und so, aber sie war nun mal nicht gerade ein Held.«

»Kein Held?« fragte Skulda verletzt zurück.

»Ja. Was ich damit sagen will, ist, sie ist doch nie mit etwas hervorgetreten. Sie ... Es gibt nichts Bleibendes von ihr. Ihr Tod ist in dem Sinne keine bedeutende Sache. Sie wird nicht unsterblich werden.«

»Aber du wirst das, wie?«

»Äh ...«, machte Böddi und war etwas aus dem Konzept gebracht. Er wandte den Kopf ab und schaute einen Moment zu lange aus dem Seitenfenster in den winterlichen Regen, ehe er zugab: »Nein.«

»O je, jetzt ist I-Aah aber traurig«, kam es vom Rücksitz. Viðar sagte es mit der Stimme von Winnie Puh. Bergþóra brach in schallendes Gelächter aus, aber Böðvar fand das gar nicht komisch.

22

Halldóra Gísladóttir (1941 – 2005)

»Gestern wurde Mutter beerdigt. Sie ist nicht älter als 63 Jahre geworden. Wurde um gute zwanzig Jahre betrogen. Die Obduktion besagte: Herzinfarkt. 47 Jahre lang rauchte sie 365 Schachteln Zigaretten pro Jahr. Ihr Lebenslauf verzeichnet also mehr als siebzehntausend rote Marlboro-Schachteln. Das sind mehr Zigaretten, als es Isländer gibt. Trotzdem kam kein Beileidstelegramm von Philipp Morris, U.S.A. War sicher ein harter Tag für die in Richmond, Virginia. Sie verlieren schließlich 350000 Kunden pro Tag. An die Friedhöfe. Ich glaube allerdings, daß in unserem Fall nicht Mister Morris allein verantwortlich ist. Das Fernsehen hat Mutter umgebracht. Mit tödlicher Langeweile. Als ich klein war, sah sie wenig fern, aber dann änderte sich etwas. Vielleicht war es die Farbe. Seit wir im August 81 unseren ersten Farbfernseher bekamen, sah Mutter fern. Jeden Abend und sämtliche Wochenenden des Jahres. Mutter sah das komplette Fernsehprogramm, das zwischen 1981 und 2005 ausgestrahlt wurde. Vierundzwanzig Jahre lang guckte sie alle Nachrichtensendungen, sämtliche Folgen aller TV-Serien und Soaps, alle Live-Übertragungen von Länderspielen, das gesamte Kinderprogramm, jede Werbeunterbrechung und jede einzelne Ziehung der Lottozahlen. Einmal hatte sie vier Richtige, gewann achtzigtausend Kronen und kaufte sich davon ein größeres Fernsehgerät. Sharp. Very Sharp. Mama erlebte drei Generationen von Ansagerinnen mit, bis sie sich einen Mann angelten und vom Bildschirm verschwanden. Mutter sah alle Freitag- und Samstagabendspielfilme der Jahre 1981–2005. Insgesamt 6370 Filme. Darunter 46 einheimische Produktionen. Das ist eine mehr als tödliche Dosis. Kein menschliches Wesen überlebt eine solche Flut von Müll. Ich werde nach dem Wochenende Klage gegen die öffentlich-rechtliche Fernsehanstalt RÚV einreichen.

Das materialistische Denken unserer Zeit hat uns gelehrt, auf unseren Körper zu achten, hat uns beigebracht, daß Junk Food ungesund ist. Ungesunde geistige Nahrung ist noch viel schädlicher. Den Hirntod überlebt man keine Stunde. Es waren also nicht die dreihundertvierzigtausend Zigaretten, die Mutters Infarkt herbeiführten, sondern die dreißigtausend Stunden schlecht untertitelter Mist. Meine Mutter war fernsehsüchtig. Ein geistiger Junkie. Ihr war nicht mehr zu helfen. Der Staat setzte ihr täglich fünf Schüsse, warf ihr abends drei Hollywood-Trips ein und am Morgen eine Droge nach Formel 1. (Mutter hielt zu Schuhmacher. Aus gesundheitlichen Gründen.) Anstatt zur Kirche zu gehen, wie es für Frauen ihres Alters angebracht ist, hockte sie vor der Kiste und ließ Formel-1-Boliden um ihren Kopf jagen, mit dem dazugehörenden Lärm. Man drang nicht mit einem Wort durch diesen Fliegenschwarm zu ihr durch. Nach dem Zieleinlauf schaute sie sich die Wiederholung der Talkshow mit Gísli Martein vom Vorabend an und wiederholte unwissentlich selbst noch einmal alle Anmerkungen, die sie zum Thema des Abends hatte: ›Ältere Männer sollten keine Bärte tragen.‹ Dann endlich *Oprah*. Ihre beiden letzten Jahre war sie auf *Oprah* abonniert; ein Weihnachtsgeschenk unserer Schwester Skulda. Welches zur Folge hatte, daß Mutter sie nie mehr besuchte. Sie hatte keine Zeit mehr, war jeden Tag ans Haus gefesselt. Mutter war endgültig formatiert. Ihr Verstand war zu einem Computer geworden. Früher oder später mußte sie sich aufhängen oder abstürzen. An ihrem letzten Abend sah sie sich drei Filme nacheinander an. *Schnee, der auf Zedern fällt, Bait. Fette Beute* und *Ein Vater zuviel* hießen die drei tödlichen Bissen. Anstatt zusammen mit Guðrún von Lund (ihrer Nachbarin in zwanzig Jahren) zu Bett zu gehen oder zu dem großen gemeinsamen Feuer am Abend des Dreikönigtags zu spazieren und sich im Kreis ihrer Arbeitskolleginnen warm zu singen, hockte sie wie eine hustende Dampfmaschine vor diesen informativen Filmen über den geistigen Zustand *at the Western Front*. Drei schlechte Filme reichten, um ihr den Rest zu geben. Ihre Augen begannen zu bluten, und Schaum trat ihr aus dem

Mund. Billy Crystal und Robin Williams gaben sich im letzten Film des Abends alle erdenkliche Mühe, ihr mit Albernheiten den Garaus zu machen. Mögen sie in ihren Pools ersaufen! Mama, du hättest Besseres verdient.

Du hättest Besseres verdient, als dich für die Fischfabrik, RÚV und Philipp Morris krummzulegen.

Mutter kam auf einer eiskalten Landspitze im Nordmeer zur Welt, doch sie beendete ihre Tage in Amerika. Das Fernsehen ›beamte‹ ihre Seele in die Staaten. Ihre letzten Jahre verbrachte sie in Hollywood, in einer winzigen Bruchbude am Fuß des Hangs, auf dem der berühmte Schriftzug prangt. Nicht weit vom D entfernt fristete sie ihr Leben durch die Sozialhilfe des Fernsehens, vegetierte in ihrer windschiefen Holzbaracke vor *Emergency Room* und pustete den Marlboro-Rauch zum scheibenlosen Fenster hinaus. Meine Briefe beantwortete sie nicht. Nicht einmal die, die ich ihr aufs Fließband schmuggelte: Zwischen Fernsehsendungen, Zigaretten und Dorschfilets stieß sie auf den einen oder anderen mit zittriger Hand geschriebenen Brief ihres hoffnungslosen Sohnes unter deutschen Dächern und pflückte jeden gleich ungelesen vom Band.

›Was sagst du, du hast nicht einmal einen Fernseher, mein Junge‹, hustete sie jedes Jahr zu Weihnachten in den Telefonhörer.

Mutter war ein Opfer ihrer Zeit und des Wohnzimmerkriegs, der tobt, seit die Bequemlichkeiten des Lebens zur Massenware wurden. Alle seid ihr unwissentlich kleine Landser in diesem unsichtbaren Krieg, diesem Weltkrieg der Kleinbürger, G.I.s der ›Alliierten‹, die versuchen, was sie können, um den Feind niederzuhalten. Ihr seid Soldaten der Dummheit. Sklaven der Technik, die eigentlich euch dienen sollte. Wie neureiche Geizkragen grabt ihr euch in eure gut gepolsterten Schützengräben ein, in eure Surround-Stereo-Wohnzimmer, in euer schnuckeliges westliches Heim mit Garage, Garten und Hecke drumherum und glaubt, es sei eine uneinnehmbare Festung. Ausgerüstet mit den Waffen eures Wohlstands versucht ihr, euch die drei inneren Feinde der westlichen Lebensweise vom Leib zu halten: die Dunkelheit, das Schweigen und die Einsamkeit. Bewaffnet mit Computern, Mäusen, i-pods, Mobiltelefonen, Ladegeräten, Druckern, Scannern, Brennern, Kameras, Kartenlesegeräten, Palmtops, Videogeräten, CD-Playern, Recordern, Mikrowellenöfen, Toastern, Mixern, Küchenmaschinen, Staubsaugern, Waschmaschinen, Trocknern, Gasgrills und Ballenbindern marschiert ihr in die Schlacht gegen diese uralten Feinde, die keine anderen Waffen als sich selbst auf euch richten und die ihr von allem am meisten fürchtet.

Der Wohnzimmerkrieg wird jeden Abend ausgetragen, jede Nacht, jeden Tag. In jedem Feuerzeug, in jedem Stecker flackert die Angst, der Strom könnte ausfallen und das Leben würde wieder wie früher, die Vergangenheit würde sich in eurem Rücken anschleichen wie eine eiskalte und pestverbreitende Ratte, über der westlichen Welt könnten die Lichter ausgehen und statt dessen würde es im Osten, Südosten oder Süden hell. Und ihr glaubt, eure Divisionen würden mit jeder neu entwikkelten überflüssigen Errungenschaft vorwärts zielen, aber so ist es nicht. Je schneller ihr euch von den Ursprüngen entfernt, um so schneller holen sie euch aus der entgegengesetzten Richtung wieder ein. Der Wohnzimmerkrieg läßt sich nicht gewinnen. Jeder Schlachtensieg darin ist eine geistige Niederlage. Jede Forderung nach territorialer Expansion schränkt den geistigen Horizont ein. Der Triumph der Materialschlacht ist der Untergang des Geistes. Für jedes Stück Wohlstandstorte, das ihr oben in euch hineinstopft, müßt ihr euch unten ein Stück eurer Seele abschneiden. Am Ende ist sie aufgebraucht und ihr sterbt im Schlaf, während Robin Williams und Billy Crystal rechts und links auf der Bettkante sitzen und euch wie zwei greinende Clowns im Vertrauen beichten: ›Oh, vergib uns, wir hätten diesen Film niemals machen sollen. Es ist nicht unsere Schuld, daß er so schlecht geworden ist.‹

Ja, genau, aber jetzt ist es zu spät, das zuzugeben. Nachdem ihr meine Mutter umgebracht habt.

Heute morgen bin ich zu den Reykjaströnd nach Fagranes hinausgewandert, saß da siebzig Minuten und blickte auf den

Fjord. Hielt Zwiesprache mit ihm. Mit Trauer um meine Mutter in der Brust und der Nase im Wind. Grau wie ein Spatz in grauem Wetter. Mutter war jetzt im Himmel, und Vater lag noch immer auf dem Meeresgrund. Ich gelobte, den Raum dazwischen zu nutzen. Ich versprach, ihrer wert zu werden. Und gelobe es hier noch einmal. Für einen kurzen Moment habe ich sogar erwogen, mich draußen auf Drangey anzusiedeln, aber dann wurde ich mir des Umstands bewußt, daß die Insel keinen Netzanschluß hat.

Die See ging hoch, der Wind war noch schlimmer. Frostbrand in den Wangen. Auf dem Rückweg versuchte ich mein Heimatland nicht zu sehr zu hassen und bekam dazu unerwartete Hilfe: Eine ältere Frau aus Schweden mit feuchtem Haar und gebogener Nase nahm mich in ihrem roten Kombi mit. Sie kam von Grettirs Bad und sprach ein wenig Deutsch. Sie redete wie eine ehemalige Chorleiterin und meinte, einige ihrer Enkelkinder wohnten in Krókur.

Enkel in Krókur.

Als wir den Ort erreichten, hatte der Wind noch kräftig zugelegt. Die Böen aus den Klüften fegten über die Hausdächer, waren aber noch nicht stark genug, um die Antennen mitzureißen, diese Doofenkreuze, die jedes Haus zu einer Kirche für Dumme machen, in denen Bildschirmgötzen jeden Abend in Popcornschälchen und Pepsigläsern Opfer gebracht werden.

Ich habe in die Wohnstuben des Landes gesehen und in die Seelen meiner Landsleute. Glänzende Fußböden aus abgeschliffenem Wald und Sofas voller aufgepumpter Airbags. Hartfleischiges Obst in den Schalen, und die Seelen klein und verhärtet wie Gallensteine.

Im Behagen ist Unbehagen stets enthalten.

Zu viel Wohlstand produziert Elend.

Ich habe in die guten Stuben des Überflusses geblickt, wo es alles gibt und wo nichts umsonst ist. Wo man Massen von Mandeln und Rosinen an jedem Finger hat und Stilles Wasser in edlen Gläsern der Münder harrt. Und mitten im Zimmer steht der Fernseher, überladen mit Augenkonfekt. Doch außen vor hängt

Jónas am Fenster. Jónas Hallgrímsson. Eisig verfroren und abgerissen spricht er seine Strophe:

> Hier liegt in verschlissenen Schuhen
> der verschwundene Geist des Landes.
> Am besten geht's mir bei Sturm und beim Ruh'n
> dann kümmre ich mich wenig um den Konsum.
> Elend, wem an Zeit je mangelt es.

Ich habe in die Wohnzimmer des unbeschwerten Lebens geblickt. Des reibungslosen Lebens im Wohlfahrtsstaat Island. Und ich habe gesehen, wie die Seele da hockt, auf eisbedeckter öder Fläche in zentralgeheizten Räumen. Mit Fuchsaugen äugt sie aus der Dunkelheit. *Lebenszeichen,* mit Meg Ryan und Russell Crowe.

Heftig sind die harten Zeiten des Überflusses.

Es leben segensreiche Zeiten der Entbehrung!

Nein.

Du, der du das liest, du bist der Idiot.

Halt die Schnauze und lies weiter!

Oder wie viele Scheiß-PS brauchst du mal eben vom Laden an der Ecke zur Bank unter deinem Hintern, während ganze Dörfer in der Dritten Welt sich einen einzigen Esel teilen müssen? Dein isländischer Jeep hat ungefähr zweihundert Pferdestärken. Bist du nicht hier der Esel?

Der Wohnzimmerkrieg ist erklärt gegen die Dunkelheit, das Schweigen und die Einsamkeit. Den Hungernden und ihrem Haß. Der Dritten Welt. Denen, die uns ans Leder wollen. Irak und Iran. Bagdad und bin Laden. Byron und Goethe. Brand und Brandes. Jónas und Megas und all den verfluchten Skalden, die zuviel gedichtet haben. Stephan G. (Will der Sack denn niemals schlafen?) Den Wurzeln und der Geschichte. Dem Denken und der Weisheit. Dem Nichts und der Sinnlosigkeit.

DER ZEIT.

Dem guten alten Feind, der uns vormals beherrschte. Wir tun alles, was wir können, um die Zeit totzuschlagen. Denn sie steht noch immer wie eine Mauer aus Leere und Langeweile am Horizont. Wir stehen am Ufer, mit der Fernbedienung in der Hand, und ballern sie wieder und wieder nieder.

Klasse!

Ich gehöre einer Zeit an, die die Zeit nicht erträgt. Die den ganzen Tag gegen sie ankämpft. Die Leute haben nie Zeit, kommen zu spät, überschreiten ihre Zeit, brauchen mehr Zeit, versuchen aber vor allem, Zeit totzuschlagen. Die Zeit ist der große, böse Feind. Unsere Tage sind dem Kampf gegen sie geweiht. Das Schwerste, was ein heutiger Mensch tun kann, ist, nichts zu tun. Mit sich allein zu sein, nirgends hinzugehen, nichts zu unternehmen, den ganzen Tag auf nichts anzuspringen; allein in einem verdammten Sommerhaus zu sitzen, alle Versorgungsleitungen gekappt, und zu *denken*. Das ist das Allerschwerste. Das hält keiner aus. Darum ist unsere Gesellschaft so, wie sie ist.

Gedankenlos.

Euer Leben ist dem Streben nach höchster Bequemlichkeit gewidmet. Ich mußte für ein Mindestmaß an Unbequemlichkeit kämpfen. Man erntet dafür ein Höchstmaß an Unbeliebtheit.

Geht doch alle zum Teufel! Er arbeitet bei der Regionalentwicklungsbehörde in der Stadt. Täglich von 9.15 Uhr bis 16 Uhr. Außer Mittwochs zwischen zehn und zwölf. Dann ist er zur Horn- und Hufpflege bei Ragga im *Zeh* und zum Schwanzstutzen bei Haddi Haarlos …

Ihr seid doch nicht zu retten. Ihr seid Empfänger, Wiederkäuer, Verbraucher, Langweiler. ›Ich mag jede Art von Musik.‹ ›Ich bin Stones-Fan mit Haut und Haar.‹ Ihr füllt jede eurer Stunden mit Müll: Die Augen im Netz, die Ohren am Radio, die Zunge im Diätfraß und den Schwanz bei der Weiterbildung, ist bei euch alles geregelt bis zum Schalterschluß um sechs. Dann nimmt euch eure elende Familie in Empfang und hält euch bis zu den Spätnachrichten in ihrer Nörgelmaschinerie auf Trab. Die Frau schließt euch auf dem Sofa vor ›Beischlaf in der Innenstadt‹ oder meinetwegen *Sex and the City* Augen, Mund und Nase, und am nächsten Morgen heißt es, früh wieder raus. Die gleiche Geschichte von vorn. Ihr kommt nicht auf die Beine ohne eure morgendliche Portion Rock: Heavy Rock und Easy Rock, Punkrock, Wellblech und Industrial Rock, Deathrock, Hairspray Metal und Cock Rock. Ein bärtiger Skugga-Baldur mit Glatze und Schmerbauch hockt in seinem Studio südlich des Hochlands und spielt euch im staatlich anerkannten und schleichbeworbenen Rundfunk tote und untote alte Säcke vor, die wissen, wie man Gitarre zupft und euch die Trommelfelle mit langen Nägeln zerreißt. ›Und hier noch ein richtig schöner Oldie von Billy Bragg, der morgen seinen Siebzigsten feiert …‹ Bla, bla, bla und blub, blub, blub. *Rockland* am Vormittag, *Rockland* am Nachmittag und *Rockland* rund um die Uhr. Der Zopf zappelt im Takt auf dem Rücken, und das Doppelkinn wackelt gleich mit. Kein Mensch braucht wirklich hinzuhören, man muß sich nur von hunderttausend Schlagzeugern die Trommelfelle bearbeiten lassen. Ich habe als sehr talentiert gerühmte junge Männer gesehen, die sich hinter ein Schlagzeug setzten und sich zum Affen machten. Häute beklopfen! Kalbsköpfe, die Kalbsfelle traktieren. Rindviehische Dummheit ist weltweit verbreitet. Nichts ist lächerlicher als Popgruppenposter: Fünf bleiche Jüngelchen mit Sonnenbrillen in Lavalandschaft und »Ich bin cool«-Ausdruck um die Mundwinkel. Sie öffnen ihn lieber nicht, weil sie nichts zu sagen haben. Steuern ihre Hölleninstrumente so laut aus, daß der Text nicht mehr zu verstehen ist. Der ist ohnehin auf englisch, weil sich um so vieles leichter nichtssagende Texte in einer Sprache reimen lassen, die man nicht kann.

Rock & Roll sind tot und begraben. Ruhe & Sturm dagegen neu und erhaben.

Ich bin der Rokländer im Rockland. Wo Rockmusik Tag und Nacht durch die Straßen dröhnt. Wo der Rock um Fenster und Giebel pfeift, wo es als schick gilt, wie ausgekotzt auszusehen und Einstichlöcher auf dem Pimmel zu haben wie Fucking Keith Richards. Cool, zwei Kinder als Drogenkuriere zu mißbrauchen, mit achtzehn Kilo Dope in den Därmen und darum etwas aufgebläht, wie Ozzy Osbourne der zitterhändige Linkswichser. Der benommen in einem Hotel in Beverly Hills zu sich kommt und sein Inneres an die Wände geschmiert hat, samt zugehörigem Gestank. In jedem einzelnen Teenagerzimmer dieser verrückten Welt hängt Kacke an den Wänden, und die Eltern stehen lächelnd im Türrahmen und wünschen: ›Gute Nacht, mein Schatz, schlaf schön!‹

›Oh, Mutter, friß Scheiße! Die Scheiße von Ozzy.‹

Ihr verehrt Pöbel, der den Pöbel ausrasten läßt.

Jagger nagelt eure Töchter nach der Show. Strahlend erscheinen sie am Morgen danach mit Muskelkater in der Muschi und Rockersoße im Bauch. Und auch noch stolz darauf ruft ihr eurer Frau im Wohnzimmer zu: ›Ragga, unsere Bára Lind hat letzte Nacht mit Mick Jagger geschlafen! Sie soll ihm wahnsinnig gut einen geblasen haben. Er war ja so was von zufrieden mit ihr!‹ Und die Frau Gemahlin kommt eilends in die Küche gerannt: ›Oh, mein Gott, ist das wirklich wahr? Stimmt das auch, was dein Vater da sagt? Das ist ja wundervoll! Herzlichen Glückwunsch, mein Herzchen!‹ – ›Danke, Mama! Er hat jedenfalls gesagt, so gut hätte es ihm keine mehr gemacht, seit er mit der Frau von Keith Richards im Bett war. Und das ist schon wahnsinnig lange her, echt.‹ – ›Wunderbar, meine Bára Lind, ganz toll!‹

Dies ist ein Nachruf auf meine Mutter.

Das ändert aber nichts an der Feststellung, daß solch pornographischer Scheißdreck allmählich unbemerkt zum Mainstream wurde. Blut vom Enddarmverkehr färbt das Leben bunt. Noch nicht ausgewachsene Anorexiepatientinnen lernen ihre Anal-Lecktionen und saugen stahlharten Steroideiern den Saft aus. Ihre jungen dicken Titten schlackern traurig weiß um ihre Brustkörbe wie Schwimmwesten. Und das alles kann man im Netz besichtigen.

Ihr verehrt Pöbel, der den Pöbel ausrasten läßt, der ihr selber seid. Die Verprollung der Welt hat längst stattgefunden. Zielstrebig seit 69. Zügig und nur mit leisem Ziehen des Unbehagens haben sich die westlichen Gesellschaften den Strom des Verderbens hinabtreiben lassen, weichgezeichnete Hippieköpfe zurückgelegt aufs Wasser wie Teichrosen mit weit sich ausbreitendem Haar. Schon längst haben wir die Mündung des Hades erreicht und trinken nun bitteres Salzwasser mit einer Mischung aus Abschaum und Abscheu. Oh, wo ist nur die klare Quelle, aus der die Dichter schöpften. ›Ihr holden Schwäne …‹

Nichts ist mehr rein, alles verschmutzt.

Und pöbelhaft.

Ein beschissenes Drei-Minuten-Stück der irischen Popgruppe *Du auch* ist in der westlichen Zivilisation einflußreicher als die gesamte englische Lyrik. *One* ist das einzige englische ›Gedicht‹, das sechzehn Generationen in sechzehn Ländern auswendig können. *›Did I disappoint you? Or leave a bad taste in your mouth?‹* Ja. Bono ist *The Bard* und muß auf Plateausohlen laufen, um vorzutäuschen, er wäre das, wofür ihr ihn haltet. Laut Google ist er nämlich größer als Goethe.

Spitze!

Ihr lebt in Rockland. Ich lebe in Rockland. Ich bin ein Untergrundkämpfer in Rockland. Diese Lektion hier ist in Rockländisch. Meine Botschaften sind von der Sprache korrumpiert, in denen sie abgefaßt sind. Ein Aufruf zur Revolution in Rockland muß stets ungehört verhallen. Die Bürger von Rockland können mich durch den Lärm niemals hören. Die einzige Chance, ihr Ohr zu erreichen, wäre durch Rockmusik. Aber ich werde niemals rocken. Ich werde nie ein Rocker. Darum werde ich also noch in Rockland sterben. Es sei denn, das Land wird vorher noch von Truppen aus Fuckland überfallen und besetzt.

Rock, Fuck und ruck zuck bist du dein Geld los. Das ist mein Leben. Euer Leben. Das Leben dieser Zeit, die keine Zeit verträgt.

Über allen Gipfeln ist Rock und keine Ruh.

Billy Crystal und Robin Williams haben meine Mutter auf dem Gewissen. Sie erwürgten sie mit dem dürftigen Strang einer Handlung, legten sie ihr um den Hals, zogen zu und warfen sie anschließend in die Kiste. In die große Kiste des Vergessens. Meine Geschwister und ich standen am Grabesrand am Nafirrand und sahen zu, wie sie hinabgelassen wurde. In ein Grab, das neben dem übergroßen ihres Bruders und dem Scheingrab unseres Vaters ausgehoben worden war. Eine Schuldnerliste schwebte daraus zu uns empor, weiße Buchstaben stiegen auf wie Rauch und formten sich zu den Namen all derer, die ihr Leben zerstört haben: sechstausenddreihundertsiebzig Regisseure.

Mein Bruder Viddi heulte die ganze Zeit. Ich weinte nicht. Mama war gestorben wie der Papst. Sie war schon lange tot, ehe sie starb. Die westliche Zivilisation hatte sie kaputtgemacht.

Mögest du dennoch in Frieden ruhen.

Dein Böddi«

23

Shell Sport

»Was hast du gegen Bono?«

Sammi saß mit Böddi am Liverpool-Tisch bei Shell Sport, einem kleinen und sehr eigentümlichen Einkaufsparadies an der Skagfirðingabraut auf halbem Weg zwischen dem alten Kern und der Schule. Böddi hatte den größten Teil seiner Kindheit in dem Kiosk verbracht, der damals noch den Namen *Bláfell* trug, inzwischen aber in die Hände des Ölmultis gefallen war, und der hatte alles Erdenkliche getan, um den alten Namen auszulöschen und das Gebäude dermaßen flächendeckend mit Bildern, Schriftzügen, Werbeplakaten und Anschlagtafeln zuzukleistern, daß es einem Ortsfremden schwerfiel, überhaupt den Eingang zu finden. Seine Fassade ließ sich wie ein Gedicht lesen, wenn man mit dem linken Fenster im Obergeschoß anfing:

Video Sport, Video Sport.
Video, DVD, Grill.
Shell Sport, Pepsi.
Pepsi, Kiosk, Softeis, Grill, Pepsi.
Grill, Eis, Videothek, Gaststätte im Obergeschoß.
Willkommen.
Shell Sport, Shell Sport, Shell Sport.
Shell Sport, Rundum-Service.
95 bleifrei 100,50
V-Power 100,60
Diesel 47,60
Hamburger, Pommes frites mit Pepsi.

Böddi hatte seine arrogante Abneigung bezwungen und sich mit seinem Freund Sammi beim erklärten Feind einen Hamburger bestellt. Man mußte schließlich sehen, wo man etwas zu essen bekam, nachdem Mama tot war. Sie saßen im Speiseraum im oberen Stockwerk. Der Raum war nicht groß, mit hellem Holz getäfelt und nicht auf die übliche Weise in »Raucher« und »Nichtraucher« unterteilt, sondern nach wesentlich wichtigeren Trennlinien: Hier besaßen die Fans von United, Arsenal und Liverpool jeweils ihren eigenen Tisch, in dessen Kunststoffplatte das Vereinswappen graviert war. Im vorderen Raum standen ein paar dralle Landfrauen mit prallen Handtaschen und sahen die DVD-Auswahl durch. Schweigend betrachteten sie die Umschlagbilder, als wären sie in einem Kunstmuseum: *My Boss's Daughter, Dawn of the Dead, Sturz ins Leere, Kaltes Licht.*

»Bono? Wieso? Was ist mit ihm?« fragte Böddi zurück, nahm einen Schluck Pepsi und verzog angewidert das Gesicht. Dann setzte er diesen »bitteren Kelch des Kapitalismus« wieder ab.

»Du kannst ja viel schreiben, Böddi, aber über Bono darfst du nicht herfallen. Er ist ein Heiliger.« Sammis Lippen zitterten ein wenig. Er hatte die ganze Mahlzeit über nichts gesagt, sondern bloß schweigend auf den Fernseher in einer Ecke über einem bunten Spielautomaten gestarrt. Gísli Marteinn, ein junger Nachwuchspolitiker, der auch eine Talkshow im Ersten Programm unterhielt, saß überlegen zurückgelehnt in seinem Sessel und wartete auf die Antwort seines Gegenübers, das gerade nicht im Bild war. Sammi war offenbar innerlich ganz aufgewühlt.

»Ein Heiliger?« staunte Böddi.

»Jawohl. U2 ist nicht nur die beste Gruppe der Welt, sondern Bono hat auch Millionen Menschen in der Dritten Welt geholfen. Du mußt ihm wenigstens ein bißchen *respect* zollen.«

»*Respect?* Was ist das?«

»Ach, Böddi, halt's Maul!« spuckte Sammi stinkwütend. Auch ein paar Hamburgerbröckchen flogen Böddi entgegen und landeten auf seinem Jackenärmel.

Die fülligen Damen in ihren extralangen Vliespullovern blickten, die Hände voller Hollywoodsterne, zu den beiden hinüber. Wortlos schnippte sich Böddi die Essensreste vom Ärmel.

Er hatte seinen Freund noch nie so außer sich erlebt. Nicht einmal als er ihn nach seiner Entgleisung in Grettirs Bad hatte feuern müssen. Die Sommersprossen gingen fast in der Röte unter, die sein Gesicht überzog. Aber er bereute seinen Ausbruch schon beinah wieder und fragte etwas ruhiger:

»Was soll denn diesen Goethe schon bedeutender machen als Bono? Ich will damit sagen, Bono spricht doch viel mehr Menschen an. Zu jedem Konzert kommen 50000 Leute. Nach einer Viertelstunde sind sämtliche Karten weg. Ist doch wohl klar, daß er berühmter ist als dieser Goethe. Wer interessiert sich heute noch für einen toten deutschen Dichter?«

Böddi sah seinen Freund lange an. Klar, Sammi hatte einen Hirnschaden davongetragen. Seit zehn Jahren trommelten ihm die Schlagzeuger mit voller Lautstärke auf der Birne rum. Wann setzte er schon mal die Kopfhörer ab? Jeden Morgen begleitete ihn Metallica zur Arbeit. Rockmusik schirmte seine Ohren gegen den Sturm des Lebens ab.

»Du wirst doch nicht einen Dichter ... mit einem Schreihals vergleichen«, sagte er schließlich.

»Schreihals? Als wenn Bono nicht auch ein Dichter wäre! Er schreibt sämtliche Texte für die Stücke von U2. Wunderbare Texte. Texte, die einem was sagen. Goethe und seine Gimpel haben einem doch längst nichts mehr zu sagen. Das sind doch bloß Reime über irgend so'n alt ... altgriechisches Zeug, und wie schön es früher in der guten alten Zeit noch alles gewesen ist. *Who fuckin' cares*?«

»Okay. Sag mal ein ›Gedicht‹ von Bono auf! Los, laß mal eins hören!«

»Also, hm ... na ja, ich hab jetzt gerade keins parat.«

»Wie? Gibt es da nichts, was einem unbedingt im Gedächtnis bleibt von ihm?«

»Das sind super Texte, wenn man sie sich mal ansieht. Da gibt es zum Beispiel einen ganz religiösen Ton. Zum Beispiel in dem Stück über Martin Luther King. *In the name of Love*. Das könnte genausogut von Jesus handeln.«

»Ach was?«

»Doch. *One man washed on an empty beach. One man betrayed with a kiss.*«

»Gut, gut«, sagte Böddi und hielt einen Moment inne. »Ein Mann wird an einem leeren Strand gewaschen. Na und? Was soll das?«

»Er wird ... getauft. Ja, er wird getauft. Ist nicht auch Jesus mit Wasser getauft worden? In der Wüste?«

»Ah, so meinst du das also.«

Sammis Gesicht nahm einen triumphierenden Ausdruck an, er richtete sich auf seinem Stuhl auf und blickte zum Fernseher hinüber. Gísli Marteinn unterhielt sich gerade mit Björk, einer internationalen Popikone, der aber immer noch die unterwürfige Bescheidenheit eines Mädchens vom Lande in den Knochen steckte, wenn sie einen Sessel im heimischen Fernsehen wärmte. Das war ihr deutlich anzusehen.

»Und du? Sag doch mal was von deinem Goethe auf! Irgendwas, was du gut findest«, forderte Sammi, ohne den Blick vom Bildschirm zu nehmen.

Böddi überlegte eine Weile, dann fragte er: »Soll ich dir erklären, worin der Unterschied zwischen den beiden besteht? Zwischen Goethe und ... Bono?«

»Ja«, erklärte sich Sammi einverstanden und steckte sich eine kalte Pommes in den Mund. Die dicken Frauen hatten ihre Wahl getroffen und waren mit drei Filmen nach unten gegangen. – Die Psyche eines Menschen läßt sich nicht so leicht auf Diät setzen. Böddi und Sammi blieben allein oben zurück.

»Es ist der gleiche Unterschied wie zwischen dem Wind und einem Leibeswind.«

»Okay, willst du damit sagen, Bono sei ein Furz?«

Die Lippen des Sommersprossigen begannen wieder zu zittern.

»Verglichen mit Goethe schon. Oder, wie Nietzsche sagte, Goethe war eine ganze Kultur für sich.«

»Wer interessiert sich heute noch für deutsche Kultur? Bayern München, *my ass*«, sagte Sammi, gähnte vor Verachtung, und schaute aus dem Fenster. Auf der anderen Straßenseite, zwischen ihr und Nafir, lag die offene Fläche des Sportplatzes, im Winterdunkel von Schnee bedeckt. An seiner Seite bildete der Berghang die perfekte Tribüne. Die Sitzreihen aus grasbewachsenen Felsbuckeln waren im Dunkeln gut zu erkennen, weil Schnee auf den Sitzen lag und in dem dunklen Hang horizontale helle Streifen bildete.

»Du mißt aber auch alles am Fußball. Als ob der Globus ein verdammter Ball sei«, sagte Böddi etwas scharf, während er das Rauchverbot an der Wand las.

»Und du an einer beknackten deutschen Hochkultur, die seit Urzeiten ausgestorben ist. Es ist immer der gleiche Sermon, den du in deinen Artikeln verzapfst. Du wiederholst dich.«

»So? Der letzte war ein Nachruf auf meine Mutter.«

»*Yeah, right.*«

»Okay, Sammi, das mit Bono mußt du mir nachsehen«, sagte Böddi in unerwartet versöhnlichem Ton. »Ich habe ihn nur als Beispiel genommen. Ich finde nämlich, daß diese Rockmusik seit langem mausetot ist. Ich ertrage es einfach nicht, was man für ein Getue darum macht, um diese Musik, die keine ist ... Das ist kein musikalischer Sturm, sondern allenfalls ein Arschsäuseln. Das uns einschläfert. Wir wiederholen nur wieder und wieder das gleiche. Da ist so viel Stagnation ... und Tod. Wir kommen einfach nicht weiter.«

»Weiter wohin?«

»Höher«, sagte Böddi und sah nun endlich zum Fernseher auf. Björk trug einen grauenhaften Rock, der ihr eine Nummer zu groß war und den sie von einer sechzigjährigen Tante geerbt haben mußte. An ihr aber sah er aus, als würde er bald eine neue Modewelle auslösen. Die Freunde schauten eine Weile auf den Star und schwiegen, bis Sammi die unvermeidliche Frage stellte: »Und? Willst du etwa auch behaupten, Björk sei keine Künstlerin?«

»Doch, doch. Sie versucht es ... Ich meine, sie versucht, etwas zu bewegen. Sie weiß, daß Berühmtheit wegen einer Nichtigkeit etwas Hohles ist, und versucht, sie dafür zu nutzen, die Menschen für eine höhere Sache zu begeistern.« Böddi sprach schnell und bestimmt, und sein Freund blickte ihn nachdenklich an. Manchmal mußte man sich voll konzentrieren, um ihm folgen zu können. Eine Nichtigkeit. Manchmal benutzte er seltene Ausdrücke, als müßten sie jedem geläufig sein. »Und das ist ja auch mehr als nötig. In unserer beschissenen Gesellschaft gibt es doch überhaupt keinen Leistungswillen mehr«, bekräftigte Böddi.

»Ich weiß aber noch sehr genau, wie du wochenlang nicht das Haus verlassen hast. Stecktest bloß drinnen und hörtest die ganze Zeit The Cure, Smiths und ... und Lou Reed, richtig?«

»Na ja, man wird allmählich reifer.«

Gísli Marteinn warf sich über eine schlagfertige Antwort von Björk lachend in seinen Sessel zurück. Sammi ließ einen Moment verstreichen, ehe er nachsetzte:

»Und? Willst du echt behaupten ... Popmusik wäre nichts wert?«

»Eigentlich schon. Ich meine, es sind doch bloß *Lieder.* Gut, einige von ihnen halten sich ganz gut, nimm meinetwegen Queen oder ...«

»Queen?!« Sammi schoß auf seinem Sitz in die Höhe und starrte Böddi an. Er war dermaßen baff, daß er nur den Namen noch einmal wiederholen konnte: »Queen?«

Böddi wollte sich verteidigen und griff nach einer Phrase, die er irgendwo aufgeschnappt hatte: »Was bloß cool ist, das verschwindet bald wieder, aber das, bei dem es richtig ›hallo‹ macht, das wird heiß.«

»Hä? Was für'n schlauer Spruch soll das denn sein? Willst du etwa echt behaupten, ausgerechnet Queen ...«

»Guten Abend, Männer«, sagte plötzlich eine etwas schmierige Stimme unter einem Oberlippenbart. Der Rektor der Gesamtschule stand in einer laut knisternden Daunenjacke vor ihnen.

»Bitte? Ah, hallo«, gab Böddi zurück, nachdem er sich umgedreht hatte.

Sammi schwieg.

»Hier ist ja eine heiße Diskussion im Gange, höre ich. An

einem kalten Abend«, bemerkte Albert mit stolzer Miene, als hätte er sein Äußerstes an Witz abgeliefert.

»Ja, das kann man wohl sagen«, stimmte Böddi unwirsch zu. Er hatte mit Albert seit dem letzten Jahr nicht mehr geredet.

»Ja. Soso. Was gibt es sonst Neues bei dir, Böðvar? Die Geschichte mit deiner Mutter war ja sehr traurig. Mein Beileid«, sagte Albert und sah auf den unangenehm berührten Mann im schwarzen Anorak herab, der hartnäckig schwieg. Im Gegensatz zu Alberts glänzender Jacke.

»Danke«, sagte er schließlich.

»Und du bist der berühmte Samúel, nicht wahr? Der Sohn von Ingvar, dem Sohn von Tota von Jói Skarður, richtig?«

Albert streckte seine Hand vor.

»*Jú*, korrekt«, meinte Samúel, auf einmal wieder sichtlich besserer Laune.

»Schön. Ich habe deinen Vater gut gekannt, damals in den alten Zeiten. Wir waren zusammen beim Brückenbau. Er war immer gut aufgelegt und ein lustiger Kerl. Habt ihr etwas dagegen, wenn ich mich kurz zu euch setze? Wirklich nur kurz.«

Böddi nickte, doch Sammi versteifte sich plötzlich. Albert rückte einen Stuhl mit Stahlbeinen vom Tisch ab und nahm mit den entsprechenden Geräuschen darauf Platz. Die grauglänzende Daunenjacke machte ihn noch unförmiger als sonst. Sammi starrte den Schulleiter an und wirkte auf einmal sehr angespannt. Die Tatsache, daß sich Albert zu ihnen gesetzt hatte, schien ihn in einen inneren Widerstreit zu versetzen.

»Na, noch rasch ein Video besorgt?« erkundigte sich Böddi voller kalten Spotts.

»Richtig. Aber nicht für mich, sondern für Dagga. Sie kommt zur Zeit kaum aus dem Haus«, gab Albert mit einem kurzen Blick zurück.

Böddi nahm die Auskunft den Wind aus den Segeln, doch er versuchte zu stammeln: »Ach so, sie ist natürlich ... Was? ... Wie ... wie geht es ihm denn?«

»Doch, dem Kleinen geht es gut, *sie* ist nicht so ganz auf dem Damm.«

»So?«

»Ja, sie ist wohl einfach noch ein wenig schlapp.«

Böddi blickte ihn an und schwieg.

Albert fuhr fort: »Na, vielleicht schaust du bei Gelegenheit mal vorbei.«

Das sagte der Mann mit dem Schnauzbart und den runden Backen in aller Gutmütigkeit. Er war viel zu zufrieden mit seinem Leben, um die Stimme zu heben oder Unmut zu zeigen.

»Ist gut«, pflichtete Böddi bei und schluckte. Schluckte die zweiundzwanzig Tage seit der Geburt des Kleinen und seit ihrer letzten Begegnung herunter. »Vielleicht mache ich das mal.«

»Das wäre schön, mein Lieber«, sagte Albert und schien sein Anliegen damit vorgebracht zu haben. In leichterem Tonfall wandte er sich an Sammi: »Dein Vater hat sich übrigens auch immer so für Sport interessiert. Er lebt immer noch in Schweden, oder?«

Sammi schien eine Antwort schwerzufallen. Böddi und Albert sahen beide, wie ihm die Röte ins Gesicht stieg und seine Sommersprossen verschlang. Endlich brachte sein verwirrtes und rot angelaufenes Hirn einen Satz heraus:

»Du ... du bist aber doch Arsenal-Mann, oder nicht?«

»Ich? Ja, doch. Ein fester und treuer Anhänger«, antwortete der Schulleiter mit einem stolzen Lächeln.

»Das hier ist der Liverpool-Tisch, Albert«, erklärte Sammi mit sehr ernstem Gesicht, als lebten sie in einem totalitären Staat und der Schulmeister würde einer niedrigeren Kaste angehören. Dabei zeigte er mit dem Finger auf das Liverpool-Wappen in der Tischplatte: Der feuerrote Vogel Phönix mit einem Tangblatt im Schnabel und darüber die Devise *»You'll Never Walk Alone«*.

24

Ja oder nein

Es war wohl das Schwerste, das Böðvar seit Tagen getan hatte: mit einem Kinderwagen durch den Ort zu schieben. Der niedliche, süße, kleine Schnuckibär lag derweil schlafend in seinem alten, weich schaukelnden Gefährt amerikanischer Bauart, Marke Silver Cross. Er rollte selig schlummernd durch diesen psychologischen Krieg, den sein Vater mit seinem Heimatort ausfocht, der aber größtenteils bloß seiner Einbildung entsprang. Selbstredend wußten alle im Ort, daß er es war, der der Dagga von Rektor Albert ein Kind gemacht hatte, aber es fiel Böddi verteufelt schwer, den lebenden Beweis dieser Tatsache an sämtlichen Küchenfenstern vorüberzuschieben. Er hatte das Gefühl, die Häuser würden ihn mit verglasten Augen ansehen, jedes vorüberfahrende Auto sei voller neugierig glotzender Augen, und selbst die Bäume wären vollbesetzt mit Augen, die in dichten glänzenden Trauben auf ihn herabsahen.

Es entbehrte sicher nicht einer gewissen Komik, den »Revoluzzer« hinter einem Kinderwagen durch den Ort latschen zu sehen. Dieser seltsame Anblick löste selbstverständlich hinter den Gardinen das eine oder andere Grinsen aus. Was Böddi allerdings nicht wußte: kaum etwas war besser geeignet, sein Image in den Augen der Einwohner aufzubessern, als dieser angerostete graue Kinderwagen. Kein Mensch konnte etwas gegen einen Mann mit einem Säugling haben. Die Gleichberechtigung war in der Gesellschaft immer noch nicht weiter gediehen, als daß ein alleinstehender Vater noch immer Anerkennung und Mitleid dafür erntete, sich mit seinem Kind in der Öffentlichkeit zu zeigen.

In Krókur gab es wenige Schleichwege. Das Gelände oben auf Nafir war für einen Kinderwagen unpassierbar, und die Straße am Meer entlang lag offen vor aller Fenster. Böddi holte den Kleinen im Neubaublock ab, stand unter Daggas Anweisungen schweigend im Treppenhaus und schlich dann von einem *Stígur* in den anderen in den Ort, parkte den Kinderwagen hinter dem Haus und rauchte drinnen zum offenen Fenster hinaus. In welcher Lage war er bloß gelandet? Da stand er völlig mittellos im Haus seiner Vorfahren, der letzte Bewohner von *Rokland*, stiefelte mit einer Kippe im Mund über den Teppichboden im Obergeschoß und sprang alle zwei Minuten zum Fenster, um nach diesem winzigen Tierchen zu sehen, das er unachtsamerweise gezeugt hatte und das jetzt da unten in seinem amerikanischen Straßenkreuzer den Tag verpennte.

Die Brille seiner Mutter lag noch in dem geflochtenen dunklen Korb auf dem Wohnzimmertisch zwischen Häkelnadeln und alten Ausgaben von *Sjónhornið*, einem der beiden lokalen Nachrichtenblättchen, das vor allem aus Anzeigen und Fernsehprogramm bestand. Was sollte er mit dieser Brille und überhaupt dem ganzen Kram im Zimmer anfangen? Ein ganzer Schrank gefüllt mit einem halben Jahrhundert Wäsche und Unterwäsche. Natürlich würde Schwester Skulda irgendwann hier aufkreuzen und alles diesem Wirrwarr einverleiben, der ihr Leben ausmachte. Klein-Steini könnte doch sicher Omas alte Brille noch auftragen, und Dóra Elísa bekäme das alte Feuerzeug mit dem KS-Logo. Ein einziges Mal hatte Böddi seit dem Tod der Mutter den Fernseher eingeschaltet, wahrscheinlich weil er sie vermißte, aber er hatte auch sofort wieder ausgeschaltet. Es hatte sich augenblicklich das Gefühl eingestellt, seine Mutter sei im Haus, würde darin wiedergehen und erst einmal fernsehen. Auch die Heizung in ihrem Zimmer rührte er nicht an, und so durfte sie weiterbullern wie ein glühend heißes Denkmal einer einfachen Arbeiterin. Böddi schlief und arbeitete nach wie vor in seinem Kellerraum, aber er hatte vollständig seine Gewohnheit abgelegt, sich Pornobilder aus dem Netz runterzuladen. Ihm war, als würde seine Mutter dabei zusehen, wenn er sich selbst befriedigte.

Todesfälle bessern die Menschen.

Böddi holte den Kleinen nie ins Haus, stürzte lieber von der brennenden Zigarette weg nach draußen, um ihm den Schnuller wieder in das kleine Mündchen zu schieben. Reichte das nicht, und der Kleine brüllte hungrig nach der Mutterbrust, dann schob er ihn – schneller als auf dem Hinweg – zum neuen Block zurück. Manchmal sah er von weitem die Kindsmutter auf dem Balkon stehen und gierig an einer Zigarette saugen wie ein Teenager in der großen Pause. Dann tat er so, als würde er sie nicht sehen, marschierte mit gesenktem Kopf zur Haustür, klingelte etwas ungeduldig, als wäre der Block eine neue Art von Dienstleistungsgebäude, an dessen Tür man seine Probleme abgeben konnte. Dagbjört kam jedesmal nach unten, um den Kleinen in Empfang zu nehmen, bat den Vater herauf, und der lehnte ebenso jedesmal dankend ab.

»Er weint jetzt schon seit … ungefähr einer Viertelstunde«, erklärte er etwas gehetzt.

»Ja, Mama kümmert sich um ihn. Hat er denn schon wieder Hunger?« Dagbjört beherrschte den »Mutterjargon« noch nicht richtig, dieses international überall gleiche Gesäusel der Mütter, und Böddi glaubte die ersten Male, sie rede mit ihm.

»Ja, ich glaube schon. Er wird wohl hungrig sein.« Dann blieb er noch einen Augenblick stehen und sah zu, wie sie den Kleinen in den Arm nahm, ehe er sich mächtig erleichtert verabschiedete: »Gut. Alles klar. Ich laß von mir hören, *bless!*«

Irgendwann schaffte es Dagga doch, ihn in ihre Wohnung zu lotsen. Als es um den Namen ging. Die Wohnung war weiß gestrichen und mit Parkett ausgelegt, hatte überall blitzend neue Türgriffe und Wasserhähne. Auch die Möbel waren zu größten Teilen neu angeschafft worden. Dagbjört war nicht die Frau, die Schrank und Sofa mit durchs Leben schleppte. Ihre Einrichtungslinie verlief uneben auf überwachsenen Pfaden. Das meiste, das sie früher einmal besessen hatte, war zwischendurch über die Klippe gesprungen oder in Morast versunken. Es überraschte Böddi, wie ordentlich aufgeräumt die ganze Wohnung war, und nicht weniger, all die kleinen Dinge zu sehen, mit denen sich diese großrahmige Frau umgab. Fensterbänke, Regale, schmale Borde, alles war vollgestellt mit winzigem Nippes. Böddi blickte einem Hund in die Augen, der oben auf dem Kühlschrank Männchen machte, einen roten Pullover trug, einen Golfschläger in der einen Pfote hielt, eine Angelrute in der anderen und einen Fisch in der Brusttasche. Quer über den Pullover zog sich der Aufdruck »Old Dog«. War es das Souvenir eines anderen Mannes? fragte sich Böddi, während er eine Dose Bier aus ihren Händen entgegennahm und dabei versuchte, nicht auf die Brust zu stieren, an der sein Sohn lag und saugte. Helle Haut leuchtete unter dem blauen Shirt, dazu ein auffällig dunkler Hof um die Brustwarze. Ein Mann steht immer etwas verlegen vor einer stillenden Brust, selbst wenn der Säugling und die Brust ihm gehören. Dieses kleine Stück entblößter Haut war so etwas wie ein Guckloch in eine andere Welt, die Welt von Sex und Begehren. Es war, als blicke Böðvar tief in die hintersten Regionen seines eigenen Hirns und sehe seine geheimsten Regungen öffentlich ausgepackt. Außerdem war der Vater absolut platt über die hemmungslose Gier des Kindes, die viel stärker war als die, der es seine Entstehung verdankte. Hier saugte eine Wirkung ihre Ursache auf. Böddi war auf diese Brüste scharf gewesen, aber jetzt machte sich ein anderer über sie her. Das Gefühl, das daraus resultierte, war eine Mischung aus Eifersucht, Scheu und einer Spur Scham über die eigenen Phantasien.

Sie setzten sich ins Wohnzimmer, und Böddi blickte hinaus auf den Fjord und die beiden Inseln. Es war ein heller und stiller Wintertag mit einer dünnen Schneedecke, die wie ein weißes, weiches Tuch über der Umgebung, den Straßen und Gärten lag. Selbst auf den Wäscheleinen häufte sich eine haarfeine Schicht weißer Kristalle, die in der Sonne glitzerten. Am Ufer standen die spitzen Halme des Strandhafers vollkommen unbewegt.

»Ich dachte an Albert Sturla«, schlug die Mutter vor.

Für einen Moment sah Böddi eine schwarze Rauchsäule aus dem alten Ortszentrum aufsteigen. Sie schien von *Rokland* auszugehen. Verschwand dann aber ebensoschnell, wie sie gekommen war.

»Wie bitte?«

»Na ja, Albert natürlich nach meinem Vater. Er ist so gut zu mir gewesen, und ich würde ihm so gern ... Und Sturla ... Ach, es gibt da ein uraltes Versprechen, das ich einmal einem Freund von mir gegeben habe.«

Böddi hatte sich eingefunden, weil er glaubte, es gehe darum, gemeinsam einen Namen für den Jungen auszusuchen, aber natürlich hatte sich die Mutter längst für einen entschieden, und sie hatte ja auch vollstes Recht dazu. Er würgte es herunter wie einen Schluck Pepsi. Es war lächerlich! Albert hatte ihn rausgeworfen. Er konnte Albert nicht ausstehen. Und jetzt sollte er einen Albert fabriziert haben. Jetzt besaß er also seinen eigenen Albert. Jetzt durfte er ein fünf Kilo schweres Schulmeisterlein mit Schnauzbart und Schwangerschaftsbäuchlein bei sich zu Hause die Treppen raufschleppen und sich das ganze Wochenende darum kümmern. Ihm morgens und abends den Hintern versohlen und ihn mit der Arsenal-Anstecknadel pieksen. Böddi warf einen Blick auf den kleinen roten Mann, der das Trinken eingestellt hatte und jetzt mit geschlossenen Augen satt und zufrieden im Arm seiner Mutter ruhte. Seine Wimpern waren dicht und so deutlich zu sehen, so wunderbar vollkommen wie die feinen Härchen an einer hochentwickelten Urwaldpflanze. Das Leben war schon ein seltsam Ding. Es war so perfekt. Was den frischgebackenen Vater am allermeisten überrascht hatte, als er seinen kleinen Sohn zum ersten Mal sah, war die Tatsache, daß ihm nicht das geringste fehlte. Fingernägel, Brustwarzen, Wimpern. Alles dran. Irgendwie war Böddi im stillen davon ausgegangen, daß die Kleinigkeiten erst im Nachhinein geregelt würden. So nach dem Motto: Kommt Zeit, kommt Rat. Aber nein, an alles war schon im Vorfeld gedacht worden. Jemand anderer als er hatte für alles gesorgt. »Das Leben ist vollkommen« war der Satz, den Böðvar aus dem Krankenhaus mit nach Hause nahm. Das Leben ist so unglaublich vollkommen.

Und es gibt keinen Zufall!

Man machte Kinder scheinbar einfach so, wie aus der Luft gegriffen; aber die Luft ließ nur ein einziges Erscheinungsbild zu. Ein einziges, unverwechselbares Bild pro Augenblick. Im nächsten Moment ändern die Wolken schon wieder ihre Form, und das Kind trägt einen anderen Namen.

Es ließ sich nichts dagegen machen. Albert Sturla Böðvarsson war auf dem Spielfeld erschienen. Auffällig genug, war der Name Albert in Dagbjörts Familie bis dato nicht weitergegeben worden. Ihre duckmäuserischen Brüder waren derart brave Zeitgenossen, daß sie es vollständig ihren blonden Gattinnen überlassen hatten, für die Kinder jene neumodischen Unnamen auszuwählen, die man sich aus Schlagern, Märchen oder Landkarten zusammensuchte. Brimar Sær war noch eine glimpfliche Novität im Vergleich zu Daggas übrigen Nichten und Neffen. Die beiden jüngsten hießen Evert Ríó und Kassandra Lís. Für derartige Neuschöpfungen benötigte man die Zustimmung eines Ausschusses für Namensfragen, der in der Hauptstadt zu kurzen Sitzungen in der Mittagspause zusammentrat und in der Regel mit drei Hochschulbürgern sämtlicher Geschlechter besetzt war. Allerdings schien sich seiner Mit- und Ohneglieder eine gewisse Amtsmüdigkeit bemächtigt zu haben, denn ursprünglich war der Ausschuß eingesetzt worden, um die Gepflogenheiten der isländischen Sprache zu bewahren und »neumodischen Torheiten« einen Riegel vorzuschieben, doch in letzter Zeit segnete der Ausschuß alle Vorschläge ab, die den jungen Erdenbürgern nicht allzu offensichtlich schwere seelische Schäden zufügten. So hatten beispielsweise die Vorschläge Lúsífer, Mefistó und Satan noch keine Gnade vor den Augen des Triumvirats gefunden, ebensowenig wie die Automarken, die ihnen in regelmäßigen Abständen vorgelegt wurden: Opel Astra, Renault Clio und dergleichen. Sonst aber waren die grauenhaftesten Kombinationen zugelassen worden, und Böddi pries sich auf dem Nachhauseweg glücklich, daß sein Sohn nicht etwa auf den Namen Liebreiz Bambi Böðvarsson getauft werden sollte.

Er ging in seinen eigenen Fußabdrücken den Frúarstígur zurück. Die Schneedecke bewahrte auch noch die Spuren des Kinderwagens. Er folgte ihnen wie ein Zug den Gleisen und bekam das dumpfe Gefühl, das Leben habe ihm Schienen ausgelegt, denen er jetzt bis ans Ende seiner Tage folgen müsse.

Nach und nach wurde er mutiger. Allmählich wuchs der Kinderwagen mit seinem Selbstbild zusammen. Er ließ sich sogar auf der Hauptstraße sehen, allerdings nie bis hinaus zur Buchhandlung. Man trat seiner Liebe nicht mit einem Kinderwagen unter die Augen. Die Spaziergänge mit ihm gaben einem erstaunlich gute Gelegenheit, in Ruhe nachzudenken. Über Lára María. Er mußte endlich aktiv werden. Es war offensichtlich, daß das Leben nicht ewig währte. Er mußte diese Verliebtheit zu einem Ende bringen. Entweder zur Hochzeit oder zum gebrochenen Herzen.

Der Buchladen war umgezogen, vom Kirkjutorg in die Aðalgata. Das Lesen ging zurück wie andernorts auch. Außerdem hatte der Supermarkt versucht, auch den Verkauf von Büchern an sich zu reißen wie so vieles andere, und ein paar seelenlose Buchständer in seinen Räumen aufgestellt. Der Buchhändler war daher samt seinem schrumpfenden Lager bei einem Bekannten untergekommen, dem Redakteur der Online-Zeitung, der auch das Fotogeschäft des Orts betrieb. Im Labor wurden einige Regale umgeräumt, und Lára María bezog Posten hinter einer Ladentheke, über die sie auf jedes Buch etwa dreißig Filme verkaufte. Die Leute hatten sehr viel mehr Interesse an Fotos von sich selbst als an den Büchern anderer. Das Buch war zu einem Ladenhüter geworden, der durch Digitalabzüge querfinanziert wurde. Und die Zahl der Titel in den Regalen schwand und schwand. Mittlerweile war es so weit, daß man bei Shell Sport zwischen mehr Knabbergebäcksorten wählen konnte als zwischen Romanen in der Buchhandlung. In dem für seine Dichter berühmten Fjord waren nur noch vier Titel vorrätig: zwei von J.K. Rowling und zwei von Dan Brown. Die übrigen Bücher, die man hier erstehen konnte, gehörten anderen Gattungen an: Biographien, Fußballtabellen, Abstammungstafeln von Menschen und Schafen, die Lebensgeschichten besonderer Pferde, diverse Annalen und Chroniken, praktische Ratgeber, Geschichten und Gedichte aus dem Skagafjörður, sowie eine Broschüre mit den besten Vierzeilern eines berühmten Stegreifdichters aus der Gegend: *Best of Bjarni á Laugarborg.*

Hier herrschte Subsistenzwirtschaft auch in der Literatur. Man las, was in der eigenen Gegend wuchs.

Der zweigeteilte Laden war innen mit der neuesten Werbekampagne von Kodak tapeziert. Riesige Poster eines jungen Schauspielers bedeckten die Wände, Ergebnisse einer vergnüglichen Stunde in einem Fotostudio in Reykjavík. Der Hauptdarsteller lächelte entweder neckisch oder grinste breit, ließ sich von jungen Frauen küssen oder schaute gänzlich überrascht in die Kamera. Auf jedem Bild aber hielt er ein paar frisch entwikkelte Fotos in der einen Hand und zeigte mit der anderen gut gelaunt darauf. *»Größe spielt eine Rolle! Vergrößere deine schönsten Erinnerungen!« – »Hokus, pokus, fidibus, wir zaubern das Beste aus deinen Bildern.«* Die Allgegenwart des Schauspielers im Laden war überwältigend.

Böddi schob sich an einem düsteren Dienstag wachsbleich in dieses Kabinett. Der vierschrötige Buchhändler stand gerade im Begriff, den Laden zu verlassen, und grüßte ihn augenzwinkernd:

»Schönen guten Tag und willkommen unter den Menschen! Was sagen die Männer des Geistes heute?« (Er nannte Böðvar stets einen »Mann des Geistes«.)

»Nichts. Alles in Ordnung«, gab Böddi leicht gestreßt zurück.

Lára María war ebenfalls anwesend, und in der Foto-Ecke stand der Online-Redakteur über ein beigefarbenes Geräte-Monstrum von der Größe eines kleinen Nilpferds gebeugt. Der Buchhändler ging seiner Wege, und Böddi machte einen riesigen Schritt auf die Theke zu. Ohne auf den Mann in der Ecke zu achten, sagte er:

»Hallo.«

»Hi«, antwortete sie mit feuchtglänzendem Gloss auf den Lippen. Davon abgesehen war sie unbeschreiblich schön.

»Du … hm. Also, du …« Böddi verstummte und blickte sie eine Weile an. Dann sagte er rasch und bestimmt:

»Du bist dir wohl darüber im klaren, welche Gefühle ich dir entgegenbringe.«

Er klang wie ein Kurier, der mit einer wichtigen Nachricht über die sieben Berge gehetzt ist und bis auf diese eine alles übrige vergessen hat.

»Was?« Sie mußte fast lachen.

»Ich bringe dir nämlich eine ganz bestimmte Art von Gefühlen entgegen.«

»So?«

»Ich … Man kann eigentlich sagen, ich …« Erst jetzt registrierte Böddi den Mann bei den Maschinen in der Ecke. Herr Stinksauer persönlich. Und obwohl es sich bei ihm um einen seiner Hauptopponenten handelte, gewissermaßen sein bürgerliches Gegenstück in der Welt des Internets, ließ er sich nicht aus dem Konzept bringen, sondern senkte lediglich ein wenig die Stimme:

»… bin in dich verliebt.«

»Echt?« Obwohl sie schon zwei Jahre zaghafter Annäherungsversuche von Böddis Seite hinter sich hatte, schien das Mädchen verblüfft.

»Ja. Ich habe mich in dich verliebt.«

»Oh. Okay.«

Böddi näherte sich ihr und zischte durch die Zähne, als wäre er ein Bankräuber und sie die Kassiererin:

»Begreifst du nicht? Ich bin in dich verliebt.«

»Na ja. Doch. Wenn du es sagst.«

»Das ist kein Scherz. Es ist mir blutigster Ernst. Ich möchte, daß du ernst nimmst, was ich sage. Ich bin in dich verliebt.«

»Gut, okay.«

»Und ich möchte darauf eine Antwort. Jetzt! Ich will, daß du mir auf der Stelle antwortest. Ich bin in dich verliebt. Wenn du auch in mich verliebt bist, will ich es wissen. Und solltest du es nicht sein, will ich es ebenfalls wissen.«

»Wirklich?« Das Mädchen blickte sich nach dem spärlich behaarten Mann in der Laborecke um, der sich auf die Hacken niedergelassen hatte und konzentriert einen Haufen Knöpfe am Ende der Maschine betrachtete. Oder wenigstens so tat.

»Ja«, sagte Böddi resolut.

»Na ja, ich weiß nicht ...«, meinte das Mädchen ausweichend und suchte etwas, das es angucken konnte.

»Nein. Jetzt ist Schluß mit dem ›ich weiß nicht‹! Jetzt will ich eine klare Antwort haben.«

»Eine Antwort? Du meinst, ich soll ...«

»Du sollst mir sagen, was du für mich empfindest.«

»Echt? Ich meine ...« Das Mädchen mit dem wogenden Haar und den glänzenden Lippen blickte noch einmal hilfesuchend in die Foto-Ecke und bat den Online-Redakteur:

»Gunni, könntest du vielleicht ...?«

Böddi sah sie an wie vom Donner gerührt. Blitze zuckten aus seinen Augen. Was dachte sich diese Rotzgöre eigentlich? Wollte sie etwa Monsieur Stinksauer für sich entscheiden lassen, ob sie ihn heiraten wollte? Das war ja wohl der Gipfel! Der Mann mit dem spärlichen Haar schien jetzt noch beschäftigter zu sein.

»Wart mal einen Moment«, sagte er und verschwand hinter seiner Apparatur. Das schien das Mädchen zu verärgern. Es drehte sich zu Böddi zurück und fragte spitz: »Möchtest du irgendwas?«

»Ja. Dich.«

Das Mädchen stöhnte und verdrehte die Augen. Böddi lehnte sich noch näher zu ihr hinüber und packte ihren linken Arm.

»Ich bestehe auf einer Antwort. Bist du in mich verliebt oder nicht? Ja oder nein?«

»Laß mich los«, sagte sie wütend.

»Gib mir eine Antwort, sage ich. Ja oder nein?« wiederholte Böddi scharf.

»Oh, ich kann nicht ...«

Sie gab schon wieder auf. Ihre Entscheidungsschwäche reichte noch tiefer, als sich selbst Böddi vorgestellt hatte. Wahrscheinlich war sie richtiggehend krank. Bestimmt hatte sie noch nie in ihrem langen kurzen Leben eine eigenständige Entscheidung getroffen. Bestimmt arbeitete sie nur deshalb in diesem Laden, weil Binni ihr die Stelle angeboten hatte. Hätte er ihr statt dessen ein Studium vorgeschlagen, säße Lára María jetzt zweimal täglich schweigsam im Bus zur Uni in Reykjavík. Die Ursache für die Scheu dieses gutaussehenden Mädchens vor dem Leben lag ganz sicher in seinem Zuhause, in dem Haus oben auf Nafir, vielleicht sogar auf dem Boden eines Sargs auf dem Friedhof. Jedenfalls sah Böddi urplötzlich ein, daß Lára María niemals ihre Mutter verlassen würde. Sie hatte sie nicht einmal allein gelassen, um auf einen Ball zu gehen.

»Ja oder nein«, forderte er trotzdem noch ein weiteres Mal.

»Laß los, sag ich!« versetzte sie wütend.

Der Redakteur hob den Kopf über die Maschine und blickte mit großen Augen herüber wie eine Figur aus einem Stummfilm. Er war schon fast kahl, dafür lag der Schleier eines Viertagebarts auf seinen Wangen, die ansonsten auch Pickelnarben aufwiesen. Böddi sah ihn deutlich vor sich, wich aber nicht einen Fußbreit von seiner Entschlossenheit zurück. Seinetwegen mochte er diese Szene ruhig in seiner Web-Zeitung breittreten. Mit Bildern und allem Pipapo. So konnte es jedenfalls nicht weitergehen. Er mußte jetzt eine Antwort bekommen. Er wollte sich von diesem unschuldigen Jungfrauenblut keine Minute länger quälen lassen.

»Zwischen mir und Dagga ist nichts. Das Kind war bloß ein Unfall«, erklärte er auf einmal.

»Ja und? Als wenn mir das nicht völlig egal wäre«, sagte Lára María, und ihre Augen schienen plötzlich feucht zu werden.

Der Mann mit den dreieinhalb Haaren näherte sich auf lautlosen Hausschuhen behutsam dem Tresen.

»Ja oder nein«, insistierte Böddi und hielt weiter ihren Arm umklammert wie ein brutaler Bulle bei einem Verhör.

»Nein!« schrie ihm die Schöne auf einmal mitten ins Gesicht.

Er sah sie an, während ihr Schrei allmählich aus diesem heißen Mund mit diesen glänzenden Lippen unter dieser preiswürdigen Nase verhallte, und in diesem Moment wollte er das alles in sich aufsaugen, diesen Mund in sich aufnehmen und verschlucken, mit Zunge, Gaumen und allem. Und die Zähne dann wieder ausspucken, einen nach dem anderen. Ein Hauch von Röte war in ihre sonst porzellanweißen Wangen gestiegen. Böddi ließ los, richtete sich auf und blickte nach oben: Die Werbeplakate von Kodak füllten seine Augen, und erst jetzt erkannte er, daß der bekannte Schauspieler, der sich für diese Kampagne verkauft hatte, niemand anderer war als sein Bruder Viðar. Von mindestens zehn Plakaten grinste Viddi auf ihn herab. Wie der Teufel persönlich. *»Hokus, pokus, Größe spielt doch eine Rolle! Simsalabim.«*

»Suchst du nach etwas Besonderem, oder ...?« fragte der Online-Skribent und hatte den Tresen erreicht. Seine Worte klangen unbeteiligt, aber zwischen ihnen blinkte ein wutschäumendes Meer.

»Ja«, sagte Böddi und faßte ihn scharf ins Auge. »Ich dachte eigentlich, das hier wäre eine Buchhandlung.« Sein Blick wanderte die Wand hinauf, ehe er hinzusetzte: »Und kein beschissenes Hollywood.«

25

Fast etwas wie Liebe

Weniges auf dieser Welt ist schwerer, als zur Welt zu kommen. Noch schwieriger ist höchstens, zur Welt zu bringen. Die, die es durchgemacht haben, behaupten, es brauche drei bis fünf Monate, sich von einer Geburt zu erholen. Der Staat legt zur Sicherheit noch einen Monat drauf und zahlt für sechs Monate Mutterschaftsurlaub. Dagbjört fühlte sich, als bräuchte sie sechs Jahre. Die Nachgeburt war nicht auf natürliche Weise abgegangen, sondern schließlich in einer Sturzblutung gekommen. Dagga verlor dabei zwei Liter Blut und in der Folge den größten Teil ihrer Kräfte.

In den ersten Wochen ging sie nicht aus dem Haus. Währenddessen rollte das Neugeborene längst in Begleitung seines Vaters durch sämtliche Straßen des Ortes. Ein Kind verbringt neun Monate im Mutterleib, ehe es sich vor die Tür traut. Die frischgebackene Mutter verbringt neun Wochen im Nachthemd, ehe sie das gleiche wagt. Sie muß erst lernen, mit diesem neuen Kind umzugehen, sie muß lernen, mit sich selbst umzugehen, sich an den Gedanken gewöhnen. Sie braucht Ruhe. Wärme, gemütliches Licht und Stille. Sie richtet sich ihr eigenes kuscheliges Nest ein, in dem sie lernt, sich wie eine Mutter zu verhalten, ehe sie sich wieder für die Welt öffnet. Dagga war wirklich nicht der Typ, der die Vorhänge vorzieht und Radio und Fernsehen abstellt. Gardinen waren bei ihr allenfalls Dekoration, und Radio *Bylgjan* dröhnte den ganzen Tag aus drei Apparaten, aber sie traute sich nie weiter als bis hinab zur Haustür, um den Kleinen nach dem Spazierschläfchen mit seinem Vater wieder in Empfang zu nehmen.

Das Stillen ging gut, selbst wenn sich eine Weile lang Spuren von Blut in der Milch fanden. Und der kleine Knirps war tagsüber putzmunter und schlief in den Nächten durch. Nur die

Mutter fühlte sich schlapp. Die kräftige Frau war ein Schatten ihrer selbst. Dagbjört geisterte in ihrem rosa Morgenrock am hellen Tag abwesend durch die Wohnung, gequält von Milchdruck in den Brüsten und den Kontraktionsschmerzen in der Gebärmutter, die sie längst hinter sich hätte haben sollen. Kopfschmerzen verfolgten sie tagelang. Nach jeder Zigarette drohte sie ohnmächtig zu werden, es wurde ihr schwarz vor Augen, wenn sie vom Balkon kam, und sie mußte sich erst für eine Weile aufs Sofa setzen. Natürlich hätte sie nicht rauchen dürfen, aber trotzdem ...

Warum hatte es diese Komplikation mit der Nachgeburt gegeben? War sie vielleicht doch schon zu alt für ein Kind? Machten sich die zwanzig Jahre des Über-die-Stränge-Schlagens bemerkbar? Sie hatte eine Menge erlebt und angestellt, aber nicht mit den Folgen gerechnet.

Sie versuchte, allein zurechtzukommen, aber ihre Mutter durchschaute den Stolz und kam jeden Tag mit einer vollen Einkaufstüte, wischte Staub und putzte, kochte und wusch ab. Dagbjört saß mit leeren Augen im Wohnzimmer vor dem leise gestellten Fernseher, die Wiege neben sich, und hörte, wie ihre Mutter in der Küche wie mit einem großen Instrument hantierte, sie zog Schubläden auf, klapperte mit Besteck und klappte Schranktüren auf und zu. Eine Komposition, die ihre Tochter noch mehr ermüdete. Zu dem gespenstischen Verhalten ihres Körpers kam noch die Niedergeschlagenheit darüber, daß sie in so schlechter Verfassung war. Die Enttäuschung saß tief. Sie hatte eine absolut autarke alleinerziehende Mutter werden wollen und brachte auch eigentlich alles mit, was es dazu brauchte. Dagbjört sah im Grunde aus wie die Verkörperung der alleinerziehenden Mutter: Drall und kräftig und mit gut entwickelten Brüsten, blondiertem Haar und viel Humor samt dem dazu passenden Männerlachen und Raucherhusten.

Ihre Mutter kam und fragte, wo sie die Wischtücher hingetan hätte.

»Die Wischtücher? Keine Ahnung. Stehen sie nicht auf der Anrichte?«

Die Erstgebärende seufzte dazu zweimal mit halbgeschlossenen Augen. Ihr Gesicht war noch voll roter Flecken, aber die Ödeme verschwanden allmählich.

»Nein«, sagte Aðalbjörg. »Ich verstehe das nicht. Ich habe doch erst gestern ein ganzes Paket mitgebracht.«

»Kann sein, daß ich den Kleinen damit abgewischt habe. Dann stehen sie vielleicht im Bad.«

»Aber Dagga, du legst doch das Kind nicht etwa mit Küchenkrepp trocken!«

Dagbjört sah zum Fenster hinaus, das eine halbe Ortschaft und einen ganzen Fjord sehen ließ, und bekam auf einmal das Gefühl, aus einem Zugfenster zu blicken. Die Wohnung kam ihr wie ein Waggon vor, den man auf ein Abstellgleis rangiert hatte, irgendwo an der äußersten Nordspitze von Jütland, und sie wäre mitsamt dem Kind darin eingeschlossen und käme nie wieder nach draußen. Sie hatte keine Verbindung zu diesem Scheißfjord, der für ihr Empfinden viel zu breit war. Ihre Kindheit steckte voller anderer Berge. In ihr gab es zu viele Haltepunkte und darum hatte ihre Kindheit nie wirklich angehalten. Erst jetzt. In einem Zugabteil am Ende der Welt. Kinder sind Bäume, die sich nur schwer verpflanzen lassen.

Noch immer schaute sie zum Fenster hinaus. Sie mußte sich mit dieser Landschaft abfinden, mit diesem Fjord und seinen beiden Inseln, die ihr Leben überwachten wie Eltern. Mami und Papi. Málmey und Drangey.

Manchmal kam auch ihre Schwester Fjóla mit, wenn sie ihre Schicht beendet hatte. Dann durfte sie ihren kleinen Neffen unter wachsamen Augen für eine Zeitlang auf den Armen halten. Das geistig spätentwickelte Mädchen war bald völlig auf Klein-Albert fixiert und schaukelte ihn in ihren Weißbrotarmen, dazu summte sie ihm ihre Lieblingsschlager vor: »Nur heut abend, nur wir zwei …« Ein schlichtes Gemüt, voll und ganz Mutter, die zwei Jahre zuvor ihr Junges, ihren Jungen gleich nach der Geburt verloren hatte. Albert Sturla landete wie ein weißgekleideter Kaiser in ihrem Arm, dreitausend Gramm Lebensinhalt. Sie mußten ihr das Kind vorsichtig wieder wegnehmen, sie stand die ganze Zeit mit ihm am Fenster und sang leise dieses Lied, das die Girl Group *Nylon* berühmt gemacht hatte: »Nur heut abend, nur wir zwei. Gerade so, als ob die Welt um dich ganz neu beginnt.« Jeden Abend bat sie den lieben Gott: »... und beschütze meinen kleinen Neffen Albert Stur... Sturla.« Dann schloß sie die Augen, und ihre kohlschwarzen Wimpern bebten leicht bei dem Gedanken an einen kleinen rötlichen Säugling. Die dunklen Haare in ihrem Damenbärtchen regten sich allerdings nicht unter den deutlich hörbaren Atemzügen, wenn sie später bei geöffnetem Fenster und sanft wehendem Vorhang auf dem Kissen ruhte.

Albert Sturla schlummerte selig in seiner Wiege auf dem parkettharten Wohnzimmerfußboden, und seine Mutter saß in rosa Bademantel über weißem T-Shirt mit heftigem Salem-Schwindel auf dem Sofa, als die Haussprechanlage mit neumodischem Summen einsetzte. Dagga schluffte zur Tür, brachte aber nicht einmal die Energie auf, zu fragen, wer da sei. Sie drückte bloß auf den Öffner und ging in die Küche, um Norah Jones ein wenig leiser zu stellen. Als sie zurückkam, stand Böddi an der Tür, einen Fuß in den Flur gesetzt.

»Hallo!«

»Hi! Ich dachte, du wolltest erst morgen kommen.«

»Ich ... muß mal mit mir reden. Nein, ich meine, mit dir reden.«

Sie musterte ihn. Er war irgendwie merkwürdig, noch seltsamer als sonst. Die Augen todernst, der Atem ging schwer, die Wangen blaß, wenn nicht sogar mit einem Stich ins Gelbliche. Er wirkte verändert. Böddi nahm in dem blauen IKEA-Sessel Platz und zog seinen Tabak hervor.

»Bitte nicht hier, Böddi«, bat Dagbjört vom Sofa aus und nickte kurz zu der weißdämmernden Wiege in der Nähe des Sessels.

»Wieso? Du rauchst doch auch.«

»Nur auf dem Balkon.«

»Was du nicht sagst.« Er blickte hinaus auf den Balkon. Draußen wehte ein heftiger knastertrockener und eiskalter Ostwind. Der Himmel war dicht mit aschegrauen Wolken bedeckt. »Glaubst du, das ist gesünder für ihn?«

»Daß ich nur draußen rauche? Ja, allerdings. Ich denke, das ist ein großer Unterschied.«

»Macht nicht den geringsten Unterschied. Du qualmst, der Tabak geht in die Milch über, er trinkt die Milch und kriegt den Tabak in den Bauch. Salem. Industrietabak.«

»Wieso Industrietabak?«

»Na ja, Salem eben. Hergestellt von Reynolds. Drittgrößter Produzent der Welt. Bestimmt nicht das beste für ein Neugeborenes.«

»Moment mal, rauchst du etwa nicht, Böddi?«

»Doch. Aber bloß reinen Tabak. Selbstgedreht.«

»Ja, ja, als wenn das ganz was anderes wäre.«

»Ist es auch. Es sind keine Suchtstoffe drin. Nur Tabak. Außerdem habe ich auch kein Kind an der Brust.«

»Ich rauche *fucking* vier Fluppen am Tag, Böddi!«

»Wo ist er überhaupt?«

Dagbjört nickte zur Wiege hinüber, und Böddi erschrak. Er hätte die Hand ausstrecken und die Wiege zu sich heranziehen können, ließ es aber dabei bewenden, mit ernster Miene das Kinn vorzuschieben und den Tabak wieder einzustecken.

»Ich finde trotzdem, du solltest überhaupt nicht rauchen, Dagga.«

»Ach ja?« Sie schwieg einen Augenblick und sah ihn an, schien aber zu müde zu sein, um sich aufzuregen. Sie hatte die Arme unter den Brüsten verschränkt, die dadurch ein wenig angehoben wurden, und ein Bein auf den Sofatisch gelegt. Weiße Söckchen.

»Bist du gekommen, um mir das zu sagen?«

Böddi zog die Nase hoch und ließ seinen Blick über die weiße Wand ihm gegenüber wandern, beschrieb mit ihm einen großen Bogen rund um die Frau auf der Couch.

»Nein, es ging mir eigentlich um etwas anderes.«

»Gut«, sagte sie, um ihm zu helfen. Er hatte offenbar große Schwierigkeiten, mit seinem Anliegen herauszurücken.

»Ich … nun ja, also ich habe noch einmal darüber nachgedacht. Über den Kleinen und so. Und jetzt, nachdem meine Mutter und so … Wir könnten doch vielleicht … vielleicht zusammensein«, erklärte Böddi mit etwas brüchiger Stimme.

»Was?«

»Zusammensein. Wir.«

Er hätte ihr genausogut durch das Fenster einen Kauffahrer aus der Segelschiffära zeigen können, der gerade unter vollem Tuch in den Fjord einlief, bis ans Dollbord beladen mit Käse und Wein, das Deck vollbesetzt mit lauthals singenden Kreolen, und sie bitten können, noch am gleichen Abend darauf mit ihr davonzusegeln. Nach Sankt Helena. Zum Jahrestreffen der Ausgesetzten. Sie musterte ihn eingehend, schüttelte schließlich das Haar und fragte: »Worauf willst du hinaus?«

»Nichts. Ich habe nur noch mal darüber nachgedacht. Und ich bin der Meinung, wir sollten zusammensein. Das wäre das beste für ihn.«

»Das beste für ihn?«

»Jau«, machte Böddi und zog schon wieder die Nase hoch. »Wir könnten zusammen in *Rokland* wohnen. Das Haus ist groß genug.«

Sie kniff die Augen zusammen, als versuchte sie, seine belegte Brust besser zu durchleuchten.

»Zusammen wohnen? Moment mal, willst du damit sagen, wir sollten zusammenwohnen?«

»Genau. Sonst sind wir doch keine … Familie.«

»Familie? Sag mal, wovon redest du eigentlich, Böddi?

»Wie gesagt, ich hab mir das überlegt. Wer ein Kind zusammen hat, sollte auch zusammensein.«

»Ach was?« stieß sie mit einem Lachen hervor, und ihre Augen sahen gar nicht mehr müde aus. »Du hörst dich ja an wie … der Papst oder so.«

»Bist du dazu nicht bereit?« fragte er fest.

»Stimmt irgendwas nicht mit dir?«

»Ich frage: warum denn nicht? Denk doch mal nach, Dagga! Ich weiß, daß es hier nicht um Liebe geht, aber wer sagt … Ich meine, wer will denn schon das ganze Leben auf etwas warten, das sowieso nie kommt? Deinen Schundprinzen findest du eh nie. Wie die Dinge liegen.«

»Schundprinz?«

»Ja. Und du willst doch nicht dein ganzes Leben lang alleinerziehend bleiben, dich bis ins hohe Alter mit Stütze durchschlagen, auf deine Mutter angewiesen sein oder auf deine Schwester Fjóla oder darauf, daß Albert Sturla einen Vertrag bei Chelsea kriegt. Es ist doch ökonomisch viel sinnvoller, wenn wir zusammenziehen, und er hat außerdem ein Recht darauf.«

Er machte eine Pause, um Luft zu holen und einen Blick auf die Wiege zu werfen. Dann setzte er ernst und fest hinzu: »Wir passen sicher gut zusammen.«

»Du bist verrückt.«

»Gerade nicht. Ich habe alles genauestens durchgedacht.«

Sie schien zu resignieren und schaute ihn bloß noch an.

Nach ein paar Atemzügen setzte er noch einmal an: »Damit du mich nicht mißverstehst, Dagga. Ich bin nicht in dich verliebt oder so.«

»Nicht?« fragte sie und klang fast beleidigt.

»Nein, so solltest du das nicht verstehen. Ich will damit sagen, wir brauchen nicht zusammen zu schlafen oder so was. Ich spreche nur von Wohngemeinschaft. Einfach nur eine ... ja, eine Art WG.«

»So was wie ein kleines, gemeinsames Unternehmen, wie? Ich bin nicht sicher, ob ich daran Interesse habe.«

»Okay, klar, wir können auch manchmal zusammen pennen; wenn's dir darum geht ...«

Dagga brach die idiotische Unterhaltung ab, indem sie Böðvar scharf ansah und etwas hitzig fragte: »Böddi, was willst du eigentlich? Möchtest du, daß ich dir im Badezimmer schnell einen runterhole? Ist es das, was du eigentlich von mir willst?«

»Nein, auf keinen Fall. Sex ist Hitler«, antwortete er wie aus der Pistole geschossen.

»Wie?«

»Ich will damit bloß sagen, worum es mir geht, ist, daß wir zusammenwohnen sollten. Zusammen mit dem Kleinen.«

»Böddi, *come on*. Er war … er war doch bloß ein Unfall!«

»Gut. Und wer einen Unfall baut, muß auch die Folgen tragen.«

»Was willst du damit sagen?«

»Man spielt nicht leichtfertig damit, ein neues Leben zu produzieren. Ich meine, er ist doch ein Mensch. Und man pfuscht nicht mit einem ganzen Menschenleben herum!« sagte Böddi mit Funken in den Augen und zeigte auf die Wiege. »Er hat ein Recht auf eine Familie. Auf Mutter *und* Vater. Auf ein Zuhause.«

»Wer hat dir eigentlich ins Hirn geschissen?«

»Dagga, es reicht mit dem Mist. Willst du wirklich dein ganzes Leben alleinstehende Mutter bleiben?«

»Ja. Ja. Genau das habe ich vor.«

»Ja? Wirklich? Aber … aber *ich* will nicht, daß mein Sohn auf diese Weise aufwächst. Ich will, daß er eine Familie hat. Ich will, daß er einen Vater hat. Ich will nicht als gerahmtes Foto auf seinem Nachttisch enden.«

»Davon spricht ja keiner. Woher das plötzliche Interesse? Nach seiner Geburt hast du dich einen Monat nicht blicken lassen.«

»Ja, das stimmt. Aber jetzt habe ich mir das alles durch den Kopf gehen lassen.«

Ein spöttisch-zorniges Leuchten trat auf einmal in Dagbjörts Augen.

»Ich dachte, du wärst anderweitig verliebt, Böddi. Will Lára María ihre Mama nicht verlassen?«

Böddi schnaubte einige Male wie ein Stier, ehe er antwortete:

»Die … die ist bloß so eine Videomähre. Nicht eine Minute meiner wert.«

»Eine Videomähre?«

»Ich will nur mit dir zusammensein, Dagga. Du bist in Ordnung, du bist witzig …«

»Witzig?«

»Ja«, gab er todernst zurück. »Und wir haben ein Kind zusammen, und deswegen sollten wir zusammensein. Das Leben schreibt uns das vor. Es ist Schicksal, Kismet. Etwas, wovon Opern handeln.«

»Ja, Seifenopern vielleicht.«

»Nein, nein. Auch Wagner. Was hältst du davon?«

»Ich halte gar nichts davon.«

Sie schwiegen minutenlang. Außer Dagbjörts linkem Bein lagen auf dem Tisch noch eine weiße Stoffwindel, eine graue Fernbedienung, ein leerer Aschenbecher, *Ein Krokodil für Madam Ramstowe* und eine Obstschale mit lauter Holz- und Plastikfrüchten. Der Kleine schlief noch immer ruhig in seinem Bettchen.

»Du warst doch diejenige, die mich gelinkt hat«, setzte Böddi zu einem neuen Zangenangriff an.

»Was du nicht sagst.«

»Du kannst einen doch nicht quasi einladen, dir mal wieder ein Rohr zu verlegen, und anschließend erklärst du es für vollkommen unverbindlich. Man muß doch die Verantwortung für seine Akte und Handlungen übernehmen.«

»Ja, ja. Aber das heißt noch lange nicht, daß man gleich in einer Ehe versacken muß.«

»Dagga, wenn man sich ein Kind machen läßt, bekommt man auch einen Vater dazu. Das ist einfach so.«

Sie sah ihn resigniert an und seufzte. Dann stand sie auf und verschwand mit einem Zwischenstop an der Wiege in der Küche. Böddi besah sich das Bild über dem Sofa – ein ziemlich laienhaftes Ölgemälde in grobem Stil: Ein Mensch ohne Arm trat aus dunklen Schatten, die aber auch eine Regenwand sein konnten –, bis Dagga zurückkam und wieder ihren Platz auf der Couch einnahm.

»Dagga. Wir sollten zusammenleben.«

»Nein.«

»Doch.«

»Nein. Ich hab keinen Bock dazu.«

»Es geht aber nicht nach dem, was *du* willst. Um ihn geht es«, beharrte Böddi und zeigte mit dem Kinn auf die Wiege.

»Bullshit.«

»Okay. Ich ziehe einfach hier ein.«

»Uhaa«, machte sie.

»Ich bin schon eingezogen. Was gibt's zu essen?«

»Was für ein Arsch!« zischte sie halblaut und stieß kopfschüttelnd ein Lachen aus.

Dann wieder zwei Minuten Schweigen, bis Dagbjört fragte: »Sag mal, geht es vielleicht einfach darum? Hast du Hunger? Bist du auf der Suche nach einer neuen Mami, die dich auch noch pampert? Soll ich jetzt deine Mutti sein? Leck mich!«

»Nein, ich denke einzig und allein an das Kind«, sagte Böddi düster.

Sie schwiegen sich erneut an, bis Dagga ein Päckchen Salem und ein Feuerzeug aus ihrer Bademanteltasche zog und sich eine Zigarette zwischen die Lippen steckte. Böddi sah wütend zu, wie sie sich Feuer gab. Dann stieß sie den Rauch in Richtung des Kinderbettchens aus. Böddi sah sich das zwei Züge mit an. Dann stand er auf und ging. Mit dem Kleinen.

Kurz darauf stand Dagga heulend auf dem Balkon und schrie Böddi nach, der mit dem Kind im Wagen gegen den Wind in den Ort zurückstapfte.

26

Lohengrin

»Wenn Sex Hitler ist, dann ist Liebe Bush. Oberflächlich, dumm und voller Versprecher. Und trotzdem hat er Macht über alles. Hitler habe ich abserviert, aber mit Bush werde ich nicht fertig. Dem zähen Knochen. Ich gebe mich geschlagen. Ich muß mit ihm leben. Ich muß unter ihm leben. Sein Gerät streicht mir jeden dunklen Tag über den Scheitel. Den ich durch die Straßen der *United States of Love* streife. Als Ungeliebter im Reich der Liebe. Der sich mit der Diktatur der Liebe abfindet. Ein seelisch Behinderter, der nie geliebt hat. Den niemand lieben mag.

Ich parke mein Auto in einer Parklücke, die für Liebesbehinderte reserviert ist. Ich werde an der Kasse vorgelassen. Das heißt, wenn ich tue, was man von mir erwartet: mein faustgroßes Abzeichen auf der Brust über dem Herzen vorweisen – ein großes rotes Herz, das Blut weint. Wir alle, die draußen in dem lieblosen Block am Flugplatz wohnen, tragen es. Wo keiner schlafen kann, weil ihr mit euren abgefuckten Geliebten in zweimotorigen Klosettschüsseln in den Süden nach Happynes fliegt. Für uns kommt am Wochenende der Bus vom Roten Kreuz und macht mit uns eine ganz und gar unromantische Tour hinaus nach Skagi. Wo kein Mensch lebt, und wo sich also auch nicht die geringste Gelegenheit bietet. Wir pflücken keine Blümchen, sondern sammeln den kalten Nordwind in Dosen und nehmen ihn mit nach Hause, um ihn einzurahmen. In den Fensterrahmen. Er läßt uns frösteln bis zum nächsten Ausflug.

Wir leben hier zu siebt. Vier alte und seit langem erkaltete Junggesellinnen: Die beiden Schwestern Faßmichan und Petting Þorgrímsdóttir, Bússi Gísla und Ficky Jóns. Die beiden erstgenannten sind ein Paar staatsbetriebene Riesenschneehühner, die beiden anderen vollständig auf dem Schmalweg: zwei von Erfahrungen abgeschabte Dornfortsätze. Ein Versuch, in ihnen so etwas wie Liebe zu entzünden, ist genauso aussichtslos, wie sich an Treibholz zu wärmen. Ich scheue es wie das Feuer, ihr ungeliebtes Fleisch zu betrachten. Dann gibt es noch zwei alte Knacker, Fernfahrermissionare, Zartleikur und Innerlich Friedensreich. Zartleikur Matthíasson und Innerlich Friedensreich Elíasson. Sie wohnen beide auf meiner Etage. Zartleikur ist ans Bett gefesselt und geht darum nirgends hin außer uns anderen auf die Nerven, wenn sein durch und durch heiliges Gutmenschentum aus dem Schlüsselloch in sämtliche Flure fließt. Innerlich Friedensreich ist in Ordnung, aber er furzt ziemlich oft. Der Chef hier ist eine Frau aus Usbekistan, eine Bombe mit einem prachtvollen Arsch und dem etwas fremdländischen Namen Wixmich Sofortskaja. Auf den hört sie aber nie. Selbst wenn man ihn mitten in der Nacht vom Balkon brüllt.

Dennoch beeinträchtigt mich die Lieblosigkeit nicht sonderlich. Ich kann gehen, wohin ich will, und ich komme größtenteils allein zurecht. Weihnachten fällt zuweilen etwas lästig, wenn der Liebesterror der Gesellschaft über die Stränge schlägt, und der Bankfeiertag natürlich, dieses staatlich verordnete Fucktival. Aber man lernt, damit zu leben …«

Mittendrin mußte Böddi abbrechen. Oben begann Klein-Albert aus Leibeskräften zu brüllen. Sein Vater drückte die Zigarette aus, sprang nach oben und sah nach ihm. Er hatte seinen Sohn nicht in dem ganzen Durcheinander im Keller unterbringen wollen und ihn daher oben im Wohnzimmer abgestellt. Der Winzling lag in Dóras Lehnstuhl in einer Art Nest, das ihm Böddi aus seinem Anorak und einem brettsteifen Handtuch, das er im Bad fand, gebastelt hatte. Ohne weiter darüber nachzudenken, hatte er den Sharparat eingeschaltet und den Ton leise gestellt. Vielleicht glaubte er, der Kleine würde sich im Obergeschoß nicht so allein fühlen, wenn er die flüchtigen Schatten auf dem Bildschirm mitbekam. Jetzt aber hatte er Hunger. Oder hatte keinen Bock mehr auf die *Springfield Story*. Böðvar bat ihn, sich noch einen Moment zu gedulden, und sauste in die Küche, wo er eine Packung Magermilch fand, die er in ein Fläschchen umfüllte. Das Fläschchen war eine kleinere Schnapsflasche. Er hielt sie eine Weile unter heißes Wasser aus dem Kran und stülpte dann den Sauger über den Flaschenmund. Der Nuckel bestand aus dem Daumen eines alten blauen Wollhandschuhs, den er im Besenschrank gefunden hatte, nachdem er dem Kleinen beim ersten Mal die Milch aus einem Glas hatte einflößen wollen. Kalte Milch aus einem Glas. Sie war gleichmäßig über den schwarzen Anorak und das lila Handtuch gespuckt worden. Albert Sturla hatte einen entrüsteten Schrei von sich gegeben und war zutiefst beleidigt gewesen. Daraufhin hatte es Böðvar allmählich gedämmert, daß Kleinkinder nicht unbedingt für kalte Drinks zu haben sind, dafür aber gern an allem Zitzenähnlichen nuckeln. Der kleine Tante-Emma-Laden war schon geschlossen, und in *Bláfell* war sicher kein Babyfläschchen zu bekommen. Etliches Kopfzerbrechen später hatte Böddi den besagten Handschuh gefunden und über den kleinen Flachmann gezogen, den er ebenfalls im gleichen Schrank aufgetrieben hatte. Klein-Albert hatte wenig gegen dieses durchaus volkstümliche Behältnis einzuwenden und saugte durch den blauen Wolldäumling warme Magermilch, bis ihm die Augen zufielen.

Böddi betrachtete seinen Sohn lange: rote Pausbäckchen in weißem Strampelanzug und hellblauer Strumpfhose. Er grübelte über der offensichtlichen Tatsache, daß *Rokland* windelfrei war, seit Brüderchen Viddi Anfang 73 sein letztes Geschäft in eine Windel verrichtet hatte. Ein unverkennbarer Geruch verlangte nach einer gut improvisierten Überwindung dieses Engpasses, aber jetzt schlief der Kleine erst einmal satt und zufrieden, und Böddi stellte das Problem noch etwas zurück.

Das Telefon klingelte. Es klingelte anhaltend, mit kurzen Zwischenräumen. Böddi saß in seinem Keller auf den Ohren und hämmerte seine neue Streitschrift über die Rolle der Ungeliebten in einer Diktatur der Liebe in die Tasten. Drei Stunden und zwei Milchverabreichungen später wurde oben an die Haustür geklopft. Kurz darauf an die untere Eingangstür. Eine völlig verheulte Mutter stand im Laternenlicht davor. Das eisweiße Haar genauso feucht wie der hellgraue Anorak mit den roten Buchstaben quer über der Brust: *Red Tiger*. Er ließ sie wortlos ein und ging nach oben. Sie weckte den Kleinen sofort auf und gab ihm die Brust: Der Drang, Milch abzugeben, war noch größer als die Nachfrage. Böddi machte große Augen, als er den feinen Strahl sah, der aus Dagbjörts Brustwarze in hohem Bogen über den Kopf des Kleinen spritzte, ehe er den Nippel in den Mund bekam.

»Hat er wirklich die ganze Zeit nur geschlafen?« erkundigte sie sich nach einer Weile.

»Nein. Er ist zweimal aufgewacht. Ich hab ihm was gegeben, und er …«

»Du hast … Was hast du ihm gegeben?«

»Pf … Magermilch.«

»Magermilch? Spinnst du?«

»Wieso? Darf man das nicht?«

»Nein. Er braucht entweder Trockenmilchpulver oder Babymilch, wenn er keine Muttermilch bekommt.«

»Wenn er keine geräucherte Milch bekommt, wolltest du wohl sagen.«

Dagga warf ihm aus Dóras altem Fernsehsessel einen bösen Blick zu. Sie dampfte noch immer von Tränen und kaltem Regen. Dann ließ sie den Blick zum stummgeschalteten Fernseher hinüberwandern. In den hellblauen Kulissen des Staatsfernsehens saß ein junges blondes Pärchen und moderierte eine Talkshow. Ihm gegenüber hatten eine sorgfältig zurechtgemachte ältere Frau und ein Mann gleichen Alters mit Krawatte Platz genommen. Den Gesten der vier konnte man entnehmen, daß sie alle der gleichen Partei angehörten. Es sah geradezu so aus, als würden sich zwei Kinder mit ihren Eltern unterhalten. Böddi hörte die junge Frau förmlich sagen:

»Aber Mama, du hast in letzter Zeit so viel gearbeitet. Meinst du nicht, du könntest im Büro mal für eine Weile etwas kürzer treten, damit du mehr Zeit für deine Enkel hast?«

Das gab ihm eine Idee für einen neuen Artikel. In den letzten Tagen war er überhaupt sehr in Schreiblaune gewesen. Jedenfalls seitdem sein Traum durch die Entwicklung bei Kodak verdorben worden war. Seine Liebe hatte ihn zurückgestoßen, und die Freiheit, die daraus folgte, schien unbegrenzt zu sein. Genauso unbegrenzt wie die Schwermut, die sich in den ersten Tagen über ihn wälzte. Während sein Verstand in Treibsand versank, lief seine Feder über offene Weiten und bearbeitete einen Acker nach dem anderen. Weniges ist so unwiderstehlich wie Leichtigkeit, die sich aus Schwermut erhebt. Er hatte schließlich nichts mehr zu verlieren, und all die Hemmschwellen, die ihm vorschrieben, was er durfte und was nicht, schienen mit dem Riesenkorb, den er bekommen hatte, verschwunden zu sein. Jetzt stellte er alles ins Netz: »Was ist dieses Klappergestell, das in der Buchhandlung zu arbeiten vermeint, anderes als ein nicht ausgepacktes Buch? Ein Buch in beschissenem raschelndem Zellophan. Ein Buch, das sich nicht der Welt zu öffnen wagt, aus Angst, die Menschen könnten in ihm lesen. Welches dörfliche Geheimnis hütet es so krampfhaft vor uns?« Die Reaktion auf diese vernichtende Rache war Schweigen. Der Ort schien sie über sich hinwegfegen zu lassen wie einen Schneesturm. Oder hatten die Leute einfach aufgehört, bei *Rokland* vorbeizuschauen?

Böddi war kein Ausgestoßener mehr in seinem Wohnort, statt dessen war er offenbar Luft geworden. Seine Mitbürger taten jedenfalls so, als würden sie ihn nicht sehen, wenn er mit finsterem Blick durch die Straßen zum Einkaufen stapfte. Er war jetzt gezwungen, das selbst zu tun, und erledigte sämtliche Einkäufe im Geschäft von Varðar Ágústsson, das außer einem Kiosk oben in Hverfi den letzten Rückzugsposten eines freien Handels in diesem Konsumgenossenschaftsfjord bildete. Der Weg hinaus zur *Skagfirðingabúð*, dem Supermarkt der Genossenschaft *KS*, war ihm zu weit, außerdem war er ein geschworener Feind dieses Vereins, der seine Kindheit auf dem Gewissen hatte.

Varðarbúð stellte hingegen den letzten echten Kramladen des Landes dar: Auf vierzehn Quadratmetern bekam man alles von Scheibenwischern bis Schlagsahne. Zudem war sein Besitzer, Árni Var, der sympathischste ältere Einwohner von ganz Krókur, ein großgewachsener, noch gänzlich aufrechter und bescheidener Achtziger, der noch immer täglich einen fast vollen Arbeitstag in dem Laden stand, den sein Vater in Árnis Geburtsjahr in einem alten Steinhaus am Ende der Aðalgata gegründet hatte. Außerdem war er einer der ganz wenigen Ortsbewohner, der Böðvars Existenz noch zur Kenntnis nahm.

Wenn Böddi angetrabt kam, stand er oft in einem hellen Blouson auf dem Bürgersteig vor seinem Laden oder wie ein kinderlieber Riese neben der Zapfsäule oder seinem Wagen, einem Chevrolet Malibu, Baujahr 74, und schien auf nichts mehr zu warten als auf den Tod. So stand er unter freiem Himmel, wie es alte Männer gern tun, und schaute über den Fjord und sein Hinterland, als würde dort im Süden ein vorzeitiger Sonnenuntergang anbrechen. Er begrüßte Böddi stets mit einem Lächeln, das ihm das Leben als Belohnung für ein sonniges Gemüt und ein durch und durch freundliches Wesen verliehen zu haben schien. Sein Gesicht war groß und rund. Ein Geflecht von Äderchen überzog die fülligen Backen und die fleischige Nase mit einem Netz, das ein schönes rotes Muster mit bläulichem Einschlag bildete, wie eine geheimnisvolle Tätowierung, mysteriöse Botschaften, die sich aus der Klimageschichte der Gegend entschlüsseln ließen. Árni sprach leise und seltsamerweise mit den stimmhaften Verschlußlauten des Südlands. Es sah ganz so aus, als würde ihm durch das ewige Lächeln in seinen Mundwinkeln das Sprechen schwerfallen. Im halbgeöffneten Mund blitzte es golden, ohne daß man seine Zähne je deutlich zu sehen bekam. Daher machte es den Eindruck, als hätte er lauter goldene Zuckerstückchen im Mund.

»Dein Vater Steingrímur war wirklich einmalig. Einmal hat er eine Zeitlang geschmuggelten Genever verkauft, und der Sohn von Halli, dem Arzt, wurde zu ihm ans Boot geschickt, sollte eine halbe Flasche kaufen. Eine halbe Flasche Genever! Aber der Doktor war so einer. Behauptete immer, er würde nur in Maßen trinken. Steini also reicht dem Jungen 'ne Flasche. Der aber sagt, er solle nur eine halbe holen. Und was machte unser Steini daraufhin? Setzt sich die Flasche an den Hals und trinkt die Hälfte ab. In einem Zug. Dann reichte er sie wieder zurück und sagte: ›Bitte sehr, eine halbe Flasche.‹

Ja, so war er, dein Vater. Groß in allem, was er tat.«

Dann gingen sie in den Laden, und Árni gab Böddi Milch, Roggenbrot, Tabak und Leberwurst. Und in durchsichtiger Plastikverpackung ein Curryfertiggericht aus der Hauptstadt. Vom Geschäft aus sah man ins Kontor: ein altertümlicher Schreibtisch mit einer Reling um die Kanten, der aus einem havarierten Schiff an den Skagaströnd stammte, sowie fünfzehn alte Nummerschilder an den Wänden. Die meisten Anekdoten des Kaufmanns stammten aus der Zeit, als er noch als Taxi-, Bus- und LKW-Fahrer gearbeitet hatte und überall Árni Far gerufen wurde. Jedesmal, wenn Böddi den Laden betrat, wurde er von einem schrecklichen Verlangen befallen, sich bis zu seinem Todestag an den gestrandeten Schreibtisch in diesem Büro zu setzen. Nur dort sitzen und aus dem Fenster über den Fjord schauen. Dinge bekamen eine faszinierende Aura, wenn sie ein ganzes Menschenalter unbewegt irgendwo gestanden hatten.

»Das macht einhundertsiebenunddreißig Kronen«, las der Krämer mit seiner freundlichen Stimme von der Kasse ab. Er hatte sich allerdings vertan, hing noch auf einer veralteten Seite in der Inflationsgeschichte des Ortes fest und hatte eine Null vergessen. Böddi hatte es längst aufgegeben, ihn zu verbessern, und reichte ihm einen Zweitausendkronenschein. Bekam »dreiundsechzig Kronen« retour.

Der Prophet verließ den Kramladen jedesmal heiteren Herzens. Wie Keli schaffte es auch der alte Krämer, ein klein wenig Frohsinn in seine Seele zu säen, eine Spur warmer Gutherzigkeit. Die auf seinem Weg durch Aðalgata und Frúarstígur gleich wieder erkaltete. Er fühlte, wie die Mißgestimmtheit wieder in ihn einströmte, und wenn er in *Rokland* die Tür aufschloß, begrüßten ihn Arbeitslosigkeit, Lieblosigkeit und Mutterlosigkeit wie alte Bekannte. Böddi war für Widrigkeiten wie geschaffen. Es ging ihm gut, wenn es ihm schlecht ging.

»Bitte sehr, eine halbe Flasche.«

Die ersten Tage nach seiner Zurückweisung durch die Göttin

des Entwicklers saß Böddi zu Hause, schimpfte mit Séra Pétur, trank Bier und hörte seine Musik: Tannhäuser und Lohengrin. Einen ganzen Sonntag hockte er im Wohnzimmer seiner Mutter und hörte sich die letztgenannte Oper vom ersten bis zum letzten Takt an. Bei genauerem Hinsehen handelte sie doch von seinem eigenen Schicksal. Oder trat er hier etwa nicht wie ein geheimnisvoller Ritter in Erscheinung, um seine Lára María aus den Klauen des Orts zu retten, nur unter der einen Bedingung, daß sie nie nach »Nam' und Art« fragen durfte? War nicht er Lohengrín?

Böddi hatte vor Jahren eine Aufführung dieses Seh- und Singspiels in der Züricher Oper gesehen – auf einer seiner autodidaktischen Bildungsreisen durch die Hauptstädte deutschsprachiger Kultur, die überwiegend nach dem Muster abliefen, daß ein ziemlich verkaterter Böðvar von Bahnhofspalast zu Bahnhofspalast, von Musentempel zu Musentempel und von Opernweihestätte zu Opernweihestätte hetzte, immer getreu der Devise Nietzsches: »Im Gebirge ist der nächste Weg von Gipfel zu Gipfel« – mit Abstechern in Buchhandlungen, Kunstmuseen und dunkle Kneipen. Jeden Abend versprach er sich, bald ins Hotel zu gehen und endlich weiter im *Faust* zu lesen, versackte aber ebenso regelmäßig mit elf Bier intus und die Augen fest auf eine dieser weichwangigen Studentinnen geheftet, die mit einem glücklichen Begleiter in einer schummrigen Ecke herummachte und keine Ahnung davon hatte, daß ein triefäugiger Isländer an der Theke längst seine Entscheidung fürs Leben getroffen hatte. Ihre Kinder sollten Cosima, Richard und Siegfried heißen. Das Haus in Kilchberg am Zürichsee stehen – in Rufweite von Thomas Manns Grab. *Was für ein Leben!*

Doch anstatt jeden Morgen mit Segelbooten und Alpengipfeln vor dem Fenster aufzuwachen und in Ehren hinter aufgeschlagenen Büchern am offenen Kamin grau zu werden, saß er hier ganz im Norden im härtesten »Sturmland« der Erde in einem gammeligen Wohnzimmer im Skagafjörður, die Mutter los, die Liebe los und überhaupt alles los und trank lauwarmes Bier in kleinen Schlückchen, aber Wagner in vollen Zügen.

Das Bier half. Es arbeitete wie Entwicklerflüssigkeit, denn nach und nach erstand die Aufführung in Zürich wieder vor seinen Augen: Vor allem das großartig schlichte Bühnenbild, das Regisseur Robert Wilson gegen den Schwulst des Opernhauses gesetzt hatte. Zu Beginn war die Bühne ein leerer Bildschirm, doch langsam materialisierte darauf ein spitzes Dreieck aus Licht und ein zweites, schwarzes. *Gut und Böse*. Als das Vorspiel zu Ende ging, waren beide an ihrem Platz. In der Oper gibt es keine Hektik. Wilson war der berühmteste Opernregisseur seiner Zeit und ein fester Gast in den besten Häusern des deutschen Sprachraums. Sein minimalistischer Stil kam an. Für das zeitgenössische Auge bedeutete es eine Wohltat, im Rahmen der überladenen und pompösen Opernsäle eine »reine, leere Bühne« zu sehen. Das Ergebnis war so etwas wie ein Bild von Rothko in einem Rembrandt-Rahmen. Chor wie Solisten hatten wie festgenagelt auf der Bühne zu stehen und durften sich höchstens nach strengsten Regieanweisungen bewegen. Im Endeffekt war die Bühne bewegter als die Akteure. Daraus resultierte ein eiseskühler Gesamteindruck, der in vollkommenem Gegensatz zur emotionalen Wucht der Musik stand. Das Gesamtergebnis war eine von Amtsstubensesselfurzern aufgeführte Orgie. Böddi staunte jedesmal wieder darüber. Die Deutschen hatten ihren Wagner einem amerikanischen Schwulen mit einer Macke für Design ausgeliefert. Die großartige Erfindung des Musiktitanen, *Das Gesamtkunstwerk*, war einem Möbeldesigner zum Opfer gefallen.

Die Musik brandete von der Bühne und durch den Orchestergraben über ihn hinweg wie ein Magmastrom aus einem IKEA-Möbelhaus, Böðvar betrachtete die weißen Pusteblumen um sich her (sämtliche Opernhäuser der Welt waren heutzutage wie eh und je voller alter Schachteln) und versuchte herauszufinden, warum diese faltengemusterten Adlernasen den Kaiser unbedingt in derartigen neuen Kleidern sehen wollten. Ehrfurcht leuchtete aus den Augen dieser betagten Alpen-Resis, die man eigentlich eher mit dem Stuck an den Wänden in Verbindung brachte als mit dem coolen Outfit der Bühne. Ob es die faschistoide Natur des Minimalismus war, die die deutschsprachigen Staatsbürger ansprach? fragte sich Böddi, als er in den hellhemdigen Frühlingsabend hinaustrat. Schwäne glitten langsam unter den Brücken dahin, und die Türme nickten grüßend: Der Abend läutete die Glocken, und die Schweizer Brüste wippten weich auf ihrem Weg an ihnen vorüber. Gefüllt mit Käse, Milch und Schokolade.

Böddi ging zum Wasser hinab und setzte sich auf einen Stein am Ufer, drehte sich eine Zigarette und fügte der Geschichte Zürichs ein paar Züge hinzu. Neben ihm saß eine friedliche ältere Dame und schaute auf den See hinaus. Sie trug eine weiße Spitzenbluse und einen armeegrünen Rock, ein silbernes Kreuz um den Hals und das Haar zu einem Knoten hochgesteckt. Genau so sahen die Besucherinnen der Opern- und Konzerthäuser aus. Immer saß Böddi mit solchen Tanten in einer Reihe. Sie waren seine »Kolleginnen«. Seine Altersgenossen standen ganz woanders: mehr oder weniger abgefüllt steckten sie in einer schwitzenden Masse und schüttelten ihre behämmerten Köpfe, die Bono mit Krach füllte. Böddi sah ein, daß er ein Anachronismus war. Er war sogar noch konservativer als die ergrauten Operngängerinnen, die faschistisches amerikanisches Design bewunderten. Wie sonst hätte er schon durchs Leben gehen sollen als wie ein ungeliebter, einsamer Lohengrín? Zornig und endlos gelangweilt.

Mit der dicken Gummisohle trat Böddi die Zigarette aus und besah sich die Frau genauer, die so in jeder Hinsicht gelassen dasaß. Vielleicht war sie an diesem Abend ebenfalls in der Oper gewesen. Irgendwie schien sie nicht von hier zu sein. Wahrscheinlich eine Deutsche. Und irgendwie war sie wie Deutschland. So überaus reinlich, penibel und exakt an der Oberfläche. Und doch sah man, daß in ihrem Inneren ein Gefühlschaos für Chor und Orchester tobte, komponiert von Ludwig van Beethoven und Richard Wagner. Die Deutschen lebten in einem stillen Land, aber in ihren Gemütern herrschte Sturm. Ein gewaltiger Sturm.

Zu Hause in Island verhält es sich wahrscheinlich umgekehrt, dachte Böddi, während er sich von den Steinen erhob und über den abendstillen See blickte. Dann drehte er sich um, stellte den CD-Spieler ab und ging aufs Klo. Draußen herrschte ein schneegestöbergrauer Sonntag. Der Laternenpfahl auf der anderen Straßenseite schwankte im Wind wie ein stilisierter Baum à la Wilson, und man konnte kaum weiter sehen als bis zu den Wellenbrechern am Strandvegur. Bedeutete das dann, daß isländische Kunst nett und adrett war, fragte sich Böddi, trällerte dann aber ohne darauf zu achten den Hochzeitsmarsch aus dem dritten Aufzug des Lohengrin, während der Strahl in die Schüssel plätscherte. Als er von der Toilette kam, war er auf einmal bester Hochzeitslaune. Er verspürte Hunger und marschierte in die Küche. Der Kühlschrank war allerdings alles andere als inspirierend. Er schloß ihn, ging ins Wohnzimmer, ans Fenster. Der wirbelnde Schnee flog in sichtbaren Wolken über den Ort, als würde jemand mit einem halbtransparenten Schleier über dieses ärmliche Bühnenbild wedeln. Im Handarbeitskorb auf der Fensterbank lagen neben Stricknadeln und Kreuzworträtseln ein paar winzige himmelblaue Wollhandschühchen und ein dazu passendes Mützchen. Böddi hatte sie vorher nie bemerkt. Unwillkürlich blickte er nach Nafir hinauf und zum Friedhof (obwohl beides im Schneetreiben so gut wie unsichtbar war), und er stellte sich vor, daß seine Mutter die Sachen im Grab gestrickt und sie anschließend in der Nacht heimlich hier versteckt hatte wie der Nikolaus, der die Stiefel füllte. Das also hatte sie dem süßen kleinen Wonneproppen noch geben wollen. Böddi drehte die kleinen Fäustlinge in den Händen, sah noch einmal in den Sturm hinaus und bekam fast Tränen in die Augen. In diesem Moment empfand er auf einmal sehr intensiv, was Schicksal bedeutete. Es war sein Schicksal, die Mutter zu verlieren und an ihrer Stelle einen Sohn zu empfangen. Noch in der gleichen Nacht. Die Entdeckung dieses Zusammenhangs spendete ihm wahrhaften Trost. Er dachte noch länger darüber nach und kam zu der Einsicht: was unsere Gesellschaft heute quälte, war, daß es keine Schicksale mehr gab. Den Leuten widerfuhr nichts mehr, sie mußten sich in nichts mehr fügen. Die Freiheit war zu groß. In der Midlife crisis verkauften die Leute einfach Wohnung, Auto, Kinder und begannen eine neue Partnerschaft in Australien – mit einem niedlichen homosexuellen Krokodil, betrieben am Rand des Outback einen Coffeeshop, bis sie im Internet einen unheimlich spannenden Kurs entdeckten, und schwups fanden sie sich in Neumexiko wieder, bis über beide Arme in weichem Ton und die Lippen um einen Pimmel mit Namen Jeff geschlossen. Das war es, was mit uns los war, oder besser, was mit uns nicht stimmte: Wir vermochten alles, und wir durften alles und mußten uns nie irgendwo einfügen und beugen. Interessanterweise ergab sich daraus eine Menge Unglück. Vielleicht war die Sklavenmoral für den Menschen ebenso wichtig wie sein Verlangen nach Freiheit. Böddi hatte manches Mal darauf gelauscht, wie seltsam erleichtert sich die Nachricht über ein ergangenes Gerichtsurteil anhörte. Er vermeinte sogar einen gewissen Neid auf die unglücklichen Delinquenten herauszuhören. Ihnen waren die Freiheit und die Selbstbestimmtheit genommen worden, und man hatte ihrem Leben enge Grenzen gesteckt, aber innerhalb dieser Grenzen verblieben sie so frei wie vorher. Sogar freier als je zuvor, denn sie waren nun auch von sämtlichen Sorgen und Entscheidungen befreit worden. Dieses schrecklich faszinierende Verlangen nach Fesseln war die Sehnsucht danach, das Leben ein Urteil über sich fällen zu lassen, das Bedürfnis, die Last eines Schicksals auf sich zu nehmen, es zu bejahen wie eine folgsame Braut. Es mußte eine Art Wonnegefühl auslösen, auf so einschneidende Weise zu akzeptieren, daß man hier auf Erden als Mensch nichts auszurichten vermochte. Hier hielt das Leben die Macht fest in seinen Händen.

Böddi betrachtete die Handschuhe in seinen Händen und spürte die Macht des Lebens: Trotz allem waren diese winzigen himmelblauen Fäustlinge um vieles stärker als die großen Hände, in denen sie lagen. Sein Leben lag in diesen winzigen blauen Händchen. Es lag in den Händen seines Sohns. Er war sein Schicksal. Und als der Hochzeitsmarsch noch einmal durch die hintersten Windungen seines Hirns hallte, erhielt Böddi die Eingebung, das Leben zu bejahen wie eine gehorsame Braut. Wenn die Liebe tot ist, ist es kein Problem, zu lieben. Drei Tage später tauchte er bei Dagga auf und machte ihr – nach einem kurzen Vortrag über die schädlichen Folgen des Rauchens – seinen Antrag.

Jetzt also stand sie hier vor ihm mit nassen weißen Haaren und frisch gemolkenen Brüsten und lächelte beinahe. Ein eigentümliches Lächeln wie ein Lächeln nach dem Sturm. Böddi lächelte fast zurück und blickte dann auf seinen selig schlummernden Sohn, den die Mutter wieder in sein Nest auf dem Sessel gebettet hatte. Im Fernsehen lief mittlerweile eine dänische Serie mit isländischen Untertiteln.

Böddi roch wieder diese Mischung aus Salem und Givenchy, als sich Dagbjört über ihn beugte, gemischt mit nach Regen duftender Luft von draußen. Sie küßten sich, und einiges Gestöhn später lag dieses seltsame Pärchen überwiegend nackt auf dem Fußboden. Wenn die Liebe tot ist, ist es kein Problem, Liebe zu machen. Sie lagen nebeneinander auf dem Rücken, qualmten aus den Nasen und sahen zum Fenster auf, in dem hundert Sterne vom Himmel fielen. Hundert Sterne pro Minute.

27

Mit Sturm im Herzen

Böddi war irgendwie davon ausgegangen, er könnte noch die nächsten vierzig Jahre den Teppichboden in Rokland abtreten, aber das Haus gehörte ihm natürlich nicht allein. Seine Geschwister wollten verkaufen. Am Telefon fiel Böddi über Viðar her, doch der schob ihre Schwester vor. Und Skulda blieb beinhart; sie wollte das Haus verkaufen. Schon allein ihr Name schrie nach Geld, und sie nahm die Sache in Angriff. Innerhalb weniger Wochen hatte sie alles in die Wege geleitet.

»Böddi, vor Samstag hast du den Keller aufgeräumt, sonst bringe ich dich um. Gegen zwei kommen Leute, um sich das Haus anzusehen.«

Ein junger Mann aus dem Ort, der in der Hauptstadt Karriere gemacht und es immerhin bis auf den Stuhl eines Assistenten der Marketingabteilung der Meiereigenossenschaft *Mjólkursamsalan* gebracht hatte, erschien auf den Stufen mit einer eher widerwilligen Tusse aus einem Reykjavíker Nobelvorort im Schlepptau – so etwas wie ein Rassehund auf Stöckelschuhen. Am Rinnstein parkte ein schwarzer Range Rover mit dem Kennzeichen MS 007. Der Milchproduktevermarkter war eine kindlich helle Erscheinung mit dunklem Haar und dunklem Anzug, darunter ein kariertes Hemd von Boss, das er nach Feierabend und an den Wochenenden am Hals leger offen trug. Die Geschwister erkannten ihn wieder: Es war Anton Sigurðsson oder Toni Sýslu, der Sohn des ehemaligen Landrats und im gleichen Alter wie Skulda, ein Mann der Bauernpartei bis ins Mark, aber getarnt als Geschäftsmann auf dem freien Markt. Armani-Anzug und Boss-Hemd waren sozusagen die Wettkampfkleidung der jungen Männer auf den Karrieresturmleitern, doch ein Kind der Fortschrittspartei wie Anton hatte noch nie wirklich mit jemandem konkurrieren müssen. Seine Abstammungsbescheinigung hatte ihm einen Job beschert, der nicht nur sicher, sondern auch relaxed war: Marketing für ein Unternehmen, dessen Marktanteil hundert Prozent betrug.

Leider waren solche Männer in Island noch immer sehr verbreitet, besonders in den ländlichen Regionen, die schon ein ganzes Jahrhundert lang für sie bluten mußten, mäßig begabte Bezirksfürsten, die behaupteten, zum Wohle des Volkes zu arbeiten, eines Volks, das ihnen aber immer nur im Weg stand, wenn sie in ihren aufgeblasenen Riesenjeeps Richtung Hauptstadt davonpreschten, die Interessen des Volks irgendwo tief unten in den Handschuhfächern verstaut. Männer, die ihre Arbeitsstunden geschickt um die Termine ihrer Angeltouren arrangierten und mit ihren Abfindungen großtaten. Männer, die die Karriere über ihre Arbeit stellten.

Böddi hatte sich einmal über das Phänomen, seine Geschichte und seine Hintergründe auf seiner Blog-Seite ausgelassen. Es war der einzige Beitrag, von dem seine selige Mutter Notiz genommen hatte. Sie hatte ihn gebeten, das Ding zu löschen, weil ihr Werksleiter in der Fischfabrik sie deswegen zur Rede gestellt hatte. »Er hat gesagt, er hätte das in seinem Computer gefunden, Böddi.« Böðvar unterließ es, seiner Mutter das Internet zu erklären, versprach aber, den Beitrag aus dem Verkehr zu ziehen. Ein Versprechen, das er noch immer nicht eingelöst hatte. Seine Analyse über die politischen Zustände an der Heimatfront ließen sich noch immer im Netz nachlesen:

»Die Fortschrittspartei ist ursprünglich gegründet worden, um die Interessen der ländlichen Gemeinden zu vertreten, genauso wie ihre wahre Mutter, der Zusammenschluß der Genossenschaften, der einmal aus den Genossenschaften der armen Kleinbauern hervorgegangen ist. Doch je hehrer eine Idee, desto verheerender ihre Umsetzung, wie etliche bluttriefende Beispiele belegen. Aus den Genossenschaften im Besitz der Bauern wurden Gesellschaften, die ihrerseits die Bauern besaßen. Ferngesteuert von den Zentralameisen der Fuckerpartei in der Hauptstadt. Das Imperium der Konsumgenossenschaften brach im gleichen Jahr zusammen wie der Kommunismus. Wie beziehungsreich! Aus unerfindlichen Gründen überlebte die Partei allerdings und machte es sich zur Aufgabe, die Genossenschaftsbonzen und ihre Kinder an Bord des Staatsschiffs zu hieven und ihren Parteipferden im System eine letzte fette Weide abzuzäunen. (Durch die Dämlichkeit unseres dämlichen Volkes sitzen diese Dumpfbacken in der Regierung, so lange ich denken kann.) Ein geschlagenes Jahrhundert lang darf diese Scheißpartei nun schon im Körper unserer Nation wuchern wie ein Krebsgeschwür und hat währenddessen an nichts anderes gedacht als daran, wie sie selbst dick und fett dabei werden kann. ›Der Vorreiter des Landes‹ ist längst zu seinem Bremsklotz geworden. Im Vergleich zu dem ins Riesenhafte gewachsenen Wohlstand unserer Volkswirtschaft sind die Bauern heute ärmer als vor hundert Jahren. Trotzdem wählen sie noch immer »ihre« Interessenvertreter, ihre Interessenverräter.

In seinen Sonntagsreden beteuert dieser Kaufi Kaufsson immer wieder, der *Kaupfélag Skagfirðinga* sei doch schließlich UNSER Eigentum. Das hindert ihn aber nicht im mindesten daran, unsere Gewinne im Süden in waghalsige Spekulationen zu investieren. Investitionen im Auftrag der Partei, die für diese immerhin gefahrlos sein mögen, denn es handelt sich meist um den Aufkauf staatlicher Betriebe, die die Partei erst einmal – nach Art der Mafia – vorab sich selbst und ihren Parteifreunden zuschanzt, ehe der Rest der Marktteilnehmer zum Zug kommt. Aber Diebesgut tut selten gut. Geliehenes Geld ist besser als gestohlenes. Oder wofür wollen sie uns drankriegen? Ehe jemand kapiert, was eigentlich los ist, oder Alarm schlagen kann, werden wir an unseren Eselsohren in eine verräucherte Spielhölle in der Stadt geschleift und machen uns dort genauso die Hände schmutzig wie der Schwarzgeschäftemacher selber. Geld von dieser Clique ist schmieriges Geld oder Schmiergeld.

Es ist zum Totlachen: Unser geliebter Heimatbezirk ist die sicherste Hochburg einer politischen Partei, die ideenmäßig längst bankrott ist, obwohl die Buchhaltung selten besser frisiert wurde. (Ihre Finanzbeschaffer arbeiten erfolgreicher, wenn sie nicht von Ideen behindert werden.) Unser Kaufi gehört zum ZK dieser Mafiapartei und ist ein ›guter Freund‹ ihres Parteivorsitzenden, der nun zufällig auch noch Ministerpräsident ist. (Nein, was für ein glücklicher Zufall!) Die Interessen des Bezirks sind die Interessen der Partei. Der Fortschrittspartei *gehört* dieser verdammte Fjord! Und meine Mutter gleich mit. (Eines Nachts sind sie bei ihr eingedrungen und haben ihr das *KS*-Logo auf den rechten Oberarm tätowiert.) Jeder einzelne Skagfirðingur arbeitet in Diensten dieser beschissenen Partei, ob es ihm nun gefällt oder nicht. Egal ob er in ihrem Supermarkt, im Schlachthaus, in der Werkstatt, bei der Steinwollfabrik oder in der Fischverarbeitung beschäftigt ist, in jedem Fall arbeitet er für *den Fortschritt*. Sicher ist es praktisch, sämtliche Unternehmen des Orts von einem einzigen Mann leiten zu lassen, es bedeutet aber auch, daß hier bloß niemand eigene Ideen oder Eigeninitiative zeigen soll. Kreativität ist im Skagafjörður nicht gefragt.

Als ich noch in Akureyri aufs Gymnasium ging, habe ich einmal behauptet, ich wäre ›Kommunist‹. Bei irgendeiner Küchenparty in der Innenstadt posaunte ich es laut heraus. Wie ein Idiot. Das Etikett klebte mir jahrelang an wie ein Rotweinfleck auf der Hirnrinde. Ich hatte mir einen geschichtsträchtigen Begriff angehängt, den ich nie wieder los wurde, einfach nur um meine Opposition gegen die herrschenden Verhältnisse zum Ausdruck zu bringen. An der Berliner Mauer lernte ich dann später Menschen kennen, die unter dem psychischen Terror des Kommunismus gelitten hatten, und ich sah ein, wessen Geistes Kind ich gewesen war. Als ich schließlich heimkehrte, sah ich, daß der Begriff ›Kommunismus‹ viel besser auf die hier herrschenden Verhältnisse als auf die Opposition dagegen zutraf. Unser Genossenschaftsregime war so etwas wie eine Westentaschenausgabe des alten DDR-Systems. Hier arbeiteten alle für das gleiche Unternehmen, bei dem sie nach der Arbeit einkauften und das in Wahrheit der Partei gehörte. Tausend Mauern später stand nur noch eine einzige: Der Skagafjörður ist das letzte kommunistische Land Europas. Glaubt es und werdet irre daran.

BHS«

Und *Rokland* war die Festung des Widerstandskämpfers. Die jetzt vor dem Fall stand. Eine kleine Metastase der Krebspartei machte sich zum Sturm auf das letzte Bollwerk bereit: Toni Sýslu betätigte die alte Türglocke. Böddi empfing ihn mit einem finsteren Blick und verzog sich dann mit seinen Rauchutensilien in den Hof. Die Vorstellung, daß ein solcher Schlipsträger, so ein glattrasiertes Arschgesicht, das Haus seiner Kindheit aufkaufen könnte, war ihm zuwider. Und der Gedanke, daß diese Fuckpartei dann auch noch *Rokland* besitzen würde, war mehr, als er verkraften konnte. Er rauchte drei Zigaretten am Stück und legte sich unterdessen in Gedanken schon einmal einen richtig bösartigen Ausfall gegen den Schleimscheißer Anton zurecht: »Die Wahlen in Island drehen sich in Wahrheit nur darum, ob sich Typen wie er in der nächsten Legislaturperiode schon wieder einen neuen Geländewagen anschaffen dürfen. Stimmst du für oder gegen den Arsch von Toni Tuntenson?«

Kaum war der schwarze Range Rover verschwunden, erschien die Umfrage im Netz. Eine Stunde später rief Skulda an. Vollkommen außer sich. »Bist du wahnsinnig? Ich versuche, das Haus zu verkaufen!«

Sie kannte ihren Bruder, darum hatte sie seine Blog-Seite vorsichtshalber von ihrem Sohn überwachen lassen. »Geld ist Geld, und mir ist völlig egal, woher es kommt!« brüllte sie durch das Telefon.

Böddi beugte sich dem Zorn seiner Schwester und ersetzte die Umfrage durch eine kurze Mitteilung: »Hallo, alle! *Rokland* wird aufgegeben. Mutter ist gestorben und hat alles der Partei vermacht. Nachdem sie ihr ganzes Leben in der Fischfabrik Satans gearbeitet hatte, tat ihr der arme Teufel am Ende leid.«

Von den wenigen, die den Text lasen, begriff keiner, worauf BHS hinauswollte (Was meint der bloß? Welche Partei?), und so kam der Verkauf zustande. Anton hatte das Schloß leider ausnehmend gut gefallen, obwohl er seine mähnenschüttelnde *Krúsidúlla* in jedem Zimmer, das Skulda ihnen zeigte, aufs neue beruhigen und aufbauen mußte.

»Sieh gar nicht so genau hin! Du mußt es dir vorstellen, wie es mal aussehen wird«, flüsterte er zwischen zusammengebissenen Zähnen wie ein Amerikaner. »Wir bauen eine Sauna in den Keller und einen Whirlpool in den Garten. Und dahin kommt eine Veranda. *You're gonna love it. I promise.*« *Rokland* sollte zu »Verwöhn-dich-Land, ein Heim in der Heimat« werden. Für siebzehn Millionen würden sie das Haus von jeglicher Atmosphäre chemisch reinigen, um dann die nächsten siebzehn Jahre jeden Sommer eine Woche darin zu verbringen. – Dann würde Böðvar H. Steingrímsson, der 56jährige Stadtstreicher des Orts, die Bude zum Sonnwendfeuer abfackeln.

Das flache Land verwandelte sich nach und nach in ein Sport- und Freizeitareal für betuchte Reykjavíker. Ein Hot pot bei jedem Haus, und für eine Woche pro Jahr wurde der Deckel gelüftet. Dafür war den ganzen Winter über nicht ein Fenster erleuchtet. Ein Land, das jahrhundertelang besungen und bedichtet worden war, das Menschen mit Hunger und Kälte umgebracht hatte, mit dem seine Bewohner tausend Jahre lang gerungen hatten, verkam zur harmlosen Leinwand für kleinliche Ehestreitigkeiten von Wochenendlern. Der Skagafjörður war dabei sogar noch überwiegend von Bauern und Möchtegernlandwirten bevölkert. Durch unerbittliche Sturheit hatten die Einheimischen ihren Fjord noch weitgehend vor der Invasion der Städter bewahrt, diesen geschniegelten Aktienmaklern, die die Leute in der Gegend untereinander nie anders als »Wickelkinder in Anzügen« nannten. Die wenigen Höfe, die sie aufgekauft hatten, bezeichneten sie als »Kindergärten«.

Böddi mußte Rokland also verlassen, das Haus, in dem er seine besten und seine schlimmsten Stunden verlebt hatte. Zum Abschied dichtete er eine Strophe darauf:

Mit Sturm im Herzen und Streit im Sinn
steh ich hier.
Die Gaben bring ich zum Grabe hin,
die du gabst mir.

Böddi packte seine kostbarsten Bücher in zwei Pappkartons und seine Habseligkeiten in eine Reisetasche aus seinen Deutschlandjahren, wickelte den Laptop in einen dunkelbraunen Islandpullover und Viddis Videorecorder in weiße Unterhosen und verfrachtete das alles ins Zimmer Nr. 23 im Hotel *Villa Nova*. Wie ein Flüchtling. Keli gewährte ihm Asyl. Ein Wochenende später erschien sein Varmahlíð-Schwager Sigþór mit einem rostigen Container auf der Ladefläche und holte die Hinterlassenschaften seiner Schwiegermutter ab, darunter Tisch und Bett aus dem Keller. Skulda nahm Handarbeitskorb und Brille in Verwahrung und forderte ihren Bruder auf, ihr die Schlüssel auszuhändigen. Aus reiner Schwesternliebe bot sie ihm sogar an, daß er erst einmal bei ihnen wohnen könne, aber Böddi sah vor sich Bücherregale voller Pommes frites und lehnte dankend ab. Da war Keli noch besser.

Böddi hatte damit gerechnet, daß es ihm schwerer fallen würde. Aber es lag sogar eine gewisse Erleichterung darin, den alten Plunder los zu sein. Das Gefühl war dem nicht unähnlich, das er letztes Jahr beim Verlust seines Zopfs empfunden hatte. Er fühlte sich, als hätte man ihm die klappernden Konservendosen hinten vom Auto abgeschnitten. Er fuhr schließlich auch nicht in die Flitterwochen. Dagga hatte ihn im Lauf des Winters ein paarmal zum Zuge kommen lassen, aber jeglichen Gedanken an ein Zusammenziehen brüsk zurückgewiesen.

»Warum schlafen wir dann zusammen?«

»Ach, hin und wieder tut es einfach gut, sich mal wieder richtig vögeln zu lassen. Ich brauche das auch, damit ich mich nicht wie eine vertrocknete alte Pflaume fühle, verstehst du?«

Böddi fühlte sich wie ein Stricher, wenn er nach einem doppelten Orgasmus im Morgengrauen ins Hotel schlich. Im Osten rötete sich der Himmel schwach über den schneelosen blauen Bergen. Keli war schon auf den Beinen, stand, die Hände in die Hüften gestemmt, draußen auf dem Bürgersteig und betrachtete den Sonnenaufgang durch seine dunkle Brille und mit einem seligen Gesichtsausdruck, wie ihn nur jemand haben kann, der vor seinem eigenen Haus voll schlafender Menschen steht. Er schien sich exakt in der halben Stunde zu befinden, die eine durchzechte Nacht von einem verkaterten Tag trennt, jene halbe Stunde, in der die Welt schön und die Seele rein ist.

»Ach nein, der Böddi! *God dag, god dag!* Unser Romeo *har ikke* geschlafen heut nacht.«

»Hä?«

»Hast du eine Nachtschicht eingelegt? Möchte die Dame noch mehr Kinder? Du mußt dich vor solchen Frauen in acht nehmen! Sie saugen einem Kinder aus der Leistengegend und das Portemonnaie auch.«

»Schon so früh auf den Beinen?«

»Wenn man das Beine nennen kann«, gab Keli zurück und schaute zum Mælifellshnúkur hinüber, der blauen Pyramide, die im Süden über die Gegend wachte. »Er ist doch wirklich ganz schön schön, unser Fjord. Jedenfalls bevor die Ortseinwohner aufwachen, wie Flosi immer sagt. Sieh nur, was für eine Morgenstund'! Du bist doch Skagfirðingur, Böddi, oder?«

»Ja.«

»Und doch bist du so wenig ein Skagfirðingur. Aber das macht weiter nichts. Ich selbst komme ja zur Hälfte von Surtsey. Hör mal, wir hatten da so einen auf den Inseln. Er hieß immer nur der Schwängerer von Notre-Dame. Das war so'n Typ wie du. Nicht viel fürs Auge, aber gerissen wie ein Heilbutt. So ein richtiger Grundfisch. Flutschte immer erst in den frühen Morgenstunden wieder ins Seemannsheim. Die Kollegen fanden ihn manchmal auf den Stufen. Völlig fertig, der arme Kerl. Dann war er mal wieder die ganze Nacht im Einsatz gewesen. Hatte Kinder auf der ganzen Insel bis hinauf zum höchsten Punkt. Ganz so häßlich wie der Glöckner war er nicht, aber trotzdem wurde er immer so gerufen: Der Schwängerer von Notre-Dame. Wir konnten echt nicht begreifen, was die Weiber an ihm fanden. Die Kinder aber sind allesamt Bürgermeister geworden. Der ganze Stall voll. Bürgermeister. Keine Gnade. – Übrigens, gleich ist der Kaffee fertig.«

Keli war einer der köstlichsten Menschen, die aufrecht unter der Sonne herumliefen. Das stand fest. Sein Hotel aber war für den Alltagsbetrieb vielleicht ein wenig zu verschroben. Man wohnte darin wie in Kelis Kopf. Das Befinden des Hotelleiters war gleichbedeutend mit dem Wohlbefinden der Gäste. Und jeden Tag ereigneten sich Märchen. Eine Woche verging wie ein ganzes Jahr. Böddi hatte nun drei derselben in Nummer 23 verbracht. Kurz bevor er einzog, war Sævar der Koch abgereist. »Sein Vater ist vor kurzem gestorben, und er hat von ihm eine Frau in Sandgerði geerbt.« In Böddis ersten Tagen hatte sich Keli wild entschlossen gezeigt, einfach alles zu verkaufen und ein Massagestudio in Thailand zu eröffnen.

»Gestern habe ich mit Hemmi darüber gesprochen. Er sagt, das wäre 'ne gute Sache. Bath heißt bei ihnen die Krone. Und die Engländer fragen andauernd ›You take bath?‹. Witziger Typ, der Hemmi. Ein guter Kerl.«

In der zweiten Woche verkauften sie vor allem Mittagsmahlzeiten. Der Gemeinderat hatte für vier Tage hintereinander einen Tisch für sich und eine Delegation aus der finnischen Partnerstadt reserviert. Vier breitschultrige Frauen, auf deren Köpfen nicht ein Haar durcheinandergeriet, und ein hoch aufgeschossener Mann mit grobknochigem Akzent stolzierten jeden Mittag an Böddi vorbei. Keli wurde allen Erwartungen mehr als gerecht, und so gab es am Ende der Woche Grund, miteinander anzustoßen. Ein Sturmtief aus Nord zog über den Ort, doch Keli verlegte den Frühjahrssturm kurzerhand in die Weihnachtszeit. Wenn Gäste aus ihren Autos in die Lobby gesprungen kamen, wurden sie mitten in der Woche mit Gesang empfangen: *»Glade jul … Fröhliche Weihnachtszeit!«* Böddi vermied es, so lange er konnte, sich nach unten zu begeben, und vergrub sich oben in seinem Zimmer stundenlang in den *Götz von Berlichingen.* Manchmal wartete er auch im Aufenthaltsraum im Obergeschoß und verfolgte die Bewegungen des Hotelmanagers unten. Wenn er hörte, daß Keli in der Küche verschwand, rannte er schleunigst die Treppe hinab und stürzte nach draußen. Böddi war ja selbst nicht gerade ein Abstinenzler, aber er trank nie am hellen Tag und konnte Betrunkene nicht gut ausstehen.

Als er einmal kurz vor dem Abendessen von einem seiner Spaziergänge zurückkam, schien das Hotel gänzlich verlassen zu sein, und an der Bar im hinteren Saal stand noch das Frühstücksbüffet aufgebaut: Dickmilch, Cornflakes und Müsli in großen Schalen, Tabletts voll mit austrocknendem Käse und Hering, vergilbende Eier und ranzig werdende Butter. Böddi rief in die Küche und das Büro oben ein paarmal hallo und räumte die Sachen dann selbst in den Kühlschrank. Auf diese Weise würde er nach und nach von Kelis Reich absorbiert werden. Ehe sich der Gast dessen versah, war er zum Mitarbeiter geworden. Daraufhin machte Böddi den Vorschlag, er könne für die Übernachtungen und die drei Mahlzeiten am Tag arbeiten, weil er keine Einkünfte habe, aber der Wirt hatte entschieden widersprochen: »Nichts da! Das einzige, was du tun sollst, ist reden. Es bringt doch nichts, stumm wie ein Fisch hier im Speisesaal zu hocken. Keine Gnade. Du bist das cleverste Kerlchen im ganzen Ort, und wir wollen eine Portion davon abhaben. Du solltest hier abends Vorträge halten, über Søren Kierkegaard und … *Danmark*, dänische Verhältnisse. Hast du da draußen nicht Weltwissenschaft studiert?«

»Was?«

Durfte er etwa umsonst hier wohnen? Bei Keli konnte man so etwas nie wissen. Auch wenn Böddi kein Gehalt mehr bezog, konnte er seine Hotelrechnung durchaus bezahlen, nachdem zwei Millionen Kronen auf seinem Konto bei der KB-Bank eingegangen waren. Aber Böddi war nun einmal Böddi. Geld bedeutete ihm nichts. Anton Sigurðssons Millionen waren schmutziges Geld, an dem er sich nicht die Hände schmutzig machen wollte.

»Toni Sýsla hat auf mein Konto gekackt. Seitdem habe ich es nicht mehr angerührt.«

28

Der Knüppel

»Ha, heute abend brauch ich 'ne Frau! Heute nacht muß ich endlich mal wieder richtig ficken! Frohe Weihnachten!«

Keli stand im vorderen Saal gegen die Säule an der Vorderkante des Podiums gelehnt – an Unterstützung schien es ihm nicht zu mangeln. Er trug eine Sonnenbrille und sein »Kenia-Hemd«, ein weißes T-Shirt mit einem hellbraunen Stammesmuster. Sein Sohn, der für das Rote Kreuz in Afrika arbeitete, hatte es ihm einmal zu Weihnachten geschenkt, und Keli hatte es in sein Herz geschlossen und zu einem Feiertags-Kleidungsstück erhoben. Der gesamte Ort kannte das »Kenia-Hemd« und wußte, daß Keli es nur anzog, wenn Großes bevorstand.

Es war Frühling geworden; Samstagabend. Eine Schiffsbesatzung von den Westmänner-Inseln hielt zwei Tische voller Biergläser besetzt, Böddi saß mit einem jungen zerzausten Kerl aus dem Süden und dessen Freundin am dritten. Keli führte das Wort und erntete dafür von den Seeleuten hämisches Gewieher.

»Tut uns leid, wir haben keine Braut für dich. Höchstens Steini den Smutje«, rief ein grober Klotz in blauem Pullover mit heller Stimme und breitem Grinsen. Seine Kumpane grölten, bis auf einen Dicken mit spanischem Aussehen, der an dem Tisch beim Podium ein wenig für sich saß und Keli den Rücken zudrehte. Er grinste in sein Glas und trank dann einen Schluck.

»Ist mir egal, wenn er nur anständige Titten hat«, gab Keli zur Antwort, und die Bande prustete wieder los. Er hatte ein dankbares Publikum gefunden, alles Männer von den Inseln seiner Kindheit. Darum legte er noch einen drauf: »Malt ihn mit Lippenstift an und bringt ihn nachher zu mir nach oben!«

Im selben Moment erkannte er, daß das ein perfektes Schlußwort war, wünschte unter schallendem Gelächter noch einmal frohe Weihnachten, machte auf dem Absatz kehrt und entschwand rasch in den hinteren Saal.

»Sigga, einen Gin Tonic! Der Knüppel ist zur Stelle.«

Im Laufe eines langen Lebens als Entertainer hatte Keli gelernt, daß ein gutes Schlußwort noch besser wirkte, wenn man danach sofort von der Bildfläche verschwand. Das verhinderte auch effektiv, daß irgendwelche Witzbolde einen womöglich noch übertrumpften. So war Keli permanent im ganzen Haus unterwegs; ein kurzes Gespräch in der Küche, eines an der Bar, im Speisesaal, im Aufenthaltsraum oben – und überall hatte er ein Glas stehen und überall hatte er das letzte Wort. Jede Spöttelei schloß er mit einer Pointe ab. Er tourte wie ein Alleinunterhalter durchs Haus.

Böddi musterte die Matrosen. Der Troubadour mit den zerzausten Haaren an seinem Tisch war mit ihnen ins Gespräch gekommen. Seine Freundin kaute sachkundig auf einem Kaugummi und tat so, als wäre es ein wichtiges Stück Arbeit, das sie am Montagmorgen abliefern müsse. Die Seeleute waren froh, wieder an Land zu sein, und überboten sich mit ihrem Seemannsgarn.

»Kennt ihr noch die Geschichte mit der Asche? Damals, als gerade dieser Ausbruch im Vatnajökull war«, begann der Grobschlächtige im blauen Pullover.

»Ach ja. Die Nachrichten waren damals voll von Ascheregen«, warf ein unrasierter Mann am Fenster ein. Er hatte ein nicht sonderlich anziehendes, grobgeschnittenes und von Wind und Bier gerötetes Gesicht. Seine Wangen zierte eine Lavakruste, und auf der Nase saß eine kleine John-Lennon-Brille.

»Genau«, bestätigte der erste. »Damals haben wir von der Brücke übers Bordtelefon den Smutje angerufen. Das war unser Steini hier. Und wir haben so getan, als wäre einer von uns Magnús Tumi der Vulkanologe. Wir haben Steini gebeten, einen Teller draußen aufzustellen, um den Aschefall zu messen. Wir machten einen Schlag draußen vor dem Hornafjörður. Und, stellt euch vor, Steini enterte echt mit einem Teller an Deck …«

»Aufs Achterdeck«, präzisierte ein stämmiger bartloser Bursche in kariertem Hemd, aber der mit dem breiten Gesicht fuhr einfach fort:

»Meinetwegen. Der Smutje marschiert also mit 'nem Teller raus aufs Achterdeck und klabautert dann weiter in seiner Kombüse herum. Als er uns den Fraß auftischt, erzählt er total stolz, er hätte einen Anruf aus der Stadt gekriegt, vom Isländischen Naturwissenschaftlichen Institut, Mann! Wir konnten kaum an uns halten. Erst recht nicht, als er später seinen Teller kontrollierte. Der war nämlich bis zum Ende des Tages randvoll mit Asche. Auf dem Deck rundum lag aber nicht ein Stäubchen. Unser Steini hat sich darüber keinen Kopf gemacht ...« Die Männer begannen zu lachen, und der Erzähler mußte die Stimme anheben. »Er hat die ganze ›Vulkanasche‹ sorgsam in die Stadt zur Untersuchung geschickt.«

Böddi stimmte in das allgemeine Gelächter ein und beobachtete dabei den Koch, der den Spott auf seine Kosten aber gutmütig mitzumachen schien. Die Männer von den Vestmannaeyjar waren bester Stimmung und freuten sich besonders, beim witzigsten Wirt des Landes einen heben zu können. Durchs Fenster sah man ihre Arbeitsstätte im blauen Licht des Frühlingsabends fest vertäut am Kai liegen, ein wellenmüder Eimer, von salzzerfressenem Rost überzogen, der sich, vom Wellengang aus Südost geschaukelt, unablässig an der Hafenkante schubberte. *Bergen VE 40*. Böddi hatte die Anekdote, die sich mit diesem Schiffsnamen verband, schon mehrfach von Manni und Keli gehört. Einmal war der Hubschrauber der Küstenwache unnötigerweise seinetwegen aufgestiegen. Ein Funkerlehrling hatte die Meldung »Bergen VE 40« falsch verstanden. Glücklicherweise. Ein Schiff der Küstenwache schleppte das havarierte Boot im Morgengrauen in den Hafen, nachdem es mit einem Maschinenschaden draußen vor Skagi trieb.

Die lautstarke Besatzung hatte im Hotel zu Abend gegessen, und Böddi hatte die Männer mit den Augen verschlungen, während er selbst am Nachbartisch aß und sich von seinem alten Feind und Schwanzabschneider Manni Volgu das Fleisch servieren ließ. Der hielt sich neuerdings wieder im Ort auf, nach einem Sommeraufenthalt in Siglufjörður und einem verregneten Winter auf den Färöern. Böddi und er ließen sich gegenseitig in Frieden und wärmten keine alten Geschichten auf. Island war ein kleines Land, und es galt noch immer die uralte Devise: Zwist regelt man außer Landes. Einen Schuldspruch auf der Insel konnte man nur abwaschen, indem man sich lange genug im Ausland herumtrieb und herumquälte. Manni erwartete noch ein Urteil des Landgerichts wegen seines tätlichen Angriffs auf Árni Valur, der noch immer heldenhaft sein Reha-Programm in den glänzend gebohnerten Gängen und Fluren der Hauptstadt absolvierte.

Böddi hatte noch nie so viele Seeleute auf einem Haufen gesehen. Unbewußt brachten Isländer diesen Männern, denen die Geschichte des Landes den Ehrentitel »Helden der See« verliehen hatte, stets tiefen Respekt entgegen. Die Leute wußten, daß Island ohne diese Männer nichts als unfruchtbares Geröll wäre. Der Fisch hatte auf dieser öden Schäre in den letzten Jahrhunderten das Leben aufrechterhalten. In jüngster Zeit hatten sich die Erwerbsmöglichkeiten allerdings vervielfältigt: Der Betrieb von Hotels, Gitarrenzupfen und der Zustrom von Kapital waren nach und nach wichtiger geworden als die Hochseefischerei. Im gleichen Takt hatte sich das Volk seinen Helden entfremdet. Für jemanden, der den ganzen Tag am Computer saß, klang »Seemann« wie ein Wort aus einer längst ertrunkenen Seenotrettungssprache. Aber noch fuhren Computer nicht auf Fang aus, und bei den seltenen Gelegenheiten, bei denen man noch eines Seemanns an Land ansichtig wurde, löste das einen mit ängstlicher Erwartung gemischten Respekt aus, wie bei anderen Nationen vielleicht der Anblick junger Soldaten, obwohl seit dem letzten Krieg fünfzig Jahre vergangen waren.

Böddi kaute sein Lammfleisch und hörte der Besatzung zu wie sonst dem Radio. Der Humor der Matrosen klang ziemlich gleichgeschaltet und richtete sich nahezu ausschließlich auf den armen Koch Steini, getreu der Einsicht: Der Dumme beißt auch noch die Hand, die ihn füttert. Der Smutje wurde dermaßen gemobbt, daß er in seiner Not mitspielte und sich selbst erniedrigte: »Wo kann ich mir denn bloß einen Lippenstift leihen?«

Sie waren zu elft, und der harte Kern der Bande war ebenso unerschütterlich von seiner Klugheit überzeugt wie eine Horde Professoren. Sie bildeten so etwas wie eine schwimmende Akademie, die felsenfest davon ausging, daß es außerhalb ihrer Bordwände keine Intelligenz gab. Ihr polternd lautes Gelächter war von Selbstsicherheit durchdrungen. Sie hatten immer und in jeder Beziehung recht. Und sie ließen sich lang und breit über das Leben an Land aus, das ihnen komisch vorkam.

»He, Mann, was stehen die Gläser hier still. Wie 'ne Hure am Türrahmen.«

Es hörte sich an, als würden sie einem anderen Volk angehören, einem Volk, das das Meer bewohnte, für das es ungewohnt war, an einem waagerecht bleibenden Tisch zu sitzen, und das eine ganz andere Sprache redete.

»Ja, mein lieber Herr Gesangverein, das regnete vielleicht! Katzen, Hunde und Düsenjäger.«

Als sich der Haufen im Lauf des Abends auf die verschiedenen Räumlichkeiten verteilte, verloren die Matrosen allmählich die Planken unter ihren Füßen, und Böddi stellte fest, daß es sich nur um ganz gewöhnliche junge Kerle handelte, die der Unkultur ihrer Gesellschaft genauso ausgesetzt waren wie ihre Altersgenossen an Land; vielleicht waren sie sich dessen nur eine Spur bewußter.

»Immer nur der Scheiß-Fußball«, kommentierte einer das Leben an Bord. Die Satellitenschüssel der *Bergen* war sicher ebensogut geeignet, Asche aufzufangen, wie der Teller des Smutje: Vierhundert Programme wurden unter Deck empfangen. United und Arsenal betraten auch weit draußen auf hoher See den Rasen.

»Die Kollegen gucken sich Spiele von vor dreizehn Jahren an! Als wären es irgendwelche beknackten Kinofilme.«

Böddi saß noch immer mit dem Troubadour und seiner Angebeteten, einem salzäugigen Matrosen und dessen Kumpel sowie mit Manni Volgu am Tisch und sperrte die Ohren auf. Es war eine Spur dunkler geworden, und Manni hatte auf allen Tischen kleine Öllämpchen entzündet, eher er sich zu ihnen setzte.

»Die Kollegen haben spezielle Kanäle, auf denen läuft den ganzen Tag nichts anderes als alte Fußballspiele. Da wirst du doch völlig matschig in der Birne.«

Böddi fixierte den Matrosen. Besonders intelligent sah er wirklich nicht aus: schwere Augenlider über schwimmenden Augen, aufgeworfene Lippen und ein schäbiger Stoppelbart auf den Wangen. Gab es doch noch Hoffnungsträger im »gemeinen Volk«? Möglicherweise. Der andere Seebär am Tisch, ein massiver Vierziger mit blutgesprenkelten Augen, verkündete nämlich seinerseits mit aller Entschiedenheit: »Man hat diese ganze Ballglotzerei dermaßen satt und auch diese endlosen Mistvideos. Ich habe lieber wieder mit Lesen angefangen. Ich bin jedesmal richtig gespannt, wenn die Bücherkiste an Bord genommen wird.«

»Und? Was ist drin?« fragte Böddi.

»Alles mögliche, Mann. Ich hab mich den ganzen Törn an Laxness festgefressen. Jón Hreggviðsson – das ist mein Mann.«

»Jau, das kann man wohl sagen«, dröhnte Manni mit seiner Donnerstimme und mit so roten Backen, daß er selbst eine Figur aus der *Islandglocke* hätte sein können.

»Lest ihr etwa nicht Laxness?« fragte der Matrose den Rest des Tisches mit dem Eifer eines Missionars. Ein vorwurfsvoller Ton lag in seiner Stimme. Das Schnuckelchen neben dem Troubadour stellte das Kaugummikauen ein.

»Doch, doch«, beeilte sich Böddi zu versichern wie ein beflissener Schüler.

»Laxness? Nein, ich habe noch kein Buch mit ihm gelesen«, gab der zerzauste Musikus für sich und seine Partnerin zu.

Er hatte den Satz kaum beendet, als sich der Seemann über den Tisch beugte, die beiden Revers seiner Lederjacke in einem packte und ihn an sich heranzog. Bierschäumend brüllte er ihn an: »So redest du nicht von Halldór Laxness! Als wenn er auch so eine winselnde Ratte wäre!«

Seine Augen traten vor Zorn noch weiter aus den Höhlen, und die blutigen Adern darin sahen aus wie ein Geflecht von Blitzen, rot auf weißem Himmel. Der zerrupfte Schopf starrte ihn entgeistert an und verstand überhaupt nicht, was er Falsches gesagt hatte. Der Seemann ließ seine Jacke wieder los und stieß den Jungen zurück auf seinen Stuhl. Dabei schnaubte er noch einmal vor sich hin:

»Noch kein Buch *mit* Laxness gelesen …! Das ist ja wohl der größte Schwachsinn, den ich seit langem gehört habe.«

Der Troubadour war ein sehr schlanker Junge um die zwanzig in einer ausgeblichenen schwarzen Lederjacke mit weißem Thermopulli darunter. Sein dünner Hals erinnerte an den Hals einer Gitarre und die Lederjacke an das dazugehörige Futteral. In seiner dienstäglichen Ausnüchterung hatte sich Keli von einem alten Kollegen aus der Kochbranche erweichen lassen, dessen Sohn für diesen Samstagabend zu engagieren. »Der Liedermacher Filmore zum ersten Mal im Nordland« stand mit breiter Tusche auf gelben DIN-A-3-Plakaten, die an drei verschiedenen Stellen im Ort aushingen. Eigentlich hieß der junge Mann Ragnar, aber in Anspielung auf eine berühmte Konzerthalle in New York hatte er sich den Künstlernamen Filmore zugelegt. Einer der bekanntesten Rock-Skribenten in der Hauptstadt hatte ihn zwar noch auf seinen Rechtschreibfehler aufmerksam gemacht, denn die berühmte *Fillmore East* schrieb sich mit zwei l, aber da war es zu spät, den Namen noch zu ändern, er war schon auf der Gitarrenhülle und auf dem Oberarm verewigt.

Gegen Abend war der aufgehende Stern im Hotel eingetroffen, mit künstlerisch verwirrtem Haar und geistig verwirrter Begleitung. Sie hatte ihre Fingernägel himmelblau lackiert und einen unheimlich coolen Blick aufgesetzt, der suchend nach einer Kamera Ausschau hielt. Vor dem Tresen schlenkerte der Sänger mit seinen dünnen Armen herum und gebärdete sich auf jede erdenkliche Weise als Eismeer-Ausgabe von Brad Pitt. Keli lud ihn sofort zum Essen ein, doch Filmore lehnte dankend ab. Was war denn lächerlicher, als Essen zu sich zu nehmen?

»Kinder von Köchen ...«, brummte Keli vor sich hin, ehe er dem Jungen klar machte, daß das die einzige Gage war, die er zu erwarten hatte: Kost und Logis. Keine Gnade. Und jetzt erschien der Wirt in seinem Feiertags-Shirt wieder im Raum: »Na dann, Ragnar, rauf auf die Bühne! Es ist zehn Uhr. Ich will, daß die Party früh anfängt, denn ich muß heute unbedingt noch vor Mitternacht eine Alte besteigen.«

Niemand hatte eine Ahnung, wo besagte »Alte« unterdessen hergekommen sein sollte. Abgesehen von den beiden Witwen, die an der Bar bedienten, und dem Groupie des Troubadours befand sich keine Frau im Haus. Außer Böddi und den Seeleuten der *Bergen* hielten sich hier bloß noch zwei Brandschutzbeauftragte aus der Hauptstadt auf (Keli nannte sie ausdauernd »Feuermelder«), die sich über das Wochenende eingemietet hatten, und ein Pferdebauer mit rotem Stirnschopf, dem seine Frau am Nachmittag äußerst ruppig die Koffer vor die Tür gestellt hatte, und der jetzt in einer Ecke saß und allein mit seinem gebrochenen Herzen anstieß.

»Wo sollen denn hier Weiber sein?« rief der grobe Klotz im blauen Pullover aus der Gruppe.

»Die werden noch beschlagen. Aber sie kommen. Keine Sorge. Heute abend steige ich nicht auf den Koch. Den hebe ich mir auf. Keine Gnade. Wo steckt er überhaupt?« erkundigte sich Keli noch ebenso spottlüstern wie vorhin.

Die Westmänner zeigten auf Steini, der wie ein Mauerblümchen im Gelächterwald hockte.

»Ah. Der ist ja vielleicht süß. Aber ich spare ihn mir auf. Bei dem brauche ich nicht mal Viagra, so süß ist der. Heute abend müssen's echte *kællinger* sein!«

Die Mannschaft geierte wieder los, während der Hotelchef im stillen schon nach der nächsten Lachnummer suchte. Er schob die Lippen über den Zähnen hin und her, fand aber letztlich niemand anderen als Böddi, der mit verzogenem Gesicht und schlecht gedrehter Kippe vor ihm saß.

»Jungs, habt ihr eigentlich schon unseren Böddi hier kennengelernt? Das ist mit Abstand der klügste Mann in Krókur.

Nur mit Frauen kennt er sich nicht aus. Letztens ist er übel in einer gelandet. Dachte, er könne bei ihr einziehen, nachdem er ihr immerhin ein Kind gemacht hatte, aber ihn wollte sie nicht. Bloß das Balg. Am Ende mußte ich ihn hier bei mir aufnehmen. Sonst wäre er auf der Straße gelandet. Ich bin hier nur von Unbeweibten umgeben. Da ist zum einen Böddi und zum anderen Manni. Der nimmt eigentlich alles, was ihn will. Leider sind das nur Ziegen. Wie ihr seht, hat er es einer mit den Fingern am falschen Ende besorgt. Na ja, und dann ist da noch Sævar, unser Koch. Der hat eigentlich 'ne Frau, aber er hat sie im Kühlschrank versteckt. Sie ist schon eiskalt. Das ist die reinste Trinkerheilanstalt hier. Handbetrieb auf jeder Etage.«

»Aber du, was? Hast doch selber keine Frau«, tönte Manni laut.

»Nein, heute ist das anders. Heute abend nicht. Da kommt der Knüppel aus dem Sack«, verkündete der Wirt und war schon wieder verschwunden.

Singer-Songwriter Filmore nahm auf der Bühne Platz und hustete ins Mikro. Die Lederjacke hatte er abgelegt und trug nur noch den weißen Thermopulli. Ansonsten wirkte er nicht besonders bühnenerfahren und bemühte sich wie viele kleine Talente, vor allem seine Coolness zu bewahren. Er beugte sich über die Gitarre, so daß die langen Zuppeln seine Augen verdeckten, und sang mit bemüht rauchiger Stimme zu recht undeutlichem Saitengezupfe ein paar Texte von Bob Dylan. Für das partyversessene seemännische Publikum, das ein bißchen Pop und Schlager zum Bier erwartete, war das ein entschieden zu hohes Niveau. Nach knapp zehn Minuten von *Sad Eyed Lady of the Lowlands* enterte einer von ihnen die Bühne und packte mit seiner Pranke um den Gitarrenhals, ehe er sich zum Mikrophon beugte und den nächsten Programmpunkt ankündigte: Zum Glück aller Anwesenden sei soeben kein Geringerer als »Bobby vom Baggerschiff« eingetroffen. Die Männer von den Vestmannaeyjar, die mittlerweile verstreut im Saal saßen wie Papageientaucher in einer Baßtölpelkolonie, applaudierten heftig. Sie alle schienen »Bobby vom Baggerschiff« zu kennen. Unter Umständen war er ein bedeutender Star draußen über den Fischbänken, obgleich sein Ruhm noch nicht an Land gedrungen war. Der zerzauste Filmore mimte den verkannten Künstler, empörte sich allerdings kurzfristig, als ihn die Matrosen gewaltsam entwaffneten und seine Klampfe einem langbeinigen und grobknochigen Kerl in einem roten Uni-T-Shirt aushändigten. Böddi hatte ihn noch nie gesehen. Der geheimnisvolle Bobby war schon hackevoll, als er sich aufs Podium setzte und erst einmal bekanntgab, daß er nur zwei Lieder konnte. *Messer und Stahl* und *Knocking on Heaven's Door.* Darüber jubelten die Seeleute nur noch lauter, und Filmores Debakel war komplett: Er hatte sein eigenes Programm mit ebendiesem Stück von Dylan eröffnet.

Es war inzwischen etwas voller geworden. Die beiden Portugiesen, die vor zehn Tagen aufgetaucht waren und für einige Nächte im Hotel logierten, stellten sich ebenfalls wieder ein und setzten sich zu Böddi an den Tisch. Er hatte einige Male mit ihnen gegessen und begrüßte sie mit einer freundlichen Grimasse. Sie arbeiteten als Installateure im Auftrag der Firma *Blechschaden* auf Montage in der Krabbenkocherei. Zwei pechschwarze Herren mit buschigen Augenbrauen und schön geraden Nasen zwischen sandpapierrauhen Wangen. Böddi hatte angenommen, sie seien längst in den Süden zurückgekehrt, und fragte sie auf isländisch, wo sie denn gesteckt hätten. Sie antworteten ihm in einem Englisch, das in etwa ebenso behaart war wie ihre Brust. Solla, Schwarze Witwe Nr. 2, kam und brachte ihnen zwei große Bier. Böddi hatte noch nie erlebt, daß hier am Tisch bedient wurde, und machte große Augen. Die Barfrau aber lächelte ihm freundlich zu.

Auch hinsichtlich des Frauenmangels schien sich etwas zu tun. Böddi sah, daß am hintersten Tisch zwei ziemlich angetrunkene Damen Platz genommen hatten, die sofort von den Seeleuten umringt wurden. Sie hatten ordentlich Holz vor der Hütte und rauchten *Capri*. – »Wie könnt ihr bloß solche Nuttenstengel qualmen?« hörte man noch laut durch die Musik. Aber ein anderer sagte, der Mann solle die Schnauze halten, und stimmte dann selbst lauthals in die Begleitung Bobbys vom Baggerschiff ein: *»Mama, put my guns in the ground. / I can't shoot them anymore …«*

Die Portugiesen rutschten näher an Böddi heran und fragten nach Keli: *»Where is boss?«*

Sie wirkten erleichtert, als Böddi ihnen mit Gesten und Geräuschen den Zustand des Wirts begreiflich machte und nach oben zeigte. Daraufhin ging die Konversation zu den Trinksitten der Isländer über, und die beiden Portugiesen erklärten Böddi das Nachtleben in Reykjavík: *»You go Kaffi Doktor and you are foreigner, you get sex. You tell one poem in love and they take you to toilet.«*

Böddi konnte sich nicht dagegen wehren. Auf einmal sah er vor sich die Mutter seines Kindes mit Luis Figo auf einer engen öffentlichen Toilette. Da tippte ihm jemand auf die Schulter. Er drehte sich um. Solla stand mit einem leeren Tablett in der Hand vor ihm und zwinkerte erst den Portugiesen zu, ehe sie ihm ins Ohr brüllte: »Er ist aufgewacht.«

29

Hurensteuer

»Sag mal, Böddi, kannst du nicht mal mit ihr reden?«

Keli stand, die Sonnenbrille schief auf der Nase und nur mit Kenia-Hemd und Unterhose bekleidet, auf dem Flur zu den Zimmern. Unten konnte man Menschen an die Tür des Himmels klopfen hören, von ganz oben aber drang Babyweinen. Böddi hielt an und betrachtete die nackten Beine des Hotelchefs.

»Was? Nein, ich muß ... Mit wem?«

»Na, mit ihr. Sie sitzt da vorn. Im Aufenthaltsraum.«

»Wer?«

»Anna. Du mußt mit ihr reden! Der Knüppel ist zur Stelle.«

»Der Knüppel?«

»Ja. Der Knüppel ist aus dem Sack.«

»Aber ... der Kleine ist aufgewacht. Ich muß ...«

»Ja, genau, er ist aufgewacht. Ist jetzt putzmunter. Mopsfidel«, behauptete Keli mit unsicherer Stimme und schob die Brille auf der ausgeprägten Nase zurecht.

»Nein, der Kleine. Mein Junge. Er liegt oben im Zimmer. Hörst du ihn denn nicht?« Diese Bezeichnung hatte Böddi noch nie gebraucht: Mein Junge. Es kam ihm nicht leicht über die Lippen.

»Ja, ja, wir haben alle schon mal geweint. Aber du mußt für mich mit ihr reden. Ich weiß nicht, wie lange ich den Knüppel halten kann.«

»Aber ...«

Keli geriet urplötzlich in Rage: »Böddi, bist du *min gæst,* oder nicht?«

Mit dem Weinen seines Kindes in den Ohren ging Böddi zögernd den Gang entlang zum Aufenthaltsraum. Keli behielt ihn vom Türrahmen aus im Auge. Der Aufenthaltsraum war eigentlich bloß eine Sitzecke, klein und schmal. Gegenüber von zwei glänzenden Sofas und einem klobigen Couchtisch hing ein ansehnlicher Fernseher an der Wand. Das Arrangement fand kaum Platz in dem engen Winkel. In der Ecke hinter dem Fernseher stand noch ein alter Sessel, und in dem lag mehr, als sie saß, eine Frau mittleren Alters in engsitzender weißer Hose, die dunklen Haare hingen ihr übers Gesicht. Durch diese Stellung (wie der Kopf auf die Brust hing und die Arme waagerecht auf den Lehnen lagen) erinnerte sie an eine aufgeblasene Sexpuppe. Als er die Treppe heraufgekommen war, hatte Böddi sie gar nicht bemerkt.

»Hallo! Hallo!«

Böddi bückte sich unter dem Fernseher hindurch in die Ecke mit der Frau.

»Hallo!«

Er bemerkte, daß ihm Keli gefolgt war und jetzt auf dem Gang stand, mit bloßen Schenkeln unter einem Touristen-T-Shirt wie ein Zebra mit Sonnenbrille, und das Kinn vorreckte. Sobald sich die Frau regte, zog er sich ein Stück weit zurück.

»Was ist denn?« fragte sie, die welke Haut sorgfältig überschminkt. Unter ihrem dichten Schopf schien sie Böddi lange aus dunklen Rändern anzusehen wie ein Schaf aus einer Höhle. Sie sah nach fünfzig aus, trug eine schwarze Bluse und darüber eine offene Strickjacke in der gleichen Farbe. Der Ausschnitt stand weit offen. Böddi zählte die sonnengebräunten Knoten ihres Brustbeins bis hinauf zu einem goldenen Kettchen, das ihr um den Hals hing.

»Also der ... Keli würde gern mal mit dir reden.«

Oben brüllte Albert Sturla inzwischen wie am Spieß, und Böddi räusperte sich heftig nach diesem Satz. Die vier Bier in seinem Blut waren zu einem geworden.

»Ich ... ich muß ins Hotel«, sagte die Frau nicht ganz deutlich.

»Du bist ... Das hier ist das Hotel.«

»Verdammtes Scheißhotel.«

die Frau nicht sehen, und ging in den Gang hinein, wobei er in seiner Hosentasche nach etwas suchte.

»Hey! Mister Amor. Nicht abhauen! Come her!« rief ihm die Frau nach. Böddi hatte endlich die Zigarette fertig, mußte aber noch warten, weil die Frau gerade versuchte, in ihre Schuhe zu kommen. Das Weinen oben gellte ihm in den Ohren. Es war schrecklich.

»Danke, Liebchen. Aber ... was ist das denn für ein komischer Glimmstengel?« Die Frau schien für eine ganze Weile ernste Bedenken zu haben, das Ding anzuzünden. Böddi mußte ihr das Feuer dazu förmlich aufdrängen, ehe er sich erneut auf den Weg machte. Die Frau folgte ihm auf den Fersen. Allerdings kamen sie nicht weit. Keli hatte den Portugiesen in dem engen Gang aufgehalten und in schlechtem Englisch angesprochen:

»What do you doing here? Where is the money? You pay now!«

»Company will pay. Blickschaden will pay for us. No worry«, antwortete der Portugiese höflich.

»Company no pay for girls. You pay for girls«, sagte Keli scharf.

»Girls? What girls?«

»Black widow girls. You have sex with black widow. They work for me. You pay me.«

Die Tiefäugige mischte sich in das Gespräch: »Keli, was ist los mit dir? Was soll das? Wovon redest du überhaupt?«

»Er schuldet mir Geld. In meinem Haus schiebt keiner umsonst 'ne Nummer. Das gibt's doch nirgendwo.«

Der Frau blieb die Luft weg. Eine Sekunde verging, ehe sie verblüfft sagte: »Was? Willst du damit ... Ist das irgendwie ein PUFF hier, oder was?«

»Na, wenn du schon hier bist, wird es wohl so sein«, gab Keli zurück, ohne sie anzusehen. Der Portugiese verfolgte den Wortwechsel mit großen Augen, und Böddi erschrak heftig, als die Frau Keli mit einem wüsten Fluch die Zigarette entgegenschleuderte. Die Glut zerstäubte auf dem Kenia-Hemd und fiel dann zusammen mit der krummen Zigarette auf den glänzenden Fußboden, ehe die Frau auf Keli losging. Böddi nutzte seine

Chance und huschte an den dreien vorbei den Flur entlang. Doch plötzlich öffnete sich die letzte Tür, aus der ein untersetzter, kurzhaariger Mann in grauem T-Shirt und blauen Boxer-Shorts trat.

»Was ist los hier?« fragte er Böddi, der sich nicht noch einmal aufhalten lassen und wortlos an ihm vorbeischieben wollte. Das entrüstete den Mann noch mehr. Er stellte sich Böddi in den Weg, packte ihn mit beiden Händen an den Revers seiner Jacke und drückte ihn gegen die Wand: »Also, was ist hier eigentlich los?«

Böddi kannte die Visage. Es war einer der beiden Brandschutzbeauftragten. Sie hatten in den letzten Tagen zusammen mit ihm gegessen.

»Ich weiß es nicht. Aber ich muß …«

Böddi mußte sich anstrengen, durch das Theater auf dem Flur und den Lärm der Party unten noch das Babyweinen zu vernehmen. Inzwischen war auch Solla bei ihnen aufgetaucht und hatte das Durcheinander noch vergrößert. Keli stand vor seinem Zimmer und beschimpfte sie, während er zugleich die sich heftig wehrende Frau mit den tiefliegenden Augen an beiden Armen festhielt. Sozusagen im Armumdrehen hatte Keli seine Taktik geändert. Aus der Rolle des hintergangenen Zuhälters wechselte er in die des ausgebooteten Hotelbesitzers und beschuldigte die Schwarze, ihm ins Geschäft zu pfuschen: »Ihr könnt mir doch nicht die Kundschaft abjagen! Die waren hier gebucht, und dann übernachten sie auf einmal bei euch in Tún. Dafür will ich Schadenersatz.«

»Schadenersatz?« wiederholte die Barfrau verblüfft.

Der Portugiese eilte gleich zu seiner Freundin und schien sie überreden zu wollen, lieber wieder nach unten zu gehen. Darüber verlor Keli die Beherrschung. Er stieß die Frau zurück, jagte den Gang entlang wie ein angriffslustiger Zebrahengst und verwandelte sich unterwegs in einen aggressiven Zuhälter zurück: »Solla, du schuldest mir Geld!« donnerte er das dunkelhaarige Pärchen am Ende des Flurs an.

»Ich dir? Was denn?«

»Hurensteuer.«

»Hurenwas?« fragte sie außer sich vor Entrüstung.

»Horetold.«

Die Barfrau wollte sich auf den Hotelleiter stürzen, wurde aber von dem Portugiesen zurückgehalten.

»Wovon redest du da überhaupt?« stieß sie hervor.

»Ich bezahle dich nicht dafür, daß du mit irgendwelchen Muslims ins Bett hüpfst.«

»Mus ...«

»Dafür steht mir ein Anteil zu. Courtage. Hurensteuer.«

Solla war jetzt vollkommen außer sich vor Wut und brüllte ihn an:

»Huren ... Scheiße! Du bist doch selber der größte Huren ... bock hier! Schleppst die Anna aus Siglufjörður in dein Zimmer ab.«

Die Frau mit den tiefen Rändern um die Augen, die sich, nachdem Keli sie losgelassen hatte, an den Türrahmen seines Zimmers gelehnt und mit ein paar kräftigen Hustern Atem geholt hatte, erwachte bei diesen Worten wieder zum Leben, schüttelte sich die Haare aus den Augen und wandte sich überraschend gegen Solla: »Du, du nennst mich noch lange nicht Nutte, du versautes Flittchen, du!«

Vier Männer wurden zu Zuschauern, als zwei Frauen wie die Wildkatzen übereinander herfielen. Der Brandschutzbeauftragte ließ Böddi los und versuchte, die heftigsten Flammen zu löschen. Somit war der Prophet endlich freigekommen und stürmte den Gang entlang und die Treppe hinauf. Auf den Stufen erst wurde ihm bewußt, daß das Weinen verstummt war. Böddi wurde im Laufen blaß und erhielt einen Stich ins Herz. Die plötzliche Stille war noch besorgniserregender als das anhaltende Wimmern. Auf dem Weg über den oben gelegenen Flur fummelte er in der Hosentasche nach dem Zimmerschlüssel. Der Lärm unten nahm weiter an Lautstärke zu, doch aus Zimmer 23 war nichts zu hören. Endlich traf Böddi das Schlüsselloch und schloß die Tür auf. Unter der Gaube des kleinen Mansardenzimmers lag der kleine Albert bäuchlings auf dem Fußboden neben dem hellblau bezogenen Doppelbett. Vollkommen reglos lag er da in seinem weißen Strampelanzug mit den winzigen blauen und ockergelben Teddybären darauf.

Böddi schluckte und beugte sich über den Säugling.

30

Messer und Stahl

Es war Böddis erstes Wochenende als Vater. Bis dahin hatte Dagga ihm das Kind noch nie über Nacht anvertraut. Diesmal aber war sie dazu gezwungen gewesen: Sie hatte zur Untersuchung nach Süden in die Stadt gemußt, war für drei Nächte zur Beobachtung im *Landsspítal* angemeldet. Es war nicht normal, wie schwach sie sich fühlte. Die Ärzte in Krókur hatten nicht mehr weitergewußt, und jetzt mußten Spezialisten in der Hauptstadt zu Rate gezogen werden. Oma und Opa in Birkihlíð hatten diesmal leider nicht parat gestanden, sie hatten früh den Sommer ausgerufen und waren nach Kroatien in Urlaub gefahren. Der Herr Schulleiter hatte es sich zur lieben Gewohnheit gemacht, vor Beginn der Zeugnisklausuren eine kurze Auszeit zu nehmen und dann gut erholt zu den Konferenzen wieder zu erscheinen. Eine Woche fuhren die Eheleute die Adriaküste ab und schwiegen sich in ihrem Leihwagen beharrlich an. Albert junior mußte also der Obhut des Vaters anvertraut werden. Zuerst hatte Dagbjört darauf bestehen wollen, daß sich Böddi mit dem Kleinen in ihrer Blockwohnung einquartierte. »Ausgeschlossen, daß du ihn zu dir ins Hotel nimmst, *no way!*«

Doch der Prophet hatte sich durchgesetzt. Er hatte sich absolut nicht vorstellen können, das Wochenende mit zwei IKEA-Sofas und hundert Nippesfigürchen zu verbringen, und darauf bestanden, den Kleinen in seinem neuen Zuhause zu betreuen: Zimmer 23. Seine Sturheit war zu stark für eine schwache Mutter, die am Ende nur eine Bedingung gestellt hatte: für das Wochenende war Bier ebenso tabu wie Rauchen auf dem Zimmer. Ihre Schwester Fjóla durfte den Säugling besuchen, aber nicht mit ihm allein bleiben. Wenn es Probleme gäbe, sollte er ihren Bruder Einar anrufen.

Vierzig Minuten lang weinte der Kleine in den Armen seines Vaters, der alles versuchte, um ihn zu beruhigen. Er ging mit ihm auf und ab, wiegte ihn auf dem Schoß und drückte ihn sogar fest an seine nach Rauch riechende Brust, aber nichts half. Das Schluchzen war einfach nicht zu stoppen, das Gesichtchen schwoll vor Zorn auf das Leben rot an. Seine Unterlippe vibrierte wie der Schalthebel eines laufenden Traktors. Doch trotz allem war der Vater selig über das Geschrei. Der Junge war noch am Leben.

Leichenblaß war Böddi zu dem reglos am Boden Liegenden gestürzt, und für einen kurzen Moment hatte sein Herz ausgesetzt, als er Blut auf der kleinen Stirn entdeckte, gleich unterhalb des Blutschwamms. Offenbar war der Kleine aus dem Bett gefallen, auf den hartlackierten Boden, und nun bewußtlos. Doch sobald sein Vater die Wunde mit dem Finger anrührte, begann er zu weinen.

Augenblicklich strömte das Blut aus Böddis Herz und erfüllte ihn mit großer Erleichterung. Er blickte in den Spiegel an der Wand.

In sein Gesicht stand geschrieben: Das Leben ist ein Lottospiel – und ich habe sechs Richtige. Ein gewaltiges Vatergefühl überfiel ihn. Ein Beschützerimpuls. Das Weinen war Musik in seinen Ohren, ein von Wagner komponierter Triumphmarsch des Lebens, eine vierzigminütige Jubelarie zu Beginn des dritten und letzten Aufzugs, ehe das Schicksal zuschlug.

Und Albert sang noch immer.

Endlich klopfte jemand an die Tür. Böddi öffnete mit seinem Sohn im Arm. Filmore der Troubadour stand im Gang, und sein Kopf war außen mindestens so aufgewühlt wie in seinem Innern. Hier war jedenfalls kein Wagner-Verehrer unterwegs.

»Was soll'n das? Kannst du den kleinen Hosenscheißer nicht mal leise drehen?«

»Nein, es ... Ich weiß nicht, was ...« Böddi war erstaunt, wie gedrückt er sich anhörte.

»Ist das dein Kind?«

»Ja.«

Die Freundin mit den blauen Fingernägeln erschien jetzt hinter dem Gitarristen auf dem Gang. Sie trug nichts weiter als ein kurzärmeliges T-Shirt und fragte: »Hast du keinen Schnuller?«

Filmore drehte die Augen zur Decke, und Böddi antwortete: »Doch. Ich kann ihn bloß nicht finden.«

»Ist es nicht einfach nur hungrig?« fragte das Mädchen.

Der Troubadour drehte sich um und fauchte sie an: »Ich mach das hier schon. Verschwinde!«

»Ja, vielleicht. Das könnte sein ...«, stammelte Böddi und sah dem Mädchen in die Augen. Sein dunkles Haar war verwühlt und mit roten Strähnen durchsetzt, die wie Farbkleckse aussahen. Das Gesicht war eigentlich hübsch, aber von einer faulen Schlaffheit gezeichnet, die auch aus den Augen sprach. Dem Gesamteindruck nach zu urteilen, hatte sie die letzten Jahre nichts getan außer herumzuhängen. In Bars und auf Partys. Das T-Shirt war schwarz mit einem schwarz-weißen Foto auf der Brust. Es zeigte einen jungen Rocksänger, der mit einer ähnlichen Leidensmiene am Mikrophonständer hing wie Jesus am Kreuz.

Doch was sie gesagt hatte, gab Böddi Hoffnung. Vielleicht hatte sie recht. Er drehte sich um und guckte ins Zimmer. Ein leeres Fläschchen stand auf dem Tisch unter dem Fenster und zeigte auf die rostrote *Bergen*, die in der windkalten Mitternachtshelle am Kai vertäut lag. Die Dose mit dem Trockenmilchpulver stand neben dem Kindertragekorb auf dem Fußboden. Das Zimmer besaß kein Waschbecken, und das Bad befand sich eine Etage tiefer. Böddi überlegte, ob er das Mädchen mit den blauen Nägeln bitten könne, für ihn etwas Wasser zu holen, aber als er sich umdrehte, waren die beiden verschwunden. Der Troubadour hatte seine Angebetete zurück ins Zimmer geschubst, wo es nun laut wurde: »Und zieh endlich dieses Scheiß-T-Shirt aus! Du weißt, daß ich es nicht ausstehen kann.«

Die schmähliche Niederlage im Erdgeschoß hatte die obere Etage erreicht. Filmore hatte seine Wut zunächst geschluckt und kotzte sich jetzt über seiner Freundin aus.

Albert weinte noch immer, und nach ein paar zögerlichen Schritten durchs Zimmer entschloß sich der Wochenendpapa, selbst unten warmes Wasser für die Milch zu besorgen. Er legte den kleinen Schreihals in seinen Tragekorb und blieb für fünfzehn Sekunden über ihn gebeugt, betrachtete, wie die winzigkleine Unterlippe zitterte. Gab es etwas Ergreifenderes auf der Welt als ein hilfloses Kleinkind? Was hätte Zarathustra an seiner Stelle getan? Wäre er mit dem Kleinen aufs Dach gestiegen, hätte ihn in den Sturm gehalten und dazu geknurrt: »Wahrlich, ich sage euch, so ist das Leben: Ein Heulen im Wind«?

Böðvar zuckte davor zurück, es dem Vorbild nachzutun, und beugte sich tiefer über das Kinderbett. Nein, es war unmöglich, ihn noch einmal hier allein zu lassen. Er hob Albert heraus, schnappte sich das Fläschchen und ging über den Flur und die Treppe hinab. Auf der zweituntersten Stufe blieb er stehen und spähte den Gang entlang. Er war erleichtert, als er niemanden sah. Zügig ging er auf die Badezimmertüren in der Mitte des Gangs zu. Sie waren abgeschlossen. Verflucht! Böddi blieb eine Weile unschlüssig stehen und wiegte den Weinmeister auf seinem Arm. Man mußte dieser lautstarken Manifestation einfach Anerkennung zollen. Jetzt heulte dieses kleine Bündel schon eine geschlagene Stunde ohne Aussetzer. Das Gesicht war eine einzige lodernde Flamme. Das Geburtsmal feuerrot, darunter die Wunde, die nicht mehr blutete, aber noch wie eine blutrote Schramme aussah. Zusätzlich hatte sich auf der Stirn des Kleinen noch ein weiterer roter Fleck gebildet wie ein Zornesmal. Böddi ging den Flur auf und ab, mumelte besänftigend: »So, so, so. Ist ja gut, ja.« Unten tobte der »Ball« mit allem dazugehörigen Lärm und Getöse. Bobby vom Baggerschiff klopfte schon zum dritten Mal an die Tore des Himmels. Es sah nicht so aus, als würden sich die Türen der Badezimmer so bald öffnen. Noch einmal schritt Böddi den Gang ab, diesmal bis zum Aufenthaltsraum. Er erschrak tüchtig, als er dort Keli auf dem Ledersofa sitzen sah, nur mit Unterhose bekleidet und die Sonnenbrille auf die Stirn geschoben. Seine Augen waren halb geschlossen, und er schien weder Böddi noch das Weinen des Kindes zu bemerken. Das letzte, was Böddi jetzt wollte, war, Keli wiederzubegegnen, und glücklicherweise fielen ihm jetzt die Toiletten im Erdgeschoß unter der Treppe wieder ein. Er könnte rasch über die Fliesen in der Lobby huschen und von der Gesellschaft so gut wie ungesehen auf dem Herrenklo verschwinden.

Mit Albert im Arm stieg Böddi die Stufen hinab.

Es machte den Eindruck, als würden der Ausflug, die Bewegung und die Geräusche den Kleinen ein wenig beruhigen. Böddi beeilte sich, das Fläschchen mit handwarmem Wasser zu füllen, und niemand kam störend dazwischen. Erst auf dem Weg aus der engen Toilette begegneten sie einem der Matrosen. Der hatte schon gut geladen und guckte wie jemand, dem auf einer rauschenden Party ein Wickelkind über den Weg läuft. Böddi kam aber ungehindert an ihm vorbei und peilte die Lage in der Lobby. Die Luft war rein, und er marschierte zügig an dem alten Münzfernsprecher vorüber. Schräg durch die Glastür war das Treiben im vorderen Saal zu sehen. *Knock, knock, knockin' on heaven's door.* Vier Seeleute kämpften gegen mächtigen Seegang auf dem Parkett, und ein fünfter wiegte sich langsam in fülligen Armen. Böddi schritt rasch an der Tür zur Seligkeit vorbei, wobei sein Blick kurz auf Steini den Koch fiel. Er saß ziemlich fertig mit der Welt an einem mit leeren Gläsern übersäten Tisch im hinteren Raum. Böddi wandte sich der Treppe zu. Höchstwahrscheinlich fühlte der kleine Mann den Herzschlag seines Vaters beruhigend an seiner Wange, denn er hatte aufgehört zu weinen. Eventuell verstand er, daß sich sein Vater in einer noch kniffligeren Lage befand als er selbst.

Böddi hatte die Treppe noch nicht in Angriff genommen, als vom oberen Absatz Siglufjörður-Anna, die Frau in der weißen Hose, erschien und über das ganze Gesicht aufleuchtete:

»Nein, Öddi! Und was hast du … Ist das etwa ein Kind? Gehört das Kleine zu dir? Gott, wie süß! So ein niedliches kleines Kerlchen. Was ist denn das Rote da? Hat er sich weh getan? O je. Was ist es denn überhaupt, ein Junge oder ein Mädchen?«

»Ein Junge«, murmelte Böddi höchst besorgt wie ein Mann,

der mitten in der Nacht von den Feldjägern kontrolliert wird und seine Wehruntauglichkeit nachweisen muß. Er preßte den Kleinen fester an sich.

»Darf ich ihn mal halten?« fragte die Frau, die unübersehbar noch immer betrunken war.

»Nein.«

»Ach, komm, stell dich nicht so an«, forderte sie beleidigt.

»Nein, ich muß wieder nach oben«, beharrte Böddi entschieden.

»Was? Als ob ich ihn nicht halten könnte, eine Mutter von vielen Kindern. Nun komm schon, laß mich mal! Hach, ist der winzig und niedlich.«

»Nein, habe ich gesagt. Laß ihn in Frieden!«

Albert legte wieder los. Und zwar volles Rohr.

»Na bitte. Siehst du, was du da anrichtest? Komm her, ich nehm ihn jetzt«, erklärte die Frau. Und obwohl sie noch so betrunken war, klang ihre Stimme derart von mütterlicher Selbstsicherheit durchdrungen, daß sich Böddi für einen Moment entwaffnen ließ. Einen Augenblick lang ließ er die Arme sinken. Die Frau nutzte sofort die Gelegenheit und nahm ihm das Kind ab.

»So, so, jaa. Jetzt wollen wir doch nicht mehr weinen. Was für ein liebes kleines Schnuckelchen. Ja, nicht wahr? Komm, soo … ups.«

Die Frau war auf dem Fliesenboden ausgerutscht. Einer ihrer Absätze knickte um, und beinahe wäre sie gefallen. Böddi wurde blaß und streckte die Arme vor.

»Gib ihn wieder her! Los!«

»He, warte, ich muß ihn unbedingt noch meiner Freundin zeigen«, sagte sie und war schon mit dem Kind durch die Glastür im Getümmel untergetaucht. Böddi erstarrte mit dem warmen Fläschchen in der Hand und verfolgte das Schicksal seines Sohns mit eisigem Gesicht.

Albert Sturla war erst gut vier Monate alt, landete aber augenblicklich den Erfolg des Abends im Hotel *Villa Nova*. Siglufjörður-Anna stolzierte mit ihm auf dem Arm zwischen die Tische, als wäre er ihr eigener Sprößling, den sie soeben draußen auf der Damentoilette bekommen hätte. Böddi sah, wie Solla hinter der Theke hervorkam und versuchte, mit der Frau ins Gespräch zu kommen, die schon von drei Seemännern und einer der beiden *Capri*-Frauen umringt war. Zu seinem noch größeren Schrecken mußte der Vater mit ansehen, wie einer der Matrosen, es war der Aknenarbige mit der Lennon-Brille, Anna den Jungen aus dem Arm nahm und ihn hoch in die Luft hob. Albert brüllte wie am Spieß, doch seine Stimmkraft war noch klein im Vergleich zu dem Lärmpegel im Raum. Bobby hatte jetzt *Messer und Stahl* angestimmt. Dem Vater wurde etwas leichter ums Herz, als er den Matrosen mit dem Jungen auf dem Arm plötzlich auf sich zusteuern sah. Die Erleichterung verwandelte sich allerdings in blankes Entsetzen, als der grobschlächtige Kerl mit dem Säugling im vorderen Saal auf die Tanzfläche abbog. Er reihte sich munter in einen ausgelassenen Seebärentanz ein, hielt dabei den Säugling mit beiden Händen über seinen Kopf wie ein Fußballer den Pokal, und sang lauthals mit: »Messer und Stahl sind mein Emblem / das Zeichen der fahrenden Zunft …« Seine Kollegen fühlten sich solidarisch, und die kleine Trophäe wanderte von Hand zu Hand, bis endlich der Sänger auf dem Podium begriff, was da vor sich ging. Bobby vom Baggerschiff stellte sofort sein Musizieren ein. Die Tanzenden reagierten auf die plötzlich einsetzende Stille ein wenig benommen. Das gottserbärmliche Jammern des Kleinen traf sie alle an ihrer empfindlichsten Stelle. »Um Gottes willen«, hörte man eine Frau sagen. Vorn in der Lobby hinter der Glastür wurde sich Böddi plötzlich bewußt, daß sein Gesicht tränenüberströmt war.

»Wem gehört dieses Kind?« fragte der Sänger auf dem Podium ins Mikrophon.

Die Frage echote lange durch den Saal, als hätten sich die Köpfe der Anwesenden schlagartig geleert, und ihre Schädel wären zu kleinen leeren Höhlen geworden, in denen die Worte widerhallten. Niemand traute sich, eine Antwort zu geben. Der bartlose Mann im karierten Hemd, der den Kleinen gerade hielt, stand wie angewurzelt mitten auf der Tanzfläche und guckte wie ein versteinerter Troll bei Tagesanbruch, obwohl das Dämmerlicht draußen vor den Fenstern noch von nächtlichem Blau war. Eine makellos rein und weiß aussehende Möwe strich gerade mit langsamen Flügelschlägen das Haus entlang. Sie kam ihm dabei so nah, daß man sehen konnte, wie ihr der Wind durch das Gefieder strich.

»Wo steckt Böddi?« rief plötzlich jemand mit Donnerstimme. Manni Volgu bahnte sich einen Weg zu dem Kind.

Böddi stand noch immer draußen in der Lobby und fühlte, wie er selbst und seine Seele zusammengeschrumpft waren. Schließlich betrat er den Saal wie ein Zwerg, zwar hoch aufgerichtet, aber mit tränennassen Augen und einem Babyfläschchen in der rechten Hand. Er steuerte geradewegs auf die Mitte der Tanzfläche zu, wo Manni Volgu dem Matrosen inzwischen das Kind abgenommen hatte, das er jetzt stumm an Böddi weiterreichte. Der Achtfingrige sah fast ein bißchen komisch verlegen aus, wie es bei Gewalttätern häufig der Fall ist, wenn sie zur Abwechslung mal ein gutes Werk tun. Er blickte Böddi tief und bedeutungsvoll in die Augen, während er ihm seinen Sohn aushändigte. Böddi sagte kein Wort und ging mit dem Jungen auf dem Arm zum Ausgang. Die Menge folgte ihm mit den Augen.

Als er nach oben kam, saß die Freundin des Troubadours heulend auf dem Gang. Aus ihrem Zimmer drang undeutlich Musik; scheppderndes Geschrömmel begleitet vom schleppenden Ächzen und Röcheln einer rauhen Männerstimme. Entweder hatte jemand einen tragbaren CD-Player mit fast leeren Batterien zu laut gestellt, oder es handelte sich um eine neue Scheibe von Tom Waits. Albert war verstummt und im Arm seines Vaters fast wieder eingeschlafen. Nur sein Schluchzen hielt ihn noch wach. Bevor er die Tür zu seinem Zimmer öffnete, warf Böddi einen Blick auf das Mädchen, das mit flach ausgestreckten Beinen auf dem Fußboden saß und mit den Haaren die Quellen seiner Tränen beschirmte. Dann beeilte er sich, das Fläschchen fertig zu machen und ihm den Sauger aufzustülpen. Albert war sofort wieder munter und saugte mit unbändiger

Kraft. Böddi sah den kleinen Lippen zu, wie sie für den Rest des Körpers nuckelten, so schnell sie konnten. Die winzigen Lider klappten dazu wie Schmetterlingsflügel. Durch das Dachfenster war zu sehen, daß sich der Wind gelegt hatte. Die Wellen schlugen nicht mehr so hoch und rollten zivilisierter als vorhin. Bald war das Fläschchen leer, und Albert Sturla schlief nach einem ordentlichen Bäuerchen im Arm seines Vaters ein. Böddi legte ihn behutsam in sein Reisebettchen. Der Schlaf des kleinen Mannes war noch von den vorangegangenen Ereignissen gezeichnet. In regelmäßigen Abständen entrangen sich ihm kleine Seufzer wie verstohlene Schluchzer einer jungen Frau, die ihr Unglück verbergen möchte.

Eine halbe Stunde später zog sich Böddi noch einmal die Hose über und linste auf den Gang, wo das Mädchen mit den blauen Nägeln und den roten Zotteln inzwischen zusammengerollt auf dem Boden lag. Er bot ihr sein Bett an. Schweigend akzeptierte sie die Einladung, kam barfuß in sein Zimmer geschlichen und kroch ohne ein Wort unter die hintere Decke. Im Nebenzimmer war auch Tom Waits verstummt, und unten schien niemand *Messer und Stahl* zum zwanzigsten Mal hören zu wollen. Böddi lag eine ganze Weile wach und lauschte darauf, wie der Wind die Wellen glättete und das Laub beruhigte. Am Ende war nichts mehr zu hören bis auf leise, von regelmäßigen Seufzern unterbrochene Atemzüge.

Als Böddi sich im Zimmer umsah, den Blick über das kleine Wesen in seinem Tragekorb und den verwühlten Haarschopf auf dem Kissen neben sich gleiten ließ, fühlte er sich auf einmal wie ein berühmter Wissenschaftler auf Vortragsreise mit Frau und Sohn. Er fühlte sich als der Mann, der er hätte werden können. Der er hätte werden können, wenn das Leben seine Intelligenz nicht mit dieser reichlichen Portion Bitterkeit gewürzt hätte. Saß er hier am Rand der Welt fest, weil er hier geboren war oder weil ihn die Gesellschaft hierhin verbannt hatte? Verfolgte er diese Gesellschaft mit aufrichtigem Haß oder haßte er sie, weil sie ihn haßte? Ich bin im falschen Land zur falschen Zeit zur Welt gekommen, dachte Böddi bei sich. Ich hätte besser in die Zeit der Genies und der Klassiker in Deutschland gepaßt. Und auf einmal sah er sich als der schweigende dritte Mann an der Seite Goethes und Schillers auf ihren Spaziergängen durch die Straßen Weimars. Er trug seinen Zopf mit Würde, hielt sich auf hohen Absätzen einen Schritt hinter den großen Meistern und prägte sich jede Äußerung von ihnen ein. Goethe trug die Hände auf dem Rücken verschränkt und ein Lächeln auf den Lippen, Schiller war einen Kopf größer und jünger an Haaren.

»Was halten Sie eigentlich von unserem jungen Freund Böðvar hier?« fragte der Erstgenannte und wandte ein wenig den Kopf, ohne den schüchternen Isländer aber direkt anzusehen.

»Er ist wie mein Wallenstein. Er unterliegt nicht, weil er ein Aufrührer ist, sondern er revoltiert, weil er unterliegt«, antwortete Schiller.

»Ach so«, sagte Goethe.

Einige Ballbesucher lachten wie Möwen vor dem Hotel, und indem sich Böddi auf die Ellbogen aufrichtete, konnte er sehen, wie in der Ferne drei Seeleute mit mächtig Schlagseite ihrer Unterkunft zuwankten, die nicht länger an der Hafenmauer schaukelte. Es war vier Uhr dreißig, und die Winde des Tages hatten Sendeschluß. Jetzt kam eine Unterbrechung, und dann begann das nächste Programm.

31

Der Freudenquell

Die dunkelhaarigen Schwestern Solla und Sigga, die Keli und andere nach einer berüchtigten Spinnenart Schwarze Witwen nannten, ließen sich im Hotel *Villa Nova* nicht wieder sehen. Sie waren offenbar von der falschen Voraussetzung ausgegangen, in einem Hotel zu arbeiten und nicht in einem Bordell.

Sie hätten auch gleich die zwei Sterne mitnehmen können, die zumindest auf dem Papier dieses zweifelhafte Etablissement auszeichneten, das sich derzeit allerdings in raschem Abstieg befand. Am Tag nach dem Alptraum des Wochenendpapis traf Böddi Manni im Speisesaal beim Putzen an. Man durfte es auch ungestraft ein notdürftiges Reinemachen nennen. Das Frühstück war ausgefallen, das Mittagsmenü ebenso. Die Brandschutzbeauftragten standen in der Küche und schmierten sich Brote, die sie mit Resten belegten. Manni Volgu brühte einen dünnen Blümchenkaffee auf. Gegen vier erschien Keli, schaltete im hinteren Saal den Fernseher ein und schaute sich gemeinsam mit dem am Boden zerstörten Pferdebauern ein Fußballspiel an.

»Donnerwetter, was ist der Alan Shearer doch für ein Superspieler!«

Böddi verbrachte den Tag an der frischen Luft und aß im *Bláfell* zu Abend. Dabei befiel ihn der Gedanke, gewaltsam in *Rokland* einzudringen und auf seine alten Tage noch zum Hausbesetzer im ehemals eigenen Heim zu werden. Er konnte sich einfach nicht vorstellen, noch einmal ins Hotel zurückzukehren. Das war schlechterdings kein Ort für ein Kleinkind. Als er da so auf der freien Fläche vor dem Museum am Ende des Frúarstígur stand und einigen Großen Braunen durch ein Fenster des Fitneß-Studios dabei zusah, wie sie sich den Speck abtrainierten, dachte er auf einmal, der *Silver Cross* wäre das einzige, was er in dieser Welt noch besaß. Sein einziges Zuhause. Zumindest enthielt der Kinderwagen seine einzige Hoffnung im Leben. Die Vorfälle der Partynacht hatten ihn viel enger mit dem kleinen Albert verbunden. Böddi war selbst davon überrascht, daß er es sogar fast genoß, wenn er mitten in der Nacht aufstehen mußte, um dem Kleinen sein Fläschchen zu geben. Das kleine Wesen war voll und ganz auf ihn angewiesen. Sein Leben hing von ihm ab. Es gab ihm ein seltsames Wohlgefühl, auf einmal *lebenswichtig* zu sein. Womöglich war das der Sinn des Lebens: es zu erhalten. Jeden Morgen wachte er voller Spannung auf, ob vielleicht etwas in der Windel war. Ganz als ob er ein kleines Wundermaschinchen besaß, das Weiß in Gold verwandeln konnte.

Fast wäre er am Abend ungesehen in sein Zimmer gekommen. Aber Keli entdeckte ihn im letzten Moment doch und rief nach vorn in die Lobby: »Sieh mal an, der Schwängerer von Notre-Dame! Das Gehirntier höchstpersönlich. Komm mal her mit deinem Knirps und laß ihn uns sehen!«

Der Revolutionär verhielt sich gegenüber dem Hotelhäuptling nach wie vor auffällig handzahm und kam mit dem Kleinen im Arm gehorsam in den vorderen Saal. Albert bedachte Keli, Manni und den gebrochenen Pferdebauern mit einem müden Blick. Der Letztgenannte stierte unter roter Tolle in sein leeres Bierglas, als würde er darin Haus und Hof und seine Kinder sehen. Nur die kaputtesten Seelen gucken auch am Sonntagabend noch tief ins Glas.

Manni fragte nach dem Blutschwamm auf der Stirn des Kleinen, doch Böddi tat das mit einem Schnauben ab wie ein Künstler einen Kratzer an seinem Werk.

»Das kommt vom Rotwein, Böddi. Der färbt unseren Samen so ein«, kommentierte Keli und nahm einen Schluck von seiner Cola-Schuß, ehe er Böddi den Bauern vorstellte: »Übrigens, sag mal Jón hier guten Tag! Seine Alte hat ihn verlassen. Der arme Kerl ist am Boden zerstört. Sie ist mit der Frau vom Nachbarhof zusammengezogen. Das muß so etwas wie Schafkrankheit sein. Keine Gnade.«

Böddi räusperte sich vor dem kummerzerfressenen Bauern, empfahl sich dann aber und verdrückte sich mit Albert aufs Zimmer. Dabei hielt er sich mehr an seinem Sohn fest, als daß er ihn trug. Böddi machte sich klar, daß der Junge in den Wellenbergen und -tälern des Lebens seinen Rettungsring darstellte. Ohne ihn hätte er sich mit an Kelis Flasche gehängt, und der Abend hätte damit geendet, daß er hübsch farbenfroh ins Klo gekotzt hätte. Böddi war nicht Alberts Vater. Albert war Böddis Vater.

Oben im Zimmer verbrachten die beiden ein paar schöne Stunden miteinander. Böddi stellte den Kindertragekorb auf das Doppelbett, und Albert lallte darin eine Weile vergnügt vor sich hin. Sein Lallen und Brabbeln und Kieksen bestand aus einer Reihe seltsamer, weicher Töne, die ein bißchen den glückseligen Rufen des Sterntauchers glichen, laute, aber auch ein wenig klagende Töne, als würden sie über eine größere Entfernung herangetragen, vielleicht über einen See. Dazu fuchtelten die Händchen des Kleinen durch die Luft wie trunkene Fliegen, während sich sein Vater an diesen winzigen Fingern begeisterte, wie vollkommen diese Miniaturausgaben mit ihren Zwergennägelchen und dem Netz haarfeiner Fältchen waren. Eine Kinderhand ähnelte einem Bonsai.

Böddi war in seiner Art natürlich alles andere als jemand, der über Babys in helles Entzücken geriet und mit ihnen herumschäkerte, darum erschrak er gehörig über sich selbst, als er sich dabei ertappte, wie er »Eijeijei, wie fein« in den Tragekorb brabbelte. Ziemlich belemmert richtete er sich auf, begann im Zimmer umherzustapfen und guckte voll innerer Unsicherheit abwechselnd aus beiden Fenstern. War er dabei, allmählich meschugge zu werden? Dutzi, putzi, ei, ei, ei? Er blieb stehen und betrachtete das Baby, das jetzt die Fäuste ballte und damit wie ein spastischer Boxer in der Luft herumstocherte. Was für ein Schwachsinn das Ganze! Und in welcher Lage befand er sich überhaupt? Was, wenn Dagga einfach nicht mehr in den Norden zurückkehrte? Wenn sie, nur so zum Beispiel, bewußtlos irrtümlich in einem Lüftungsschacht des Krankenhauses abgestellt worden wäre und man sie erst in einem halben Monat an der Soldatenkrankheit gestorben und an Ohren und Stirn von den Kanalratten übel zugerichtet wiederfinden würde?

Der Prophet warf sich auf allen vieren aufs Bett, daß der Tragekorb ins Schaukeln geriet, und beugte sich über seinen Sohn und beschimpfte ihn mit einer unverständlichen Sturzflut unflätiger Ausdrücke. Albert fand das über die Maßen lustig und lachte seinen Vater strahlend an. Es war das erste Mal, Böddi verschloß es vor Staunen den Mund, und er konnte gar nicht anders als zurückzulächeln. Dieser zahnlose Winzling mit dem kugelrunden Kopf und dem schneeweißen Stupsnäschen zwischen seinen apfelroten Bäckchen wollte Kontakt zu ihm aufnehmen. Und er stellte einen Kontakt zwischen ihnen her: Böddi fühlte eine ihm gänzlich unbekannte und unerklärliche Wärme durch seinen Körper strömen. Seine Seele floß ihm über, und ein warmer Strom leckte über die Ufer in seinen Leib, als hätte sich die Seele vor Freude in die Hose gemacht. Diese Wärme war mehr als ein Strohfeuer, und ehe sich Böddi dessen versah, stieß er ein so befreiendes Lachen aus tiefstem Herzen aus, daß er sich selbst nicht mehr wiedererkannte. Sein Herz frohlockte, und sein Verstand sah staunend zu. Der kleine Freudenquell in seinem Frachtkörbchen sprudelte ihm schieres Glück entgegen, und auf einmal begann sich Böddi sogar zu wünschen, daß Dagga für länger im Krankenhaus bleiben müßte. Er wollte dieses Bündelchen Glück für eine kleine Weile länger bei sich behalten. Mit einem einzigen kleinen Lachen hatte sich alles verändert. Diese Bürde war das Leben wert. Diese Bürde war der Wert des Lebens.

Böddis Wunsch ging in Erfüllung. Dagga kam am Dienstag nicht nach Hause. Gegen Abend rief sie an und teilte ihm mit brüchiger Stimme mit, daß sich die Untersuchungen länger hinziehen würden.

»Und Albert Sturla? Wie geht es ihm?«

»Er … Ihm geht es großartig. Alles bestens bei uns.«

»Prima. Freut mich zu hören, Böddi. Vielen Dank. Ich hab hier über manches nachgedacht … Hatte so viel Zeit …«

»Sprich mal mit Keli«, meinte Böddi und drehte die Augen zur Decke. Das Kinderweinen wurde nun regelmäßig von heftigen Schluchzern unterbrochen. Er schob sich rückwärts aus der Ecke, in der die Frau noch immer auf dem Stuhl hing. Unter der weißen Hose waren schwarze Nylonstrümpfe zu sehen. Glänzende Lackschuhe mit Riemchen und hohen Absätzen lagen auf der rostbraunen Matte unter ihren Füßen wie Feuerholz.

»Nein, wart mal! He. Wie heißt du?« fragte die Frau und schüttelte kräftig ihr Haar, während sie sich im Sessel aufrichtete.

»Ich?« Böddi seufzte tief. »Böddi.«

»Böddi? Böddi ... Moment ... Der Böddi von Silla?«

»Nein. Hör mal, ich muß eigentlich ... Rede doch mit Keli. Er ist hier, gleich in Zimmer sechzehn.«

Während Böddi ihr den Weg zeigte, sah er das Gesicht des Hotelmanagers hinter einem Türrahmen in der Mitte des Gangs verschwinden. Sein nacktes Bein blieb allerdings sichtbar.

»Nein, warte! Ich will mit dir reden. Ich finde, du ...«

»Nein. Ich muß los«, sagte Böddi nun entschlossen und ging in den Flur hinein.

»He. Halt! Öddi. Du, Öddi, hast du eine Zigarette für mich? Nur eine, Schätzchen, und dann ...«

Keli erschien wieder im Türrahmen wie der Mann mit der Sense in einem alten polnischen Spielfilm. Er winkte Böddi. Eine knappe Anweisung, der Frau eine Zigarette zu geben. Böðvar stöhnte heftig und machte noch einmal kehrt. Noch immer weinte Klein-Albert oben in seinem Zimmer. Es kostete seinen Vater eine gute Minute, der Frau mit den tiefliegenden Augen eine zu drehen. Unterdessen redete sie auf ihn ein.

»Ist das ein Kind, das da so weint? Kümmert sich denn keiner darum? Ich begreife so etwas nicht ... Nein, hello Mister!«

Es belebte die Frau sichtlich, als jetzt einer der Portugiesen auf dem Treppenabsatz vor dem Aufenthaltsraum erschien. Er grüßte Böddi mit einem stummem Hi, tat aber so, als würde er

»Ja, und?«

»Ach, nichts. Laß uns ... später darüber reden. Grüß meinen Kleinen von mir!«

»Ja, werde ich ausrichten.«

Böddi lächelte still vor sich hin, als er auf dem Gang vor der Küche den Hörer auflegte. Winkte ihm nun endlich das Glück?

Vater und Sohn stand also eine glückliche Woche im Hotel bevor. Keli schlief sich drei Tage lang aus und war danach wieder friedlich. In der Zwischenzeit erwarb sich Manni einige Kenntnisse in der Küche, auch wenn manche seiner Gerichte zuweilen recht eigenartig schmeckten. Böddi rümpfte nicht die Nase über Schafskopfsülze mit Pommes frites und Sauce Bearnaise, kapitulierte aber am Samstagabend vor etwas, das Manni zwar als Kassler ausgab, das aber in Wahrheit nichts anderes als eine Art Preßwurst darstellte. Vielleicht hatte der Prophet aber auch nur einfach keinen Hunger. Die Neuigkeit des Tages war Böddi nämlich mächtig auf den Magen geschlagen. Ein Mann aus dem Krankenhaus war in der Lobby erschienen und hatte auf Böddi gewartet, um ihm schließlich die Vorladung zu überreichen, daß er sich am Montag um halb elf Uhr zu einer Blutprobe einstellen solle.

»Was? Wieso?«

»Das ist in solchen Fällen üblich«, antwortete der Mann, den Böddi als Fahrer des Krankenwagens kannte, ein dunkelhaariger, muskelbepackter Typ mit kurzen Koteletten, der Böddi aus irgendeinem Grund jedesmal an John Travolta mit seiner chronischen Nebenhöhlenentzündung erinnerte.

»In solchen Fällen? Was soll das heißen? Hat es irgendwas mit Dagga zu tun? Mit ihrer Erkrankung?«

»Komm einfach am Montag vorbei. Ich muß jetzt los«, preßte der Mann mit den Koteletten zwischen zusammengekniffenen Lippen hervor, schloß die Augen und schob zum Abschied das Kinn vor. Diese unschuldige Bewegung machte einen merkwürdigen Eindruck auf Böðvar: Für einen kurzen Moment erinnerte ihn das Gesicht des Fahrers an eine Totenmaske.

Der Prophet verschwand auf dem Klo, und ehe er sich dessen bewußt wurde, führte er ein Selbstgespräch mit dem kleinen Jungen mit Theologieexamen.

»Er hat gesagt, es wäre in solchen Fällen üblich. Oh, oh, da ist Blut im Blut, Séra Pétur.«

Am Sonntag rief Dagbjört wieder an und bat Böddi, den Kleinen am Abend zu ihren Eltern zu bringen. Sie wären wieder im Lande. Trotz der Freudenstunden der vergangenen Tage, voll mit neuen und spannenden Erkenntnissen, war Böddi im stillen doch auch ein wenig erleichtert, den Kleinen wieder loszuwerden. Aufrichtig gesagt, war er nach der Woche als Vater ganz schön erledigt. Historisch betrachtet war der Mann ein Haus, dem man eine neue Rolle zugedacht hatte, das dazu aber erst noch ummöbliert werden mußte. Das Männchen war bislang noch für alle möglichen Aufgaben eingerichtet, nur nicht dafür, auf kleine Kinder aufzupassen. Lieber wäre Böddi auf der Jagd nach Eiswürfeln für Kelis Gläser in einem offenen Boot zum Rand des Eismeers gerudert, als noch eine weitere Woche ganz allein für seinen Sohn verantwortlich zu sein. Skulda hatte ihm ihre Hilfe angeboten, aber in Anbetracht ihrer Fürsorglichkeit bei und nach der Beerdigung hatte Böddi dankend abgelehnt. Er fürchtete das Handy seiner Schwester wie andere Menschen eine Pistole. Wer weiß, was ihr alles einfallen konnte; womöglich hätte sie Vater und Sohn zum Babyschwimmen abkommandiert. Daggas Schwester Fjóla kreuzte einmal auf, und Böddi erlaubte ihr, mit dem Kleinen auf den Knien unten in der Hotelbar zu sitzen und sich zusammen mit Keli ein Fußballspiel anzugucken, während er selbst für die Zeit oben im Zimmer in Tiefseeschlaf fiel.

Es war ein eisklarer Sonntag im Mai. Die Sonne stand schon beachtlich hoch im Südwesten und knallte wie weiße Farbe auf den Windschild des Kinderwagens und auf Böðvars heftig verzogenes Gesicht. Ein bitterkalter Nordwind knabberte an seinen Ohren und schob ihn kräftig den Hang an der Schule hinauf. Das Gelände westlich der Straße war nicht bebaut, und nicht weit davon rauschte das Wasser der Sauðá, nach der der Ort immerhin seinen Namen trug, wie eine verschmähte Frau in seine Schlucht. Das gelbe Gras des Vorjahrs strich seine Halme wie das Haar eines Planeten, der mit hoher Geschwindigkeit durchs All schoß. Es herrschte mit anderen Worten das klassische isländische »Fensterwetter«: Wer drinnen war, wollte unbedingt nach draußen, doch wer sich erst einmal im Freien aufhielt, wollte so schnell wie möglich wieder ins Warme.

Böddi bog von Sæmundarhlíð auf Sauðárhlíð ab und sah, daß Aðalbjörg ihn aus dem großen Wohnzimmerfenster mit gekreuzten Armen über dem langen braunen Sofa beobachtete, ehe sie sich hinter die Gardine zurückzog. Er mußte erst noch an drei Häusern vorbei, in eine andere Straße und dann einen langen Schlauch hinab, um zur Vorderseite des Schulmeisterhauses zu kommen. Es lag, flach und rotgestrichen mit hölzernen Fensterrahmen, auf einer Höhe mit der breiten Doppelgarage und sah aus wie ein sehr stattliches Sommerhaus.

Der silbergraue Geländewagen des Rektors parkte in der Einfahrt und wirkte doch nicht ganz so feist, wie Böddi ihn vor Jahresfrist auf seiner Blog-Seite beschrieben hatte. Daneben aber stand ein wahres Ungetüm von Jeep, schwarz und auf Walzen, die wie eine Mischung aus Reifen und Luftkissen aussahen und Böddi bis zur Brust reichten. Manche schweben nur auf Luft, dachte er, während er den Kinderwagen zwischen den Boliden hindurchschob. Hinter dem Riesenjeep spielte ein Junge mit einem Basketball unter einem rostigen Korbring, der über einem der beiden Garagentore angebracht war. Böddi zögerte einen Moment, als er sah, daß es Brimar Sær war. Er trug einen schwarzen Sportpulli mit der großen Aufschrift *Bullet*. Der Reißverschluß schnitt das Wort mitten durch: *Bul* und *let*. Der Junge schien auf Böddis Kommen vorbereitet zu sein und ließ sich nicht stören, sondern dribbelte noch eifriger mit dem Ball und blickte Böddi dabei wütend an. Der verschwand mit dem Kinderwagen hinter dem hellen Jeep und im Hauseingang.

Beide Eheleute kamen zur Tür. Albert begrüßte Böddi freundlich, doch Aðalbjörg blieb schweigend hinter ihrem Mann stehen und machte ein Gesicht, als hätte sie ihm gerade noch verboten, den Besucher ins Haus zu bitten. Böddi grüßte und machte ihnen mit zwei Worten, einer Grimasse und einer Handbewegung verständlich, daß der Kleine im Wagen schlief. Selbst die beiden Worte aber waren kaum zu verstehen, weil Brimar hinter ihm nun den Ball immer wieder mit voller Wucht vor das Tor einer Garage donnerte, deren leerer Raum dahinter das Dröhnen noch verstärkte. Aðalbjörg warf ihm über die Schulter ihres Gatten hinweg einen Blick zu und legte die Stirn in unwillige Falten. Brimar machte unverdrossen weiter und meißelte mit äußerster Anspannung einen Ausdruck des Zorns in sein kindliches Gesicht. Als er noch weitere vier Mal den Ball mit voller Wucht gegen das Garagentor geknallt hatte, sagte seine Großmutter: »Brimar …!«

Die rotwangige Fjóla tauchte hinter ihren Eltern auf und bahnte sich sogleich einen Weg. »Mein kleiner Neffe!«

Trotz Alberts Protest klappte sie sofort das Wagendach herab und schaute in den Kinderwagen. Böddi erlaubte es ihr mit der dazugehörigen Grimasse. Aðalbjörg trat mit verschränkten Armen und kühl reservierter Miene auf die Treppe hinaus und überwachte, wie ihre entwicklungsgestörte Tochter den kleinen Wonneproppen aus dem Wagen nahm, während Albert Böddi Grüße von Dagbjört ausrichtete. Der bat, sie zurückzugrüßen, und wurde sich auf einmal des Umstands bewußt, daß er hier mit seinem Schwiegervater in spe redete.

»Wie geht es ihr?«

»Es geht so«, meinte der Schulleiter gedehnt. »Sie wird morgen operiert.«

Kaum hatte Böddi ein »Wie bitte?« von sich gegeben, traf ihn ein heftiger Schlag in den Nacken, gefolgt von Aðalbjörgs Ausruf: »Aber Brimar!«

Böddi drehte sich um und rieb sich den Nacken. Der orangerote Ball rollte unter den vorderen Jeep, und Brimar verschwand um die Garagenecke wie ein schwarzer Kater.

Nun erschien auch sein Vater Einar in der Tür, erhielt ein paar passende Erklärungen von seiner Mutter, erklärte aber nur, er werde jetzt fahren, und schlurfte schweigend an Böddi vorbei zu seinem Riesenjeep. Seine Augen waren voll innerer Erregung. Er schwang sich blitzschnell hinauf ins Führerhaus wie ein Turner am Reck, und nur einen Augenblick später hatte er zurückgesetzt und hupte noch einmal. Im Vergleich zu den Dimensionen des muskelstrotzenden Jeeps klang der Ton der Hupe etwas dünn. Doch Brimar kam wie ein gehorsames Hündchen aus dem Garten gerannt, sprang über ein niedriges Zementmäuerchen und kletterte am grobstolligen Profil der Reifen hinauf, eine Hand an der Innenseite der Tür, die ihm sein Vater geöffnet hatte, die andere am Trittbrett darunter. Der nicht gerade schlanke Junge meisterte dieses komplizierte Kletterkunststück erstaunlich behende, obwohl er von der Einfahrt aus betrachtet eher wie ein tapsiger Bär aussah, der einen Baum erklettert. Der Ball war ihm die abschüssige Einfahrt entlang nachgerollt, aber die beiden achteten nicht darauf. Als Brimar den Wagenschlag zugeknallt hatte und sein Vater anfuhr, befand sich der Ball genau vor dem rechten Hinterreifen. Der gewaltige Jeep hob schwerfällig sein Hinterbein und rollte unter erheblichem Schaukeln über ihn hinweg, ehe Einar wütend auf die Straße hinausschoß. Albert und Böddi waren beide gleichermaßen verblüfft, daß der Ball nicht platzte.

Böddi verabschiedete sich bald darauf und kürzte den langen Schlauch durch den Garten des Nachbarhauses ab, bot dem eiskalten Frühjahrswind die Stirn und ließ sich den schmerzenden Nacken von der Sonne bescheinen. Als er die Verbindungsstraße erreichte, kam Einar den Hang herabgerollt. Neben Böddi bremste er und ließ die Seitenscheibe nach unten gleiten. Dann schrie er von seinem hohen Sitz herab:

»Keiner bumst sich in unsere Familie. Nur damit du Bescheid weißt!« Das helle Lachen einer Jungenstimme erscholl dazu aus dem Innenraum, ehe der Jeep die Straße hinab davonpreschte.

Auf seinem Weg in den Ort zählte Böddi die weißbekrönten Wellen auf dem Fjord. Seine Oberfläche war ein meerblauer Anorak, der an fünfzehn Stellen so aufgerissen war, daß man das weiße Futter sah.

32

Eine Pistole

Ziemlich erschossen erreichte Böddi das Hotel und wollte sich ein langersehntes Bier genehmigen. Er ging hinter die Theke und nahm ein Glas aus dem Regal. Als er es unter den Zapfhahn hielt und das erste Bier ins Glas floß, ertönte ein lauter Knall. Zuerst glaubte er, das Bierfaß unter der Theke wäre in die Luft geflogen, und schloß rasch den Hahn. Da knallte es ein zweites Mal. Und obwohl Böddi weder Jäger war noch an internationalen Friedenseinsätzen teilgenommen hatte, begriff er doch sofort, daß es sich um Schüsse handelte. Jemand hatte im Haus eine Pistole abgefeuert. Wahrscheinlich im Keller.

Was tut man, wenn man einen Schuß hört? Man geht dem Geräusch nach. Die Neugier ist stärker als eventuelle Befürchtungen. Böddi tastete sich vorsichtig die Treppe zum Keller hinab. Er hatte noch zwei Stufen vor sich, als der dritte Schuß fiel. Sicher war der verlassene Pferdebauer durchgedreht, hatte seine Schafpistole aus dem Auto geholt, das Hotel gestürmt und die Angestellten als Geiseln genommen. Bestimmt hatte er Keli mit dem ersten Schuß erledigt, Manni mit dem zweiten und sich selbst schließlich mit dem finalen. Böddi machte sich darauf gefaßt, unten in eine Blutlache zu treten.

Es war hell im Keller, aber Laken und Bettbezüge an den Wäscheleinen verdeckten die Sicht. Nur der vordere Teil des Fußbodens und ein unterer Rand der Wand waren zu sehen.

»Hallo!« rief Böddi in den Raum und warf sich sofort an die Wand, wie er es in einer der sechsunddreißig Krimifolgen gesehen hatte, die seine Mutter mit ins Grab nahm. Da hatte sie ihm also zu guter Letzt doch noch etwas beigebracht. Ohne sich zu rühren, rief er von der Wand aus noch einmal hallo – diesmal mit einem kleinen Fragezeichen dahinter. Nicht sicher, ob überhaupt noch jemand am Leben war. Es verging eine ganze Weile, ehe man eine schleppende Trinkerstimme von unten aus der Waschküche sagen hörte:

»Ich habe getroffen.«

»Was? Hallo?« wiederholte Böddi.

»Ich habe getroffen«, wiederholte auch die Stimme. Böddi war sich ziemlich sicher, daß es Kelis war.

»Kann ich runterkommen? Ich bin's, Böddi.«

Keine Antwort.

Böddi bereitete sich umgehend darauf vor, zu sterben, während er sich langsam über den grauglänzenden Waschküchenboden vorwärts schob. Zu seinem großen Erstaunen tauchte auf einmal die litauische Schönheitskönigin vor seinem inneren Auge auf. Für den Bruchteil einer Sekunde tanzte sie nackt durch seinen Geist, wie sie es vor Jahren in jener schönen Bar in Berlin getan hatte. War das sein letzter Augenblick im Leben, das letzte Bild, das ihm durch den Sinn zog? Keli war alles zuzutrauen. Böddi näherte sich jetzt einem großen weißen Laken, das an der quer durch den Raum verlaufenden Wäscheleine hing, und er rechnete jeden Moment mit einer Kugel, die dahinter abgefeuert würde. Trotzdem ging er weiter, bis er das Laken ein ganz klein wenig von der Wand abziehen konnte. An der nächsten Leine hingen zwei Bettbezüge. Böddi schob sich an der Wand entlang, bis er um die Wäsche herumsehen konnte.

Keli saß reglos auf einem Stuhl bei den Waschmaschinen. Der Stuhl stand schräg im Raum, mit der Lehne zu Böddi; über ihm erhob sich der Nacken des Hotelchefs, sein rechtes Ohr und die dazugehörige Backe. Er trug Hüttenschuhe, braune Hose und einen weißen Thermopulli und hielt etwas in der rechten Hand, das zwischen Bauch und Oberschenkel ruhte. Die Sonne fiel durch ein Fenster über die beiden Waschmaschinen und auf Kelis Hinterkopf und Schultern. Kleine graue Büschel im Nakken und vereinzelte Haare auf den Schultern wurden vom Sonnenlicht silbrigweiß erleuchtet. Die Sonne befand sich schon im Sinkflug am westlichen Himmel und warf den Schatten des Hotelleiters weit von ihm entfernt auf ein weißes Laken, das ganz hinten an der Wand auf der Leine hing. Böddi bemerkte, daß sich darin nahe der Stelle, auf der der Schatten lag, zwei kleine Löcher befanden, die den Schattenriß des Kopfes wie zwei schwärmende Fliegen umgaben. Und mitten in diesem dunklen Kopfumriß steckte ein weiteres Loch. Außerdem konnte Böddi jetzt endlich erkennen, daß Keli eine Pistole in seinem Schoß hielt.

»Keli«, begann er und schob sich ein Stückchen näher an ihn heran.

Der Wirt gab keine Antwort, sondern starrte bloß vor sich hin. Böddi blieb hinter ihm stehen und zog eine Grimasse, bei der er fast sämtliche Zähne entblößte. Es verging eine ganze Weile.

»He … Keli.«

Keli hob die Pistole und zielte mit ausgestrecktem Arm auf sein Schattenbild auf dem Laken. So hielt er die Waffe fast ohne zu zittern im Anschlag, bis er sagte:

»Ich habe getroffen.«

»Ja«, pflichtete ihm Böddi bei. »Sollte ich sie nicht besser nehmen?«

»Ich habe getroffen. Den kleinen Krümel«, sagte Keli schleppend in seiner eigenen Welt.

Böddi trat noch näher an ihn heran, die Rechte vorgestreckt wie ein routinierter FBI-Agent.

»Den lille Satan!«

Als Böddi glaubte, nahe genug zu sein, legte er die Hand auf die Waffe. Keli murmelte auf dänisch: »Was ist los?«, leistete aber keinen Widerstand und ließ sich entwaffnen. Böddi hielt die Pistole ziemlich linkisch in der Hand, wußte nicht recht, wie er sie halten sollte. Sie war bedeutend schwerer, als er es sich vorgestellt hatte, und fühlte sich kühl an. Handkalt. Sie sah recht betagt aus, schwarz mit braunem Griff und einem hohen Korn an der Mündung des schlanken Laufs. Sie sah aus wie eine Pistole in den Filmen über den Zweiten Weltkrieg. Keli saß noch immer still auf seinem Stuhl und glotzte in die Nebel und Alkoholschwaden, die ihn sicher dicht umgaben. Böddi fragte sich, wie ein dermaßen Betrunkener es fertigbrachte, seinen eigenen Schattenriß genau zwischen die Augen zu treffen.

»Sie haben Manni abgeholt. Sie sind gekommen und haben ihn mitgenommen«, brabbelte der Wirt und schien endlich Böddis Anwesenheit zu registrieren. »Sie haben ihn mit in die Stadt genommen. Sie wollen ihn vor Gericht stellen. Vor das oberste Gericht. Keine Gnade. Ich habe eine Polizeieskorte für ihn bestellt. Allein findet er sich doch nicht zurecht, da unten im Süden. Und ich habe ihm ein weißes Hemd geliehen. Eine Kochschürze vor dem *Højesteret!*«

»Möchtest du nicht mit nach oben kommen? Soll ich dir helfen?« fragte Böddi.

»Mich wollten sie als Zeugen laden. Keine Gnade. Ich habe gesagt, ich hätte was an den Augen. Glaukom. Alles, was ich sage, ist gelogen. Nimm du die Knarre, Böddi. Ich will sie nicht mehr sehen. Ich schieß mir noch den Schatten ab. Verstehst du?«

»Klar.«

»Nimm die Pistole! Geh mit ihr nach oben.«

»Okay.«

»*For helvede.* Ja, geh jetzt!«

Böddi setzte sich vorsichtig rückwärts in Bewegung und hielt dabei die Pistole linkisch umklammert wie eine Auszeichnung, die einem für die Rettung eines Menschenlebens verliehen wird. Als er die Bettwäsche an seinen Nacken streifen fühlte, drehte er sich um und stieg die Treppe hinauf. Bevor er das Erdgeschoß erreichte, steckte er die Pistole in die Jackentasche.

33

Blut und Wasser

Am Montag erschien Böddi zur Blutprobe. Wozu, Teufel noch mal, sollte das gut sein? Eine schmalnasige Frau mit steifgesprayten Haaren in einem kurzärmeligen weißen Kittel schlang ein Gummiband um Böðvars Oberarm und saugte ihm durch eine Nadel Blut ab.

»Du bekommst dann Bescheid.«

»Bescheid worüber? Was soll dieser ganze Mumpitz überhaupt?«

»Hat man denn …? Es ist wegen …« Die Krankenschwester mit der schmalen Nase verstummte, während sie in einem Formular blätterte, das vor ihr auf der Arbeitsfläche lag. »Es ist wegen der Vaterschaft.«

»Vaterschaft?« staunte Böddi verdattert und überzog seine völlig entgleisten Gesichtszüge mit einer sorgenvollen Miene.

»Ja. Albert Sturla, geboren sechster Januar. Ist das … Bist du nicht …?«

Böddi erhob sich von der Liege und krempelte die Ärmel herunter. Er trug ein lederbraunes Cordhemd, das an diesem Morgen ganz besonders ungebügelt aussah. Im Ausschnitt war ein weißes Unterhemd zu sehen.

»Doch. Ich bin … Er ist mein Sohn.«

»Gut. Es geht auch nur darum, daß die Mutter den Test beantragt hat. Das kommt oft vor in solchen Fällen.«

»In solchen Fällen?«

Böddi klang verletzt und blickte der Frau mit den farblosen Haaren tief in die Augen. Dabei bekam er den Eindruck, daß sie sich gerade weit außerhalb ihres Aufgabenbereichs äußerte. Sie mischte den gesamten Dorfklatsch in das Blut, das das Reagenzglas in ihren Händen füllte.

»Na ja, ist es denn etwa kein …«

»Kein was?«

»Ist es denn keine Frucht ungeklärter Verhältnisse?«

»Keine was? Frucht ungeklärter Verhältnisse? Was zum Teufel geht dich das an?« fauchte Böddi sie wütend an. »Was weißt du denn schon von der Sache? Und, *what the fuck*, welche Rolle spielt das schon?« Seine Wangen flammten auf und entfachten ein loderndes Feuer in seinen Augen.

»Ich versuche doch nur zu erkl…«

»Du redest irgendwelchen Scheiß über eine Sache, die dich nicht das geringste angeht. Ich bin der Vater dieses Kindes und damit basta. Es braucht keine beschissene Blutprobe, um das zu beweisen. Es war einfach nur Schicksal.«

»Schicksal?«

»Ja, genau. Aber das kapierst du natürlich nicht. Das ist etwas, das ihr Quacksalber und Technokraten nie begreift und nie begreifen werdet. Daß das Leben etwas viel Größeres ist, als ihr euch vorstellen könnt. Ich bin sein Vater, und damit Feierabend. Los, her damit!«

Böddi trat auf die Krankenschwester zu, riß ihr die Blutprobe aus der Hand und stürmte damit zur Tür hinaus.

Zwei Stunden lang lag er in seinem Zimmer Nr. 23 auf dem Bett, verwünschte das Krankenhaus und Dagga in Grund und Boden und schleuderte das Reagenzglas schließlich wütend aus dem gegenüberliegenden Fenster. Der Leuchtturm auf Landsendi zwinkerte ihm zu, und auf einmal hatte er das Gefühl, das ganze Land würde sich über ihn lustig machen. Die Schneefelder auf den Bergen von Blönduhlíð waren ein schneeweißes Hohnlachen.

»Verdammtes scheiß *fucking fuck, fuck!*«

Dann stürmte er die Treppe hinab und durch den Saal zum Küchengang und rief vom Telefon dort fünfmal Daggas Handynummer an. Natürlich hielt sich die Teilnehmerin außerhalb des Versorgungsgebiets auf. Und außerhalb jeglichen gesunden Menschenverstands. Schlief ihren Betäubungsmittelrausch mit Nähnarben auf der Seele. Verfluchte Eiskuh!

»Séra Pétur im Subaru, *fuck!*«

Die Touristensaison war offiziell eröffnet, aber entweder hatte Keli glatt übersehen, daß der Sommer in jedem Jahr wiederkam, oder er hatte vorausgesehen, daß er ausgerechnet in der Reisezeit ohne Mitarbeiter dastehen würde. Die Türen unten blieben jedenfalls geschlossen. Selbst Lára María bückte sich nicht mehr am Südende, um die Rechnungen durch das Bürofenster zu schieben. Böddi war allein im Haus. Der letzte Mohikaner in *Villa Nova*. Keli lag immerhin noch in seinem Zimmer, mit gräßlichen Kopfschmerzen und ohne Schatten.

Der Prophet saß allein im hinteren Saal und trank ein selbstgezapftes Bier. Gegen fünf rief endlich Dagga zurück. Ihre Stimme klang äußerst schwach.

»Böddi, ruhig. Nicht so aufgeregt. Wovon sprichst du überhaupt?«

»Wovon ich rede? Von dieser bescheuerten Blutprobe, zu der du mich einbestellt hast.«

»Ich habe dich zu keiner Blutprobe bestellt.«

»Ach nein? Heute morgen durfte ich jedenfalls im Krankenhaus zu einer absolut beschissenen Blutprobe antanzen, um zu beweisen, daß ich sein Vater bin! Das ist doch irrsinnig. Und sie behaupteten, du hättest den Test bestellt.«

»Ich? Ich weiß nicht einmal, wovon du sprichst.«

»He, ich bin sein Vater. Albert Sturla ist mein Sohn. Das brauche ich nicht …«

»Natürlich, Böddi. *Believe me*, ich habe dich nicht … Ich habe keinerlei Test beantragt.«

»Okay«, sagte Böddi und verbiß seine Wut. »Ich hab ihnen die Probe außerdem geklaut. Die Sache ist erledigt. Wann kommst du nach Hause? Du bist operiert worden?«

»Ja, heute morgen. Ich weiß nicht … Sie haben mir die Gebärmutter rausgenommen. Es ist … Ich fühle mich, als wäre ich tot *down there* oder als hätten sie … als ginge ich schwanger mit dem Tod oder so. Es fühlt sich gräßlich an. Allein schon zu telefonieren ist eine Anstrengung, wie hundert Kilo auf der Hantelbank zu stemmen.«

Eine Frau wie ein Berg lag halbtot in ein Laken gewickelt südlich des Hochlands und wisperte in ein Handy, das in ihrer Hand lag wie eine Miesmuschel in der Flosse eines Walrosses. Böddi glaubte ihr und überlegte, das Teströhrchen am Abend noch einmal als Ziel für Schießübungen zu benutzen. Er allein oben in der Grube für Motocross mit Kelis Knarre auf sein eigenes Blut zielend. Und damit wäre es tot.

Der Juni ging wie ein Herbstmonat herum, mit nördlichen Winden und sechs Grad Durchschnittstemperatur. In der Mittsommernacht schneite es in den Bergen. Es schien auf das hinauszulaufen, was Isländer einen »schneearmen Sommer« nannten. Eine bis zur Mitte der Hänge herabreichende eiskalte Wolkendecke hing tief über dem Fjord. Tag für Tag trug die Welt ein weißgraues Kleid mit grünem Saum. Und die Kälte schlug den Menschen aufs Gemüt. Sie kündigten an, zeitgemäß-modernes Umweltverhalten an den Nagel zu hängen und sich wieder älterer Verschmutzungspraktiken zu bedienen, wenn das nur den Treibhauseffekt endlich beschleunigen würde, der in diesem Teil der Welt noch immer auf sich warten ließ. Der Juli war etwas besser, aber ebenfalls unbeständig und stürmisch. Sonnenschein ging immer wieder schnell vorbei.

Böddi fiel weder viel Gescheites ein, noch unternahm er etwas Sinnvolles. Seine Welt befand sich in einer unerklärlichen Wartestellung. Dagbjört lag noch immer südlich des Sohns und westlich ihrer Gesundung. Albert Sturla lebte bei den Großeltern. Mitte Juni verschwand Keli aus dem Hotel, und Böddi blieb ganz allein in dem ehemals so populären Haus zurück. Als Zimmergast war er gekommen, peu à peu zum Mitarbeiter avanciert und wohnte mittlerweile darin wie der Eigentümer eines überaus großzügig dimensionierten Eigenheims. Ein Besitzer, der nichts besaß und einen Gläubiger nach dem anderen abwimmeln mußte. Das Telefon neben der Küche klingelte in regelmäßigen Abständen. Eines Abends bimmelte es eine Viertelstunde am Stück, und Böddi ließ sich mürbe machen und nahm den Hörer ab. Kelis Stimme am anderen Ende klang nüchtern. Er teilte ihm mit, er halte sich bei Anna auf und gedenke auch noch eine Weile dort zu bleiben, auf einem Hof ohne Vieh in Fljót am Nordufer des Fjords, der zu einer kleinen Pension mit Fremdenzimmern umgebaut werden sollte. Das war typisch für Kelis Leben: Immer tauchte irgendwo ein neues Schiff auf, wenn das alte gerade sank. Jedenfalls kam er immer trockenen Fußes durch die Sturzseen des Lebens.

»Es fehlt nur noch eine Lieferung Bier, und dann kann's losgehen. Sie kümmert sich ums Bettenmachen. Das kann sie gut. Übrigens, Böddi, du kannst meine Viagra-Pillen haben. Sie liegen im Sicherungskasten im Keller.«

Kurz nach dem Untertauchen des Hotelmanagers verlor das Hotel die Internetverbindung und Böddi die Verbindung mit sich selbst. Seine Blog-Seite verwandelte sich in ein Sommerhäuschen hinter einer unbefahrbaren Hochheide. Bald würden die Mäuse an ihr nagen. Er verlegte seine Koje nach unten, durchwühlte ein letztes Mal die Vorratskammer – ernährte sich drei Tage lang nur von hartem Kommißbrot – und bewegte sich doch die meiste Zeit nur zwischen Küche und Fernseher. Hölderlin lag unberührt oben im Zimmer wie eine aufgegebene Geige. Böddi machte sich klar, daß er sich auf dem besten Weg in den geistigen Bankrott befand. Er ertappte sich sogar dabei, vor dem kläglichen Unternehmen zu hocken, das das isländische Fernsehen als sein Sommerprogramm anbot. Er saß da und wartete wie eine alte Frau auf die Spätnachrichten: »Am Abend fanden zwei Spiele in der Fußballoberliga der Männer statt. Fram und Fylkir trafen im Laugardalsstadion aufeinander …« Zwei schlecht herausgespielte Torschüsse flogen ihm ins Gesicht, erkalteten als Eiswürfel in seiner Seele. Trotzdem tat er sich immer mehr davon an, wie ein Fettsüchtiger, der sich für sein Verfressensein damit bestrafte, daß er noch eine Lage fetten Speck mehr verdrückte, und er ließ sich sogar mit der Werbezeit quälen. Viddi war für eine neue Kampagne tätig und hämmerte seinem Bruder täglich in den Kopf: »Die Hausbauer. Uns ist nichts zu blöd!«

Eines Tages erinnerte sich Böddi seines Sohnes, wie sich ein

Junkie seiner Mutter entsinnt, und erwog, den Schulrektor anzurufen. Vielleicht hatten sie ja versucht, ihn zu erreichen. Vielleicht hatte Albert am Vorabend an die Tür geklopft. Schließlich rief er Dagga an und erfuhr gute Neuigkeiten: Gleich nach dem Wochenende sollte sie entlassen werden. Sie lag ihm in den Ohren, er solle den Kleinen unbedingt ausfahren, war geradezu konsterniert, daß Böddi nicht wieder in Birkihlíð vorbeigeschaut hatte und daß ihre Eltern keinen Kontakt zu ihm hielten.

»Na ja, eigentlich hat andauernd jemand angerufen. Aber immer jemand, der von Keli Geld wollte.«

»*I see*. Aber geh auf jeden Fall morgen hin. Ich werde Mama anrufen, damit sie Bescheid weiß. So gegen eins, halb zwei paßt es besonders gut. Dann schläft er.«

»Äh … okay.«

Der Meisterjeep parkte diesmal nicht in der Einfahrt, als Böddi den langen Zufahrtsschlauch erreichte. Für einen Moment erblickte er den Weihnachtsmann bäuchlings oben auf dem Dach. Er war mächtig in die Jahre gekommen und ebenso mächtig betrunken, trug sein klassisches Coca-Cola-Outfit und lachte hämisch auf ihn herab. Wer, zum Donnerwetter, war das denn? Böddi ging weiter auf das rote Eigenheim zu, das ihm auf einmal vollkommen fremd vorkam. Als er die Türklingel betätigte, rechnete er sogar damit, einen elektrischen Schlag zu bekommen. »Albert Einarsson, Aðalbjörg Sigurðardóttir, Fjóla Albertsdóttir« stand auf dem Klingelschild. Wer waren diese Menschen?

Aðalbjörg kam an die Tür, und Böddi brauchte eine Weile, ehe er sich bewußt wurde, daß die Großmutter seines Sohnes vor ihm stand. Er stieß sein Anliegen hervor, doch die Frau reagierte überraschend abweisend.

»Ja, ich bin informiert. Sie hat mich gestern abend angerufen. Der Kleine ist aber krank. Er macht heute keine Spazierfahrt im Wagen.«

»So?«

»Jawohl. Er ist … er hatte heute morgen hohes Fieber.«

»Aha«, machte Böddi mehr zu sich selbst und wollte sich schon verabschieden, besann sich dann jedoch eines anderen und sagte statt dessen: »Darf ich ... darf ich ihn vielleicht kurz sehen?«

Ein verlegener Ausdruck huschte über das Gesicht der Frau. Von Natur aus war sie überaus höflich, doch ganz augenscheinlich wollte sie Böddi keinesfalls in ihr Haus lassen. Sie klappte ein paarmal den Mund auf und zu, bis sie plötzlich hastig hervorstieß:

»Nein, das geht nicht. Auf Wiedersehen«, und die Tür zuschlug.

Auf dem Weg hinab in den Ort begegnete Böddi niemandem. Nur zwei Geländewagen mit schwarzem Heckaufbau überholten ihn auf der Skagfirðingabraut, rollten langsam die Straße entlang wie zwei Schweinehälften im Schlachthaus. Auf dem Zeltplatz am Schwimmbad war ein blondes Pärchen damit beschäftigt, einen Faltanhänger aufzustellen. Zwei Kinder standen dabei und besahen sich die Mühen ihrer Eltern. Aus dem offenen Jeep dröhnte ein übersprudelnd begeisterter Werbespot. Das Glück hat ihnen alles vergönnt, nur den Zweifel nicht, dieses Ungeheuer, mit dem ich fortwährend ringen muß, dachte Böddi außergewöhnlich hochtrabend. Die blondschöpfige Familie war braungebrannt, und alle hatten lange Beine in kurzen Hosen – offenbar waren sie in einem anderen Landesteil groß geworden. Hier war es dagegen bedeckt, dabei aber schön, wie so oft im Juli. Am Vormittag hatte es geregnet, und die Luft war frisch gewaschen und rein. Sie duftete nach Wasser und Erde. Böddi blickte zu den Bergen jenseits der Seen hinüber und ließ sich von ihrer Bläue das Innere wärmen. Die gesamte Gegend war vom Meer bis zu den Gipfeln durchnäßt, und alle Farben glänzten klar wie in Tränen gewaschene Gefühle.

Er ging die Aðalgata entlang. Die wenig ansehnlichen Häuser standen nicht in Reih und Glied entlang des Bürgersteigs aufgereiht, sondern sprangen eins hinter dem anderen vor wie neugierige Kinder, die sich an einem roten Teppich drängeln. Womöglich war in alten Zeiten einmal der dänische König hier entlanggeritten.

Böddi bereitete sich darauf vor, einen Blick durch das Schaufenster des Buchladens zu werfen, doch als er um die Ecke bog, schaute er aus alter Gewohnheit nach Nafir hinauf: Der Laubschmuck um *Kristjánshús* war noch immer so dicht, daß das Haus nicht zu sehen war.

Als er um die Hotelecke bog, stand dort mit eingezogenen Schultern ein Junge vor der Tür. Er trug eine schwarze Wollmütze, hielt einen hellen Umschlag in der Hand und schien darauf zu warten, daß jemand öffnete. Böddi ging, ohne ihn anzusehen, an ihm vorbei und sperrte mit einem alten Schlüssel die Tür auf.

»Moment mal, bist du nicht Böddi?« hörte er mit Piepsstimme hinter sich fragen.

Der Prophet war schon ins Haus getreten und drehte sich wortlos noch einmal um. Er kannte den Knaben. Er gehörte zu diesen Mützenmaskierten, die abends im Ort herumlungerten; die Hosensäume unter den Schuhsohlen, die Hände in knietiefen Taschen vergraben, auf die Augen herabgezogene Mützen in die Haare vernäht, als gingen sie zu einer Party in der Steinwollfabrik. Böddi ließ sich den Brief aushändigen. Es war ein Fensterumschlag vom Landratsamt. Der Bote trug ein schwarzes T-Shirt mit Flammenemblem und dem Logo der britischen Heavy-Metal-Gruppe *Iron Maiden*.

»Was denn, bist du jetzt der Postbote?« fragte Böddi.

»Nein, ich komme vom Landrat. Soll dir den Brief hier abgeben. Es ist ein Einschreiben.«

Böddi musterte den Umschlag, sah seinen Namen in dem Fenster und bekam auf einmal das wunderliche Gefühl, die Traueranzeige zur Beerdigung von Böðvar H. Steingrímsson, Hotel Villa Nova, Eyrarvegur 1, 550 Sauðárkrókur erhalten zu haben. Vielleicht auch deshalb, weil ihm von der Brust des Zustellers ein Gerippe in einer Mönchskutte mit einer erhobenen Sense entgegengrinste. Grün war es, bleckte spitze Zähne unter leeren Augenhöhlen zwischen den Worten *Iron* und *Maiden*.

Dahinter flackerte fröhlich das Höllenfeuer. Böddi betrachtete den albernen Mummenschanz und fragte etwas verwirrt: »Was? Du kommst also vom Landrat?«

»Ja«, antwortete der Junge mit brüchiger Stimme.

»Oh. Gut, in Ordnung«, erklärte Böddi unter zusammengezogenen Brauen, doch außergewöhnlich tolerant gegenüber der neuen Dienstkleidung des Landratsamts. Dann beugte er sich vor, um die Tür zu schließen. Der Junge blies sich die bis in die Augen hängende Tolle aus der Stirn, verabschiedete sich und trabte los. Böddi blieb zurück, mit einem böse rot entzündeten Haufen Pickel vor den Augen, die unter dem Pony zum Vorschein gekommen waren und die ihm ein seltsames Unbehagen verursachten.

Wie der letzte Sproß einer großen Dynastie, der ein laut widerhallendes Familienschloß geerbt hat, schritt er von der Lobby in den hinteren Saal. Dort legte er den Brief auf einen Tisch und warf sich auf einen Stuhl, drehte sich erst einmal eine Zigarette. Diese verhexte Alte! Was bildete sie sich eigentlich ein, ihm den Besuch seines eigenen Sohns zu verwehren. Sieben Wochen waren vergangen, seit er ihn das letzte Mal gesehen hatte; sieben Wochen seit ihren glücklichen gemeinsamen Tagen in Zimmer 23. Es war furchtbar. Böddi streckte sich nach dem Schreiben und legte die Zigarette weg. Der Rauch stieg dicht und aschegrau aus dem flaschengrünen Aschenbecher. Spontan hatte Böddi die Eingebung, das Feuerzeug unter das verdammte Schreiben zu halten und noch ein flackerndes Höllenfeuer zu veranstalten, aber er ließ es und riß statt dessen grob den Umschlag auf. Er faltete einen weißen DIN-A4-Bogen auseinander, las, griff unwillkürlich nach der Zigarette und nahm einen tiefen Zug, der ihn jedoch mit akuter Leseblindheit zu schlagen schien, denn er verstand nichts von dem, was er da las. Darum drückte er die Zigarette sorgfältig aus und begann noch einmal von vorn.

»Sauðárkrókur, den 17. Juli 2005

Der Landrat von Sauðárkrókur ist mit der Angelegenheit Klärung/ Feststellung der Vaterschaft in Sachen des Kindes, geboren am 6. Januar 2005, als dessen Vater Sie von der Mutter benannt wurden, befaßt worden.

Auf Antrag von Sjöfn Ingólfsdóttir, wohnhaft Bárustígur 13 in Sauðárkrókur, wurde im Pathologischen Institut der Forschungseinrichtungen der Universität Íslands eine genetische Analyse zur Feststellung der Vaterschaft am obgenannten Kind vorgenommen. Das Ergebnis liegt inzwischen vor. Laut Attest von Professor Guttormur Gíslason werden Sie als Vater des Kindes definitiv ausgeschlossen.

Dieses Ergebnis wird Ihnen hiermit offiziell bestätigt.

i.V. des Landrats im Skagafjörður
Hannes Páll Dungal, Sachbearbeiter

Anlage: Kopie des Attests von Professor Guttormur Gíslason«

Böddi legte das Schreiben beiseite, warf aber dann rasch noch einmal einen Blick darauf: Da stand »obgenannt«. Mußte es denn nicht »obengenannt« heißen? Nein, wahrscheinlich nicht. Das schoß ihm als erstes durch den Kopf. Der erste und letzte kleine Gedanke, ehe der große zuschlug. Wie jemand, der durch das Küchenfenster einen gewaltigen Erdrutsch auf sich zurasen sieht und erst einmal das Wasser abstellt, griff Böddi zunächst nach dieser Lapalie. Ehe die Lawine über ihm zusammenbrach.

34

Über allen Gipfeln

Böddi stand bei den Wellenbrechern vor dem Hotel und schaute aufs Meer hinaus. Ein Mann auf dem Lande, der keine Landsleute mehr hatte. Nur noch einen eingesalzenen Vater in der See.

Die Sommernacht war nicht ganz so hell, wie sie hätte sein können. Der August mit seiner beerenblauen Dämmerung rückte unaufhaltsam näher. Der Meeresspiegel aber war eine blankgebohnerte Fläche, jede Welle und jedes Kräuseln waren weggewischt. Es lag vollkommene Windstille über dem Skagafjörður. Und es machte den Eindruck, als sei jede Wetterbewegung aus der Gegend abgesaugt und in den Kopf eines einzigen Mannes gepustet worden. Auf Anordnung des Landrats. Eine schnaubende Atemfahne stand ihm vor den Nasenlöchern, festgewachsen wie eine Statue stand er vor dem Hotel und ging in Gedanken noch einmal die Gespräche durch, die er im Lauf des Tages und des Abends geführt hatte. Zuerst hatte er versucht, Dagga zu erreichen, und war ersatzweise über Hannes Páll Dungal hergefallen, der sich gerade in einer Anglerhütte auf der Arnarvatnsheiði aufhielt. Der Sachbearbeiter versicherte Böðvar, daß es mit dem Schreiben formal und sachlich seine Richtigkeit hatte. Es würden stets zwei Blutproben genommen, und auch wenn er die eine entwendet hätte, hätte die zweite doch ein unanfechtbares Ergebnis geliefert. »Die Probe war mit deinem Namen markiert, und alles wurde dreifach gecheckt, also …«

Später erreichte er dann endlich die Kindsmutter. Seine vermeintliche Kindsmutter. Sie fiel aus allen Wolken.

»Sjöfn Ingólfsdóttir? Das ist doch … Warte mal … Was macht sie … Böddi, *wait*. Ich ruf dich gleich zurück.«

Fünf Stunden später rief sie wieder an und heulte zwei Minuten lang ins Telefon, stammelte schluchzend Böddis Namen, ehe sie die vernichtende Tatsache bestätigte: Er war nicht der Vater. Nach allem. Albert Sturla war nicht sein Kind.

»Ich möchte sagen, ich ... Böddi ... Ich weiß, es ist ... Aber ich ... ich habe nicht einmal daran gedacht, daß ...«

»Wer ist diese Sjöfn?« fragte Böddi eiskalt.

»Sie ist ... Sie ist die Mutter von ... Á... Árni Valur.«

»Árni Valur?«

»Ja.«

Beide schwiegen eine ganze Minute lang. Die Telefonleitung zwischen ihnen kochte über die halbe Insel. Durch Hügel und über kahle Geröllflächen, über Flüsse und unter Straßen.

»Und ...«, brach Böddi das Schweigen. »Ist er dann der Vater?«

»J... ja«, gab Dagga unter großen Schmerzen zu und brach erneut in Tränen aus. Die starke Frau weinte wie eine kleine Maus mit kurzem, hektischem Schniefen.

»So eine Schei... Und ich hab geglaubt ... Ich meine ... Du ... Du hast also auch mit ihm gefickt?«

Dagga zog es vor, darauf nicht zu antworten, und schluchzte einfach weiter. Böddi bedauerte ein wenig, was ihm herausgerutscht war, und sagte etwas weniger harsch: »Du hast aber doch gesagt, ihr wärt nur Freunde.«

»Ich weiß«, schniefte Dagbjört.

»Ihr habt aber ... zusammen geschlafen?«

»Ja. Es war ... Ach, das war einfach nur so ... Ich dachte, es wäre nichts ... Und dann ... So, wie der drauf war ...«

»Wie war er denn drauf?«

»Ach, bloß ... Ich habe im Traum nicht damit gerechnet, daß ... Ich war mir einfach hundert Prozent sicher, daß du der Vater bist.«

Sie hatte aufgehört, zu weinen, zog die Nase hoch und riß sich nun gewaltig zusammen: »Böddi, ich habe in meinem innersten Inneren immer gehofft, daß du der Vater wärst. Etwas anderes durfte einfach nicht sein. Ich wollte, daß du der Vater bist.«

»So? Aber nur wollen genügt nicht«, sagte Böddi zornig.

»Nein, ich weiß. Aber ich habe es mir so sehr gewünscht.«

Böddi blieb eine Weile stumm, bis er fragte: »Warum?«

»Nun ja ... Du bist so ... Ich habe immer so viel Respekt vor dir gehabt, Böddi. Du bist so klug und ... Ich meine ...« Sie brach ab und nahm dann vor dem Folgenden einen neuen Anlauf: »Wir können aber doch trotzdem zusammensein ... oder nicht?«

Böddi starrte auf die fettschmierige Wand vor sich und den Kalender der Konsumgenossenschaft der Skagfirðinger, der im dreißigsten Jahr in Folge den Sonnenuntergang über Drangey zeigte. Nebenher hörte er, wie seine Atemzüge über Flüsse und unter Straßen entlanggetragen wurden. Auf einmal sah er ein altes Holzhaus in Reykjavíks Weststadt vor sich; glänzender Dielenfußboden, er selbst in der Küche, Dagga saß am Tisch und fütterte die beiden Kleinen, Albert Sturla und Árni Valur. Durch das Fenster war zu sehen, daß das Haus von einem Erdrutsch eingeschlossen war.

»Das ist doch, verflucht noch mal ... Leb wohl«, sagte er schließlich und knallte den Hörer auf.

Das Telefon klingelte im Anschluß zweimal, aber Böddi brachte es nicht über sich, noch einmal zu antworten. Er ging an die Bar und spendierte sich einen doppelten Whisky. Dazu drehte er sich ein ordentliches Rohr. Er nahm an einem schlecht besetzten Tisch in der Nähe des Ausgangs Platz, stierte durch die Scheiben zweier Glastüren auf die Giebelwand der Krabbenkocherei und auf den grünen Hang dahinter, ohne etwas anderes als Schwarz zu sehen. Im Lauf eines guten Jahres hatte er seine Arbeit verloren, seine Mutter, seine Liebe, sein Zuhause und nun auch noch seinen kleinen Sohn und dessen Mutter – die Frau, mit der er mutmaßlich zusammengezogen wäre.

Und jetzt verlor er allmählich den Mut.

Er stand am Ufer und prostete den Bergen zu. Wie von Herzen mitleidslos sie dastanden. Wie herzlich wenig Trost diese Nachtberge ausstrahlten. Die Natur ist ein karger Schutz. Ihre Schönheit heilt nicht die Wunden des Menschen. Nur Seelen leisten seelischen Beistand. Es schien ihm, als würden die Berge selbst Hilfe brauchen. Es sah so aus, als würden sie sich dort von den fernen Hochheiden bis zu den Landzungen anstellen und darauf warten, ins Wasser zu kommen.

Ein paar stahlharte Schläge hallten vom Hafen herüber, und aus dem Ort waren durchdrehende Reifen auf Schotter zu hören. Dann wurde es still über der Gegend. Die Bäume standen ebenso unbewegt in den Gärten wie die Häuser, das Laub fixiert wie auf einem Bild. Auf dem Wasser davor schwamm eine Eiderente mit vier herangewachsenen Jungen wie von einer unbekannten und unsichtbaren Kraft angetrieben. Kurz hinter ihnen trieb der Erpel und hatte den Schnabel unter das Gefieder gesteckt. So sah er aus, als hätte ihm jemand den Kopf abgebissen. Weiter draußen schwebten zwei Möwen auf reglos ausgespannten Schwingen dicht über dem Meeresspiegel. Ihr Spiegelbild folgte ihnen wie ein Schatten über das blanke Wasser, doch aufgrund ihrer Schnelligkeit konnte es sich keine große Genauigkeit erlauben und wirkte darum mehr wie eine zittrige Bleistiftskizze. Es war nach Mitternacht, doch Böddi stand noch immer reglos wie ein Baum vor dem Hotel. Wie ein sprechender Baum. Wie in Trance murmelte er vor sich hin:

Über allen Gipfeln
Ist Ruh,
Nach allen Winden
ruht die Nacht
Wie ein Quell im Moos;
Die Vögelein schweigen im Wiesengrund.
Warte nur, balde
Ruhest du auch.

Er verstummte und ließ noch einmal an den Ohren vorüberziehen, was seine Zunge geformt hatte. Der ehemalige Deutschlehrer brauchte eine Weile, ehe ihm bewußt wurde, daß er soeben ganz spontan Goethes bekanntestes Gedicht in einer neuen Übersetzung von sich gegeben hatte. Wie war das passiert? Es existierten etliche schlechte Übersetzungen dieses kurzen Gedichts, in seinen Berliner Jahren hatte Böddi sie sämtlich gelesen und versprochen, es einmal besser zu machen. Vier schwülheiße Nächte am Stück hatte er den Biergarten zugunsten eines Versuchs geopfert, der nie aufging. Bis jetzt. Und woher kam das? Wie kam es, daß er erst jetzt, an seinem tiefsten Punkt, den langersehnten Zugang zu *Wandrers Nachtlied* gefunden hatte? Diese so unangestrengte geniale Schöpfung des alten Mannes, die vermutlich zum bekanntesten Gedicht der Weltliteratur geworden war, hatte Böddi sein halbes Leben begleitet. In Wartesälen, in Bahnhöfen und auf Wanderungen hatte er es wie ein Mantra vor sich hin gemurmelt, darauf gekaut, es im Mund zergehen lassen, alles in der Hoffnung, irgendwann einmal die passenden Worte auf der isländischen Seite dazu zu finden. Aber früher war es ihm nie gelungen. Erst jetzt. Warum? Vielleicht lag die Erklärung darin, daß er hier selbst lange genug still und unbewegt auf der Erde unter dem Himmel gestanden hatte, vor einer Fjordfüllung unbewegt stiller See. Reglos wie ein Baum – *»eine laubgrüne Harfe in den Händen von Licht und Dunkelheit«,* so hatte es Hallgrímur Pétursson einmal formuliert. Vielleicht.

Böðvar Halldór blieb noch weitere fünfzehn Minuten am Ufer stehen, bis er sich in seinem Zimmer wiederfand, wo er den Rest der Nacht, ohne sich zu rühren, auf seinem Bett saß und weder rauchte noch trank. Wie ein Quell im Moos. Miststück. Blöde Kuh. Verfluchte Seekuh. *Diese verdammte Cola-Kuh!* Wie hatte er nur so blöd sein können, dieser schlampigen Fotze zu trauen?! Wie, um alles in der Welt, hatte er sie nur beim Wort nehmen (»Du bist der Vater«) und sich so um den kleinen Krott kümmern können, den rotgeschwollenen Schreihals mit seinem quadratischen Haschschädel, diese Mißgeburt aus Árni Valurs lahmen Lenden. Diesem rückenmarksgeschädigten Farbverschmierer. Oh, wie gemein war dieses Leben, das ihn in dieses Netz verstrickt hatte! Und die Frau Mama hatte einen Vaterschaftstest bestellt. Hatte die Gelegenheit von Daggas Abwesenheit genutzt, während der ihr die Folgen und Nachwirkungen entfernt wurden. Sjöfn Ingólfsdóttir. Hörte sich an wie der

Name einer abgetakelten Schlagersängerin. Einer Lala-Heulsuse. Vielleicht hatte sie von vornherein etwas geargwöhnt. Hoffnungen gehegt. Vielleicht, vielleicht. Womöglich war ihr auch zu Ohren gekommen, wie man mit dem Kleinen auf der Party umgesprungen war. Gehört, daß man ihr Enkelkind als Show-Einlage zum Anheizen eines wilden Gelages mißbraucht hatte; daß der falsche Vater den Kleinen ins wüste Leben hinausgezerrt und ihm Bier ins Fläschchen getan hatte. Wann mochte die blöde Seekuh mit diesem Haschhund ins Bett gegangen sein? Vor oder nach der Nummer bei der Reithalle? Man mußte sich mal vorstellen, daß er, Böddi, nur wenige Tage später diesem Affenarsch das Leben gerettet und ihn aus dem Grab noch in den Rollstuhl gehievt hatte. Daß er sich für diesen bärtigen Schattenwerfer in Gefahr begeben hatte. Natürlich hatte ihn nur deshalb die taghelle Dagbjört zum Vater auserkoren. Einen behinderten Kindsvater hatte sie nicht haben wollen. Schwierig auf die Dauer. Da war ja Böddi noch besser. Diese geile Riesenmöse! Jetzt büßte sie ihre Lügen mit den Eierstökken.

Nach dieser Flutwelle von Gedanken war Böddi erschöpft und warf sich rücklings aufs Bett. Durch die Bewegung wirbelte alter Bodensatz in seinem Kopf auf. Er sprang mit wutverzerrter Miene aus dem Bett, stürmte die Treppe hinab in den Gang zur Küche, riß fast das Wandtelefon aus der Verankerung und wählte hektisch Daggas Handynummer. Nach siebzehnmal Klingeln ging sie ran.

»Der hieß doch Sturla!«

»Was ist los?«

»Der Typ, der bei dem Autounfall umgekommen ist, hieß, verdammt noch mal, Sturla! Ein Verwandter von Árni Valur. Sturla hieß der. *Fuck you*, Dagga! *Fuck you for good*, du verdammte Hure!«

Damit legte er auf und stampfte durch beide Säle, auf die Bühne, zwischen allen Tischen hindurch, fluchte bei jedem Schritt, warf Stühle um – ein roter, Rauch spuckender Feuerball auf schmalen Schultern – und spuckte am Ende gegen die zum

Meer weisende Fensterscheibe. Der Flatschen rutschte langsam fjordabwärts, während Böddi ihm den Rücken kehrte und auf ein leeres Whiskyglas losging, das auf dem Tisch neben der Tür zur Lobby stand. Mit entsprechendem Klirren flog es zu Boden. Es war das Letzte, es war absolut unverzeihlich: Die blöde Kuh hatte ihm Hörner aufgesetzt. Warum hatte er das bloß nicht eher geschnallt? Sturla Stefánsson, enger Freund von Árni Valur, drei Tore hatte er gegen die Stólar gemacht, auswärts bei FH, aber man hatte ihm verziehen, weil er selbst aus Krókur stammte, dem beschränkten, schafsblöden Krókur. Er befand sich auf geradem Weg in die Juniorennationalmannschaft, als er auf dem Weg nach Norden bei Vatnsskarð, den Führerschein frisch verschweißt in der Plastikfolie, die Kontrolle über sein Auto verlor. Na klar. Sicher. Sie hatte es Árni Valur und den andern zuliebe getan. Natürlich wußte sie die ganze Zeit über genau, wer der Vater war. Sie hatte sich bloß nicht einen Wochenendpapi im Rollstuhl ans Bein binden wollen. Darum hatte sie Böddi auserkoren, ihn auf ihr Spielfeld gewinkt, an Stelle dessen, der vom Platz getragen worden war. Er, Böðvar, war ein *Ersatzvater*. Und hatte als solcher sechs Monate lang funktioniert, bis er jetzt rot sah.

Böddi drehte sich um und blickte in den vorderen Raum, auf den Heizkörper unter dem Fenster, das zum Meer zeigte. Dort hatte der Anstreicher in seinem Blut gelegen. Wenn er es nur zugelassen hätte, daß Manni das Arschloch massakrierte! Dann würde man ihn sicher noch immer als Alberts Vater gelten lassen. Dann hätte er die Täuschung bis zu Ende mitgespielt wie ein argloses Männchen. Hätte er dagegen früher eingegriffen, wäre er nie ihm Leben als Vater eingewechselt worden. Árni Valur hätte Gesundheit und Kind behalten. Das Leben war eine hochkomplizierte Schachpartie. Jede einzelne Sekunde enthielt den richtigen Zug und den falschen. Alles, was wir taten, war von Bedeutung. Noch die kleinste Entscheidung, die wir fällten, jede winzige Sekunde unseres Lebens bildete einen mächtigen Markstein auf dem Weg zu unserer Begegnung mit dem Schicksal.

ES GIBT KEINEN ZUFALL. Weil es den Willen gibt.

Böddis Zorn verdunstete wie Alkohol: langsam und zäh. Schließlich schleppte er sich wieder in sein Zimmer hinauf, warf sich dort aufs Bett, ohne die Tür zu schließen, und fiel angezogen in einen unruhigen Schlaf. Kurze Zeit später klingelte unten das Telefon. Beim vierzehnten Läuten fuhr Böddi auf wie ein frisch Begrabener und fühlte sofort, daß er bei einem gräßlichen Unfall in den Labors der Universität seinen Sohn verloren hatte. Professor Guttormur Gíslason hatte ihn dort übers Wochenende vergessen. Am Montagmorgen war er, bereits kalt, aufgefunden worden. Albert Sturla ... Albert Sturla Böðvarsson Árnason Dagbjartarson. Zu seiner eigenen Überraschung und seinem nicht geringen Schrecken stellte Böddi fest, daß er ihn vermißte. Er vermißte seinen Sohn, der nicht mehr sein Sohn war, sondern der Sohn einer Frau, mit der er ein paarmal sein Glied ummantelt hatte, und eines Mannes, der den gleichen Weg geritten war. Die Liebe war eine Illusion. Blutig gefärbtes Wasser. Verschwinde, Albert Sturla, hau ab! Sieh zu, daß du Land gewinnst! Komm bei Vatnsskarð von der Straße ab, kleiner Stöpsel am Steuer!

Böddi wälzte sich aus dem Bett hinaus auf den Flur, sah durch das Fenster an seinem Ende, daß man auf dem Faxatorg ein großes Denkmal errichtet hatte. Es überragte die Filiale der Bank, das Gemeindebüro und die umliegenden Häuser und stellte nichts weiter dar als einen Säugling in Windeln. Albert junior in Bronze gegossen. Doppelt so hoch wie der Kirchturm und doppelt so breit wie der Öltank draußen auf dem Kai. Um diese Statue vom Sockel zu stürzen, war der Einmarsch der Amerikaner erforderlich. Als Böddi zum zweiten Mal nach draußen schaute, war die Invasion schon gelaufen. Was für Sinnestäuschungen saß er mittlerweile auf? Weihnachtsmänner und Riesenbabys. Was ging hier vor? Er trabte nach unten und holte sich ein Glas Wasser. Das Telefon klingelte zum wiederholten Mal. Die Uhr am Küchenherd zeigte 04:32. Böddi zögerte. Die Uhr sprang um. 04:33. Böddi nahm den Hörer ab. Es war Dagga, die aber mit Kelis Stimme sprach und sich sternhagelvoll anhörte.

»Böddi? He, Böddi, bist du's? Ist jemand gekommen?«

»Nein.«

»Das ist gut. Jetzt paß mal auf, dieses verrückte Weib hat mich ausgesperrt. Ich bin hier ...«

»Liegst du auf der Straße?«

»Wie? Nein, nein. Ich bin noch bei Anna, aber die Alte ist vollkommen durchgedreht. Ich muß heute nacht im Auto pennen. Keine Gnade. Aber hör mal, Böddi. Gleich kommt ein Hannes bei dir an. Hannes Finnsson von der KB-Bank. Er kommt zu Pferd. Auf meinem guten alten Jarpur. Sie kommen von einem Ritt um die Halbinsel. Haben bei mir Pferde gemietet, und dieser Hannes muß um neun sein Flugzeug kriegen.«

»Was?«

»Ja, diese Bankmenschen haben es immer eilig. Er muß um neun nach Akureyri. Das Pferd wird er bei dir im Hotel abgeben. Nimm es, und bring es in den Stall. Du weißt, die Stallungen draußen. Flosi ist da und wird sich um ihn kümmern. Es ist der letzte Stall auf der Südseite. Hast du alles mitbekommen? Der hinterste Stall.«

»Wie ... Ich kann mit Pferden nicht umgehen.«

»Blödsinn! Du reitest doch bei jeder Gelegenheit. Hast überhaupt noch einen gut bei mir. Du hast mich letztens wirklich gerettet. Das nächste Mal nehme ich dich mit. Keine Gnade. Und hinterher darfst du die Anna vögeln. Die ist total scharf auf dich. Ich begreife ja nicht, wieso, aber sie behauptet es. Soll mich am Arsch lecken. He, hast du kapiert? Der letzte Stall auf der südlichen Seite. Flosi ist da und nimmt ihn dir ab. Flosi von Mæja. Der kann mit ihm umgehen.«

Böddi stand wie betäubt am Apparat und legte nicht eher auf, als bis er sicher war, daß er nicht geträumt hatte. Oder Dagga ihm einen Bären aufband. Daß es wirklich Keli war, der ihn angerufen und die Ankunft eines Pferdes avisiert hatte. Dann schlurfte er die Treppe hinauf in den Aufenthaltsraum und schaltete den Fernseher ein. Unter laut dröhnender Musik nach Sendeschluß schlief er unruhig, bis er von unten Rufe hörte.

Hannes war eingetroffen, ein verkniffener, anmaßender Typ um die fünfzig mit kreisrundem Gesicht und einem Kinnbart um den kleinen Mund. Rinnsale von Schweiß strömten unter dem harten, wildlederbezogenen Reithelm herab. Der Mann darunter schien eine Glatze zu haben. Seine Backen waren weinrot, und er hielt eine Gerte in der Hand. Böddi kam die Treppe herabgelatscht und musterte die Reitkleidung des Mannes wie ein Karnevalskostüm, bis er von ihm präzise Anweisungen erhielt. Seine Worte schossen wie Pfeile aus dem Dunst von Schweiß und Alkohol hervor, der den kleingewachsenen Mann einhüllte. Hannes gehörte augenscheinlich der Sorte Bankiers an, die die Privatisierung und die Aktiengeneration beiseite geschoben hatte, ein unter der Protektion der Fortschrittspartei groß gewordener Funktionär einer staatseigenen Bank alter Schule. Mittlerweile innerhalb der Bank kaltgestellt, aber noch immer von der Würde seines Postens durchdrungen, sobald er aufs Land kam; ein König jeder Reittour und jedes Angelausflugs, diesen Hauptkampfplätzen des Wirtschaftslebens im ehemaligen Island.

Böddi registrierte, daß der Boden rund um den Reiter von Glasscherben übersät war, als wäre er ein dreister Einbrecher, der kaum seinen Fuß auf den Boden gesetzt hatte, als er den Hausbesitzern auch schon Kommandos erteilte. Er winkte Böddi mit sich auf Socken auf den morgenkalten Bürgersteig hinaus, wo er ihm die Zügel des schweißnassen Jarpur in die Hand drückte. Flockiger Schaum umhüllte die Trense in den Maulwinkeln, und der Sattel dampfte von der nächtelangen Arschmassage. Vier weitere Reiter saßen auf ihren Pferden nahe der Straße geparkt und hielten je ein weiteres am Führzügel. Sie erinnerten an die Bauern mit ihren Lastpferdtrecks auf alten Fotos im Heimatmuseum, waren aber garantiert allesamt eingefleischte United-Fans. Ihr Anführer verabschiedete sie und sein Pferd und verschwand dann in einem silbergrauen japanischen Van, der ihn auf dem Parkplatz erwartete. Ein junger Mann saß am Steuer und fuhr sofort los. Einer aus der Reitertruppe winkte Böddi, der mit dem erschöpften Jarpur am Zügel dastand wie der Stallbursche des Hotels. Der Zossen schüttelte den Kopf und schnaubte. Ein langer, glänzender Schaumfaden tropfte von seinen pelzdicken Lippen auf den trockenen Boden. Im Osten sickerten goldene Sonnenstrahlen durch die wollgraue Wolkendecke über den blauen Bergen.

35

Ein Knall

Ganz langsam ritt Böddi in die Ansammlung von Pferdeställen, die östlich der Reithalle lagen; vier Reihen niedriger Gebäude in verschiedenen Farben, die einem nach Mist duftenden Reihenhausviertel glichen. Jarpur war nach dem nächtlichen Ausritt vollkommen erschöpft und trottete mit dem zugehörigen Hufgeklapper im Schritt die Schotterstraße entlang. Seine Müdigkeit war sogar größer als das Heimweh nach dem Stall. Ein überaus ruhiger Julimorgen bescherte der Gegend windstilles Wetter, und der Windanzeiger am Flugplatz erinnerte wieder einmal an ein benutztes Kondom. Dennoch war die Luft kühl; Böddi hatte seinen schwarzen Anorak für den kurzen Ritt geholt und war in ein Paar mattschwarzer Gummistiefel geschlüpft, die in der Lobby standen und wahrscheinlich Keli gehörten.

Am letzten Stall auf der Südseite glitt er aus dem Sattel und schlang den Zügel um das Eisengitter, das den Auslauf vor dem Stall begrenzte. Jarpur warf plötzlich den Kopf, um die Trense in seinem schaumtriefenden Maul loszuwerden, und er schnaubte noch einmal. Böddi klopfte an die schmutzige Tür und drückte die verschlossene Klinke. Hier war kein Flosi, hier war überhaupt niemand. Die Stallungen schienen menschenleer zu sein und überwiegend auch pferdeleer. Natürlich war kaum ein Klepper zu Hause, zu dieser Jahreszeit. Da hatte sich Keli mal wieder etwas ausgedacht! Oder hätte er bis um die Mittagszeit warten sollen? Böddi überlegte, Jarpur einfach so stehen zu lassen, doch dann bemerkte er einen Mann, der ihm aus dem verwilderten Streifen zwischen Stallungen und Flugplatz zuwinkte. Er war vielleicht 500 Meter entfernt. Vielleicht war es Mæjas Flosi, der gerade in einem Sumpfloch des Borgarmýri versank. Böddi ergriff die Zügel und schwang sich in den Sattel.

Jarpur empfand das als unerhörte Zumutung und versuchte immer wieder umzudrehen, doch Böddi war sturer als jedes Pferd.

Die Sonne stieg aus der Wolldecke und schliff in einem einzigen Augenblick Tausende von Tauperlen. Sie leuchteten im Gras auf wie die Straßenlaternen einer Graselfenmetropole.

Der im Moor festsitzende Mæja-Flosi erwies sich als Jói Hallgríms auf seinem ATV. Trotzdem steckte er im Sumpf fest: Am Rand eines kleinen Tümpels war er mit seinem Fahrzeug in knietiefen Schwemmsand geraten. Das sandige Ufer rund um den Teich glänzte in der Morgensonne wie die Tartanbahn eines Stadions. Einem Dummkopf mochte sie wie eine perfekte Piste für seinen kleinen Flitzer vorkommen. Jói hielt sich noch auf seinem Ding, stand aufrecht auf den Rasten, steckte aber bis zu den Knöcheln in schwarzem Modder. Die Hinterräder waren ebenfalls eingesunken und drehten leer wie eine originelle Maschine zur Schlammförderung.

»Hi! Könntest du mir mal helfen? Ich stecke fest«, grinste Jói gequält mit hoffnungsvollem Augenausdruck und bebendem Doppelkinn durch den Motorenlärm.

Böddi hatte sein Pferd auf der kniehohen Grasböschung um den Tümpel angehalten. Er sah, daß der Mann mit dem Doppelkinn einen gehoben hatte. Er trug einen roten Trainingsanzug, der mit Schlamm bespritzt war. Die Jacke stand offen, und auf der Plauze darunter prangte auf einem grauen T-Shirt der Schriftzug: *Shell – Mit dir auf all deinen Wegen*. Böddi sah von seinem hohen Roß voller Verachtung auf ihn herab und empfand ein Verlangen, irgend etwas nach ihm zu werfen. Er griff mit der Rechten in die Tasche und stieß zu seiner eigenen Überraschung auf einen Gegenstand. Er erschrak, als ihm klar wurde, daß es sich um Kelis Knarre handelte. Sie steckte noch immer in seinem Anorak.

Das Erschrecken auf Böddis Gesicht ging sehr schnell auf das des Vierradfahrers über, als der Erstgenannte die Hand aus seiner Tasche zog und eine Pistole auf ihn richtete. Jóis Reaktion bestand darin, sich sofort auf den schmutzigen Sitz fallen zu lassen und den Lenker zu umklammern. Dabei drehte er unwillkürlich am Gasgriff und gab dermaßen Gas, daß der Motor laut aufheulte und die Hinterreifen durchdrehend eine hohe Dreckfontäne in den Himmel spritzten, die den Fahrer von oben bis unten einsaute. Selbst Jarpur bekam noch ein paar Brocken ab und scheute. Böddi bekam ihn wieder unter Kontrolle und richtete die Pistole erneut auf Jói. Der Motor drehte nahe dem Siedepunkt, weißer Rauch stieg unter dem Fahrer auf, der, fest in den Matsch gepreßt, wie am Spieß brüllte:

»Nein, nicht, ich flehe dich an!«

Böddi zielte genauer und drückte ab. Der Motor starb mit einem langgezogenen Pfeifen. Die Räder drehten langsamer, bis sie im Matsch steckenblieben. Jói glotzte Böddi entgeistert an und wurde schlagartig nüchtern.

Jarpur hatte einen Satz zur Seite gemacht, als ihm die Kugel um die Ohren pfiff, und den Reiter um ein Haar abgeworfen. Er konnte sich soeben noch im Sattel halten und steckte die Pistole in die Anoraktasche wie ein geübter Revolverheld. Dann ritt er davon.

Der Knall dröhnte dem Propheten noch ihn den Ohren, während er ein wenig benommen durchs Gelände ritt. Was war passiert? Er hatte abgedrückt. Er hatte einen Schuß aus einer Pistole abgefeuert. Er hatte einen kompletten Motor umgebracht. Fast einen Menschen. Böddi war völlig taub und hatte das Gefühl, seine Trommelfelle würden vibrieren wie die Verkleidung von Lautsprecherboxen. Der Knall füllte sein Denken aus und echote ihm durch die Seele. Daraus ergab sich ein ganz neues und für ihn fremdes Gefühl. Etwas war weg. Etwas war geplatzt. In Jahrzehnten hatte ihn das System nach und nach aufgepumpt mit dieser *Inhaltsleere,* die jeder Mensch braucht, um überhaupt mit anderen auskommen und in der Gesellschaft funktionieren zu können, genauso wie ein Reifen Luft braucht, um rollen zu können. Doch jetzt hatte sich etwas ereignet. Böddi hatte ein Loch in den Schlauch geschossen. Jetzt lief er auf der Felge. Das wenige Weiche, das an ihm war, war entwichen. Er war jetzt ein Mann ohne Verpackung. Der harte Kern lag bloß. Und als Jarpur nun ohne weitere Aufmunterung von allein den Ställen zutrabte und die Ortschaft das Blickfeld des Reiters ausfüllte, erkannte er: dieser Ort war nicht länger der seine. Sein altes Leben war zu Ende. Jetzt kam das Finale.

Und plötzlich erschien ihm ein kleiner blonder Junge, sauber wassergekämmt, in einem weißen Hemd mit Schleife. Gerade aufgerichtet stand er auf einem Wiesenhöcker im Gelände, zeigte nach Süden und schien etwas sagen zu wollen, war aber schon wieder verschwunden, ehe er ein Wort herausbrachte. Trotzdem war der Hinweis bei Böddi angekommen, er lenkte das Pferd vom Teich und den Stallungen weg nach Süden. Er ritt quer durch das sumpfige Heidegelände und erreichte schon bald die Landstraße 75, die Straße, die aus dem Ort hinausführte. Wo wollte er hin? Er wußte es selbst nicht, aber er wußte, daß ihm das Schicksal irgendwo hinter den sieben Bergen seine Schicksalsstunde bereitet hatte. Und diesem Ruf mußte er Folge leisten.

Er holperte auf den Felgen die Straße entlang. Sein Pferd trug ihn an dem gelben Schild vorbei, das in seinem Rücken eine Ortssilhouette zeigte und die Aufschrift *Sauðárkrókur*. Jarpur blickte sich zweimal um, Böddi nicht einmal.

36

Schrottland

Reiter waren auf den Straßen im Skagafjörður ein vertrauter Anblick, und so drehte sich niemand nach einem Mann in schwarzem Anorak auf einem braunen Pferd um, auch wenn er auf dem Grünstreifen dicht neben der Fahrbahn ritt. Zwei glänzende Autos überholten Böddi, und ein großer Truck kam ihm auf seinem Weg nach Varmahlíð mit entsprechender Luftdruckwelle entgegen. Der Pistolenknall war noch nicht aus seinem Kopf gewichen, und er fühlte sich auf seinem Ritt durch den Bezirk wie ein Held. Wenn man tief genug bohrte, fand sich sogar ein gewisses Hochgefühl im Bewußtsein der Waffe in seiner Tasche und des Umstands, daß er sie mit so durchschlagendem Erfolg eingesetzt hatte. Er hatte auf die Mitte der Motorhaube gezielt, kaum zwanzig Zentimeter von Jói Hallgríms Zeugungsorgan entfernt. Anfängerglück? Im Grunde bedauerte er es, diesem feist grinsenden Idioten, der besoffen in der eigenen Scheiße quirlte und vorn und hinten mit Werbeaufschriften bepflastert war, nicht eine zweite Kugel in sein wabbelndes Doppelkinn verpaßt zu haben. Er rechnete halbwegs damit, bald von einem weißen Auto mit Blaulicht auf dem Dach eingeholt zu werden, das vor ihm abbremsen und ihn auffordern würde, mit seinem Pferd rechts ran zu reiten. Jói war wohl kaum ohne Handy unterwegs.

Jarpur war nach wie vor müde nach seinem nächtlichen Einsatz, und Böddi konnte ihm ruhig die Zügel hingeben, um sich eine zu drehen. Als er sich auf seinem Rücken Feuer gab, blieb der Zossen allerdings stehen und weigerte sich mit angelegten Ohren, auch nur einen Schritt weiter zu gehen. Das Vieh schien entschieden etwas gegen Feuer zu haben und war nicht einen Fuß vorwärts zu bewegen, solange sein Reiter an der Kippe saugte. Er ging sogar dazu über, ohne Unterlaß den Kopf zu werfen, bis Böddi entnervt aufgab und die halbgerauchte Zigarette ins Gras schnippte. Da endlich töltete das Biest los. Und ich habe immer geglaubt, das Skagafjord-Pferd an sich wäre kooperativer als der Teufel, dachte Böddi und erinnerte sich all der braven Reittiere, denen er selbst dabei zugesehen hatte, wie sie ihre sinnlos betrunkenen Herrchen zuvorkommend vor der Haustür abgeliefert hatten. Aber vielleicht gab es ein neues Gesetz, das Rauchen im Sattel untersagte.

Böddi hatte ein wenig die Übersicht verloren und wunderte sich, wie wenig Verkehr herrschte. War es etwa Sonntagvormittag? Das Wetter konnte besser nicht sein. Die Sonne hatte die letzten Wolkenfetzen abgeschüttelt und stieg ihrem Zenit direkt über den Gipfeln im hintersten Teil des Fjords entgegen. Als endlich die kleine Häuseransammlung von Varmahlíð in Sicht kam, verspürte Böddi Hunger. Als wären die Häuser eßbar. Er wünschte Dagga und Árni Valur noch ein weiteres Mal zum Teufel und bog dann mit seinem Pferd auf den ölfleckenübersäten Platz vor der Raststätte im Besitz der Genossenschaft ein. Ein paar Autos standen auf dem Parkplatz, zwei an der Tankstelle. Eins von ihnen war ein weißer Lieferwagen. Der Fahrer, ein älterer Mann mit Elvistolle, stand an der Zapfsäule und tankte, während er sich mit einem anderen unterhielt, der auffallend herausgeputzt war, mit weißem Hemd und Smoking. Ausdruckslos beobachteten die beiden, wie Böddi auf den Plan ritt. Er erkannte sie sogleich. Abgesehen von seinem Bruder waren sie die Stars der Gegend: Der King of Rock'n' Roll, Geirmundur, und der Schmalztenor Óskar Pétursson, der Elvis und der Bocelli des Skagafjörður. Der eine von einer Party kommend, der andere auf dem Weg zu einem Konzert. Wie ein nächtlicher Troll, der selbst noch das Sternenlicht scheut, ritt der bin Laden des Skagafjörður zwischen Lieferwagen und Rasthaus an ihnen vorbei und tat, als würde er sie nicht sehen. Ohne aufzublicken trabte Böddi bis zum Waschplatz, der südlich hinter dem Gebäude lag. Der Platz war leer, Böddi stieg ab, schlang den Zügel um ein Wasserrohr, das auf einer niedrigen Steinmauer montiert war, und wartete, bis die beiden Männer davongefahren waren. Dann betrat er das Grillimperium. Die Raststätte war eines der größten Imbißrestaurants an der gesamten Ringstraße um die Insel und beherbergte zudem einen kleinen Supermarkt.

Böddi litt an so etwas wie einer Imbiß-Phobie im fortgeschrittenen Stadium und hatte seit seiner Rückkehr nach Island kaum mehr einen größeren Laden betreten. Er hatte seitdem in Hotels gelebt, bei seiner Mutter und bei Keli. Das bißchen, das er einkaufte, holte er bei Árni Var. Und dessen Geschäft war nicht mehr als ein echter Kramladen. Das Phänomen der isländischen Konsumgesellschaft kannte Böddi bloß vom Hörensagen, aus der Werbung und dem Gerede der Leute. Auf T-Shirts hatte er davon gelesen. Er hatte im Windschatten des Konsumwahns gelebt, ohne Fernsehen und Telefon in seinem alten Zuhause am Meer. Jetzt sah er diesen Irrsinn zum ersten Mal mit eigenen Augen. Und erst jetzt trat er in die Gesellschaft ein.

Gitarrengeschepper erfüllte zusammen mit schwachem Grillschweiß die Luft. *»Throw your ass in the air / I'm on fire down there.«* Dabei war es noch nicht einmal zwölf. Der Gottesdienst noch nicht zu Ende. Zwei unförmig dicke Mädchen in rocklangen Vliespullis – dieser neuen Nationaltracht des Landes – kamen ihm über den hellglänzenden Fußboden entgegen. Die eine trug eine Zweiliterflasche Cola, die andere zwei Tüten mit Kartoffelchips. Das übliche Mittagessen noch bei den Eltern wohnender Teenager. An einem Tisch saß ein ehrenwertes älteres Paar und pickte Pommes von fast geleerten Tellern. Am nächsten ein weiteres, zwei Exemplare der leberwurstgrauen Landbevölkerung, die so auf ihre Inneneinrichtung fixiert waren, daß sie keinen Gedanken an ihr Aussehen verschwendeten. Wie zwei leichenblasse Gespenster hockten sie da in Klamotten, die ebensogut Bettwäsche hätten sein können, und starrten vor sich hin. Sie mit Kaffee in einer kleinen Tasse und er mit einem in Plastikfolie gewickelten Stapel Sandwiches, den er mit baumelnder Hand über die Tischplatte hängen ließ.

Geradeaus öffnete sich der Supermarkt wie ein hell erleuchtetes Gewächshaus, zur Linken das Eßlokal mit einem plärrenden Fernseher in der Ecke. *»Throw your jugs in the air / Like you just don't care!«* Rechts befand sich die Theke, chromblitzend, über Eck gebaut; der eine Schenkel zur Bedienung im Laden – hundert Artikel im Regal, ein Kessel heiße Würstchen, Softeis-Maschine und Kasse –, der andere für das Restaurant. Vor ausladenden Grillflächen und sprudelnden Friteusen stand eine aus dem Leim gegangene Landpomeranze mit ihrer halbwüchsigen Tochter und erklärte lauthals: »Nein, heute abend habe ich keinen Bock, zu kochen.« Sie sprach zu sich selbst, zur Tochter, zum gesamten Restaurant und zu der mehlweißen Bedienung, die in roter Schürze hinter der Theke abwartete. »Ich nehme zweimal das Hamburger-Angebot mit Cocktailsoße, Cola light und einen Schokomilchshake.« Bauch und Schenkel der Tochter kündeten davon, daß ihre Mutter die letzten vierzehn Jahre keinen Bock gehabt hatte, zu kochen. Außerdem ließ der stiere Blick des Mädchens erkennen, daß es sich im Knabberzeugkoma befand. Mit einem tödlich übersättigten Gesichtsausdruck schielte es über die Mammutschulter der Mutter auf den Mann im schwarzen Anorak, der in uralten Stiefeln durch den Raum stakste wie Skugga-Svein, der wiederauferstandene Outlaw.

Mit großen Augen blickte er sich um.

Gerade kam ein sechsjähriger kleiner Stöpsel von den Spielautomaten bei den Toiletten an ihm vorbeigelaufen und rannte zu seinen Eltern an der Ladenkasse, um sich Kleingeld für den münzbetriebenen Rennwagen zu holen. Neben diesem Wundergerät stand ein dicklicher Junge in engem T-Shirt mit einer bunten Pistole in der Hand und ballerte nacktschenkelige Kämpfer über den Haufen, die immer wieder neu auf dem grobkörnigen Bildschirm mit dem Titel *Virtual Cop* erschienen. Böddi malte sich einen dritten Vergnügungsapparat neben den beiden anderen aus: einen kleinen Vergewaltigungssimulator, in dem sich junge Kerle an geilen alten Omis vergehen durften, für ein 50-Kronen-Stück aus dem Portemonnaie von Mami und Papi.

Von den Toiletten kam eine respektable Landfrau in einem

übergroßen schwarzen Shirt mit dem Schriftzug der amerikanischen Gruppe *KISS*.

Böddi war nahezu erschlagen von diesem Konsumtempel, der auch noch die niedrigsten Bedürfnisse des Menschen zu befriedigen schien. Diesem *Schrottland*. Er war so etwas wie ein Besucher aus einer anderen Welt, aus einer anderen Zeit. Und staunte wie ein solcher über das, was er hier erblickte. Um das kulturelle Niveau der Nation, auf das er in den letzten Jahren so wütend eingedroschen hatte, war es noch viel schlimmer bestellt, als er es sich hatte vorstellen können. Das hier war wahrlich ein Ort der Unkultur, dachte Böddi und fand nun endlich das Wort, nach dem er so lange gesucht hatte, das Wort, das diese hemmungslose Jagd nach Materiellem ausdrückte, von der die ganze Gesellschaft besessen war, ein Wort, das ihm den Materialismus besser einzufangen schien als der Begriff selbst: Das *Munddenken*. Hier stand er in einem Heiligtum oralen Denkens. Hier ging alles durch den Mund ein und durch das andere Ende wieder heraus. Hier standen die Menschen mit offenen Mündern vor überbordenden Regalen. Hier standen sie und glotzten sogar mit offenem Mund auf Videos und nahmen Popmusik durch den Mund auf. Hier war der Mund das ein und alles und verfehlte doch eine seiner wesentlichen Bestimmungen: Hier machte niemand den Mund auf, um zu reden. Hierher kamen die Menschen lediglich, um sich aufzugeilen, um sich mit Musik, Fraß und Filmen vollzustopfen. Um Eis und Finger abzuschlekken. Um Würstchen zu verdrücken und Naschzeug zu mampfen. Um sich mit Cola abzufüllen, mit Autorennen und Bonbons. Um Saft und Sirup zu schlürfen. Um Benzin, Kaffee und Cocktailsoße aufzuschlabbern. Um ihre Vliespullover mit fettzellenvermehrendem Schaumgummi aufzuplustern und sich mit der ewig fortschreitenden Zuckerkrankheit zu infizieren.

Nichts, aber auch gar nichts zeugte hier davon, daß die ganze Gegend erfüllt war von Geschichten, Sagas, Liedern und Gesängen, von Stegreifdichtkunst und Reiterkünsten, einer *spezifisch isländischen Kultur*. Hier waren all diese Besonderheiten weggeputzt worden zugunsten einer »Atmosphäre« oder einer »Anmutung«, die aus den seelenlosen Malls der USA übernommen worden waren. Hier regierte bloß die Unkultur, Trash, Müll, Schrott allerorten. Und was das abartigste an all dem war: es gab hier nicht einen gescheiten Bissen zu essen.

»Habt ihr Fleischsuppe?« fragte Böddi über das Grillende der Ladentheke.

»Fleischsuppe? Nein«, antwortete das mehlweiße Mädel mit den videoblauen Ringen unter den Augen.

»Aber gekochtes Fleisch?«

»Nö.«

»Kein warmes Essen?«

»Hamburger und Sandwich.«

»Nur Hamburger?«

»Und Chickenburger.«

»Etwas Kaltes dann. Schwarzbrot mit Käse … und *Skyr*?«

Das Mädchen gab keine Antwort mehr, sondern grinste bloß über die abwegige Frage und besah sich diesen seltsamen Vogel, der es offenbar ernst meinte.

Wie alles andere im Fjord betrieb die Genossenschaft auch diesen Laden. Hier hatten Kommunismus und Kapitalismus ihre größten Mängel zusammengelegt. Hier war nur eins im Angebot: Das, was die Freiheit verordnete. Böddi opferte den Idealismus dem Hunger und saß wenig später im Schnellrestaurant über einem Gericht, das sich Hamburger nannte, aber bloß nach einem aufgetoasteten Brötchen schmeckte. Daran war an sich wenig auszusetzen. Er hatte schließlich nach Brot gefragt. Er kaute auf der Grillbulette und schob sich zwischendurch blaßgelbe Kartoffelstäbchen in den Mund. An einem Pfeiler nahe dem Ausgang entdeckte Böddi einen kleingeratenen Kaugummiautomaten. Wenn alles nicht mehr half, mußte er ihm die Scheibe einschlagen, um wenigstens das stärkste Kaubedürfnis zu stillen.

Nach der Mahlzeit ging er in den Supermarkttrakt hinüber und bekam den nächsten Schock. Zwei von sechs Regalreihen waren mit Süßkram bestückt, eine dritte mit Keksen und Knabberzeug. Die Abteilung mit Erfrischungsgetränken war bedeutend umfangreicher als das Kühlregal mit Milchprodukten, und selbst das war noch mit allem möglichen Mist gefüllt. Hier bekam man weder guten Käse noch genießbaren Schinken, aber dafür zum Ausgleich etwas, das sich »Schinkenkäse« schimpfte. »Baconkäse«, »Paprikakäse« und »Krabbenkäse«. Kelis Viagra-Eis hätte sich hier perfekt eingefügt. Und an Stelle der wundervollen traditionellen Quarkspeise *Skyr* gab es neuerdings *»Trinkjoghurt Smoothie«*. Die Leute mußten sich nicht länger damit abplagen, einen Löffel zu benutzen. In allen Regalen suchte Böddi nach »Trinkkäse Funky« von der Konsumgenossenschaft im Eyjafjörður, fand ihn aber nicht. Statt dessen entdeckte er die »Sauermilch mit Karamellgeschmack« des heimischen *KS* und resignierte. Mit Sicherheit konsumierte seine Schwester Skulda solchen Zuckerbrei zu jeder Mahlzeit. Sollten jemals Kannibalen Varmahlíð überfallen, würden sie den Karamellgeschmack in ihrem Fleisch herausschmecken.

Zwei bucklige Frauen in Übergröße mit rückenlangem Haar und offenstehenden Mündern schoben gemächlich ihre Einkaufswagen Richtung Kasse. Die Körbe gefüllt mit Kartoffelchips und Zweiliterpullen Cola. Coke-Kühe, dachte Böddi. Sanft schaukelnde Coke-Kühe auf Klauenschuhen. Mit Sicherheit käme *Diet Coke* aus ihren Brüsten.

Die Dummheit, die einem hier aus jedem Winkel entgegenschlug, war grenzenlos.

Böddi stand unter Kulturschock. Er war tief bestürzt. Er sah, daß das Volk, dem er sich zugerechnet hatte, in einem völlig anderen Land lebte als er. Er war der Rokländer unter Schrotten. Er sah Menschen, die draußen auf dem Bürgersteig ihr kulturelles Erbe austraten und dann hier die hygienisch rein spiegelnden Fliesen betraten, die keinerlei Geschichte aufwiesen. Er sah Menschen, die jegliche Würde verloren hatten. Er sah Leute, die sich nicht länger zu kleiden verstanden, die bloß einen Reißverschluß hochzogen und losstapften. Auf Hausschuhen. Er sah Bauern mit *Pepsi-Max*, Gelegenheitsdichter mit *Haribo*, Provinzfürsten mit einer »Tüte Gemischtes«. Er sah eine zum Platzen fette Plebs, die nicht die leiseste Ahnung hatte, wie sie diesen Umfang erreichen konnte. Er sah absolut kulturloses Pack. Vergammelnden Wohlstandspöbel.

Und draußen vor den Fenstern standen die Berge voller alter Vorgeschichte, die Schluchten und Klüfte von Geistern bewohnt. Lachse winkten mit ihren Flossen aus den Kolken der Bäche, und duftende Blumen lächelten an ihren Uferbänken. Kartoffeln lagen in der Erde. Auf Weiden wandelten Kühe Halme in Butter um, und Vögel boten Gesang dar. Talentierte Stimmen wuchsen unter jedem Giebel heran.

Island war ein gedeckter Tisch, den die Isländer stehenließen zugunsten eines Haufen Mülls aus Konservierungsmitteln in sämtlichen Regenbogenfarben.

Auf dem Weg nach draußen lief er seiner Schwester in die Arme. Skulda nahm sich hier besser aus als zu Hause im Wohnzimmer von *Rokland*. Hier war sie zu Hause. Eine echte Schrottländerin. Im ersten Moment war Böddi überzeugt, sie würde auch nicht Isländisch sprechen, und er begrüßte sie mit einem »Hi«, was er sonst nie tat. Gleichzeitig umklammerte er fest die Pistole in seiner Jackentasche.

»Nein, Böddi, hi! Was machst du denn hier? Bist du auf dem Weg in die Stadt?« fragte sie, die Großmutterbrille fest im Gesicht verkeilt. Die schmalen Drahtbügel schnitten in das Fett der Wangen, das bis zu den Schläfen hinaufreichte, wie die Fäden um einen Rollbraten.

»Jj...aaa«, stotterte Böddi und überraschte sich selbst mit dieser Auskunft. Er hatte sich noch mit keinem Gedanken klar gemacht, daß er sich auf dem Weg nach Reykjavík befand. Aber vermutlich tat er das. Es wurde ihm in dem Augenblick bewußt, in dem er es aussprach. Es war vermutlich genau die Art, in der sich das Schicksal mitteilte.

»Aha? Und was willst du da?«

Böddi überlegte einen Moment, während er eine weitere Cola-Kuh dabei beobachtete, wie sie mit einer schwarzen Großflasche in der Hand über den Parkplatz stürmte.

»Eine Revolution«, antwortete er schließlich mit düster zusammengezogenen Brauen.

Skulda stieß ein schwesterliches Lachen aus und rubbelte ihm gutmütig den Oberarm. (Böddi erstarrte, denn es war die Hand, mit der er die Pistole hielt.) Dann sagte sie:

»Au ja, das wird auch höchste Zeit. Okay, wir sehen uns, mein Lieber. Wir bleiben in Kontakt. Fahr vorsichtig!«

Er sah ihr nach, wie sie zur Ladentheke hinüberwatschelte, die feist-breiten Schultern in einem grauen Vliespullover, der ihr bis über den Hintern reichte und ihre federbettdicken Schenkel umschmeichelte, die in etwas gezwängt waren, das nach knielangen, hautengen Unterhosen aussah. Sie schlenkerte mit der rechten Hand, die ein prall gefülltes Portemonnaie hielt, und bei diesem Anblick erinnerte sie ihren Bruder an eine jener ehemaligen hormonbehandelten DDR-Sportlerinnen, die gerade mit ihrem Diskus in den Ring trat. Seine Schwester. Auch sie eine lebende Inkarnation von Wohlstand und Fettlebe. Was für ein Grauen! Böddi blickte sich um und sah lauter Menschen, denen man zu Hilfe kommen mußte. Hier mußte etwas geschehen und zwar bald. Er mußte seine Nachbarn und Landsleute vor geistiger Verarmung und leiblicher Überfütterung retten. Sonst würden sie mit totem Blick, offenem Mund und geblähten Bäuchen bis zum Jüngsten Tag hier verdämmern. Er steckte noch einmal die Hand in die Tasche und machte sich klar, daß er die Waffe gefunden hatte. Das Schicksal hatte sie ihm in die Hand gelegt. Diese Pistole in seiner Jackentasche war das einzige, was dieses Volk noch retten konnte. Bald würden ihm Pistolenschüsse um die Ohren pfeifen, Schüsse, die es aus dem Bannfluch der Zeit aufschrecken und befreien würden, genauso wie der Knall, der ihn selbst vor kurzem erst geweckt hatte. Wenn er das nächste Mal von der Revolution spräche, würde seine Schwester nicht mehr lachen. Ja. Eine Revolution war notwendig. Zur Hölle mit diesem vermaledeiten System, das Menschen in ausgestopfte Schweine mit aufgerissenen Mündern verwandelte.

Als er den Waschplatz erreichte, hatte Jarpur den Zügel so weit an der Wasserleitung entlanggeschoben, daß er eine Mülltonne an ihrem Ende umwerfen konnte. Müllbeutel, Umschläge und aufgerissene Verpackungen lagen auf dem Asphalt verstreut. Das Pferd hatte eine rote Tüte mit Chips von *Maarud* unter dem rechten Vorderhuf und leckte eifrig daran. Böddi blieb wie angewurzelt stehen und sah sich das seltsame Schauspiel an. Hier war wahrhaftig ein gefährlicher Ort. Selbst hochkultivierte Pferde stürzten hier sogleich auf Snackniveau ab. Böddi stellte sich noch ein paar wichtige Fragen und wiederholte die Antwort, die er seiner Schwester gegeben hatte, sowie den Schwur, den er sich selbst geleistet hatte. Dann verschwand er noch einmal kurz im Laden, um für sich und sein Pferd Proviant für den Ritt zu besorgen.

37

Ein britischer Abend

Böddi war durch den Mund ins System eingetreten und begab sich nun tiefer in dessen Verdauungstrakt hinein. Der große Bauch wartete südlich der Hochheiden auf ihn. Dort, wo er seinen Coup landen wollte. Dann würde sich zeigen, auf welchem Weg er wieder aus dem System herauskäme, ob ihn die Gesellschaft lieber auswürgen oder durch das untere Ende ausscheiden wollte.

Der Tag ging zu Ende, und die Berge an den Ufern des Fjords liefen unter dem Nordhimmel aus wie eine bluesige Liedzeile. Über ihnen färbte die Sonne den Westen apfelsinengelb mit ein paar roten Wolkenstreifen und einigen blaugrauen Schleiern gemischt. Im Vordergrund der Szenerie erhob sich eine Schule. Im klobigen Betonstil der achtziger Jahre gebaut, bildete sie einen düsteren Schattenriß vor dem Abendrot und ähnelte einer Fuge in einer zu schwermütigen Tonart. Hinter einer hölzernen Trennwand waren die Stimmen von Kindern im Schwimmbad zu hören. Böddi wünschte sich nur noch ein Zimmer und Frieden für seinen durchgewalkten Hintern und die Schenkel. Wie ein o-beiniger Bauer mit Rheuma in den Knochen und sonnengerötetem Gesicht stiefelte er zur Tür herein. Jarpur hatte er einfach mit lose hängenden Zügeln auf dem Parkplatz, einer Art Verkehrsinsel mit vier Fahnenmasten und einer windschiefen Laterne, stehen gelassen. Der müde Zossen würde nach zwölfstündigem Ritt unter zwei verschiedenen Reitern von der Spitze der Halbinsel Skagi nach Varmahlíð und von dort westwärts hinüber nach Húnavellir freiwillig keinen Schritt mehr tun. Böddi staunte über die Ausdauer dieses alten Kleppers, den Keli früher nie erwähnt hatte. Er zeigte Jarpur seine Dankbarkeit, indem er die *Maaruds*-Tüte aufriß und ihm die Chips ins Gras streute.

In den Sommerferien nannte sich das Internat von Húnavellir Hotel Edda. Der sechseckige Eingangsbereich trug klobige sechseckige Oberlichter. Zwei der Wände waren mit kräftig bunten Gemälden bedeckt, Illustrationen aus der *Vatnsdals saga*: ein Brand, schwerterschwingende Männer, auf Stengen gespießte Pferdeschädel. Ein schüchternes Mädchen mit piepsiger Stimme stellte dem Sattelmüden ein Zimmer mit bezogenem Bett oder ohne Bettwäsche zur Auswahl. Böddi hatte nicht einmal eine Zahnbürste bei sich, geschweige denn einen Schlafsack, und entschied sich darum für ein gemachtes Bett. Das glatte lange Haar wehte leicht um die Wangen des Mädchens wie eine Gardine am offenen Fenster, während es etwas in den Computer tippte, und Böddi sprang sogleich an: Sie war von einer vornehm bleichen, dezenten Schönheit wie ein verschleierter Tag über einer stillen Landschaft, und ihre Unaufdringlichkeit schrie geradezu nach Aufmerksamkeit. Sie hatte all ihre Schiffe so hoch aufs Ufer gezogen, daß es einen Mann wie Böddi geradezu in den Fingern juckte, sie wieder zu Wasser zu lassen. Außerdem nahm er ihre Zurückhaltung natürlich als Zeichen von Intelligenz und war sicher, daß sie in den Wartezeiten, während derer sie einmal nicht Gäste mit der Maus auf Zimmer verteilte, hinter der Tür der Rezeption in den Hängen von Thomas Manns *Zauberberg* kletterte. Nachdem sie Böddi den Schlüssel ausgehändigt hatte, blieb er einfach am Counter stehen und sah sie an. Sie überspielte die Situation, indem sie um den Computer herum Ordnung schaffte, bis sie ihn schließlich mit einem schwachen Schnauben anlächelte, das nach Katzenschnurren klang.

»Sag mal … wie weit bist du eigentlich schon gekommen?« erkundigte sich Böddi eine Spur zu laut und mit einem Blick, der eine Spur zu interessiert guckte.

»Wie bitte? Was meinst du?«

»Du liest doch bestimmt den Zauberberg, oder etwa nicht?« fragte er so entschieden, daß es ihr das Lächeln verschlug.

»Zauber … was? Nein.«

»Nicht? Warum nicht?«

Sie sah ihn an wie ein verschrecktes Küken, ehe sie durch die plastikverkleidete Tür hinter der Rezeption flüchtete. Böddi blieb mit dem Schlüssel in der Hand zurück und guckte eine Weile belemmert die Tür an, ehe er seinen Blick zu dem Wandgemälde daneben wandern ließ, von dem ihm ein schwarzer Pferdeschädel auf einer Stange aus leeren Augenhöhlen entgegenstarrte.

Er hatte das Zimmer 101. Im Erdgeschoß. Dort zog er Anorak und Stiefel aus und ging noch einmal nach vorn, steckte sein zu einer Grimasse verzogenes Gesicht in den Speisesaal, den ihm das Mädchen im nördlichen Flügel gezeigt hatte: ein langer Raum mit Fenstern auf einer Seite. Soßenbraune Gardinen dämpften das Sonnenlicht und bewegten sich langsam vor den geöffneten Fenstern. Englische Touristen saßen an dem Tisch in der Saalmitte. Böddi gefiel die Atmosphäre nicht. Einer der Gruppenreisenden, ein älterer Mann in der Mitte des Tischs, hatte sich erhoben und richtete im Namen der Gruppe eine Dankesrede an drei breit grinsende Isländer am Ende der Tafel. In der Wand hinter ihnen befand sich eine Durchreiche zur Küche, und darüber hing ein Bild des Präsidenten. Der Redner hatte weißes Haar und ein rotes Gesicht, dazu trug er einen goldgelben Pullover, als wollte er damit zum Ausdruck bringen, daß er sich seit dreißig Jahren in der Sonne aufhielt. Wieder und wieder brachte er die gleichen Phrasen an. Alles war *»tremendously interesting«* oder *»of tremendous interest«*. Seine Reisegenossen, meist ältere und offenbar gut betuchte britische Bürger, schlossen dazu die Augen und bekundeten mit freundlichem Lächeln und Nicken ihre Zustimmung. Einige der Frauen hatten sich ihre Strickjacken wie Stolen um die Schultern gehängt.

Am liebsten hätte Böddi gleich wieder kehrtgemacht, aber sein Hunger war stärker, und so ging er mit verkniffenem Gesicht an den Engländern vorbei. Aus seiner Antipathie machte er kein Hehl. Auf seiner Blog-Seite hatte er oft genug zum Ausdruck gebracht, wie sehr er diese liebenswürdige Nation verachtete.

»Seit wann sind wir denn Angehörige des Britischen Empires, wie? Warum aber lassen wir uns dann wie dahergelaufene BBC-Inder von ihrer dusseligen Rockmusik, ihrer Begeisterung für Ballspiele, ihrer Zauberlehrlingsliteratur, Krimiserien von der Länge der Chinesischen Mauer und Bettgeschichten häßlicher Leute einlullen? Gehört die unsere zu den Britischen Inseln? Sind wir in Beckhams Arschbacken eintätowiert? Wenn der Ami Deutsch als Landessprache gewählt hätte, würden die unscheinbaren Typen von *Coldplay* immer noch in Kohlegruben schuften, und Tony Blair hätte mit viel Glück das politische Gewicht eines Schack Schirack. Möge unser Tycoon Baugur Baugsson dieses Land schlucken, das so klein ist, daß es sich groß nennt.«

Außer daß er die Rotnasen dort am Tisch per se verachtete, ekelte ihn die schleimige Lobhudelei ebenso an wie die stupide Gruppenmentalität, die er aus jedem Gesicht leuchten zu sehen meinte. Als Jünger Nietzsches gab es für ihn kaum Verächtlicheres als Herdenmenschen. In Wahrheit war Böðvar Halldór ein beinharter Individualist, obwohl er die Vertreter einer Partei mit entsprechendem Programm nie gewählt hätte. »Wenn die Fortschrittspartei ein Haufen Banditen ist, dann ist die Unabhängigkeitspartei eine Schauspieltruppe, die uns seit mehr als hundert elenden Jahren zum Narren hält. Sie hat nie für die Freiheit des einzelnen gekämpft, immer nur für die Freiheit einzelner.«

In der Fensterreihe waren sämtliche Tische frei, und Böddi ließ sich an einem von ihnen nieder. Sein Hunger verlangte nach einem Diner mit drei Gängen und einer Flasche Rotwein, sein Geldbeutel erwärmte sich eher für die Suppe des Tages. Eine unangenehm lang aufgeschossene Kellnerin mit roten Haaren nahm die Bestellung der letzteren entgegen und nickte lächelnd dazu. Draußen streichelte die Abendbrise das kurzgemähte Gras um ein hellblaues Schwimmbecken und einen sechseckigen Hot Pot. Eine fette Amsel hüpfte mit ruckenden Bewegungen am Beckenrand entlang, und auf der Fensterbank lag eine tote Fliege und reckte die Beine in die Luft. Hoch oben an der gegenüberliegenden Wand hingen die Klassenfotos der Schule. Aufnahmen aus der Mückenperspektive von Schülern, die die strahlend helle Intelligenz des Schulleiters umschwärmten.

Die Kellnerin kam zurück und servierte die Suppe; sagte dazu auch »guten Appetit«, obwohl ihr vollkommen bewußt war, daß ein solcher Wunsch bei diesem merkwürdigen Gast irgendwie fehl am Platz sein mußte. Böddi reagierte auch bloß mit einem Augenaufschlag, erschrak aber gehörig, als er plötzlich Lára Marías Gesicht vor sich sah.

Die Rothaarige spürte sein Erschrecken und fragte: »Stimmt etwas nicht? Du hattest doch die Tagessuppe bestellt, oder?«

»Wie heißt du?« fragte Böddi zurück.

»Ich?« lächelte das Mädchen. »Ich heiße Vigdís Ósk.«

»Vigdís Ósk?«

»Ja.«

»Du lügst.«

»Nein«, lachte sie verlegen und mit einem verunsicherten Blick. »Ich wünsche guten Appetit.«

Böddi blieb allein zurück und schimpfte in die Suppe:

»Hinterhältige Lügerei, verfluchte!«

In der Mitte des Speisesaals war der Brite im gelben Pullover noch immer dabei, Island und die Isländer, die Landschaft und die Einstellung der Menschen über den grünen Klee zu loben. Außer den bereits erwähnten Adjektiven verwendete er vor allem zwei so urbritische Wörter wie *chap* und *jolly*, die nicht dem Englisch angehörten, das die Welt sprach. Darum klang seine Rede auch wie eine Persiflage jener Sprache, die doch seine eigene sein mußte. England hatte der Welt das Englische geschenkt, doch die Welt hatte nur die primitivsten Teile davon aufgegriffen, wie ein Kind, das einen ganzen Palast erbt, aber nur draußen im Sandkasten spielt. Das Ergebnis war so etwas wie »Eurenglisch«, eine praktische Flughafensprache, die idiotensicher, aber auch völlig witzlos war. Gleichwohl war es derart verbreitet, daß die altehrwürdige Sprache der Royals sich außerhalb Englands heutzutage ein bißchen bescheuert anhörte.

»On the whole it has been the most delightful experience. Tremen-

dously interesting, I dare say«, schloß der Redner und nahm unter dem Applaus seiner Mitreisenden Platz.

Es bräuchte schon ein paar Atomkatastrophenwinter, um den Tommies ihre Höflichkeit auszutreiben, dachte Böddi, war aber doch gut genug im Antik-Englischen zu Hause, um die Enttäuschung aus den Schlußworten des Sprechers herauszuhören. Die Gruppe war offenbar in absolutem Sauwetter unterwegs gewesen und hatte eine geschlagene Woche hinter den Busfenstern nichts als dichtesten Nebel gesehen, sich in den Schlammtöpfen von Námaskarð die Pfoten verbrannt, am Dettifoss die Gräten gebrochen, und war schließlich mit dem Familientreffen einer Trinkersippe zusammen in ein Sommerhotel gesperrt worden. Aber egal, wie übel das Land seinen Besuchern auch mitspielte, stets verabschiedeten sie sich geradezu überschwenglich positiv. Vor kurzem wäre es fast im Weltsicherheitsrat offiziell festgehalten worden, daß Island ein großartiges Land war. Das Klischee vom »coolen« Island war mit Zustimmung der Vereinten Nationen ein für allemal festgeschrieben worden, und niemand unterstand sich, daran zu rütteln, egal wie kalt dieses »Coole« auch ausfallen mochte.

Böddi schlabberte die Suppe in sich hinein und beäugte mit Spargelgeschmack im Mund die Bingosklaven am anderen Tisch. Zwei liebreizende alte Scharteken aus den Midlands mit flappendem Hängekinn warfen ihm ihr bezauberndstes Lächeln zu, während sie sich erhoben und ihre Handtaschen schulterten. Der Prophet verzog das Gesicht zur Antwort und dachte mit Bedauern daran, daß er seine geladene Pistole im Zimmer gelassen hatte. Nach und nach verließen die Rentenempfänger unter lautem Gequake den Saal wie eine Schar Watvögel: vorragende Brüste und Bäuche über dünnen Stelzen. Viele der Frauen trugen lange dunkelblaue Blazer mit vergoldeten Knöpfen und Schulterpolstern, als wollten sie die Tatsache, daß sie die Wechseljahre hinter sich hatten und sich nicht mehr der sexuell aktiven Bevölkerung zurechneten, damit unterstreichen, daß sie Männerkleidung anlegten.

Böddi blieb allein im Speisesaal zurück.

Bis plötzlich Dagga und Árni Valur auftauchten und sämtliche Tische besetzten, immer schön einander gegenüber und mit einer brennenden Kerze zwischen sich. Siebzehn romantische Tête-à-têtes zählte Böddi um sich herum, bis Keli in der Durchreiche zur Küche erschien und in ein schlecht ausgesteuertes Mikrophon sprach: »Meine Damen und Herren, erlauben Sie mir, Ihnen das Kind des Abends vorzustellen: Albert Sturla Árnason. Er möchte uns ein paar sorgsam ausgewählte Lieder vorsingen. Es begleitet ihn Séra Pétur Sigurfinnsson auf seiner geweihten Gitarre. Keine Gnade.«

Die Paare an den Tischen drehten sich alle der Küchentür zu und applaudierten unisono. Albert Sturla stieß die Schwingtür auf und trat in Socken auf. Er sah mindestens nach dreißig aus, Spitzbauch und gelichtete Haare, die schlechte Haut und die Bartstoppeln seines Vaters. Er lächelte verlegen, errötete bis über beide Ohren und fing an zu singen: »Als ich am Morgen erwachte …«

Er klang wie ein Zimmermann beim Karaoke. Séra Pétur dagegen konnte mit seiner Gitarre umgehen. Er war nach wie vor erst dreizehn, saß blond und sauber gekämmt im schwarzen Anzug mit weißem Hemd und dunkler Schleife auf einem Stuhl. Böddi wurde übel von dem Geträller, und er war froh, nicht der Vater dieses singenden Fettsacks zu sein, der da hinten am Ende des Speisesaals so peinlich die Klappe aufriß. Plötzlich sprang der Prophet auf, schritt rasch zum Nachbartisch hinüber und pustete das Öllämpchen aus, das dort auf einem niedrigen Ständer brannte. Das gleiche Spiel wiederholte er an den beiden nächsten Tischen und stand gerade im Begriff, dem vierten Tisch das Licht auszublasen, als Vigdís Ósk überraschend durch die Pendeltür trat. Sie blieb stehen und beobachtete das seltsame Treiben des Mannes auf Socken. Böddi nahm keine Notiz von ihr und fuhr mit seinen Löscharbeiten fort.

»Entschuldigung … aber was machst du da, wenn ich fragen darf?«

Böddi fuhr herum, sagte vollkommen ernst: »Die hier müssen gelöscht werden«, und wandte sich der nächsten Lampe zu.

»Ja, nein. Die Kerzen sollen eigentlich an sein«, erklärte die rothaarige Kellnerin und ging auf Böddi zu. »Wir erwarten noch eine zweite Gruppe.«

»Das ist keine Liebe«, verkündete Böddi.

»Was sagst du?«

Sie kam an seinen Tisch, zog ein Feuerzeug aus der Rocktasche und hielt die Flamme an das Lämpchen, das Böddi gerade ausgepustet hatte.

»Es ist keine Liebe zwischen ihnen. Außerdem ist der verdammte Idiot ein Kuckucksei«, fuhr Böddi fort und sah das Mädchen streng an.

Die Rothaarige baute sich vor ihm auf und sah ihn von oben bis unten an. Sie war etwas größer als er und ließ ihren Blick über sein zerknittertes Hemd zum Hosenbund hinabwandern. Böddi hatte die Gewohnheit, seine Hemden fest in die Hose zu stopfen und den Gürtel ziemlich hoch über der Hüfte festzuzurren. Daher wies seine schwarze Jeans Hochwasser auf.

»Wovon faselst du eigentlich?« fragte sie und verließ damit endgültig die Rolle der Kellnerin.

»Du weißt nicht, was Liebe ist, Lára María«, seufzte Böddi schwer.

Kurze Zeit später stand er am Fenster seines Zimmers und blickte nach draußen, die Stirn an die kühle Scheibe gepreßt. Die Nacht war hell und man konnte über das Svínavatn bis zu den Langadalsbergen sehen. Jarpur stand auf seiner »Verkehrsinsel« Futterwache. Das brave Pferd. Böddi hatte vergessen, es abzusatteln, wollte nun aber vor allem selbst erst einmal absatteln, seine strapazierten Muskeln schrien förmlich nach einem heißen Bad. Nach einem sehr unangenehmen Gespräch mit dem scheuen Reh an der Rezeption und einer flüchtigen kalten Brause trat er in einer unförmig weiten ockergelben Badehose, die ein unbekannter Gast im Hotel vergessen hatte, hinaus an den Beckenrand. Auf dem rechten Hosenbein stand *Higher State*, auf dem linken *Sport*.

Ein Kopf hielt sich im Heißwasserbassin auf. Ein fast kahler

Mann um die vierzig, mit Brille und kräftigem schwarzem Bartwuchs, der vor sich hin starrte und Böddi erst ansah, nachdem der sich gesetzt hatte. Eine Weile schwiegen sie, unterbrochen von leise behaglichem Stöhnen. Das Wasser war ziemlich heiß, und stete Dampfschwaden stiegen in den kühlen Sommerabend auf. Aus der Ferne waren Bekassinen im freien Fall zu hören, aus dem Schwimmbecken drangen Wassergeplätscher und Kindergekreisch herüber.

»Ah, *lovely, isn't it?*« begann der Mann schließlich mit waschechtem Londoner Akzent.

»Ich spreche kein Englisch«, gab Böddi auf deutsch zurück.

Er hoffte, sich damit einer weiteren Konversation entzogen zu haben, doch zu seiner Überraschung wechselte der Bartstoppelige in ein ausgezeichnetes Deutsch und fragte, wie lange Böddi schon auf Reisen sei, woher er in Deutschland komme und wie ihm Island gefalle.

»Nicht so gut, aber schon besser als Deutschland«, gab der zurück und klang täuschend echt wie ein üblich depressiver Deutscher.

Der Engländer antwortete ihm mit einem langen Monolog, der sich zu einem Plädoyer für Island auswuchs. Fazit: Das Land wäre großartig und seine Bevölkerung ebenfalls. Es war schon komisch, wie da so voller Bewunderung auf deutsch mit englischem Akzent von Island geschwärmt wurde, und das gegenüber einem Isländer, der sich als Deutscher ausgab. Böddi fand allerdings nichts Komisches daran und saß vollkommen ernst die Rede des Engländers aus. Ein kurzgeschorener Mann erschien jetzt und stieg zu ihnen ins Wasser. Er war etwa im gleichen Alter wie die beiden übrigen Pottbewohner, hatte ein vom Wind aufgerauhtes Gesicht und einen mageren Körper, der in einer äußerst knappen Badehose steckte. An der kühlen Weite und Leere in seinem Blick war er eindeutig als Isländer zu identifizieren. Er ließ sich dem Briten gegenüber nieder, der ihm einen freundlichen Blick zuwarf und dann fortfuhr, Böddi darüber aufzuklären, daß er sich wegen eines Ausstellungsprojekts des *Barbican Centers* in London im Lande aufhielt. Geplant sei ein Kulturfestival der »Inseln im Norden«: Grönland, Island, Färöer,

Orkneys und Shetland-Inseln mit Konzerten, Vorlesungen, Theateraufführungen und Kunstausstellungen. *The Sea Above – Island Culture in the North Atlantic* lautete der Titel. Es sei bemerkenswert, über welch großartige Kultur diese Inselreiche trotz ihrer geringen Größe verfügten, nicht zuletzt Island. Obwohl es gut gemeint war, wallte in dem durch und durch isländischen Böddi Nationalstolz auf, der ihn so etwas wie die Überheblichkeit einer Großmacht wittern ließ. Das große London klopfte dem kleinen Island aufmunternd aufs Schädeldach. Das konnte Böddi nicht hinnehmen. Er vergaß, daß er ein Deutscher war, und tat dem Brillenträger mit Eifer und isländischem Akzent auf englisch Bescheid:

»At least we are not small-minded, like you English people.«

»I beg your pardon?« fragte der Engländer höflich.

»You are always worried about who is fucking who in Fuckingham Palace.«

»I'm sorry, but I wasn't talking about you Germans«, sagte der Mann entschuldigend.

»I'm not German. I'm Icelandic«, versetzte Böddi.

»Oh, I'm sorry …«

»Nation can be small but the human is always same size.«

Der Bartstoppelige sah Böddi, den Rufer aus dem heißen Topf, eine Weile nachdenklich an, dann fragte er:

»You mean …?«

»You are from big nation, it don't mean that you are a big person. Man is always man.«

»Okay«, nickte der Mann und versuchte, über die primitive Ausdrucksweise des Isländers nicht zu grinsen. *»You are absolutely right. Just like you said … about the royal family. It's quite appalling, I must say. I'm no monarchist myself, though I do listen to the Queen when she sp…«*

»Queen was good band, but the rest is just rusl«, unterbrach ihn Böddi grob und benutzte das isländische Wort für Müll.

Der Engländer preßte seine Lippen zu einem Strich zusammen und starrte durch seine beschlagene Brille und die aufsteigenden Dampfschwaden diesen deutschen Isländer kurz an.

Dann warf er seinem kurzgeschorenen Gegenüber einen Blick zu, verschloß sein Gesicht und zog sich in seine eigenen Gedanken zurück. So saßen sie, drei Männer in einem sechskantigen Becken, und schwiegen sich brütend eine Zeitlang an, bis sich der Engländer erhob und den Hot Pot verließ. Sein Rücken war von oben bis unten behaart.

Die beiden Isländer blieben im warmen Wasser zurück. Der Kurzgeschnittene hatte den Tag offenbar ebenso wie Böddi mit sich allein verbracht und schien auf ein Gespräch erpicht zu sein. Böddi hatte eigentlich keinen Nerv mehr, sich noch weiter zu unterhalten, aber es war ihm immerhin angenehm, auf isländisch antworten zu können. So tauschten sie sich denn aus. Der eine kam von Norden, der andere von Süden. Der eine auf einem Pferd, der andere auf einem Drahtesel. Der magere Kerl hatte soeben eine Fahrt über das Hochland hinter sich gebracht, in drei Tagen das ganze Land überquert.

»Wozu?« fragte Böddi.

»Nur so. Ein alter Traum von mir. Ich wollte schon immer mal mit dem Rad über den Kjölur fahren. Und außerdem, um sich ein bißchen fit zu halten.«

»Du tust das also nur für dich?«

»Wie? Ja, genau«, lachte der Radler. »Man tut was für die Kondition.«

»Nichts weiter als ein Egotrip?« bohrte Böddi gnadenlos weiter.

Sein querköpfiger Einwand brachte den Kurzrasierten aus dem Konzept. Er konnte nur nachplappern: »Egotrip?«

»Korrekt. Du bist bloß auf dem Egotrip. Was du tust, hat für die Gesellschaft keinerlei Relevanz.«

»Für die Gesellschaft? Muß alles, was man ...«

»Diese Gesellschaft besteht aus lauter Egoisten. Jeder denkt bloß an den eigenen Beutel. Wir brauchen einen neuen Jesus.«

»Einen Jesus? Jaaa ...«, besonders geistreich schien der Radfahrer nicht zu sein. Er ließ am liebsten die Muskeln sprechen. Doch irgendwie konnte er einem auch leid tun. Nach seinen eigenen Wertvorstellungen hatte er etwas Herausragendes geleistet, immerhin war er mutterseelenallein quer über die Insel geradelt. Für ihn bedeutete das gerade ein Opfer und nicht Eigennutz. Er konnte nicht im geringsten begreifen, was an einem so umweltfreundlichen und schweißtreibenden Unternehmen negativ sein sollte. Außerdem hatte er in heißem Wasser nicht mit einem so kalten Empfang gerechnet.

»Aber der Knüppel kommt. Er ist unterwegs«, sagte Böddi.

Das hörte der gute Mann nicht, weil ihm endlich ein passendes Gegenargument eingefallen war: »Okay, ich aber bin wenigstens niemandem im Weg, wie dieser Typ auf dem Pferd, der mitten auf der Straße reitet, mit einer tierischen Schlange hinter sich.«

Böddi zuckte zusammen und musterte den Mann scharf, der ihm gegenüber bis zu den Schultern im warmen Wasser dümpelte. Dann fragte er schnell: »Von wem redest du?«

»Ach, nichts. Es kam nur vorhin im Radio. Irgendwo auf der Ringstraße, ich glaube oben in Vatnsskarð, hat es einen Riesenstau gegeben, weil irgend so ein Arsch die ganze Zeit mitten auf der Straße geritten ist. Wahrscheinlich so ein Traumtänzer, der irgendwo ausgebrochen ...«

Der kurzgeschorene Radfahrer brach ab und konnte kaum den urplötzlich in ihm aufkeimenden Verdacht verhehlen, daß besagter Traumtänzer ihm gerade in dieser Minute in diesem Becken in höchsteigener Person gegenübersaß. Hatte der Typ nicht behauptet, er wäre aus dem Norden geritten gekommen? Und sah er nicht ein bißchen gaga aus? Peinliches Schweigen machte sich breit. Böddi schnaubte durch die Nase wie ein Stier.

»Zumindest war es kein beschissener Egotrip«, stieß er schließlich hervor und fügte nach einer kurzen Pause hinzu, »von diesem Traumtänzer.«

38

Eile mit Weile

Zweimal war Böddi von der Polizei von Blönduós angehalten worden, die für ihre hinterhältigen Fallen landesweit berüchtigt war. Ihm hätte bekannt sein sollen, daß man nicht *auf* Autostraßen reiten durfte. Hingegen war es erlaubt, an ihnen entlang zu reiten. Seine Art, zu Pferd zu reisen, war allerdings höchst gefährlich gewesen. Ein Geländewagen hatte hart bremsen müssen, als er mit hoher Geschwindigkeit über eine uneinsehbare Kuppe gebügelt kam und fast auf dem Reiter landete, der vor ihm gemütlich über die mittlere Spur zockelte.

»Ich finde, es hat diesem Allradidioten nur gut getan, daß er mal ein bißchen bremsen mußte«, lautete Böddis Antwort vom Rücksitz des Streifenwagens.

»Zu langsam zu fahren ist genauso gefährlich wie Fahren mit überhöhter Geschwindigkeit«, belehrte ihn der Polizeibeamte auf dem Beifahrersitz, wobei er heftig den Kopf verrenken mußte.

»O ja, es ist gefährlich, sich langsam fortzubewegen. Die Menschen könnten dabei anfangen, nachzudenken, nicht wahr«, sagte der Prophet.

Als die Polizei Böddi zum zweiten Mal kassierte, hatte sich eine lange Schlange hinter ihm gebildet. Ungeduldige Hauptstadtbewohner auf dem Weg nach Hause konnten ihn wegen des starken sonntäglichen Gegenverkehrs nicht überholen und hupten und hupten. Auf dem Hang von Vatnsskarð hinab bot sich eine filmreife Szene: Mindestens vierzig Autos rollten gemächlich an Húnaver vorbei – hinter einem Berittenen. Achttausend PS hinter einem einzigen. Dieser beschauliche Anblick erinnerte so manchen Autofahrer an das Pressefoto des einen Chinesen, der auf dem Platz des himmlischen Friedens einen ganzen Panzerkonvoi aufgehalten hatte.

»In Vatnsskarð und der Bólstaðarhlíðabrekka kam es heute zu erheblichen Verkehrsbehinderungen durch einen Reiter, der mit seinem Pferd mitten auf der Straße unterwegs war und sich nicht an die Anweisungen der Polizei halten wollte«, hieß es zusammenfassend in den Radionachrichten. Einer der Autofahrer hatte sich derart aufgeregt, daß er sein Fahrzeug verlassen hatte und den Reiter zu Fuß einholte, um ihn vom Pferd zu zerren. Es war zu kleineren Handgreiflichkeiten gekommen, doch der Reiter hatte die Oberhand behalten, bis ihn die Polizei stoppte und ein Bußgeld in Höhe von 15 000 Kronen gegen ihn verhängte.

»Wegen unerlaubter Langsamkeit?« hatte Böddi gefragt und den Strafzettel grinsend in Empfang genommen. Dem Polizisten auf dem Beifahrersitz war klar geworden, daß man diesen Mann nicht leicht zur Einsicht bringen würde, und so war er auf den cleveren Gedanken verfallen, ihm eine Abkürzung über die Route am Svínavatn zu empfehlen, eine wenig befahrene Nebenstraße über Húnavellir. So war Böddi an diesem Abend im dortigen Schwimmbad gelandet.

Jetzt war er wieder unterwegs. Jarpur hatte sich ausgeruht und an Kartoffelchips sattgefressen. Mit der Morgensonne im Rücken tölteten die beiden Gefährten westwärts.

Bald erreichten sie wieder die zweispurige Nationalstraße 1. Die Mittellinie war mit unterbrochenen weißen Streifen markiert, an den Seitenrändern standen gelbe Begrenzungspfähle aus Plastik mit reflektierenden Sicherheitsstreifen. Es war Montagmorgen und kein Auto unterwegs. Die Landschaft war flach gestimmt und hoch bewölkt über rundlichen Bergrücken im Süden und Westen. Flugverkehr wie üblich: Watvögel unterhielten rege Start- und Landeaktivitäten auf und neben der Straße. Auch Böddi gedachte, seine inzwischen erworbene Gewohnheit beizubehalten und in der Straßenmitte zu reiten. Das war es doch, was der heutigen Gesellschaft fehlte: Ein warnendes Zeichen aus der Vergangenheit. Er gedachte, als ein solches aufzutreten. Dafür war er sogar bereit, noch einmal einen Land-Cruiser dicht auf den Hacken zu haben. Doch Jarpur dachte für ihn mit. Wieder und wieder drängte er zum Straßenrand, bis

Böddi nachgab und sich lieber der Erinnerung an die schüchterne Schönheit von Húnavellir hingab, die er am Vorabend zu guter Letzt doch noch auf sein Zimmer abgeschleppt hatte. Helga Nótt Hugadóttir hieß sie. Ein Name, schlimmer als die Polizei erlaubte. Auch sie war beim Ausziehen mit unerlaubter Langsamkeit zu Werk gegangen, so daß ihre langen Haare dabei leise schwankten wie die Gardinen eines fahrenden Wohnwagens. Zuerst hatte er sie ganz vorsichtig angefaßt und ihr mit flacher Hand die Schüchternheit abgestreift. Doch dann hatte er auf sie eingerammelt und sie gegen den Schrank genagelt und gegen die Wand … knallharter Sex. Absolut ungesetzlich. Sie hätte auf keinen Fall mit in sein Zimmer gehen dürfen, weil sie die Rezeption zu beaufsichtigen hatte. Und er hätte Keli bezahlen müssen. Es war also absolut verboten.

»Total verboten!« brüllte Böddi über das niedrige Gesträuch, unmittelbar bevor ein LKW an ihm vorbeidonnerte, blendend weiß die Aufbauten, rußschwarz das Heck. Jarpur machte einen Satz zur Seite, und der Krach und die folgende Druckwelle schienen den Reiter in die Realität zurückzuschleudern. Er lenkte das Pferd wieder auf die Straße, verfiel in langsamen Trab, schloß die Augen und riß sie mehrmals hintereinander wieder auf. Er war sich gar nicht mehr so sicher, ob ihn die blasse Schönheit am Vorabend tatsächlich auf sein Zimmer begleitet hatte. Aber spielte das eine Rolle? Ob es sich wirklich ereignet hatte oder nicht. Er hatte das Gefühl, daß es so gewesen war. Und das war für ihn wirklich. Reichte das nicht? Doch. Natürlich reichte das. Er war, zum Donnerwetter, ein Held, der durchs Land ritt. Ein Revolvermann in einem nördlichen Western. Gestern hatte er ein heulendes vierrädriges Wesen erlegt, war von ein paar Hilfssheriffs verhaftet worden, hatte aber entkommen können und die Nacht in den Armen einer Dame verbracht. *Stille Nacht, heilige Nacht*. Und jetzt lagen neue Horizonte vor ihm, ein neuer Tag voller Abenteuer.

»Total *fucking* verboten!«

Böddi fühlte sich als Herr seines eigenen Lebens, als General an der Spitze seiner zweitausend Soldaten, die ihm, bis an die

Zähne bewaffnet, folgten. Alle für einen. Ganz allmählich schob sich diese unbesiegbare Armee auf die Hauptbastion der Dummheit zu, auf die Hauptstadt. Es war nur noch eine Frage von Tagen, bis er fallen würde, dieser häßliche fette Teigkloß im Süden, den man neuerdings mit der dazugehörigen dörflerischen Euphorie »Weltstadt« nannte. Wo sich jeder als Meister seines Fachs ansah und das eigene Haupt als Hauptstadt betrachtete. Wo alte Kommilitonen eine »Akademie« gestiftet hatten, in der sie gemeinsam ihre Faulheit absitzen konnten. Wo die Elite des Landes schlief und rauchte und zwischendrin in Cafés großtat und sich gegenseitig in den Arsch kroch. Wo sich ökonomische Interessen hübsch miteinander Zöpfe flochten. Wo Leute in Ausschüssen und Kommissionen saßen, in denen sie ihren Ehegattinnen und Begattinnen Stipendien bewilligten. Wo Leute wissenschaftliche Artikel verfaßten, die sie mit Zitaten ihrer Bettgenossinnen und -genossen verzierten. Wo manche Kurzgeschichten auf der Grundlage noch kürzerer Geschichten schrieben und Romane auf den Schultern großer Autoren errichteten. Wo die kleinen Strolche der Kita-Generation blumengeschmückt durch die Straßen liefen und glaubten, die Welt in selbstgestrickten Unterhosen erobern zu können. Wo das »Coolsein« ebenso strengen Regeln unterlag wie eine Freimaurerloge. Wo gute Freunde noch die Flusen im Bauchnabel ihrer Kumpane lobten, wo jeder jedem ins Loch gaffte, und die Szene durch jene Bierlache watete, die der Sprache nicht Mächtige »101« nannten. Wo »die Medien« ins Kraut schossen wie Unkraut und jede Woche einen neuen Namen annahmen, um auch noch die letzte Absteige zu »covern«. Wo die kleinen Sternchen tonnenweise Bilder von sich unter die Leute streuten, während die wahrhaft großen Sterne sich gegen den Gegenwind schützend die Hand vor Augen hielten. Wo es weniger schreibende Federn als Druckereien gab, damit man die Dummheit auch jeden Morgen austragen konnte. Denn die Stadt war noch längst nicht so groß wie die großen Worte über sie. Reykjavík. Die berühmte Kleinstadt am blauen Sund. Der Zwerg Nase mit der großen Klappe. Hundert Etagen kleiner als andere

Großstädte, und doch trug es die Nase höher als sie. Die naseweise Stadt, die Hochtrabende. Er würde sie zu einer tief geduckten machen.

»Total *fucking* verboten!«

Der Kampfschrei des einsamen Ritters verhallte im Heidekraut, wurde in seinen Ohren aber zu einem zusammenhängenden langen Ton. Böddi war auf einmal überzeugt, daß die Heidelandschaft um ihn herum – Wiesenhöcker, Moos und Heidekraut – elektrifiziert sei und jeder Halm eine gespannte Saite, die einen lauten Ton von sich gab. Die Landschaft bildete ein verkabeltes Streichorchester. Jeder Grashöcker stellte einen Baßlautsprecher dar, dem das Gras auf dem Kopf zu Berge stand. Er zog die Pistole und richtete sie ins Gelände, sah dann aber unmittelbar ein, daß, wenn er abdrückte, das Projektil einen lebensgefährlichen Stromschlag auslösen würde, der durch die haarfeine Spur des Geschosses in der Luft zurück in den Lauf und von dort in seine Hand geleitet würde. Er steckte die Waffe wieder ein.

Zwei Geländewagenimitate erschienen auf der nächsten Kuppe und rollten ihm sacht entgegen. Familien mit Zelten auf den Dachgepäckträgern. Ausgeschlafene Gesichter in bester Laune. Ein gelangweilt dreinblickender Rabe strich quer über die Straße, gefolgt von zwei kleineren Vögeln. Trotz des Größenunterschieds hatten sie ihn offenbar erfolgreich von ihren Nestern vertrieben. Sie geleiteten ihn wie zwei Abfangjäger, die einen mit Atombomben beladenen Langstreckenbomber aus ihrem Luftraum abdrängen.

Eins nach dem anderen wuchs die Heidelandschaft zu einem Höhenzug, senkte sich die Anhöhe in ein Tal, und wurde die Straße zu einer Brücke. Hinter dem Fluß lagen die berühmten Vatnsdalshólar, eine Unzahl kleiner grüner Hügelkuppen, die sich so auffällig geformt in der Landschaft häuften, daß man sie eher für ein fünf Jahre altes Werk im Geist der *Land art* halten mochte als für ein jahrhundertealtes Naturphänomen. Dann kamen wieder die klassischen isländischen Geröllrücken, Schotterflächen, Moore und Ansammlungen von Krüppelsträuchern.

Der Verkehr nahm zu, und Böddi sah sich Auge in Auge mit einer Nation am Steuer: Das *Sitzvolk*, das in der Stadt eine Polstergruppe und einen Schaukelstuhl im Nordland besaß und zwischen beiden in seinen Autositzen pendelte.

Um die Mittagszeit erreichte Böddi Víðihlíð, eine weitere Großfriteuse an der Straße Nr. 1. In einer Mulde oberhalb der Straße stand ein gelbgestrichener Betonkasten, solide und anspruchslos. Ohne die Straße zu verlassen, hielt Böddi das Pferd an und schaute die Auffahrt hinauf wie ein romantischer Ritter, der am Abend vor dem Haus seiner Geliebten hält, zu ihrem Fenster hinaufblickt und überlegt, ob er ein Minnelied anstimmen soll. Jarpur spürte den Zweifel auf seinem Rücken und ergriff die Zügel. Er drehte den Kopf nach rechts und ging im Schritt dem Rasthaus zu. Zeit für eine Tüte *Maarud*.

Im Vergleich mit Varmahlíð erwies sich Víðihlíð als Drei-Sterne-Restaurant. Böddi stallte mehrere Lammkoteletts ein, die besten, die er seit dem Tod seiner Mutter bekommen hatte, unterdessen schlabberte Jarpur hinter dem Haus die Pfütze unter einem leckenden Wasserhahn auf. Sein Reiter vergaß ihn aber nicht: nach dem Essen kaufte er ihm drei Tüten mit *Maaruds* Käsecrackern. Es war natürlich eine Schande, auf solches *Junk food* zurückgreifen zu müssen und den Tag in Gesellschaft auf so niedrigem Niveau zu verbringen, aber vier Hufe waren immer noch besser als ein ausgestreckter Daumen. Kein Heerführer hatte jemals eine Attacke auf dem Daumen geritten. Eine dickliche Dame mit langer Nase und behaartem Doppelkinn tastete mit einem Scanner den Preis von den drei knisternden Tüten ab. Böddi gab ihr seine Kreditkarte und sagte laut:

»Ich finde, ihr solltet auch ein paar Pferdechips ins Sortiment nehmen. Es sind ja schließlich nicht alle mit dem Auto unterwegs.«

Die Frau gaffte ihn einen Moment an, während das Kartenlesegerät den Bon ausdruckte, und fragte dann: »Beleg gefällig?«

Böddi guckte sie genauso entgeistert an, als wenn sie ihn zur Hochzeit eingeladen hätte.

»Nein, Zarathustra braucht keine Quittung.«

Die Frau blickte dem komischen Kerl nach, bis er den Kiosk verlassen hatte, dann beugte sie sich zu einem in Klarsichtfolie verpackten Stapel Zeitungen auf dem Fußboden am Ende des Ladentischs. Sie hob ihn auf und schnitt das Zellophan entzwei. *DV* war eines dieser Sensationsblätter in Rot und Schwarz, das immer genau das brachte, was die Leute über sich keinesfalls in der Zeitung lesen wollten, um so begieriger allerdings über andere. Der aktuelle Aufmacher galt einem Popstar, den man mit Kokain erwischt hatte, doch in der linken oberen Ecke prangte das verwackelte Foto eines Mannes in schwarzem Anorak, der auf einem braunen Pferd ritt. In roten Lettern schrie die Schlagzeile: »Verrückter Reiter«, dann in Schwarz: »hielt Dutzende von Autos auf«.

Böddi war noch keine halbe Stunde wieder unterwegs, als ihm ein ziemlich ramponierter japanischer Kleinwagen in Rot entgegenkam, langsamer wurde und schließlich auf der gegenüberliegenden Straßenseite anhielt, worauf ihm ein blonder junger Mann mit Intellektuellenbrille entstieg. Er trug ein rotes Designer-Shirt unter einer schwarzen Jacke und hielt eine kleine Kamera in der Rechten. Rasch kam er über die Straße auf Böddi zu, richtete dabei die Kamera auf ihn und löste aus. Dann trat er ganz zu ihm und wünschte ihm einen guten Tag. Jarpur grüßte zurück, indem er den jungen Mann kräftig anschnaubte, doch Böddi setzte seine abweisende Miene auf. Ohne sich vorzustellen, schoß der Mann gleich die wesentlichen Fragen auf ihn ab: Woher kam er? Befand er sich auf dem Weg in die Stadt? Warum auf einem Pferd?

»Ich bin nicht zu Ferd«, korrigierte Böddi oberlehrerhaft von seinem hohen Roß. »Ich reite. Man reitet ein Pferd. Oder man sitzt zu Pferde. Aber keinesfalls ›auf'n Ferd‹. Darf man fragen, wer überhaupt vor einem steht?«

»Ich komme extra, um dich zu sehen. Du warst heute in der Zeitung.«

»In der Zeitung?«

»Ja, in DV. Hast du das nicht gesehen?«

»Ich lese keine Zeitungen.«

»Warum nicht?«

»Zeitungen sind Vorhänge vor den Fenstern des Lebens. Du siehst es nicht richtig, bevor du sie zur Seite schiebst.«

»Aber es kann doch gemütlich aussehen, Gardinen an den Fenstern zu haben. Sind sie nicht mehr oder weniger notwendig?«

»Wenn du im Dunkeln leben willst.«

»Hm. Sag mal, bist du schon länger unterwegs?«

»Seit 1966.«

»Du meinst ...?«

»Ich meine, was ich meine, denn das gemeine Gekeime ist das Eine, das du nicht hältst geheime.«

»Gekeime?«

»Jawohl. Was in dir keimt und wächst und wuchert, die Geschwulst, die sich vom Schwachen ernährt. Ich nähre mich am Starken.«

»Redest du von Krebs?«

Dieser Jüngling kam Böddi genauso begriffsstutzig vor wie der Radfahrer im Hot Pot vom Vorabend. Das war ja, wie sich mit Echofelsen zu unterhalten.

»Ja. Das Krebsgeschwür glaubt von sich, es sei gesund. Es weiß nicht, daß es schwächer ist als das Schwache, von dem es zehrt.«

»Äh ... kann ich noch ein Foto von dir machen?« fragte der junge Mann und hielt die Kamera hoch, ein kleines silberglänzendes Technikspielzeug.

»Hast du das nicht schon getan?«

Ohne abzuwarten, drückte der Blonde ab und schoß gleich mindestens fünf Bilder.

»Du kannst mich ablichten, soviel du willst, aber du fängst mich doch nie ein«, erklärte Böddi ein wenig hochtrabend wie eine berittene Standesperson in einem opulenten Kostümfilm.

»Bist du so was wie ein Philosoph?« fragte der Fotograf, ohne aufzublicken und um Zeit zu gewinnen, während er seine Ausbeute auf dem kleinen Bildschirm betrachtete.

»Der Weise antwortet, der Unweise stellt Fragen.«

Der junge Mann im roten Shirt stutzte einen Moment, während sein Verstand sich an diesem Satz abarbeitete. Er schien allerdings davor zu kapitulieren, denn seine nächste Frage lautete:

»Warum reitest du nicht mehr in der Straßenmitte wie gestern?«

»Die Polizei ist ein Geschwindigkeitshindernis auf dem Weg zur Revolution.«

»Aber so furchtbar schnell ist der hier doch sowieso nicht, oder?« meinte der Blonde und zeigte auf Jarpur.

»Eile mit Weile.«

»Okay«, sagte der junge Mann bedächtig, als wollte er sich das Sprichwort merken. »Aber, wie gesagt, du willst also eine Revolution anzetteln?«

Böddi blieb stumm und schaute den Jungen an. Sein Gesicht war käseweiß und glatt wie eine Schneewehe, doch auf den Wangen lag ein Hauch von nahezu weiblicher Röte. An dem ersten Flaum auf seiner Oberlippe ließ sich ablesen, daß der Junge noch völlig unerfahren war. Böddi besann sich, beugte sich im Sattel vor und sagte mit einem verzerrten Grinsen, während er Jarpur den Hals klopfte:

»Paß auf, morgen abend wirst du dieses Pferd auf dem Sitz des Ministerpräsidenten sehen. Und es ist kein Pferd, das sich vor den Karren einer Partei spannen läßt, wie du siehst.«

Jarpur drehte ein wenig den Kopf und sah den Jungen mit großen dunklen und sorgenvollen Augen an, wie ein Minister, der sich von dem distanziert, was die Medien an Unwahrheiten verbreiten. Um die Lippen des Blonden spielte indessen ein seliges Lächeln (er hatte aus diesem geisteskranken Reiter endlich etwas herausbekommen), bis Böddi ihn fragte:

»Willst du mit ihm nicht auch ein Interview machen?«

Der junge Mann riß hinter seinen Brillengläsern die Augen auf. Woher konnte dieser Volltrottel wissen, daß er Reporter war?

»Bitte schön, frag ihn, was du wissen möchtest«, forderte Böddi ihn auf, doch der Nachwuchsjournalist schwieg, bis der Reiter noch hinzufügte:

»Er dürfte sich verstandesmäßig ungefähr auf deiner Höhe bewegen.«

Da schien Bewegung in die ruhige Schneefläche seines Gesichts zu kommen, doch diese Aufregung unterstrich nur die völlige Arg- und Ahnungslosigkeit des Jungen. Es wurde schlagartig deutlich, daß er noch unschuldig war. Möglicherweise war das die wichtigste Voraussetzung, um überhaupt für eine Schmuddelgazette schreiben zu können.

Böddi verabschiedete sich mit eleganter Geste und trieb sein Roß an, ritt lachend an dem roten Reiskocher vorbei und rief, sehr zufrieden mit seinem witzigen Einfall, lauthals zu dem weißgestrichenen Bauernhof auf der rechten Seite der Mulde hinauf:

»Der Herr Ministerpräsident Jarpur Ásgrímsson!«

Der Junge blieb am Wegesrand zurück und blickte dem nach, den er für einen Geisteskranken hielt, fühlte aber auch den Stich einer Niederlage im Herzen, wie sie ein geistig Gesunder von einem geistig Kranken eigentlich nicht erleiden sollte. Dann hob er die Kamera und kontrollierte noch einmal die Bilder, die er gemacht hatte. Dazu schüttelte er schnaubend den Kopf.

Zwei Täler weiteten sich zu Fjorden. Der hintere war ziemlich lang und langweilig, von Wellen bespült, seit das Land entdeckt wurde. Böddi zitierte einigen gestreßten Goldregenpfeifern, die auf den umliegenden Wiesenhöckern ihre Nerven strapazierten, und den wenigen vorbeidüsenden Sklaven der Landstraße die Passagen aus den *Briefen an Laura*, die jenseits dieses Fjordes spielten. Dann versuchte er noch einmal, eine zu rauchen, doch mit dem gleichen Ergebnis wie zuvor: Jarpur duldete kein Feuer auf seinem Rücken, der sture Kotzbrocken.

Fast am Ende des Fjords stand Staðarskáli, das Urbild aller isländischen Rasthäuser. Böddi stieg nur kurz ab, um aufs Klo zu gehen und ein Hot Dog einzuwerfen. Der Laden war überfüllt von norwegischen Touristen, die in Dreiergrüppchen beieinanderstanden und sich so lautstark unterhielten, als wären Unterhaltungen während der Fahrt auf isländischen Straßen verboten, im Grillrestaurant saßen hingegen verschwitzte und vom Fahren müde Isländer und stopften sich mit Pommes und Fernsehnachrichten voll. Böddi blieb einen Augenblick bei ihnen stehen, besah sich die Versammlung und dachte bei sich: Kleine Menschen haben kleine Kenntnisse. Doch morgen sollen sie erleuchtet werden.

39

Eine suchende Seele im Nebel

Noch war es draußen einigermaßen hell, obwohl es dicht bewölkt war. Böddi ritt weiter zum Ende des windigen Hrútafjörður und von dort die Steigung hinauf nach Süden. Vor ihm lag die Holtavörðuheiði, jenes mächtige Verkehrshemmnis vergangener Zeiten, das man heutzutage in gut zwölf Minuten hinter sich bringen konnte. Böddi ritt die zunächst flach ansteigende Landstraße hinauf und verschwand in einer weißgrauen Suppe wie eine Fliege unter der Decke. Es herrschte reger Verkehr um diese Tageszeit. PKWs schossen an dem Reiter vorüber oder kamen ihm schnell entgegen. Fast nur neue Modelle, das älteste maximal drei Jahre alt. Am Steuer die reichste Nation der Welt. Es war schon eine ganze Weile her, seit die alten Rostlauben von den Straßen verschwunden waren. Heutzutage fuhr man nur noch Neuwagen. Was mochte nur mit den älteren Jahrgängen passiert sein, fragte sich Böddi. Entweder hatte man sie beim Staudammbau mit untergebaggert oder für magere Zeiten sorgfältig irgendwo untergestellt. Ja, höchstwahrscheinlich wurden sie allesamt in die Þórsmörk verfrachtet, die sich auf diese Weise nach und nach mit gut erhaltenen alten »Schätzchen« füllte.

Zum Davonlaufen dieser Wohlstand.

Ab und zu tauchte einer dieser schreckenerregenden Monstertrucks auf, die für ausländische Autobahnen gebaut waren, aber jetzt hier über die schmalen Straßen walzten wie Wale auf Rädern. Allmählich gewöhnte sich Jarpur daran.

Die Scheinwerfer strahlten schön im Nebel, der mit jedem Huftritt zunahm, und das Abrollgeräusch der Reifen änderte die Tonlage. Wenn man die Augen schloß, hätte man glauben können, die Straße wäre naß.

Ein blaugrüner Pajero kam aus dem Nebel angeflogen,

machte aber eine Vollbremsung, als er an Böddi vorbei war, und setzte zurück. Böddi sah sich das gefährliche Manöver staunend an. Noch ehe der Mitsubishi wieder ganz bei ihm war, tauchte aus der gleichen Richtung, aus der er gekommen war, ein zweites Fahrzeug aus dem Nebel auf, ein hellbrauner Audi mit ziemlich hoher Geschwindigkeit. Dem Fahrer, einem kultiviert aussehenden Vierziger, blieb nur noch Zeit, die Hupe bis zum Anschlag zu drücken und den Geländewagen mit einem Ausweichmanöver zu umfahren. Mit Tempo 90 schoß er zwischen Böddi und dem Pajero hindurch und wechselte danach sofort wieder auf seine Fahrbahn, weil ihm schon der nächste Jeep entgegenkam. Es war fast ein Wunder, daß der Fahrer nicht die Kontrolle über seinen Wagen verlor. Jarpur scheute heftig, und Böddi hatte einige Mühe, sich oben zu halten. Er ritt erst einmal von der Straße herunter. Als er wieder auf den Fahrbahndamm kam, hatte der Fahrer des Pajero am Seitenrand geparkt und kam in einem engen schwarzen Pulli und hellen Hosen auf Böddi zugelaufen.

»Warum sagt einem auch keiner Bescheid«, rief er aufgeregt und zugleich erleichtert, und Böddi erkannte seinen Bruder. Viddi erreichte ihn mit einem breiten Grinsen und einem Kaugummi im Mund. Die Tatsache, daß er vor wenigen Sekunden erst um Haaresbreite sich selbst, seinen Bruder und zwei reisefreudige Familien ins Jenseits befördert hätte, schien noch nicht in seinen Kopf vorgedrungen zu sein. Böddi mußte sich immer noch davon erholen. Jarpur schüttelte am Zaumzeug, um das Gebiß wieder an die richtige Stelle zu rütteln.

»Kein Mensch sagt einem was«, wiederholte Viðar, doch weniger laut, und zog wegen der Kühle die Schultern hoch. »Mein höchsteigener Bruder macht sich einfach auf die Socken zu einer *Mission impossible*, und keiner ist mit der Kamera dabei.«

»Was ist los?« fragte Böddi und mußte vorerst den bodenständig-verständnislosen Part übernehmen.

»Na ja, das hier, Mann«, sagte Viddi und umfaßte das Pferd und seinen Reiter mit einer Geste. »Mein eigener Bruder steht in der Zeitung, ist auf einen Schlag berühmt geworden. Die Revolution im Anmarsch auf die Hauptstadt!« Der letzte Satz schien ein Zitat zu sein, obwohl das kaum sein konnte, denn schließlich lag das Gespräch mit dem DV-Reporter nicht einmal einen Tag zurück. Die Neuigkeit hatte sich offenbar in Windeseile verbreitet.

»Na, das kommt davon, wenn man kein Handy hat. Soll ich dir nicht sicherheitshalber eins überlassen?«

Viddi schnitt seinem Bruder eine Grimasse, der sich seinerseits räusperte und die Nase hochzog.

»Nein, danke.«

»Hör mal, trotzdem, ich dachte ... Du bist doch auf dem Weg in die Stadt, oder? Darum geht es doch?«

Böddi nickte.

»Super. Das ist es doch! Einfach brillant.«

»Was?«

»Na ja, eben das, Mann«, sagte Viddi und zeigte noch einmal auf Jarpur, der die ganze Aufregung um seine Person nicht begriff und seelenruhig dastand wie sein eigenes Standbild und leer vor sich hin blickte. Der Schauspieler imitierte die Stimme eines Ansagers:

»Von Rokland nach Reykjavík. Der Mann, der den ganzen Weg über das Hochland nach Süden auf sich nahm ... Oder: Die Revolution reitet ohne Sattel.«

»Ich habe einen Sattel.«

»Ja, ich weiß, ich weiß, aber es hört sich besser an«, sagte Viddi ungeduldig und ließ den Kaugummi wandern.

»Was denn, willst du etwa einen Werbespot daraus machen?«

»Was? Einen Spot? Na ja, es wäre jedenfalls ganz bestimmt kein Problem, dafür Sponsoren zu finden. Die Sache ist nur, daß ich dich eigentlich bitten wollte ... Paß auf, wir müssen noch mal von vorne anfangen. Ein Take vom *Day one*.«

Ein Auto fuhr vorüber, und Jarpur stellte die Ohren auf.

»Noch mal von vorn anfangen? Womit?«

»Mit deinem Trip, Mann. Wenn wir ein Movie draus machen wollen. Kapierst du das nicht? Das ist echt geiler Stoff, eh. Super

Idee von dir. Auf dem Pferd in die Metropole. Und das auf der *fucking Road No. 1. A blast from the past.*«

Böddi sah seinen Bruder verständnislos an, der eine kurze Unterbrechung in der Werbung machte, ehe er fortfuhr: »He, *du* brauchst dir doch keine Gedanken zu machen. Ich mach das alles. Du sitzt derweil nur gemütlich mit den Schminkpuppen im Wohnwagen. Du bist *the Big Star*. Ich kümmere mich um den Rest. Sponsoren, Medien et cetera ... Im Ernst, Böddi. *This is it.* Genauso hat doch Michael Moore auch angefangen.«

Jarpur hob den Schweif und ließ ein paar Äpfel fallen. Viddi beobachtete es angewidert und schudderte in seinem hauchdünnen Pulli in der Hochlandkälte mit den Schultern. Dann setzte er noch einmal nach: »Im Ernst, Böddi. Das ist der Knaller.«

»Die Reise ist angetreten. Die Revolution verträgt keine Pause«, antwortete Böddi eine Spur zu *tough*, wie ein Cowboy im Wilden Westen vor dem großen Showdown. Er schien es selbst zu bemerken, gab dem Pferd die Fersen und ritt an.

Viddi blieb einen Moment mit verschränkten Armen und Kälteschaudern zurück und sah seinem Bruder nach. Dann spuckte er den Kaugummi aus und setzte ihm nach.

»Okay, okay, Böddi. *Fair enough*. Dann laß mich aber wenigstens jetzt mitdrehen.«

Böddi drehte sich im Sattel um, ohne anzuhalten.

»Mitdrehen? Was denn?«

»Ich habe ... Du hast natürlich nicht die Kamera bei dir, die ich dir geliehen habe. Wo ist sie?«

»Zu Hause im Hotel.«

»Okay, macht nichts, ich habe noch eine mit. Ich könnte also gleich loslegen. Ist das nicht ein Deal? Ich schneide mit, okay?«

»Wie du willst. Von mir läßt sich genug abschneiden.«

»Super. *Great.* Du reitest einfach weiter, und ich folge dir mit dem Wagen. Wo willst du heute übernachten?«

»Wer pennt, der Zeit verschenkt.«

Viddi ließ sich einen Moment Zeit, den Spruch zu verdauen, dann setzte er ein Gesicht wie eine Diva auf, die erkennt, daß jemand sie mächtig auf den Arm genommen hat.

»Wie? Heißt das, du willst die ganze Nacht durchreiten?«

Böddi grinste sich einen über die beleidigte Miene seines Bruders und drehte den Kopf wieder nach vorn. Tiefer ritt er in den Nebel hinein. Ein kleiner Reisebus voll verschlafen dreinblickender Jugendlicher kam ihnen entgegen. Viddi wartete, bis er vorbei war, überquerte dann die Straße und ging zu seinem geheizten Auto.

Böddi tat so, als würde er den Geländewagen gar nicht zur Kenntnis nehmen, der in gemächlichem Tempo hinter ihm her zockelte, dann zu ihm aufschloß und ihn überholte, stets mit der kleinen Kamera Viddis aus dem Seitenfenster auf ihn gerichtet. Das war schon eine lästige Begleitung. Er fühlte, wie ihn seine Energie verließ. Aufrecht steht der Mensch allein, mit einem anderen muß er sich verbiegen. Die Revolution brauchte Anhänger, aber hier klebte ihm eindeutig ein echter Blutsauger an den Fersen. Böddi machte ein Gesicht, als hätte sich ein Insekt von der Größe eines Geländewagens an ihm und seinem Pferd festgesaugt, hätte ihnen eine Ader angezapft und würde jetzt durch den Autofocus ihr Blut saufen. Er dankte Nietzsche, als Viddi ihm durch das geöffnete Fenster zurief: »Ich fahr nur mal kurz zurück zur Staðarskáli, um was zu essen. Ich hole dich dann wieder ein. Du reitest einfach weiter wie bisher. Ich sage dir, damit landen wir den absoluten Knaller. Du siehst aus wie Dirty Harry auf dem Gaul. Okay. Bis dann!«

Viddi hielt, ließ seinen Bruder vorbei, mußte zum Wenden dreimal lebensgefährlich zurücksetzen, und verschwand schließlich in Richtung Hamburger im Nebel.

Wunderbar, diese Zecke quitt zu sein, und langsam ließ auch der Verkehr nach. Böddi ritt ganz allein die Holtavörðuheiði hinauf und bekam endlich hundertpozentige Verbindung zu Jarpur. Mann und Pferd wurden eins. Ein Bewußtsein auf vier Beinen. Der Nebel nahm noch an Dichte zu und wurde zusehends feuchter. Ohne daß Tropfen zu sehen gewesen wären, bildete sich Nässe auf dem Asphalt wie auf einer Kinderstirn unter einer zu warmen Decke. Die Begrenzungspfähle waren hier oben durch hohe Stangen ersetzt worden, und Böddi machte sich ein Spiel daraus, im Vorbeireiten ihre Spitze mit der linken Hand zu berühren. Er war in bester Pferdelaune und trällerte eine neue Melodie zu *Über allen Gipfeln*, brach aber sogleich ab, als er voraus einen silbergrauen Meister Reineke über die Straße huschen sah. Der Fuchs verharrte einen Wimpernschlag und sah Böddi in die Augen. Im nächsten Augenblick war der Fuchs verschwunden. Sein hakenschlagendes Schnüren verriet, daß ihm sehr wohl bewußt war, wie ungern er gesehen wurde.

Oben auf der Hochfläche kauerten ein paar Bauarbeitercontainer frierend auf einer grauen Schotterfläche abseits der Straße. Eine 4x4-Piste führte zu ihnen hin, es standen aber keine Autos auf dem Platz davor. An einem der Container war ein großes weißes Schild mit der Aufschrift VERK-VÍK angebracht. Böddi beschloß, dort eine kurze Rast einzulegen, und drehte sich im Schutz einer blauen Wand eine Zigarette. Jarpur wartete an einer Ecke der Schutzhütte. Es tat seltsam gut, in der Nebelstille zu rauchen. Die mitternächtliche Helle gab Licht wie in einem avancierten Fotostudio: ohne Schatten, gleichmäßig weiß in alle Richtungen und nur minimal dunkler als am Tage. Der Nebelschweiß überzog jeden Stein und ließ das Moos intensiv grün hervortreten. Böddi hockte auf dem rückwärtigen Ende seines Anoraks und grinste mit gebleckten Zähnen. Auf der Straße rauschten Autos vorbei wie Phantome im Nebel. Phantome voller Popmusik und Nachrichten. Die dudelnden Knallköpfe verschwanden ebenso schnell wie sie auftauchten, wie Generationen von Menschen in den Augen der Berge.

Böddi sah es vor sich, wie er durch diesen Spalt im Nebel reiten würde, über den Abhang bei Ártún hinab Richtung Stadt, allein gegen die Feierabendpendler, hinab in die Kvos am Hvalfjörður und weiter bis zum Privatwagen des Ministerpräsidenten, der mit qualmendem Auspuff auf dem Parkplatz vor dem Regierungsgebäude stehen würde. Mit zwei kleinen Handgriffen würde er sich aus dem Sattel schwingen und auf den Rücksitz der Karosse gleiten. Niemand würde etwas sehen oder hören, wenn er dem sich erstaunt umdrehenden Chauffeur eine Kugel ins rechte Auge jagen würde. Das einzige Problem wäre, sich schnell genug über die Rücklehne nach vorn zu schwingen, dem Toten die Livree auszuziehen und die Leiche im Fußraum unter dem Handschuhfach zu verstauen, sich sodann selbst in der Livree ans Steuer zu setzen und rasch noch die Blutspritzer von den Sonnenblenden zu wischen. Gerade über diese letzte Aktion dachte Böddi noch einmal nach. Das beste wäre es, unterwegs noch einmal bei einem Geschäft anzuhalten und eine Packung feuchter Tücher zu kaufen, wie er sie für Albert Sturla benutzt hatte. Sein sechsmonatiger Vaterschaftskurs war also doch nicht ganz für die Katz gewesen. Anschließend würde er sich rasch die Bedienung von Armaturen, Schalthebel und Pedalen einprägen. Wahrscheinlich handelte es sich um einen Audi oder Mercedes. Da kämen ihm sicher seine Deutschkenntnisse gut zupaß, obwohl es auch nicht schaden würde, den Führerschein gemacht zu haben. Aber er hatte gesehen, wie man Auto fuhr, und würde sicher schnell damit zurechtkommen. Die Revolution war schließlich keine Fahrprüfung. Nach diesen Vorbereitungen würde er seelenruhig mit Radio Bylgjan leise aus den Boxen sprudelnd warten, bis der Regierungschef die Treppen herabgelatscht käme und sich ahnungslos auf den Rücksitz fallen ließe. Dann würde er die automatische Türverriegelung betätigen und mit dem Aas so schnell wie möglich hinauf in die Bláfjöll fahren, ihn auf einen Skilift flechten und dort erschießen. Dann würde er den Lift in Betrieb setzen und wieder anhalten, sobald das Schwein mitten über dem Hang schweben würde. Unten würde er, Böðvar, stehen – mit dem Mobiltelefon des Regierungschefs in der Hand, diesem praktischen Zepter der heutigen Zeit, dem Schlüssel zur Machtausübung. Auf dem Weg zurück in die Stadt würde er den Telefonspeicher überfliegen: Bonnevik, Brüssel, Bush … bis er den Namen des Rundfunkintendanten gefunden hätte. Den würde er anrufen und mitteilen, ein neuer Mann habe *das* Telefon des Landes übernommen und verlange, daß folgende Erklärung an erster Stelle in den Abendnachrichten verlesen würde:

»Heute nachmittag hat sich im Land ein bewaffneter Umsturz ereignet. Der bisherige Ministerpräsident ist mit einem wohlgezielten Pisto-

lenschuß seines Amtes enthoben worden, seine Leiche befindet sich zur Zeit auf einem Sessellift in der Königsschlucht des Reykjavíker Skigebiets Bláfjöll, wo sie bis über das Wochenende öffentlich zur Schau gestellt bleibt. Seine Nachfolge tritt Böðvar H. Steingrímsson an.

Böðvar wurde 1966 in Sauðárkrókur geboren und hat vor allem als Lehrer an weiterführenden Schulen gearbeitet, aber auch Aufklärungs- und Erziehungsarbeit in einem umfassenderen Sinn geleistet. Außerdem hat er zahlreiche Gedichte aus dem Deutschen übersetzt und im Internet eine bekannte Blog-Seite unterhalten. Böðvars erste Amtshandlung bestand darin, einseitig den Vertrag des öffentlich-rechtlichen Fernsehens mit dem amerikanischen Filmproduzenten Disney zu kündigen. Aus diesem Grund entfällt am kommenden Freitag die Ausstrahlung der Serie ›Liebling, ich habe die Kinder geschrumpft‹. Statt dessen wird eine deutsche Fernsehdokumentation über das Leben des Dichters Friedrich Hölderlin kurzfristig ins Programm genommen. Außerdem hat die Staatskanzlei stellvertretend für die Regierung ein Eilgesetz erlassen, dem zufolge es vom 1. August dieses Jahres an untersagt wird, in geschlossenen Räumen fernzusehen.

Die Nachrichtenredaktion des Fernsehens heißt den neuen Ministerpräsidenten herzlich im Amt willkommen und hofft, daß die Zusammenarbeit weiterhin so gut verlaufen wird wie bisher.«

Böddi sah vorher, daß es nicht weiter schwierig sein würde, in Island die Macht an sich zu reißen. Problematischer wäre es, sie zu behalten – nur mit einer einzigen Pistole bewaffnet. In der sich obendrein noch höchstens zwei oder drei Schuß befinden konnten. Drei hatte Keli im Keller vergeudet, und einen hatte er selbst auf das Quad abgegeben. Aber er würde sicher rasch das Volk auf seine Seite ziehen. Wenn er ihm nur schnell genug die Augen öffnen könnte, würde sich die arme Schafherde bald um den neuen Machthaber drängen. Die Leute würden es begrüßen, nur noch im Freien fernzusehen. Alle würden erkennen, was für ein genialer Schachzug das war. Island würde bald eine Vorreiterrolle spielen, und andere Nationen würden seinem Vorbild folgen. Mit weiteren Maßnahmen dieser Art würde man das Munddenken auf der Insel ausrotten. Im Lauf weniger Wochen würde die *Isländische Revolution* Wirklichkeit werden. Und ihren Siegeszug rund um den Globus antreten. In einer kurzen Vision sah der Prophet ein kleines Porträt von sich in einer dunklen Bar in Mexiko stehen.

Böddi erhob sich, entfernte sich ein Stück von den Baucontainern und spähte in die Nacht. Jarpur hörte auf, am Holz der Schutzhütte zu knabbern, hob den Hals und drehte den Kopf. Mit seinen dunklen Augen sah er zu dem Mann auf dem provisorischen Parkplatz hinüber. Achtung war in seinen Pferdeaugen zu lesen. Er glich einem Soldaten, der voller Bewunderung zu seinem Kommandeur aufblickt. Böddi stolperte ins Gebüsch und pinkelte. Eine Weile blieb er vorgebeugt stehen und lauschte dem leisen Rauschen im Nebel, bis er sich klar machte, daß er so etwas wie eine suchende Seele im Nebel war: ein hochgestimmter Geist, umgeben von abgrundtiefem Materialismus, die einzige Hoffnung gegen diesen undurchdringlichen Nebel aus Geist- und Gedankenlosigkeit, der über dem Land lag.

40

Bræðratunga

Die nächtliche Helle war bleich wie der Tod, und Böddi hatte seinen Rubikon überschritten: von hier flossen schon alle Wasser in den Borgarfjörður. Vielleicht hätte ich in die Wohncontainer einbrechen und darin übernachten sollen, dachte er. Der Verkehr hatte nahezu vollständig aufgehört. Ein uralter Landrover war vor einer Weile Richtung Norden geschnauft und schien nicht einen Schritt schneller voranzukommen als der gute Jarpur. Böddi sah vier fremden Gesichtern in die Augen, die in den Autofenstern aufleuchteten wie chinesische Lampions. So glücklich waren sie, so weit in die Zeit zurückversetzt worden zu sein, daß sie mit einem völlig veralteten Traktor durchs Land rumpelten und nun mitten auf der Gespensterheide einem Reiter begegneten ... Später dann folgte er der sanft geneigten Straße abwärts aus dem Feuchten ins Trockene. Selbst die Vögel schienen zur Ruhe gegangen zu sein. Ein vereinzeltes Schneehuhn kollerte noch irgendwo im Nebel wie ein tuckernder Landrover.

Viddi kreuzte wieder auf, diesmal aus der anderen Richtung, und schimpfte laut aus dem Fenster: »Wo hast du denn bloß gesteckt?«

»Ich? Ich habe gerastet, oben bei den Wohncontainern.«

»Was? Ach so. Mensch, ich hab dich überall gesucht!«

Die Dreharbeiten wurden wieder aufgenommen. Viddi gähnte, während er sich hinter dem abgestellten Wagen in einen Anorak mit pelzverbrämter Kapuze kleidete und die Kamera einsatzbereit machte. Er drehte ein paar Einstellungen zu Fuß, dann setzte er sich ans Steuer und filmte aus dem Seitenfenster. Böddi spielte sich selbst genauso ungezwungen wie vorher: ein verkniffenes Profil auf langsamem Ritt durch die Nacht. Jarpur zwinkerte nicht einmal mit den Augen. Er absolvierte jede Szene wie ein vierbeiniger Al Pacino.

Nach und nach war der Fluß zu hören, und sie kamen aus dem Nebel heraus. Das war ein schöner Augenblick. Das Gefühl entsprach etwa dem, als wenn man sich in tiefster Dunkelheit eine Treppe hinab tastet, eine Treppe, die viel länger ist, als man glaubte, und unten endlich in ein geräumiges Kellergewölbe tritt mit hohen Decken und großen Räumen. Viðar war davon so bewegt, daß er seinem Bruder vorschlug, die Szene zu wiederholen.

»Was willst du?« fragte Böddi ungehalten.

»Wir müssen das Ganze noch mal drehen. Wie du aus dem Nebel auftauchst. Ich will diesen Moment auch von vorn einfangen.«

»Nein.«

»Komm, stell dich nicht so an! Es geht hier um einen richtigen Spielberg-Effekt. Vielleicht auch noch mal aus größerer Entfernung. Das wird ein echtes Sahnestück, wenn man dich so aus dem Nebel steigen sieht wie ... wie einen Geist aus der Vergangenheit.«

»Nein.«

»Echt jetzt?«

»Ja.«

»Mann, hab dich doch nicht so! Warum denn nicht?«

»Wer zurückblickt, ist geliefert.«

»Äh, meinetwegen. Aber du willst doch sicher auch, daß es ein guter Film wird.«

»Ein ungewanderter Weg ist besser als der befahrene.«

Viddi gab sich für zwei Sekunden geschlagen und guckte seinen Bruder an. Dann fragte er: »Ist das hier eigentlich ein Sprüche-Marathon oder so was?«

Böddi fiel kurz aus der Rolle und antwortete wie ein geistig gesunder Mensch: »Ich muß weiterkommen. Ich kann mich nicht mit solchem Pipifax aufhalten. Die Revolution wartet.«

Viddi ließ einen Augenblick verstreichen, ehe er aus seiner Pelzumrandung noch einmal nachfragte: »Böddi, du willst doch nicht ... Redest du jetzt im Ernst davon, daß du eine Revolution anzetteln willst? Wie in *Revolution*?«

»Ja, genau.«

»Hey, come on.«

»Nein.«

»Nein? Ich meine, du, allein? Auf einem Pferd?«

»Was braucht man mehr?«

»Och, vielleicht eine kleine Revolutionsarmee.«

»Es geht um eine Revolution des Geistes. Nicht der Materie.«

»Gut«, sagte Viðar, als käme ihm jetzt zum ersten Mal der Verdacht, daß sein Bruder nicht alle Tassen im Schank hatte. »Okay«, stimmte er nach kurzer Überlegung zu.

»In diesem Metier gibt es keine zweite Einstellung. Eine Revolution bricht nur einmal aus. Und entweder ist sie erfolgreich oder nicht. Da gibt es nur hopp oder top.«

»Was du nicht sagst«, meinte Viðar und sah sichtlich verärgert aus. Er wandte den Blick ab und ließ ihn über das Tal der Norðurá schweifen, ehe er zu Böddi zurückkehrte. Außer Verärgerung war auch Sorge in seinen Augen zu sehen. Was war mit seinem Bruder los? Drehte der gerade ernsthaft ab? Oder durfte man das Ganze nicht so wörtlich nehmen? Vielleicht meinte er bloß eine Revolution des Denkens, wie sie nahezu täglich in den Medien gefordert wurde. Egal, Viðar fühlte jedenfalls, daß sich hier etwas Außergewöhnliches ereignete, und er war an Ort und Stelle, mit seiner Kamera! Also schluckte er seinen Ärger, brummte noch einmal »Okay« und taperte zum Auto zurück.

Böddi setzte seinen Weg ins Tal fort und hörte seinen Bruder kaum, der das Fahrzeug langsam rollen ließ und das Radio leise auf den Computer in der Hauptstadt eingestellt hatte, der am ehesten seinen Musikgeschmack traf. Nachdenklich betrachtete Viddi den Mann, der vor ihm herritt. Vor lauter vernagelter Sturheit, die in diesem Schädel saß, wackelte der kaum; anders als der Roßschweif über den im Takt aufblinkenden Hufen. Die Eisen reflektierten das Licht der Scheinwerfer, wenn Jarpur die Beine vom Schotter hob. Das tat er in einem Bewegungsmuster, das zugleich völlig simpel und überaus kompliziert anmutete. Es zu verfolgen war das gleiche, wie in ein Feuer zu schauen.

Als sie den ersten Bauernhof südlich der Heide erreichten, schloß der Fahrer zu dem Reiter auf und ließ die Scheibe herabgleiten.

»He, der Akku ist bald leer. Ich probiere mal, ob ich ihn da drüben auf dem Hof laden kann. Du wartest hier!«

»Ich soll warten?«

»Ja. Kannst dir ja zwischendurch eine rauchen.«

»Er läßt mich nicht rauchen.«

»Was ist los?« fragte Viðar humorlos.

»Nein. Das ist ein rauchfreies Pferd.«

»Böddi, jetzt hör endlich auf, solchen Stuß zu verzapfen! Ich habe die Schnauze mehr als gestrichen voll von deinem Blödsinn. Mach jetzt kein Theater mehr und warte hier!« brüllte Viðar so wütend aus dem Auto, daß Böðvar ihm zunächst einfach gehorchen mußte. Dabei war das Ganze doch eine Schnapsidee. Es war vier Uhr in der Frühe, und die Leute auf dem Hof lagen sicher noch im Tiefschlaf, dachte Böddi, während er seinen Bruder den Schotterweg hinabfahren sah, der auf eine alte Steinbogenbrücke zuführte. Dahinter stand ein ebenfalls betagtes helles Haus mit grünfleckigem Dach. Östlich davon lagen die noch älteren Ställe. Auf dem Hofschild stand *Bræðratunga*, Brüderzunge. Böddi war immerhin wach genug, um zu sehen, daß es sich um einen verlassenen Hof handelte. Die Fahrspuren der Zufahrt lagen voller Steine, und die Wegränder waren ziemlich verkrautet. Hier war seit zehn Jahren niemand mehr langgefahren oder hatte sich um etwas gekümmert. Seinem Bruder zuliebe schwang sich Böddi dennoch aus dem Sattel, und Jarpur machte sich sogleich daran, die Wegkoteletten zu stutzen. Böddi schaute ihm mit verkniffenem Gesicht und dem Tabaksbeutel in den Händen dabei zu.

Nach einer halben Zigarettenlänge hörte er vom anderen Flußufer so etwas wie das Splittern von Glas. Er rauchte erst zu Ende und führte das Pferd dann den Weg hinab und über den rauschenden Fluß. Das Bett war tief, aber es floß nur wenig Wasser darin. Gleich oberhalb der Brücke prallte der Fluß auf flach liegende Felsen, und es schäumte weiß in der Wunde.

Böddi trat kleinere Steine beiseite, daß Kelis weite Gummistiefel knirschten, und fluchte halblaut auf die Umstände, die ihm sein Bruder bereitete, dieses Geschwindigkeitshindernis auf der Straße der Revolution, doch als er sich dem Haus näherte, spürte er auch seine Müdigkeit. Vielleicht wäre es letztlich gar nicht so falsch, hier zu übernachten. Die Außentüren standen offen, das Glas in der Haustür war zerbrochen. Der Jeep stand in einem halb in sich zusammensinkenden Winkel zwischen Wohnhaus und Ställen, die Scheinwerfer aufs Haus gerichtet, wie ein glänzendes Raumschiff auf einem verlassenen Planeten. Sein Fahrer hatte offensichtlich erst einmal eine Runde um den Hof gedreht. Böddi hörte ihn hinter der Hausecke und führte das Pferd dorthin. Viddi hatte die Hecktür geöffnet, stand dahinter in geöffnetem Anorak, die Kapuze abgesetzt, und sprach laut in sein Handy.

»... aber Marta ... Marta, hör mir doch mal zu. Er hat mir die *fucking* Seite eins versprochen, und jetzt muß er auch dazu stehen. Das ist alles. Es war ein Deal, den ich mit ihm abgemacht habe, und ...«

Er brach ab und lauschte ungeduldig der Stimme in dem kleinen Gerät und sah mit gerunzelten Brauen zu, wie Böddi und Jarpur über den Hof kamen. Von Zuschauern aber ließ sich der Schauspieler nicht aus dem Konzept bringen, sondern wütete so aufgeregt, wie er nur konnte, weiter: »Korrekt! Genau das, was ich sage. Diese *fucking idiots* haben mich verarscht, und zum Ausgleich sollte ich die Titelseite kriegen. Und jetzt linken sie einen so ab! Ich meine, der Mann ist natürlich eine arme Socke, hat 'nen Kopfschuß, aber ...« Hier brach er plötzlich ab und kam mit einem Wort wieder auf den Teppich: »Okay.« Dann beendete er das Gespräch: »Ich melde mich wieder.«

Damit war das Telefonat beendet, und Viddi ließ das Mobiltelefon fluchend in seiner Tasche verschwinden. Böddi sah sich auf dem Hof um. Die Außengebäude wurden nur noch durch die Geschichte zusammengehalten, aber das Wohnhaus sah noch halbwegs stabil aus. Eine alte Strom- oder Telefonleitung kam auf Stelzen zum Hof und endete in einem morschen Mast an der Hauswand. Auch eine alte, verrostete Außenlaterne hing daran. Die Birne war zersplittert. Aus dem Auto drang gedämpftes Wimmern wie der schwache Mief von einem Misthaufen: *»Carried away by the moonlight shadow.«* Böddi ließ den Zügel los, setzte sich in der Nähe des altersschwachen Masts an die schimmelfleckige Hauswand und zog seine Zigarettenfabrikationsutensilien hervor. Ein dickes Grasbüschel an der Wand gab ein ausgezeichnetes Sitzpolster ab. Jarpur schien das Ganze an eine ihm bekannte Endstation zu erinnern, denn er trottete an dem blaugrünen Mitsubishi vorbei quer über den Hof und begann an der Vorderseite des Stalls nach einem Eingang für seinesgleichen zu schnuppern. Viðar hatte sich noch nicht wirklich beruhigt und schleuderte wütend die rostigen Zinken einer alten Heugabel quer über den Hof.

»Diese Riesenarschlöcher! Hast du mal 'ne Zigarette?«

»Hast du nicht aufgehört?«

»Doch, bin dabei«, sagte Viddi und hockte sich neben seinen Bruder. »Die hier wird die letzte.«

»Sammi hat vier Jahre lang aufgehört, bis ich ihm gesagt habe, ihn würde nur noch der Selbstmord kurieren.« Böddi verzog vor dem Qualm der eigenen Zigarette das Gesicht, während er seinem Bruder eine drehte. Viddi lachte froh über die Hartgesottenheit seines Bruders und wirkte etwas erleichtert: Er war also noch nicht völlig durchgeknallt.

Sie rauchten und schwiegen zusammen.

»Was ist denn mit dem Akku?« erkundigte sich Böddi schließlich.

»Strom gibt's noch in dem Scheißhaus hier. Ich habe den Akku drinnen im Flur eingestöpselt. Ganz schön eklig da drinnen, Mann. Echt.«

»Und wie lange ...?«

»Zwanzig Minuten noch.«

»Vielleicht sollten wir uns einfach hier aufs Ohr hauen. Meinst du nicht, man kann da drinnen irgendwo pennen?«

»So weit kommt's noch, daß ich mich in dem Hühnerstall hinlege. Wir können höchstens im Auto schlafen.«

Sie verfielen wieder in Schweigen, und Böddi sah sich den Wagen an. Die Vorstellung behagte ihm gar nicht, die Nacht in dieser Nutzschale zu verbringen.

Viddi fiel etwas wieder ein und er sagte: »Tut mir echt leid, das mit Dagga, also mit Dagbjört meine ich.«

»Was tut dir leid?«

Viddi blies den Rauch aus und blickte seinen Bruder an.

»Ja, hast du denn nicht ... Nein, klar, du hast ja kein Handy.«

»Was?« fragte Böddi, und sie sahen sich jetzt in die Augen.

»Sie ist tot.«

»Tot? Wer? Dagga?« machte Böddi.

»Ja. Sie ist vor dem Wochenende gestorben. Hat irgend 'ne Krankheit gekriegt und ist ... na ja ... daran gestorben.«

»Dagga gestorben?«

»Ja. Entschuldige, daß ich es dir nicht gleich gesagt habe, aber ... Ich dachte ... Skulda hat mich gestern angerufen und es mir erzählt. Wir haben versucht, dich im Hotel zu erreichen, aber du ...«

Böddi war wirklich getroffen. Zum einen wegen der Nachricht, zum anderen aber auch wegen seiner Reaktion darauf: Seine Augen standen schon voller Tränen. Damit hatte er nie gerechnet. Ein Kloß setzte sich in seinem Hals fest, als wäre die Erkrankung der Verstorbenen mit der Todesnachricht auf ihn übergegangen.

»Böddi, mein Beileid«, sagte Viddi so teilnahmsvoll, wie er konnte.

»Ich brauche kein Beileid!« brach es aus Böddi heraus. Die innere Aufgewühltheit überwältigte sogar seine Ausdrucksfähigkeit: »Sie war keine verdammte ... Ich bin nicht der Vater. Verdammte Scheiße noch mal!«

Böddi sprang auf, warf die Zigarette fort und wandte sein blutrotes Gesicht von Viddi ab. Offenbar schämte er sich für das, was die Nachricht in ihm angerichtet hatte. Viddi ließ ihn in Ruhe, damit er das Gleichgewicht wiederfinden konnte. Dann stieß er ein letztes Mal den Rauch aus, drückte in aller Ruhe die Zigarette aus und erhob sich. Nach ein paar Augenblicken fragte er Böddi, der ihm den Rücken zuwandte: »Was willst du damit sagen? Du bist nicht der Vater? Hat …«

Der Schauspieler gab sich große Mühe, sich behutsam auszudrücken.

»Nein, es war alles nur ein widerliches …« Böddi hielt das Kinn auf die Brust gesenkt, beugte sich über sein Gesicht wie über eine Flamme im Luftzug. Seine Worte troffen wie Speichel zu Boden.

»So? Und ich dachte …«

Böddi flog herum und fauchte: »Nichts da, die verdammte Nutte hat bloß …« Er verstummte ebenso abrupt, wie es aus ihm herausgebrochen war. Sein Inneres riß an der Zunge wie ein Kutscher am Zügel, wollte ihn nicht lügen lassen und ließ statt dessen das Schluchzen kommen. Tränen schossen ihm in die Augen.

»Und dann ist sie auf einmal … to …«

Er brachte das Wort nicht vollständig über die Lippen.

Viddi sah seinem Bruder beim Weinen zu und guckte selbst ein bißchen belemmert aus der Wäsche. Wie ein Sohn, der seinen Vater weinen sieht. Auch Jarpur, der mit Sattel und Zaumzeug an der Stallecke stand und einen Flecken Gras gefunden hatte, sah zu ihnen herüber. Mit ein bißchen gutem Willen ließ sich aus seinem Gesichtsausdruck herauslesen, daß ihm sein Reisekamerad nicht ganz gleichgültig war. In der Ferne hörte man den Regenbrachvogel schlagen wie eine nächtliche Alarmglocke.

Böddi schluckte mühsam, suchte seine Trauer zu verbeißen und einen Damm vor neuerlichen Tränenfluten zu errichten. Hatte er sie denn wirklich so sehr gemocht? Ja, hol's der Teufel, sie hatten nun mal ein Kind zusammen … vorübergehend. Verdammte Hu…! War die Blutprobe wirklich eine solche Katastrophe für ihn gewesen? Diese schreckliche, niederschmetternde Eröffnung … Dagga … Verdammt noch mal, Dagga! Sie hatte doch so verdammt lustig sein können. Mit keiner anderen Frau hatte er jemals so viel gelacht. Und so herzlich. Sie war … auf ihre Weise war sie ihm ebenbürtig gewesen. Jedenfalls stand er nie eine Stufe höher, wenn er mit ihr geredet hatte, wie bei allen anderen in seiner Umgebung vom Schulleiter bis hinab zum Käseblattreporter. War er letzten Endes doch in sie verliebt gewesen? Nein, wie sollte das möglich sein? Sie sah doch aus wie ... Aber trotzdem hatte er sie gemocht. Das ließ sich doch an allem möglichen ablesen. Und sie hatte, wahrscheinlich, sie hatte ... seine Frau werden wollen. Sie hatte ihm, dem Ungeliebten, ein wenig Herzenswärme schenken wollen. »Laß uns später darüber reden«, hatte sie am Telefon gesagt. Bei ihrem letzten Telefongespräch. Ein Hoffnungsfunke, der seitdem in seinem Herzen glomm. Das fühlte er jetzt. Böddi leitete eine neue Serie von Schluchzern ein. Er bedeckte das Gesicht mit den Händen, ging an den Rand des Hofplatzes, fort von seinem Bruder und dessen Auto. Zu der Nachricht von Dagbjörts Tod kam jetzt auch noch die Trauer über die Erkenntnis, daß er völlig ohne Liebe dastand. Wer sollte ihn ... Jetzt gab es niemanden mehr ...

Der Revolutionär war am Boden zerstört.

Viddi folgte ihm ganz behutsam, ohne eine Ahnung zu haben, was er sagen oder tun könnte. Aus dem Autoradio drang noch immer gedämpft seichte Musik. *»We don't have to take our clothes off / To have a good time ...«* Bei der Stallecke hob Jarpur den Schweif, und der milde Duft von Pferdemist erfüllte die Luft.

»Das ist ... ja, das ist wirklich traurig«, sagte Viddi mit einer Stimme, die ungewollt der Stimme von Winnie Puh gefährlich nah kam.

»Mhm«, machte Böddi.

»Ich wußte gar nicht, daß du nicht der Vater bist.«

Böddi brauchte eine Weile, um sich zusammenzureißen; er versuchte, all die mächtigen widerstreitenden Empfindungen zu bündeln und in einem schwachen Lächeln unterzubringen. Dann endlich drehte er sich um und sagte: »Sie hat es bloß angenommen.«

»Gut, und dann? Wann ist es denn rausgekommen, daß du nicht ...«

»Irgendwann, kurz danach.«

»Und was ... wie ...? War das nicht ...?«

»Es war ...« Böddi traf Anstalten, wieder auszuweichen, biß dann aber die Zähne zusammen und sah seinem Bruder mit feuchtem Blick in die Augen. Er wollte ganz offensichtlich nicht mehr weinen und sagte ganz gegen sein Gefühl: »Es war gut, die Sache vom Hals zu haben.«

»Aha. So was macht sicher ganz schöne Umstände.«

»Ich war einfach stinksauer auf sie. Ich meine, sie, sie ...«

»O ja, diese Weiber in Krókur, die können richtig einen an der Klatsche haben. Das brauchst du mir nicht zu erzählen. Genau wie Lára María zum Beispiel«, stimmte ihm Viddi bei.

Böddi gefror auf der Stelle. Seine Augen beschlugen mit Reif.

»Lára María?«

»Ja, die hatte echt hysterische Anfälle diesen Winter. Hatte Angst, sie könnte schwang ...«

Viddi verstummte schlagartig und sah Böddi an wie ein Toter. Auf einmal erinnerte er sich an das, was er letztes Jahr am zweiten Weihnachtstag in der Küche von Rokland telefonisch versprochen hatte. *Jesus Christ!* Der Grund für dieses Versprechen stand auf einmal vor ihm. Böddi sah Viddi mit einem Gesicht an, das wie in Haß gegossen aussah. Einen Augenblick lang standen sie einander gegenüber wie Stier und Torero.

Dann bewegte sich Böddi langsam auf seinen Bruder zu. Viddi blieb wie angewurzelt stehen und sah die Wut in seinen Augen brodeln. Böddi trat ganz dicht an ihn heran. Sein Gesicht war brandrot, und der Kopf zitterte.

»Lára María? Du und Lára María?« zischte er zwischen zusammengebissenen Zähnen hervor, ehe er urplötzlich die Kiefer aufklappte und Viðar mit aller Kraft in die Nase biß. Der Schauspieler schrie auf, packte Böddi bei den Schultern und versuchte, ihn wegzustoßen. Doch der ließ nicht locker. Dunkelrotes Blut floß ihm aus den Mundwinkeln zum Kinn hinab, während Viddis Hilferufe in blanke Entsetzensschreie übergingen. Jarpur hob den Kopf und blickte seelenruhig auf seinem Grasbüschel kauend zu den beiden herüber.

Endlich lockerte Böddi den Biß seiner Zähne um die Nase seines Bruders, und Viddi sank jammernd ins Gras. Mit beiden Händen betastete er seinen Gesichtserker und stellte zu seinem Entsetzen fest, daß die Spitze nur noch lose am Knorpel hing. Er wurde fast besinnungslos vor Angst, die Augen drangen ihm aus den Höhlen, und seine Stimme versagte, erstarb zu einem hilflosen Röcheln in seinem Hals.

Böddi stand mit blutigen Lippen (es tropfte noch immer von seinem Kinn) über ihm und blickte wild um sich wie ein Fuchs über frisch gerissener Beute. Dann stopfte er die Hände in die Taschen und wollte davonstapfen, doch da stieß er auf einen guten alten Bekannten. Ohne Zögern zog er die Pistole, drehte sich um und zielte auf den Kopf seines Bruders, der kniend auf dem Boden hockte und sich das blutige Gesicht hielt. Böddi verharrte eine Ewigkeit in dieser Stellung, bis Viddi endlich aufblickte. Seine Augen versteinerten, als er die Pistole auf sich gerichtet sah, und das rechte wurde zu einem roten Fleck, als Böddi abdrückte. Viddi fiel zur Seite, in eine Art Embryonalstellung zu Füßen seines Bruders. Durch seinen zusammengekrümmten Körper fuhren zwei heftige Stöße, dann schwand das Leben aus ihm mit einem leisen Röcheln. Der Knall des Schusses, der aus einem unerfindlichen Grund viel lauter geklungen hatte als der auf das Quad, hallte noch immer zwischen den Mauern wider. Doch allmählich verklang auch er, und das einzige, was nun noch zu hören war, waren vier Hufe auf Schotter. Jarpur hatte schon fast die Brücke erreicht.

41

Tödlich viel zu tun

In einem Schweißausbruch kam Böddi zu sich. Lára María wiegte sich zu seinen Füßen und hatte einen kleinen Mann im Schoß, einen Mann von der Größe eines Säuglings. Draußen schien der Mond so hell wie die Sonne und hatte das Zimmer auf mindestens vierzig Grad aufgeheizt. Böddi lag unter einem rohen Fell. Es war naß von Blut, und es roch nicht gut. Er hatte einen merkwürdigen Geschmack im Mund. Er schloß die Augen und rieb sie, bis Lára María verschwunden war und sich das Fell in eine alte, muffige Decke verwandelte. Das Zimmer war in altmodischem Orangegelb gestrichen. Am Fußende stand eine knallgrüne Kommode, und der schwarze Anorak lag auf einem Hocker mit Stahlbeinen. Die Decke über ihm mußte einmal blau gewesen sein, war jetzt aber von der Sonne ausgebleicht und voll brauner Streifen, als hätte sie zu lange auf einem überheißen Heizkörper gelegen. Er lag auf einer steinharten Matratze in einem knarrenden alten Bettgestell. Zwischen der Kommode und der Tür hing die Pistole an einem Nagel wie ein barbarischer Wandschmuck. Böddi erkannte sie wieder. Er rieb sich auch diesen Anblick aus den Augen, doch der eigenartige Geschmack auf der Zunge blieb. Er verband sich mit dem seltsamen Gefühl, in ein lebendes Tier gebissen zu haben. Saftiges Fleisch unter einem groben, dichten Fell …

Böddi kam ein Stück mehr zu Bewußtsein. Schmerzen, heftig wie ein Schuß, füllten seinen Schädel, und sein Körper fühlte sich steif an wie in Bronze gegossen, als er mit heftigem Muskelkater in Gesäß und Schenkeln aus dem Bett kletterte und aus dem Fenster sah: Eine kaum besiedelte Gegend, die Sonne stand im Süden und knallte auf schnell dahinfahrende Autos und einen langsam dahinströmenden Fluß herab. Böddi wurde schwarz vor Augen. Als er sie wieder öffnete, sah er eine sonnenhell gleißende, immaterielle und behaarte Lichtkugel, die langsam und lautlos über den Fußboden rollte. Dann kullerte sie aus dem Zimmer in einen häßlichen Flur und von dort in eine Küche mit niedrigen Unterschränken, die nach Sägemehl roch; weiter über eine hohe Schwelle in eine Diele und den Vorbau, und zu guter Letzt sprang sie in das zerbrochene Fenster der Haustür.

Böddi trat auf Glasscherben und dann hinaus ins Freie.

Der Tag hatte die Schlafmütze abgesetzt, und der Himmel war klar. Nur im Norden lagen ein paar dünne Schleier wie stundenalte Kondensstreifen. Den Schatten nach zu urteilen, war es gegen zwei Uhr. Der Lichtball in Böddis Augen hüpfte mit ein paar ruckartigen Sprüngen die Hauswand entlang und verschwand um die Ecke. Er folgte ihm, und die Kopfschmerzen folgten ihm. Da stand noch der Geländewagen, mit geöffneter Hecktür. Aber er war jetzt still, und die Scheinwerfer waren aus. Und hinter dem Wagen, auf dem Hofplatz, lag die Leiche.

Viðars Leiche.

Der Tote lag noch immer in seiner zusammengerollten Stellung auf der rechten Seite und wandte Böddi den Rücken zu. Der Kopf ruhte am Rand eines schwarzen Flecks, den das ausgetretene Blut auf dem hellen Kiesuntergrund gebildet hatte. Zahlreiche Fliegen schwärmten bereits zwischen Gesicht und Händen umher. Je nachdem, wie die Sonne einfiel, blinkten ihre Flügel in einem todesbleichen Blau auf. Entweder hatten sie seit vierzig Jahren in dem austrocknenden Misthaufen geschmachtet oder in der Nacht mehr als den halben Fjord hinter sich gebracht. Durch die zusammengerollte Haltung und den weiten Anorak sah die Leiche wie ein formloser Haufen aus. Die helle Pelzverbrämung der Kapuze war zur Hälfte schwarz von eingetrocknetem Blut. Der gleißende Ball in Böddis Augen schrumpfte auf einmal zu einer kleinen Kugel, schoß auf Viddis Kopf zu und schien darin zu verschwinden. In einem blutigen, ausgefransten Loch an seinem Hinterkopf. Böddi schloß noch einmal die Augen und schlug sie wieder auf. Aber die Leiche seines Bruders lag noch immer auf dem Hof. Er sah sie an und räusperte sich. Es war also tatsächlich passiert: Er hatte seinen eigenen Bruder getötet.

Böddi ging langsam auf den Toten zu und meinte zu riechen, daß ihm die Brise einen schwachen Todesgeruch zutrug. Er blieb kurz davor stehen und reckte sich, um über den Kopf hinwegzusehen. Ein fliegenbesetztes Ohr wurde sichtbar. Und eine leichenblasse Wange. Weiter wagte er sich nicht vor. Er wagte es nicht, seiner Tat ins Gesicht zu sehen, und blickte sich lieber um. Das Pferd war verschwunden. Schon letzte Nacht. Mit traurigem Pferdegesicht würde es heimwärts traben, den Zügel zwischen den Vorderbeinen baumelnd. Oder es hatte eine Mitfahrgelegenheit zu den Strandir bekommen. Der gute alte Jarpur. Ein zähes Biest und ein gutes Pferd. Aber etwas empfindlich, wenn ein Mensch erschossen wurde.

Böddi war danach in den Stall gestolpert, hatte sich, den Knall noch in den Ohren, für eine Stunde auf ein Bruchstück der Futterraufe gesetzt und war dann über die Wiese gelaufen, hatte sich im Tau bis zu den Knien eine nasse Hose geholt und sich das Blut damit abgewaschen. Dann hatte er lange draußen gestanden, zugesehen, wie der anbrechende Morgen den Frühdunst über dem Borgarfjörður lüftete, und auf das erste Wiehern des Tages gelauscht, während die Seele seines Bruders über die Landschaft heulte. Dann hatte er den Kopf in den Nakken gelegt, zum Himmel aufgeblickt und tief in seinem Inneren einen Ruf vernommen: »Bitte sehr, eine halbe Flasche.« »Bitte sehr, eine halbe Flasche«, hörte er seine eigene Seele seinem Vater zurufen, seinem Allvater, der tief im Himmel vergraben war. Ein Rabe flog vorüber. Böddi zielte auf ihn, benommen von Schlaflosigkeit und seiner Untat, drückte aber nicht ab und warf die Waffe weg. Im hohen Gras fand er sie wieder, aß an der Hauswand Blätter der Vogel-Sternmiere, ehe er die Küche gründlichst durchsuchte. In einem Schrank mit verzogenen Türen fand er ein paar zeitlose Kekse und im Kran Wasser. Gegen elf war er endlich unter der verschossenen Decke eingeschlafen.

Und jetzt stand er über seinen Bruder gebeugt. In der Sonne. Mit Blutgeschmack im Mund.

Da klingelte ein Telefon. Das Handy in Viðars Jackentasche. Das Gitarrensolo aus *Eye of the Tiger* erklang aus den Tiefen der Tasche. Böddi bückte sich und nahm auf der Oberseite der Jacke eine leichte Bewegung im Stoff wahr. Eine höchst unpassende Bewegung am Körper eines toten Menschen. Und wenn dieser Klingelton schon ohnehin ziemlich affig war, so paßte er jetzt wie die Faust aufs Auge. Der Apparat hielt sich dran. Mußte ein wichtiger Anruf sein. An seines Bruders Statt wurde Böddi plötzlich von einem heiligen Zorn gepackt. Er wollte das Ding nehmen und hineinbrüllen: Laßt doch einen Toten in Frieden ruhen! Nachdem es noch dreimal gedudelt hatte, verlor er die Beherrschung. Er warf sich über seinen Bruder, fand das Handy in der linken Jackentasche, drehte es ein paarmal in der Hand, um herauszufinden, wie so eine Höllenmaschine funktionierte, und antwortete schließlich in loderndem Zorn:

»Hallo, wer ist da?!«

Er erschrak selbst darüber, wie dünn sich seine Stimme anhörte. Wie ein piepsendes Vögelchen mit einer walgroßen Wut im Bauch.

»Ja, hallo. Ist da Viðar?« fragte eine höfliche und angenehme Männerstimme am anderen Ende.

»Äh, nein. Er … er ist gerade nicht da.«

»Ach so. Ist er weit weg?«

Böddi zögerte und blickte auf die Leiche hinab.

»Ja, ich glaube schon.«

»Gut«, sagte die Stimme und machte eine kurze Denkpause. »Könntest du ihm vielleicht etwas ausrichten?«

»Nein.«

»Nein? Kannst du ihm nicht eine kurze Mitteilung ausrichten? Ich muß unbedingt …«

»Doch, klar. Kann ich machen.«

»Schön. Mein Name ist Þóroddur Karlsson von *Island heute*, Zweites Programm. Es geht um seinen Bruder, also Viðars Bruder, der … nun ja, wie soll ich sagen? Also der reitet gerade zu Pferd die Ringstraße in Richtung Süden. Er hat gesagt, er käme heute abend zu uns in die Sendung. Wir müssen das so schnell wie möglich bestätigt haben, ob er nun kommt. Weißt du vielleicht, wie es ihm geht?«

Böddi kämpfte gegen sein Herzklopfen an und sagte schließlich:

»Nein.«

»Nein, gut. Aber Viðar ist doch über diesen Anschluß erreichbar, oder?«

»Äh ... ja.«

»Gut, in Ordnung. Richte ihm aus, er soll sich melden. Er hat meine Nummer.«

»Ja.«

»Sehr gut. Danke.«

Böddi stand wie ein geistig Minderbemittelter mit dem Handy in der Hand mitten auf dem Hof, über der Leiche seines Bruders. Ein Mörder, der ans Telefon seines Opfers geht. Er bückte sich und stopfte es zurück in die Tasche. Dabei konnte er der Versuchung nicht widerstehen, einen Blick in das Gesicht zu riskieren. Das rechte Auge war eine klaffende Höhle, das linke aufgerissen. Ein furchtbarer Anblick. Sein Brüderchen Viddi hatte sich in eine Leiche verwandelt. Ein eiskalter Schädel mit einem Loch darin. Böddi wurde schlecht, und er sah weg; rasch richtete er sich auf, doch da wurde ihm schwindlig, und er mußte sich übergeben. Allerdings hatte er außer Würgegeräuschen, die in Reizhusten übergingen, wenig von sich zu geben. Er wandte sich ab, ging in die Knie, spuckte aus und versuchte sich wieder zu fassen. Eine Weile verharrte er so, dann erhob er sich und schluckte. Schluckte die große Tatsache, die hier vor ihm auf der Erde lag. Er legte den Kopf zurück und grimassierte in die Luft, wobei ihm eine Frage in den Sinn kam: Wieso war er noch am Leben und der andere tot? Was war eigentlich der Sinn hinter all dem? Böddi drehte sich noch einmal um, blickte auf Viddi und beneidete ihn auf einmal um seinen Part. Es war besser, tot zu sein, als sich einem so hellen Tag stellen zu müssen. Der Mörder beneidete sein Opfer. Dem ging es um so vieles besser.

Er ging ins Haus zurück, holte seinen Anorak, zögerte einen

Moment vor der Pistole, nahm sie dann aber doch von der Wand und steckte sie ein. Im Vorraum stieß er auf eine kleine, komplizierte Kamera, die auf dem Boden lag wie eine High-Tech-Katze mit dem Schwanz in der Steckdose. Als er vorhin hinausgegangen war, hatte er sie nicht bemerkt. Ein winziges grünes Lämpchen schien zu signalisieren, daß sie jetzt aufgeladen war. Böddi betrachtete das Ding eine Weile, verließ dann aber das nach Sägemehl riechende aufgegebene Haus, trat in den Sonnenschein hinaus, ging den Schotterweg hinab, der zur Brücke führte und weiter zur Ringstraße. Die Leiche ließ er einfach liegen, unternahm keinerlei Versuch, sie zu beseitigen. So etwas taten bloß Feiglinge, Kleinbürgerseelchen in billigen Krimis und seichten Polizeiserien. Das hier war ein sauber ausgeführter Totschlag, nichts, für das man sich schämen müßte. Viðar blieb ebenso tot, ob er nun irgendwo versteckt oder offen dalag. Und er blieb gleich schuldig, verurteilt oder nicht. Das Leben war größer als die kleinen Menschen, und zu denen zählte sich Böddi nicht.

»Verfluchte Bißlose!« sagte er zu den Bergen und sich selbst, als er die Brücke überquerte. »Ohne Biß und Arschkriecher und noch mal Zahnlose!«

Er befand sich noch immer auf seinem Marsch auf die Stadt. Es war lediglich zu einer kurzen Verzögerung infolge Familienangelegenheiten gekommen. Der Weg der Revolution war und blieb immer in Blut getaucht. Am Rand der Nationalstraße blieb er stehen und streckte den Daumen raus. Leider war ihm schon von weitem anzusehen, daß er ein Mörder und obendrein bewaffnet war. Hohe schwarze Stiefel, schwarze Jeans, ein langer schwarzer Anorak, ungepflegt am Kopf klebendes Haar und eine unfreundliche Miene im sonnengeröteten Gesicht – zwanzig Autos fuhren vorbei, ohne auch nur abzubremsen. Dann aber tauchte ein Wagen vor ihm auf, ein frisch polierter funkelnagelneuer Geländewagen: Viddis Pajero. Warum war er darauf nicht früher gekommen? Mit langen Schritten stiefelte Böddi zu dem verlassenen Hof zurück.

»Ihr Zahnlosen!«

Es überraschte ihn, wie schwer es ihm fiel, Viddi wiederzusehen. Er lag noch immer in seinem Blut und hatte sich nicht vom Fleck gerührt. War noch ebenso mausetot wie vorher. Böðvar wurde die Tatsache bewußt, daß der Tod etwas Endgültiges war. Sein Bruder sollte nun für immer und ewig tot sein. Und er hatte ihn umgebracht. Mit seinen eigenen Händen. Durch seinen Willen. Er hatte seinen Bruder *ermordet.* Nein. Nein. Blödsinn. Er hatte sich selbst getötet. Hör nicht auf den Quatsch! Sein ganzes Leben lang war Viddi diesem Pistolenlauf entgegengehetzt. Bis er schließlich vor ihm stand. Er hatte es selbst heraufbeschworen. Er hatte sich selber umgebracht. Bloß keinen Quatsch erzählen! Böddi wischte alle Zweifel weg wie einen lästigen Fliegenschwarm und öffnete den Wagenschlag. Der Schlüssel steckte. Er ging nach hinten und schloß die Hecktür. Dann setzte er sich ans Steuer und drehte den Zündschlüssel. Nichts. Der Wagen sprang nicht an. Das Scheiß-Radio hatte die Batterie platt gemacht. So ein Mist!

Ohne sich noch einmal umzusehen, sprang Böddi aus dem Wagen und stampfte über den Weg davon. So ein Mist! Er war noch nicht weit gekommen, als er wieder kehrtmachte. Er war nur noch eine wandelnde Gewitterwolke. So ein verfluchtes, dämliches Gewäsch! Die Stiefel knirschten laut auf dem Schotter. Er erreichte den Hof, marschierte am Wagen vorbei geradewegs zu der Leiche, beugte sich darüber, ohne noch einmal in das Gesicht zu schauen, wedelte ein paar Fliegen weg, zerrte das Handy aus der Jackentasche und machte sich ein weiteres Mal auf den Weg. Unterwegs hantierte er an dem Apparat herum, versuchte, sich an die Nummer der Auskunft zu erinnern, tippte aber schließlich aufs Geratewohl eine beliebige Nummer ein, bis endlich eine unbekannte Frauenstimme antwortete: »Hallo?«

»Wie ist die Nummer der Auskunft?«

»Wie bitte? Wer ist denn da?«

»Wie die Nummer der Auskunft ist, will ich wissen!«

»Meinst du die 118?«

»Danke.«

Bevor er die Hauptstraße erreichte, hatte er die Nummer eines Taxiunternehmens in der Stadt gewählt und einen Wagen in den Borgarfjörður bestellt.

»Er wird mich schon finden. Ich gehe ihm entgegen. Ich habe Gummistiefel an«, erklärte er dem vielleicht mittelalten Mann in der Funkzentrale und verzog das Gesicht vor den Funkwellen, die seinen Kopf durchdrangen.

Es herrschte nicht viel, aber regelmäßiger Verkehr. Alle zwei Minuten kam ein Fahrzeug an ihm vorbei, dessen Fahrer nachher unwillkürlich in den Rückspiegel guckte, um den einsamen Fußgänger kurz zu betrachten.

Er lief eine gute Stunde lang.

An der nächsten Kreuzung stand ein verlassenes weißes Steinhaus, das als Reklametafel mißbraucht wurde. Arme Kerle im nächstgelegenen Bezirk hatten mit der Hand Hinweise auf ihre Privatmuseen und Ankündigungen ihrer nächsten Feste und Feiern auf beide Giebelwände gemalt. Aus den großen schwarzen Lettern sprach die helle Verzweiflung: Reisende wurden kniefällig gebeten, doch bitte von der Nationalstraße 1 abzubiegen und sich die vergessene Gegend anzusehen. Böddi ging zum Pinkeln hinter das Haus. Südlich davon stand ein dichtes Wäldchen, und die Südwand lag im Windschatten. Der Prophet legte sich ins Gras, rupfte etwas Sauerampfer aus und kaute darauf herum, um den Blutgeschmack loszuwerden. Dabei achtete er auf ein Taxi aus südlicher Richtung.

Den größten Teil seiner Erregung hatte er sich aus dem Leib gewandert und konnte seine Lage nun ruhiger überdenken. Er war also zum Mörder geworden. So fühlte sich das an. Er hatte Viðar aus seinem Leben geschossen. Es war, offen gestanden, »ein ganz außergewöhnliches Gefühl«, wie es sein Bruder formuliert hätte. Jemanden aus dem Leben befördert zu haben, verursachte unleugbar auch eine Art Triumphgefühl: Er hatte die Macht über Leben und Tod ausgeübt. Und er empfand keine Trauer über den Verlust seines Bruders. Viddi war zu Recht erschossen worden.

Jawohl.

Böddi fand, daß diese Sichtweise völlig berechtigt war. Er hatte ihn geradezu erschießen müssen. Es hatte so kommen müssen. Wenn man ihre beiden Leben zusammenlegte, kam das dabei heraus. Dieser lächerliche Winnie Puh hatte den Tod verdient. Er war nichts weiter als eine Laus im Pelz der Gesellschaft. Reservierte Titelseiten und posaunte Sonderangebote aus. Und Lára María … Er hatte es sich selbst zuzuschreiben. Er hatte sein eigenes Todesurteil unterschrieben, schon damals im Zimmer neben dem von Mutter, in der Nacht nach Weihnachten, indem er besudelte, was da nackt und heilig … Wie hatte sie nur …? Besaß sie am Ende doch so etwas wie Geschlechtstrieb? Verhurtes Hollywoodflittchen! Widerliche Videoschlampe! Promi-Nutte! Wollte sich unbedingt von einem Teddybär vögeln lassen. Ließ sich mit Videoband ans Bett fesseln und hörte seine Synchronstimme in ihrem Schoß verschwinden. Es war ekelig. Voll und ganz widerwärtig. Sühne dafür mußte sein. Der Beschmutzer und Besudeler aus der Stadt, das Kommunikationsschwein, sein Bruder, hatte sein größtes Heiligtum in den Dreck gezogen. Aber die einzigen, die ihn vermissen würden, waren Ingvar Helgason, der Autohändler, und *Dominos Pizza*. Vielleicht würde die letztgenannte Firma im Drecks-Morgenblatt einen Nachruf auf ihn veröffentlichen. Nein. Doch. Es war ganz offensichtlich: Viddi hatte sterben müssen. Er hatte selbst Tag und Nacht darauf hingearbeitet. Er hatte unbedingt sterben wollen. Böddi hatte ihm nur seinen Wunsch erfüllt. Alles, was man tat, zog Konsequenzen nach sich. Telefongespräche, schriftliche Mitteilungen, mündliche Äußerungen, Werbekampagnen, mit jemandem ins Bett zu gehen … Es hatte alles sein Gewicht. *Zufall existierte nicht.* Die Folgen des eigenen Tuns mochten irgendwo hinter den sieben Bergen schlafen, aber irgendwann bekam man sie um die Ohren gehauen. Im Zweifelsfall auf einem verlassenen Bauernhof in einer zwielichtigen Sommernacht. Aus dem Lauf einer Pistole, als deren Besitzer ein Þorkell H. Jónsson, seines Zeichens Hotelchef, registriert war. Viddi war schon tot, als er seinen ersten Werbespot aufnahm: »Mach mit beim großen Sommergewinnspiel von Pepsi und Maarud. Guck in den Korken!« In seinem Korken steckte der Hauptgewinn: Eine Reise über den großen Fluß.

Ein spöttisches Grinsen zog über Böddis Gesicht, wie er da unter laubraschelnden Borgarfjörður-Birken in der Nachmittagssonne lag und einen Nachruf auf seinen soeben verstorbenen Bruder entwarf. Diese Torfköpfe beim *Mogginn* mußten ihn abdrucken, schließlich war er der Bruder.

»Viddi ist tot. Ich darf nicht behaupten, sein Tod wäre für mich überraschend gekommen, denn ich habe ihn getötet. Ich kann auch nicht sagen, sein Ableben hätte tiefe Trauer in mir ausgelöst. Viðar hat sein Leben verschleudert und darum nicht mehr Zeit auf Erden verdient. Jemand mußte ihm die rote Karte zeigen. Ich habe das übernommen.

Jetzt ist er weg. Wir werden ihn nicht vermissen. Er hat seine Chance gehabt, und er hat sie verbaselt. Darüber muß man nicht in Tränen ausbrechen.

Viðar Halldór Steingrímsson war mein jüngerer Bruder, geboren im April 1971, aber es sah bald danach aus, daß er von mir nichts lernen konnte. Schon als junger Mann verlor er den Blick für das, worauf es im Leben ankommt, und gab sich dem Bösen in die Hände. Er war ein Opfer unserer Zeit, unserer pöbelhaften Zeit, die stets auf der Suche nach dem kleinsten gemeinsamen Nenner ist und alles noch unter ihn hinabdrückt. Keine Epoche ist eine Ära des Friedens. Jede Zeit hat ihre Schützengräben. Die Wahl liegt bei uns: Wollen wir den Kampf annehmen oder uns vor der Auseinandersetzung drücken. Viddi war ein großgewachsener Kerl, aber er verfiel der Kleinmütigkeit. Er schaffte es, sich in einer schmierigen Brühe zu ertränken, die ihm nicht einmal bis zu den Knöcheln reichte. Denn so ist unsere verfluchte Zeit: Die Menschen müssen sich klein machen, um groß zu wirken.

Viddi ging mit allem, was ihm gegeben war, schlecht um. Das Talent zum Schauspieler war ihm in die Wiege gelegt, doch er verhökerte es für Geld. Anstatt das Leben großer Gestalten zu interpretieren, lieh er der Profitsucht anderer seine Stimme. Jedem, der ihn dafür bezahlte. Wenn Viðar Halldór jetzt dieses

Leben verläßt, läuten dazu keine Kirchenglocken, sondern es scheppert uns seine eigene Stimme in den Ohren wie eine Blechklapper und leer wie tönendes Erz: *Das ganze Wochenende geöffnet! Guck in den Korken! Geiz ist geil!*

Das Leben beschenkte Viddi mit der Gunst der Frauen, doch er mißbrauchte sie und war stets darauf aus, so viele wie möglich von ihnen flachzulegen und dabei keine wirklich kennenzulernen. Liebe war der schönste Quell im Garten hinter seinem Haus, doch er würdigte ihn nicht eines Blickes. Die heiligsten Empfindungen anderer schleppte er in sein Bett, um sich für einen Augenblick an ihnen zu befriedigen und sie auf ewig zu besudeln. Der Wunsch, immer aufs neue die triebhafte Gier seiner Augen zu füttern, machte ihn blind im Herzen. Drei Frauen schenkten ihm Kinder, und er gab ihnen nichts zurück, bis auf die Unterhaltszahlungen. Die er mit dem gleichen Unwillen bezahlte wie die Telefonrechnung. Kinder, die jetzt ihren Vater vermissen, sollen sich glücklich schätzen, ihn nie kennengelernt zu haben.

Viðar Halldór war ein begabter Junge, der nicht an seine Gaben, sondern an Waren glaubte. Er verlor seinen eigentlichen Kern, behielt nur einen winzigen Rest von ihm zurück, der ihm übel aufstieß und den er kaute wie ein Kaugummi. Mit dem wahren Leben kam er nie in Kontakt. Mit ihm zu reden, war wie ein Interview mit jemandem in einer Live-Sendung, der permanent auf die Werbeunterbrechung wartet. Mein Bruder war ein so oberflächlicher Mensch, daß ihm nicht einmal sein Tod eine gewisse Tiefe verleihen kann. Das einzige Problem nach seinem Weggang bestand darin, daß man bei *Talsetning ehf.* zwei Synchronaufnahmen verschieben mußte.

Er machte alles falsch und pflegte seine Fehler mit Eifer und Hingabe. Er war eitel und auf Äußerlichkeiten bedacht, er war ehrgeizig, gierig, geil und geizig, egoistisch, faul, verlogen, stur und vergeßlich, er war ein arroganter Snob, ein Ignorant, ein Analphabet, ein Schmutzfink wie er im Buche steht und kümmerte sich nie um familiäre Dinge. Er versuchte, sich mit so wenig Aufwand wie möglich durchs Leben zu schlängeln. Sein Motto lautete: Ein Höchstmaß an Bequemlichkeit für ein Mindestmaß an Aufwand. Eine erbärmliche Maxime, die er sich von seinen noch erbärmlicheren Landsleuten in erbärmlicher Zeit abguckte. Er huldigte einem Kult der Äußerlichkeit und machte seinen Haaren mehr Geschenke als seiner Mutter. Er vermochte keine Trauer zu empfinden, heulte aber wie ein Schloßhund, wenn nur genügend zusahen. Er gab mehr Geld für Klamotten aus als für Lebensmittel. Er kassierte Kindergeld, um sich davon Drogen zu kaufen. Er fuhr durchs Land, als würde die Straße ihm gehören. Dabei gehörte ihm nicht mal der Wagen. Er setzte auch in dichtestem Nebel zurück. Er kaufte sich Wohnungen wie Psychopharmaka, ging in den Baumarkt, wenn er sich schlecht fühlte, und sah Schwimmen als geistige Tätigkeit an. Er hat mehr Soap Operas gesehen als Berge, mehr Videos als Sonnenuntergänge. Verwechselte Telefonate mit Gesprächen. Er hat nie Musik gehört, die nicht von einem Schlagzeug begleitet wurde. Nie ein Stück, das länger als drei Minuten dauerte. Zu seinen Favoriten gehörten Chicken Wings, Kokain, Cannes, U2, die Sopranos, de Niro und Dan Brown, wie sich unsere Landsleute aus den zahlreichen ›Interviews‹ mit ihm in der Regenbogenpresse erinnern werden oder auch nicht. In seiner Wohnung standen vier Regalreihen voll DVD's mit feuerspeienden Titeln: Die Gesammelten Werke von Arnold Schwarzenegger. An den Wänden hingen Poster, die besagten, hier wohnt ein Flachkopf, der Flachköpfe bewundert. An Orten, die noch nicht als ›Set‹ für Fernsehaufnahmen gedient hatten, fühlte er sich nicht wohl, und jeden Kameramann bedachte er mit Augenaufschlägen, als wandele er auf Freiersfüßen. Er war ein Fan von United, ging aber nie ins Stadion – oder in die Arena, wie man heute sagt. Er las Beckham und Keane und die Biographien von Filmschauspielern. Marlon Brando war sein Schopenhauer. Wer Nietzsche war, wußte er nicht, und von Mahler hat er nie gehört. Er war ein Schauspieler, der erklärte, Shakespeare sei öde. Er besaß nicht ein Buch von Laxness, wußte nicht, wer Goethe war, las niemals Thomas Mann oder Tolstoj und keine Romane; es sei denn, sie begannen mit einem Mord. Darum mußte er so enden.

Er war nichts anderes als ein Isländer von heute. Und darum hat er den Tod verdient.

Sein letztes Werk war es …«

Böddi brachte diesen Nachruf auf seinen Bruder, den er im *Morgunblaðið* veröffentlichen wollte, nicht mehr zu Ende, denn seine Gedanken schweiften zu Viddis letztem Projekt im Leben ab. Er suchte nach dessen Handy und richtete sich auf. Mit flach ausgestreckten Beinen saß er da, glotzte etwas hinterwäldlerisch auf das Gerät in seinen Händen, als ob er erwartete, wenn er es nur lange genug anguckte, müßte es am Ende klingeln.

42

Eine Frau

Die Sonne war nach Südwesten abgestiegen und glühte jetzt spätnachmittäglich über einem blauen Bergstock mit markanter Silhouette am anderen Ufer des Fjords, der von Böddis Standpunkt aus nicht zu sehen war. Die Schatten der Straßenpfosten fielen über eine ganze Fahrspur, und der Schatten, den die Straße selbst auf ihrer Nordseite warf, wuchs dort wie eine unbekannte Grasart. Das Sonnenlicht war einen Ton gelblicher geworden, mehr Hahnenfuß als Kamille, und der Verkehr hatte zugenommen. Böddi ging um die sonnenbeschienene Hauswand herum und hielt nach einem Taxi Ausschau. Ein flammneuer Lieferwagen und ein weißer PKW kamen ihm entgegen, von Norden donnerte ein Laster mit Hänger heran. Alle drei trafen sich an der Kreuzung. Drei Geräusch- und Druckwellen prallten zusammen. Böddi verzog das Gesicht und trat an den Straßenrand.

Es war eine T-Kreuzung. Gegenüber dem Haus zweigte eine zweispurige Straße ab, zu deren Befahren die Parolen auf der Hauswand aufforderten, und lief in nördlicher Richtung auf einen steilen Anstieg zu. Gerade kam von dort ein roter Jeep auf die Kreuzung zu. Am Stopschild hielt er an. Am Steuer saß eine üppige Frau mit weichen Wangen, die plötzlich die Hupe betätigte. Böddi sah zu ihr hinüber, und sie winkte ihm lachend zu.

Teufel auch, es war Helga Sjöfn. Seine ehemalige Kollegin in der Schule und bestgehaßte Bekannte.

Böddi hatte wenig Lust, zu ihr ins Auto zu steigen, doch das Taxi war sicher noch weit entfernt. Also stieg er doch in diesen Jeep, der weder edel auf Offroad getrimmt war noch auf Statussymbol für höhere Einkommensklassen, sondern einfach nach einem zweckmäßigen Fahrzeug für eine Reiterin aussah. Er setzte sich neben die fast gleichaltrige Frau, die ansonsten in fast allem das genaue Gegenteil von ihm darstellte: Eine unbedarft fröhliche Landfrau mit wogendem Busen. Helga Sjöfn gehörte zu jenen seltenen Frauen, die sich in ihrem Molligsein wohlfühlen, sauwohl, wie man so sagt. Rund gewölbter Bauch, aber noch weitaus rundlichere Brüste, viel Schenkel, aber noch viel mehr Hinterteil, ein hübsch rundes Gesicht, kindlich weich, die Augen voll der unerschütterlichen Überzeugung, daß am Ende alles gut werden wird. Ihr Lächeln war ein helles Leuchten. Ein prächtiges Weib, das in unserer magersüchtigen Zeit als zu dick abgeurteilt wurde, in einer anderen Epoche aber als große Erdmutter göttliche Verehrung genossen hätte. Diese lebenslustige Frau lebte in einem komischen Haus am Rand von Krókur, zusammen mit ihren Tieren und zwei Kindern, die sie von zwei verschiedenen Schweden hatte. Isländische Männer fürchteten sie als eine Verkörperung von Lebensglück schlechthin, und diese Småländer hatte sie sich jeweils innerhalb weniger Jahre wieder vom Hals gelacht. Sie wäre auch glänzend damit klargekommen, zwei Ehemänner zu haben. Obwohl ihre Kinder allmählich ins Konfirmationsalter kamen, sprangen die Männer noch immer auf sie an. Ihr lebhafter, üppiger Leib ließ die meisten innerlich nach ihrem besten Stück tasten. Böddi verfolgte skeptisch, wie sie nach rechts auf die Ringstraße einbog und Richtung Süden fuhr. Wo kam sie her?

»Ich habe übers Wochenende eine alte Freundin besucht. Sie ist Tierärztin in Búðardalur. Da war ich das ganze Wochenende in guten Händen und wohlversorgt, kann ich dir sagen.«

Sie war eine der wenigen im Skagafjörður, die noch mit nordländischem Akzent sprachen.

»Na ja, es hat zwar die ganze Zeit gegossen – das war aber auch ein Mistwetter –, aber wir haben es uns richtig schön gemütlich gemacht, mit Rotwein, Krabben und Käse. Sie haben richtig leckeren Käse da in den Tälern. Und jetzt bin ich auf dem Weg in die Stadt. Die Kinder kommen morgen aus Schweden zurück. Und was hat dich hierher verschlagen? Ist doch nicht normal, daß du auf einmal hier an der Kreuzung auftauchst wie ein verirrter Schafbock.«

Böddi hatte so seine Probleme mit dieser Art von Sprachdiarrhöe.

»Ich muß in die Stadt.«

»Ja und? Hat Skulda es nicht über sich gebracht, dich zu fahren?« fragte sie und ließ ein ansteckendes Lachen folgen, das immerhin ein schwaches Grinsen auf Böddis Lippen zauberte.

»Wohl kaum. Außerdem bin ich geritten.«

»Ach, stimmt ja, Mann. Ich habe davon in der Zeitung gelesen. Du hast dich echt zu Pferd auf den Weg gemacht. Das fand ich wirklich 'ne tolle Idee von dir! Wie haben sie dich noch mal genannt? Moment ... Hast du es nicht selber gelesen? Stand doch im Blablatt, wie ich es immer nenne.«

»Was stand denn da?«

»Ach ja, jetzt weiß ich wieder. Rokländer. Genau. Der Rokländer haben sie dich getauft, und daneben war ein totenhäßliches Bild von dir und dann noch eins zu Pferd. Das war okay. Machst dich gut im Sattel. Was war denn das für ein Gaul?«

»Jarpur.«

»Welcher Jarpur?«

»Der von Keli, aus dem Hotel.«

»Ach, der alte Jarpur. Der aus Fálki vom schönen Jói? Den habe ich damals zugeritten. Vielleicht kein guter Paßgänger, aber er sitzt sich angenehm, oder?«

»Doch, er war in Ordnung.«

»Und ließ sich immer weiter prügeln. Hat nie gebockt. Gutes Kinderpferd. Und dann? Wo hast du ihn gelassen? Hat er sich vielleicht hier eingeschrieben?« fragte Helga und schaute lachend nach rechts aus dem Fenster. Der kleine Campus der privaten Hochschule Bifröst flog gerade vorbei, eine dicht gedrängte Ansammlung von Neubauten, die auf allen Seiten von Lava umgeben war, als hätte der Ausbruch erst gestern stattgefunden.

»Nein, ich habe ihn weggescheucht«, sagte Böddi bierernst.

»Nanu, wie denn das?«

»Weiß nicht. Ich war grob zu ihm. Es hat sich herausgestellt, daß er für die Revolution nicht reif war. Ist eben nur ein Kinderpferd.«

Das sagte er eine Spur zu laut und blickte dabei stur auf die Straße, das Gesicht in tiefe Falten gelegt gegen die genau in die Augen scheinende Sonne. Die Lava entlang der Straße war mit dicken Moospolstern bedeckt wie mit frischgefallenem Schnee.

Helga Sjöfn musterte ihn von der Seite, und ihr Lächeln verflog vorübergehend, bis sie die Sonnenblende herunterklappte und fortfuhr:

»Ja, sie haben geschrieben, daß du eine Revolution anzetteln willst. Weißt du was? Das gefällt mir.«

»So?«

»Ja. Das finde ich gut.«

»So, so. Helga Sjöfn eine Befürworterin der Revolution«, sagte Böddi mit überlegenem Spott.

»O ja, die ist längst überfällig«, sagte sie und fand ihr Lachen wieder. »Nimm all die Typen und stecke sie in ein Bad mit Gerbsäure! Wo willst du anfangen?«

»Die Revolution beginnt hier«, gab Böddi sofort zurück, beugte sich zu ihr hinüber und berührte sie leicht mit der Rechten an der Stelle, wo das Herz saß. Die Gegend fühlte sich straff und weich zugleich an. Wie die ganze Frau. Ein erotischer Funke sprang über, und beide wurden rot. Sie blickte ihn an, ließ den Blick an seinem Oberkörper hinabgleiten und sagte seltsam trocken:

»Du solltest dich anschnallen.«

»Die Revolution braucht keine Sicherheitsgurte.«

Sie warf ihm einen neuerlichen Blick zu, wobei der Wagen leicht auf die Gegenfahrbahn geriet. Sie merkte es, korrigierte die Richtung und sagte noch einmal mit dem ihr geläufigen Tonfall einer Lehrerin:

»Ich bin trotzdem der Meinung, daß du jetzt den Gurt anlegen solltest.«

Böddi drehte sich ihr zu und guckte sie so lange an, bis sie den Blick erwiderte. Erst dann ließ er sich erweichen, griff langsam nach dem Gurt und zog ihn über den Oberkörper. Dann steckte er mit einem stechenden Blick den Zapfen in das Schloß wie ein Cowboy, der seinen Revolver ins Halfter steckt.

Beide schwiegen. Das Radio spielte Kanal 2, den staatlichen Dudelfunk. Flache, mit niedrigem Wald bestandene Höhenrükken, gemähte Wiesen und sonnenbeschienene Heuballen wurden auf merkwürdige Weise davon begleitet. Böddi kannte das Stück. Es stammte von der englischen Gruppe *The Fall*. Ihr Auftritt in Berlin 1995 war das letzte Rockkonzert, das er besucht hatte. Unter Hunderten anderer Punker hatte er dort gestanden und tausendmal zu einer Musik mit dem Kopf gewackelt, von der er inzwischen wußte, daß es keine Musik war. Gleichwohl hatte dieses hohle Gehämmer auch zu seinem dreißigsten Geburtstag im gleichen Jahr gedröhnt. Er hatte die Party mittendrin verlassen, als ihm urplötzlich aufging, wie sehr er sich auf seiner eigenen Geburtstagsfete zu Tode langweilte. All seine Gäste waren nichts als Pseudofreunde. Er erkannte plötzlich mit einem klaren Blick, daß auch sie allesamt »ohne Biß« waren oder »Überzeugungslose«, wie Tolstoj solche Menschen genannt hatte, pseudoausgelassene Typen, die ihm mit Pseudolächeln zugrinsten und ihre hohlen Schädel zu einer Musik schüttelten, die in Wahrheit niemand mochte und der man nur insgeheim huldigte. Rockmusik lebte davon, daß man seine individuelle Persönlichkeit in einem kollektiven Mob aufgab. Im Endeffekt bedeutete sie faule Kompromisse und sprach deshalb vor allem Gesocks und feiges Pack an. Für sich genommen mag der einzelne intelligent sein, in der Masse ist er ein Esel. Jeder IQ muß durch die Menge der Anwesenden geteilt werden. Wie der Faschismus fühlte sich Rockmusik in gigantischen Arenen am wohlsten. Böddi hatte die Schnauze voll davon, verließ die eigene Bude voll nickender Wackeldackel und unguter Stimmung und gelobte sich selbst, sein Rattendasein aufzugeben und endlich seine eigene Persönlichkeit zu entwickeln. Er gab es auf, in irgendwelchen Kellern abzuhängen, und ging statt dessen in die Berge. Bestieg die Gipfel, die aus der Kultur aufragten, anstatt in den Bombentrichtern der Fucklandarmee herumzukrauchen. Den Geist vergrößern, nicht vergewaltigen. Er gelobte sich, nur noch er selbst zu sein, nicht einen Fußbreit eigener Überzeugung preiszugeben und niemals zu einer Lüge ein Lächeln aufzusetzen. Geburtstage sind dazu da, sich an etwas zu erinnern. Böddi hatte seinen Dreißigsten erst gar nicht feiern wollen, aber seine vergnügungsgeilen Gesellen hatten ihn fast dazu gezwungen. Und es hatte ihm gutgetan: Er hatte beschlossen, ein Mensch zu werden und kein Herdentier.

Dieses Programm, beschlossen auf einer eiskalten Kneipentour im Januar 96, hatte ihm seitdem geholfen, es hatte ihn seitdem den ganzen Weg begleitet, bis in Helga Sjöfns Jeep. Er hatte einen weiten Weg zurückgelegt. Und war ein besserer Mensch geworden. Er erkannte es deutlich, als er jetzt noch einmal das Gestümper von *The Fall* hörte. Das Geschepper im Radio ließ einen eher an eine Direktübertragung aus einer Fischfabrik denken, deren Vorarbeiter schlechtester Laune war.

»Wir hörten gerade eine Aufnahme aus dem Archiv der BBC«, erklärte der Ansager, einer der bekanntesten Popmusikkenner des Landes. »Das war *The Fall* in einem Konzert, aufgenommen in Cambridge vor einem Vierteljahrhundert. *Lie Dream of a Casino Soul.* Klassik des Jahres 1981. Der Sänger der Gruppe, Mark E. Smith, hat sie seitdem am Leben erhalten. Mittlerweile haben nicht weniger als fünfzig Musiker in der Gruppe gespielt. Es scheint nicht gerade leicht zu sein, mit Mark Smith auszukommen, dessen Neigung zu Alkohol und Drogen leider nur zu bekannt ist. Aber er ist eben auch ein begnadeter Musiker und zählt zu den größten unserer Zeit. In den frühen Jahren lebten die Mitglieder der Band zusammen und hatten gemeinsam mit einigen Ratten eine Wohnung im Zentrum von London gemietet. Nach Ansicht der englischen Musikpresse war die Gruppe allerdings nie besser als heute. Hören wir noch ein Stück von ihnen. Es stammt von dem Album, das sie im vorletzten Jahr veröffentlichten, und heißt *Contraflow.*«

Böddi sah die Frau am Steuer an. Warum, um alles in der Welt, ließ eine solche Prachtfrau derartigen Schund über sich ergehen? Diese hirnlose, stinkende Schweißfußmusik aus den düstersten Rattenlöchern der Welt, die von Selbsthaß und Drogen vorwärtsgepeitscht wurde. Das Stück von der neuen Platte war nahezu eine Kopie des Songs von 81, bloß der Text war neu: *»I hate the countryside so much / I hate the contraflow so much / I hate the countryside so much.«* Der Verstand des Sängers wurde offenbar in der Auflösung der Zeit aufbewahrt. In einer gesättigten Lösung von Amphetaminen. Sorgfältig eingelegt und in einem Regal im Keller der BBC archiviert wie andere Perlen der westlichen Zivilisation.

Böddi empfand ein körperliches Unbehagen gegenüber diesem Fabriklärm aus dem Radio. Er setzte ein versteinertes Gesicht auf und umklammerte fest die Pistole in seiner Tasche. Aber anstatt das Armaturenbrett von Helga Sjöfns Auto in ein Sieb zu verwandeln, gab er sich Mühe, den Ekel in seiner Stimme zu überspielen, und sagte laut:

»Séra Pétur ist besser.«

»Was?«

»Séra Pétur ist besser als das da.« Er zeigte auf das Radio.

»Séra Pétur?«

»Ja. Er spielt Gitarre.«

»Séra Pétur. Wer ist … In welcher Gemeinde ist er denn Pfarrer?«

»Er hat keine … Er ist erst dreizehn.«

»Wie?« fragte sie und lachte, brach dann aber plötzlich ab und warf Böddi einen forschenden Blick zu. Trieb er ein Spiel mit ihr?

»Ja. Wir sind dreizehn Jahre auseinander. Waren. Wir waren dreizehn Jahre auseinander. Nächstes Frühjahr geht Séra Pétur zur Konfirmation.«

»Wer … wer ist denn dieser …?« Helga hatte ihr Lachen eingestellt und war sich nicht ganz sicher, was sie von diesem Böðvar halten sollte. Aber sicherheitshalber war er ja angeschnallt.

»Aber ordiniert wird er nie. Er bekommt keine Pfarrstelle.«

Sie schwieg, musterte aber von der Seite dieses verbissene Profil, das vom Beifahrersitz auf die Straße spähte wie ein Kapitän auf der Brücke eines Kriegsschiffs. Im Radio brüllte Mark E.

Smith weiter die Zuhörer zusammen, als wolle er sie unter seine Befehlsgewalt zwingen.

»Er pißt mir in die Schuhe.«

»Wer?«

»Na, er. Dieser Schreihals Schreihalsson.«

Helga Sjöfn gefiel das Glitzern nicht, das sie in Böddis Augen wahrzunehmen glaubte. Sie bekam Angst vor ihm. Doch bald sah sie, daß das Glitzern von Tränen in seinen Augenwinkeln herrührte. Er hatte zu weinen begonnen.

»Ist alles in ...«, wollte sie fragen, ohne den Blick zu lange von der Straße zu lassen.

»To ...«, stammelte er und zog die Nase hoch. Die Tränenschleusen standen jetzt offen, und das Salzwasser schoß ihm aus den Augen. Er begriff selbst nicht, was los war, aber alle Versuche, die Flut abzustellen, führten nur zum Gegenteil. Schon weinte er darüber, daß er nicht aufhören konnte zu weinen. Das Arschloch im Radio grölte immer noch weiter, aber Böddi hörte ihn nicht mehr. Auch Helga Sjöfn hörte er nicht, die sich zweimal erkundigte, ob auch wirklich alles in Ordnung sei mit ihm oder ob sie anhalten solle. Er brabbelte einfach vor sich hin und stieß unausgesetzt Wörter aus, die mit d oder t begannen.

Schließlich bremste sie doch ab, setzte den Blinker, bog nach links quer über die Straße und fuhr in einen kurzen Seitenweg, der in Gebüsch und Hügel führte. Sie legte Böddi eine Hand auf die Schulter und sah ihn mit einer gewissen Verunsicherung an; dann stieg sie aus, ging um den Wagen herum und öffnete Böddis Tür. Tränenüberströmt hing er im Gurt und stierte leer vor sich hin. Der Ansager im Radio verabschiedete sich von *The Fall* und kündigte als nächstes eine isländische Gruppe mit Namen *Hölt Hure* an. Klassische Rockgitarrenriffs drangen aus dem Türlautsprecher in die Büsche, bis ein schwarzer Megajeep mit dem dazugehörenden Dröhnen auf seinen Riesenwalzen vorbeirauschte. Wie eine Krankenschwester, die einem Behinderten beisteht, half Helga Sjöfn Böddi aus dem Auto. Er hatte sich ausgeheult und stand reglos da und guckte in die grüne Gegend. Helga ließ ihn erst einmal so stehen und inspizierte den kleinen

Wegweiser. Weiß auf blau zeigte er nach *Munaðarnes*, der Landzunge von Luxus und Überfluß. Sie kehrte zu Böddi zurück und blickte ihm von unten in sein verweintes Gesicht mit den rot geschwollenen Augen (sie war ein gutes Stück kleiner als er), dann streichelte sie ihm über die Wangen und trocknete das meiste.

»Alle tot«, sagte er, ohne sie anzusehen.

»Na, komm!« sagte sie und nahm ihn in den Arm, umfaßte ihn mit all ihrer irdischen Kraft und Güte. Ein ihm bis dahin gänzlich unbekanntes Wohlgefühl durchströmte ihn und tat ihm unendlich gut. Er fühlte ein überwältigendes Wohlwollen und tiefe Sympathie. Eine Sympathie, die an Liebe grenzte. So war Böddi noch nie in seinem Leben in den Arm genommen worden. Jedenfalls nicht kostenlos. Und nicht in letzter Zeit. Skulda hatte ihn nach der Beerdigung umarmt, und auch Viðar, aber sie hatten es mehr getan, um sich selbst zu trösten. Dagga hatte ihn ein paarmal an sich gedrückt, um hoffentlich zu einem Orgasmus zu kommen. Doch niemand hatte ihn *seinetwegen* umarmt. Ohne im Gegenzug etwas von ihm zu wollen. Nichts war mehr umsonst in dieser Welt, das wußte doch jeder, doch hier und jetzt hatte ihn die reine Freundschaft in den Arm genommen, ein selbstloses Wohlwollen in seiner reinsten Form. Helga Sjöfn schenkte ihm diese Umarmung. Sie kostete nichts.

Und das bewegte ihn tief.

Über ihre kräftige Schulter hinweg, die ihm so stark erschien wie ein Kiefernast, sah er aus dem Moor am Fuß des vor ihm liegenden Hügels vier weiße Fohlen hervorbrechen. Sie schienen nicht aus fester Materie, sondern aus reinem Licht gemacht zu sein. Das hielt sie aber nicht davon ab, sich im Sonnenschein voller Majestät auf die Hinterbeine zu erheben. Und als er den Blick zu einer Baumgruppe auf einer nahen Anhöhe hinüberwandern ließ, erschien dieser Hain in strahlendem Weiß. Schneeweißes Laub an weißen Stämmen.

Etwas zog vor die Sonne. Über dem scharfgratigen Berg hatte sich eine Wolke gebildet. Groß wie eine Stadt trieb sie ruhig westwärts dem Meer zu und schien doch fast still am Himmel zu stehen. Die Bewegung begann und endete ohne Unterlaß wie ein Filmstreifen, der einem wieder und wieder vorgespielt wurde. Helga Sjöfn bog den Kopf zurück und sah Böddi lange an. Als er ihr endlich in die Augen sah, fragte sie: »Besser jetzt?«

Er antwortete ihr mit einem minimalen Kopfnicken, als wolle er unter keinen Umständen dieses wunderbare Gefühl stören, hier in dieser sonnenbeschienenen Waldlandschaft zu stehen und diesen prachtvollen weiblichen Körper zu spüren. Er fühlte ein heftiges Verlangen, sie zu küssen, wollte seine Lippen auf diese feste, weiche Haut legen, ihre festen und weichen Lippen spüren. Sich von ihrem so lebendigen Lächeln anstekken lassen.

Sie beendete ihre Umarmung, indem sie ihm leicht auf den Oberarm klopfte und dann beide Oberarme mit flachen Händen rubbelte.

»So, ja, jetzt ist es besser.«

Den Weg über die Brücke am Borgarfjörður und um das Hafnarfjall legten sie schweigend zurück. Sie merkte, wie sehr ihm das Rockgedudel auf die Nerven ging, und stellte das Radio ab. Die Wolke über dem Berg schien inzwischen die Hauptstadt erreicht zu haben, die hinter einem weiteren Berg an einem anderen Fjord lag. Sie rollten durch eine flache Ebene, von der offenbar jede Erhebung aufs Meer hinausgeweht worden war. Sommerhohes Gras bog sich im Wind. Neben einem traditionellen Hofgebäude standen ein paar neugebaute Fertighäuser, die nicht zu dem älteren passen wollten. Billige Vorstadthäuser zu Besuch auf dem Lande. Der nächste Winter würde sie aus dem Bild der Landschaft radieren. Böddi sah mit müden Augen eine Kuhherde, die wiederkäuend im Winkel eines Weidezauns lag, und fragte leise:

»Können wir uns heute abend sehen?«

Helga Sjöfn ließ einen Moment die Straße aus den Augen, überlegte dann gründlich, ehe sie sich wieder aufs Fahren konzentrierte, und antwortete: »Ja, ich denke schon.«

»Gut«, sagte Böddi. »Ich würde dich heute abend gern sehen.« Dann blickte er wieder nach vorn.

Die Straße führte sie hinter dem Akrafjall entlang, vorbei an den langgestreckten Gebäuden der Aluminiumhütte, die durch ihren blaugrünen »Tarnanstrich« nur noch mehr ins Auge sprangen, und an der alten Ferrosilizium-Fabrik, die in ihrer schmuddeligen Häßlichkeit fast schön wirkte, und dann zwischen Fjord und Berg am Ufer entlang.

Die Einfahrt zum Tunnel lag weit vorn fast an der Mündung des Fjords, und je weiter sie kamen, desto dichter wurde der Verkehr. Der Tunnel unter dem Hvalfjörður war ein Trichter, der Fahrzeuge aus allen Richtungen ansaugte. An den Kassenhäuschen bildeten sich Schlangen. Helga Sjöfn rollte langsam an eines heran, kurbelte die Scheibe herab und reichte dem bläßlichen blonden Mädchen in grauem Vliespulli, das an der offenen Klappe saß, einen Tausend-Kronen-Schein. Währenddessen musterte Böddi die Stadt jenseits des Fjords und der sonnenglänzenden Bucht: Auf einer langen flachen Halbinsel standen in langen Reihen flache Häuser, von dem niedrigen blauen Berg im Hintergrund bis zu dem winzigen Leuchtturm an der äußersten Landspitze. Das also war Reykjavík, die Hauptstadt, der häßliche, fette Weißmehlklumpen, den Böddi zeit seines Lebens haßte, die größte Geschwulst des Landes und seiner wohlhabenden und wohlmeinenden Gesellschaft, die nach seiner Meinung aber durch und durch krank war. Wie winzig das Ganze von hier aus wirkte! Eine waagerechte Linie weißer, zerbrechlich wirkender Gebäude. Selbst der Turm der Hallgrímskirkja war nicht größer als ein Buchstabe in einem Buch. Die Stadt sah aus wie ein flaches Kollier aus runden und eckigen Perlen. Man brauchte bloß die Schnur durchzuschneiden, auf die sie gefädelt waren, und schon würde sie sich in ihre Bestandteile auflösen.

»Das wird nicht schwierig«, murmelte Böddi halblaut vor sich hin.

»Was?« fragte die Fahrerin, während sie die Scheibe hochdrehte und losfuhr.

Böddi gab keine Antwort, sagte aber, ohne sie anzusehen, gerade bevor der rote Jeep in den Tunnel einrollte: »Du bist eine gute Frau.«

Der Hvalfjörður-Tunnel bestand aus zwei tief nach unten führenden Röhren. Der Fjord war besonders tief, und der Tunnel verlief noch weit unter seinem tiefsten Punkt etwa in der Mitte. Tief unter dem Grund des Fjords klingelte es in der linken Anoraktasche des Beifahrers. Viðars Handy. Böddi hatte beide vergessen und schrak heftig zusammen. Helga Sjöfn lächelte ihn freundlich an und sah zu, wie er das Gerät hervorkramte und mit hilfloser Miene ansah. Das gelbe Licht der Leuchtröhren im Tunnel fiel immer wieder auf sein Gesicht. Auf dem erleuchteten Display stand: »ICE2DAY«. Schließlich hielt er es Helga mit bittender Miene hin. Sie nahm das Gespräch an und sagte kurz darauf: »Ja, einen Moment«, dann reichte sie Böddi das Telefon zurück.

»Hallo, Viðar?« fragte eine Männerstimme. Es war die gleiche, mit der er schon gesprochen hatte. Die des Mannes vom Fernsehen.

»Nein«, sagte Böddi und verzog das Gesicht vor den Funkwellen.

»Ist das nicht der Anschluß von Viðar?«

»Doch.«

»Ach ja, richtig. Ich habe vorhin schon mit dir gesprochen, oder?«

»Ja«, gab Böddi zur Antwort, und Helga Sjöfn sah ihn an wie eine Mutter, die ihr Kind bei seinem ersten Telefonat beobachtet.

»Gut, hier ist noch mal Þóroddur Karlsson. Ist Viðar noch immer nicht erreichbar?«

»Ich bin sein Bruder.«

»Ah, du bist ...? Du bist sein Bruder? Der, der die Ringstraße lang in die Stadt geritten kommt?«

»Wann ...? Um wieviel Uhr soll ich kommen?« fragte Böddi, der schon Kopfschmerzen von dem Gespräch bekam.

»Kommen? Ah, heißt das, du willst bei uns in der Sendung auftreten?«

»Ja.«

»Ja? Hey, super! Wenn du so gegen sechs da sein könntest?

Wir haben diesen kurzen Block vor den Nachrichten. Zwanzig Minuten nach sechs gehen wir auf Sendung.«

»Kommt das live?«

»Was?«

»Ob das Interview live ausgestrahlt wird?«

»Was? Oh, ja, ja. Ja«, rief Þóroddur und amüsierte sich offenbar über die Frage. »Wir sind immer live. Wo bist du jetzt? Bist du …?«

»Ich bin im Tunnel.«

»Waas? Auf dem Pferd?«

Darauf gab Böddi keine Antwort. Womöglich fürchtete er, nicht in die Sendung zu kommen, wenn er die Wahrheit sagte. Er guckte wie ein verlegener Junge.

»Hallo, bist du noch da?« fragte Þóroddur.

»Ich werde um sechs da sein.«

»Gut, alles klar. Spitze! Wir sehen uns dann. Geh auf der Westseite ins Sendehaus. Sie zeigen dir dann den Weg zur Maske.«

»Aha.«

»Okay, bis dann, bless!«

Böddi verzog vor Kopfschmerzen das Gesicht und steckte das Handy weg, ohne den Knopf für das Beenden zu drücken. Anschließend saß er etwas verlegen auf seinem Sitz, druckste herum und strahlte wie ein Mann, der gerade erfahren hat, daß ihn der Präsident zu einem persönlichen Gespräch einlädt. Dann änderte sich sein Ausdruck, als er sich der letzten Worte des Anrufers erinnerte. »Maske« hatte er gesagt.

»Na? Wer war das, sagst du? Soll ich dich irgendwo absetzen?« erkundigte sich Helga Sjöfn endlich, als das Licht am Ende des Tunnels ihr Gesicht erhellte.

»Ja, ich muß zum Zweiten Programm.« Aus dem Mund von Böðvar H. Steingrímsson klang der Name schon sehr gewöhnungsbedürftig.

»Aha. Machen sie ein Interview mit dir?«

»Jau«, gab Böddi forsch zurück, um den lächerlichen Gehalt seiner Aussage zu überspielen.

»Na so was. Das ist doch toll. Herzlichen Glückwunsch!«

»Aber ich will dich trotzdem sehen. Heute abend«, meinte Böddi und wandte sich ihr zu.

Sie gab seinen Blick zurück und antwortete:

»Ja, ja, sicher. Ich muß nur erst bei meiner Schwester Hrabba vorbeischauen. Sie will mich abfüttern, und dann können wir ... können wir irgendwo in der Stadt einen Kaffee trinken. Irgendwo, wo sie eine Revolution nötig haben.«

Sie lächelte ihn nach diesem letzten Satz an, aber was dabei hinter ihrer Stirn vorging, war nicht leicht zu erkennen.

Sie kamen aus dem Tunnel, und die Stadt war nun deutlicher zu sehen. Die Wolke über ihr löste sich lautlos auf und ballte sich erneut wie vorher; doch die Sonne war inzwischen unter ihren Rand gesunken und übergoß das Meer vor dem Leuchtturm bei Grotta mit flüssigem Gold: Reykjavík badete im Sonnenlicht, eine gesunde, frische Hauptstadt im Hochsommer, wie ein laubgrün und häuserweiß gedeckter Tisch jenseits der Bucht, die die leichte Seebrise blau malte. Böddi sah sich das farbenprächtige Schauspiel an und fletschte grinsend die Zähne wie ein Heerführer, der schon weiß, welches Schicksal in den nächsten Stunden hereinbrechen wird.

43

Island heute

Das Mädchen am Empfang des Fernsehsenders war eine Große Braune: Ein herrlich unbedarftes Geschöpf mit zurückgestecktem blondem Haar und einem leicht schwellenden Leib, der sich bestimmt wie ein Strandball anfühlte. Das Gesicht war mit mattem Puder derart abgedeckt, daß die glänzende Zunge fast obszön wirkte.

»Bitte sehr, da lang geht es in die Maske«, sagte sie und wies lächelnd auf eine Glastür zu ihrer Rechten, während sie gleichzeitig unter ihrem Empfangstisch einen Knopf bediente.

Ein leises Summen ertönte, Böddi zog die Tür auf und trat in ein simples Großraumbüro. Die Schreibtische waren unbesetzt, und die Computer lagen im Tiefschlaf. An der nächsten Wand hing ein Schild mit einem Pfeil nach rechts: MASKE. Böddi räusperte sich und folgte dem Pfeil, ging durch einen sehr geschmackvoll eingerichteten Gang ohne Fenster, dafür auf einer Seite durch eine Kette von in die Decke eingelassenen Strahlern unter Milchglas erleuchtet. Glänzender Bodenbelag. Böddi fühlte sich wie in einem Raumschiff. Genau diesen Effekt wollte das Design womöglich erzielen. In diesem Gang sollten Besucher ihr Erdendasein, die Realität, zurücklassen. Jedenfalls gab es einen himmelweiten Unterschied zwischen diesem glänzenden Fußboden und den schwarzen Gummistiefeln, die ihn entlangschritten. In extremem Gegensatz zum Tunnel unter dem Hvalfjörður war dieser Gang derart hell ausgeleuchtet, daß man sich auf normales Licht an seinem Ende freute. Böddi ging auf sich selbst zu. Die Stirnwand am Ende war verspiegelt. Er sah einen Mann in Stiefeln auf sich zukommen, die Zähne gefletscht, das Haar am Kopf klebend und ein fremdes Funkeln in den Augen. Er war überrascht, wie deutlich man ihm den Mörder ansah. Sein Geist hat sich über mich gelegt wie eine nicht austrocknende Qualle. Ich bin in eine Gespensterhaut gehüllt.

Haut ab, Fliegen!

An der Spiegelwand hing ein weiteres Schild und zeigte zur MASKE nach links. Ja, ich bin auf dem Weg in die Maske, sagte er vor sich hin und schnitt ein Gesicht. Beide Hände in die Taschen gestopft, hatte er das Gefühl, die Titelfigur einer langen Ballade zu sein, an deren Titel er sich allerdings nicht erinnern konnte.

»Ihr Bißlosen!« knirschte er.

Eines der bekannten Gesichter des Senders lief ihm über den Weg: ein kurzgeschorener Mann mit dick aufgeworfenen Lippen. Er nickte Böddi grüßend zu. Ein Prominenter, der weiß, daß es sich auszahlt, höflich zu sein. Stets, zu allen und überall. Böddi kannte diesen Bildschirmknecht nicht und wunderte sich bloß ein wenig über dessen Höflichkeit. Er selbst war nicht gekommen, um hier den *nice guy* zu spielen. Weg mit euch, Fliegen! Ein weiteres Schild zeigte ein Treppenhaus hinauf, und das vierte wies ihn einen zweiten Flur entlang, der in einen dritten mündete, der wiederum in einer kleinen Küchen- und Fernsehecke endete. Von dort sah man in einen geschniegelten Frisiersalon: Ein Barbierstuhl stand vor einem wandhohen Spiegel. Er war endlich am Ziel. Im Zentrum der Hölle.

Auf der Küchenanrichte stand eine blitzende neue Kaffeemaschine, und an ihr hantierte eine Frau, die nicht weniger blitzte, obwohl sie schon ein etwas älteres Modell war. Sie schenkte Böddi ein bezauberndes Lächeln.

»Hi, du willst doch sicher zu Þóroddur und Ragnhildur.«

Sie sagte es mit glänzend dunkelroter Farbe auf den Lippen, die mit einem dünnen Fettfilm auf ihre Worte abfärbten. Für einen Mann, der gerade aus einem salzig-feuchten Tunnel unter dem Meer aufgetaucht war, wirkten sie wie bunte Ölflecken auf dem Meeresspiegel.

»Ich komme zu einer Live-Sendung«, antwortete Böddi mit starker Betonung auf dem letzten Wort und stiefelte in die Fernsehecke. Vor einem schlichten Ecksofa mit einem niedrigen

Glastisch schäumte eine Seife auf einem großen Bildschirm: Zwei Männer mit amerikanisch ausladenden Unterkiefern stritten sich um eine Frau.

»Möchtest du einen Kaffee?« fragte die Dame, ohne sich umzudrehen. Ihre Stimme klang wirklich bezaubernd.

»Nein, danke. Darf man hier rauchen?«

»Nein, auf keinen Fall«, sagte die Frau mit einem scherzhaften Unterton und verschwand mit einem leisen Lachen und einem dampfenden Becher in der Maske.

Böddi ließ sich auf das Sofa fallen und spürte auf einmal, wie hundemüde er war. Müde und verschwitzt. Trotzdem ließ er den Anorak geschlossen. Das gab ihm ein Gefühl der Sicherheit, das er brauchte. Im Lager des Feindes legt der Soldat nicht den Kampfanzug ab. Der oberste Knopf stand immerhin offen und ließ einen verfilzten, vermutlich schwarzen Pullover sehen. Aus dessen Ausschnitt schimmerte ein vergilbtes Unterhemd wie ein Lichtstreifen am Horizont während der kurzen Wintertage. Er warf einen Blick auf den Fernseher. Einer der beiden Mimen dort, ein Blonder, sah seinem Bruder nicht unähnlich. Viddis schreiend stummes Totengesicht zuckte Böðvar durch den Sinn. Voller Fliegen. Ein gebrochenes Auge und eine blutverkrustete Höhle auf der anderen Seite …

Weg mit euch Fliegen!

Ein gutaussehender schlanker Mann mit kurzem graumeliertem Haar und dem ausgetrockneten Gesicht eines Rauchers betrat den Raum. Er trug edle Bluejeans, ein kariertes Jackett und ein weißes Cityhemd mit großem Kragen. Er ging gleich auf Böddi zu und streckte ihm die Hand hin.

»Grüß dich! Du bist der Reiter, nicht wahr? Viddis Bruder?«

»Stimmt«, sagte Böddi und schüttelte ihm sitzend die Hand. Unwillkürlich zog er daran, wie ein Mann, der im Dreck festsitzt. Þóroddur ließ sich nichts anmerken.

»Also, Böðvar H. Steingrímsson. Richtig?«

Böddi nickte und setzte ein Gesicht auf, das sich als Zustimmung deuten ließ.

»Und wie man sieht, bist du gerade erst aus dem Sattel gestiegen«, stellte der Fernsehmensch fest und ließ seinen Blick ohne Mißbilligung über Böddis Aufzug wandern, vom Anorak bis zu den Stiefeln.

»Macht einen guten Eindruck. Wie ist es gelaufen?«

»Wie im Märchen.«

»Tja, ich muß schon sagen, deine Story gehört zu den besseren, die uns ... Andauernd wandert ja jemand aus diesem oder jenem Grund um die Insel, umrundet sie im Ruderboot, überquert sie mit dem Fahrrad ... egal, was du willst. Aber das hier, das ist so simpel und genial: Auf dem Pferderücken in die Stadt. Super. Ich war sofort überzeugt, als mich Viddi angerufen hat.«

Þóroddur erwartete keinen Kommentar, sondern blickte auf die Uhr und verschwand ebenfalls in der Maske. Durch die Tür zum Gang erschien jetzt eine blonde Frau mit langen Locken. Sie hielt ein weißes Blatt und las davon ab, während sie auf hohen Absätzen und in einer weiten langen Hose zu Böddi in die Sitzecke kam. Wie alle seine Landsleute erkannte selbst er sie auf Anhieb. Ragnhildur Bergmann war der Star einer ganzen Generation, eine stattliche Erscheinung der alten Schule: groß, kräftig, breite Schultern, fast ein bißchen wie vom Lande wirkend mit ihrer gesunden, frischen Ausstrahlung, die letzte Ausgabe der berühmten Frau aus dem Nordland. Sie sah von ihrem Blatt auf, grüßte Böddi beiläufig und machte sich dann am Kaffeeautomaten zu schaffen. Böddi schaute sie kaum an und hielt die Augen lieber fest auf den überschäumenden Schwachsinn in der Kiste gerichtet. Er wollte keinesfalls vor einer Berühmtheit niederknien, die sich dem Umstand verdankte, daß jemand seine Titten auf ein Ansagerinnenpult packte. Scheiß-System, das einem immer wieder Menschen nahe brachte, die man gar nicht kennen wollte. Schönheit lockt Fliegen an.

Komplett geschminkt und zurechtgemacht stürmte Þóroddur wieder herein und sagte: »Ja, ja, Böðvar, du bist der nächste.«

Böddi sah den Mann an und hielt sich gerade noch davon ab, zu sagen: Schaufel mich nicht zu! Schaufel mich nicht zu? Der verdammte Viddi saß wieder in ihm. Er konnte ihn einfach nicht abschütteln. Er klebte an ihm wie ein schwerer Alpdruck. Der Mörder nahm um das Gewicht des Ermordeten zu.

»Was heißt, der nächste?«

»Beim Make-up.«

»Make-up?«

»Ja, Schminken.«

»Ich lasse mich nicht schminken.«

Die Repliken zischten wie Schnellboote über das eiskalte Schreckensgewässer, zu dem Böðvars Psyche geworden war. Es tut weh, in schwarze Tiefen zu tauchen. Þóroddur hielt inne und tauschte einen Blick mit Ragnhildur, die über ihrer weißen Plastiktasse die Brauen hob.

»Bist du ganz sicher, daß du dich nicht etwas zurechtmachen lassen willst? Du kommst viel besser raus, wenn du dir ein bißchen was auftupfen läßt«, erklärte Þóroddur ebenso höflich wie vorher und warf dann einen Blick auf die Uhr an der Wand.

»Ich brauche nichts vorzutäuschen.«

»Nein, nein, natürlich ...«

»Die Wahrheit braucht keine Schminke«, trumpfte Böddi auf und hörte weit hinter seinem Rücken seinen Bruder lachen.

»Das geht schon in Ordnung. Du brauchst nicht unbedingt in die Maske, wenn du nicht möchtest«, beschwichtigte Þóroddur und schaute in den Gang.

Ein gutmütig Kaugummi kauender Mann in schwarzem T-Shirt, mit dunklen Augenbrauen über einer Brille und einem Headset auf dem Kopf kam leise auf Zehenspitzen und gab Þóroddur ein Zeichen, daß es Zeit für die »Anmoderation« sei. Der Graumelierte raffte ein paar Blätter vom Eßtisch und ging Richtung Studio, während Ragnhildur rasch in der Maske verschwand, um letzte Hand an ihre Frisur legen zu lassen. Der Techniker trat mit einem winzigen Ansteckmikrophon und einem Sender auf Böddi zu. Der Prophet starrte die beiden Apparate an. Vertrieben sie Fliegen?

Island heute war ein Boulevardmagazin, das allabendlich vor und nach den Hauptabendnachrichten um halb sieben ausgestrahlt wurde und eine halbe Stunde dauerte. Vor den Nachrichten ging es in leichtem Plauderton um allerlei vermischte Meldungen, danach wandte man sich einem Thema des Tages zu. Nicht selten endete die Sendung mit Musik. Þóroddur und Ragnhildur waren das beste Moderatorenpaar des Landes, sie waren mit allen Wassern gewaschen, verstanden es, leicht mit den Wellen zu schwimmen, widerstanden aber fest jeder Unterströmung. Sie genossen es, für einen Privatsender zu arbeiten, ohne die einengenden Strukturen des öffentlich-rechtlichen Rundfunks, und durch ihr Geschick und ihre Beharrlichkeit hatten sie ihrer Sendung den zentralen Platz in der Wahrnehmung der Öffentlichkeit erobert, der jahrzehntelang dem Ersten Programm vorbehalten gewesen war.

»... am Ende der Sendung wird ein neuer Chor zu uns ins Studio kommen, der Chor der Molkereigenossenschaft oder der Käsechor, wie er auch genannt wird. Er wird uns zwei Lieder darbieten, die wir vielleicht schon aus der Werbung kennen«, kündigte Þóroddur an und lächelte ein wenig spöttisch in die Kamera. »Vor den Nachrichten aber erhalten wir Besuch von Böðvar H. Steingrímsson, der soeben im Auftrag der Revolution einen Ritt von Sauðárkrókur bis hierher nach Reykjavík absolviert hat. Darüber erfahren wir mehr nach einer kurzen Unterbrechung.«

Þóroddur beugte sich etwas vor, schob seine Papiere zusammen und schenkte der Kamera sein einnehmendes Lächeln. Dann erschien das Logo der Sendung, und es folgte Reklame.

Böddi verfolgte das Ganze auf dem Bildschirm in der Sitzecke und zog Grimassen wie nie zuvor. Der Techniker hatte das Mikro am Kragen seines Anoraks befestigt und verstaute den Sender in dessen Innentasche. Böddi konnte es kaum ertragen, derart an sich herumfingern zu lassen, und hatte sich zuerst geweigert, den Anorak zu öffnen. Jetzt stellte sich eine ihm bis dato unbekannte Furcht und Erregung ein: Ein eiskalter Schauder überlief ihn, als er seinen Namen im Fernsehen hörte. Der ehemalige Lehrer war es gewohnt, vor Klassen und Arbeitskreisen zu reden, war aber noch nie in den Medien aufgetreten.

Doch jetzt hatte ihn die Revolution bis hierher geführt. Er war auf einmal nervös, hatte Lampenfieber. Sein Herz pochte, als wäre in der Brust jemand eingesperrt. Sein Puls klopfte vernehmlich, die Schläge dröhnten von innen gegen seine Trommelfelle und ließen an verzweifeltes Klopfen gegen einen Sargdeckel tief in der Erde denken. Böddi hatte Mühe, durch dieses Pochen hindurch den Techniker zu verstehen.

»Dann komm mal mit mir«, sagte der.

»Was?«

»Geh mir einfach nach.«

»Wohin?«

»In die Sendung.«

»Was?«

Ihm gefiel das Ganze nicht. Wo führte man ihn hin? Sein Bruder Viddi war tot. Er war tot, tot, tot. Und jetzt sollte der Mörder gerichtet werden. Weg, Fliegen, weg! Die blöden Schultern dieses Technikers! Er brachte ihn ... Ja, wo brachte er ihn hin? Der Mann im T-Shirt beantwortete seine Fragen nicht mehr, drehte sich nur leicht zu dem gestiefelten Propheten um und zeigte lächelnd auf eine doppelte Tür zur Linken. Über ihr brannte ein rotes Licht. Böddi folgte dem Mann mit seinem gesamten Leben im Schlepptau: der Leiche seines Bruders, dem Fernseher seiner Mutter, Daggas Brüsten, dem Wasserschlauch von *Kristjánshús*, der deutschen Romantik und einem irre schweren Kanister mit Trockenmilchpulver – alles schleifte er hinter sich über die Schwelle. Zunächst in den kleinen Zwischenraum und dann durch die zweite Tür. Sein Herz begann zu rasen, als er das abgedunkelte Studio betrat. Ganz am Ende standen zwei hell ausgeleuchtete Tische wie Altäre in einer dunklen Kirche. Sie standen weit auseinander. Der eine war unbesetzt und hoch wie eine Anrichte, das Nachrichtenpult. An dem zweiten saßen Ragnhildur und Þóroddur.

Um Viddi unter die Erde zu bringen, braucht es schon zwei Priester, dachte Böddi, ehe ihm der Techniker mit nachsichtigem Lächeln und ausgestrecktem Zeigefinger bedeutete, zu dem linken Tisch zu gehen. Der Prophet stockte bei diesem Lächeln, das ihm sofort ein unbehagliches Gefühl einjagte. Aus diesem Gesicht mit den schräg stehenden Augen und den buschigen Brauen las er so etwas wie eine unendliche Erleichterung darüber, daß der Mann nicht in seiner, Böddis, Haut steckte. Und da begriff er auf einmal. Verstand, daß er hier nicht zu einer Beerdigung ging, sondern zu einer ihr vorausgehenden Handlung. Hier wurde jemand zu seiner Hinrichtung geführt. Der Techniker war niemand anderes als der Henker, der ihn freundlich aufforderte, sich zum Schafott zu begeben.

Böddi gehorchte. Er gehorchte, wie Menschen unwillkürlich Folge leisten, wenn sie das Leben in den Rücken stupst, wenn die Uhrzeiger sie weiterschieben, über die Schwelle, durch den Raum, hinauf zum Galgen. Nur ein völlig verwirrter Mensch springt freiwillig vom Zug des Lebens ab, und Böddi klammerte sich noch fest an den letzten Wagen. Sein hagerer Körper schlug gegen die morsche und blätternde Bretterwand, als der Zug rumpelnd von der Hauptstrecke auf ein Nebengleis abbog, das offenbar seine Endstation werden sollte.

Kommt, ihr lieben Fliegen!

Diese Grabesruhe, an der er schon einmal geschnuppert hatte, befiel ihn jetzt wieder, und sein Herz schlug langsamer. Sollte doch kommen, was kommen mußte. Er tastete sich am ausgestreckten Arm und Zeigefinger des Technikers vorwärts, betrat den ausgelegten Boden über armdicke Kabelwülste und fingerdicke Schnüre, die von massiven, schweren Geräten ausgingen. Und da war er, der Stuhl, der heiße Stuhl, am Ende des langovalen Glastischs. Die beiden Moderatoren strahlten ihm entgegen und forderten ihn auf, Platz zu nehmen. Er trat in das grelle Scheinwerferlicht und blinzelte. Ich bin an einem verfluchten Sonnenstrand gelandet! Viddi nimmt bloß ein Sonnenbad. Ein Blutbad. Hierhin, gut. Setze ich mich zu einer Versammlung von Fliegen. Mit Fliegenfutter. Unbeabsichtigt landete er mit einer Pobacke neben dem Stuhl und rückte sich tolpatschig und unter Lärm zurecht. Sein Gesicht war noch immer verzerrt, aber das Herzklopfen hatte nachgelassen. Hölle, Tod und Teufel, sie sieht süß aus in diesem Licht. Die Schönwangige. Jetzt kam das Finale, das große Showdown. Viðars Geisterhülle hing wie Spinnweben vor seinem Gesicht. Unbewußt schob er die Unterlippe vor und pustete aufwärts gegen Stirn und Nase. Þóroddur saß ihm am nächsten und legte ihm leicht die Hand auf.

»Wir fangen damit an, uns von deiner Tour erzählen zu lassen, und danach weisen wir noch kurz auf deine Blog-Seite hin. Ganz locker alles.«

Böddi setzte einen Blick auf wie ein Adler, den man auf ein Reck gebunden in ein Studio trägt. Der Aufnahmeleiter zählte aus dem dunklen Hintergrund mit kräftiger Stimme die letzten Sekunden, Þóroddur setzte sein Profilächeln auf.

»Noch einmal herzlich willkommen! Und wie angekündigt, hier ist er, der ›scharfe Rokländer‹, wie ihn DV heute nennt, Böðvar H. Steingrímsson, der soeben das halbe Land umrundet hat – zu Pferd. Willkommen.«

Böddi reagierte nicht, sondern starrte unbewegt Ragnhildur an. Eine Wange, noch eine Wange.

Þóroddur fuhr fort: »Was hat dich dazu gebracht, den Weg in die Stadt reitend zurückzulegen?«

»Das lag an Keli. Er wollte … Ich sollte sein Pferd zurückbringen, aber es war keiner da, also bin ich einfach weitergeritten. In Krókur habe ich nichts mehr verloren. Es ist ein beschissenes Nest.«

Den letzten Rest Verstand, der Böddi noch geblieben war, kotzte das an, was er da von sich gab. Er laberte wie ein x-beliebiger Genossenschaftsvertreter, blubberte wie irgend so ein *Bónus*-Blödmann, dem man ein Mikro unter die Nase hielt. Er redete nur aus seiner Warte, nur über sich selbst. Sein Herz meldete sich zurück. Der Prophet versuchte, es zu beruhigen, indem er Ragnhildur ansah. Er mußte zugeben, daß sie eine gutaussehende Frau war. Noch schöner als auf den Bildern. Aber Schönheit ist arm, meine Liebe. Und zieht die Fliegen an. Die nächste Frage, bitte.

»Ein dreckiges Nest, sagst du«, übernahm Ragnhildur und setzte gleich ebenso ein Grinsen auf wie Þóroddur. Ihre Miene signalisierte den Zuschauern klipp und klar: Hier habt ihr einen von diesen unterhaltsamen Sonderlingen, die so reden, wie ihnen der Schnabel gewachsen ist.

»Das wird aber nicht der Hauptgrund gewesen sein. Was also wolltest du mit deinem Ritt erreichen? Hast du es zu einem bestimmten Zweck getan? An wen gehen die Erlöse?«

Die Fliegen in seinem Schädel hörten plötzlich auf, zu summen.

»Die Erlöse?«

»Ja. Hast du damit nicht auch Geld gesammelt?«

Hatte sie nicht alle Tassen im Schrank? Wovon redete die? Diese doppelwangige Füchsin. Die Frage war vollkommen abwegig und ließ Böddi sofort in Verteidigungshaltung gehen, die Stellung, die ihm am liebsten war. Sogleich fand er sich besser auf seinem Stuhl zurecht, und das Herz schlug jetzt mit dem Verstand, nicht gegen ihn.

»Eine Sammlung? Nun ja, ich habe unterwegs viel Mut gesammelt.«

»Mut? Wozu?«

Ragnhildur trug eine kurzärmelige weiße Bluse. Böddi konzentrierte sich auf ihren rechten Arm, den von ihm aus gesehen entfernteren, und wurde von dem unbewußten Verlangen gepackt, in die weiche, doch zugleich feste und verlockende Fettschicht zu beißen, die ihn umhüllte.

»Um eine Revolution zu machen. Wir brauchen eine Revolution. Unser Volk hat eine Revolution verdammt nötig. Es geht nicht mehr so weiter. Wir sind Feiglinge, Jammerlappen, leben in einer erbärmlichen Zeit, lassen es uns in dieser Fernheizungshölle, zu der das Land geworden ist, gutgehen. Unser Leben ist zu einfach geworden. Es sich so bequem zu machen, heißt, irgendwann in der Hölle aufzuwachen.«

Þóroddur hatte sein überlegen-spöttisches Lächeln aufgesetzt und fragte nun nach: »Du hast diesen Ritt also unternommen, um eine Revolution anzuzetteln. Aber welche Art von Revolution schwebt dir genauer vor? Was soll anders werden?«

»Ich will, daß sich die Leute gegen diesen *fucking* Bildschirm erheben, in dem ich gerade zu sehen bin.« Böddi blickte suchend umher, um seinen Landsleuten in die Augen zu sehen, war sich aber nicht sicher, welche Kamera gerade auf ihn gerichtet war, und wandte sich darum wieder an die Moderatoren.

»Ich möchte sehen, wie die Leute ihren Arsch hochbringen, ihre Fernsehapparate zum Fenster rausschmeißen und endlich etwas Sinnvolles tun. Die Menschen müssen aufwachen. Und ausflippen, nicht ausschlafen. Sie sollen ihre Geländewagen in Brand stecken und die feisten heißen Töpfe mit Schnee zuschaufeln. Alles in dieser Gesellschaft dreht sich um Geld, um Materielles. Keiner kümmert sich um den Geist. Alle wollen reich werden, zu Geld kommen, ins Fernsehen kommen, an Drogen und Rauschgift kommen … Stoff, Stoff, Stoff …«

Die Zornesröte sprang in seinem ungeschminkten Gesicht auf, die Gedanken kamen schneller, als die Zunge sie bewältigen konnte, weshalb sie wieder und wieder das gleiche Wort wiederholte.

»… Stoff, materielles Denken bestimmt alles und jeden. Es geht nur noch um Kaufen, Fressen, Ficken. So sieht das Leben in Island heute aus. Dieses Scheißland ist örtlich betäubt. Jeder wichtige Ort ist lokalanästhesiert: Reykjavík, Sauðárkrókur, Akureyri. Schmerzen spürt man nur noch, wenn man sie verläßt. Doch wenn man erst einmal den Schmerz ausgerottet hat, ist auch die Freude verschwunden. *Kein Schmerz, kein Herz.*«

Das Deutsche machte die beiden Moderatoren vorübergehend unsicher, bis Ragnhildur fragte:

»Sprichst du von der Fehlverteilung des Reichtums in globalen Zusammenhängen? Bist du der Ansicht, wir sollten einen Teil unseres Wohlstands an ärmere Länder abgeben?«

Das Grinsen in ihrem Gesicht war verschwunden und hatte einem tiefernsten Ausdruck Platz gemacht. Mit ihrer Frage brachte sie Böddi aus dem Konzept. So weit hatte er nie gedacht. Nicht in so großen Zusammenhängen. Er verlor den Faden.

»Hm … ja. Das auch. Auch das ist … wichtig«, stammelte er mit knallroter Birne, wütend über sich selbst für diese klägliche

Antwort und wütend auf Ragnhildur, weil sie klüger war, als er gedacht hatte. Blöde Kuh!

»Wäre es dann nicht die logische Fortsetzung deiner Reise, dich auf deinem Pferd nach Brüssel oder Washington zu begeben?«

Böddi zauderte wieder. Viddi, reite du sie.

»Nach Brüssel zu reiten, überlasse ich anderen«, sagte er und schaute ihr bebend in die Augen. Für einen winzigen Moment bedeckte sich das Gesicht der Journalistin mit dicken, bläulich schimmernden Fliegen.

»Wenn ich recht unterrichtet bin, unterhältst du deine eigene Blog-Seite, Rokland Punkt blogspot«, bog Þóroddur auf seine bekannt nonchalante Art das Thema um. »Dort sollst du im Lauf der Zeit ähnliche Ideen verbreitet und die Menschen zu Aktionen aufgerufen haben. Aber was kann man sonst noch tun? Möchtest du dich dafür einsetzen ...«

»Überfettung ist eine Folge geistiger Unterforderung«, fiel ihm Böddi wütend ins Wort. Er hatte noch nicht zu Ende gesprochen, als er seinen Bruder neben dem Glastisch liegen sah, in seinem Anorak und in seinem Blut. Er erschrak und wandte den Blick rasch von der Leiche und dem Tisch hinauf in die Dunkelheit.

»Die Leute ... die Leute nutzen ... die Leute setzen ihren Verstand nicht ein. Jeder Gedanke kostet eine Kalorie. Fettklöße sind schlichtweg Menschen, die nicht genug denken. Séra Pétur wird sie alle unter die Erde bringen.«

Im Dunkel des Studios entdeckte er eine Digitaluhr, die hoch oben an der Wand befestigt war. Es war nicht daran zu deuteln, daß sie rückwärts lief. Die roten Ziffern zählten: 02:44, 02:43 ...

Þóroddur und Ragnhildur waren offenbar konsterniert von diesem Sturm aus dem Mund ihres Studiogasts, und der Fernsehfrau war anzusehen, daß sie sich innerlich aus dem Gespräch zurückgezogen hatte. Þóroddur bewahrte noch die Contenance und seine Höflichkeit:

»Wer ist Séra Pétur?«

»Séra Pétur liest die Messe in der Hölle. In deiner eigenen

kleinen Privathölle. Er hält Gottesdienst an einem Altar, der den Amboß der Seelen darstellt. Diejenigen, die da schlafen, werden unter ihm zermalmt werden, aber denen, die da wachen, wird er das Werkzeug richten.«

Das sagte er, ohne nachzudenken, wie in Trance und hielt den Blick die ganze Zeit auf die Uhr gerichtet, auf ihre roten Ziffern im Dunkel. Die Zeit schrumpfte immer mehr zusammen: 01:57, 01:56 ... Sie hatten angefangen, ihn auszuzählen, die Saftsäcke. Der Henker hatte seine Arbeit aufgenommen. Mit den Fliegen stand er bereit. Þóroddur ließ nach Böddis Worten ein kurzes Schweigen entstehen und sah ihm, ohne selbst eine Miene zu verziehen, dabei zu, wie er mit erschrecktem Gesicht in das Dunkel des Studios starrte. Dann drehte er sich auf seinem Stuhl, schaute direkt in die Kamera und sagte:

»Ja, das war auch kein schlechteres Schlußwort als andere. Wir bedanken uns bei Böðvar H. Steingrímsson für sein Kommen. Jetzt erst einmal etwas Werbung und die Nachrichten, dann melden wir uns ...«

»NEIN!« schrie Böddi, zog die Pistole aus dem Anorak und richtete sie auf die beiden Moderatoren. »Ich bin noch nicht fertig. Wir sind noch nicht am Ende.«

44

Fliegen

Böddis Lebensuhr stand jetzt auf 00:00.

»Bleibt auf Sendung! Keine Scheiß-Reklame!« brüllte er und wedelte mit der Pistole.

Im Dunkel des Studios hörte man irgendwo eine Mappe fallen sowie ein undeutliches Rascheln, ehe Grabesstille eintrat. Ragnhildur und Þóroddur saßen wie Wachspuppen neben Böddi. Sie waren unwillkürlich vom Tisch zurückgefahren, als er die Pistole zog, und hockten nun etwas weiter von ihm entfernt als vorher auf ihren fünfbeinigen Bürostühlen.

»Willst du nicht …«, begann Þóroddur ebenso ruhig wie vorher, aber Böddi richtete die Pistole auf ihn und fauchte:

»Nein! Du hast jetzt nichts mehr zu sagen.«

Dann wandte er sich mit flammenden Augen wieder an die Dunkelheit: »Macht weiter! Keine Werbung, kapiert?!«

»*Come on*, Mann, *relax*«, sagte Viddi in seinem Inneren.

Böddi kniff die Augen zusammen und rief noch einmal:

»Habt ihr das verstanden?«

Es vergingen ein paar Augenblicke, ehe eine dunkle Männerstimme aus dem Dunkel antwortete: »Ja.«

Böddi hatte den Atem angehalten und ließ ihn jetzt heraus. Seine Anspannung ließ sichtlich nach. Dicke Schmeißfliegen mit den Logos von Shell und Esso surrten durch die Luft. Wie liebestrunkene Flugzeuge. Noch einmal hörte er seinen Bruder:

»Ja, okay, entspann dich jetzt.«

Schon wieder spukte der Mistkerl in ihm herum, rumorte in ihm. Er durfte ihn bloß nicht herauslassen.

»Laßt ihn nicht raus!« brüllte der Pistolenschwinger und pustete dann mit vorgeschobener Unterlippe aus.

Schweigen.

»Ihr sollt ihn nicht rauslassen!«

In einer Minute war es Zeit für die Nachrichten. An dem beleuchteten erhöhten Tisch im Studio hatten inzwischen die Nachrichtensprecher Platz genommen, ein lammfromm dreinblickender Mensch mit Brille, der aussah wie ein Pastor, und eine freundliche Frau mit kurzen Haaren. Beide saßen jetzt stocksteif da und verschmolzen mit dem Hintergrundbild, das die Hauptstadt im schwindenden Abendlicht zeigte. Sie guckten unbeteiligt wie beim Einspielen eines kurzen Nachrichtenbeitrags.

»Okay, okay«, sagte Böddi und stand auf. Er hielt die Waffe weiterhin auf Þóroddur gerichtet, kehrte sich aber mit einem Gesicht, das Unschlüssigkeit ausdrückte, dem Studio zu. Wieder blies er sich von unten über das Gesicht. Die Gespensterweben von der Nase. Krókur schoß vorbei wie ein Schnellzug mit Kirchturm. Aus einem der Abteilfenster schrie Albert Sturla.

»Bin ich im Bild?« fragte er ins Dunkel und kniff gegen das grelle Scheinwerferlicht die Augen zusammen. Lára María neben seinem leichenblassen Bruder. Nackt und blutig. Jungfrauenblut.

»Ob ich im Bild bin!«

Erneutes Schweigen machte sich breit. Þóroddur und Ragnhildur schielten erschreckt auf den Pistolenlauf, der in Böddis zitternder Hand vor ihnen schwankte. Er hielt den Zeigefinger um den Abzug gekrümmt und schnaufte heftig im Takt mit den Liegestützen auf dem Fußboden: Viddi war wirklich bleich wie der Tod und sein Hintern vollbesetzt von dicken Fliegen, die jedesmal als schwirrende dunkle Wolke aufstiegen, wenn er auf das stöhnende Mädchen einstieß.

»Ja«, kam es schließlich von der gleichen tiefen Stimme aus dem Studiodunkel. Sie gehörte vermutlich dem Aufnahmeleiter. Dem Leiter der Exekution.

Böddis Gesichtszüge entzerrten sich ein wenig, und äußerlich glich er nun einem Politiker, der auf einer langen Veranstaltung endlich das Wort erhält und sich noch einen Moment sammelt, ehe er beginnt. Innerlich war er noch immer der blutschwarze Fechter mit nacktem Oberkörper, der in dem aus seinen eigenen Knochen errichteten glitschigen Käfig eingesperrt war und wie ein Löwe gegen die heulenden Gespenster anfocht, die ihm seine eigene Psyche auf den Hals schickte. Weg mit ihnen! Weg! Böddi spähte im Studio umher und richtete die Augen schließlich auf die Kamera, die ihm seiner Einschätzung nach Blickkontakt mit der gesamten Nation vermittelte.

»Weg mit diesen … Weg mit … Es werden keine …«

»Ruhig«, hörte er Viddi in seinem Ohr. Tatsächlich schien er dadurch etwas ruhiger zu werden und gab sich Mühe, die Nation an den Bildschirmen zu erreichen. Sich etwas umgänglicher geben. Jetzt kommt's drauf an. Jetzt ist der entscheidende Augenblick.

»Die Nachrichten entfallen heute abend. Nachrichten sind bloß ein Furz dieser Welt. Dieser Welt voller Idioten. Heute abend werde ich die Nachrichten verlesen. Hört mir zu!«

Er machte eine kurze Pause und fuhr dann mit größerem Nachdruck fort: »Ihr seid arme Schweine. Dämliche Arschkriecher. Speichellecker ohne Biß. Was denkt ihr? Gar nichts. Ihr denkt an nichts, außer an das nächste Würstchen und die nächste Kippe, an den nächsten Film und die nächste Coke.«

Jetzt hatte der Prophet seinen Ton und seinen Zorn gefunden:

»*Fucking* Weichbirnen! Ihr werdet keine Menschen, bevor ihr mir nicht in die Augen seht. Und dem hier.« Er blickte auf die Pistole in seiner Hand. »Wer dem Tod nicht ins Auge sieht, versteht auch nicht zu leben. Vidd…«

Er schloß die Augen und schüttelte rasch den Kopf, ehe er sie wieder aufmachte und weitersprach:

»Wer dem Tod nicht ins Auge blickt, ist ein lebender Toter. Laßt mich euch aufrütteln, indem …«

Böddi war völlig in seiner Rede aufgegangen, und so hatte sich der Techniker mit dem schwarzen T-Shirt unbemerkt in seinen Rücken schleichen können. Jetzt sprang er vor, wollte sich auf den Bewaffneten stürzen und versuchen, ihn am Hals zu packen und ihm gleichzeitig die Pistole zu entwinden. Böddi aber fühlte die Berührung, duckte sich blitzschnell und entwich in seinem glatten Anorak wie ein Fisch.

Der Mann warf sich zu Boden, und Böddi richtete die Pistole auf ihn.

»He... He... Henker!« stieß er mit einem Keuchen hervor und sah aus, als wolle er abdrücken.

Da hörte er hinter sich ein Scharren. Ragnhildur wollte den günstigen Moment nutzen und sich in Sicherheit bringen. Sie war vom Stuhl gerutscht und wollte unter den Glastisch kriechen, als Böddi herumfuhr und auf sie zielte. Ein unbedeckter Oberarm ragte vor ihm auf, und er drückte unwillkürlich ab. Der Schuß hallte um vieles dramatischer als der, der Viðar getötet hatte. Vermutlich wegen des lauten Aufschreis, der ihm folgte.

Ein Fliegenschwarm füllte Böðvars Augen. Eine dunkle Strähne, schwapp.

Ragnhildur sank mit einem lauten Stöhnen unter den Tisch. Böddi sah durch die Aufschrift auf der Tischplatte (in transparenten Lettern stand *Island heute* darauf), wie sie sich an den rechten Oberarm faßte, der schon blutüberströmt war, während sie sich gleichzeitig auf die Seite rollte zu – nein, Viddi war verschwunden. Mit dem automatischen Reflex eines Gentlemans beugte sich Þóroddur zunächst vor, um ihr helfend die Hand zu reichen, bereute das aber sogleich, als Böddis Waffe auf ihn einschwenkte.

»Nein, du nicht. Sitz still!«

Wieder breitete sich Schweigen aus. Von dem Techniker am Boden ging keine Regung aus und von den Kameras war nichts zu hören. Der fromme Nachrichtensprecher mit der Brille war von seinem Platz verschwunden, doch war von dem grell ausgeleuchteten Bereich aus, in dem sich der Revolverschwinger und seine Geiseln aufhielten, keine Bewegung im dunklen Teil des Studios zu sehen. Böddi war niedergeschlagen. Er hatte nicht auf die Moderatorin schießen wollen. Der Knall füllte noch seinen Kopf wie eine Mahlzeit den Magen und verdrängte jeden klaren Gedanken. Reglos stand er eine Weile da und schnaufte heftig durch die Nase. Das verzweifelte Stöhnen Ragnhildurs war das einzige Geräusch im Studio. Böddi zog sich ein Stück weit in die Kulisse zurück, so daß er Þóroddur, Ragnhildur und den noch immer auf dem Boden liegenden Techniker gleichermaßen im Blickfeld hatte. Dann begann er wieder zu reden, ruhiger nun, gefaßter, vollkommen ernst. Die mitreißende Überzeugungskraft allerdings war aus seiner Stimme gewichen. Der Schuß hatte seinen Verstand leergeräumt, und die Worte rollten aus ihm heraus wie aus einem leeren Faß: »Wir müssen alles überprüfen. Es muß sich etwas ändern. Es gefällt mir nicht so, wie es ist. Dieses Scheiß-System ist ...«

»Guten Abend, Böðvar.«

Die ruhige Männerstimme schien aus einem schlechten Lautsprecher an der Decke zu kommen.

»Was? Wer ist da?« fragte Böddi und schielte mit noch verwirrterem Gesicht nach oben. Das grelle Licht irritierte seine Augen, und er sah alles wie durch fließendes Wasser. Er selbst schien sich auf dem Grund eines trüben Beckens zu befinden und versuchte die Worte des Mannes anhand der Ringe auf der Oberfläche anzupeilen.

»Mein Name ist Gísli Geir Pálsson, und ich bin von der Polizei. Du hast dir ja wirklich einen großartigen Schauplatz ausgesucht.«

Die Stimme des Mannes klang tief und überlegt. Er dehnte seine Worte zu langen Klammern oder Zangen, mit denen er dem Geiselnehmer die Wut aus dem Leib ziehen wollte.

»Wo ... steckst du?«

»Ich halte mich in einem anderen Raum auf. Ich sitze hier in der Regie und unterhalte mich mit dir durch das Lautsprechersystem des Studios. Das ist wirklich ein ausgezeichneter Ort ...«

»Halt die Fresse! Ich will hier kein Gelaber. Ich bin live auf Sendung«, rief der Prophet und stellte sich jetzt vor den Tisch, konnte sich aber vor lauter gluckerndem Wasser kaum selbst hören. Dabei reckte er die Knarre in die Höhe, als hielte er die Fackel der Wahrheit in der Hand. Zu seinem Erstaunen brannte sie selbst hier unten auf dem Boden des Wasserbeckens. Aber das kam sicher daher, daß es sich um die Fackel der Wahrheit handelte. Der Wahrheit!

»Du würdest dich auf dem Bildschirm ganz bestimmt noch besser machen, wenn du die Waffe weglegen würdest«, sagte der Polizist.

»Halt die Schnauze! Was soll das blöde Gequatsche? Ich schieße. Wenn du nicht dein ungewaschenes Maul hältst, schieße ich«, drohte Böddi, faßte mit beiden Händen den Griff und hielt, allein auf der beleuchteten Fläche des Studios, die Pistole vor sich.

»Wir könnten ...«

Die Stimme brach ab, als Böddi erneut abdrückte. Diesmal auf den Lautsprecher, der unmittelbar vor und über ihm an der Oberfläche zu treiben schien. Metall schepperte, als irgendwo im Studio ein Stück Stahl unsichtbar zu Boden fiel und im undurchsichtigen Wasser versank. Böddi schloß die Augen und hielt sich mit einer Hand das linke Ohr. Ein stechender Schmerz zuckte hindurch und ließ ihn noch undeutlicher sehen als vorher. Was, zum Teufel, ging hier vor? Der Schemen fiel über ihn her. Viddis vermaledeiter Geist. Es hatte ihm ein Loch ins Trommelfell gerissen, durch das sich nun das Wasser aus dem Becken in seinen Kopf ergoß. Das tat furchtbar weh. Als würde man ihm eine Stricknadel durch die Schläfe ins Hirn jagen. Er hob die Schultern und verzog unter den Schmerzen schrecklich das Gesicht.

Es dauerte eine Weile, ehe der Schuß verhallt war, dann wurde alles wieder still. Ragnhildur stöhnte unterdrückt unter dem Tisch, der Techniker lag nach wie vor wie ein Stein auf seinem Platz, und Þóroddur klebte wie festgefroren auf seinem Stuhl. Es kam ihm so vor, als würde der Wahnsinnige mit jedem Schuß, den er abfeuerte, ruhiger; tatsächlich konnte er sich kaum noch rühren, sein Kopf war angefüllt mit Wasser und drückenden Schmerzen. Die geringste Bewegung verursachte einen unerträglichen Druck auf die Schläfen. Er war auf den Grund seiner Seele gesunken und hatte von dort einen Schuß abgegeben. Nun drang durch das Loch alles Verderbliche in seinen Schädel ein.

Er war selbst das Becken, in dem er ertrank.

»Was … was wir … brauchen«, lallte er mit schwerer Zunge. Die Lider sanken ihm zur Hälfte über die Augen.

»Was … wir … brauchen … ist eine … Seele. Die Seele … Ihr seid …«

Er versuchte aus Leibeskräften, seine Landsleute vor sich zu sehen. Soeben erkannte er in der Dunkelheit die mehr oder wenigen hellen Umrisse einiger Seelen, so wie ein ertrinkender Seemann noch durch die Wellen die Lichter des rettenden Hafens und die große Schwärze sieht, ehe ihn die See verschlingt.

»Wir … sind … vom Wohlstand … betäubt. Wir brauchen gar nicht … so viel. Werft die Hälfte über … Bord …«

Der Prophet verstummte, weil er plötzlich ein leises Summen wahrnahm. Ein leises Summen und Sirren rund um sich herum. Die Fliegen waren zurück. Sie kamen angesurrt.

»Böðvar, würdest du für uns bitte einmal nachsehen, wie es Ragnhildur geht?« fragte der Polizeibeamte genauso souverän wie vorher.

Böddi vergaß sich einen Moment, drehte den schweren Kopf und sah zu der blonden Frau hinüber, die zu einem Bündel gekrümmt unter dem Glastisch lag und sich mit der Linken den rechten Oberarm hielt. Eine kleine Blutlache kam unter ihren hellen Locken hervor, die auch ihr Gesicht verdeckten. Warum trug Viddi neuerdings eine Perücke?

»Okay, ganz ruhig jetzt. Bleib cool«, sagte Þóroddur mit beruhigender Stimme. Der Polizist wiederholte über das Lautsprechersystem des Hauses:

»Würdest du bitte nachsehen, wie es ihr geht.«

Böddi blieb eine Weile unbewegt stehen, drehte sich dann aber wieder den Kameras zu und hob die Pistole. Er zielte unbestimmt ins Dunkle und sagte matt:

»Kein Gequatsche oder ich schie…«

Ein dritter Schuß knallte, und Böddis Hand war im Nu blutüberströmt. Er gab einen hohlen Schrei von sich und ließ die Waffe fallen. Sie prallte auf den harten Fußboden und rutschte von ihm weg. Böddi sank auf die Knie, hielt seine Linke mit der anderen Hand umklammert und verzog schrecklich das Gesicht.

Es war, als hätte man ihm einen Nagel durch die Hand getrieben. Der ganze Arm brannte bis hinauf in sein Hirn, und Blut strömte ihm vom Handrücken wie aus der Innenfläche. Es füllte seine Rechte mit warmer Flüssigkeit und tropfte von dort auf den Boden. Böddi verfolgte staunend das Fallen der dunkelroten Tropfen, und in seinem wassergefüllten Kopf entstand eine blutrote Wolke wie nach dem ersten Zubeißen eines Hais. Trotzdem sah er in den blutigen Wasserwirbeln vor sich auf dem Boden die Pistole – eine alte deutsche Luger, die Keli seit dreißig Jahren in seinem Besitz gehabt hatte und mit der er dreimal vergeblich versucht hatte, seinen Schatten zur Strecke zu bringen. Sie lag etwa eine Armlänge von ihm entfernt. Was, zum Teufel, war eigentlich passiert? Hatten die Zahnlosen auf einmal Zähne bekommen?

Böddi biß seine Zähne zusammen und streckte die unverwundete Hand aus. Es schwappte träge in seinem Kopf, sobald er sich mühsam vorbeugte, und heftiger Schwindel brach über ihn herein wie eine Brandungswelle. Trotzdem schaffte er es, die Waffe zu erreichen. In dem Moment, in dem er sie in die Hand nahm, fiel ein weiterer Schuß. Vor seinem inneren Auge erhob sich die Berliner Kaiser-Wilhelm-Gedächtnis-Kirche südlich von Drangey blitzschnell aus dem Meer. Doch gleichzeitig stürzte ihr Turm in sich zusammen und blieb als Ruine zurück. Wie die Felsnadel Kerling. Böddi zuckte, der Fjord bäumte sich auf, und beide fielen rücklings zu Boden. Der Boden des Fjords stürzte auf ihn und wurde zu seinem Himmel. Wie das Meer. Er fühlte, wie sich eine hundert Meter hohe Säule aus kaltem Salzwasser auf ihn, den gequälten Menschen, wälzte. Das Feuer, das in seinem linken Arm brannte, breitete sich nun über seine Brust bis hinab in den Bauch aus. Sein Gehirn erhitzte sich unter den brennenden Schmerzen, und sein Herz raste in seinem Käfig wie ein Hamster unter einer Lawine.

Das Echo des Schusses hallte sterbend in dem schallisolierten Studio nach.

Böddi lag auf dem harten Steinboden und zuckte zweimal heftig, starrte dann neugierig an die Decke. Was war geschehen? Was geschah? Bei seinem zweiten Zusammenzucken löste sich unversehens ein Schuß aus der Pistole, die er noch immer in seiner Rechten hielt. Die Kugel flog zur Decke und traf einen der leistungsstarken Scheinwerfer, die die Szene beleuchteten. Das Licht über Böddi wurde eine Stufe schwächer, und dünne Glassplitter regneten auf ihn herab. Er lag mit weit aufgerissenen Augen und dem Fjord über sich auf dem Rücken. Die See füllte sich mit Fliegen, die lautlos durch die kalte, düstere Salzflut schwärmten. Ganz hoch oben sah er etwas sich vom Boden des Fjords lösen. Etwas Dunkles, Längliches sank in langsamen Stößen zu ihm herab. Obwohl es in der zunehmenden Dunkelheit noch weit entfernt war, erkannte Böddi die Züge an seinem Ende wieder. Er kannte diesen Grundbewohner. Es war sein Vater. Sein Leichnam war aus seinem feuchten Grab freigekommen und sank ihm nun mit einem meereskühlen Lächeln langsam entgegen. Und Böddi ging ein Licht auf. Ein Licht im Dunkel.

»Ich bin tot«, dachte er und war schon tot, ehe er den Gedanken zu Ende denken konnte. Das letzte, was er vor sich sah, war ein kleines t. Der Punkt dahinter war tiefschwarz, und danach kam nichts.

Böddi war tot.

Die Glassplitter waren ungeheuer dünn und leicht und segelten erst durch die Luft, bis sie wie Schneeflocken auf sein Gesicht rieselten, das nun auf ewig in einer heftig verzerrten Grimasse erstarrt war, die so klar, wie in sein Gesicht gemeißelt, den laut herausgeschrienen Satz ausdrückte: »Ich war noch nicht fertig!«

Auf diese Botschaft waren die Scherben herabgeregnet und lagen nun darüber verstreut wie das Glitzern von nachlebenden Lichtern. Streifen von vertrocknetem Kreppband, die ehedem an dem Scheinwerfer klebten, gesellten sich dazu und drapierten sich wie Luftschlangen über der Leiche. An zwei Stellen sikkerte Blut aus ihr hervor, und die weit aufgerissenen Augen begannen schon auszutrocknen.

Unter den noch Anwesenden machte sich Erleichterung

breit. Ein Sondereinsatzkommando der Polizei hatte heimlich das Studio besetzt und den gemeingefährlichen Geiselnehmer mit finalem Rettungsschuß zur Strecke gebracht. Der Nation an den Bildschirmen blieben die fünf Schüsse und das anschließende Blut erspart. Seit dem vorgesehenen Ende der Sendung und Böddis Ruf: »Nein, ich bin noch nicht fertig«, war er nicht mehr auf Sendung gewesen. Der Aufnahmeleiter hatte blitzschnell die Werbung eingeblendet. Fast zehn Minuten lang hatten Werbebotschaften von Herstellern und Unternehmen das Volk vor den Aufrufen Böðvar H. Steingrímssons abgeschirmt. Die Bergpredigt des Propheten war nicht von ihrem Gipfel herab verkündet worden. Die Schicksalsstunde verstrich ungesehen.

Jetzt war er also tot, von der Oberfläche des Lebens getilgt. Nur seine Blog-Seite existierte noch, eine stechende Nadelspitze in der Netzwelt, voll großer Worte in einer noch größeren Welt.

Wie eine Anstecknadel an der Brust eines Berges.